THE NEW ANNOTATED
SHERLOCK
H⚲LMES

VOLUME 5

주석 달린
셜록 홈즈

주홍색 연구
네 사람의 서명

아서 코난 도일 원작

존 르카레 추천 | 레슬리 S. 클링거 주석 · 편집
퍼트리샤 J. 추이 추가 연구 | 승영조 · 인트랜스 번역원 옮김

현대문학

셜록 홈즈.
시드니 패짓의 미발표 그림, 콘스탄틴 로사키스, BSI, 소더비 소장

일러두기

1. 번역 판본으로 사용한 W.W. Norton & Company의 『*The New Annotated Sherlock Holmes*』의 홈즈 이야기는 당초 《스트랜드 매거진》
에 발표된 것과 런던 조지 뉴스 출판사에서 발행한 단행본, 기타 미국과 영국의 여러 출판사에서 발행한 단행본 등 기존의 텍스
트를 철저히 비교 검증해서 편집과 인쇄상의 심각한 오류를 최초로 바로잡고, 각각 56편의 단편과 4편의 장편 전부를 발표 순
서대로 편집한 완벽한 '정전'이다.
2. 한국어판 『주석 달린 셜록 홈즈』는 읽는 이의 편의를 위해 여섯 권으로 나누어 발행하였다.
3. 옮긴이 주는 옮긴이라 표시하였다.

"강철처럼 진실하고, 칼날처럼 곧은"[1]

아서 코난 도일 경에게 바칩니다.

1. "Steel-true, blade-straight." 로버트 루이스 스티븐슨의 시 「나의 아내」에 나오는 이 구절은 코난 도일의 묘비명으로 쓰였다―옮긴이.

차 례

주홍색 연구

네 사람의 서명

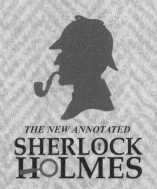

THE NEW ANNOTATED
SHERLOCK
HOLMES

주홍색 연구[1]
A Study in Scarlet

1. 『주홍색 연구』는 1887년판 《비턴의 크리스마스 연감》에 다른 희곡 작품 두 편, C. J. 해밀턴의 「네 잎 클로버」와 R. 앙드레의 「화약밥」(화약밥은 전시 징병된 신병을 뜻하는 말—옮긴이)과 함께 발표되었다. 『주홍색 연구』 단행본은 1888년 7월 워드, 록 앤드 컴퍼니에서 처음 발행했다. 미국 초판은 1890년 J. B. 리핀콧 컴퍼니에서 발행했다. 워드, 록 앤드 보든 출판사(당초 출판사의 후신)에서 발행한 1893년판에는 다음과 같은 내용의 '발행인 주석'이 추가되었다. "셜록 홈즈 씨가 대중에게 처음 소개되고, 그의 추리 방법이 묘사된 『주홍색 연구』가 그랬듯이, 코난 도일의 은사이자 셜록 홈즈의 모델인 의사 조지프 벨이 최근 《북맨》에 기고한 글 또한 《북맨》을 읽어보지 못한 독자들에게 자못 흥미진진할 것이라고 우리 발행인들은 생각했다.

환자를 다루는 의사 조지프 벨의 '직관력'은, 그의 제자였던 의사 코난 도일이 《스트랜드 매거진》에서 우리에게 말했듯이, "그저 경이로운" 것이었다. 아래 코난 도일의 이야기를 들으면 이해가 빠를 것이다.

"'알 만하군요.' 벨 선생님이 말했다. '당신은 술

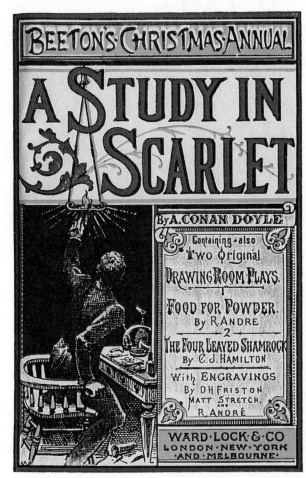

《비턴의 크리스마스 연감》.
작자 미상(1887)

머리말

오늘날 학자들은 물론이고 일반 셜로키언들도 『주홍색 연구』(1888)를 매혹적인 창세기로 여기게 되었다. 이 글에서 셜록 홈즈가 공식적으로는 최초로 모습을 드러냈기 때문이다. 여기서 우리는 베이커 스트리트에 살기 전의 왓슨을 잠깐 엿본 후, 셜록 홈즈의 '보즈웰'인 존 H. 왓슨 박사가 병원 실험실에서 홈즈를 처음 만나는 중요한 사건을 목격하게 된다("발견했어! 내가 발견했어!" 이것이 홈즈의 첫말인데, 과연 홈즈다운 적절한 말이다). 두 사람은 하숙집을 같이 쓰기로 한다. 왓슨은 홈즈가 세계 유일의 자문탐정이라는 이색적인 직업을 갖고 있다는 것을 알게 된다. 곧이어 왓슨은 복수와 살인이라는 어두운 세계의 이야기에 휘말리게 된다. 홈즈의 뛰어난 탐정 활동에 대한 왓슨의 이야기는 '회상'을 중심으로, 익명의 작가가 1인칭 시점으로 쓴 것이다. 여기서는 브리검 영의 지도 아래 있던 유타 주의 모르몬교도들이 등장한다. 모르몬교도와 미국 서부의 역사에 대해 홉인력 있게 생생히 기록하고 있지만, 그래도 빅토리아 시대 영국인의 왜곡된 견해가 드러나 있다.

왓슨을 처음 만났을 때 27세였던 청년 홈즈에 대한 이번 묘사와 다른 정전의 일반적인 묘사를 비교해보면, 세월이 오래 흘렀어도 홈즈라는 인물이 거의 변함이 없다는 것을 알수 있다. 비밀을 잘 털어놓지 않는 무거운 입, 보헤미안 기질, 경찰을 낮잡아 보는 태도 등이 이번 이야기에도 고스란히 드러나 있다. 또한 홈즈의 마약 사용에 대해서는 암시만 하고 있지만, 다른 여러 악덕과 미덕을 여기서 일찌감치 독자에게 두루 선보이고 있다. 『주홍색 연구』 초기 출판본은 저자에게 거의 돈이 되지 않았지만, 나중에 단편 시리즈를 발표해서 대성공을 거둘 수 있는 든든한 밑거름이 되었다.

때문에 아픈 겁니다. 코트 안주머니에 술병을 갖고 다닐 정도니 말입니다.'"

또 다른 예를 들어보겠다.

"'제화공이시군.' 그러고는 학생들에게 몸을 돌리고, 그 남자의 바지 무릎 안쪽이 닳았다는 것을 지적했다. 제화공이 무릎에 끼고 가죽을 두드리는 무릎돌이라는 것 때문에 생긴 것으로, 그건 제화공들에게서만 발견되는 특징이었다.

이 모든 것이 내게 아주 강렬한 인상을 심어주었다. 그의 모습—뚜렷한 이목구비, 매부리코, 꿰뚫어 보는 듯 날카로운 눈—은 줄곧 내 뇌리에서 떠나지 않았다. 그는 항상 양손의 손가락을 맞댄 채 앉아서(그는 손재주가 아주 뛰어났다), 앞에 선 사람을 관찰하곤 했다. 학생들에게는 정말 훌륭한 친구처럼 아주 자상하고 정성스러웠다. 내가 학위를 받고 아프리카로 떠난 뒤에도, 은사의 탁월한 개성과 남다른 솜씨에 대한 깊은 인상을 한시도 떨쳐버릴 수 없었다. 그 덕분에 어느 날 갑자기 의학을 저버리고 글을 쓰게 될 줄은 꿈에도 생각지 못했다."

덕분에 의사 코난 도일은 "의학을 저버리고 글을 쓰게" 되었고, 그 결과가 어떠한지는 이제 누구나 알고 있다. 그리고 이제 셜록 홈즈 씨는 만인의 입에 오르내리게 되어, 거의 공인이 되기에 이르렀으니, 의사 도일이 초기에 받은 교육과 훈련의 몇 가지 특징을 언급한 글, 곧 의사 도일이 면밀한 관찰을 하는 습관을 기르도록 한 의사 조지프 벨의 다음 글이 많은 독자들에게 흥미롭게 읽히기를 우리 발행인들은 바라 마지않는다. 의사 도일과 벨에게 감사드리며, 그 글의 게재를 허락해준 《북맨》의 편집자와 사주들에게 충심으로 감사드린다."(의사 벨의 글은 이번 이야기 말미의 부록에 실려 있다.)

『주홍색 연구』.
런던, 워드 록 앤드 컴퍼니(1888)

제1부

전 육군 군의관[2] 존 H.[3] 왓슨 박사의 회고록 재판[4]

제1장

셜록 홈즈 씨

1878년에 나는 런던 대학[5]에서 의학박사 학위[6]를 받고 육군 군의관 과정[7]을 밟기 위해 네틀리[8]로 갔다. 거기서 공부를 마친 후 부군의관으로 노섬벌랜드 제5 퓨질리어 보병 연대[9]에 정식으로 배속되었다. 당시 이 연대는 인도에 주둔하고 있었는데, 내가 부임하기 전에 제2차 영국-아프가니스탄 전쟁[10]이 일어났다. 나는 봄베이 항구에 내리자마자 내 연대가 관문을 뚫고 진격해서 이미 적국 깊숙이 들어갔다는 것을 알게 되었다. 그래도 나는 같은 처지의 다른 장교들과 함께 부대를 찾아, 무사히 칸다하르[11]에 도착한 뒤 거기서 내 연대를 만나 새로운 임무를 맡게 되었다.

이 전쟁으로 많은 이들이 훈장을 받고 승진을 했지만, 내게는 불행과 재앙을 안겨주었을 뿐이다. 나는 퓨질리어 연대에서 전출되어 버크셔 연대[12]에 배속된 후 목숨이 걸린 마이완드 전

2. 육군 군의관은 전투 부대에 배치되거나 군병원에서 일했다. 인도에 주둔한 육군 대대에는 군의감surgeon-major 한 명과 두 명의 군의관surgeon이 배속되었다. 군의관은 중위 계급으로 시작해서, 6년 복무를 하면 대위가 되었다. 정전 어디에도 왓슨의 계급에 대한 언급이 없지만 아마 군의관 대리Acting Surgeon였을 것이다 ('군의관보Assistant Surgeon'라는 계급은 1872년에 폐지되었다). 군의관 대리 급여는 중위 수준이었다.

3. 왓슨의 중간 이름(세례명) H는 정전에 딱 세 번 나온다. 「프라이어리 스쿨」(1904년 2월호 《스트랜드 매거진》), 「토르교 사건」, 그리고 이곳이 전부다. 도러시 L. 세이어즈는 멋진 기고문에서 "왓슨 박사의 세례명 H는 해미시Hamish"라고 주장한다. 해미시는 스코틀랜드에서 제임스와 같은 말로 통한다(「입술이 뒤틀린 남자」에서 아내가 그를 "제임스"라고 불

15

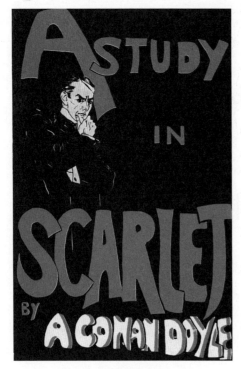

《윈저 매거진》 크리스마스 특집호.
작자 미상(1895)

『주홍색 연구』 원고 중 유일하게 남은 것.

러다). 다른 여러 학자들은 "헨리Henry"라고 제안한다. 그것은 주로 당시 매우 존경받은 추기경인 존 헨리 뉴먼(1801-1890)이라는 존재 때문이다. 그 밖에도 "햄프턴Hampton", "해링턴Harrington", "헥터Hector", "허레이션Horation", "허버트Hubert", "허펌Huffham", 심지어는 "홈즈Holmes"라고 주장하는 학자도 있다. 『주홍색 연구』 원고 가운데 현존하는 것은 스토리 메모와 네 줄의 인용문이 적힌 종이 한 장이 전부다. 스토리 메모를 보면, 왓슨은 자신의 가명으로 오먼드 새커Ormond Sacker, 홈즈의 가명으로는 셰린퍼드 홈즈Sherrinford Holmes라는 이름을 쓰려고 했던 것으로 보인다. 결국 그의 진짜 세례명이 무엇인가는 여전히 연구 대상이다. 편집자의 논문 「셜록 홈즈와 존 H. 왓슨에 대해 우리는 진정 무엇을 알고 있는가?」를 참고하라.

4. '再版reprint.' 에드거 W. 스미스는 「서지학적 주석」이라는 글에서 이렇게 주장한다. 왓슨의 "회고록"은 원래 1885년 무렵 비공개로 출판을 했고, 이 회고록 외에 별도로 이 『주홍색 연구』를 발표하게 되었다는 것이다. 원래의 회고록에는 『네 사람의 서명』에 나오는 "3개 대륙"의 "여러 나라의 여성들"에 대한 경험담과 인도에서의 자세한 경험담이 포함되어 있을 것이다. "왓슨은 원래 할 말이 많은 사람이었다"라고 스미스는 결론지었다.
블리스 오스틴은 왓슨의 회고록이 『주홍색 연구』에 앞서 인쇄되었다는 생각에 동의한다. 한발 더 나아가서 그는 회고록 덕분에 왓슨이 아서 코난 도일을 만나게 되었을 거라고 주장했다. 코난 도일이 자서전 『회고와 모험』에서 런던에 살면서 만난 작가를 이렇게 열거했다는 사실을 오스틴은 지적했다. "러디어드 키플링, 제임스 스티븐 필립스, 왓슨……."
하지만 "재판reprint"이라는 것이 반드시 앞서의 출판을 전제로 한다는 것에 동의하지 않는 학자도 많다. 한 예로 존 볼은 「두 번째 공저」라는 글에서, 회고록은 인쇄되지 않았다고 결론지었다. 재판이라는 이 말은 다만 코난 도일이 왓슨과 공저한 것을 인정하는 발언이라는 것이다(볼은 코난 도일이 『주홍색 연구』 제2부를 썼다고 추리했다).

5. 런던 대학 최초의 칼리지는 1828년 블룸즈버리에 세워졌다. 이 학교의 한 가지 임무는 영국 국교도가 아닌 사람(당시 옥스퍼드와 케임브리지에 다닐

수 없었던 사람)에게도 고등교육을 베푸는 것이었다. 피터 애크로이드는 『런던 : 일대기』에서 이렇게 썼다. "이 대학은 런던의 참된 교육기관이었다. 설립자들은 급진주의자와 국교 반대자, 유대인, 공리주의자 등으로 이루어져 있었다." (그래서 역사가 로이 포터는 이 대학이 "고어 스트리트의 무신론 교육기관"이라고 비평가들이 손가락질했다고 보고한다.) 런던 대학의 교육철학 역시 옥스퍼드나 케임브리지와는 달랐다. 학자나 이론가가 아니라 개업 의사와 기술자를 배출하기 위해 대학을 세웠던 것이다. 런던 대학의 두 번째 칼리지인 킹스 칼리지는 1829년에 영국 국교도에 의해 설립되었다. 두 교육기관의 학생들을 평가하고 학위를 수여하기 위해 1836년에는 런던 종합대학University of London이 만들어졌다. 1849년에는 그 기능이 확대되어, 영국제국의 어느 대학 출신이라도 런던 대학의 학위를 받을 수 있게 되었다. 왓슨이 의학사 학위를 받은 1878년에 런던 대학은 영국 최초로 여성에게 학위를 주었고, 실제로 1874년부터 런던 여자 의대에서 여성을 교육했다. 이 대학이 자체 교육과정을 제공한 것은 1900년 이후부터였다. 그러니 왓슨이 실제로 어느 대학을 다녔는지는 알 수 없다.

왓슨의 교육과정은, 1876년부터 1881년까지 에든버러 대학에서 공부한 아서 코난 도일이 밟은 과정과 비슷했을 것이다. 『회고와 모험』이라는 자서전

벌링턴 가든스의 런던 대학 건물.
제임스 페네손 그림, 《그래픽》(1870년경)

에서 코난 도일은 자신의 교육과정이 "식물학, 화학, 해부학, 생리학, 기타 필수 학과목에 대한 길고 지루한 연마 과정"이었다고 기술했다. "대부분의 학과가 치료술과는 거의 관계가 없었다. 돌이켜보면, 전체 교육체계는 너무나 모호하고, 설립 목적으로 보아도 거의 실용적이지 않은 듯하다." 학생들은 수술대를 둘러싼 층층대에 앉아 지켜보며 외과 수술을 배웠다. 기본적인 실험 기법도 공부했는데, 다행스러운 것은 진료 기법을 가르칠 줄 알았던 조지프 벨과 같은 의사(위 1번 주석 참고)에게 가르침을 받을 수 있었다는 것이다. 코난 도일은 재학 도중 의사 면허증을 필요로 하지 않는 의료 보조원으로 채용되어 돈도 벌고 경험도 쌓을 수 있었다.

그러나 코난 도일이 경험한 삶은 왓슨의 삶과 전혀 달랐다. 도일의 글에 따르면, 그가 다닌 대학은 "대다수 다른 대학보다 더 실용적이었다. 사립중학교의 연장인 다른 대학과는 분위기부터가 달랐기 때문이다. 학생들은 그 어떤 제한도 없이 자기만의 방에서 자유롭게 지냈다." 이 시기에 왓슨이 어디에서 공부했는지는 알려져 있지 않다.

6. 마이클 해리슨의 『셜록 홈즈의 런던』에 따르면, M.D.(곧 Doctor of Medicine은 원래 의학박사 학위가 아니라 그냥 의사를 뜻하는 말이다. 영미권에는 의학박사라는 개념이 없다. 하지만 이 주석에 나오듯 왓슨은 의학사 학위를 마치고 의학 공부를 더 한 후 뛰어난 논문까지 제출해서 M.D. 학위를 받았으니 한국식으로 "왓슨 박사"라고 칭하고, "의학박사"라 불러도 무리가 없을 것이다—옮긴이) 학위를 받기 위해 왓슨은 왕립외과대학 회원 자격과 왕립내과대학 면허를 먼저 받아야 했다. 왓슨이 개업을 하려면 두 자격증이 꼭 필요했다. 그러나 M.D. 학위를 받았다는 것은 왓슨이 의학사 학위인 M.B.(Bachelor of Medicine, 미국의 M.D.와 동일한 학위)를 받고도 의학 공부를 더 했다는 뜻이다. 「셜록 홈즈와 왓슨 박사 : 의학적 여담」에서, 모리스 캠벨은 왓슨이 M.D. 학위를 받기 전에 먼저 필요로 하는 의학사 학위M.B.를

1876년 세인트바솔로뮤 병원 의대(아래 26번 주석 참고)에서 받았을 거라고 추측했다. 의사 로버트 S. 카츠는 「의사 왓슨─평범한 의사 자격증을 가진 의사인가?」라는 글에서 이렇게 지적했다. 영국의 M.D. 학위는 뛰어난 논문을 제출한 사람에게만 주어진다고. 왓슨은 신경병리학에 관한 논문을 썼는데, 1878년에 아직 미진했던 그 분야에 주목할 만한 기여를 한 셈이라고 카츠는 지적했다.

7. 군의관 교육과정(네틀리 군병원의 과정)은 군사 외과, 군사 약학, 위생학, 병리학 등에 대한 6개월 과정 수업으로 이루어져 있었다. 입학시험에 통과한 사람을 대상으로 1년에 두 번, 4월과 10월에 개강을 했다. 엘리엇 킴볼은 「네틀리에서의 존 H. 왓슨」에서 왓슨이 1879년 10월에 시작하는 강의를 듣기 시작해서 이듬해 봄에 졸업했음을 확인하고, 1878년 6월부터 1879년 10월까지는 개인적인 사유로 대륙을 여행했다고 주장했다.

8. 네틀리에 있던 로열 빅토리아 군병원(지금은 로열 빅토리아 컨트리 공원)은 1863년에 문을 열었다. 그것은 다분히 플로렌스 나이팅게일 덕분이었는데, 그녀는 크림 전쟁에서 혹독한 경험을 함으로써 부상병들이 좀 더 나은 치료를 받을 수 있도록 갖은 노력을 했다. 리턴 스트레이치는 독창적인 저서인 『빅토리아 시대의 명사들』에서 나이팅게일이 그런 노력의 일환으로 1855-1858년 전쟁 장관이었던 폭스 몰 램지와 자주 충돌했다고 밝혔다. 스트레이치의 말에 따르면, 램지는 기존 의료 질서를 크게 바꾸는 일에 소극적이었다. 그는 나이팅게일이 해외에 나가 있는 동안 새 병원 건설을 담당했는데, 나이팅게일이 돌아와보니 자신의 계획이 거부된 상태였다. 그녀가 바꾸고자 했던 병원 의료 개념이 여전히 그대로 적용되고 있었던 것이다. 그녀가 직접 찾아가 하소연을 했지만, 램지는 뜻을 굽히지 않고 자기 생각대로 밀어붙였다. 스트레이치는 이렇게 썼다. "잉글랜드의 주요 군병원은 보란 듯이

비위생적으로 완공되었다. 병실은 환기가 되지 않았고, 병실의 모든 창문이 동북쪽으로 나 있었다."

9. 1674년에 창설된 제5 보병 연대는 1836년에 제5 퓨질리어 보병 연대로 바뀌어, 병사들은 인도 폭동(인도 입장에서는 항쟁─옮긴이)과 제2차 아프가니스탄 전쟁에 참전했다. 1881년에는 노섬벌랜드 퓨질리어 연대로 이름이 바뀌었다.(퓨질리어는 퓨질을 든 병사, 곧 수발총병이라는 뜻─옮긴이)

10. 제2차 영국-아프가니스탄 전쟁(1878-1880)은 영국과 아프가니스탄 간에 일어난 세 차례의 전쟁 가운데 하나다. 인도와 인접한 북부 지방은 매우 값진 지역으로 여겨졌다. 문제를 복잡하게 한 것은 러시아가 중앙아시아에서 더욱 큰 영향력을 행사하려고 함으로써, 영국 제국주의를 위협하고 있었다는 점이다. 인도 총독 에드워드 로버트 불워-리턴(훗날의 리턴 백작)이 가장 고민한 것이 바로 그 점이었다. 아프가니스탄의 지배자(아미르)인 시르 알리 칸이 카불에서 러시아 외교사절단을 받아들이면서 영국의 외교사절단을 거부하자, 리턴은 아미르의 행동이 영국에 적대적이라고 해석하고 군대를 일으켰다.

『브리튼의 역사』에서 사이먼 샤마는 이렇게 썼다. "대체로 영국이 침략할 경우 으레 반발에 부딪혀 영국 외교사절단이 모두 학살당했다. 이에 대한 보복성 공격이 뒤따랐고, 영국으로서도 막대한 돈과 병사를 잃는 보복을 당했다." 영국이 승리를 거두어 아프가니스탄 일부 지역을 양도받았지만, 막대한 전쟁 비용과 외교관 사망 등으로 인해 정부의 강경 정책을 반대하는 여론이 들끓었다.

11. 칸다하르는 1747년 아프가니스탄의 수도가 되었다. 제1차 영국-아프가니스탄 전쟁 때(1839-1842)와 1879-1881년에 영국에 점령당했다.

12. 버크셔 연대는 과거의 49 보병 연대와 66 보병

투[13]에 참전했다. 거기서 어깨[14]에 제자일[15] 총탄을 맞고 말았다. 총탄은 뼈를 부수고 쇄골 밑 동맥을 스치고 지나갔다. 내 당번병이었던 머리[16]의 헌신과 용기가 없었다면 나는 잔인한 이슬람 전사[17]에게 사로잡혔을 것이다. 머리는 나를 짐말에 싣고 영국군 진지까지 무사히 데려다 주었다.

통증에 시달리며 오래도록 고생한 탓에 몸이 약해진 나는 수많은 부상병들과 함께 페샤와르에 있는 기지 병원으로 후송되었다. 거기서 기력을 되찾은 나는 병동을 돌아다니고 베란다에서 잠깐 일광욕을 할 만큼 회복되었지만, 우리 인도 점령지의

연대를 통합해서 1881년에 조직되었다. 66 보병 연대는 마이완드에서 싸운 것으로 알려져 있지만, 왓슨이 이번 이야기를 쓸 무렵(아마도 전역한 후), 이 연대는 버크셔 연대로 통합되었다. 그래서 왓슨은 여기서 글을 쓴 시점의 연대 이름을 댄 것이다.

13. 칸다하르에서 80킬로미터 거리에 있는 마이완드 마을에서 참혹한 전투가 벌어진 것은 1880년 7월 27일이다. 시르 알리 칸의 아들이자 헤라트의 지도자인 아유브 칸이 2만 5,000명의 병사를 이끌고 칸다하르로 진격함으로써 전투가 시작되었다. 이 진격은 시르 알리의 조카이자 영국이 아미르로 인정한 압둘 라만 칸을 폐위시키기 위해서였다. 조지 버로스 장군은 66 보병 연대를 이끌고 아유브를 저지하기 위해 나섰다. 영국군이 무장시킨 아프가니스탄 부족민 6,000명이 영국군을 도울 것으로 생각했지만, 부족민은 영국군에 등을 돌리고 아유브와 합류했다. 그러자 버로스 장군은 2,500명의 영국 보병만으로 2만 5,000명의 아프가니스탄 병사를 상대해야 했다. 제3기병대의 모즐리 메인 대위는 이렇게 썼다. "최전선에서 적 기병대가 제거되

내 당번병이었던 머리의 헌신과 용기가 없었다면
나는 잔인한 이슬람 전사에게 사로잡혔을 것이다.
리하르트 구트슈미트 그림, 『훗날의 복수』,
슈투트가르트, 로베르트 루츠 출판사(1902)

어깨에 제자일 총탄을 맞고 말았다.
조지 허친슨 그림, 『주홍색 연구』,
런던, 워드, 록 앤드 보든 출판사(1891)

자 어렴풋이 적군 병사들의 무리를 볼 수 있었다. 그러나 연무 때문에 숲으로 보이던 그들이 비로소 적군으로 인식된 것은 진격해오기 시작했을 때였다." 버로스의 군대는 대패했고, 아유브는 마이완드를 점령했다. 그 후 프레더릭 로버츠가 카불에서 1만 명의 병사를 이끌고 와서 다시 마이완드를 탈환했다. 인도 영국군의 역사를 쓴 월터 리처즈는 이렇게 기술했다. "그 나라의 모든 전쟁 기록 가운데 그보다 더 끔찍했던 전쟁은 없다."

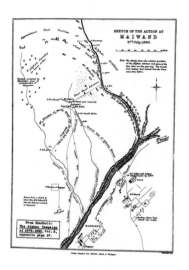

1880년 7월 27일 마이완드 작전도.

마이완드에서의 돌격.
G. D. 자일스 사진

14. 여기서는 어깨 부상을 당했다는데, 『네 사람의 서명』과 다른 곳에서는 다리 부상을 당했다고 기록하고 있다. 예를 들어 「독신 귀족」에서 왓슨은 다리가 아파 산책을 하지 못한다며 이렇게 말했다. "아프가니스탄 전쟁 참전의 잔재로 내 수족limbs 가운데 하나에 제자일 총탄을 맞은 자리가 줄곧 무지근하게 욱신욱신 쑤셨기 때문이다." 『네 사람의 서명』 1장에서 왓슨은 제자일 총탄에 맞아 "부상당한 다리"를 주물렀다고 나온다. 「제자일 총탄」이라는 글에서 W. B. 헵번은 논리적으로 이런 결론에 이르렀다. 왓슨은 두 차례 부상을 당한 것이라고. 한편, 총알 한 방으로 어떻게 두 군데 부상을 당할 수 있는가를 재치 있게 설명하려고 시도한 학자도 많다. 앨빈 로딘과 잭 키는 『아서 코난 도일 박사의 의료 사례집』에서 이렇게 제안했다. 왓슨이 몸을 숙이고 환자를 살펴보다가 총을 맞았다고. 그래서

총탄이 어깨를 관통해서 다리까지 맞혔다는 것이다. 이와 비슷하게 피터 브레인은 왓슨이 용변을 보기 위해 벼랑 끝에 쪼그리고 앉아 있다가 밑에서 쏜 총에 맞았을 거라고 제안했다. 이와 달리 총알이 뼈에 맞고 예각으로 튀어서 동맥을 스치고 다리에 파고들었다는 가설을 제시한 이들도 있다. 몇 명의 의사들은 총탄이 쇄골 아래 동맥을 스치고 지나가서, 당초 파고든 부위와 동떨어진 곳에 박힐 수 있다고 지적했다. 그러나 율리안 볼프는 부상당한 부위가 남세스러워서 왓슨이 일부러 다르게 썼다고 결론지었다. 실제로 총을 맞은 곳은 사타구니였다고.

15. 원고에는 제자일이 'Jezail'이라고 첫 글자가 대문자로 되어 있지만 소문자로 써야 맞는다. 대문자로 쓰면 아프가니스탄 부족을 일컫게 되지만 여기서는 총을 가리키고 있기 때문이다. 인쇄공의 오식인지 저자의 잘못인지는 분명치 않다. 조지 클리퍼드 휘트워스의 말에 따르면 "제자일은 아프가니스탄 병사들이 사용한 것으로 쇠 받침대가 있는 크고 무거운 라이플이다. 1온스(약 28그램)의 둥근 총

저주인 창자열[18] 때문에 몸져눕고 말았다. 나는 몇 달 동안 회복할 가망이 없다가 겨우 의식을 되찾고 차도를 보이게 되었다. 너무나 쇠약하고 수척해진 탓에 의무대에서는 하루도 지체말고 당장 나를 잉글랜드로 송환하기로 결정했다. 그에 따라나는 잉글랜드로 가는 수송선 오론테스호에 실려 한 달 후 포츠머스 항구에 도착했다. 이때 건강은 돌이킬 수 없을 정도로망가져 있었지만, 정부의 허가를 받아 이후 9개월 동안 요양을할 수 있었다.

잉글랜드에는 일가친척 한 명 없어서[19] 나는 공기처럼 자유로웠다. 아니, 하루 11실링 6펜스의 수입[20]이 허용하는 만큼 자유로웠다. 이러한 처지에서, 나는 제국의 온갖 한량과 건달들이 빨려 들어가는 거대한 오물 구덩이와도 같은 런던으로 자연스레발길이 끌렸다. 런던에서 스트랜드 가[21]의 한 프라이빗 호텔[22]에머물며 한동안 즐거움도 의미도 없이 살아갔다. 나는 허용하는것보다 훨씬 더 자유롭게 내가 가진 그 알량한 돈을 써댔다. 재

제자일 라이플.
리처드 D. 레시와 마이완드 제자일협회 사진 제공

탄을 쓴다." 총탄이 "제대로 장전되기 위해서는 망치질깨나 해야 한다." 필립 웰러의 말에 따르면 "제자일"은 다소 모호하고 포괄적인 말로, 본질적으로는 "머스켓musket"과 비슷한 말이다. 이 말은 각종 무기에 두루 쓰일 수 있는데, 그 무기들의 유일한공통점은 전장식(총구를 통해 장전하는 방식)이라는것이다. 이 말은 아랍어로 '크다'를 뜻하는 말인'jazil'(복수형 jezail)에서 유래한 것일 수 있다.

16. 스티븐 M. 블랙은 왓슨이 마이완드에서 부상당한 것이 아니라 살해당했다고 주장했다. 그리고머리가 왓슨 행세를 하게 되었다는 것이다. 블랙은머리Murray가 66 버크셔 연대의 소총수, 군번 1555,실명은 헨리 머렐이라고 밝혔다. 정전을 통틀어 날짜와 장소, 이름 등의 오류가 많고, 자기가 부상당한 부위도 오락가락하는 것은 모두 머렐이 왓슨 행세를 하면서 불가피하게 벌어진 일이라는 것이다.

17. 'Ghazi.' 베테랑 이슬람 전사 중에서도 가지Ghazi는 특히 이교도와 싸워 승리를 거둔 전사를 일컫는 말이다. 왓슨이 "잔인한"이라는 수식어를 붙인 이들은 고문을 하고 고통스럽게 처형하는 것으로 악평이 높았다.

18. 'enteric fever.' 오늘날이라면 아마 장티푸스라고 말했을 이 병에 걸린 것은 왓슨이 살모넬라 타이피균에 오염된 음식이나 물을 섭취했기 때문일것이다. 인간의 배설물에서 박테리아를 묻혀 온 파리, 감염된 채 음식을 다룬 사람, 세척에 쓰인 오염된 물 따위를 통해 음식이 오염될 수 있다. 장티푸

1881년경의 크라이티어리언 바 내부.

스는 오늘날에도 여전히 세계적으로 만연하는 질병인데, 치사율이 10퍼센트에 이른다. 19세기와 20세기 초에 러디어드 키플링, 윌버 라이트, 프란츠 슈베르트, 빅토리아 여왕의 부군(훗날 위암으로 사망했을 수 있다는 진단이 나왔지만) 등의 유명 인물들이 장티푸스로 사망했다.

미국 보건 당국에서 장티푸스 징후가 없는 건강한 사람도 전염시킬 수 있다는 사실을 알게 된 것은 1907년 들어서였다. 건강한 메리 맬런이라는 여성이 가정집에서 한 요리를 통해 장티푸스를 옮겼다는 사실이 확인되었던 것이다. 처음에 맬런은 정부가 관리하는 브롱스 이스트리버에 있는 섬에 격리수용되었다가, 법적 투쟁을 통해 석방되었는데, 직장을 갖지 않고 정기적으로 보건 당국에 보고를 한다는 조건 아래에서였다. 그러나 이후 5년 동안 그녀는 종적을 감추었다. 맨해튼 산부인과 병원에서 장티푸스가 퍼졌을 때, 맬런이 그곳에서 가명으로 조리사로 근무한 사실이 드러났다. 그녀는 다시 섬에 격리되어, 그곳에서 23년 후 사망했다. 그녀로

인해 43명이 감염되어 세 명이 사망한 것으로 밝혀졌다. 맬런이 처음 체포되었을 때, 뉴욕에는 다른 보균자가 적어도 한 명은 더 있었다. 토니 러벨라라는 이름의 이 보균자 때문에 120명 이상이 감염되었고, 그중 일곱 명이 사망했다. 뉴저지로 도피한 러벨라는 맬런 못지않게 보건 당국에 비협조적이었다.

왓슨은 열이 나고, 기침을 하고, 식욕이 떨어지고, 설사 아니면 변비 증상을 보이고, 피부 곳곳에 붉은 발진이 나타나고, 어쩌면 장출혈까지 있었을 것이다. 백신이 등장한 것은 1898년 들어서였으므로 왓슨이 이용할 수는 없었다. 영국 병사가 장티푸스와 같은 병으로 사망할 가능성은 전투로 사망할 가능성보다 더 높았다.

19. 왓슨의 일가친척이 잉글랜드에 없다면 어디에 있었을까? 왓슨의 아버지 J. 왓슨은 1888년 무렵 이미 '여러 해' 전에 사망한 상황이었다. 그의 형은 『네 사람의 서명』 사건 직전에 음주 때문에 사망했다.(『네 사람의 서명』 32번 주석 관련 본문 참고) 왓슨의 고향이 어딘가에 대해서는 많은 제안이 나왔다. 햄프셔, 버크셔, 노섬벌랜드, 아일랜드, 스코틀랜드, 오스트레일리아, 심지어 미국이라는 제안도 있었다. 「왓슨 : 반역자 혈통」에서 하틀리 R. 네이선과 클리퍼드 S. 골드파브는 왓슨이 1816년 섭정기의 반역자 제임스 왓슨과 그의 아들 제임스(제미) 왓슨의 후예일 수 있다는 증거를 제시했다. 두 사람은 미국으로 도피했는데, 우리의 왓슨 역시 실제 이름이 제임스라고 저자들은 지적했다.(「입술이 뒤틀린 남자」 참고) 그러나 왓슨은 반역자 조부와 증조부의 후예라는 사실이 밝혀질까 봐 존으로 이름을 바꾼 것이 분명하다는 것이다. 이러한 주장은 왓슨의 일가친척이 잉글랜드에는 없고 미국에 있다는 제안을 뒷받침한다. 그러나 이와 달리 「어떤 혈통의 예술?」이라는 글에서 본 편집자(레슬리 S.클링거—옮긴이)는 스코틀랜드 초상화가 존 왓슨 고든(실명 존 왓슨)을 그의 일가친척으로 꼽는다.

빅토리아 여왕의 부군인 작센코부르크고타의 앨버트.
오스카 G. 레이랜더 사진(1860년경)

정 상태에 경각심을 느낀 나는 대도시를 떠나 시골 어딘가에 틀어박혀 살거나, 아니면 생활 방식을 완전히 바꿔야 한다는 사실을 깨달았다.[23] 후자를 선택한 나는 값비싼 호텔을 나와 조금은 덜 번듯하더라도 값싼 집으로 옮기기로 마음먹었다.

이런 결정을 내린 바로 그날,[24] 크라이티어리언 바[25]에 서 있을 때 누가 어깨를 툭 쳤다. 돌아보니 세인트바솔로뮤 병원[26]에서 내 수술 조수로 일한 스탬퍼드[27]라는 청년이었다. 런던이라는 거대한 황무지에서 친한 사람을 만난다는 것은 외로운 사람에게 여간 기쁜 일이 아니다. 예전에 스탬퍼드와 둘도 없이 친한 사이는 아니었지만, 나는 열정적으로 그를 환영했다. 그 또한 나를 만나 반가운 듯했다. 기쁨에 못 이긴 나는 그에게 호번 레스토랑[28]에서 점심을 같이하자고 했고, 우리는 핸섬 마차를 타고 출발했다.

"무슨 안 좋은 일이라도 있었나요, 왓슨? 수수깡처럼 야위고 호두 알처럼 거뭇하게 탔군요."[29] 복잡한 런던 거리를 달리고

1900년의 앨버트 홀 밖의 핸섬 마차.
『빅토리아 시대와 에드워드 시대의 런던』

20. 1878년 당시의 이 금액은 2.87달러에 해당하는 것으로 오늘날의 구매력으로는 41.6파운드(7만 원 남짓—옮긴이)에 해당한다. 그만한 돈으로 런던에서 살기는 힘들었을 것이다. 당시 하숙비만 해도 하루에 7실링(1주일에 49실링)에 이르렀기 때문이다. 물론 변두리의 좀 더 싼 하숙집은 일주일에 30-40실링쯤 되었다. 이 시기에 왓슨이 가족의 지원을 받았을 거라고 말하는 학자들도 여럿 있지만, 『네 사람의 서명』을 보면 몇 년 후 그의 아버지나 형은 도와줄 능력이 없었던 것으로 나온다.

21. 'the Strand.' (strand는 해변이나 물가라는 뜻—옮긴이) 이런 이름이 붙은 것은 원래 이 길이 템스 강가에 나 있었기 때문이다. 이 길은 런던 중심가와 웨스트엔드를 잇는 동맥과 같은 간선도로였다. 이 거리에는 많은 신문사 본사와 극장이 있었고, 정전에서 홈즈가 즐겨 찾은 "심프슨" 레스토랑이 있는 곳이고, 스트랜드 가 모퉁이에 본사를 둔 《스트랜드 매거진》도 이 거리 이름을 딴 잡지다.

22. 'a private hotel.' 1896년의 『베데커』를 보면 스트랜드 가에서 템스 강에 이르는 거리에 '조용하고 편안한' 호텔 이름이 많이 나온다. 예를 들어 임뱅크먼트 부두 근처 어런들 스트리트의 어런들 호텔은 하루의 '숙박, 봉사, 조식' 요금이 6실링으로, 저녁 식사를 포함하면 3실링(약 2만 원)을 더 받았다.(프라이빗 호텔은 예약객 위주로 운영하는 민박 형태의 고급 하숙집을 뜻한다—옮긴이)

23. 존 볼은 아서 코난 도일과 왓슨이 이 무렵에 만났다고 주장한다. 두 사람 다 비슷한 처지에서 의사 일자리를 찾고 있었기 때문이다. 의료 기기를 파는 곳에서 만났든, 강의실이나 도서관에서 만났든 간에 두 사람은 "세계를 풍요롭게 하게 될 우정과 협력 관계를 맺었다. 왓슨과 홈즈의 협력 관계가 위대했던 것처럼, 장차 불멸의 이름을 떨치게 될 아서 코난 도일과 왓슨의 협력 관계도 그에 못

지않게 중요했다."

24. 소설가이자 셜록학자이고 베이커 스트리트 이레귤러스의 창설자인 크리스토퍼 몰리는 당시 《베이커 스트리트 저널》의 편집자였던 에드거 스미스에게 보낸 비공개 편지에서, "그날", 곧 "왓슨이 좀 더 검소하게 살기로 결심한 날"은 1881년 1월 1일이라는 의견을 냈다. 새해 첫날이기 때문에, 스탬퍼드가 왓슨을 데려간 병원 실험실에 사람이 없던 것도 설득력이 있다.

25. 피커딜리 서커스(광장)의 크라이티어리언 가街에 있는 '아메리칸 바'가 이 술집의 정식 이름이다. 『셜록 홈즈의 런던』에서 마이클 해리슨은 이 집을 "런던에서 무척 비싼 술집 가운데 하나"로 평가했다. 또 제임스 E. 홀로이드의 말에 따르면, 경마 애호가들이 즐겨 모이는 곳이기도 했다. 「쇼스콤 고택」에서 "상이연금의 절반은 경마에 바치고" 있다고 말한 왓슨 또한 이 술집을 즐겨 찾았을 것이다. 오늘날 이 술집은 사라지고 크라이티어리언 레스토랑이 들어섰는데, 이 레스토랑에 왓슨과 스탬퍼드가 만난 것을 기념하는 명판이 걸려 있다.

26. 일반인들에게 '바츠Barts/Bart's'로 알려져 있던 세인트바솔로뮤 병원 의대는 1123년에 세워졌다. 헨리 1세 왕실의 어릿광대인 라헤리가 설립자라는 전설이 있다. 로마에서 병에 걸린 라헤리는 로마 티베르 강의 세인트바솔로뮤 섬에서 기도를 했다. 고향 런던에서 죽을 수 있도록 그때까지만 몸이 성하기를 빈 것이다. 그러자 성자 바르톨로메오(바솔로뮤)가 환상처럼 나타나서, 런던으로 돌아가 자기 이름의 교회와 병원을 지으라고 명했다고 한다. 1896년 무렵 이 병원의 병상은 678개에 이르렀고, 연간 입원 환자가 약 6,500명, 외래 환자는 1만 6,000명에 이르렀다. 1843년에 문을 연 이 병원 의대의 유명 교수로는 윌리엄 하비(1578-1657)가 있다. 하비는 심장박동으로 혈액이 순환된다는 사실

있을 때 스탬퍼드가 자못 놀라워하며 물었다.

나는 그간 겪은 일을 간단히 들려주려고 했지만, 목적지에 이르러서도 이야기를 마치지 못했다.

"정말 안됐군요!" 스탬퍼드는 불운한 내 이야기를 듣고 가슴 아파하며 말했다. "이제 어쩌실 거예요?"

"하숙집을 찾고 있어." 내가 대답했다. "적당한 가격에 편안한 하숙집을 얻을 수 있을지 물색 중이야."

"참 묘한 일이군요." 옛 동료가 말했다. "오늘 내게 그런 말을 한 사람이 또 있거든요."

"아니 누가?" 내가 물었다.

"병원 화학 실험실에서 작업 중인 사람이요. 오늘 아침에 탄식을 하더군요. 썩 마음에 드는 집을 찾았는데 같이 지낼 사람은 없고, 혼자 쓰기에는 주머니 사정이 여의치 않다고 말이죠."

"아니, 이런!" 내가 외쳤다. "그가 정말 같이 하숙할 사람을 찾고 있다면 내가 제격이잖아. 나도 혼자보다는 같이 지낼 사람이 있었으면 했거든."

스탬퍼드는 포도주 잔 너머로 나를 야릇하게 쳐다보고 말했다.[30] "셜록 홈즈가 누군지 잘 모르실 텐데, 계속 같이 지내면 아마 마음에 안 들걸요?"

"아니, 그에게 무슨 나쁜 점이라도 있나?"

"아, 나쁜 점이 있다는 것은 아닙니다. 생각하는 게 좀 얄궂죠. 몇몇 과학 분야에 열광을 한답니다. 내가 알기로는 참 점잖은 사람이지만요."

"의대생인가?" 내가 물었다.

"아니요. 그가 뭘 하고자 하는지는 모르겠습니다. 내가 보기에 그는 해부학에 정통한[31] 일급 화학자입니다. 하지만 내가 아는 한 체계적인 의학 강의를 들은 적은 없어요. 산만하고 별난 것들을 연구하지만, 희한한 지식을 잔뜩 꿰고 있어서 교수들도

을 밝히고 그 방법을 입증해 보였다.

27. J. N. 윌리엄슨은 「젊은 스탬퍼드의 슬픈 사건」이라는 글에서 스탬퍼드가 범죄 성향을 지니고 있었다고 주장했다. 그래서 홈즈와 같이 하숙집에서 살려고 하지 않았다는 것이다. 그의 말에 따르면, 이 스탬퍼드는 「홀로 자전거 타는 사람」에서 스쳐 지나가는 말로 언급된 위조범 아치 스탬퍼드라는 사람과 동일인이다. 윌리엄슨의 주장에 따르면, 이 사람은 「빨강머리연맹」에서 악당 존 클레이의 협력자인 "아치"로 다시 등장한다.

28. 호번 레스토랑에서 1880년에 낸 광고를 보면, "런던의 안락한 명소"로 "영국인 고객이 필요로 하는 조용함과 질서를 지닌 파리식 건물의 매력"을 지녔다고 쓰여 있다. 윌리엄 H. 길은 「셜로키언이

1884년 호번 레스토랑의 메뉴.

1900년경의 호번 레스토랑.

주목할 만한 건물」에서 이 레스토랑을 그리 높이 치지 않고, "빅토리아 시대 최악의 고전주의 건축물"이라고 평했다. 호번 레스토랑은 빅토리아 여왕의 장남인 앨버트 에드워드 왕세자가 즐겨 다닌 곳으로 알려져 있어서, 왓슨과 스탬퍼드에게도 인상 깊은 장소였을 것이다.

29. 이언 매퀸은 왓슨이 실제로 피부가 검게 탔다면 그건 아프가니스탄에서 런던으로 오는 도중에 탔을 거라고 주장했다. 아래 81번 주석 참고.

30. S. C. 로버츠는 「왓슨 박사」에서 스탬퍼드가 "문학사상 위대한 연락장교 가운데 하나"로서의 운명을 예견하고 야릇하게 쳐다보았던 것이 아닐까 하는 의견을 냈다. 보즈웰을 새뮤얼 존슨 박사에게

소개한 톰 데이비스의 운명에 비견된다는 것이다. 홈즈 본인이 「보헤미아 왕실 스캔들」에서 왓슨을 "나의 보즈웰"이라고 칭한 사실을 미루어볼 때 적절한 의견이 아닐 수 없다.

31. 나중에 왓슨은 달리 생각한다. "셜록 홈즈—그의 한계"에서 홈즈의 해부학 지식이 "정확하지만 체계가 없음"이라고.

세인트바솔로뮤 병원 서쪽 출입구.
『퀸스 런던』(1897)

혀를 내두를 정도죠."

"그가 무엇을 전공하는지 물어본 적은 없고?" 내가 물었다.

"예, 말을 시키기가 쉽지 않은 사람이라서요. 하지만 기분만 내키면 꽤나 말이 많아지죠."

"그를 만나보고 싶군." 내가 말했다. "한집에서 같이 하숙할 사람이라면 학구적이고 조용한 습관을 지닌 사람이 좋겠어. 지금 나로선 심한 소음이나 소동을 견딜 만큼 건강하질 못하거든. 게다가 소음이나 소동이라면 아프가니스탄에서 학을 뗐으니 말이야. 그 친구를 만나려면 어떻게 해야 하지?"

"분명 실험실에 있을 겁니다." 동행이 말했다. "몇 주 동안 실험실에 얼씬도 하지 않다가 한번 들르면 밤낮없이 거기서 작업을 하거든요. 괜찮으시다면 점심 식사를 마치고 같이 가보시죠."

"그러지." 내가 대답한 후 대화는 다른 방향으로 흘러갔다.

호번 레스토랑을 나와 그 병원으로 가는 동안, 스탬퍼드는 내가 동거인으로 삼기로 한 신사에 대해 몇 가지 더 자세한 이야기를 들려주었다.

"그 친구와 잘 지내지 못하더라도 저를 탓하진 마세요." 스탬퍼드가 말했다. "실험실에서 가끔 만나 알게 된 것 말고는 그에 대해 나도 아는 것이 없으니까요. 하숙집을 같이 쓰라고 제가 권한 것도 아니니까 나중에 저한테 무슨 책임을 물으시면 안 됩니다?"

"서로 안 맞으면 갈라서면 되지. 그게 뭐 어렵겠어?" 내가 말했다. 그러고는 동행을 빤히 바라보며 덧붙여 말했다. "그런데 스탬퍼드, 뭔가 이유가 있어서 자꾸 발뺌을 하는 모양인데, 혹시 그 친구가 아주 무섭나? 아니면 이유가 뭐지? 둘러대지 말고 털어놔봐."

"표현할 수 없는 것을 표현하는 건 쉽지 않아요." 스탬퍼드가 웃으며 말했다. "홈즈는 과학 취향이 좀 지나쳐요. 아주 살벌할 정도죠. 최근에 발견된 식물성 알칼로이드[32] 한 자밤[33]을 친구에게 선뜻 투여할 인물입니다. 악의에서가 아니라, 단지 정확한 약효를 알아내기 위한 탐구 정신에서 말입니다. 공정하게

1881년경 세인트바솔로뮤 병원의 병리학 실험실.

32. 식물의 잎 속에서 자연적으로 생성되는 알칼로이드는 인간을 비롯한 동물들에게 강력한 생리 작용을 일으키는 것으로 알려져 있다(몇 가지만 예로 들면 모르핀, 스트리크닌, 키니네, 니코틴, 코카인, 쿠라레 등이 모두 알칼로이드다). 분리해서 결정으로 만든 최초의 알칼로이드는 모르핀으로, 1805-1806년에 양귀비에서 추출했다. 1878년 무렵 홈즈는 여러 가지 알칼로이드 추출물로 실험을 할 수 있었을 것이다. 대체로 맛이 쓰고 냄새가 없는 알칼로이드는 당시 그 속성이 정확히 알려져 있지 않았다.

알칼로이드는 정전 곳곳에서 등장한다. 「입술이 뒤틀린 남자」에서는 모르핀, 「보헤미아 왕실 스캔들」에서는 코카인, 『네 사람의 서명』에서는 키니네가 나온다. 근육 이완제인 알칼로이드 투보쿠라린은 쿠라레 활성 성분으로, 『네 사람의 서명』과 「서식스의 뱀파이어」에서 중요한 구실을 하는 독으로 남미 원주민들이 주로 사용했다. 물론 베이커 스트리트의 실내를 비롯한 온갖 장소에 담배 니코틴도 넘쳐났다. 스탬퍼드의 예리한 이 발언은 「악마의 발」에서 홈즈가 자기 자신과 왓슨에게 독 실험을 하게 될 것을 예견하고 있는 셈이다.

33. 'a little pinch of-.' 나물이나 양념 따위를 손가락 끝으로 집을 만한 분량을 세는 단위−옮긴이.

34. 홈즈가 시체 실험을 즐겨 한 것은 인간에게만 국한된 것이 아니었다. 「블랙 피터」에서 홈즈가 앨러다이스 푸줏간에서 죽은 돼지를 작살로 찌르는 실험을 했다고 왓슨은 기록하고 있다. 그때 홈즈는 이렇게 말했다. "전력을 다했는데도 일격에 돼지를 관통할 수 없다는 것을 확실히 알게 됐어. 자네도 한번 해보고 싶지 않아?"

말하면, 내가 보기에 그는 물론 자기 자신에게도 똑같이 그걸 선뜻 투여할 겁니다. 그는 명확하고 정밀한 지식에 대한 열정을 지닌 듯해요."

"그거야 좋기만 하구만."

"예, 하지만 너무 지나칠 때가 있어요. 해부실에서 실험 대상을 지팡이로 두들겨 패는 지경에 이르면 꽤나 엽기적인 게 분명하죠."[34]

"실험 대상을 두들겨 팬다고?"

"발견했어! 내가 발견했어!" 그가 외쳤다.
조지 허친슨 그림, 『주홍색 연구』, 런던, 워드, 록 앤드 보든 출판사(1891)

"예, 사후에 얼마나 심한 멍이 생기는가를 확인하기 위해서 랍니다. 그러는 걸 내 눈으로 직접 봤어요."

"하지만 의대생이 아니라면서?"

"예. 그의 연구 목적이 무엇인지는 아무도 몰라요. 근데 이제 다 왔으니 직접 겪어보시죠." 그가 말하는 동안 우리는 좁은 길로 접어들어, 그 큰 병원의 부속 건물로 통하는 작은 옆문으로 들어갔다. 병원 구내는 내게도 익숙해서 길 안내를 받을 필요가 없었다. 우리는 썰렁한 돌계단을 올라 긴 복도를 따라 걸었다. 복도 양쪽의 벽은 하얗고, 방문은 죄다 암갈색이었다. 복도 끝 가까이에 낮은 아치형 출입구가 있고, 그 안에 화학 실험실이 있었다.

천장이 높은 방이었는데, 실내에는 나란히 세워진 병도 많고 어질러진 병도 많았다. 널따랗고 나지막한 탁자가 여기저기 흩어져 있었고, 그 위에는 증류기와 시험관, 푸른 불꽃이 너울거리는 작은 분젠 가스램프[35]들이 가득 놓여 있었다. 실내에는 학생 한 명뿐이었다.[36] 그 학생은 멀찍이 떨어진 탁자 앞에서 허리를 숙이고 작업에 열중하고 있었다. 우리 발소리를 들은 그는 힐끔 돌아보고는 벌떡 일어서며 환호성을 질렀다. "발견했어! 내가 발견했어!"[37] 그는 내 동행에게 외치며 시험관을 든 채 우리에게 달려왔다. "헤모글로빈에만, 오로지 헤모글로빈에만 침전되는 시약을 발견했습니다!" 금광을 발견했다 해도 이보다 더 기뻐할 수는 없을 것이다.

"이분은 의사이신 왓슨이라고 합니다, 셜록 홈즈 씨." 스탬퍼드가 우리를 소개시켜주었다.

"안녕하십니까?" 그는 따뜻하게 인사하며 내 손을 힘주어 잡았다. 손아귀 힘이 보기보다 무척이나 억셌다. "아프가니스탄에 있다가 오신 모양이군요."

"아니, 그걸 어떻게 아셨습니까?" 내가 깜짝 놀라서 물었다.

35. 1855년에 이것을 도입한(발명한 것이 아닌) 독일 화학자 로베르트 빌헬름 분젠의 이름을 딴 분젠 버너는 공기가 공급되는 금속관 아랫쪽에 밸브를 단 것으로, 점화시키면 연소 가스와 공기가 섞여서 위로 올라가며 뜨거운 불꽃을 발생시킨다. 분젠 버너의 원리를 이용해서 가스난로와 가스 용광로가 발명되었다.

36. 「바츠에서의 홈즈와 왓슨에 관한 일부 기록」에서 에이드리언 그리피스는 이렇게 썼다. 노먼 무어 경이 회고록에서 자기와 다른 학생 한 명이 오거스터스 매서선에게 개인 지도를 받았다고. 매서선은 1870년부터 계속 바츠(세인트바솔로뮤 병원 의대)에서 강의를 했다. 1869년에 염색 직물 제조사인 프리드리히 바이어 회사의 사원이었던 매서선은 모르핀에서 수소 원자 두 개와 산소 원자 한 개를 제거해서 알칼로이드 아포모르핀이라는 파생물을 만들었다. 주요 기능은 구토를 유발하는 것이었는데, 바이어에서는 피마자유와 기능이 비슷한 하제로 팔았다. 나중에는 파킨슨병 치료제로 팔렸다. 심지어 동성애 '치료제'로 쓰이기까지 했다. 오늘날에는 남녀 모두에게 작용하는 흥분제로 팔린다. 그리피스는 매서선에게 배운 "다른 학생 한 명"이 바로 홈즈였다고 주장한다. 매서선이 알칼로이드에 관한 연구를 했다는 사실을 감안하면, 홈즈가 그 물질에 관심을 갖게 된 것은 바츠에서 시작되었다고 볼 수 있다. 매서선의 경력에 대한 무어의 회고에 따르면 홈즈와 매서선이 공동 연구를 했을 수도 있다고 그리피스는 주장했다.

37. "I've found it! I've found it!" 정전에서 홈즈가 최초로 한 말이다. 고대 그리스의 아르키메데스가 외친 것으로 유명한 "유레카Eureka!"가 영어로 그렇게 번역된다—옮긴이.

"발견했어! 내가 발견했어!" 그가 내 동행에게 외쳤다.
리하르트 구트슈미트 그림, 『훗날의 복수』, 슈투트가르트, 로베르트 루츠 출판사(1902)

　"별것 아닙니다." 그는 혼자 나직이 웃으며 말했다. "지금 문제는 헤모글로빈에 관한 것입니다. 물론 이 발견의 의미를 아시겠죠?"

　"물론, 화학적으로 흥미로운 발견이군요." 내가 대답했다. "하지만 실용적으로는……."

　"아니, 이런, 이건 근년 들어 가장 실용적인 법의학적 발견입니다. 이것으로 핏자국을 정확히 판별할 수 있다는 것을 모르시겠습니까? 자, 이리 와보세요!" 그는 열을 내며 내 소매를 잡고 자기가 작업하고 있던 탁자로 끌고 갔다. "새 피가 좀 필요하군요." 그는 긴 송곳으로 자기 손가락을 쿡 찔러서 찔끔 나온 혈액 한 방울을 피펫에 받았다. "자, 이 소량의 피를 물 1리터에 섞겠습니다. 이 혼합액은 맹물처럼 보일 겁니다. 혈액의 비율이 100만 분의 1도 안 될 테니까요. 하지만 분명 특유의 반응이 나타날 겁니다." 그렇게 말하면서 그는 용기에 하얀 결정 몇 개를 넣은 후 투명한 액체 몇 방울을 더 넣었다. 곧바로 내용물이 우중충한 적갈색으로 변했고, 갈색 입자가 유리병 바닥에 침전했다.[38]

"하! 하!" 그가 외치며 손뼉을 쳤다. 마치 새 장난감을 갖게 되어 기뻐하는 아이 같았다. "자, 어떻습니까?"

"아주 정밀한 검사 같군요." 내가 말했다.

"아름답습니다! 이건 아름다워요! 예전의 유창목 수지 검사[39]는 무척 조악하고 불확실했습니다. 현미경 혈구 검사도 마찬가지죠. 현미경 검사는 피가 묻은 지 몇 시간만 지나도 무가치해집니다. 그런데 내 검사법은 새 피든 오래된 피든 똑같이 유효한 것으로 보입니다. 이 검사법이 진작 개발되었다면, 지금 세상을 활보하고 다니는 수백 명의 범죄자들이 예전에 죗값을 치렀을 겁니다."

"그렇군요." 내가 중얼거렸다.

"범죄 수사는 줄곧 그 한 가지 사항에 좌우되고 있습니다. 사건이 일어난 지 몇 달씩 지나서야 용의 선상에 오르는 사람이 있는데, 용의자의 이불과 옷을 검사해보니 갈색 얼룩이 발견되었다고 칩시다. 그건 피가 묻은 것일까요, 아니면 흙이 묻은 것일까요, 아니면 녹이나 과즙이 묻은 것일까요? 많은 전문가들을 곤혹스럽게 한 문제가 바로 그것입니다. 왜 그렇겠습니까? 믿을 만한 검사법이 없기 때문이죠. 근데 이제 셜록 홈즈 검사

38. 「베이커 스트리트의 우화」에서 렘선 텐 에이크 스헹크가 주장한 바에 따르면, 홈즈의 발견이 유효하다면 오늘날 세계적으로 이용되고 있을 것이다. 그렇지 않다는 점은 그 물질이 헤모글로빈에만 작용한다는 것이 사실 무근이라는 뜻이다. 스헹크는 이어서 이렇게 썼다. "아마도 홈즈는 계속 연구를 해서 비슷한 결과를 얻을 수 있는 다른 물질을 발견했거나, 그것이 헤모글로빈 때문이 아니라 혈액의 다른 성분 때문이라는 사실을 알게 되었을 것이다." 홈즈의 혈액 혼합액에 대한 계산도 틀렸다. 스헹크의 계산에 따르면, 혈액 '한 방울'을 물 1리터에 섞으면 혈액 비율은 "100만 분의 1"이 아니라 3만 분의 1쯤 될 것이다〔'한 방울'은 부정확한 단위지만, 의료계에서 사용하는 액량의 최소 단위인 1미님(0.06밀리리터)이 한 방울이라고 치면 혈액 비율은 6만 분의 1에 해당한다〕. 스헹크의 결론에 따르면 홈즈는 "이런 실험 이야기를 더구나 왓슨에게 말했다는 것을 곧 후회했을 것이다. 이 실험에 대해 다시는 언급하지 않는 것도 그래서일 것이다."
그러나 리언 S. 홀스타인은 「7. 화학 지식─깊음」이라는 에세이에서 반대 의견을 냈다. 홈즈의 실험은 오늘날 혈흔을 확인하는 데 쓰이는 헤모크로모겐 검사의 초기 형태라는 것이다. 이 검사에서 혈흔이 확실한 경우 헤모크로모겐 결정이 붉게 변한다. 크리스틴 L. 휴버는 「셜록 홈즈의 혈액 검사 : 세기의 미스터리 해법」에서 홈즈의 검사법이 1930년대에 '재발견'되었음을 확인했다. 이때 헤모글로빈 A가 수산화나트륨에 의해 변성되고, 포화 상태의 황산 암모늄과 함께 침전한다는 사실이 '발견'되었다는 것이다. 홀스타인은 이렇게 주장했다. "홈즈의 검사법은…… 재발견 이후 전기이동법의 일환으로 병원과 연구 실험실에서 거의 날마다 사용되었다. 왜 홈즈가 최초의 발견자로 인정을 받지 못했는지는 미스터리로 남아 있다."

39. 헤모글로빈(곧 혈액 성분)을 알아내는 또 다른 검사로, 초록빛이 어린 갈색의 유창목 수지, 곧 과

이약에 알코올을 섞어 쓰는 방법이 있었다. 검사할 액체에 이 용액을 첨가하고 에테르에 녹인 과산화수소 몇 방울을 넣어 흔든다. 헤모글로빈이 존재할 경우 혼합물이 밝은 청색으로 변한다. 이 검사법은 1861년에 J. 밴 딘이 살짝 다른 방식으로 처음 보고했다.

추리 작가 리처드 오스틴 프리먼은 『늑대 그림자』(1925)에서 이 검사법을 묘사하고 있다. 주인공 뛰어난 법의학 탐정 존 에벌린 손다이크 박사는 홈즈와 마찬가지로 『빨간 엄지 자국』(1907)부터 『제이컵 스트리트 미스터리』(1942)에 이르기까지 수많은 책을 통해 활약상을 선보였다. 손다이크는 수상쩍은 얼룩에 소량의 과이악을 붓고 액체가 밖으로 퍼지는 것을 지켜보다가, 에테르를 첨가해서 두 액체를 섞는다. 프리먼은 이렇게 썼다. "차츰 에테르가 얼룩 쪽으로 퍼져서, 먼저 한 곳에, 이어 다른 곳에 접근해서, 마침내 꾸불꾸불한 회색의 선을 가로질렀다. 각 지점에서 같은 변화가 일어났다. 처음에는 희미했던 회색 선이 강렬한 푸른 선으로 바뀌었고, 이 색깔이 에워싼 모든 공간으로 퍼져서 마침내 전체 얼룩이 뚜렷한 청색으로 바뀌었다. '이것의 의미를 아시겠소? 이 얼룩은 핏자국이라는 뜻이오.' 손다이크가 말했다."

레이먼드 J. 맥고언이 「셜록 홈즈와 법의학적 화학」에서 밝힌 바에 따르면, 1800년부터 1881년까지 헤모글로빈 검사법이 실제로 11종이나 나왔고, 그 밖에도 수많은 파생 검사법이 나왔는데, 그중 여러 가지 검사법이 현대에도 쓰이고 있다.

40. 마이클 해리슨은 홈즈가 자신의 검사법을 영국 경찰 당국에 제공했는데, 묵살당하고 말았을 거라는 의견을 냈다. 그래서 "영국 경찰 체계에 대한 극복할 수 없는 편견이 더욱 도져서," 그가 "독자적으로 수사를 진행하길 선호한 것"도 이상할 게 없다는 것이다.

41. D. 마틴 데이킨은 이 "뮐러"가 "최초의 철도

법이 있으니 더 이상 어려움은 없을 겁니다."[40]

그렇게 말하는 그의 눈이 무척이나 반짝거렸다. 그리고 그는 갈채를 보내는 군중들의 모습이 눈에 선하다는 듯이 가슴에 손을 얹고 정중히 허리를 숙였다.

"축하드려야겠군요." 그가 열광하는 모습에 놀라 눈이 휘둥그레진 내가 말했다.

"작년에 프랑크푸르트에서 폰 비쇼프 사건이 터졌습니다. 그때 이 검사법이 존재했다면 녀석은 분명 교수형을 당했을 겁니다. 그리고 브래드퍼드의 메이슨과 악명 높은 뮐러[41], 몽펠리에의 르페브르, 뉴올리언스의 샘슨도 있습니다. 이 검사법으로 결정타를 먹일 수 있었을 사건을 스무 가지는 알고 있습니다."[42]

"홈즈 씨는 걸어다니는 범죄 연감이로군요." 스탬퍼드가 웃으며 말했다. "그것을 전문으로 하는 신문을 만들어도 되겠어요. 신문 이름은 《과거의 경찰 뉴스》정도로 하고요."

"그것도 꽤 흥미로운 읽을거리가 되겠군요." 셜록 홈즈는 손가락에 난 상처에 조그만 반창고를 붙이며 말했다. "이런 건 조심해서 취급해야 합니다." 그가 나를 돌아보고 빙그레 웃으며 이어 말했다. "취미로 독극물을 많이 다루거든요." 그렇게 말하며 그는 손을 펴 보였다. 비슷한 반창고 쪼가리가 덕지덕지 붙어 있는 데다 강산强酸 때문에 피부가 변색되어 있었다.

"우린 볼일이 있어서 왔어요." 그렇게 말하며 스탬퍼드가 높다란 삼발이 걸상에 앉고는 발로 다른 걸상을 내게 밀어주었다. "여기 계신 내 선배가 하숙을 구하고 있어요. 홈즈 씨도 같이 하숙할 사람이 없어서 고민했죠? 그래서 두 분을 만나게 해 드리면 좋을 듯싶었습니다."

셜록 홈즈는 하숙집을 나랑 같이 쓴다는 것이 반가운 듯했다. "베이커 스트리트[43]에 있는 스위트룸을 봐놓았습니다." 그가 말했다. "우리한테 안성맞춤일 겁니다. 혹시 독한 담배 연기

를 싫어하는 건 아니겠죠?[44]"

"나도 늘 '쉽스'[45]를 피우고 있는걸요." 내가 대답했다.

"그거 잘됐군요. 보통 나는 화학약품을 가까이 두고 이따금 실험을 하는데 혹시 불쾌하지 않으시겠습니까?"

"전혀요."

"어디 보자, 또 무슨 단점이 있지? 아, 때로 의기소침해져서 며칠씩 내리 입을 열지 않습니다. 그럴 때 내가 성이 나서 그런다고 생각지 마십시오. 그냥 내버려두면 곧 괜찮아질 겁니다. 이제 왓슨 박사께서 고백을 해보시죠. 같이 살기 전에 서로의 단점을 알아두는 것이 좋을 테니까요."

나는 이런 반대신문에 웃음을 터트리고 말했다. "나는 불도그 강아지를 한 마리 기르고 있습니다.[46] 그리고 신경이 좀 쇠

1895년경의 베이커 스트리트.
『런던 주변』(1896)

살인(1864)을 저지른 프란츠 뮐러"는 아니라고 밝혔다. "프란츠 뮐러는 핏자국 때문이 아니라 무심결에 피살자의 모자를 쓰고 돌아다니다 잡혀서 유죄선고를 받았기 때문이다."

42. "홈즈가 이런 이름들을 줄줄이 나열하고 있는 것은 청중에게 자기가 전도하고자 하는 분야에 대해 스스로 무지하다는 증거를 덥다 들이대기 위해 광분하고 있는 격이다"라고 오언 더들리 에드워즈는 평했다.

43. "베이커 스트리트"의 '베이커Baker'가 어떻게 유래된 이름인지는 분명치 않다. 헥터 벌리소와 데릭 필의 『도시의 벽을 넘어 : 런던 강북 거리 이름의 모험』에 따르면, 매럴러번 구역의 서쪽 지역 거리 이름 대부분은 1700년대 중반에 이 땅을 물려받은 윌리엄 헨리 포트먼 집안 사람들의 이름을 딴 것이다. 그런데 무슨 이유에선지 베이커 스트리트만은 예외였다. 일부 학자들은 이 거리가 포트먼 씨의 이웃이자 친구였던 에드워드 베이커 경의 이름을 딴 것이라고 믿는다. 그러나 벌리소와 필의 주장에 따르면, 윌리엄 베이커라는 사람이 개발 목적으로 포트먼 광장 근처에 땅을 임차했고, 거리 이름도 이 베이커 씨의 이름을 딴 것이다.

44. 이언 매퀸은 이렇게 말했다. "홈즈와 왓슨은 당대의 가장 유명한 흡연가임에 틀림없다. 두 사람 사이의 최초의 사적인 이야기가 바로 이런 흡연 습관에 대한 것이었다니……"

45. 'ship's.' 이건 선원들의 담배를 가리킨 것일까, 아니면 특정 담배 상표명일까? 셰리 킨의 「Ship's인가 ship's인가 : 이것이 문제다」라는 에세이에 따르면, 에릭 파트리지의 『영어 속어와 비전통어 사전』과 프레이저와 기번스의 『병사와 선원, 낱말과 어구』 두 곳에서 모두 'ship's'를 "해군의 코코아 담배"로 언급하고 있다고 밝혔다. 하지만 잭 트레이

시의 『셜로키언 백과사전』에서는 'Ship's'가 "네덜란드에서 만들고 뱃사람들이 선호한 독한 담배인 '특급 선원 담배Schippers Tabak Special'"라고 단언하고 있다. 윌리엄 베어링굴드는 왓슨이 잉글랜드로 돌아가는 수송선 오론테스호 선상에서 "십스"를 피우기 시작했을 거라는 의견을 냈다. 그러나 잉글랜드로 돌아갈 때 왓슨은 매우 허약한 상태였다는 것을 생각해야 한다. 그 점을 고려해서 W. E. 에드워즈는 왓슨이 인도로 가는 길에 십스를 피우게 되었다고 추리했다. 어느 경우든 간에 십스를 피운 것은 잠깐 동안이었을 뿐이라고 베어링굴드는 결론 지었다. 「등이 굽은 남자」를 보면 "아니, 여전히 총각 시절의 아카디아 담배를 피우고 있잖아!" 하고 홈즈가 말하는 장면이 나오기 때문이다.

46. 불도그 강아지는 정전에서 다시 언급되지 않는다. 그래서 수수께끼 같은 이 강아지의 등장을 둘러싸고 말들이 많다. 로버트 S. 모건은 「불도그 강아지 수수께끼」에서 이 개가 왓슨이 이사한 직후 사고로 사망했을 거라는 의견을 냈다. 그리고 왓슨이 이사한 직후 안정을 찾지 못하고 기억장애까지 일으켜서 개에 대한 언급을 하지 않게 되었다는 것이다. 토머스 털리가 「불도그 강아지」에서 밝힌 가설에 따르면, 왓슨은 이 개를 잠깐 동안만 돌보았다. 캐럴 P. 우즈는 「집요한 조사에 대한 짧은 보고서」에서, 왓슨은 자기 애완동물이 실은 흰족제비였는데 그것을 개로 잘못 알았을 거라고 추리했다. 홈즈가 그런 실수를 지적하자, 당황한 왓슨은 두 번 다시 애완동물 이야기를 입에 담지 않았다는 것이다. 그러나 왓슨의 새 방 친구가 그 동물을 제거했을 가능성도 없지 않다. 윌리엄 베어링굴드의 다음 지적은 일리가 있다. "우리는 홈즈가 대학 시절 빅터 트레버의 불테리어에게 심하게 발목을 물린 적이 있다는 사실을 잊지 말아야 한다. 왓슨의 불도그 역시 물고 싶은 강렬한 욕구를 느꼈을 수 있다. '왓슨, 저 개를 치워버려!'"
개가 존재했다는 사실을 의심하는 학자가 많다. 예

영화 〈주홍색 연구〉 포스터.
미국, 골드 실/유니버설 영화사(1914)

약해져서 소란스러운 것을 싫어합니다. 대중없이 아주 늦게 일어나고 말도 못하게 게으르지요.[47] 건강할 때는 안 좋은 점[48]이 더 있었는데 지금은 그 정도입니다."

"소란스러운 것에 바이올린 연주도 포함됩니까?" 그가 불안스레 물었다.

"그건 연주 나름이죠." 내가 대답했다. "바이올린 연주가 훌륭하다면 신들을 위한 향연이 되겠지만, 고약하면……"

를 들어 L. S. 홀스타인은 "스트랜드 가의 프라이빗 호텔"에서 개를 기르도록 했을 리가 없다고 믿는다. 그런 학자들 중 특히 W. E. 에드워즈는 "불도그 강아지bull pup"라는 낱말은 짧은 총신의 피스톨('불도그bulldog'라고 일컬어지는 피스톨과 비슷한 것)을 언급한 거라고 보았다. "아프가니스탄에서는 애완동물을 기르는 것이 불가능했고, 오론테스호에서는 불법이었으며, 프라이빗 호텔에서는 부적절했고, 베이커 스트리트에서는 종적이 보이지 않는다"는 이유에서다. 조지 플레처는 그 낱말이 군용 라이플을 가리킨다고 주장했고, J. R. 스토클러와 R. N. 브로디는 군용 리볼버를 가리킨다고 주장했다. 「단순 간단 : 작가들의 수사법」에서 자크 바르잔은 출전을 언급하지 않고 그저 그 낱말이 성질 급한 사람을 가리키는 말이라고 썼다. 이를 토대로 해서 몇몇 학자들은 홈즈에게 행동을 신중히 하라고 경고하는 의미에서 왓슨이 그런 말을 했다고 주장했다. 가장 흥미로운 의견을 제시한 사람으로 아서 M. 악설레드를 꼽을 수 있을 것 같다. 그는 「의사 왓슨의 불도그 강아지 : 언어심리학적 해법」에서 이렇게 주장했다. "나는 불도그 강아지를 한 마리 기르고 있습니다 keep a bull pup"라는 말은 "I keep a full cup(나는 술고래올시다)"라는 말이 스트레스 상황에서 언어심리학적으로 잘못 발성된 것이라고.

47. "대중없이 아주 늦게at all sorts of ungodly hours"에서 "ungodly hours"는 오늘날 대체로 아주 이른 시간, 곧 꼭두새벽 정도를 뜻한다. 그러나 그렇게 새벽에 일어난다면, 말도 못하게 게으르다는 건 말이 잘 안 된다. 또 뒤에 나오는 54번 주석을 보면, 전체 정전을 살펴볼 때 왓슨이 아침에 '아주 늦게' 일어난 것이 확실하다고 편집자가 밝히고 있다. 74번 주석에 해당하는 본문 뒷부분에도 왓슨에게 늦잠 자는 버릇이 있다는 말이 나온다. 그래서 "ungodly hours"를 의역해서 "아주 늦게"로 옮기게 되었다. 「기술자의 엄지손가락」14번 주석 참고―옮긴이.

48. 베어링굴드는 "안 좋은 점"이라는 것이 왓슨의 여성 경험(『네 사람의 서명』에서 언급한 것)이나 도박벽(「쇼스콤 고택」에서 언급한 것)을 가리킨 말일 수 있다는 의견을 냈다.

49. 3인칭으로 쓰인 「마자랭 보석」에서 이름을 알 수 없는 화자는 이렇게 말한다. "옛 친구 왓슨의 기억에 따르면 홈즈는 좀처럼 웃는 법이 없었"다. 이 진술은 여기서 무참하게 부정된다. A. G. 쿠퍼는 「홈즈의 유머」에서 홈즈가 정전에서 웃음을 지은 것이 총 292회라고 주장했다. 한편 찰스 E. 라우터바크와 에드워드 S. 라우터바크는 「좀처럼 웃는 법이 없는 남자」에서 다음과 같은 표를 제시했다.

60편의 이야기에서 셜록 홈즈가
익살스러운 상황이나 말에 대해 반응한 횟수와
반응 유형을 보여주는 빈도표

미소	103
웃음	65
농담	58
나직이 웃음(낄낄거림)	31
유머(익살)	10
즐거워함	9
환호	7
기뻐함	7
눈을 반짝임	7
기타	19
합계	316

50. "The proper study of Mankind is Man." 알렉산더 포프(1688-1744)의 『인간에 관한 에세이』에 나오는 말이다.

"아, 그럼 됐습니다." 그가 외치며 즐겁게 웃었다.[49] "그럼 결정이 난 것으로 봐도 되겠군요. 그러니까 하숙집이 마음에 드신다면 말이죠."

"집은 언제 보러 갈까요?"

"내일 정오에 이리 와주십시오. 같이 가서 결정하도록 하죠." 그가 대답했다.

"좋아요. 그럼 12시 정각에." 그렇게 말하고 나는 그와 악수를 했다.

우리는 그가 실험을 계속하도록 남겨두고, 내 호텔 쪽으로 같이 걸어가기 시작했다.

"그런데……." 나는 문득 걸음을 멈추고 스탬퍼드를 돌아보며 물었다. "도대체 그는 내가 아프가니스탄에서 왔다는 것을 어떻게 알았을까?"

동행이 수수께끼 같은 웃음을 머금고 말했다. "그가 별난 사람인 게 바로 그 때문입니다. 그런 걸 어떻게 알아내는지 궁금해하는 사람이 한둘이 아니랍니다."

"아하! 그게 수수께끼다?" 내가 두 손을 비비며 외쳤다. "그것 참 구미가 당기는군. 그 친구를 만나게 해준 것 정말 고맙네. '인류의 진정한 연구 대상은 인간이다'[50]라는 말도 있으니 말이지."

"그럼 그를 연구해야겠군요." 스탬퍼드는 그런 말과 함께 작별 인사를 했다. "하지만 그가 얼마나 난해한 수수께끼인가를 알게 될 겁니다. 장담컨대, 그를 연구하기보다 오히려 그에게 연구당하기 십상일 겁니다. 안녕히 가십시오."

"잘 가게." 내가 대답했다. 나는 호텔로 한가로이 걸어가며 새 친구에 대한 호기심이 모락모락 피어오르는 것을 느꼈다.

제2장
추리의 과학

이튿날 우리는 약속한 시간에 만나서 그가 말한 베이커 스트리트 221B번지[51]의 집을 둘러보았다. 안락한 침실이 둘, 통풍이 잘되는 큼직한 거실이 하나 있는 집이었다. 거실에는 밝은색의 가구가 놓여 있었고, 널따란 두 개의 창문[52]으로 빛이 환하게 들어왔다. 하숙집은 어느 모로 보나 썩 마음에 들었고, 우리 둘이 나눠서 내게 될 하숙비도 싼 편이어서[53] 즉석에서 흥정을 마치고 바로 계약을 했다. 그날 저녁 나는 호텔에서 짐을 옮겨 왔고, 셜록 홈즈는 내 뒤를 이어 다음 날 아침 대여섯 개의 상자와 큰 가방들을 가져왔다. 하루 이틀 정도 우리는 짐을 풀고 가장 잘 어울리는 자리에 물건을 배치하느라 여념이 없었다. 그 일을 마치자 차츰 자리를 잡고 새로운 환경에 적응하기 시작했다.

홈즈는 같이 살기에 까다로운 사람이 아닌 게 분명했다. 그

51. 다수의 미국 판본에서는 "B"를 빼버렸다.

52. 이 하숙집의 실내 모습과 가구 배치에 대한 논의는 편집자의 글 「가장 바람직한 주거 배치」참고.(이 창은 원통형을 잘라낸 것처럼 둥글게 내민 "둥근 내닫이창bow window"이다—옮긴이)

53. 당시의 적정 집세를 연구한 마이클 해리슨은 『셜록 홈즈의 발자취를 따라서』에서 홈즈와 왓슨의 총 하숙비는 주당 3-4파운드(오늘날의 구매력 기준 45만 원 안팎—옮긴이)였을 거라고 추산했다. 이 금액에는 식비와 세탁비가 포함되고, 가스 요금은 포함되지 않았을 것이다.

54. 제1장에서 왓슨은 "대중없이 아주 늦게" 일어난다고 홈즈에게 고백한 적이 있다. 그런데 「얼룩띠」에서는 왓슨이 "생활 습관이 규칙적인 사람"이고 홈즈가 평소에 "늦잠을 자는 사람"으로 나온다. 『바스커빌 씨네 사냥개』에서도 홈즈가 대체로 아침에 아주 늦게 일어난다는 말이 나온다. 그런데 「기술자의 엄지손가락」에서는 아침 7시에 홈즈가 이미 일어나서 아침 식사를 하고 있을 거라고 왓슨이 생각한다. 이것으로 미루어 홈즈는 생활 습관이 오락가락했던 것으로 보인다. 유일하게 일관성 있는 것은 왓슨이 아침에 아주 늦게 일어난 것이 분명하다는 것이다. 「보스콤밸리 사건」에서도 왓슨이 아주 늦게 아침 식사를 하는 모습이 나온다.

55. 윌리엄 베어링굴드는 홈즈가 오랫동안 걸었던 것은 사건과 관련된 행동이 분명하다고 밝혔다. 홈즈는 "운동을 위한 운동은 좀처럼 하지 않는 사람"이기 때문이다.(「노란 얼굴」)
W. E. 에드워즈의 설명에 따르면, 도시의 "아래쪽low"은 "빅토리아 시대 특유의 경멸을 드러내는 말이었다. '노동자 계층'이라는 점잖은 말 대신 '하층민lower-class'이라는 말을 쓸 때는 거기에 상당한 혐오감이 담겨 있었다." 빅토리아 시대에는 산업화로 '중산층'이 급격히 늘었다. 가게 주인, 상인, 사무원, 교사, 의사, 변호사 등이 그들이다. 그들은 귀족층에 속하지 않지만 하인들을 고용했다. 새로운 이 중산층 사람들은 아마 홈즈와 왓슨도 중산층으로 간주했을 텐데, 그들은 신분 상승 열망이 강했고, 신분이 하락하지 않으려고 필사적인 노력을 했다. 그런 맥락에서 그들은 노동자 계층인 거리의 행상이나 광부, 하인, 제철소 공원, 기타 대다수의 공장 노동자들을 가까이하려고 하지 않았다. 1909년에 영국 정치가 C. F. G. 매스터먼은 이렇게 예리하게 갈파했다. "부자들은 노동자를 경멸하고, 중산층은 노동자를 두려워한다."

56. 홈즈가 정기적으로 코카인(7퍼센트 용액)을 복

『주홍색 연구』 '영화 표지' 판본.
뉴욕, A. L. 버트 출판사(1940년경)

는 나름대로 조용했고 생활 습관이 규칙적이었다. 밤 10시가 넘어서 잠자리에 드는 일은 드물었고, 아침 식사를 거르는 법이 없었다. 그는 내가 잠자리에서 일어나기도 전에 집을 나갔다.[54] 때로는 화학 실험실에서, 때로는 해부실에서 하루를 보냈는데, 어떤 날은 오랫동안 걸어서 도시의 가장 아래쪽까지 다녀온 듯했다.[55] 그는 일하려는 마음만 내키면 누구보다도 정열적으로 일했다. 그러나 때로 반작용이 일어나면 거실 소파에 며칠이고 내리 드러누워서, 아침부터 밤까지 한 마디 말도 않고 손가락 하나 까딱하지 않으려고 했다. 그럴 때면 꿈꾸는 듯 너무나 몽롱한 눈빛을 띠고 있어서, 마약[56]에 중독된 것이 아닌

영화 〈주홍색 연구〉에서 셜록 홈즈 역을 한 제임스 브러징턴.
영국, 새뮤얼슨 영화사(1914)

가 하는 의심이 들 정도였는데, 전체적으로 청결하고 절제된 그의 삶을 돌아보면 그럴 리가 없었다.

몇 주일이 지나면서 그가 어떤 사람이고 삶의 목표가 무엇인가에 대한 관심과 호기심은 날로 깊어만 갔다. 셜록 홈즈라는 사람 자체와 외모는 아주 무심코 바라본 사람의 눈길도 끌 만했다. 1미터 80센티미터가 좀 넘는 그의 키는 지나치게 호리호리한 체격 때문에 한결 더 커 보였다. 두 눈은 날카롭게 꿰뚫어보는 듯했는데, 가끔 앞서 말한 그런 무기력 상태에 있을 때만 몽롱했다. 가는 매부리코는 전체적으로 빈틈이 없고 단호한 인상을 풍겼다. 각이 지고 돌출한 턱 역시 결단력이 있는 사람이라는 느낌을 주었다.[57] 그가 연약하고 철학적인 악기[58]를 다루

용한다는 것을 나중에 알게 된 왓슨은 이 마약을 끊게 하려고 애를 쓴다. 「다섯 개의 오렌지 씨앗」, 「보헤미아 왕실 스캔들」, 『네 사람의 서명』, 「입술이 뒤틀린 남자」, 「노란 얼굴」을 보면 홈즈가 코카인을 복용한다는 사실을 명백히 언급하고 있다. 『네 사람의 서명』에서 왓슨은 홈즈가 모르핀도 사용하고 있다는 것을 암시한다. 「보헤미아 왕실 스캔들」에서 왓슨은 홈즈가 "마약의 봉환상태와 자신의 예리한 본성이 불꽃을 튀기는 상태 사이를 번갈아 오갔다"고 썼다. 「다섯 개의 오렌지 씨앗」에서 왓슨은 "코카인과 담배로 자기를 독살 중인 자"라고 홈즈를 분석한 적이 있다고 고백한다. 『네 사람의 서명』에서 홈즈는 마약이 신체에 나쁜 영향을 미친다는 것을 인정한다. 하지만 "코카인은 사실 용기를 북돋워주고 정신을 맑게 해주는 효과가 대단히 탁월하단 말이지. 그래서 그까짓 부작용은 별로 중요하지 않다고 봐"라고 변명을 한다.

윌리엄 베어링굴드는 홈즈가 1887년 봄에 일어난 것으로 보이는 「레이게이트의 지주들」 사건 등으로 인한 정신적 후유증 때문에 처음으로 마약에서 위안을 찾게 되었다고 믿는다. 그 사건 이야기에서 왓슨은 "1887년 봄, 홈즈는 네덜란드-수마트라 회사의 온갖 문제와 모페르튀 남작의 엄청난 음모 사건을 해결하느라 온 힘을 다 쏟아붓고 과로로 몸져눕고 만 것이다"라고 썼다. 그러나 의사 찰스 굿맨은 홈즈가 코카인을 복용한 것이 심신 쇠약이나 권태 때문이 아니라, 치조농루로 인한 만성 치통 때문이라고 결론지었다.

1896-1897년에 일어난 것으로 보이는 「실종된 스리쿼터백」 사건 기록에서 왓슨은 홈즈를 회복시키려고 애를 썼다는 말을 한다. "몇 년 동안 나는 그가 서서히 마약을 끊도록 했다. 주목할 만한 그의 탐정 일에 걸림돌이 될 것만 같았던 마약 말이다. 이제 보통 때는 더 이상 그런 인위적인 자극을 열망하지 않았다. 그러나 그 악마는 죽지 않고 잠들어 있다는 것을 나는 잘 알고 있었다. 그 잠은 깊지 않았다. 할 일이 없는 시기에 홈즈가 금욕적인 얼

굴을 찡그리고, 헤아릴 수 없는 깊숙한 두 눈에 수심이 어린 것을 볼 때면 그 잠은 거의 깨어난 상태였다."

홈즈가 마약을 복용했다는 것을 모든 학자가 인정하는 것은 아니다. 의사 조지 F. 매클리어리는 『네 사람의 서명』에서 홈즈가 여러 달째 "매일 세 번씩" 주사를 놓는 것을 왓슨이 목격했다고 진술하고 있지만, 사실 홈즈는 결코 마약 중독자가 아니고, 다만 왓슨을 일부러 속이려고 그랬다고 결론짓는다. 그런 결론은 홈즈의 분장과 변장 솜씨, 그리고 홈즈의 개인적 특성(곧, 마약 상용자와는 전혀 걸맞지 않은 특성)에 대한 '증거'를 토대로 하고 있다. 그래서 그 주사는 왓슨에게 장난을 친 것으로, 무슨 주사였는지는 몰라도 결코 마약은 아니었다는 것이다. 이런 가설이 흥미롭기는 하지만, 매클리어리는 그렇게 흉흉한 장난의 동기가 무엇인가를 제시하지 못했다. 마이클 해리슨은 다른 의견을 내놓았다. 홈즈의 여러 모습—잠도 자지 않고 며칠씩 과로를 하고, 심지어는 전혀 쉬지도 않고, 기분이 갑자기 바뀌고, 돌연 비몽사몽 상태에 빠지는 것—으로 미루어볼 때, "그건 뭔가 강력한 환각제에 심하게 오랫동안 중독되었다는 명백한 증거다."

좀 더 온건한 견해로, 의사 유진 F. 케리(「홈즈, 왓슨, 코카인」)와 에드거 W. 스미스(「주삿바늘로부터」)는 홈즈가 "현명한 사용자"였다는 데 의견을 같이했다. 스미스는 이렇게 결론지었다. "그는 임상적 의미에서 그런 악덕의 노예는 결코 아니었다. 그는 언제나 그것을 떨쳐버리고 사건 해결의 즐거움에 고무될 수 있었기 때문이다."

57. 홈즈가 "지나치게 호리호리한 체격"에 "가는 매부리코"라는 왓슨의 묘사에도 불구하고, 리처드 애셔는 홈즈가 "여성들에게 굉장히 매력적"이었다고 믿는다. 담배로 인해 이빨이 누렇기는 했지만 말이다. 애셔는 또 홈즈가 "여성들에게 매력적으로 보일 수밖에 없는 정신적, 신체적, 사회적 온갖 능력을 부여받은 남자"라고 단언했다. 이런 결론을

는 것을 지켜볼 때 곧잘 관찰할 수 있듯이, 언제나 잉크가 묻어 있고 화학약품으로 얼룩진 두 손은 그 손놀림이 참으로 섬세했다.

이 남자가 얼마나 내 호기심을 자극했는지, 그리고 자기 신상에 관한 그의 과묵함을 깨기 위해 내가 얼마나 자주 애를 썼는지 털어놓으면, 독자들은 내가 참견하기나 좋아하는 한심한 작자라고 단정할지도 모르겠다. 그러나 그렇게 단정하기 전에, 당시 내 삶이 아무런 목적도 없었고, 관심을 끄는 일도 거의 없었다는 사실을 기억할 필요가 있다. 내 건강 상태로는 날씨가 유난히 좋지 않는 한 외출할 엄두를 낼 수 없었다. 더구나 나를 찾아와 일상의 단조로움을 달래줄 친구도 없었다. 그러한 처지에 방 친구를 둘러싼 수수께끼에 열광한 나는 그것을 파헤치기 위해 많은 시간을 보냈다.

그는 의학을 공부하고 있는 것이 아니었다. 그 점에 대해 질문하자, 스탬퍼드의 생각이 옳다는 것을 그가 직접 확인해주었다. 그는 지식인의 세계로 입장할 수 있는 과학 학위 따위의 관문을 통과하기 위한 책을 읽고 있는 것 같지도 않았다.[59] 하지만 모종의 분야에 대해 아주 열정적으로 연구했고, 한정된 별난 분야에 대한 그의 지식은 이루 말할 수 없이 광대하고 섬세해서, 그런 지식을 접하게 되면 나는 아연 놀라곤 했다. 명확한 목표가 없다면 분명 그 누구도 그렇게 열심히 연구할 수 없고, 그렇게 엄밀한 지식을 얻을 수도 없을 것이다. 아무 책이나 닥치는 대로 읽어서는 엄밀한 지식을 쌓기 어렵다. 이런저런 사소한 문제에 마음을 쓴다면, 거기에는 그럴 만한 이유가 충분히 있다고 봐야 한다.

그의 무식함은 유식함만큼이나 눈에 두드러졌다. 현대문학, 철학, 정치에 대해 그는 거의 아무것도 모르는 것 같았다. 내가 토머스 칼라일의 말을 인용하자, 그는 어리둥절한 표정으로 물

었다. 칼라일이 누구이며 뭘 하던 사람이냐고.[60] 그러나 내 놀라움이 절정에 이른 것은 그가 코페르니쿠스의 이론[61]과 태양계의 구성에 대해 무지하다는 것을 우연히 알게 되었을 때였다. 19세기의 문명인으로서 지구가 태양 둘레를 돈다는 사실을 모르다니, 너무나 어처구니가 없어서 도무지 이해가 되질 않았다.[62]

"놀랐나 보네?" 놀란 내 표정을 보고 씩 웃으며 그가 말했다. "나도 이제 그걸 알고야 말았으니 다시 잊어버리기 위해 최선을 다해야겠군."

"잊어버리기 위해!"

"그게 말이지" 하고 홈즈가 설명했다. "나는 인간의 뇌가 본래 비어 있는 작은 다락방과 같다고 봐. 선택한 가구 따위를 다락에 보관해야 하는데, 바보는 우연히 손에 넣은 온갖 잡동사니를 다 들여놓지. 그래서 쓸 만한 지식이 밖으로 밀려나버리거나, 기껏해야 다른 많은 것들과 뒤범벅이 돼서 한번 건드려 보기도 어렵게 돼. 그런데 노련한 장인은 뇌-다락에 넣을 것을 고르는 데 아주 신중해. 장인은 요긴하게 쓰이는 연장만 골라 제대로 구색을 갖춰서 아주 완벽하게 정돈해놓으려 하지. 작은 다락방의 벽이 탄력적이어서 한정 없이 늘어날 수 있다고 생각하면 오산이야. 매번 지식을 더할 때마다 전에 알았던 것을 잊어버리는 날이 틀림없이 오게 되거든. 따라서 쓸모없는 지식이 유용한 지식을 밀어내지 않도록 하는 것이 무엇보다 중요해."[63]

"하지만 태양계는!" 내가 따졌다.

"대체 그게 나랑 무슨 상관인데?" 셜록 홈즈가 성급하게 내 말을 잘랐다. "자네는 우리가 태양 둘레를 돈다고 했어. 하지만 우리가 달 둘레를 돈다고 해도, 나나 내가 하는 일은 전혀 달라질 게 없어."

그가 무슨 일을 하고 있는지 막 물어보려는 순간, 그의 태도

뒷받침하는 증거로, 메리 모스턴(『네 사람의 서명』), 아이린 애들러(『보헤미아 왕실 스캔들』), 네빌 세인트클레어 부인(『입술이 뒤틀린 남자』), 바이올렛 헌터(『너도밤나무 저택』), 가정부 애거사(『찰스 오거스터스 밀버턴』) 등에 대한 홈즈의 영향력이 얼마나 대단했는가를 꼽고 있다. 그 모든 여성들이 홈즈에게 단단히 반한 것이 명백하다는 것이다.

최초의 홈즈 삽화로 알려진 그림(75쪽 그림)은 홈즈를 신체적으로 멋진 인물로 보고 있다. 하지만 이 그림이 실물을 보고 그린 것이라는 증거는 없다. 아서 코난 도일의 아버지이자 홈즈를 만난 적이 있는 것이 분명한 찰스 도일의 그림(65, 102, 115쪽)을 보면 홈즈가 그리 매력적으로 보이지는 않는다. 홈즈의 초상화 가운데 최악은 『네 사람의 서명』을 위해 그린 찰스 커의 삽화(322쪽)일 것이다. 홈즈의 초상화는 시드니 패짓이 펜을 잡고서야 비로소 매력적으로 그려지기 시작했다. 그런데 안타깝게도 패짓은 자기 형인 월터를 홈즈의 모델로 썼다. 이때 홈즈가 티베트에 있었기 때문이다.

58. 'philosophical instruments.' 여기서 철학이란 예스러운 말로 자연철학과 물리학, 곧 과학을 뜻한다. 바이올린이 '과학적인 악기'라는 뜻.

59. 정전에는 홈즈가 학위를 받았다는 언급이 없지만, 그가 "지식인의 세계"에 동참해서 다양한 분야에서 다수의 논문을 썼다는 것만은 분명하다. 홈즈가 옥스퍼드나 케임브리지 대학 가운데 한 곳을 다녔다는 데 대부분의 학자들이 동의한다. 두 대학 모두 다녔다는 학자도 있고, 런던 대학에서 보충강의를 들었다고 제안하는 학자도 있다. 각 대학의 문화 차이에 토대를 둔 이 논의는 이런 주석에서 다루기엔 너무 복잡하다. 런던 셜록홈즈협회에서 발행하는 《셜록 홈즈 저널》의 오랜 편집자인 니컬러스 유테친의 훌륭한 저서 『옥스퍼드의 셜록 홈즈』를 보면, 편파적인 데가 좀 있기는 하지만 그래도 이 논의를 잘 요약해놓았다.

60. 토머스 칼라일(1795-1881)은 영국 역사가이자 수필가로서 스코틀랜드에서 태어나 괴테 등의 독일 작가에게서 큰 영향을 받았다. 수학을 가르치고 법학을 연구한 칼라일은 위선과 물질주의를 통렬하게 비판했다. 세상을 바꾸는 데는 영웅적인 지도자가 반드시 필요하다는 그의 확고한 신념을 홈즈라면 당연히 찬미했을 것이다. 생소한 낱말과 어구를 조합해서 기묘하고 거의 억지스러운 스타일로, 열광적인 리듬과 독일어식 표현을 구사한 칼라일은 여러 권의 중요 저서를 펴냈다. 예를 들면 세 권짜리 『프랑스 혁명』(1837), 공개 강연한 『역사상의 영웅들, 영웅 숭배, 영웅담』(1841), 그리고 전기인 『프리드리히 대왕이라고 불린 프로이센의 프리드리히 2세의 역사』(1858-1865)가 있다. 또 그는 프리드리히 폰 실러, 올리버 크롬웰, 존 스털링의 전기도 썼다.

왓슨이 이런 말을 하고 있는데도 불구하고, 홈즈가 실제로 칼라일을 몰랐다는 것을 믿는 학자는 거의 없다. 『친애하는 홈즈』에서 개빈 브렌드는 홈즈가 혼자 있고 싶어서 일부러 칼라일을 모르는 체했다는 의견을 냈다. "이때 아마도 홈즈는 아직 해결되지 않은 사건에 집중하고 싶었을 것이다. 칼라일에 대한 논의 따위를 하고 싶지 않았던 것이다." 크리스토퍼 몰리는 이런 대화가 이루어진 날이 바로 칼라일의 사망일인 1881년 2월 5일이었다는 의견을 냈다. 홈즈가 칼라일을 모른 척하는 것은 그리 오래가지 않았다. 칼라일의 말을 인용하고 있기 때문이다. 116번 주석 참고.

61. 폴란드의 천문학자 니콜라우스 코페르니쿠스가 세운 코페르니쿠스의 이론은 태양이 제자리에 있고 행성들이 그 둘레를 돈다는 주장이다. 나아가서 코페르니쿠스는 지구가 날마다 한 바퀴씩 자전을 한다는 이론까지 내놓았다. 태양이 아니라 지구가 우주의 중심이라고 본 프톨레마이오스의 우주관에 비하면 자못 혁명적인 이론이었다. 이론을 집필한 것은 1508-1514년이었지만, 저서인 『천체의 회전에 관하여』를 발표한 것은 1543년이었다. 그의 이론은 데카르트와 갈릴레오, 케플러, 뉴턴의 이론을 가능케 했을 뿐만 아니라 현대 과학의 부흥에 한몫했다. 이후 지구는 더 이상 우주의 중심이 아니라, 단지 많은 행성들 가운데 하나로 여겨졌다.

62. 이것은 홈즈가 뭔가 '장난'을 치고 있는 또 다른 상황이라고 윌리엄 베어링굴드는 생각했다. 「머스그레이브 씨네 의식문」 등을 보면 홈즈가 천문학을 잘 알고 있다는 것이 명백하다(홈즈는 "천문학자들이 '개인 오차'라고 부르는 것"을 운운한다). 또 「브루스파팅턴호 설계도」에서는 베이커 스트리트 221B번지에 들르겠다는 홈즈의 형 마이크로프트를 궤도를 이탈한 행성에 비유한다. 「그리스인 통역사」에서 홈즈는 "황도의 기울기가 변하는 이유"에 대한 잡담을 한다.

63. 「사자의 갈기」(『셜록 홈즈의 사건집』)에서 홈즈는 이러한 진술과 어울리지 않는 말을 한다. "내 정신은 온갖 꾸러미가 잔뜩 들어찬 골방과 같은데, 꾹꾹 채워 넣은 것이 워낙 많아서 거기 뭐가 있는지 그저 어렴풋이만 알고 있는 것이 허다하다."

를 보니 그런 질문을 달가워하지 않을 것만 같았다. 그렇긴 해
도 나는 우리의 짧은 대화를 곰곰 되짚어보며 거기서 뭔가 추
리를 해보려고 했다. 그는 자기 목적과 무관한 지식은 얻으려
고 하지 않는다고 말했다. 그렇다면 그가 지닌 모든 지식은 그
에게 쓸모가 있다는 뜻이다. 나는 그가 유독 잘 알고 있다고 내
게 과시한 여러 가지 사항을 속으로 헤아려보았다. 그러다 그
것을 아예 연필로 기록했다. 완성된 목록을 보며 나는 실소를
금치 못했다. 내용은 다음과 같다.

셜록 홈즈—그의 한계[64]

1. 문학 지식—없음.
2. 철학 지식—없음.[65]
3. 천문학 지식—없음.
4. 정치 지식—박약.[66]
5. 식물학 지식—들쑥날쑥. 벨라도나와 아편, 독성 물질 일반
   에 대해서는 해박. 실용적인 원예 지식은 없음.
6. 지질학 지식—실용적이지만 제한적. 여러 가지 토양을 한
   눈에 구별. 산책 후 자신의 바지에 흙탕물이 튄 자국을 내
   게 보여주고, 흙의 색깔과 경도로 그것이 런던 어디에서 묻
   은 것인지 말함.
7. 화학 지식—깊음.
8. 해부학 지식—정확하지만 체계가 없음.
9. 범죄 문헌 지식—막대함. 금세기에 자행된 모든 중범죄에
   대해 낱낱이 알고 있는 듯.[67]
10. 바이올린을 잘 연주함.
11. 목검술, 권투, 펜싱 실력이 뛰어남.
12. 영국 법에 대한 실용적인 지식 우수.[68]

64. "이 시점에서 왓슨 본인의 한계를 나열한다면
다음과 같이 말할 수 있을 것이다. 1. 홈즈에 대한
지식? 없음"이라고 에드거 W. 스미스는 꼬집었다.

65. 『그의 마지막 인사』 머리말에서 홈즈가 은퇴
후 "철학과 농사일을 벗 삼아 살았다"고 왓슨은 보
고하고 있다. 또한 홈즈가 가장 주목할 만한 책 가운
데 하나로 꼽은 윈우드 리드의 『인간의 순교』와 같
은 책을 읽었다는 점에서 철학은 홈즈가 뒤늦게 재
미를 붙인 분야라고 할 수 없다. 따라서 홈즈에게 철
학 지식이 없다는 것은 왓슨의 잘못된 생각이다.

66. H. W. 벨은 「제2의 얼룩」과 「해군 조약문」에
서 잘 드러난 홈즈의 국제정치 지식을 왓슨이 낮잡
아 보았다고 생각한다. 마찬가지로 S. C. 로버츠도
민주와 진보에 대한 홈즈의 군건한 믿음을 강조한
다. 그것은 「해군 조약문」에서 홈즈가 공립초등학
교(가난한 학생들을 교육하기 위해 영국 최초로 국가
에서 지원한 학교)에 대해 이렇게 부르짖는 것만 봐
도 알 수 있다. "저건 등대야! 미래의 등대! 각기
수많은 찬란한 씨앗을 품은 캡슐들이야. 저기서 더
욱 현명하고 더 나은 미래의 잉글랜드가 싹터 나올
거야." 이런 발언에 대해 로버츠는 이렇게 말했다.
"후기 빅토리아 시대 자유주의의 염원을 이보다 더
적확하게 표현한 것을 찾아보기는 어려울 것이다."
그러나 T. S. 블레이크니는 왓슨의 평가에 동의한
다. 「브루스파팅턴호 설계도」에서 홈즈는 "혁명 뉴
스, 전운이 감돈다는 뉴스, 정부의 임박한 변화에
관한 뉴스"에 관심을 보이지 않기 때문이다. 블레
이크니의 주장에 따르면, "현실을 예리하게 간파하
고 있던" 홈즈가 정치가들의 저급한 논쟁에 관심을
기울였을 리가 없다. 또 블레이크니는 이렇게 생각
했다. "그토록 강렬한 개인주의자라면 다분히 현대
적인 사회학 이론을 토대로 한 평등주의 이상을 경
멸할 수밖에 없었을 것이다."

67. 정전을 통틀어 홈즈는 귀감이 될 만한 범죄 이

야기를 자주 언급한다. 『네 사람의 서명』에서 그는 모리아티 교수를 조너선 와일드와 비교한다. 훔친 물건을 원래의 주인에게 되파는 것으로 악명 높은 장물아비 와일드는 1752년 타이번에서 교수형에 처해졌다. 「유명한 의뢰인」에서 홈즈는 "웨인라이트"를 언급한다. 이는 토머스 그리피스 웨인라이트(1794-1852)이거나 헨리 웨인라이트(?-1875)일 텐데, 전자는 화가이자 《런던 매거진》의 미술 평론가였고, 삼촌과 계모, 의매를 독살한 것으로 알려진 인물이다. 헨리 웨인라이트는 붓 제조업자로 여주인을 살해한 후 토막 낸 시체를 처분하려다 체포되었다. 웨인라이트는 무죄를 주장하다가 교수형 당하기 직전에야 혐의를 인정했다. 서적상 매들린 B. 스턴이 말했듯이, 홈즈는 『뉴게이트 캘린더』(뉴게이트에 수감된 죄수들의 이야기가 담긴 인기 시리즈 도서)를 다수 소유했던 것으로 보인다. 또한 홈즈의 "막대"한 범죄 문헌 지식은 '그의 비망록'에 크게 의지하고 있는 듯한데, 홈즈는 "이따금 범죄에 관한 기사를 스크랩하고 요약 기록해서 늘 쓸모가 있는 색인집을 만들었다."

68. 앨버트 P. 블라우스타인은 「변호사 셜록 홈즈」에서 홈즈가 변호사였다고 주장한다. 그는 변호사처럼 말할 뿐만 아니라(예를 들어 「독신 귀족」에서 하녀 앨리스가 자기 방으로 갔다고 "증언"했다는 용어를 사용한다), 「보스콤밸리 사건」에서는 변호사처럼 행동한다(매카시를 석방시키기 위해 이의 제기서를 직접 작성해서 담당 변호사에게 넘겨준다). 「여섯 개의 나폴레옹 석고상」에서 여섯 번째 석고상에 대한 소유권을 확보하기 위해 법적으로 치밀한 행동을 한다. 플레처 프랫도 「아주 사소한 살인 사건」에서 이의견에 동조하며 이렇게 덧붙여 말했다. "홈즈 씨의 사건 기록을 검토하다 보면, 그는 실제 범죄가 일어난 모든 사건에서 모든 배심원을 만족시킬 만한 법적 증거를 확보한다. 정황증거만이 아니라 목격자까지, 많은 경우 자백까지도."
이런 견해에 모두가 공감하는 것은 아니다. 변호사

여기까지 목록을 만들고는 낙담해서 이것을 불길에 던져 넣고 혼자 중얼거렸다. "이 모든 재능을 조화시켜서 이 친구가 무엇을 하고자 하는지, 그리고 이 모든 것을 필요로 하는 직업이 무엇인지 알아낼 수만 있다면……. 하지만 그런 시도는 당장 때려치우는 게 낫겠어."

나는 앞서 그의 바이올린 연주 능력에 대해 말한 적이 있다. 그 솜씨가 여간이 아닌데, 다른 재능과 마찬가지로 그것 역시 괴팍한 데가 있었다. 내가 신청한 멘델스존의 〈노래Lieder〉[69]를 비롯해서 좋아하는 몇 곡을 연주한 것을 보면, 이런저런 곡을, 그것도 어려운 곡을 거뜬히 연주할 수 있다는 것을 잘 알고 있

저녁 무렵 안락의자에 기대앉아 눈을 감고
바이올린을 무릎에 얹은 채 무심히 활을 그어대곤 했다.
리하르트 구트슈미트 그림, 『훗날의 복수』, 슈투트가르트, 로베르트 루츠 출판사(1902)

그는 눈을 감고 무심히 바이올린 활을 그어대곤 했다.
조지 허친슨 그림, 런던, 『주홍색 연구』, 워드, 록 앤드 보든 출판사 (1891)

었다. 그러나 제 마음대로 연주할 때는 음악적인 연주를 한다거나, 알려진 곡을 연주하는 법이 없었다. 저녁 무렵 안락의자에 기대앉아 눈을 감고 바이올린을 무릎에 얹은 채 무심히 활을 그어대곤 했다. 때로는 화음이 낭랑하고 구슬펐고, 이따금은 몽롱하고 명랑하기도 했다.[70] 그건 그를 사로잡고 있는 생각을 반영하고 있는 것이 분명했다. 그렇게 내 참을성을 시험한데 따른 작은 보상으로 내가 좋아하는 곡들[71]을 아주 빠르게 잇달아 연주하고 끝내는 것이 보통이었는데, 그러지 않았다면 짜증 나는 그런 독주에 나는 분통을 터트리고야 말았을 것이다.

처음 한 주 정도는 찾아온 사람이 없었기 때문에 내 방 친구가 나만큼이나 고독한 사람인 줄 알았다. 그러나 알고 보니 지

앤드루 G. 퍼스코는 「홈즈 씨에 대한 소송」에서 홈즈가 법률 지식이 없고 훈련도 받지 않았다는 것을 상세하게 설명하고 있다. 그는 홈즈의 법률 용어 구사가 기술적으로 부적절한 경우가 많다고 지적한다. 「보스콤밸리 사건」에서 홈즈는 변호사에게 사건에 대한 진상을 제시하기만 하고, 재판에 제출할 이의 제기서는 변호사가 작성했을 수도 있다. 유죄를 입증할 법적 증거를 그가 열심히 찾는 것도 실은 그의 강박적인 성격의 산물에 지나지 않을 수도 있다. 홈즈가 정식으로 법률 교육을 받았다는 증거는 없다. 결국 홈즈는 법과 경찰을 자주 접해야 하는 탐정으로서 기대될 만한 '영국 법에 대한 실용적인 지식' 이상을 갖지는 않았다는 것이 퍼스코의 생각이다.

69. 〔정확한 제목은 〈말 없는 노래(무언가)Lieder ohne wortes〉—옮긴이〕 펠릭스 멘델스존(1809-1847)이 피아노를 위한 음악 책으로 『무언가』 첫 권을 완성한 것은 1830년이다. 모두 여덟 권을 냈는데, 마지막 책은 1845년에 완성되었다. 홈즈는 피아노가 아니라 바이올린을 연주했기 때문에, 완전한 개작곡을 연주한 것이 아니라 음악에 문외한인 왓슨을 위해 단순한 멜로디만 연주했을 거라고 여러 학자들은 추리했다.

70. 「셜록 홈즈와 음악」이라는 에세이에서, 바이올린과 피아노를 위한 〈베이커 스트리트 조곡〉을 작곡한 하비 오피서는 왓슨의 이 말을 반박했다. "바이올린을 무릎에 얹은 채" 연주를 해서는 낭랑하고 구슬프거나 몽롱하고 명랑한 화음을 연주할 수가 없다는 것을 증명해 보인 것이다. 오피서는 이렇게 설명했다. "바이올린의 경우 화음chords이라는 것은 자연스러운 것이 아니다. 익숙한 자세로 악기를 강하게 쥐고 있을 때만 화음을 연주할 수 있는데, 그런 자세에서 내는 화음은 바이올린다운 소리라고 할 수 없다. 바이올린은 화음 악기가 아니라 뛰어난 멜로디 악기다."

그러나 음악학 전문가 윌리엄 브레이드 화이트는 의자에 앉은 홈즈가 "바이올린의 꼬리 쪽을 복부에 대고, 왼팔을 악기 아래로 뻗어 보통의 방식으로 현을 짚었을 것"이라고 제안했다. "그러면 의자에 앉았을 때 바이올린의 위치와 몸이 거의 직각이 되어, 오른팔과 오른손으로 자유롭게 활을 그을 수 있고, 앞서 말했듯이 왼팔과 왼손으로는 역시 자유롭게 현을 짚을 수 있다." 홈즈가 그렇게 했다면 요한 제바스티안 바흐의 바이올린을 위한 〈D 마이너 소나타〉 중 그 유명한 '샤콘'을 (적어도 도입부만큼은) 연주할 수 있었을 테고, 누가 들어도 "몽롱하고 명랑"한 느낌을 받았을 거라고 화이트는 생각했다. 롤프 보즈웰은 홈즈가 무릎에 얹었다는 것은 "바이올린violin"이 아니라 '피들fiddle(바이올린을 가리키는 구어로 많이 쓰이지만, 바이올린속의 다른 악기를 뜻하기도 한다. 홈즈 이야기에서는 바이올린이라는 말과 피들이라는 말이 뒤섞여 나온다—옮긴이)'이었다는 사실을 지적한다. 이것은 중세의 악기인 피들일 수도 있다. 납작한 타원형에 현은 다섯 개인 악기 말이다. 아니면 바이올린속의 다른 현악기일 수도 있다. 보즈웰은 후자를 선호해서, 홈즈의 악기는 비올라였을 거라고 주장했다.

71. 에마누엘 베르크는 왓슨의 이 말("참을성을 시험한 데 따른 작은 보상"인 여러 곡)이 극작가 윌리엄

극작가 길버트와 작곡가 설리번의 희가극 작품, 〈참을성〉의 1881년경 공연 장면.

알고 보니 그는 지인들이 적지 않았다.
C. 콜스턴 그림, 『셜록 홈즈 시리즈』, 뉴욕과 런던, 하퍼 앤드 브러더스 출판사(1904)

인들이 적지 않았는데, 그것도 각계각층의 사람들을 두루 알고 있었다. 그중에 눈이 검고 누르튀튀한 생쥐 같은 얼굴의 남자가 한 명 있었다. 레스트레이드 씨[72]라고 소개를 받았는데, 일주일에 서너 번은 찾아왔다. 어느 날 아침에는 멋지게 차려입은 아가씨가 찾아와서 30분 남짓 머물기도 했다. 같은 날 오후에는 유대인 보따리장수처럼 보이는 은발의 남루한 손님이 찾아왔는데 무척이나 흥분한 기색이었다. 곧이어 발을 질질 끌며 걷는 노파가 찾아왔다. 언젠가는 머리가 하얀 신사가 찾아와서 내 방 친구와 면담을 했고, 또 언젠가는 벨벳 제복을 입은 기차역 짐꾼이 찾아왔다.[73] 이처럼 종잡을 수 없는 사람들이 나타날 때마다 셜록 홈즈는 거실을 좀 내달라고 해서, 나는 침실로 물러나곤 했다. 그는 이렇게 폐를 끼치는 것에 대해 번번이 사과를 했다. "거실을 사무용으로 좀 써야 해. 이들은 내 고객들이거든." 이런 말을 듣게 되자 단도직입적인 질문을 던질 기회를

눈이 검고 누르튀튀한 생쥐 같은 얼굴의 남자.
조지 허친슨 그림, 『주홍색 연구』, 런던, 워드, 록 앤드 보든 출판사(1891)

S. 길버트(1836-1911)와 작곡가 아서 시모어 설리번(1842-1900)의 희가극을 가리킨다고 보았다. 버그의 말에 따르면 왓슨의 애청곡은 〈배심원 재판〉(1875)과 〈참을성〉(1881) 사이의 작품들일 것이다. 〈군함 피나포어〉(1878)와 〈펜잰스의 해적〉(1879) 등도 이 시기의 작품이다. 가이 워랙은 멘델스존의 〈노래의 날개 위에〉를 왓슨의 애청곡으로 꼽았다.

72. 레스트레이드는 「소포 상자」에서 홈즈에게 보낸 편지에 "G. 레스트레이드"라고 서명했다. 런던 경찰국 소속의 이 형사는 왓슨이 발표한 이야기 중 14편의 이야기에 등장한다. 홈즈는 레스트레이드와 그의 동료들에게 우호적인 자세를 견지하지만, 경찰의 수사 방법에 대해서만큼은 경멸한다. 홈즈는 『바스커빌 씨네 사냥개』에서 레스트레이드를 형사 가운데 최고로 꼽는다. 『주홍색 연구』에서는 레스트레이드와 그레그슨을 "형편없는 패거리 가운데서 그나마 발군pick of a bad lot"이라고 평하고, 「노우드의 건축업자」에서는 상상력을 발휘할 줄 모르는 사람이라고 면박을 준다.

레스트레이드는 홈즈의 방법론을 지지하면서 내심 홈즈를 존경하고 있는 것이 분명하다. 「여섯 개의 나폴레옹 석고상」 마지막 대목에서 레스트레이드는 홈즈의 성공적인 수사에 갈채를 보내며 이렇게 말한다. "홈즈 씨가 많은 사건을 다루는 것을 보아왔습니다만. 이번보다 더 장인다운 솜씨를 보인 적이 없는 것 같습니다. 우리 런던 경찰국에서는 당신을 시샘하지 않아요. 아무렴. 우리는 당신을 자랑스러워합니다. 내일이라도 들러주시면, 가장 고참인 경위부터 가장 신참인 순경에 이르기까지, 너나없이 당신과 반가이 악수를 나누려고 할 겁니다." 레스트레이드의 경력을 철저하게 분석한 L. S. 홀스타인은 레스트레이드의 나이가 이 무렵 약 40세라고 밝혔다. 레스트레이드는 「세 명의 개리뎁씨」(1902) 사건 때부터 홈즈와 어울리기 시작했다. 이런 사실로 미루어볼 때, 그는 1844년에서 1846년 사이에 태어났고, 홈즈보다는 열 살에서 열두

다시 잡았건만, 다시 소심하게도 나는 비밀을 털어놓으라고 대놓고 말하지 못했다. 그가 말을 아끼는 데는 뭔가 분명한 이유가 있을 거라고 그때 내심 생각했지만, 얼마 후 자발적으로 털어놓은 말을 듣고 보니 그건 아니었다.

때는 3월 4일이었는데, 이날을 기억하는 데는 그럴 만한 이유가 있다. 평소보다 다소 일찍 일어난 나는 셜록 홈즈가 아직 아침 식사를 마치지 못했다는 것을 알게 되었다. 하숙집 아주머니[74]는 늦잠 자는 내 버릇을 잘 알고 있어서 내 식사는 차려놓지 않았고 커피도 끓여놓지 않았다. 나는 철없이 심술을 부리며 벨을 눌러대고는 밥 먹을 준비가 됐다는 사실을 퉁명스레 알렸다. 그러고는 식탁의 잡지[75]를 집어 들고 잠깐 시간을 때우려고 했다. 그사이에 방 친구는 묵묵히 토스트를 쩝쩝거리고 있었다. 제목에 연필로 표시해놓은 글이 있기에 자연스레 그리

살 연상이라고 홀스타인은 결론지었다. 이름 대문자 "G"가 편지에 서명된 것 말고는 레스트레이드의 첫 번째 이름이 무엇인지는 알 수 없다. 성씨인 "Lestrade"의 발음에 대해서도 학자들 사이에 말이 많다.('레스트레이드'라고 발음하는 것이 일반적이지만, 스코틀랜드식으로는 '레스트라드'가 일반적이고 코난 도일도 그렇게 발음한다고 말한 것으로 알려져 있다. '러스트레이드'라고 발음할 수도 있다. 1954년에 텔레비전으로 방영된 셜록 홈즈 시리즈에서는 이 이름에 대한 발음이 등장인물마다 다 달랐다는 일화가 있다—옮긴이)

73. R. K. 레빗은 「홈즈의 회계」에서 이러한 고객은 일용할 양식을 얻기 위한 대상이었다고 말했다. "홈즈는 곧 그런 고객에게 기대지 않을 만큼 컸지만, 이후 풍족하게 지내면서도 자신의 흥미를 위해 그런 사건을 계속 맡았다."

74. 구체적인 증거는 없지만 이 여자가 "그 유명한 허드슨 부인"이라고 윌리엄 W. 베어링굴드는 선언했다. 충실한 하숙집 여주인인 허드슨 부인은 정전에서 두루 그 이름이 나오는데, 베어링굴드를 비롯한 여러 학자들은 그녀의 이름이 마사라고 주장한다. 「사자의 갈기」에서 은퇴한 홈즈가 "늙은 가정부"를 언급하고, 「그의 마지막 인사」에 나오는 "붉은 얼굴의 노파"를 홈즈는 자기가 남겨둔 유일한 하인인 "마사"라고 소개한다. 이를 토대로 해서 허드슨 부인의 이름이 마사라는 주장에 대해, 윌리엄 하이더가 「마사 신화」라는 글에서 이를 반박했다. 그 이유는 첫째, 허드슨 부인이 이름으로 불린 적이 없고, 둘째, 「그의 마지막 인사」 기록 어디에도 "마사"가 허드슨 부인이라는 근거가 없다는 것이다. 그래서 그는 허드슨 부인과 홈즈의 늙은 가정부, 그리고 마사는 사실상 세 명의 인물이라고 주장했다.
허드슨 부인에 대해 말하자면, 그녀의 인적 사항은 알려진 것이 거의 없다. 빈센트 스태럿은 「마사 허

은발의 남루한 손님.
조지 허친슨 그림, 『주홍색 연구』, 런던, 워드, 록 앤드 보든 출판사(1891)

로 눈길이 갔다.

「생명의 책」이라는 다소 거창한 제목이 붙어 있었는데, 주위의 모든 것을 정확하고 체계적으로 관찰함으로써 얼마나 많은 것을 알아낼 수 있는가를 제시하고자 한 글이었다. 예리하면서도 황당한 글 같았다. 추리 과정이 치밀하고 강렬했지만, 그 결론은 억지스럽고 과장되어 보였다. 순간적인 표정의 변화나 근육 한 가닥의 씰룩거림, 스쳐 지나가는 눈빛만 봐도 한 인간의 속내를 헤아릴 수 있다고 글쓴이는 주장했다. 그의 글에 따르면 관찰과 분석 훈련을 한 사람을 속이는 것은 불가능하다. 그가 내린 결론은 유클리드[76]의 정리만큼이나 오류가 없다는 것이었다. 또한 문외한에게는 그의 결론이 아주 기상천외하기 때문에, 그가 어떻게 그런 결론에 이르렀는가를 가르쳐주지 않는 한 사람들은 그가 점쟁이인 줄 알 거라는 이야기였다.

머리가 하얀 신사가 찾아와서 내 방 친구와 면담을 했다.
조지 허친슨 그림, 『주홍색 연구』, 런던, 워드, 록 앤드 보든 출판사(1891)

드슨의 독특한 모험」에서 그녀가 알 수 없는 이유로 젊어서 과부가 된 후 하숙집을 차렸다는 의견을 냈다. "그러나 홈즈가 그녀를 처음 방문한 1881년 이전의 삶에 대해서는 전혀 알 수 없다"고 스태럿은 탄식했다. D. 마틴 데이킨은《스트랜드 매거진》의 모든 삽화(실물을 모델로 해서 그렸다고 여러 사람이 믿는 많은 그림들) 중에 허드슨 부인이 한 번도 등장하지 않는다는 사실을 발견했다.

75. 에드거 W. 스미스는 『베이커 스트리트 목록』에서 이 잡지가 대중문학지인《콘힐 매거진》(1860-1975)으로 1881년 3월호였을 거라고 추리했다. 소설 연재를 전문으로 한 이 문학지는 최초 편집자가 윌리엄 메이크피스 새커리였는데, 조지 엘리엇, 토머스 하디, 앤서니 트롤럽, 엘리자베스 개스켈, 윌키 콜린스 등의 작품을 연재했다. 아서 코난 도일 또한 여기에 자주 작품을 발표했다.

76. 유클리드(기원전 300년경, 알렉산드리아 거주)는 열세 권의 『기하학 원론』을 쓴 것으로 유명하다. 앞의 여섯 권은 평면기하학 기초를 다루는데, 현대의 많은 고등학생들에게 재앙을 안겨주고 있다.

글쓴이는 이렇게 말했다. "대서양이나 나이아가라 폭포를 보지도 듣지도 못했다 해도, 논리학자라면 물 한 방울만 보고도 그 존재 가능성을 추리할 수 있다. 그처럼 모든 삶은 하나의 거대한 사슬과 같아서, 그 연결 고리 하나만 보아도 전체의 본질을 알 수 있다. 여느 기술과 마찬가지로, 추리와 분석의 과학은 오로지 오랫동안 끈기 있게 연구함으로써만 습득할 수 있는데, 어떤 인간도 최고의 완벽한 경지에 이를 만큼 수명이 길지 못하다. 연구자는 가장 어려운 인간의 도덕적·정신적 측면의 문제에 관심을 두기 전에 먼저 초보적인 문제에 숙달하라. 누구든 사람을 만나면 과거 경력과 직업을 한눈에 알아차리는 연습을 하라. 그것이 어리석어 보일지 모르지만, 그러한 연습을 통해 관찰력이 예리해지고, 어디를 보아야 하고 무엇을 찾아야

77. 지하철은 런던의 일상생활을 획기적으로 바꿔 놓았다. 『베데커』에 따르면 1896년 연간 수송객이 1억 1,000만 명이 넘었다. 1860년에 처음으로 개통된 지하철은 주로 터널이나 높은 벽 사이로 지나갔다. 런던은 지하철 체계를 채택한 최초의 도시다. 「브루스파팅턴호 설계도」에서 지하철이 인상 깊게 등장하는데, 정전에서 홈즈나 왓슨이 지하철을 탄 이야기가 나오는 것은 「빨강머리연맹」이 유일하다.
크리스토퍼 몰리는 여기서 왓슨이 적시에 지하철을 언급하고 있다고 지적했다. 1863년에 처음 개통된 베이커 스트리트 역이 당시 확장 공사를 하고 있었던 것이다.

78. 원래 영국 열차의 삼등칸은 지붕이나 좌석이 없었다. 주로 빈민층과 노동자 계층으로 이루어진 삼등칸 승객들은 악천후나 오염에 그대로 노출되었다. 1844년 철도법으로 모든 삼등칸에 지붕을 올렸다. 토머스 하디는 단편소설 「릴스의 바이올린 연주자」(1893)에서 초기의 그런 수송 수단에 대해 묘사하고 있다. "이런 열차의 불운한 승객들은 런던 종점에 도착하면 기나긴 여행으로 인해 비참한 상태가 된다. 얼굴은 창백하고, 목은 뻣뻣하고, 기침을 하고, 비에 맞아 뼈가 시릴 정도인데, 많은 남자들이 모자도 쓰고 있지 않다. 실제로 그들은 즐겁게 내륙 소풍을 다녀온 사람이 아니라 거친 바다에서 쪽배를 타고 꼬박 밤을 지새운 사람과 닮았다."
『주홍색 연구』 사건 당시 삼등칸 시설은 꽤 개선되긴 했지만, 쾌적한 것과는 여전히 거리가 멀었다. 왓슨과 같은 전문 직업인이 그런 여행을 하는 것은 치욕스러운 일이었을 것이다. 「은퇴한 물감 제조업자」에서 조사이어 앰벌리가 "여행 경비에 대해 투덜거리며 삼등칸에 타자고 고집을" 부리자 왓슨은 그를 "구두쇠"로 단정한다.

79. 윌리엄 S. 베어링굴드는 왓슨의 도박 애호 조

하는지 알게 된다. 사람의 손톱, 외투 소매, 구두, 바지 무릎, 또는 엄지와 검지에 박인 못, 표정, 셔츠 소매, 그런 것들을 통해 직업을 쉽게 알아낼 수 있다. 유능한 관찰자가 이 모든 것을 종합해서 직업을 알아내지 못한다는 것은 어떤 경우에도 거의 생각할 수 없는 일이다."

"말할 수 없이 졸렬한 글이로군!" 잡지를 식탁 위에 탁 내려놓으며 내가 외쳤다. "내 평생 이런 쓰레기 같은 글은 처음 봐."
"그게 뭔데?" 셜록 홈즈가 물었다.
"글쎄, 이 글 좀 봐." 나는 아침 식사가 놓인 식탁에 앉아 에그 스푼으로 그 글을 가리켰다. "표시가 돼 있는 걸 보니 자네도 이걸 읽었나 보군. 글솜씨가 좋다는 것은 부정하지 않겠어. 하지만 내용이 영 언짢아. 이건 분명 골방에 처박혀서 번드레하게 배배 꼬인 논리나 만들어내는 작자의 이론이야. 실용적이질 않잖아. 이 작자를 지하철[77] 삼등칸[78]에 밀어 넣고 승객들의 직업을 죄다 맞춰보라고 하고 싶어. 맞추지 못한다는 쪽에 천대 일로 걸겠어.[79]"

"자네가 잃을걸?" 홈즈가 침착하게 말했다. "그 글 말이야, 실은 내가 썼어."
"자네가!"
"그래. 나는 관찰하면서 추리를 하는 버릇이 있어. 거기서 내가 말한 이론이 자네한테는 허무맹랑해 보이는 모양인데, 실은 아주 실용적이야. 그걸로 내가 밥벌이를 할 정도로 실용적이란 말씀이지."
"아니 어떻게?" 나도 모르게 불쑥 물었다.
"그러니까, 나도 나름대로 직업이란 게 있는데, 이 직업을 가진 사람은 세상에 나밖에 없지. 나는 자문탐정이야. 그게 뭔지 모를 테지만 말이야. 이 런던에는 형사도 많고 사립탐정도 많아. 그 친구들이 벽에 부닥치면 나를 찾아오는데, 그러면 내가

얽힌 실마리를 풀어주지. 그들이 모든 증거를 내게 제시하면, 범죄사에 대한 내 지식을 토대로 실마리를 잡아주는 거야. 악행에는 강한 가족적 유사성이 있어. 그래서 천 가지 범죄행위를 속속들이 꿰고 있다면 천한 번째 범죄 사건을 해결하는 것은 식은 죽 먹기지. 레스트레이드는 꽤 유명한 형사인데, 최근에 화폐 위조 사건을 수사하다가 오리무중에 빠지게 되자 나를 찾아오게 됐어."

"그럼 다른 사람들은?"

"그들은 대개 사설 조사 기관의 소개로 온 사람들이야. 모두가 뭔가 곤란한 일을 당해서 약간의 깨달음을 필요로 하지. 나는 그들의 이야기를 들어주고, 그들은 내 설명을 듣고, 그런 다음 나는 사례비[80]를 챙기지."

"그런데 자네 얘기는, 다른 사람들이 직접 모든 것을 목격하고도 단서를 잡지 못한 사건을 자네가 방에서 한 발짝도 움직이지 않고 해결할 수 있다는 거야?"

"그래. 그런 일에는 내가 직관을 좀 가지고 있거든. 때로는 사건이 좀 더 복잡한 경우도 있어. 그러면 빨빨거리고 돌아다니면서 내 눈으로 직접 봐야 해. 그러니까 나한테는 사건에 적용시킬 수 있는 남다른 지식이 꽤 있어서, 그것이 신통하게도 사건을 해결하는 데 썩 도움이 되지. 자네가 경멸한 저 글이 바로 그런 추리의 법칙을 다룬 건데, 그게 실제로 내가 일을 하는데 아주 요긴하게 쓰인다네. 내게 관찰은 제2의 천성이야. 우리가 처음 만났을 때 자네가 아프가니스탄에서 왔다고 내가 말하자 좀 놀란 것 같더군."

"보나 마나 누구한테 들었겠지."

"천만에. 자네가 아프가니스탄에서 왔다는 것을 나는 바로 알아봤어. 오래된 습관 덕분에 일련의 생각이 번개같이 뇌리를 스쳐 지나갔고, 중간 단계는 의식할 것도 없이 바로 결론에 이

짐이 이 대목에서 처음으로 나타났다고 지적했다. 몇 년 후 「춤추는 사람들」과 「쇼스콤 고택」에서 왓슨은 다시 도박을 언급한다. 「쇼스콤 고택」에서 홈즈가 왓슨에게 경마에 대해 아느냐고 묻자, 왓슨이 대답한다. "당연하지. 상이연금의 절반은 경마에 바치고 있으니까."

80. 홈즈의 사례비는 편차가 컸다. 이 무렵 홈즈의 수입과 훗날의 수입에 대한 논의는 「셜록 홈즈의 돈에 관하여」라는 편집자의 글에 자세히 나와 있다.

81. 이언 매퀸은 왓슨이 검게 탈 정도로 아프가니스탄에서 오래 지냈다고 보지 않았다. 왓슨이 "참전 용사였다는 것을 과시하며" 과장했을 거라고 본 것이다. "부분적으로는 허영심 때문에, 또 부분적으로는 홈즈의 놀라운 추리 능력을 연출하기 위해" 그랬다는 것이다. "홈즈는 왓슨이 독자에게 제시한 것만큼 그렇게 순식간에 아프가니스탄 참전 사실을 추리해내지는 못했을 것"이라고 이언 매퀸은 주장했다.

82. 새뮤얼 F. 하워드는 이것이 필연적으로 도출되는 결론은 아니라고 지적했다. 왓슨이 보고한 제한된 정보를 토대로 할 경우, 아프가니스탄이 아니라 아프리카의 줄루 전투(1879-1880)에 참전했다는 결론을 내렸어야 타당하다는 것이다. 게다가 여러 주석자들이 지적하듯이, 아프가니스탄은 정상적인 의미의 "열대"가 아니다. 하워드는 「마이완드에 대한 더 많은 것」에서 이렇게 썼다. "홈즈가 왓슨에게 말하지 않은 다른 정보를 가진 게 아니라면(왓슨이 우리에게 전달하지 않은 사실이 있는 게 아니라면), 순수한 추리만으로 알아맞혔다고 볼 수 없다. 구태여 왓슨에게 말하지 않은 다른 뭔가를 홈즈가 간파하고 알아맞혔을 거라는 쪽을 나는 선호한다."

83. 오귀스트 뒤팽은 에드거 앨런 포의 「모르그가의 살인」(1841), 「마리 로제의 미스터리」(1842), 「도둑맞은 편지」(1844)를 통해 대중에게 활약상을 선보였다. 그는 '유명한 혈통'을 지닌 인물이었지만, 포부르 생제르맹의 뒤노 가街 33번지 4층의 조그마한 뒷방 서재에서 가난하게 살았다. 익명의 화자는 뒤팽이 해가 뜨면 창문 덧문을 닫고 어두운 방에 앉아, 향이 짙고 불빛은 희미한 양초 두 개를 켜놓기를 좋아했다고 보고한다. 가끔 기분이 내키면 방에서 나가, 파리 시내를 배회하며 파리 시민의 삶을 바라봄으로써 '무한한 정신적 흥분'을 경험했다. 해포석 담배 파이프를 즐겨 사용한 골초인 뒤팽은 파리 경찰을 경멸했고, 그들의 수사 방법을

르렀지. 하지만 여러 단계를 거치긴 했어. 일련의 추리 과정을 말하자면 이런 거야. '이 신사는 의사 유형인데 군인 분위기를 풍기는군. 그렇다면 군의관일 수밖에. 열대지방에서 온 지 얼마 안 됐군. 얼굴이 검게 탔는데,[81] 손목이 흰 걸 보면 살갗이 원래 검은 것은 아니거든. 얼굴이 핼쑥한 걸로 봐서 고생깨나 했고 아팠군. 왼팔에 부상을 당했어. 움직임이 뻣뻣하고 부자연스럽거든. 열대지방에서 영국 군의관이 그토록 고생을 하고 팔에 부상을 당할 만한 곳이라면? 아프가니스탄밖에 없지.'[82] 이 모든 일련의 생각을 하는 데는 1초도 걸리지 않았어. 그래서 자네가 아프가니스탄에서 왔다고 한마디 한 건데, 자네는 깜짝 놀랐지."

"듣고 보니 간단하군." 내가 웃으며 말했다. "자네는 에드거 앨런 포의 뒤팽[83]을 연상시켜. 설마 그런 소설 속의 인물이 실존할 줄은 몰랐어."

셜록 홈즈가 자리에서 일어나 파이프에 불을 댕겼다. "나를 뒤팽과 견준 것은 칭찬하려는 뜻이겠지." 그가 말했다. "하지만 내가 보기에 뒤팽은 매우 못난 친구[84]라네. 한참 동안 입을 다물고 있다가 불쑥 말을 던져서 친구들의 생각을 방해하는 수법은 아주 과시적이고 천박한 짓이야. 물론 분석 능력은 천재적이지만, 그는 결코 비범한 인물이 아니었어. 포는 비범하다고 생각한 모양이지만 말이야."

"가보리오의 작품을 읽어봤겠지?" 내가 물었다. "르코크라면 훌륭한 탐정이랄 수 있을까?"[85]

셜록 홈즈는 싸늘하게 콧방귀를 뀌었다. "르코크는 딱한 덜렁쇠야." 그가 성난 음성으로 말했다. "봐줄 만한 것이 하나 있다면, 그래도 열정은 있다는 거지. 그건 정말 뜨악한 책이었어. 문제는 붙잡힌 사람들 중에 누가 범인인가를 알아내는 것이었지. 나라면 24시간 안에 해결할 수 있었을 텐데, 르코크는 여섯

달이나 걸렸어. 그 책은 탐정들에게 해서는 안 되는 일에 대해 가르치는 교재로 쓰면 좋을 거야."[86]

내가 좋아한 두 인물을 이토록 거만하게 짓밟자 나는 자못 화가 났다. 나는 창가로 가서 분주한 거리를 내다보며 속으로 중얼거렸다. '이 친구가 머리는 썩 좋을지 몰라도 자만심이 너무 지나치군.'

"요새는 범죄도, 범죄자도 없어."[87] 그가 불만스레 말했다. "그런 마당에 전문적인 두뇌가 있어봐야 무슨 소용이 있겠어? 나한테는 이름을 날릴 만한 두뇌가 있다는 것을 난 알아. 범죄 수사에 대해 나만큼 많은 연구를 하고 나만큼 천부적인 재능이 있는 사람은 오늘날 아무도 없고, 과거에도 없었지. 그런데 결과 좀 봐. 수사할 범죄가 없어. 기껏해야 런던 경찰국[88]의 형사가 봐도 자초지종이 빤한 엉성한 범죄밖에 없잖아."

나는 거만하기 짝이 없는 그의 말에 더욱 화가 치밀었다. 차라리 화제를 바꾸는 게 나을 것 같았다.

"저 친구는 뭘 찾고 있는 거지?" 길 건너편의 건장한 사람을 가리키며 내가 물었다. 평범한 옷차림의 그 남자는 천천히 걸어 내려오면서 열심히 두리번대며 건물 번지수를 살펴보고 있었다. 큼직한 푸른색 봉투를 들고 있는 것을 보니 그것을 전해 주려고 집을 찾는 모양이었다.

"퇴역한 저 해병 하사관 말이야?" 셜록 홈즈가 말했다.

'허풍 떨기는!' 나는 내심 중얼거렸다. '헛소릴 해도 내가 확인할 길이 없다 이거겠지.'

그런 생각이 뇌리를 다 스쳐 지나가기 전에, 우리가 지켜보던 그 남자가 우리 집 번지수를 보고는 재빨리 길을 건넜다. 아래쪽에서 쿵쿵 문을 두드리는 소리가 나고 굵은 목소리가 들리더니, 이어서 계단을 올라오는 육중한 발소리가 들렸다.

"셜록 홈즈 씨에게 온 겁니다." 그렇게 말하며 방에 들어선

멸시했다.

경찰을 곤란에 빠뜨린 모녀 살인 사건 이야기인 「모르그가의 살인」은 최초의 현대적 탐정 이야기로 평가된다. 이 이야기는 포가 편집자로 있던 《그레이엄스 매거진》에 발표되었다. 스타인브루너와 펜즐러의 『미스터리와 탐정 백과사전』에서는 "그의 뒤를 이은, 사실상의 모든 유명 범죄 해결사들의 귀감"이라고 뒤팽을 평했다.

84. 아서 코난 도일은 홈즈의 이런 의견에 반대한다. 열두 권의 포 전집에 붙인 서문에서 포의 주인공-탐정을 높이 평가한 것이다. "에드거 앨런 포는…… 탐정 이야기의 아버지였으며, 그의 후인들이 자신 있게 신천지라고 할 만한 영역을 개척할 여지가 없다고 할 만큼 완벽하게 탐정 이야기의 극한을 보여주었다. ……작가가 〔주인공을 창조하는〕 좁은 길을 가다 보면 자기 앞에 언제나 포의 발자취가 있음을 보게 된다. 그 길을 벗어나 자기만의 작은 샛길을 발견하면 작가는 행복을 느낀다." 홈즈가 뒤팽을 낮잡아 보는 말을 한 것은 그의 내심과 다를 수도 있다. 빈센트 스태럿은 이렇게 썼다. "홈즈에게는 다른 탐정에 대한 질투심이 좀 있었다. 물론 전적으로 자연스러운 건데, 왓슨조차 그 점을 대충 얼버무리지 못했다." 하지만 「소포 상자」에서 홈즈는 "에드거 앨런 포의 스케치 작품〔모르그 가의 살인〕"에 나오는 "치밀한 추리가는 친구가 말로 표현하지 않은 생각을 읽는다"는 구절을 언급하며, "치밀한 추리가" 곧 뒤팽을 우호적으로 말한다. 셜록학자 가운데 모리스 로젠블룸은 홈즈가 이처럼 정반대로 말하는 것에 대해 왓슨이 당황했을 거라고 추리했다. 그러나 마셜 쇼 디크먼은 그럴 만한 이유가 있다고 밝혔다. 「도둑맞은 편지 사건을 둘러싼 문제에 관하여」에서 디크먼은 「도둑맞은 편지」 이후 뒤팽이 홈즈의 어머니를 낳게 되는 활동을 암시하는 원고를 발견했다고 말한다. 뒤팽이 홈즈의 외할아버지라는 이야기다. 홈즈는 그 원고를 보았을까?

85. 르코크 탐정은 쉬르테(파리 범죄수사국)를 위한 범죄 전문 형사로, 그의 활약상에 대해서는 에밀 가보리오가 여러 권의 책으로 보고했다. 르코크의 초기 경력은 프랑수아 외젠 비도크(1775-1857)와 닮은 데가 있다. 비도크는 사소한 범죄로 여러 차례 투옥당한 후 경찰 정보원 노릇을 하다가 쉬르테라는 수사기관을 만들었고, 1827년 해임된 후 1832년 복귀했다. 해임된 것은, 사건을 '해결'하기 위해 강도질을 했다는 이유에서였다. 비도크는 1828년과 1829년에 네 권의 회고록을 냈다. 일부는 허구이고 아마도 대필 작가가 썼을 이 책은 불티나게 팔렸다.

르코크 형사(가보리오는 이 형사의 성씨만 밝혔다)는 1844년 무렵에 '존경받을 만한' 양친에게서 태어났지만 아버지가 파산한 후 범죄 세계에 발을 들였다. 그는 인생이 꼬였다는 생각이 들어 점술가를 찾아갔다가 이런 말을 들었다. "당신과 같은 천성을 지닌 사람이 가난하면 유명한 범죄자가 되거나 훌륭한 형사가 된다. 선택하라." 그는 후자를 선택해서, 비도크처럼 변장술을 활용하고 여러 가지 검사법을 개발해서 뛰어난 형사가 된다. 그의 활약상을 선보인 이야기로는 『르루즈 사건』(1866), 『오르시발의 범죄』(1867), 『르코크 씨』(1868), 『파리의 노예』(1868), 『지옥 같은 인생』(1870), 『타인의 돈』(1874) 등이 있으며, 13년에 걸쳐 21권의 책이 나왔다. 그의 첫 사건인 『르루즈 사건』에서는 르코크가 작은 역할만 하고, 그를 가르쳐준 아마추어 탐정 피에르 타바레가 중심 역할을 한다.

86. 홈즈가 경멸한 "그 책"은 『르코크 씨』일 것이다. 그 책에서 르코크는 용의자를 풀어주고 정체를 알아내기 위해 미행을 한다. 역사가와 학자들의 판단에 따르면, 르코크가 "딱한 덜렁쇠"라는 홈즈의 평가를 정당화할 만한 근거는 없다. 다만 그 책에서 그의 스승인 피에르 타바레는 르코크가 "너무나 많은 실수"를 했고, 사건을 해결할 서너 번의 기회를 놓쳤다는 말을 하긴 한다.

87. 홈즈는 『네 사람의 서명』(1888년 무렵)에서도 비슷한 탄식을 한다. 홈즈는 모리아티 교수와 대결하면서부터 절정기에 이르게 되는데, 모리아티는 1891년 들어서야 이름이 언급된다(1888년에 발생한 『공포의 계곡』 사건도 모리아티 교수가 관여했지만 직접 등장하지는 않는다). 그러나 모리아티 교수가 사라진 후 홈즈는 다시 권태에 빠져 「등나무 별장」 사건 때(1894년이나 1895년) 이렇게 탄식한다. "인생은 진부하고, 신문은 따분해. 범죄계에서 대담무쌍한 로맨스가 영영 사라져버린 모양이야." 이에 대해 T. S. 블레이크니는 이렇게 평했다. "이런 말을 통해 우리는 〔홈즈 내면의〕 예술가가 사회복지를 도모하는 일꾼보다 우세했다는 것을 알 수 있다…… 모리아티 교수가 사라진 것을 애석해하는 대목은 이곳 한 곳만이 아니다."

화가 조지 허친슨의 자화상.
《비턴의 크리스마스 연감》(1892)

그는 내 친구에게 편지를 건넸다.

　홈즈의 거만함을 뭉개줄 절호의 기회였다. 되는 대로 헛소리를 할 때는 설마 이렇게 될 줄 몰랐을 것이다.

　"뭐 좀 물어봅시다." 내가 한껏 나긋한 목소리로 말했다. "직업이 어떻게 되십니까?"

　"퇴역군인조합의 심부름꾼이올시다." 남자가 퉁명스레 대답했다. "제복은 수선 중입니다."

　"그러면 전에는?" 나는 동거인을 다소 심술궂게 바라보며 물었다.

　"하사관이었습니다. 영국 해병대 경보병[89]이었죠. 답장 없습니까? 알겠습니다."

　남자는 두 발꿈치를 딱 붙이더니 거수경례를 하고 물러갔다.

"셜록 홈즈 씨에게 온 겁니다."
리하르트 구트슈미트 그림, 『훗날의 복수』, 슈투트가르트, 로베르트 루츠 출판사 (1902)

88. 'Scotland Yard.' 스코틀랜드 야드라는 애칭으로 불린 런던 경찰국London Metropolitan Police은 화이트홀 플레이스 4번지에 본부가 있었다. 이곳은 원래 스코틀랜드 왕이 소유한 저택 부지였다. 스코틀랜드가 잉글랜드와 연방이 되기 전에 이곳은 스코틀랜드 왕이나 대사가 사용했다. 1890년에는 본부가 빅토리아 임뱅크먼트로 옮겨 갔고, 리처드 노먼 쇼가 설계한 새 본부는 '뉴스코틀랜드 야드New Scotland Yard'라고 불렸다. 1967년에는 현대적으로 더욱 확장할 필요가 있어서 서남 1지구 브로드웨이로 옮겨 갔는데, 이름은 여전히 '뉴스코틀랜드 야드'라고 불렸다.

89. 1664년에 창설된 영국 해병대는 해군의 보병으로 바다와 내륙 모두에서 전투에 능한 1,200명의 병사로 출범했다. 이들이 처음에는 요크 공작 연대 등의 이름으로 불렸는데, 그러다 영국 해병대Royal Marines 경보병이라는 말이 생긴 것은 1855년에 별도의 궁병 부대가 생기면서부터였다. 1923년에는 궁병과 경보병이 통합되었다.

제3장

로리스턴 가든 사건

내 방 친구의 이론이 실용적이라는 것을 입증한 새로운 이 증거에 자못 놀랐다는 것을 고백하지 않을 수 없다. 나는 그의 분석 능력을 대단히 존중하게 되었다. 하지만 아직도 이 모든 것이 나를 현혹시키기 위해 사전에 꾸민 일이었을지도 모른다는 의구심이 마음속에 도사리고 있었다. 물론 나를 속여서 무슨 득이 있을 거라곤 생각지 않았다. 그를 바라보니 이미 편지를 다 읽은 뒤였는데, 넋을 놓은 듯 눈빛이 공허하고 흐릿했다.

"대체 그걸 어떻게 추리했지?" 내가 물었다.

"추리하다니, 뭘?" 그가 까칠하게 말했다.

"그러니까, 그 사람이 해병 하사관이었다는 것 말이야."

"지금 그런 사소한 문제에 신경 쓸 시간이 없어." 그가 퉁명스럽게 말하고는 씩 웃었다. "아, 내가 무례한 것을 용서하게.

자네가 내 생각의 끈을 끊어놓아서 말이야. 하지만 괜찮아. 그래, 그 사람이 해병 하사관이었다는 것을 자네는 알아보지 못했다고?"

"사실 그래."

"그걸 알아내기는 쉬운 일이었어. 어떻게 알아냈는가를 설명하기가 더 어렵지. 2 더하기 2는 4라는 것을 증명하라고 한다면 꽤나 어렵겠지만, 그게 사실이라는 것을 자네는 아주 잘 알고 있잖아? 나는 그가 길 건너편에 있을 때 큼직한 푸른 닻 문신이 손등에 새겨져 있는 것을 볼 수 있었어. 닻 하면 바다가 떠오르지. 그런데 그는 몸가짐이 군인 같았고, 구레나룻을 제대로 기르고 있었어. 그것으로 해병이었다는 것을 알 수 있지. 그는 꽤 거만하고 윗사람 같은 분위기를 풍겼어. 그가 머리를 곧추세우고 지팡이를 흔드는 모습을 자네도 봤을 거야. 또 절도가 있고 점잖은 중년 남자라는 것이 얼굴에 쓰여 있어. 그 모든 사실로 미루어볼 때 그가 하사관이었다는 결론에 이르게 되었지."

"멋지군!" 나는 탄복했다.

"빤한 거야." 홈즈가 대수롭지 않다는 듯 말했지만, 내가 확연히 놀라워하며 감탄하자 흐뭇해하는 기색이 역력했다. "요새는 범죄자가 없다고 방금 말했는데, 내 말이 틀린 모양이야. 이것 좀 봐!" 그러면서 심부름꾼이 가져온 편지를 내게 던져주었다.

"아니!" 편지를 훑어보며 내가 외쳤다. "이렇게 끔찍한 일이!"

"상식 밖의 일이 일어난 모양이군." 그가 차분하게 말했다. "내게 좀 읽어주겠나?"[90]

내가 그에게 읽어준 편지 내용은 이러했다.

친애하는 셜록 홈즈 씨,
브릭스턴 로드의 로리스턴 가든 3번지에서 간밤에 몹쓸 일이

90. 제리 닐 윌리엄슨은 「그리고 특히 당신의 두 눈」이라는 에세이에서 이 대목을 빌려 홈즈의 눈이 원시였다고 주장했다. 전 해병의 손등에 새겨진 문신을 멀리서 볼 수 있으면서도 왓슨의 도움 없이는 편지를 수월하게 읽을 수 없었다는 것이다. 그러나 의사 리처드 L. 보트가 「자, 여길 보세요, 홈즈 씨」에서 말했듯이, 정전 전체에 걸쳐 윌리엄슨의 말과 모순되는 진술이 여러 차례 나온다. 예를 들어 홈즈는 분명 깨알 같은 활자로 인쇄되었을 "갈색 장정의 책"을 어려움 없이 읽는다.(아래 150번 주석 관련 본문 참고) 「고인이 된 셜록 홈즈」에서 트레버 H. 홀은 홈즈가 과도한 흡연 때문에 약시가 되었다가 끝내는 실명했을 거라는 의견을 냈다. 의사 보트는 홈즈가 한쪽 눈은 근시, 다른 쪽 눈은 원시였다는 결론을 내리고 그것을 가리키는 낱말[antimetropia]까지 만들었다.

영화 〈주홍색 연구〉 포스터, 셜록 홈즈 역에 레지널드 오언.
영국, 월드 와이드(1933)

일어났습니다. 순찰 중이던 우리의 순경이 밤 2시경 그 집에 불이 켜진 것을 보았습니다. 그곳은 빈집이었기 때문에, 그건 수상쩍은 일이었지요. 현관문이 열린 것을 본 그는 아무런 가구가 없는 거실에서 한 신사의 시신을 발견했습니다. 말쑥한 차림의 신사는 '이녹 J. 드레버'라는 이름에, '미국 오하이오주, 클리블랜드'라는 주소가 쓰인 명함이 주머니에 들어 있었습니다. 금품을 빼앗기지는 않았고, 사인에 관한 증거가 하나도 없습니다. 실내에 핏자국이 있지만, 시신에는 아무런 상처가 없습니다. 우리는 그가 어떻게 빈집에 들어갔는지도 모릅니다. 정말이지 모든 것이 오리무중입니다. 12시 전에 언제든 이 집에 들러주시면, 나를 만날 수 있을 것입니다. 귀하의 고견을 듣고자[91] 현장을 원 상태대로 보존해두고 있습니다. 이곳에 오실 수 없다면 나중에 더 자세한 내용을 말씀드리겠습니다. 부디 고견을 들려주시면 참으로 고맙겠습니다.

—토비아스 그레그슨

"그레그슨[92]은 런던 경찰국에서 가장 영리한 형사지." 내 친구가 말했다. "그레그슨과 레스트레이드는 형편없는 패거리 가운데서 그나마 발군이야. 둘 다 민첩하고 열정적인데, 생각은 틀에 박혔지. 혀를 내두를 정도로 말이야. 게다가 그들은 서로 못 잡아먹어서 안달이야. 직업여성처럼 질투가 심하거든. 둘 다 현장에 투입되었다면 일이 꽤 재밌어질 거야."[93]

나는 홈즈가 여유 만만하게 구는 것이 놀라웠다. "이렇게 꾸물거리면 안 되는 거 아냐?" 내가 외쳤다. "내가 가서 마차를 불러올까?"[94]

"별로 가보고 싶지가 않은걸? 나는 누구 못지않은 구제 불능의 게으름뱅이야. 마음이 내켜야만 기운이 펄펄 나기 때문이지."

"아니, 이건 자네가 여태 고대했던 기회잖아."

"이보게, 친구, 이 사건은 내게 하등 도움이 안 돼. 내가 사건을 완전히 해결했다고 쳐도, 그래 봐야 그레그슨과 레스트레이드 둘이서 공을 가로챌 게 뻔하거든. 나는 공무원이 아니기 때문이지."[95]

"하지만 그가 도와달라잖아."

"그래. 그는 내가 자기보다 낫다는 것을 알고 있지. 나한테도 그런 사실을 인정하고 있어. 하지만 제삼자에게는 그런 사실을

91. 추리 작가 존 볼 주니어는 「초창기의 베이커 스트리트」에서 이 말과 레스트레이드가 나중에 한 질문("어떻게 생각하십니까, 홈즈 씨?")이 경찰이 아닌 '일반인'에게 말하기에는 지나치게 의존적이고 공손하다는 점에 주목한다. 볼의 견해에 따르면, 셜록 홈즈는 형인 마이크로프트 홈즈를 통해 영국 정부의 비밀 요원이 되었다. "이는 아마도 여왕의 사자에 해당하는 신분으로, 공무로 대영제국 어디나 갈 수 있고, 비상한 권위를 지녔을 것이다." R. K. 레빗은 달리 생각했다. 「홈즈의 회계」에서 그는 런던 경찰국 형사들이 자기 명성을 높이기 위해 개인적으로 홈즈를 고용했을 거라고 보았다.

92. 그레그슨은 이번 사건 외에 네 가지 사건(『네 사람의 서명』, 「그리스인 통역사」, 「등나무 별장」, 「붉은 원」)에 언급되지만, 진정으로 사건 해결에 뛰어드는 것은 이곳뿐이다.(바로 뒤이어 두 형사가 "형편없는 패거리 가운데서 그나마 발군the pick of a bad lot"이라는 말이 나오는데, 홈즈가 경찰을 "형편없는 패거리"로 보았다는 것은 의미심장한 일이다—옮긴이)

93. 이번 이야기는 런던 경찰국의 두 형사, 그레그슨과 레스트레이드가 같이 일하는 것으로 나오는 유일한 기록이다. 개빈 브렌드는 미국을 라이벌로 의식해서 두 사람이 팀을 이루었을지 모른다고 보고 이렇게 썼다. 어쩌면 런던 경찰국의 형사들은 "그들이 '오하이오 주, 클리블랜드의 이녹 J. 드레버'의 살인자를 찾아냄으로써 대서양 건너편의 형제들에게 깊은 인상을 심어주고 싶었을 것이다." 그런데 왓슨은 그레그슨과 레스트레이드 중에 누가 고참인지는 언급하지 않았다. 버나드 데이비스는 당시 두 형사detective의 계급이 '경사detective-sergeant'였고, 두 사람이 같이 수사를 하는 것은 이번만이 아니었을 거라는 의견을 냈다.(영국 형사의 계급에 대해서는 아래 245번 주석 참고)

94. 윌리엄 S. 베어링굴드는 가장 가까운 마차 주

차장이 한 블록 떨어진 도싯 스트리트 모퉁이에 있었다고 밝혔다.

95. 존 볼 주니어는 홈즈가 "여왕의 사자"였다고 주장하며(91번 주석 참고), 이 말은 자신의 공식 지위를 숨기기 위한 말로 치부했다. 홈즈는 "역사상 자신의 진짜 정체를 숨긴 최초의 비밀 요원은 아니었다"고 그는 지적한다.

96. 이탈리아 크레모나의 공방에서 안토니오 스트라디바리(1644-1737)가 만든 이 바이올린은 완벽한 디자인과 순수한 음색으로 오랫동안 갈채를 받아왔다. 니콜로 아마티 밑에서 도제로 일하던 1666년부터 스트라디바리는 아마티의 모델을 개량하고, 바이올린에 자기 이름과 제조 일자를 새기기 시작했다(그것은 권위를 나타내는 것일 수도 있고 아닐 수도 있다). 스트라디바리의 최고 작품은 1700년 이후에 만들어졌다. 그 시기에 만들어진 바이올린은 현대 바이올린의 설계와 판단의 기준이 되었다. 존 미드 포크너의 『잃어버린 스트라디바리우스』(1895)에는 낡은 찬장에서 발견된 스트라디바리우스 한 점의 모습이 잘 묘사되어 있다. "특유의 광택과 부드러움을 지닌 도료의 연붉은 색"을 띠었으며, "일반 바이올린보다 목이 다소 긴 듯했고, 소용돌이 꼴 머리 장식은 대담하고 자유분방했다." 그는 바이올린, 첼로, 비올라, 하프, 기타, 만돌린 등 1,100여 점의 작품을 만들었고, 그중 약 650점이 오늘날까지 남아 있다.

스트라디바리우스 전문가인 요세프 너지버리 교수는 『과학적인 미국인』에서 '스트라디바리 소리'를 이렇게 묘사했다. "대단히 생동감 있다. 소리는 번뜩이고, 끊임없이 떨리며, 촛불처럼 나풀거린다." 스트라디바리가 그처럼 뛰어난 음색의 악기를 어떻게 만들 수 있었는지에 대해서는 의견이 분분하다. 어떤 사람은 그가 사용한 알프스의 가문비나무 조직이 특히 치밀한 것을 꼽고, 어떤 사람은 소리에 영향을 주는 특별한 도료를 나무에 칠했다고 생

1881년경 채링크로스 거리의 런던 경찰국 본부.

죽어도 인정하지 않을걸? 그래도 가서 한번 둘러보는 게 좋긴 하겠지. 그 사건을 내 손으로 해결하겠어. 그러면 그들을 비웃어줄 수 있을 테니까. 그 밖에는 아무런 이득이 없다고 해도 말이야. 그럼, 한번 가보자!"

그는 부랴부랴 외투를 걸쳤다. 냉담했던 심정이 의욕적으로 바뀌었다는 것을 보여주기라도 하듯 그는 서둘렀다.

"모자를 쓰게." 그가 말했다.

"내가 따라가길 원하는 거야?"

"응. 딱히 할 일이 없다면."

잠시 후 우리는 핸섬 마차를 타고 브릭스턴 로드를 질풍같이 달렸다.

흐리고 안개가 낀 아침이었다. 암갈색 장막을 두른 듯한 지붕 위의 하늘은 그 아래의 흙빛을 반사하고 있는 것처럼 보였다. 내 친구는 기운이 펄펄 나서 크레모나 바이올린에 대해, 그리고 스트라디바리우스[96]와 아마티[97]의 차이점에 대해 쉬지 않고 수다를 떨었다. 나는 입을

빅토리아 시대의 경찰.

그는 부랴부랴 외투를 걸쳤다.
조지 허친슨 그림, 『주홍색 연구』, 런던, 워드, 록 앤드 보튼 출판사(1891)

각한다. 재료보다 디자인과 관련된 기하학에 대한 제작자의 이해력을 높이 사는 사람도 있다.

홈즈는 자랑스럽게도 그런 희귀 악기를 한 점 가지고 있었다. 「소포 상자」에서 홈즈는 왓슨에게 "스트라디바리우스를 어떻게 샀는지 신나게 떠들어댔다. 줄잡아 500기니는 나가는 그 바이올린을 토트넘 코트 로드의 유대인 전당포에서 고작 55실링을 주고 손에 넣었다는 것이다."

97. 바이올린 제작으로 유명한 아마티 가문은 16-17세기 이탈리아 크레모나에서 살았다. 가문의 최고 어른이자 '크레모나 스쿨'의 설립자인 안드레아 아마티(1520-1578)의 납작하고 얇은 디자인은 후일 스트라디바리에 의해 완벽하게 개량됨으로써 현대 바이올린의 기본 모형을 제공했다고 할 수 있다. 안드레아의 손자인 니콜로 아마티는 아마도 가문에서 가장 유명한 바이올린 제작자일 것이다. 스트라디바리와 안드레아 구아르네리(1626-1698)도 그의 제자였다. 그가 만든 우아하고 감미로운 음색의 바이올린은 아마티 가문의 전성기를 대표하는 작품이다. 니콜로의 아들 지롤라모(1649-1740)가 가업을 이었지만, 그의 바이올린은 아버지와 증조부의 작품보다 질이 다소 떨어지는 것으로 평가된다.

스트라디바리는 원래의 크레모나 모형을 바꾸어 현대적인 바이올린을 만들었는데, 특히 몸통 두께를 더 얇게 만들어 공명, 곧 울림을 더 좋게 만들었다. 또한 나무판의 두께와 도료를 바꾸었고, 그 밖에 여러 사소하면서도 의미 있는 사항들을 바꾸었다. 『브리태니커 백과사전』(9판)에 따르면 "그 후 만들어진 바이올린의 대부분은 제작자가 훌륭하든 미흡하든 모두 스트라디바리의 작품을 모방했다." 가이 위랙은 「셜록 홈즈와 음악」에서 홈즈가 크레모나에서 세 번째로 뛰어났던 바이올린 제작 가문인 구아르네리 가문을 빠뜨렸다는 점을 지적하고 이렇게 썼다. "아마도 홈즈는 자기 원칙(쓸모없는 사실 때문에 유익한 사실을 덮어버리지 않는다는 것)에 충실해서, 스트라디바리에 대한 지식을 말하기

꾹 다물고 있었는데, 우리가 뛰어든 우울한 사건과 흐린 날씨로 인해 울적했기 때문이다.

"이 사건에 대해 생각하진 않는 모양이네?" 내가 참다 못해 홈즈의 음악 강연을 가로막고 말했다.

"아직 정보가 없어." 그가 대답했다. "모든 증거를 확보하기 전에 가설을 세우는 것은 크게 실수하는 거야. 판단력이 한쪽으로 치우치게 되거든."[98]

"정보를 곧 얻겠군." 내가 손가락으로 바깥을 가리키며 말했다. "여기가 브릭스턴 로드야. 내가 잘못 본 게 아니라면 저것이 그 집이겠지."

"그렇군. 어이, 마부, 세워요!"

그 집까지는 100미터 가까이 남아 있었지만, 홈즈가 마차에

위해 구아르네리 바이올린에 대한 지식을 접어두었을 것이다."

98. 이 주제는 정전에서 거듭 되풀이되어 나온다. 홈즈는 「보헤미아 왕실 스캔들」에서도 거의 똑같은 말을 하고, 다른 이야기들에서도 비슷하게 다음과 같이 말하고 있다. "정보를 얻기 전에 이러쿵저러쿵할 일은 아니지. 그래서는 자기도 모르게 가설에 맞도록 정보를 왜곡할 수도 있으니까."(「등나무 별장」) "우리는 백지 상태에서 사건에 접근했어. 그게 항상 득이 되거든."(「소포 상자」) "우리는 임시로 가설을 세우고 때를 기다리거나 더 많은 정보를 모아서 가설을 논파하기도 합니다. 좋지 않은 습관입니다만……."(「서식스의 뱀파이어」) "나는 아무런 편견도 갖지 않고, 사실이 이끄는 대로 유유히 따라가는 것이 중요하다고 생각합니다."(「레이게이트의 지주들」)

T. S. 블레이크니는 이렇게 말했다. "이 주제에 대해 이처럼 많은 언급을 하고 있다는 것은, 불충분한 증거에 입각해서 의심을 먼저 하는 경향이 있음을 예리하게 의식하고 있다는 것을 보여준다. 그런데 홈즈 자신도 그런 경향이 전혀 없지는 않았다. 『네 사람의 서명』에서(오로라호가 감춰진 곳을 오판했을 때), 그리고 「실종된 스리쿼터백」에서(레슬리 암스트롱 박사를 악당으로 의심했을 때) 홈즈는 미리

로리스턴 가든 3번지?
버나드 데이비스 사진(1962)

서 내릴 것을 고집해서 우리는 걸어서 그 집까지 갔다.

로리스턴 가든 3번지의 집은 불길하고 으스스하게 보였다. 거리에서 조금 떨어진 네 채의 집 가운데 하나였는데, 두 집은 거주자가 있고 둘은 빈집이었다.[99] 3층짜리인 두 빈집의 공허하고 음울한 창문은 커튼 하나 없이 황량했다. 다만 흐린 유리창에 '세놓음'이라고 쓰인 종이가 마치 백내장처럼 군데군데 붙어 있을 뿐이었다. 작은 정원에는 집과 거리를 구분하고 있는 병든 식물들이 곳곳에 스산하게 우거져 있었고, 그 사이로 좁은 길이 나 있었다. 길은 자갈과 흙이 뒤섞인 게 분명한 듯 노란 빛을 띠고 있었다. 간밤에 흠뻑 내린 비로 사방이 질퍽했다. 정원은 90센티미터 높이의 벽돌담으로 둘러싸였고, 담 위에는 나무 난간이 세워져 있었다. 건장한 순경 한 명이 담에 기대어 서 있었으며, 그의 주변에 할 일 없는 사람들이 모여 무슨 일인가 싶어서 목을 뽑아 올리고 헛되이 집 안을 기웃거리고 있었다.

나는 셜록 홈즈가 곧바로 집 안으로 달려가서 수수께끼를 푸는 일에 뛰어들겠거니 했다. 그러나 그는 어떤 행동도 하려는 의지가 없는 듯 보였다. 그런 상황에서 내가 보기에는 일부러 무관심한 척하며 길을 오르내리고, 땅과 하늘, 맞은편의 집과 담 위의 난간을 무심히 바라보았다. 그렇게 조사를 마친 그는 길을 따라, 아니 정확히는 길가의 풀밭 언저리를 따라 내려갔다. 눈길은 땅바닥에 고정한 상태였다. 그러다 두 번 발길을 멈추었는데, 그중 한 번은 씩 웃으며 만족스럽다는 탄성을 질렀다. 질척한 흙바닥에는 발자국이 많이 나 있었다. 그러나 경찰이 그 위를 오갔기 때문에, 내 친구가 발자국에서 뭔가를 알아내길 바랄 수는 없을 거라는 생각이 들었다. 하지만 그가 예리한 지각 능력을 지녔다는 증거를 수없이 접한 터라, 홈즈라면 내가 포착할 수 없는 많은 것을 알아낼 수 있을 거라는 사실을 나는 의심치 않았다.

그 집 현관에서 우리는 키가 크고 흰 얼굴에 담황색 머리칼의 남자를 만났다. 그는 손에 공책을 들고 달려와서 내 친구의 손을 열정적으로 그러쥐며 말했다. "와주셔서 정말 감사합니다. 현장을 고스란히 보존해두었습니다."

"저것은 빼고!" 내 친구가 길을 가리키며 말했다. "버펄로 떼[100]가 지나갔어도 길이 저렇게 엉망이 되지는 않을 거요. 하지만 그레그슨, 당신이라면 길이 저렇게 되도록 방치하기 전에 뭔가 결론을 냈을 거라고 봅니다만."

"집 안에서 조사할 일이 워낙 많아서요." 형사가 변명을 했다. "동료 레스트레이드 씨가 와 있습니다. 바깥을 조사하는 것은 그에게 맡겼습니다."

홈즈는 나를 슬쩍 바라보고는 이마를 찌푸리며 냉소적으로 말했다. "당신과 레스트레이드 두 분이 와 계시니, 나 같은 제삼자가 새삼 알아낼 건 없을 것 같군요."

그레그슨은 자만하듯이 두 손을 비비며 말했다. "우리가 할 수 있는 조사는 다 했다고 봅니다. 하지만 이건 참 묘한 사건이라서요. 홈즈 씨는 그런 걸 좋아하지 않습니까?"

"혹시 마차를 타고 오셨습니까?"[101] 셜록 홈즈가 물었다.

"아니요."

"레스트레이드 씨도?"

"예."

"그럼 가서 실내를 둘러봅시다." 느닷없이 말을 돌리며 그는 집 안으로 성큼 걸어 들어갔고, 그레그슨이 어리둥절한 표정으로 뒤를 따라갔다. 먼지가 끼고 벽에 아무런 장식이 없는 짧은 복도를 지나자 부엌과 다용도실[102]이 나왔다. 이곳에 오른쪽과 왼쪽으로 두 개의 문이 나 있었다. 하나는 오랫동안 닫혀 있던 것이 분명했고, 다른 하나는 식당으로 통해 있었다. 수수께끼의 사건이 발생한 곳이 바로 이 식당이었다. 홈즈가 안으로

세운 가설을 뒤집어야 했고, 「노란 얼굴」에서는 명백히 잘못된 결론을 내리기도 했다."

99. "로리스턴 가든 3번지"는 정확하게 어디였을까?(브릭스턴 로드에 그런 집이 있었다는 주장과 없었다는 주장 등 각종 지리적 사실 고증에 대한 주석 생략―옮긴이)

100. "버펄로 떼" 비유는 「보스콤밸리 사건」에서도 사용하고 있다. 윌리엄 S. 베어링굴드의 주석에 따르면, 크리스토퍼 몰리는 이것이 홈즈가 1881년 이전 미국에 있었다는 사실을 가리키는 중요한 단서가 되는 표현이라는 것을 포착했다. 몰리는 「셜록 홈즈는 미국인이었을까?」라는 에세이에서 이 주제에 대해 길게 다루었다. 그는 홈즈가 미국과 미국인을 좋아한다는 것을 드러내는 수많은 징표를 지적한다. 「그의 마지막 인사」에서 아일랜드계 미국인으로 변장했고, 「실종된 스리쿼터백」에서는 영국 학교의 명물인 럭비에 대해 잘 알지 못했으며, 「독신 귀족」에서는 "미국인을 만나는 것은 항상 즐겁습니다"라는 말까지 했다.

미국 대통령 프랭클린 D. 루스벨트(재임 1933-1945)는 베이커 스트리트 이레귤러스(그는 비밀 명예 회원이었다)에 보낸 여러 편지에서 이 주제를 더 깊이 파고들었고, 끝내는 『베이커 스트리트 폴리오 : 프랭클린 D. 루스벨트가 보낸 셜록 홈즈에 대한 편지들』(1945)을 책으로 펴냈다. 그는 1944년 12월 18일 자 편지에서 이렇게 선언했다. "좀 더 연구를 계속하자 나는 홈즈가 버려진 아이였다는 예전 생각을 바꾸고 싶어진다. 사실 그는 미국에서 태어났고, 지하 세계의 아버지나 양아버지 손에 커서, 고도로 발달한 미국 범죄 기술을 샅샅이 섭렵했다. 그는 어린 나이에 인류를 위해 뭔가를 해야 한다는 사명감을 느꼈다. 그는 미국 상류사회에 널리 알려져 있었기 때문에, 잉글랜드에서 활약하기로 결심했다. 그의 성격 특성은 영국적이 아니라 미국적이었다. 이 사람을 좀 더 연구하면 역사에 기여하게

될 거라는 생각이 든다."

101. 사건이 난 이 저택의 위치에 대한 수수께끼를 집요하게 추적한 오언 더들리 에드워즈는 이 대목이 "멋진 단서"라고 지적하며, 형사들이 지역 경찰서까지 대중교통을 이용했고, 거기서 그들은 순경과 면담을 하고 로리스턴 가든 3번지까지 걸어왔을 거라는 의견을 냈다.

102. '`offices`.'《베이커 스트리트 저널》에 보낸 한 편지에서 D. S. 프리슬란트는 이 문맥에서 "다용도실`offices`"을 이렇게 정의했다. "주택의 일부, 또는 주택에 딸린 건축물로 특히 가사에 도움이 되는 공간. 부엌과 관련된 공간으로 식료품 저장실이나 식기실, 포도주 저장실, 세탁실 따위."

내 눈길을 끈 것은 꼼짝하지 않고 음산하게 바닥에
널브러진 사람의 모습이었다.
리하르트 구트슈미트 그림, 『훗날의 복수』, 슈투트가르트, 로베르트 루츠 출판사(1902)

걸어갔고 내가 뒤를 따랐다. 시신의 존재 때문에 내 마음은 무겁게 가라앉았다.

정사각 모양의 커다란 식당은 가구가 전혀 없어서 더욱 커보였다. 벽에는 화려한 문양의 싸구려 벽지가 발라져 있었는데, 곳곳에 흰 곰팡이가 피었고, 여기저기 벽지가 떨어져 축 늘어진 곳에는 노랗게 칠한 벽이 드러나 있었다. 식당 문 맞은편에는 흰 모조 대리석으로 선반을 올린 큼직한 벽난로가 있었다. 선반 구석에는 타고 남은 빨간 양초 토막이 놓여 있었다. 하나뿐인 창문은 너무나 더러워서 뿌연 빛이 스며 들어와 실내의 모든 사물을 잿빛으로 덮고 있었다. 실내 전체에 깔린 두꺼운 먼지 때문에 이 잿빛은 더욱 짙게 보였다.

내가 이토록 자세하게 관찰한 것은 나중의 일이었다. 당장 내 눈길을 끈 것은 꼼짝하지 않고 음산하게 바닥에 널브러진 사람의 모습이었다. 초점 없는 눈이 변색한 천장을 향하고 있는 이 남자는 43세나 44세쯤의 나이에 키는 보통이고, 어깨가 넓고 검은 곱슬머리에 짧고 억센 턱수염을 기르고 있었다. 어두운 색깔의 모직 프록코트와 조끼 차림에 밝은색의 바지를 입었고, 셔츠 소매와 목깃은 아주 깨끗했다. 손질이 잘돼 있는 단

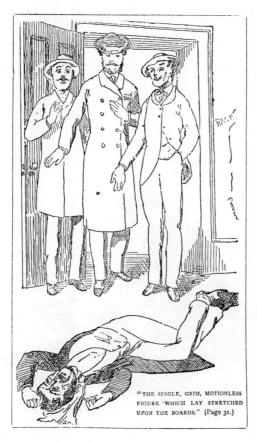

"THE SINGLE, GRIM, MOTIONLESS FIGURE WHICH LAY STRETCHED UPON THE BOARDS." (Page 31.)

꼼짝하지 않고 음산하게 바닥에 널브러진 사람의 모습.
찰스 도일 그림, 『주홍색 연구』, 런던과 뉴욕, 워드, 록 앤드 컴퍼니(1888)

103. 'chicken.' 현대 속어로 보이는 이 낱말은 19세기에도 속어로 쓰였다. 존 캠던 하튼의 『비속어 사전』(1865)에는 이렇게 정의되어 있다. "어리고 작고 볼품없는 것을 가리키는 말."

정한 중절모가 그의 옆에 떨어져 있었다. 죽음과 혹독하게 맞서 싸운 것처럼 팔을 벌린 채 두 손을 부르쥐고 두 다리가 꼬여 있었다. 굳은 얼굴에는 공포의 표정이 역력히 드러나 있었고, 인간의 얼굴에서 내가 전에 본 적이 없을 만큼 맹렬한 증오의 표정도 어려 있는 듯했다. 이처럼 심하게 일그러진 끔찍한 모습에다 좁은 이마와 뭉뚝한 코, 돌출한 턱이 더해져서 죽은 남자는 특이한 원숭이 같다는 인상을 주었다. 부자연스럽게 뒤틀린 자세 때문에 더욱 그랬다. 여러 형태의 시신을 본 적이 있지만, 런던 교외의 간선도로가 내다보이는 어둡고 섬뜩한 이 집에서 목격한 시신보다 더 무서운 모습을 본 적이 없었다.

여느 때처럼 호리호리한 흰 족제비처럼 보이는 레스트레이드가 문간에 서 있다가 내 친구와 나를 반겼다.

"이번 사건으로 세상이 떠들썩하겠군요." 그가 말했다. "나도 애송이[103]는 아닌데, 이 사건은 내가 본 그 어떤 사건보다 끔찍해요."

셜록 홈즈는 시신 쪽으로 다가가서 무릎을 꿇고 골똘히 살펴보았다.
조지 허친슨 그림, 『주홍색 연구』, 런던, 워드, 록 앤드 보든 출판사(1891)

"단서는 찾았나요?" 그레그슨이 말했다.

"전혀." 레스트레이드가 잘라 말했다.

셜록 홈즈는 시신 쪽으로 다가가서 무릎을 꿇고 골똘히 살펴보았다. "상처를 입지 않은 것이 확실한가요?" 사방에 튄 핏물을 가리키며 그가 물었다.

"확실합니다!" 두 형사가 외쳤다.

"그렇다면 당연히 이 핏물의 주인은 제2의 인물, 그러니까 아마도 살인자의 것이겠군요. 이게 살인이라면 말입니다. 1834년 위트레흐트에서 판 얀선이 사망한 사건의 정황이 떠오릅니다.[104] 그 사건을 아십니까, 그레그슨?"

"아니요."

"찾아서 읽어보세요. 꼭 읽어봐야 합니다. 하늘 아래 새로운 것은 없어요.[105] 모든 일이 다 과거에 일어난 적이 있죠."

그렇게 말하며 그는 손가락을 이리저리 사방으로 날렵하게 움직였다. 시신의 온몸을 만져보고, 눌러보고, 단추를 풀고, 이런저런 검사를 했는데, 앞서 말한 적이 있듯이 그의 두 눈은 여전히 무심해 보였다. 검사는 아주 신속하게 이루어져서, 대체 무슨 검사를 했는지 전혀 짐작할 수 없을 정도였다. 마지막으로 그는 죽은 남자의 입 냄새를 맡아보고는 에나멜 가죽 구두의 밑창을 슬쩍 바라보았다.

"시신을 전혀 움직이지 않았겠죠?" 그가 물었다.

"검사하려고 손을 댄 것밖에 없습니다."

"이제 영안실로 옮겨도 됩니다. 더 이상 알아낼 것이 없으니까요." 홈즈가 말했다.

그레그슨이 들것과 인부 네 명을 대기해놓고 있었다. 그가 부르자 그들이 실내로 들어와 시신을 들고 밖으로 나갔다. 시신을 들 때 반지 하나가 툭 떨어져서 바닥을 굴러갔다. 레스트레이드가 반지를 집어 들고 수상쩍다는 듯 바라보았다.

104. 네덜란드의 위트레흐트Utrecht는 1713년에서 1714년 사이에 각종 평화조약을 조인한 장소다. 위트레흐트 평화조약에 따라 스페인 왕위계승전쟁이 종결되어 프랑스와 스페인은 식민지 영토를 잃고 세력이 위축된 데 반해 영국은 세력을 확장하는 계기를 마련했다. 위트레흐트에 대한 홈즈의 관심은 정치보다는 자연 때문이었을 것이다. 위트레흐트는 양봉의 중심지였기 때문이다.

묘하게도 200년 이상 위트레흐트는 얀선주의의 중심지이기도 했다. 얀선주의는 신학자 코르넬리스 얀선(1585-1638)이 이끈 로마 가톨릭교회 개혁 운동이다. 얀선주의자들은 성 아우구스티누스의 사도임을 주장하며 여러 신학적 측면에서 예수회 수사들과 대립했다. 하지만 홈즈가 언급한 "판 얀선"이 종교 집단과 무슨 관련이 있는지는 알려진 바가 없다. "얀선Jansen(영어 존슨Johnson에 해당하는 네덜란드 말)"은 사실 네덜란드에서 흔한 이름이다.

105. "There is nothing new(no new thing) under the sun." 구약성경 중 『전도서』 1장 9절에 나오는 말이다. "지금 있는 것은 언젠가 있었던 것이요 지금 생긴 일은 언젠가 있었던 일이라. 하늘 아래 새것이 있을 리 없다." 이런 표현은 홈즈가 실용적인 차원에서 범죄사에 대한 연구를 했음을 보여준다. 「빨강머리연맹」에서 그는 이렇게 말한다. "대강 귀띔만 해줘도, 비슷한 오만 가지 사건이 떠올라서 나는 금세 감을 잡을 수 있어요."

67

그는 손가락을 이리저리 사방으로 날렵하게 움직였다.
D. H. 프리스턴 그림, 《비턴의 크리스마스 연감》(1887)

"여기에 여자가 있었군요!" 그가 외쳤다. "이건 여자의 결혼
반지입니다."

그렇게 말하며 그는 손바닥 위의 반지를 앞으로 내밀었다.
우리 모두 그의 둘레에 모여서 반지를 바라보았다. 아무런 장
식이 없는 자그마한 금반지는 전에 신부가 끼었던 반지인 것이
분명했다.

"사건이 복잡해지는군요." 그레그슨이 말했다. "그렇지 않아
도 골머리가 아팠는데 말입니다."

"오히려 단순해진 게 아닐까요?" 홈즈가 말했다. "아무튼 반
지를 보고 있어봐야 알아낼 건 없습니다. 주머니에는 뭐가 들
었던가요?"

"여기 있는 것이 전부입니다." 그레그슨이 맨 아래 계단에 놓인 잡다한 물건을 가리키며 말했다. "런던 버로드[106] 금시계, 제품번호 97163. 앨버트 금시곗줄,[107] 이건 묵직한 순금입니다. 프리메이슨[108] 문양이 새겨진 금반지. 불도그 머리 모양에 눈은 루비로 된 금핀. 러시아제 가죽 명함집. 안에는 클리블랜드의 이녹 J. 드레버라는 사람의 명함이 들어 있는데, 코트 안감에 박힌 E. J. D.라는 머리글자와 일치합니다. 지갑은 없지만, 돈이 7파운드 13실링.[109] 보카치오의 『데카메론』[110] 문고판 헛장[111]에 조지프 스탠거슨이라는 이름이 쓰여 있습니다. 편지가 두 통 있는데, 하나는 E. J. 드레버, 다른 하나는 조지프 스탠거슨 앞으로 온 겁니다."

"주소는?"

"스트랜드 가, 아메리칸 익스체인지.[112] 찾아갈 때까지 보관하라고 쓰여 있습니다. 두 통 다 가이온 증기선 회사[113]에서 보낸 건데, 리버풀에서 출항한다는 내용입니다. 이 불운한 남자는 뉴욕으로 돌아가려고 한 것이 분명합니다."

1895년의 아메리칸 익스체인지.

106. 폴 필립 버로드는 17세기에 시계 제작 왕국을 건설한 인물이다. 그의 회사에서 만든 초기 시계에는 "런던 버로드"라는 말이 새겨져 있었다. 이 회사의 금시계를 소유하는 것은 소유자의 '방종과 방탕'을 가리킨다고 오언 더들리 에드워즈는 평했다.

107. 묵직한 사슬로 만든 이 시곗줄 이름은 빅토리아 여왕의 부군인 앨버트의 이름을 딴 것이다. 대중에게 멍청하고 거들먹거리는 인물로 비친 앨버트 대공 본인은 그리 인기가 없었지만 그래도 남성 사회의 유행을 선도했다. 「빨강머리연맹」에 나오는 전당포 주인 제이비즈 윌슨과 「정체의 문제」에 나오는 호스머 에인절(메리 서덜런드 양의 약혼자)도 앨버트 금 시곗줄을 썼다. 이 두 사람 역시 이녹 J. 드레버처럼 겉치레에 신경을 많이 썼을 것이다.

108. 프리메이슨(자유석공조합)은 비밀결사 조직으로, 그 역사는 템플 기사단과 고대 로마 제국, 파라오, 티레의 왕 히람, 솔로몬의 사원, 심지어 바벨탑과 노아의 방주 시대까지 거슬러 올라간다. 잉글랜드에는 서기 926년에 석공조합이 있었지만 현대적인 프리메이슨단이 생긴 것은 18세기다. D. A. 레드먼드가 「메이슨과 모르몬교도」에서 밝힌 말에 따르면, 『주홍색 연구』 사건 당시 미국 프리메이슨단과 모르몬교도 사이에는 상당한 적대감이 있었다. 제이비즈 윌슨(「빨강머리연맹」), 존 헥터 맥팔레인(「노우드의 건축업자」), 홈즈의 "언짢은" 라이벌인 바커 형사(「은퇴한 물감 제조업자」) 등이 프리메이슨 단원이었다. 세실 A. 라이더 주니어는 「프리메이슨 연구」에서 홈즈와 왓슨도 프리메이슨 단원이었다고 결론지었다. 아서 코난 도일은 1887년 메이슨 피닉스 지부에 가입했다. 라이더는 코난 도일이 왓슨을 만난 것도 그 지부에서일 거라는 의견을 냈다.

109. 오늘날의 구매력 기준으로 100만 원 남짓─옮긴이.

110. 이탈리아의 시인이자 학자인 조반니 보카치오(1313-1375)의 이 걸작은, 1348년에 흑사병이 퍼진 피렌체를 떠난 일곱 명의 여자와 세 명의 남자가 열흘 동안 돌아가면서 들려주는 100가지 이야기로 이루어져 있다(데카메론Decameron은 10일간의 이야기라는 뜻이다). 날마다 그날 이야기한 사람 가운데 한 명이 춤곡을 노래함으로써 이야기를 마친다. 보카치오는 중산계급의 삶의 방식을 주제로 택했다. 인간의 한계와 도덕적 가치에 초점을 맞춘 그는 자기 행동에 따른 결과를 달게 받아들임으로써 불운을 극복하는 인간을 묘사한다. 이는 모든 것을 신의 탓으로 돌렸던 중세 문학에서 크게 벗어난 선구적인 정신을 보여준다.

보카치오의 작품이 오늘날에는 이탈리아 최초의 위대한 산문으로 갈채를 받고 있지만, 빅토리아 시대 사람들은 '더러운' 이야기의 원천쯤으로 여겼다. 예를 들어 빅토리아 시대의 여러 편집자들은 셋째 날의 열 번째 이야기「알리베크, 악마를 지옥에 넣다」를 추잡한 이야기라며 빼버렸다. 미국에서도 수십 년 동안 이 작품의 복제를 법으로 금지했다.(그 이야기의 줄거리는 이렇다. 아리따운 소녀 알리베크는 기독교의 진리를 찾아 사막에서 루스티코라는 수도자를 만난다. 루스티코는 알리베크의 옷을 모두 벗기고 자기 몸의 한 곳을 "악마"라고 말하고, 알리베크의 몸 한 곳을 "지옥"이라고 말한 후, 악마는 지옥으로 보내야 한다고 가르친다. 알리베크가 말한다. "악마를 지옥에 보내며 하느님의 뜻에 따라 사는 일은 과연 즐겁구나." ─옮긴이)

111. 'fly-leaf.' 책의 겉장과 속표지 사이에 두는 백지 책장─옮긴이.

112. 이 회사는 정확히 말하면, 스트랜드 가 9번지의 '길릭스 유나이티드 스테이츠 익스체인지'로, 미국 신문을 읽을 수 있는 독서실이 있었다.

113. 제임스 몽고메리는「훈훈한 바다 이야기」에서 가이온 선박 회사의 여러 가지 광고물을 선보였다. "어떤 안내장에는 이렇게 쓰여 있다. '제공 식료품은 풍성하고 질이 뛰어나며, 회사의 급사장이 요리해서 제공합니다.' 또 이런 안내장도 있다. '가이온 선박 회사는 지난 25년 동안 잉글랜드, 웨일스, 스코틀랜드, 아일랜드의 승객 단 한 명도 잃지 않았습니다.'" 아마도 클리블랜드의 드레버 씨는 이것이 미국인에게도 적용될 거라고 생각했을 것이다.

가이온 선박 회사.

"스탠거슨이라는 사람에 대해 조사를 했나요?"

"곧바로 했습니다." 그레그슨이 말했다. "모든 신문에 광고를 냈죠. 그리고 부하 한 명을 아메리칸 익스체인지사로 보냈는데, 아직 돌아오지 않았습니다."

"클리블랜드에도 알아봤나요?"

"오늘 아침에 전보를 쳤습니다."

"무슨 내용이었나요?"

"그저 상황 설명을 하고, 도움이 될 만한 정보를 알려주면 고맙겠다고 했죠."

"중요해 보이는 특정 사실에 대한 무슨 질문을 하진 않았나요?"

"스탠거슨에 대해 물어봤습니다."

"그것뿐인가요? 사건 해결의 열쇠가 됨 직한 정황에 대해 물어보진 않았나요? 다시 전보를 칠 생각은 없고요?"

"물어볼 건 모두 물어봤습니다." 그레그슨이 사무적인 목소리로 말했다.

셜록 홈즈가 나지막이 혼자 낄낄거리고는 뭔가 말을 하려는 듯 입을 떼는 순간 레스트레이드가 다시 모습을 드러냈다. 우리가 홀에서 앞서의 대화를 나누는 동안 그는 식당에 있었는데 웬일인지 기세등등하고 우쭐거리는 태도로 손을 비비며 나타난 것이다.

"그레그슨 씨." 그가 말했다. "방금 그지없이 중요한 발견을 했습니다. 벽을 꼼꼼히 조사하지 않았다면 결코 발견하지 못했을 겁니다."

작은 체구의 이 남자는 그렇게 말하며 눈을 반짝였다. 그는 동료보다 한발 앞서 가게 된 것에 대해 속으로 아주 통쾌하게 여기고 있는 것이 분명했다.

"이리 와보세요" 하고 말하며 그는 서둘러 다시 식당으로 돌

그는 구두에 마찰성냥을 그어서 벽을 비추었다.
조지 허친슨 그림, 『주홍색 연구』, 런던, 워드, 록 앤드 보든 출판사(1891)

아갔다. 섬뜩한 시신을 치운 뒤라서 식당은 한결 깨끗해 보였
다. "자, 거기 서 계십시오!"

그는 구두에 마찰성냥을 그어서 벽을 비추었다.

"이걸 보세요!" 그가 의기양양하게 말했다.

식당 벽지가 일부 떨어졌다는 사실을 앞서 말한 적이 있다.
그런데 이쪽 구석에는 유난히 크게 벽지가 벗겨져서, 볼꼴 사
나운 노란 회벽이 훤히 드러나 있었다. 바로 이 회벽에 핏빛의

"이걸 보세요!" 그가 의기양양하게 말했다.
리하르트 구트슈미트 그림, 『훗날의 복수』, 슈투트가르트, 로베르트 루츠 출판사(1902)

빨간색으로 낱말 하나가 휘갈겨 쓰여 있었다.

RACHE

"어떻게 생각하십니까, 홈즈 씨?" 원맨쇼를 선보인 연기자 같은 태도로 형사가 외쳤다. "식당에서 가장 어두운 구석이라서 이걸 아무도 못 봤죠. 살펴볼 생각을 한 사람도 없고 말입니다. 살인자가 자신의 피로 이걸 쓴 겁니다. 벽 아래로 흘러내린 자국 좀 보세요! 어쨌든 이걸로 자살일지 모른다는 생각은 할

114. 제임스 콜은 「낮에는 아무 일도 하지 않는 홈즈의 묘한 사건」에서 홈즈가 실내를 떠나기 전에 살인 현장을 제대로 검사하지 않은 것을 비판하며 홈즈의 미숙함을 폭로했다. "레스트레이드가 앞서의 발견을 하지 않았다면 홈즈가 실내를 살펴보려고나 했을 것인가?" 하고 콜은 의문을 제기했다.

115. 「셜록의 수사 도구」에서 J. N. 윌리엄슨은 열여섯 편의 이야기에서 홈즈가 돋보기를 사용했다고 보고했다. 마이클 해리슨은 『셜록 홈즈의 세계』에서 이렇게 의문을 제기했다. 이때 홈즈가 기껏해야 27세였는데, "뭔가를 보기 위해 돋보기를 꼭 써야 했을까? ……정말 '유난히 크게 벽지가 벗겨져서, 볼꼴 사나운 노란 회벽이 훤히 드러나' 있었는데 말이다. '핏빛의 빨간색' 글자를 설마 깨알같이 작게 써놓지는 않았을 것이다." 그래서 윌리엄슨은 홈즈가 "공립도서관에서 쇠약한 노인이 신문을 읽을 때 사용하는 고배율의 돋보기"를 사용했다는 것은 뚜렷하게 때 이른 노안 증세를 지녔기 때문이라고 결론지었다. 홈즈의 시력에 대한 다른 논의는 위 90번 주석 참고.

수 없게 되었습니다. 그런데 왜 하필 이런 구석에 써놓았을까요? 제가 말씀드리죠. 벽난로 위의 양초를 보세요. 사건 당시에는 촛불이 켜져 있었습니다. 그렇다면 이 구석은 식당 벽 가운데 가장 어두운 게 아니라 가장 밝았을 겁니다."

"그래서 이 '대단한' 걸 발견한 의미가 대체 뭐란 말이오?" 그레그슨이 빈정거리는 음성으로 말했다.

"의미라고? 그야 이걸 쓴 자가 레이철Rachel이라는 여성의 이름을 쓰려고 했다는 거죠. 그런데 방해를 받아 끝까지 쓸 시간이 없었던 겁니다. 내 말을 잘 새겨두십시오. 이 사건이 해결되면, 레이철이라는 이름의 여성이 관련되어 있다는 사실이 밝혀질 겁니다. 셜록 홈즈 씨, 지금은 맘껏 비웃어도 좋습니다. 당신이 아무리 영리하다고 해도, 결국에는 노련한 사냥개가 최고인 법입니다."

"진심으로 사과드립니다." 한바탕 폭소를 터트려서 작은 남자의 성질을 건드린 내 친구가 말했다. "우리 가운데 이것을 처음으로 발견했다는 건 확실히 자랑할 만한 일입니다. 말씀하신 것처럼, 간밤에 일어난 사건의 참여자가 이걸 썼다는 흔적도 역력합니다. 그런데 나는 아직 이 식당을 살펴볼 시간이 없었습니다.[114] 허락해주신다면 지금 살펴보겠습니다."

그렇게 말하면서 그는 줄자와 큼직한 둥근 돋보기[115]를 주머니에서 재빨리 꺼냈다. 두 가지 도구를 가지고 그는 소리 없이 종종거리며 방을 돌아다녔다. 때로는 멈춰 서고, 때로는 무릎을 꿇고, 한번은 바닥에 넙죽 엎드리기도 했다. 조사에 열중한 그는 우리의 존재조차 잊어버린 듯했다. 그는 줄곧 낮은 소리로 혼자 중얼거리며 탄성이나 신음, 휘파람, 격려나 희망을 암시하는 작은 외침 소리를 끊임없이 내뱉었다. 그를 지켜보는 동안 나는 잃어버린 냄새를 다시 찾을 때까지 열심히 킁킁거리며 여우의 은신처를 들쑤시고 다니는 잘 훈련된 순종 폭스하운

그는 회벽에 쓰인 글자에 돋보기를 대고
낱낱의 글자를 아주 세심하게 살펴보았다.
D. H. 프리스턴 그림, 《비턴의 크리스마스 연감》(1887)

드를 연상하지 않을 수 없었다. 그는 20분 남짓 조사를 계속하
며, 내 눈에는 전혀 보이지 않는 흔적과 흔적 사이의 거리를 아
주 꼼꼼히 재거나, 역시 이해할 수 없는 태도로 이따금 벽에 줄
자를 들이댔다. 한 곳에서는 바닥에 쌓인 회색 먼지를 조심스
레 긁어모으기도 했다. 마지막으로 그는 회벽에 쓰인 글자에
돋보기를 대고 낱낱의 글자를 아주 세심하게 살펴보았다. 조사
를 마친 그는 그것으로 충분하다는 듯이, 줄자와 돋보기를 주
머니에 다시 넣었다.

116. "Genius is an infinite capacity for taking pains." 윌리엄 S. 베어링굴드는 홈즈의 이 생각이 토머스 칼라일의 말을 인용한 것일 수 있다고 지적했다. 칼라일은 『프리드리히 대왕이라고 불린 프로이센의 프리드리히 2세의 역사』에서 이렇게 썼다. "천재성은…… 무엇보다도 고통을 감수하는 초월적인 능력이다." 물론 홈즈는 앞서 "어리둥절한 표정으로" "칼라일이 누구이며 뭘 하던 사람이냐고" 물은 적이 있긴 하다. 여기서 그가 칼라일의 말을 인용한 것은 앞서 모른 척한 것이 단지 연극이었다는 것을 입증하는 듯하다.

117. 런던에 이런 곳은 존재하지 않는다. 케닝턴 파크 로드와 캠버웰 뉴로드 교차로에 케닝턴 파크가 있긴 하다. 오들리도 코트가 아닌 '광장'은 존재하지만 케닝턴과는 거리가 멀다. 버나드 데이비스는 "오들리 코트"가 실은 올턴 플레이스라고 밝혔다. 올턴 플레이스는 1893년에 올턴 패시지와 그로브 플레이스라는 이름을 합쳐서 만든 것이다.

118. 켈빈 존슨이 『셜록 홈즈 살인 파일』에서 밝힌 바에 따르면 정전에서 언급된 살인자는 57명, 피살자는 65명이다.

119. 트리치노폴리라는 지역은 남인도 티루치라팔리 근처에 있던 곳으로, 담배 원산지로 유명했다.

"천재성은 고통을 감수하는 무한한 능력[116]이라고들 합니다." 홈즈가 빙그레 웃으며 말했다. "어설픈 정의이긴 하지만, 탐정 일에는 딱 들어맞죠."

그레그슨과 레스트레이드는 아마추어 친구의 행동을 상당한 호기심과 더불어 다소 경멸하는 눈길로 지켜보았다. 셜록 홈즈가 아무리 사소한 행동을 하더라도 거기에는 명백하고 실제적인 목적이 있다는 사실을 나는 이제 막 알게 되었는데, 두 형사는 아직 모르고 있는 것이 분명했다.

"그래서 홈즈 씨는 어떻게 생각하십니까?" 두 사람이 동시에 물었다.

"내가 주제넘게 나서면 두 분은 사건 해결의 영예를 빼앗길 겁니다." 내 친구가 말했다. "두 분은 지금 잘하고 있는데 감히 누가 끼어들어서야 쓰겠습니까." 그의 목소리에는 냉소가 어려 있었다. 그는 이어서 말했다. "두 분의 조사가 앞으로 어떻게 진행되는지 알려주십시오. 그래서 내가 도울 게 있으면 기꺼이 돕겠습니다. 그런데 시신을 발견한 순경에게 하고 싶은 말이 있습니다. 그의 이름과 주소를 좀 알려주시겠습니까?"

레스트레이드가 공책을 슬쩍 보고 말했다. "존 랜스. 지금은 비번입니다. 케닝턴 파크 게이트, 오들리 코트[117] 46번지에 가면 그를 만날 수 있을 겁니다."

홈즈는 주소를 기록했다.

"어이, 의사 선생." 그가 말했다. "우린 가서 그 순경이나 만나보자구. 두 분에게 도움이 될 만한 것 한 가지를 말해드리죠." 그가 두 형사를 돌아보며 말했다. "여기서 살인이 일어났는데,[118] 살인자는 남자입니다. 키가 180센티미터 이상인 장년의 남자죠. 키에 비해 발이 좀 작은데, 코가 각진 싸구려 구두를 신었고, 트리치노폴리 시가[119]를 피웠습니다. 그는 말 한 마리가 끈 사륜마차를 타고 피살자와 함께 이곳에 왔는데, 말발굽

세 개는 낡았고, 앞쪽 발굽 하나는 새것입니다. 모든 가능성을 돌아볼 때 범인은 얼굴이 붉고, 오른손 손톱이 꽤 깁니다. 대수롭지 않은 사실이지만 그래도 두 분에게 도움이 될 겁니다."

레스트레이드와 그레그슨은 믿을 수 없다는 듯 실소를 흘리며 서로를 바라보았다.

"그렇다면 어떻게 살해된 거죠?" 레스트레이드가 물었다.

"독." 셜록 홈즈가 짧게 말하고는 성큼 걸어 나갔다. "레스트레이드, 한 가지만 더 말하자면" 하고 말하며 그는 문간에서 돌아섰다. "'Rache(라헤)'는 독일어로 '복수'를 뜻합니다. 그러니 레이철 양을 찾느라고 시간을 낭비하진 마세요."[120]

그는 그렇게 마지막 한마디를 던지고, 아연 입을 떡 벌린 두 라이벌을 남겨둔 채 자리를 떴다.

120. 제이 핀리 크라이스트는 이때까지 홈즈가 말한 증거 가운데 어느 것도 수사에 도움이 되지 않는다고 성토했다. 어느 것도 결정적으로 범인의 유죄를 입증할 만한 사실이 못 된다는 것이다.

제4장

존 랜스의 증언

121. 브릭스턴 로드 318번지가 바로 "로리스턴 가든 3번지"였다는 사실을 뒷받침하기 위해, H. W. 벨은 1896년 그곳에 전보를 칠 수 있는 우체국이 있었다고 밝혔다. 우체국은 318번지에서 55미터쯤 떨어져 있었다.

122. 「악마의 발」에서 왓슨은 홈즈에 대해 이렇게 말했다. "그는 전보가 가는 지역에는 편지를 보내지 않는 것으로 알려져 있다." 19세기 말 무렵(1876년에 전화가 발명되었는데도), 여전히 전보는 재빨리 소식을 전하는 용도로 대단히 인기가 높았다. 배터리와 구리 선, 메시지를 타전하는 자석 바늘을 이용한 잉글랜드 최초의 전보는 윌리엄 쿡 경과 찰스 휘트스턴이 1837년에 특허를 냈다. 그해 최초의 실용적인 전보 시설이 런던에 설치되었다. 철도역 간에 간단한 비상 신호를 전달하기 위해서였다. 한편 미국에서는 새뮤얼 모스가 전보와 전신부호를 발명했

우리가 로리스턴 가든 3번지를 떠난 것은 오후 1시였다. 셜록 홈즈는 나를 데리고 가까운 전신국[121]으로 가서 장문의 전보[122]를 쳤다. 그리고 소리쳐 마차를 부른 그는 레스트레이드가 불러준 주소로 가자고 마부에게 말했다.

"직접 확보한 증거만큼 좋은 것도 없지." 그가 말했다. "사실 마음속으로는 이미 결론을 내린 상태지만, 그래도 알아야 할 것은 모두 알아두는 것이 좋아."[123]

"홈즈, 정말 나를 놀라게 하는군." 내가 말했다. "자네는 형사들에게 그 모든 것에 대해 확실하다는 듯이 말했지만, 실은 확신하고 있지 못할 거야."

"틀리려야 틀릴 수가 없어." 그가 응수했다. "거기 도착해서 내가 목격한 최초의 것이 바로 마차 자국인데, 길가 연석 가까이에 두 줄의 바큇자국이 나 있었지. 그런데 최근 일주일 동안

비가 온 것은 어젯밤뿐이야. 그러니 그렇게 깊은 자국이 생긴 것은 간밤이었다는 얘기지. 말발굽 자국도 나 있었는데, 자국 하나는 다른 세 개보다 윤곽이 유난히 선명했어. 그건 새로운 편자를 달았다는 뜻이야. 그 마차는 비가 내리기 시작한 후에 지나갔고, 아침에 지나간 마차는 없었다는 것을 그레그슨이 확인해주었어. 그렇다면 자국은 밤중에 생긴 것이 분명하고, 따라서 그 마차를 타고 두 사람이 그 집에 갔던 거지."

"그건 간단해 보이는군." 내가 말했다. "그런데 다른 남자의 키는 어떻게 알았지?"

"아, 남자의 키는 십중팔구 보폭을 통해 알아낼 수 있어.[124] 아주 간단한 계산이야. 하지만 숫자를 들먹여서 자네를 따분하게 할 필요는 없겠지. 보폭은 바깥 흙길과 집 안의 먼지를 보고 알아냈어. 그런 다음 그 계산을 재확인할 수 있었지. 사람이 벽에 글을 쓸 때면 본능적으로 자기 눈높이에 쓰게 되니까 말이야. 그런데 그 글자가 바닥에서 180센티미터가 넘는 곳에 쓰였어. 그러니 키를 알아내는 것은 식은 죽 먹기였지."

"그럼 나이는?" 내가 물었다.

"135센티미터 보폭으로 가볍게 걸을 수 있다면, 그 인생이 노랗게 시든[125] 상태라곤 할 수 없지. 범인이 가로지른 게 분명한 정원의 웅덩이 폭이 바로 그랬어. 에나멜 구두는 웅덩이를 돌아서 갔는데, 코가 각진 구두는 웅덩이를 가볍게 넘어갔어. 그건 확실해. 나는 그 잡지 글에서 주장한 관찰과 추리의 개념 몇 가지를 이처럼 일상생활에서 그대로 적용하고 있어. 또 궁금한 것 있나?"

"손톱과 트리치노폴리." 내가 말했다.

"벽의 글은 검지에 피를 묻혀서 쓴 거야. 돋보기로 보았더니 회벽이 살짝 긁혔더군. 손톱을 짧게 깎았다면 그런 일은 있을 수 없지. 나는 바닥에 흩어진 담뱃재를 약간 긁어모았어. 색이

다. 1844년 그가 처음 보낸 전문의 내용은 "하느님께서 이렇듯이 큰일을 하셨구나"(구약성경 『민수기』 23:23 ─ 옮긴이)였다. 이후 결국 모스 부호가 세계적으로 가장 널리 쓰이게 되었다.

대중이 전보를 강력한 소통 수단으로 받아들이게 된 중요한 계기는 1845년에 세상을 떠들썩하게 한 토얼 살인 사건이었다. 토얼은 윈저 근교의 한 여성을 살해한 혐의로 수배되었다. 그가 슬라우 역에서 런던 패딩턴 역으로 가는 기차를 타고 있는 것이 목격되어, 그 사실이 용모파기와 함께 런던 경찰에게 전보로 알려졌고, 그는 도착 즉시 체포되었다. 그가 유죄 판결을 받고 처형되자 "토얼을 교수형에 처한 전보"라는 말이 세상에 널리 퍼졌다. 1869년 무렵에는 영국에 8만 마일(약 13만 킬로미터)의 전선이 설치되었다. 전신 체계는 값싸게 설계되어 1885년부터 1915년까지 보통의 전보 요금은 12낱말 이하에 6페니(오늘날의 구매력으로 약 3,000원 ─ 옮긴이)였고, 낱말이 하나 추가될 때마다 0.5페니를 더 받았다. 1903년 무렵 전보를 치는 것이 버릇이 된 홈즈는 왓슨에게 이런 전보를 보내기도 했다. "별일 없으면 즉시 와줘. 별일 있어도 역시 와줘."(「기어다니는 남자」)

123. "사실을 알아두면 도움이 되지만, 실제로 알 필요는 없다"는 식의 이런 말은, 증거 없이 가설을 세우지 말아야 한다는 홈즈 자신의 신념에 어긋나는 것으로 보인다. 이것은 홈즈가 새로운 동료 앞에서 첫 사건을 해결하며 강한 인상을 주기 위해 한 말일 것이다.

124. J. B. 매켄지는 「셜록 홈즈의 구상과 전략」에서 홈즈의 이 말에 대해 이렇게 반박한다. "보폭의 길이는 단순한 키의 문제가 아니라, 주로 체질에 좌우되는 것이 아닐까? 키가 크면서도 상대적으로 보폭이 작은 사람이 적지 않고, 키가 더 작으면서도 보폭은 더 큰 사람도 많지 않을까? 게다가 상반신에 비해 하반신이 긴 사람과 그렇지 않은 사람이

있다는 것을 우리는 경험으로 알고 있지 않은가."

125. 'sere.' 이 말은 건조해진 식물의 상태를 묘사하는 데 주로 쓰이는 말이다. 셰익스피어의 『맥베스』에서 맥베스가 이 말을 사용해서 탄식한다. "나는 충분히 오래 살았어. 내 인생은 / 노란 잎으로 시들었지." 윌리엄 S. 베어링굴드는 『베이커 스트리트의 셜록 홈즈 : 세계 최초의 자문탐정의 생애』에서 홈즈가 셰익스피어의 구절을 빈번하게 인용한다는 사실을 토대로 해서, 홈즈가 대학 시절 이후 실제로 오랫동안 무대에 섰고, 셰익스피어 극단과 함께 미국 여행을 했을 거라는 의견을 냈다.

126. 홈즈는 담배에 관한 연구 논문을 1881년 이전에, 그러니까 『주홍색 연구』 사건이 일어나기 전에 썼다. 매들린 B. 스턴의 말에 따르면, 가에타노 카소리아가 『다양한 담뱃재에 관한 상세 연구』를 1882년에 썼는데, 이것은 분명 홈즈의 논문에서 영향을 받았을 것이다. 홈즈의 이 논문 제목이 정확히 무엇이었는지를 왓슨이 밝힌 것은 1889년 『네 사람의 서명』에서다. 『다양한 담뱃재의 구별에 관하여』가 그것인데, 이 책에서는 여송연, 궐련, 파이프 담배 등 140종의 목록과 담뱃재의 차이를 색상 도판으로 나타냈으며, 『네 사람의 서명』 사건 도중 홈즈는 프랑스 수사부의 프랑수아 르 발라르가 자기 논문을 프랑스어로 번역하고 있다는 말을 한다. 「셜록 홈즈 씨의 저술들」에서 월터 클라인펠터는 정전에서 홈즈가 한 번 넘게 언급한 자기 논문으로는 이 논문이 유일하다고 지적했다(홈즈는 「보스콤 밸리 사건」에서 이 논문을 다시 언급한다). 클라인펠터는 이렇게 썼다. "따라서 이 논문에 대해서는 홈즈가 적잖은 자부심을 느끼고 있다고 추리할 수 있다. 아마도 과학적 추리라고 칭할 수 있는 것에 아주 중요한 기여를 했다고 생각했을 것이다." 아서 코난 도일은 이러한 견해에 동의하지 않았다. 필라델피아의 한 담배 장수가 논문 사본을 구할 수 있겠느냐고 묻자 도일은 '웃긴다'고 생각했다.

『주홍색 연구』 단행본 표지.
런던과 멜버른, 워드, 록 앤드 컴퍼니(1950년경)

검고 얇게 조각이 져서 떨어졌더군. 그러는 건 트리치노폴리뿐이야. 나는 시가 재를 특별히 연구한 적이 있어. 실은 그런 주제로 논문도 한 편 썼지.[126] 자화자찬 같지만 궐련이든 시가든 세상에 알려진 상표라면 재만 보고도 한눈에 구별할 수 있어.[127] 노련한 탐정이 그레그슨이나 레스트레이드 같은 형사와 다른 점이 바로 그런 세밀한 부분이지."

"그럼 붉은 얼굴은?" 내가 물었다.

"아, 그건 좀 더 대담한 추리인데, 틀림없이 맞을 거야. 지금으로선 그 문제는 덮어두는 게 좋겠어."

나는 이마를 손으로 짚었다. "머리가 다 어지럽군."[128] 내가 말했다. "생각하면 할수록 더 아리송해. 그 두 사람, 그러니까 둘인 것이 맞는다면, 그들은 어떻게 빈집에 들어갔을까? 그들을 태우고 간 마부는 어떻게 됐을까? 범인은 어떻게 독을 먹였을까? 피는 어쩌다 흘렸을까? 강도는 아니었다는데 그럼 살해 목적은 뭘까? 여자의 반지가 어째서 거기 있었을까? 무엇보다도, 제2의 남자가 도주하기 전에 '라헤RACHE'라는 독일어를 써놓은 이유가 뭘까? 솔직히 나로서는 그 모든 사실을 일관되게 설명할 길이 없어."

내 친구가 수긍한다는 듯이 씩 웃었다.

"문제점들을 간결하게 잘 짚었군." 그가 말했다. "아직 분명치 않은 점이 많지만, 중요 사실들에 대해서는 이미 판단을 내렸어. 어설픈 레스트레이드가 발견한 것에 대해 말하자면, 그건 사회주의와 비밀결사[129]를 암시함으로써 경찰을 혼란시키려는 속임수에 지나지 않아. 그건 독일인이 쓴 것이 아니었어. 눈여겨봤으면 알겠지만, A가 다소 독일어식으로 쓰였어. 그런데 진짜 독일인 같으면 분명 라틴 문자로 썼을 거야. 그러니 독일인이 쓴 게 아니라, 서툴게 독일인 흉내를 낸 거라고 확실히 말할 수 있어. 수사 방향을 빗나가게 하려는 단순한 꼼수인 거야. 의사 선생, 사건에 대해 더 이상은 말하지 않겠어. 알다시피 마술사가 비결을 설명해버리면 싱거워지니까 말이야. 내 작업 방식을 너무 많이 알려주면, 결국 자네는 나를 아주 평범한 인물이라고 결론짓고 말걸?"

"결코 그러지 않을 거야." 내가 말했다. "자네는 범죄 수사를 정밀과학에 가까운 최고 수준으로 끌어올렸어."

127. 1951년에 『1951년 5-9월, 런던 서남 1지구, 베이커 스트리트 애비 하우스에서 열린 셜록 홈즈 전람회 카탈로그』 편집자들은 다른 상표의 담뱃재를 구별하는 것은 "일반적으로 가능하지 않다"고 진술했다. 그러나 레이먼드 J. 맥고언은 「셜록 홈즈의 담배 논문에 대한 화학자의 평가」에서 궐련과 여송연(시가), 두 가지의 중요 담배에 대한 화학적 분석을 수행함으로써 홈즈의 논문을 검증하고자 했다. 맥고언은 망간 염화물과 산화마그네슘의 농도에 따라 실제로 담뱃재를 구별할 수 있다는 것을 알아냈다. 두 화학물질의 농도가 증가하면 그 복합물(과망간산 마그네슘)의 색이 변했던 것이다. 하지만 연청색에서 진청색으로의 색깔 변화는 현미경으로만 관찰할 수 있었다. 맥고언은 홈즈의 이론을 증명하긴 했지만, 여기서 홈즈는 왓슨에게 강한 인상을 주기 위해 복잡한 내용은 얼버무리고 자기 능력을 과장한 것으로 보인다고 맥고언은 결론지었다.

128. 윌리엄 베어링굴드는 뻐딱하게 논평했다. "하지만 한마디 하지 않을 수 없다. 이렇게 말한 왓슨이 자기 말과 상반되는 예리한 질문 일곱 가지를 즉시 제기하다니."

129. 산업혁명 기간(1750-1850)에 공장 노동자들이 당한 사회적·경제적 불공정 행위로 인해 생겨난 사회주의는 영국의 경우 독일에 비해 훨씬 늦게 받아들여졌다. 역사가 A. N. 윌슨은 1800년대 후반의 영국에서는 사회주의가 "사소한 쟁점"이었다고 규정한다. 한 이유로, 빅토리아 시대 후반의 중산층들이 더 잘살 수 있다고 생각했다는 점을 꼽을 수 있다. 윌슨의 표현에 따르면 그들은 "이름도 해괴한 외국인들의 머리에서 나온 생각"을 필요로 하지 않았다는 것이다.

영국에서 그런 태도가 우세하기는 했지만, 그래도 영국에는 수많은 사회주의 조직이 생겨났다. 카를 마르크스와 프리드리히 엥겔스의 『공산당 선언』(1848)에 고취되어 생긴 이 조직들은 자본주의 전반과 열악한 노동환경에 반대하는 목소리를 높였다. 그중 사회민주연맹SDF은 1881년 헨리 하인드먼이 결성한 것으로, 윌슨의 말에 따르면 하인드먼은 "비단 모자, 프록코트, 위쪽에 은을 입힌 지팡이를 결코 포기하지 않은" 괴팍한 인물이었다. 영향력 있는 화가이자 디자이너, 시인이었던 윌리엄 모리스는 1883년 SDF에 가입했다가 바로 이듬해 탈퇴하고 사회주의연맹을 결성했다.

모리스는 '피의 일요일'로 알려진 사회주의 시위의 핵심 인물이었다. 1887년 11월 13일에 일어난 이 시위에서, 모리스와 유명한 웅변가 애니 베전트를 선두로 한 수만 명의 군중이 행진하며 아일랜드 민족주의자 윌리엄 오브라이언의 석방을 요구했다. 군중은 여러 지역에서 트래펄가 광장까지 행진했는데, 광장에는 2,000명의 경찰과 400명의 군인이 집결해 있었다. 윌슨은 《타임스》 기사 내용을 인용해 이렇게 말했다. "일부 말을 탄 사람을 포함한 경찰이 군중 속으로 돌격하여 사방에서 무차별 타격을 가해 행렬을 완전히 와해시켰다. 경찰에게 머리와 얼굴을 맞아 부상당한 사람 여러 명을 나는 목격했다. 부상자는 바로 피를 철철 흘렸고, 그 광경은 그야말로 아비규환이었다." 이때 세 명이 사망했고 200명이 부상당했다.

피의 일요일 사건은 사실상 사회주의 활동과는 별 관계도 없었다. 토머스 칼라일과 새뮤얼 콜리지가 교회와 반자본주의 이상을 연계시켜 쓴 저술에 영향을 받은 크리스찬 사회주의 운동은 1880년대에 영적 회복을 도모했다. 그러나 피의 일요일은 사회주의와 그 추종자들을 부정적으로 바라보는 빌미가 되기에 충분했다. 크리스토퍼 몰리의 말에 따르면 "일반인들에게 사회주의자들은 때로 (그리고 부당하게) 문명화의 불평등성을 규탄하며 폭력 행동을 하는 다른 집단과 동일하게 취급되었다."

사회주의는 많은 자유사상가들의 관심을 끌었다. 왓슨의 동료인 아서 코난 도일은 다른 자유사상가들의 대규모 운동인 심령술에 깊이 몸담은 적이 있는데, 그는 오언파 사회주의 창설자인 박애주의자

이런 말을 내가 아주 열렬히 하자 내 친구는 기뻐서 얼굴을 붉혔다. 여자가 아름답다는 말에 민감한 것처럼 홈즈가 자기 기예에 대한 찬사에 민감하다는 것을 나는 진작 알고 있었다.

"한 가지 얘기를 더 해주지." 그가 말했다. "에나멜 구두와 각이 진 구두코가 같은 마차에서 내렸는데, 아주 다정하게, 분명 서로 팔짱을 끼고 집으로 걸어갔어. 집에 들어가서는 실내를 서성거렸지. 아니, 에나멜 구두는 가만히 서 있었고, 각이 진 구두코만 서성거렸어. 먼지를 보고 알 수 있었거든. 그 남자가 점점 더 흥분해서 서성거렸다는 것도 알 수 있었어. 그건 보폭이 늘어난 것으로 미루어 알 수 있지. 그는 계속 말을 하면서 분명 갈수록 더 화를 냈을 거야. 그런 다음 비극이 발생했어. 자, 이제 내가 아는 모든 것을 말했어. 남은 것은 단순한 추측과 추리뿐이야. 아무튼 수사를 시작할 근거가 잘 마련된 셈이지. 우린 서둘러야 해. 오늘 오후 할레 콘서트[130]에 가서 노르만네루다[131]의 연주를 듣고 싶으니까 말이야."

이런 대화를 나누는 동안 우리가 탄 마차는 너저분한 거리와 음산한 샛길을 누비며 오랫동안 달렸다. 마부는 그런 길 중에서도 가장 더럽고 음침한 길에서 갑자기 마차를 세웠다. "저기가 오들리 코트입니다." 이렇게 말하며 마부는 칙칙한 색깔의 벽돌담 사이로 난 좁은 틈을 가리켰다. "돌아올 때까지 여기서 기다리겠습니다."

오들리 코트는 매력적인 동네가 아니었다. 좁은 길을 따라가자 판석을 깐 네모난 공터가 나오고, 허름한 집들이 줄지어 있었다. 우리는 더러운 아이들과 빛바랜 옷을 걸친 사람들 사이를 지나 46번지의 집에 이르렀다. 문에는 '랜스'라는 이름이 새겨진 황동 문패가 붙어 있었다. 물어보니 순경은 자고 있었다. 작은 응접실로 안내받은 우리는 그가 나오기를 기다렸다.

바로 나타난 그는 수면을 방해받은 것에 화가 좀 난 듯했다.

"사무실에 이미 다 보고를 했습니다." 그가 말했다.

홈즈는 주머니에서 꺼낸 하프소버린[132] 하나를 만지작거리며 뭔가 생각에 잠긴 듯 말했다. "당신의 입을 통해 직접 듣고 싶습니다만."

"내가 아는 것은 뭐든 기꺼이 말씀드리겠습니다." 순경이 작은 금화에 눈독을 들이며 말했다.

"무슨 일이 있었는지 낱낱이 말해보세요."

랜스는 말 털 소파에 앉아 이맛살을 찌푸리며 한 가지도 빠뜨리지 않겠다고 다짐하는 듯했다.

문에는 '랜스'라는 이름이 새겨진 황동 문패가 붙어 있었다.
리하르트 구트슈미트 그림, 『훗날의 복수』, 슈투트가르트, 로베르트 루츠 출판사(1902)

로버트 오언이나 신지학회 지도자 애니 베전트 등과도 교류했다. 코난 도일은 개혁에 대한 관심(예를 들어 그는 이혼법개혁연맹을 이끌었다)에도 불구하고, 이런저런 정당들을 그리 달가워하지 않았다. 그는 포츠머스 시절 초기에 통일당(아일랜드 자치에 반대한 보수당)에 가입해서 1905년 국회의원에 출마했다. 선거운동 기간에 그는 한 신문에 이런 편지를 보냈다. "귀사의 지난달 29일 자 신문에 난 편지에 관심이 끌렸습니다. 사회주의 견해를 지닌, 홈 룰러라는 한 신사가 나를 대변해서 독자들에게 한마디 하지 않을 수 없다는 놀라운 편지였습니다. 이에 대해 내가 자주 주장했던 사실이 강조되기를 바랍니다. 즉, 이 선거는 토리당(보수당)이나 급진주의, 또는 사회주의 정당 간의 문제가 아니라, 영국의 무역 상황을 개선하길 바라는 사람과 현상 유지를 바라는 사람 간의 경쟁이라는 것입니다. 이에 비하면 다른 모든 주제는 부차적이므로, 한 가지 중요 목적을 위해 다른 모든 사소한 차이는 덮어버려도 무방합니다." 제1차 세계대전 중의 여행을 기술한 「세 군대의 전선 방문」(1916)에서 코난 도일은 이렇게 썼다. "사회주의는 내게 결코 매력적이지 않았지만, 재산세를 경감하기 위해 그들이 애써 대중운동이라도 벌였다면 나는 사회주의자가 되어야 마땅할 것이다."

130. 찰스 할레(1819-1895)는 영국의 피아니스트이자 지휘자였다. 독일에서 태어난 그는 다름슈타트와 파리에서 공부했고, 파리에서는 프레데리크 쇼팽, 프란츠 리스트, 엑토르 베를리오즈 등과 가까이 지냈다. 혁명 때문에 어쩔 수 없이 파리를 떠난 후 가족과 함께 맨체스터에 정착해서, 해외에서는 처음으로 런던에서 1861년부터 피아노 콘서트를 열기 시작했다. 이러한 대중 연주회는 일반 대중에게 큰 인기를 끌었다. 또한 할레는 1858년에 맨체스터에서 할레 오케스트라를 창립해서 높은 평가를 받았다. 이 오케스트라는 오늘날 가장 오래된 직업 심포니 오케스트라다. 잉글랜드에서 클래

식 음악을 대중화한 공을 인정받은 그는 1888년 빅토리아 여왕에게 기사 작위를 받았다.

131. 할레의 아내인 체코인 바이올린 연주자 빌헬르미나 노르만네루다(1839-1911)는 당시 가장 뛰어난 여성 바이올린 연주자였다. 매우 존경받은 그녀는 "여성 파가니니"라는 말을 들을 정도였다. 스웨덴의 지휘자 겸 작곡가 루드비그 노르만과 결혼했는데, 노르만이 사망한 후 3년이 지난 1888년에 할레와 결혼했다. 그 후 그녀는 거의 20년 동안 할레의 콘서트에 동참했다. 알렉산드라 여왕은 1891년 그녀에게 '여왕을 위한 바이올린 연주자'라는 영예로운 작위를 주었다.
홈즈는 특히 노르만네루다의 연주에 관심이 높았을 것이다. 폴 S. 클라크슨이 지적했듯이, 그녀는 홈즈처럼 스트라디바리우스 바이올린을 가지고 있었기 때문이다. 에른스트 바이올린으로 알려진 그녀의 스트라디바리우스는 한때 대연주가 하인리히 에른스트가 소유했던 것으로, 1874년 에른스트가 사망하자, 당시 빅토리아 여왕의 아들 앨프리드가 이것을 그녀에게 주었다.

132. 'halfsovereign.' 10실링, 곧 반 파운드에 해당하는 금화로, 요즘 구매력으로 환산하면 7만 원 남짓─옮긴이.

133. H. W. 벨은 이 술집의 실제 이름은 '올드 화이트 호스'라고 밝혔다. 이는 브릭스턴 로드의 우체국 건너편에 있던 술집이다. 그러나 콜린 프레스티지는 1957년의 한 글에서, 로리스턴 가든이 있던 구역이라고 그가 생각한 마이엇 필드 근처에 화이트 하트라는 술집이 실제로 있었다고 선언하며 이렇게 밝혔다. "지금도 존재하는 이 화이트 하트는 1938년에 지은 것이지만, 그것은 이전에 같은 자리에 있던 그 술집을 새로 지은 것이다."

134. 헨리에타 스트리트나 오들리 코트와 달리 홀

바로 나타난 그는 화가 좀 난 듯했다.
조지 허친슨 그림, 『주홍색 연구』, 런던, 워드, 록 앤드 보든 출판사(1891)

"처음부터 말씀드리겠습니다." 그가 말했다. "내 근무시간은 밤 10시부터 아침 6시까지입니다. 11시에 화이트 하트[133]에서 싸움판이 벌어졌죠. 하지만 그것 말고는 제 담당 구역이 모두 조용했습니다. 1시에 비가 오기 시작했고, 해리 머처를 만났습니다. 그는 홀랜드 그로브[134]를 담당하고 있죠. 우리는 헨리에타 스트리트[135] 모퉁이에 서서 얘기를 좀 나누었습니다. 그러다 2시쯤에 한 바퀴 둘러봐야겠다는 생각이 들었죠. 브릭스턴 로드에 별일이 없는지 알아볼 생각이었습니다. 그곳은 꽤나 더럽고 인적도 드물었어요. 순찰을 도는 동안 마차가 한두 대 지나

간 것 말고는 한 명도 만나지 못했습니다. 진핫 한 잔[136] 걸쳤으면 딱 좋겠다고 생각하며 걷고 있을 때, 문제의 그 집 창문에서 불빛이 흘러나오는 게 갑자기 눈에 띄었습니다. 나는 로리스턴 가든의 두 집이 비어 있다는 것을 알고 있었죠. 그중 한 집에 살았던 지난번 세입자 한 명이 장티푸스로 죽었는데도, 두 집 다 소유한 주인이 하수 시설을 하려고 하질 않았거든요. 그래서 창문에 불이 켜진 것을 보고 가슴이 덜컥했죠. 뭔가 잘못되었다고 생각한 겁니다. 내가 그 집 현관에 이르렀을 때……."

"걸음을 멈추고 정원의 대문까지 다시 돌아갔죠?" 내 친구가 끼어들었다. "왜 그랬습니까?"

랜스가 벌떡 일어서며 깜짝 놀란 눈길로 셜록 홈즈를 바라보았다.

"아, 그랬습니다." 그가 말했다. "그런데 어떻게 아셨죠? 아무한테도 말하지 않았는데 말입니다. 말씀하신 것처럼 현관에 도착했을 때, 너무나 고요하고 외진 곳이라 누군가 같이 있었으면 좋겠다고 생각했습니다. 무덤 밖에 있는 것이라면 무서울 게 없었지만, 장티푸스로 죽은 사람이 자기를 죽인 하수 시설을 살펴보러 왔을지도 모른다는 생각이 불쑥 들지 뭡니까. 그런 생각을 하니 모골이 송연하더라고요. 그래서 다시 대문까지 나와 머처의 랜턴 불빛[137]이 보이는지 알아봤습니다만, 머처든 머시기든 코빼기도 안 보이더군요."

"거리에 아무도 없었단 말씀이죠?"

"사람은 물론이고 개 한 마리 없었습니다. 그래서 저

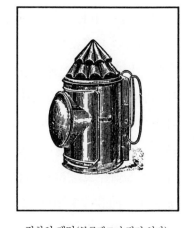

경찰의 랜턴(볼록렌즈가 달려 있다).

랜드 그로브는 실제로 존재한 거리 이름이다. 케닝턴 파크 정남쪽, 그리고 브릭스턴 로드에서 동쪽으로 두 번째에 있는 거리다.

135. 헨리에타 스트리트라는 이름의 거리는 캐번디시 광장에 있고, 코번트 가든에도 있다. 그러나 둘 다 템스 강 북쪽에 있고, 브릭스턴 로드에서도 멀리 떨어져 있다. 따라서 본문에 나온 헨리에타 스트리트는 실재하지 않는다.

136. ʻa four of gin hot.ʼ 한 잔에 4펜스(요즘 구매력으로 약 2,500원—옮긴이)였던 술로, 진에 뜨거운 물이나 레몬을 탄 것.

137. 강도들만이 아니라 경찰도 이 다크랜턴을 흔히 썼다. 휴대용 가스등이나 휘발유 등을 개선한 것으로서 불을 끄지 않고 필요한 때에 덮개로 빛을 가릴 수 있다.

138. 로버트 S. 모건은 홈즈가 살해당한 드레버로 변장했을지 모른다는 견해를 일축하고, 실제로 "숨어서" 말로 변장을 하고 살펴보았다고 결론지었다. 「사소한 사건 조명」에서 모건은 이렇게 썼다. "홈즈가 말로 변장하고자 하면 그는 말이 되었을 것이다."

139. 에드워즈는 이 노래 제목이 미국의 국가인 〈만세, 컬럼비아!〉와 〈성조기〉를 합성한 것이라면서, 랜스의 회고는 살인자가 미국인이라는 홈즈의 결론을 뒷받침한다고 주장했다. 캐런 머독은 이 노래가 미국 남북전쟁 당시의 노래 〈아일랜드 연대의 팻 머피〉라고 주장했다. 1절 마지막 가사인 "미국의 빛나는 성조기"라는 말이 "컬럼비아의 성조기"라는 말과 비슷하게 들릴 수 있다는 이유에서다.

는 다시 용기를 내서 그 집으로 돌아가 문을 밀어서 열었죠. 집 안은 아주 조용했습니다. 그래서 불이 켜진 방으로 들어갔어요. 벽난로 선반 위에 촛불이 켜져 있더군요. 빨간 양초였는데, 그 불빛 아래서 본 것은……."

"그래요, 당신이 무엇을 보았는지는 다 알고 있습니다. 당신은 그 방 안에서 여러 차례 맴돌았습니다. 시체 옆에서 무릎을 꿇고 있다가, 방을 나와 부엌 문을 열려고 했고, 그다음엔……."

존 랜스는 놀란 얼굴로 벌떡 일어나서는 수상쩍다는 눈빛을 했다. "어딘가에 숨어서 그걸 다 보신 거죠?"[138] 그가 외쳤다. "내가 보기에 당신은 알아야 할 것 이상을 알고 있습니다."

홈즈는 껄껄 웃으며 순경의 탁자 너머로 명함을 던져주었다. "나를 살인 혐의로 체포할 생각은 하지 마십시오." 그가 말했다. "나는 늑대가 아니라 사냥개니까요. 그 점에 대해서는 그레그슨 씨나 레스트레이드 씨가 보증해줄 겁니다. 그건 그렇고, 얘기를 계속합시다. 다음에 어떻게 했나요?"

랜스는 다시 자리에 앉았지만 수상쩍다는 표정은 지우지 않았다. "대문으로 돌아가서 호루라기를 불었습니다. 그 소리를 듣고 머처와 다른 순경 둘이 현장으로 달려왔죠."

"그때 거리에 행인은 없었나요?"

"음, 그렇습니다. 멀쩡한 사람은 아무도 없었죠."

"그게 무슨 뜻이죠?"

순경이 씩 웃으며 얼굴을 활짝 폈다. "내 근무시간에는 술 취한 사람을 많이 봅니다." 그가 말했다. "그런데 그 녀석처럼 술에 떡이 된 놈은 처음 봤어요. 내가 밖에 나왔을 때 녀석은 대문 근처에 있었죠. 난간에 기대서 '컬럼비아의 성조기'[139]인가 뭔가 하는 노래를 고래고래 불러대고 있었습니다. 나를 돕기는커녕 혼자 서 있을 수도 없었어요."

"그는 어떤 사람이었죠?" 셜록 홈즈가 물었다.

존 랜스가 놀란 얼굴로 벌떡 일어났다.
조지 허친슨 그림, 『주홍색 연구』, 런던, 워드, 록 앤드 보든 출판사(1891)

존 랜스는 이런 여담에 짜증이 난 듯이 보였다. "코가 비뚤어지게 취한 사람이었어요." 그가 말했다. "다른 일이 없었다면 그를 경찰서에 데려다 놓았을 겁니다."

"그자의 얼굴이나 옷차림을 눈여겨보지 않았나요?" 홈즈가 참지 못하고 끼어들었다.

"눈여겨보았다고 할 수 있을 겁니다. 그를 일으켜 세워줘야 했거든요. 머처와 내가 말입니다. 키가 크고 얼굴이 붉었는데, 얼굴 아래쪽은 머플러로 감싸고 있어서……."

"내 근무시간에는 술 취한 사람을 많이 봅니다." 그가 말했다.
"그런데 그 녀석처럼 술에 떡이 된 놈은 처음 봤어요."
리하르트 구트슈미트 그림, 『훗날의 복수』, 슈투트가르트, 로베르트 루츠 출판사(1902)

"그걸로 충분합니다." 홈즈가 외쳤다. "그자는 어떻게 되었나요?"

"우리는 그 사람을 돌보는 것 말고도 할 일이 많았습니다." 순경이 화가 난 음성으로 말했다. "그 작자야 집을 찾아갔겠지요."

"무슨 옷을 입었던가요?"

"갈색 외투요."

"손에 채찍을 들고 있었나요?"

"채찍? 아니요."

"어디다 놓아둔 모양이군." 내 친구가 중얼거렸다. "그 후 마차를 보거나 소리를 듣지 못했나요?"

"코가 비뚤어지게 취한 사람이었어요."
조지 허친슨 그림, 『주홍색 연구』, 런던, 워드, 록 앤드 보든 출판사(1891)

"예."

"자, 받으십시오." 내 친구가 하프소버린을 건네주고는 일어서서 모자를 썼다. "랜스, 당신은 아무래도 승진하기 어렵겠습니다. 머리는 장식으로 달고 다닐 게 아니라 써야 합니다. 당신은 간밤에 경사로 진급할 기회를 놓쳤어요. 당신이 부축한 그 남자가 사건의 열쇠를 쥐고 있습니다. 우리가 찾고 있는 게 바로 그자입니다. 이제 와서 이런 말을 해봐야 소용이 없지만, 아무튼 그렇다는 이야기입니다. 의사 선생, 가자."

믿지 못하면서도 꺼림칙한 기색이 역력한 정보원을 남겨두고 우리는 마차를 향해 떠났다.

"한심한 바보 같으니." 숙소를 향해 마차를 타고 가며 홈즈가

140. 워낙 자유분방해서 많은 논란을 불러일으켰던 미국인 화가 제임스 애벗 맥닐 휘슬러(1834-1903)는 한 비평가가 그의 그림 〈흰옷을 입은 여인〉(1862)을 〈하얀색 심포니〉라고 말한 후, 〈하얀색 심포니 1번 : 하얀 소녀〉라고 제목을 바꾸고는, 이후에도 색깔과 음악 용어를 결합한 제목을 자주 사용했다. 그의 유명한 작품으로 〈초록과 황금빛 야상곡〉(1874년경), 어머니를 그린 유명한 초상화 〈회색과 검정색 편곡 1번 : 화가의 어머니〉(1871-1872)가 있다. 1873년에는 토머스 칼라일의 초상화를 그린 후 이것 역시 〈회색과 검정색 편곡 1번〉이라는 제목을 붙였다. 1873년경의 그림인 시설리 알렉산더 양의 초상화 제목은 〈회색과 초록색 하모

제임스 애벗 맥닐 휘슬러 씨—어떤 〈심포니〉.
『허영의 시장』(1887)

쑵쓸하게 말했다. "절호의 기회를 잡을 수 있었는데, 그걸 놓치다니."

"나는 아직도 잘 모르겠어. 순경이 말한 그 사람의 모습이 용의자에 대한 자네 생각과 일치하는 건 사실이야. 하지만 그가 왜 떠났다가 다시 돌아온 거지? 범인이라면 그러지 않잖아?"

"반지, 그 반지 말이야. 그는 반지 때문에 돌아왔어. 그를 붙잡을 다른 방법이 없다면 그 반지를 미끼로 쓸 수 있겠어. 나는 그를 붙잡게 될 거야. 내가 그를 붙잡는다는 쪽에 두 배로 걸겠어. 이것이 다 자네 덕분이야. 자네가 없었으면 그곳에 가지도 않았을 테고, 그랬으면 이번에 발견한 멋진 연구 자료를 다 놓쳤겠지. 이건 주홍색 연구랄까? 우리라고 예술적인 용어를 쓰지 말란 법은 없겠지.[140] 빛깔 없는 삶의 실몽당이 속으로 주홍색 살인의 실이 얽혀 흐르고 있어. 우리에게는 얽힌 실타래를 풀고 따로 떼어내서 낱낱이 드러내야 할 의무가 있지. 그럼 이제 점심을 먹고 노르만네루다를 보러 가자. 그녀의 연주 솜씨는 정말 놀라워. 그녀가 아주 장엄하게 연주하는 쇼팽 곡이 뭐였더라? 트랄랄라 리라 리라 레이."[141]

마차에 기대앉은 아마추어 탐정이 종달새처럼 지저귀는 동안, 나는 인간 정신의 여러 측면에 대한 사색에 잠겼다.

니〉다. 휘슬러는 항상 대중의 눈을 끌었다. 『바스커빌 씨네 사냥개』 제5장 앞부분에서 홈즈는 "현대 벨기에 거장들의 그림"에 심취하는 모습을 보여주는데, 그것으로 미루어볼 때 그는 당대 화가들을 분명 잘 알고 있었을 것이다. 홈즈는 바이올린 연주자를 좋아했으니, 아마도 휘슬러의 그림 〈검정색 편곡 : 파블로 데 사라사테〉(1884)라는 작품을 알고 있었을 것이다. 홈즈가 문학적으로 공을 들인 이 말을 공식적으로 언급함으로써 왓슨이 이번 이야기 제목을 어렵게 붙인 것에 대해 몰리는 "의식적으로 지식인 티"를 냈다고 꼬집었다.

141. 폴 S. 클라크슨 등의 학자가 신속히 보고했듯이, 쇼팽은 솔로 바이올린을 위한 작곡을 한 적이 없다. 노르만네루다가 참여한 모든 연주회를 검색했지만 네루다가 쇼팽 곡을 연주했다는 기록을 찾지 못한 클라크슨은 이런 의견을 냈다. 즉, 이날은 1880년 6월 4일이었고, 홈즈는 찰스 할레가 지휘한 쇼팽의 야상곡 E장조(Op. 62-2)와 뱃노래 F장조(Op. 60)를 들었을 거라고. 그날 밤 노르만네루다는 특히 좋아하는 곡 가운데 하나인 헨델의 D장조 소나타를 연주했다. 클라크슨은 "그지없이 아름다운 헨델의 바이올린 소나타 여섯 곡"의 여러 악절을 홈즈나 왓슨이 쇼팽 곡으로 잘못 알았을 거라고 주장했다. 이처럼 자못 독창적인 클라크슨의 의견 외에도 많은 학자들이 멋진 의견을 냈다.

제5장

광고를 보고 찾아온 손님

아침 나들이를 한 것이 허약한 몸에 무리를 주었던지, 나는 오후에 녹초가 되었다. 홈즈가 콘서트를 보러 떠난 후, 나는 소파에 누워 두어 시간 눈을 붙이려고 했다. 그러나 헛일이었다. 그간에 일어난 일 때문에 너무 흥분한 상태였고, 이상야릇한 상상과 추측이 난무했던 것이다. 눈을 감기만 하면 일그러진 원숭이 같은 피살자의 얼굴이 눈앞에 떠올랐다. 그 얼굴이 너무나 사악한 인상을 준 탓에 이 세상에서 그런 얼굴의 주인을 제거해준 사람에게 오히려 고맙다는 느낌밖에는 들지가 않았다. 인간의 얼굴 가운데 그지없이 사악한 악을 드러내는 얼굴이 있다면, 그건 바로 클리블랜드의 이녹 J. 드레버의 얼굴임에 틀림없었다. 하지만 정의는 실현되어야 하고, 법의 눈으로 볼 때 살인이라는 악행은 결코 묵과할 수 없다고 나는 생각했다.

그 남자가 독살되었다는 내 친구의 가설은 생각하면 할수록 더욱 비범해 보였다. 홈즈가 피살자의 입 냄새를 맡았다는 것을 나는 기억하고 있었다. 그렇다면 독살이라는 생각을 할 만한 무슨 단서를 잡은 것이 분명했다. 그런데 만일 독살이 아니라면 사망 원인은 무엇일까? 시신에는 목을 졸린 흔적도 상처도 없었으니 말이다. 하지만 다른 한편으로, 바닥에 그토록 흥건했던 피는 누구의 피였을까? 이 모든 문제가 해결되지 않는 한 홈즈도 나 자신도 쉽게 잠을 이룰 수 없을 것 같았다. 묵묵히 자신감에 차 있는 홈즈의 태도를 보아서는 이미 모든 사실을 설명할 수 있는 가설을 세운 듯했지만, 나로서는 그 가설을 쉽게 추측할 수가 없었다.

그는 아주 늦게 돌아왔다. 워낙 늦게 들어온 것으로 볼 때 그가 음악회만 보고 돌아온 것이 아니라는 것을 알 수 있었다. 저녁 식사는 그가 오기 전부터 차려져 있었다.

"정말 대단했어." 그가 자리에 앉으며 말했다. "다윈이 음악에 대해 뭐라고 말했는지 알고 있어? 그는 인류에게 언어가 생기기 전에 음악을 창작하고 감상하는 능력이 있었다고 주장했지.[142] 아마 우리가 음악에 그토록 민감하게 영향을 받는 것도 그 때문일 거야. 이 막막한 세기를 살아가는 우리는 까마득한 과거에 대한 막연한 향수를 지니고 있는 거지."

"그거 꽤나 방대한 생각이군." 내가 말했다.

"생각은 모쪼록 방대해야 해. 자연을 해석하고자 한다면 말이야." 그가 대답했다. "그런데 무슨 문제 있어? 자네 안색이 안 좋아 보여. 브릭스턴 로드 사건 때문에 마음이 편치 않은 모양이군."

"솔직히 그래." 내가 말했다. "아프가니스탄 전쟁도 겪었으니 마음이 무뎌질 만도 한데 말이야. 마이완드에서 전우들이 산화하는 것을 보면서도 용기를 잃지는 않았어."

142. 여기서 홈즈가 말하는 영국의 박물학자 찰스 로버트 다윈(1809-1882)의 음악 이론은 『인간의 유래와 성선택』에 나오는 이야기일 것이다. 다윈은 이렇게 썼다.

"명료한 언어 표현은 인류가 획득한 기술 가운데 분명 최고의 것이기에, 가장 최근의 것이라고 할 수 있다. 한편 음률과 리듬을 만들어내는 능력은 본능적인 것으로 동물 종들을 거치며 발전을 거듭해왔다. 따라서 우리가 만일 열정적인 발언을 할 때 사용하는 어조에서 인류의 음악 능력이 발전한 것이라고 보면 이는 진화의 원리에 배치될 것이다. 우리는 웅변의 리듬과 운율이 이미 앞서 계발된 음악 능력에서 비롯했다고 보아야 한다. 그러할 때 음악과 춤, 노래, 시가 어떻게 그토록 오래된 인간의 기예인가를 이해할 수 있다. 우리는 한발 더 나아가서…… 음악적인 소리가 언어 발달의 토대 가운데 하나라는 생각까지 해볼 수 있다."

143. 매들린 B. 스턴은 홈즈가 베이커 스트리트 36번지의 신문팔이인 제임스 엘리스 호킨스에게 신문을 샀을 거라는 의견을 냈다. 홈즈가 특정 신문을 정기 구독했다는 보고는 없는데,《타임스》는 항상 구독한 것으로 보인다. 일곱 편의 이야기에서 이 신문이 언급되고 있기 때문이다. 홈즈 시대의 런던에서는 신문이 우편으로 배달되지 않고, 신문팔이를 통해 판매되었다. 신문팔이 중 다수는 일정한 시간에 신문을 배달해주기 바라는 고객을 두고 있었다. 신문사와의 계약이 아니라 신문팔이와의 약속으로 신문이 배달된 것이다.

영화 〈주홍색 연구〉의 한 장면,
셜록 홈즈 역은 제임스 브러징턴.
영국, 새뮤얼슨 영화사(1914)

1892년 러게이트 서커스 거리의 신문팔이.
『빅토리아 시대와 에드워드 시대의 런던』

144. 에드워즈는 반지가 우연히 그곳에 떨어져 있었다는 홈즈의 결론을 억측이라고 단정했다. "범인은 드레버의 눈앞에서 반지를 흔들어 보인 후, 시신 위에 내던졌을 것이다."

145. 이 대목에서 홈즈는 런던 신문의 '개인 광고란agony columns(직역하면 '고민란'으로, 잃은 물건이나 사람을 찾는 광고, 이혼 광고 등 개인 광고가 실린 공간―옮긴이)'에 대한 애착을 처음으로 내비친다. 홈즈는 『네 사람의 서명』, 「푸른 석류석」, 「해군 조약문」 사건 때도 이 광고란을 이용한다. 「붉은 원」에서 홈즈는 개인 광고란에 대해 이렇게 말한다. "울고 짜고 징징거리는 것 좀 봐! 얄궂은 사건이 넘

"이해가 돼. 이번 사건은 수수께끼 같은 데가 있어서 상상력을 자극하지. 상상력이 없으면 공포도 없어. 그런데 석간신문143은 봤어?"

"아니."

"신문에서 이번 사건에 대해 잘 설명해놓았더군. 시신을 들어 올렸을 때 반지가 바닥에 떨어졌다는 사실은 언급하지 않았어.144 마침 잘된 일이지."

"그건 왜?"

"이 광고 좀 봐." 그가 대답했다. "사건 직후 오늘 아침 모든 신문에 내가 광고를 냈어."

그가 신문을 내게 던져주어서 그가 가리킨 곳을 보았다. 광고는 '개인 광고란'145의 첫 번째 난에 이렇게 실려 있었다. "오늘 아침 장식 없는 결혼 금반지를 브릭스턴 로드의 '화이트 하트' 주점과 홀랜드 그로브 사이의 길에서 습득. 오늘 저녁 8시

에서 9시 사이, 베이커 스트리트 221B번지의 왓슨 박사에게 문의 바람."

"자네 이름으로 한 것을 용서하게." 그가 말했다. "내 이름을 썼다가는 멍청한 경찰들이 알아보고 괜히 끼어들고 싶어 할 테니까 말이야."

"나야 상관없어." 내가 대답했다. "하지만 막상 누가 찾아오면 반지가 없잖아."

"아니, 반지는 있어." 그가 말하며 반지를 내게 건네주었다. "이것이면 될 거야. 거의 똑같으니까."

"그런데 이 광고를 보고 누가 찾아올 거라고 생각하는 거야?"

"아, 물론 그 갈색 외투를 입은 남자지. 각진 구두코에 얼굴이 붉은 친구. 그가 직접 찾아오지 않는다면 공범이라도 보낼 거야."

"너무 위험하다고 그가 생각지 않을까?"

"천만에. 이 사건에 대한 내 생각이 옳다면, 그리고 그것이 옳다고 믿을 만한 근거가 있다면, 그 남자는 반지를 잃기보다는 위험을 무릅쓸 거야. 내가 보기에 그는 드레버의 시신 위로 몸을 숙이고 있을 때 반지를 떨어뜨렸는데, 그런 줄도 몰랐어. 집을 떠난 후에야 반지를 잃었다는 걸 알고 서둘러 돌아왔지. 그런데 어리석게도 촛불을 켜놓은 바람에 그곳에 경찰이 와 있다는 것을 알게 된 거야. 그는 대문에서 얼씬거리다 의심을 살까 봐 술에 취한 척해야 했어. 이제 그 사람 입장에서 한번 생각해봐. 곰곰 생각해보면, 집을 떠난 후 길에서 반지를 잃었을 수도 있다는 생각이 들지 않을 수 없지. 그럼 어떻게 할까? 저녁 신문을 열심히 뒤져보겠지. 혹시나 습득물 난에 나올까 싶어서 말이야. 당연히 이 광고가 눈에 띄겠지. 그는 무척 기쁠 거야. 함정이라고 생각할 이유가 뭐가 있겠어? 그가 보기에는 반지를

처나! 하지만 여기야말로 색다른 것을 연구하는 사람에게는 더할 나위 없이 값진 사냥터야!"

개인 광고가 활성화된 것은 런던의 《타임스》에서 비롯한 것이다. 크리스토퍼 몰리는 이렇게 평했다. "그런 광고란에는 고민스러운 인간사가 기묘하거나 희극적으로 뒤섞여 있어서, '고민란'이라는 적절한 별명을 얻었다."(「독신 귀족」에서 홈즈는 신문에 대해 이렇게 말한다. "나는 범죄 소식과 개인 광고란밖에는 읽지 않아. 개인 광고를 보면 늘 배우는 게 있거든."—옮긴이)

146. 「얼룩 띠」에서 홈즈는 왓슨의 리볼버에 대해 좀 더 자세히 말한다. "자네 권총을 가져갔으면 좋겠어. 쇠 부지깽이를 엿가락 주무르듯 하는 신사들과 한판 붙는 데는 엘리 넘버 투가 제격이지." 그러나 엘리라는 권총은 존재하지 않는다. 권총이 아니라 탄약을 만든 엘리라는 회사는 존재한다. 『1951년 5-9월, 런던 서남 1지구, 베이커 스트리트 애비 하우스에서 열린 셜록 홈즈 전람회 카탈로그』의 편집자들은 홈즈가 아마도 엘리 탄약을 사용하는 32구경의 작은 '휴대용 피스톨'인 웨블리 넘버 투를 두고 그렇게 말했을 거라는 의견을 냈다. 『카탈로그』 편집자들의 말에 따르면, 32구경의 웨블리 넘버 투는 아주 작은 공간을 차지하지만 "확실한 범죄자를 다루는 데 적절"한 것으로 "당시 가장 작으면서도 아주 실용적인 무기였다."

『카탈로그』 편집자들의 견해와 달리, 찰스 A. 마이어는 왓슨의 피스톨이 웨블리 넘버 포라고도 알려진 웨블리프라이스라고 주장했다. 개리 제임스는 「셜록 홈즈의 사격」에서 "넘버 투"라는 말을 토대로, 왓슨의 리볼버가 '넘버 투' 또는 'II' 탄약을 쓰는 마크 투 애덤스(애덤스 2호)라고 결론지었다. 단테이 M. 토레스는 「정전의 화기 : 셜록 홈즈와 존 H. 왓슨의 총」에서 왓슨의 군용 권총이 애덤스 넘버 스리였지만, 그의 '휴대용' 권총은 웨블리 메트로폴리스였다는 설득력 있는 주장을 했다. 윌리엄 볼루는 왓슨이 웨블리 하나만 가졌다는 주장을 지지한다. 여러 정의 권총을 가졌다는 것을 지지하는 사람도 많아서, 대니얼 P. 킹은 왓슨의 "군용" 권총이 1872년 모델인 45구경의 애덤스 3호지만, 「얼룩 띠」 사건 때 왓슨이 지참한 것은 웨블리 솔리드 프레임 시빌리언 포켓 모델이었다는 윌리엄 S. 베어링굴드의 주장을 지지한다. 이어서 나중에 「토르교 사건」 때 왓슨은 좀 더 최신 무기인 웨블리 포켓 해머리스 모델 1898로 바꾸었다고 주장한다.

하랄 쿠리엘도 「정전의 무기류에 관한 또 다른 생각」에서 홈즈와 왓슨이 권총 여러 정을 가졌다는 비슷한 주장을 했다. 그는 왓슨의 "군용" 권총이

주운 것이 살인 사건과 연관될 이유가 전혀 없어. 그는 찾아올 거야. 암, 오고말고. 한 시간 안에 자네는 그를 보게 될 거야."

"그럼 어떡하지?" 내가 물었다.

"아, 나한테 맡겨두면 돼. 내가 상대할 테니까. 혹시 무슨 무기 가지고 있나?"

"군용 리볼버[146] 한 정과 탄창이 몇 개 있어."

"잘 닦아서 장전을 해놓는 게 좋겠어. 그는 이판사판일 거야. 그가 눈치채지 못하게 내가 대처하겠지만, 그래도 만일의 경우를 대비하는 게 좋겠지."

나는 침실로 들어가서 그가 말한 대로 했다. 피스톨을 가지고 돌아왔을 때 식탁은 깨끗이 치워져 있었고, 홈즈는 바이올린을 켜는 취미에 푹 빠져 있었다.

피스톨을 가지고 돌아왔을 때.
조지 허친슨 그림, 『주홍색 연구』, 런던, 워드, 록 앤드 보든 출판사(1891)

"이야기가 점점 흥미진진해지는군." 내가 거실로 들어서자 그가 말했다. "방금 미국에서 전보가 왔어. 이 사건에 대한 내 생각이 옳았어."

"어떤 생각?" 내가 열렬히 물었다.

"바이올린 줄을 좀 갈아야겠어." 그가 말했다. "피스톨은 주머니에 넣어둬. 그 녀석이 오면 평범하게 대하도록 해. 나머지는 내게 맡기고. 너무 뚫어지게 쳐다봐서 경각심을 느끼게 하진 마."

"이제 8시야." 내가 손목시계를 보고 말했다.

"그래. 아마 몇 분 안에 올 거야. 살짝 문을 열어놔. 그 정도면 됐어. 열쇠는 안쪽에 놓아두고. 고마워! 이건 좀 이색적인 고서인데, 어제 노점에서 구했어.[147] 『국제법De Jure inter Gentes』[148]이라는 책인데, 1642년 롤랜즈의 리에주에서 라틴어로 발행된 거야. 찰스[149]의 머리가 아직 어깨 위에 붙어 있을 때 이 갈색 장정의 책이 나왔지."

"출판인은 누구야?"

"필리프 드크로이,[150] 이 사람이 누군지는 잘 모르겠군. 겉장과 속표지 사이의 헛장에 '구리올미 휘테의 장서Ex libris Guliolmi Whyte'라고 빛바랜 잉크로 쓰여 있어. 윌리엄 화이트[151]가 누군지도 모르겠군. 17세기의 실용주의 법률가가 아닐까 싶어.[152] 필체에 법률가의 버릇이 배어 있거든. 아, 기다리던 사람이 온 모양이군."

홈즈의 말이 떨어지기 바쁘게 날카로운 초인종 소리가 들렸다. 홈즈는 슬그머니 일어나서 문 쪽으로 의자를 옮겼다. 하인[153]이 현관 마루를 지나가는 발소리와 빗장을 여는 날카로운 소리가 들렸다.

"왓슨 박사가 여기 사슈?" 또렷하지만 쉰 듯한 목소리가 들렸다. 하인의 대답은 들리지 않았지만 문이 닫히고 누군가 계

45/45.5구경 트랜터 아미 피스톨이거나 애덤스 센트럴 파이어 브리치로딩 리볼버였고, 그것 말고 웨블리 '불도그'(짧고 구경이 큰 권총—옮긴이)도 가지고 있었지만, 「토르교 사건」 때는 알 수 없는 제3의 리볼버를 지참했으며, 「얼룩 띠」 사건 때 지참한 "엘리 넘버 투"는 앞서 말한 것과 일치하지 않기 때문에 또 다른 권총이었다고 주장했다.

147. 수집가인 셜록 학자들 여러 명은 홈즈를 열렬한 희귀 도서 수집가라고 결론지었다. 이는 어쩌면 당연한 결론이다. 홈즈는 「빈집」 사건 때 "늙은 도서 수집가"로 변장한다. 또 그는 책의 서체, 양피지, 고서에 대한 비상한 지식과 관심을 유감없이 드러낸다. 매들린 B. 스턴은 「셜록 홈즈 : 희귀본 수집가」에서 정전의 여러 언급을 토대로 해서 홈즈가 어떤 주제의 책들을 수집했는지를 밝혔다. 여기서는 홈즈가 수집한 책 제목을 왓슨에게 밝혔지만, 이후 도서 발행 정보를 밝히는 것에는 질색을 한 것이 분명하다. 그는 저자 한두 명을 언급하는 것 외에는 수집 도서에 대해 일절 언급하지 않는다. 경쟁 수집가나 약탈 서적상을 피하기 위해 다른 많은 수집가들도 그렇게 한다.

148. 라틴어 "De Jure inter Gentes"는 국가들 간의 법, 곧 국제법을 뜻한다. 모리스 로젠블룸은 「정전의 일부 라틴어」에서 자신 없는 어조로 이 책의 실명을 언급한다. 네덜란드 철학자이자 법학자 휘호 흐로티위스가 1625년 파리에서 초판을 펴낸 『전쟁과 평화에 관한 법De Jure Belli et Pacis』, 아니면 그 속편 격으로 1672년에 사무엘 푸펜도르프가 쓴 『자연법과 국제법De Jure Naturae et Gentium』일 거라고 말이다. 매들린 B. 스턴은 이 '이색적인 고서'가 영국인 저자 리처드 주시(1590-1661)가 써서 익명으로 발행한 『De Jure inter Gentes』라고 주장했다. 옥스퍼드 대학의 로마법 교수이자 해사법원 판사였고, 국회의원이었던 주시는 국제법의 기초를 세웠을 뿐만 아니라, 'jus gentium(국가들의 법 또는 만민법)'이

라는 예전 용어 대신 'jure inter gentes'라는 말을 널리 퍼트린 인물이다. 그는 큰 영향을 미친 국제법 논문『법률과 소송상의 국제 문제 담당자Juris et Judicii Fecialis, sive Juris inter gentes』를 1650년에 펴냈다. 그런데 스턴은 주시라는 이름을 밝히지 않고 레이던 출판사에서 이듬해『국제법』이라는 논문이 나왔다고 밝혔다. "홈즈 소장본이 소위 초판본이라고 할 수 있는 책이 나온 1650년보다 앞서 1642년에 나왔다"는 것에 스턴은 놀라워했다. "이것은 대단한 발견이 아닐 수 없다. 법률 서적으로서는 최고의 수집 도서인 셈이다." 발행 연도에 대한 왓슨의 기록이 정확하다면, 홈즈의 다른 수집 도서와 함께 사라지고 만 진짜 희귀 도서인 것이다. 베이커 스트리트 221번지는「빈집」에서 언급한 '대공백기' 때 화재가 나서 모두 타버린 것으로 짐작된다.

149. 1625년부터 1649년까지 그레이트브리튼(잉글랜드, 웨일스, 스코틀랜드)과 아일랜드의 왕이었던 찰스 1세(1600-1649)는 1649년 1월 30일에 참수형을 당했다. 의회의 적들에 의해 대역죄 혐의로 고발되어 처형당한 것이다. 오랫동안 의회와 충돌해온 찰스는 1629년부터 1640년까지 11년 동안 의회를 한 번도 소집하지 않고 영국을 통치했다. 반대파 지도자들, 특히 올리버 크롬웰과의 권력 투쟁으로 잉글랜드에서는 청교도 혁명으로 알려진 내란이 일어나기도 했다. 그의 죽음으로 공화국 설립이 촉진되었다.

150. 페터 블라우는 도널드 레드먼드에게 보낸 편지에서 이렇게 말했다. "필리프 드크로이는 레이던의 인쇄공으로 1645년 흐로티위스의『시 전집』을 인쇄한 사람"이라고.

151. 'William Whyte.' 홈즈가 라틴어 이름 "구리올미"를 영어 이름 "윌리엄"으로 옮겼는데, 그 근거는 분명치 않다. 고대영어 중에는 발음과 철자가 아주 엉뚱하게 다른 예가 꽤 있긴 하다—옮긴이.

152. 매들린 B. 스턴이 말했다. "이 책이 '굴리엘무스 팔레리우스'라는 가명으로 흥미로운 여러 라틴어 저술을 펴낸 영국 성직자 윌리엄 화이트 (1604-1678)의 작품이라는 것을 홈즈가 진정 몰랐단 말인가?"

153. 'the servant.' (servant는 남자일 수도 있고 여자일 수도 있는데, 여기서는 아마도 여자일 것이다—옮긴이) 대체 누구의 하인일까? 홈즈나 왓슨이 베이커 스트리트에 살면서 하인을 고용했다는 언급이 정전에는 한 번도 나오지 않는다. 따라서 이 하인은 베이커 스트리트 221번지의 집주인을 위해 일했다고밖에 볼 수 없다. 홈즈와 왓슨이 이 하숙집에서 사는 동안 베이커 스트리트에 "사환"이 있었다는 언급은 여러 번 나온다.「다섯 개의 오렌지 씨앗」과「브루스파팅턴호 설계도」에서, 그리고『주홍색 연구』에서도 나중에 "하녀maid"에 대한 언급은 나온다.(아래 159번 주석 참고)
앨프리드 H. 마일스가 편집한『가정의 신탁 : 집 안에서 제기되는 모든 질문 주제에 대한 인기 중재인』 (1897)에 보면 일반 하인의 임무는 "광범위"하다고 조언한다. 마일스는 이렇게 썼다. "가정에서 봉사해야 하는 일치고 일반 하인의 의무가 아닌 일은 거의 또는 전혀 없다. 하인 중에서도 모든 일을 하는 하녀(잡역부)는 팔방미인이어야 할 뿐만 아니라, 자기 일에 대해서는 전문가 수준이어야 한다." 마일스는 일반 하인의 연봉이 10-18파운드(오늘날의 구매력 기준으로 150-270만 원—옮긴이)라고 말했다.

발을 절룩거리는 주름살투성이의 노파.
리하르트 구트슈미트 그림, 『훗날의 복수』, 슈투트가르트, 로베르트 루츠 출판사(1902)

단을 오르는 소리가 들렸다. 발을 질질 끄는 듯한 소리였다. 귀를 기울이던 홈즈의 얼굴에 놀란 표정이 스쳐 지나갔다. 복도를 따라 천천히 발소리가 다가오더니 힘없이 문을 두드리는 소리가 들렸다.

"들어오세요!" 내가 외쳤다.

내 말을 듣고 방에 들어온 사람은 우리가 기대한 억센 남자가 아니라 발을 절룩거리는 주름살투성이의 노파였다. 그녀는 갑자기 환한 불빛 안으로 들어와서 눈이 부신 듯했다. 그녀는 몸을 살짝 숙여 인사를 하고는 흐린 눈을 깜빡이며 우리를 바라보고 서 있다가, 불안하게 떨리는 손가락으로 주머니를 더듬거렸다. 내 친구를 슬쩍 바라보니 불만스러운 표정을 띠고 있

154. 윌리엄 S. 베어링굴드는 이것이 남아프리카까지 운항한 유니언 증기선 회사의 배라고 밝혔다. 이 회사는 1900년에 캐슬 패킷 컴퍼니와 합병되어 유니언캐슬 해운사가 되었다. 1977년에 정기선 운항을 중단했지만, 사우샘프턴에서 케이프타운까지 갔다 돌아오는 100주년 기념 항해가 1999-2000년에 두 달에 걸쳐 이루어졌다.

노파는 석간신문을 꺼내 우리가 낸 광고를 가리켰다.
조지 허친슨 그림, 『주홍색 연구』, 런던, 워드, 록 앤드 보든 출판사(1891)

었다. 내가 할 수 있는 일은 그저 태연한 표정을 유지하는 것뿐이었다.

노파는 석간신문을 꺼내 우리가 낸 광고를 가리켰다. "신사분들, 난 이것 때문에 왔수." 그녀가 다시 살짝 몸을 숙여 인사하며 말했다. "브릭스턴 로드의 결혼 금반지 말이우. 그건 우리 딸내미 샐리 것이라우. 이제 결혼 1년째인데, 유니언호[154]에서 여객 계원 노릇을 하고 있는 사위가 돌아와서 반지가 없어진 것을 아는 날에는 아주 결딴이 날 거유. 사위 놈은 기분이 최고

1850년경의 애스틀리 서커스단.

155. 18세기 후반의 어느 시점엔가 시작된 현대식 서커스는 원형 무대에서 마상 곡예 공연을 주로 했다. 그러나 빅토리아 시대(1837-1901)에는 공중그네 타기, 저글링, 조련된 동물 쇼를 볼 수 있었다. 이런 공연은 1873년 이후 대형 천막 안의 원형 무대 두 곳에서 이루어졌다.

홈즈의 시대에 가장 성공을 거둔 서커스 단장으로는 조지 생어(1827-1911)와 그의 형 존(1816-1889)을 들 수 있다. 두 사람은 1853년에 작은 규모의 순회 서커스단을 조직했다. 1871년 무렵 그들은 애스틀리의 서커스단과 원형극장을 사서, 그곳과 애그리컬처럴 홀(당시 영국에서 가장 큰 건물이었던 농업회관) 두 장소에서 대규모 공연을 하는 한편 잉글랜드 순회공연도 계속했다. 순회 지역에서는 자칭 두 '군주'(생어 형제)와 별난 차림새의 공연자들이 금박 마차를 타고 떠들썩한 거리 행진을 했다. '군주' 조지의 아내는 사자 우리 안에서 뱀을 몸에 감고 춤을 추었고, 종종 로마 시대 의상을 걸치고 발 아래 사자를 거느린 채 선두 마차를 타고 행진했다. 두 형제는 1870년대 후반에 결별을 하고 각자 따로 순회 서커스단을 이끌었는데, 사후에도 그들의 성씨를 딴 서커스 쇼가 계속 이어졌다.

또 다른 대규모 서커스단 소유자로 프레더릭 찰스 헹글러(1820-1887)가 있었다. 그는 유명한 서커스 공연자인 헨리 헹글러의 아들로, 외줄 타기와 마상 곡예를 하다가 1848년에 서커스단을 소유하게 되었다. 그는 전통적인 순회 천막 공연이 아니라 한 군데에서 붙박이로 공연을 하는 것에 미래가 있다고 보았다. 그는 첫 장소로 글래스고 지구 웨스트 나일 스트리트의 옛 프린스 시어터를 1863년에 사들였다. 1875년 무렵에는 글래스고만이 아니라 리버풀, 에든버러, 런던에까지 공연장을 세웠다. 런던 공연장은 아가일 스트리트 7번지에 자리 잡고 20세기 초까지 운영되었다.

런던에는 수많은 순회 서커스단이 찾아와서, 크리몬 가든스나 올림피아 히퍼드럼 같은 곳에서 공연을 했다.

로 좋을 때도 퉁명스러운데, 술만 마셨다 하면 말도 못한다우. 그게 그러니까 우리 딸내미가 간밤에 서커스[155]를 보러 그 길로……."

"이것이 따님의 반지라고요?" 내가 물었다.

"아이고 고마우셔라!" 노파가 외쳤다. "오늘 밤 샐리가 신 나겠구려. 그게 바로 그 반지라우."[156]

"그런데 주소가 어떻게 되십니까?" 내가 연필을 집어 들고 물었다.

"하운즈디치 덩컨 스트리트 13번지라우. 여기서 꽤 멀지."

"하운즈디치에서 브릭스턴 로드를 거쳐서 보러 갈 만한 서커스는 한 군데도 없습니다." 셜록 홈즈가 날카롭게 말했다.

노파가 고개를 돌리고 눈시울이 붉은 작은 눈으로 예리하게 홈즈를 째려보았다. "신사분께서 물어본 건 '내' 주소였수." 그녀가 말했다. "샐리는 페컴 메이필드 플레이스 3번지[157]의 하숙집에 산다우."

"할머니 이름은요?"

156. 이 노파는 무엇을 보고 이것이 찾고자 한 반지라고 생각했을까? 분명 이것은 원래의 반지도 아니었고, 이런 반지를 되찾아 가서는 범인에게 아무런 득도 되지 않았을 것이다. 범인은 "소여"라는 이 사람에게 찾아와야 할 반지에 대해 자세히 설명해 주지 않은 것일까?

157. 놀라울 것도 없는 이야기지만, 페컴에는 메이필드 플레이스라는 곳이 있었던 것 같지 않고 지금도 물론 없다.

"THE OLD WOMAN FACED ROUND AND LOOKED KEENLY AT HIM."—(Page 58.)

노파가 고개를 돌리고 예리하게 홈즈를 째려보았다.
찰스 도일 그림, 『주홍색 연구』, 런던과 뉴욕, 워드, 록 앤드 컴퍼니(1888)

"내 이름은 소여, 딸내미는 데니스지. 톰 데니스랑 결혼했거든. 바다에 있는 동안은 사위도 영리하고 깔끔하지. 그 회사에 그만한 계원도 없다우. 하지만 뭍에만 내리면 여자들하며 술집하며……."

"자, 반지 받으십시오." 친구의 신호를 받고 내가 말을 가로막으며 말했다. "할머니의 따님 것이 확실하군요. 주인을 찾아줄 수 있어서 기쁩니다."

약간 거리를 두고 홈즈가 뒤를 밟고 있었다.
조지 허친슨 그림, 『주홍색 연구』, 런던, 워드, 록 앤드 보든 출판사(1891)

　은총과 감사의 말을 마냥 중얼거리며 노파는 반지를 주머니
에 챙기고 발을 끌며 계단을 내려갔다. 셜록 홈즈는 노파가 떠
나자마자 벌떡 일어나서 자기 방으로 뛰어 들어갔다. 잠시 후
그는 코트와 목도리를 걸치고 나왔다. "따라가야겠어." 그가 말
했다. "저 노파가 공범이 분명해. 범인한테 가겠지. 자네는 여
기서 기다리고 있어." 손님이 떠나면서 현관문이 닫히자마자
홈즈는 계단을 내려갔다. 창밖을 내다보니 노파가 건너편 길을
힘없이 걷는 모습이 보였고, 약간 거리를 두고 홈즈가 뒤를 밟

158. 앙리 뮈르제(1822-1861)는 프랑스의 시인이자 소설가였다. 그의 소설 『보헤미안의 생활』은 1845년에 발행된 것으로, 가난한 화가와 작가들의 애환을 그린 것이다. 등장인물 가운데 로돌프는 작가 자신을 모델로 한 인물이다. 푸치니는 이 소설을 각색해서 오페라 〈라 보엠〉(1896)을 만들어 뮈르제의 성가를 더욱 올려주었다.

왓슨이 프랑스 문학에 박식하다고 보지 않은 크리스토퍼 몰리는 이렇게 추측했다. "아마도 왓슨은 그저 홈즈의 책을 뒤적이며 프랑스어 실력을 좀 늘리려고 했을 것이다⋯⋯ 〈라 보엠〉이 공연된 것은 한참 뒤지만, 코번트 가든에서 이 오페라가 공연되었을 때 홈즈와 왓슨이 보러 갔을 거라고 나는 확신한다."

벤저민 그로스베인은 「음악가 셜록 홈즈」에서 왓슨의 독서 습관에 대해 비슷한 주장을 했다. "우리의 왓슨은⋯⋯ 프랑스어 책을 원서로 슬슬 넘기며 쉽게 읽을 수 있다는 인상을 우리에게 심어주려고 애쓰고 있다. ⋯⋯존경할 만한 이 외관 아래 능구렁이가 도사리고 있달까."

159. 이것은 베이커 스트리트 221번지의 허드슨 부인네 하숙집에 "하녀maid"가 있었다는 최초의 언급이다. 이것 외에 하녀에 대한 언급은 「다섯 개의 오렌지 씨앗」과 「브루스파팅턴호 설계도」 두 군데에만 나오는데, 그녀는 어디서도 이름이나 모습이 묘사되지 않는다. 「보헤미아 왕실 스캔들」의 "터너 부인"이 바로 이 하녀였을 거라고 추측하는 이들이 있긴 하다.

160. 맨리 웨이드 웰먼(「위대한 남자의 위대한 아들: 셜록 홈즈 씨의 가장 내밀한 삶에 대한 조사」)을 비롯한 몇몇 학자들은 허드슨 부인의 "위풍당당한 발소리"가 '비만' 때문이라고 추리한다. 그러나 곧바로 허드슨 부인의 변호에 나선 웰먼은 이렇게 상기시킨다. "화가의 우아한 모델과 쇼걸의 발걸음 역시 위풍당당하긴 하다."

조지 허친슨 그림, 『주홍색 연구』, 런던, 워드, 록 앤드 보든 출판사(1891)

고 있었다.

"그의 이론이 틀린 게 아니라면, 이제 수수께끼가 풀리겠군." 나는 혼자 중얼거렸다. 그는 나에게 기다려달라고 말할 필요도 없었다. 그의 모험의 결과를 전해 듣기 전에는 잠도 오지 않을 것 같았기 때문이다.

그가 떠난 것은 9시 무렵이었다. 언제 돌아올지 알 수 없었지만, 나는 우두커니 앉아서 파이프를 뻐끔거리며 앙리 뮈르제의 『보헤미안의 생활Vie de Bohème』[158]을 뒤적거렸다. 10시가 지났을 때 잠자리로 종종걸음 치는 하녀[159]의 발소리가 들렸다. 11시에는 하숙집 안주인이 위풍당당한 발소리[160]를 내며 우리 방문 앞을 지나 역시 잠자리를 찾아갔다. 12시 가까이 되어서야 비로소 열쇠로 현관문을 여는 날카로운 소리가 들렸다. 홈즈가 들어온 순간 표정을 보니 일이 뜻대로 되지 않은 모양이었다. 웃긴다는 생각과 분하다는 생각이 서로 다투는 듯한 표정을 짓더니, 이윽고 전자가 갑자기 승리를 거두었는지 그는 너털웃음을 터트렸다.

"런던 경찰국에는 결코 이걸 알려주지 않겠어." 그가 의자에 털썩 앉으며 외쳤다. "꽤나 놀려댔으니 이제 와서 이 결과를 알려줄 수는 없지. 그래도 이렇게 웃을 수 있는 것은, 내가 결국에는 그들을 이길 거라는 사실을 알기 때문이야."

"어떻게 된 건데?" 내가 물었다.

"아, 나한테 불리한 이야기지만 얼마든지 들려주지. 그 노파는 다리를 절룩거리며 한동안 걸어갔어. 발이 아프다는 온갖 청승을 다 떨더군. 그러다 곧 걸음을 멈추고는 지나가던 사륜마차를 세웠지. 어디로 가려는지 들으려고 바짝 따라붙었지만, 그렇게 조바심을 칠 필요도 없었어. 길 건너편에서도 들릴 만큼 노파가 아주 큰 소리로 주소를 외쳤거든. '하운즈디치, 덩컨 스트리트 13번지로 갑시다'라고 말이야. 주소가 정말 맞는가 보다 하고 생각한 나는 노파가 안전하게 안으로 들어가자마자 마차 뒤에 올라탔어. 그건 탐정이라면 능숙하게 할 수 있어야 하는 기술이지. 그래서 우리는 덜그럭거리며 달렸어. 도착할 때까지 고삐 한 번 당긴 적이 없었지. 그 집 앞에 도착하기 전에 나는 뛰어내려서, 태연히 어슬렁거리며 길을 걷는 척했어. 마차가 멈추는 게 보였고, 뛰어내린 마부가 문을 열고 손님이 내리길 기다리는 모습이 보이더군. 그런데 아무도 내리질 않는 거야. 내가 다가가보니, 마부가 텅 빈 마차 안을 미친 듯이 더듬거리면서 갖은 욕을 퍼붓고 있었어. 노파가 흔적도 없이 사라진 거야. 마부는 요금을 받지 못했겠지. 13번지에 가서 물어보았더니, 집주인은 케직이라는 점잖은 도배업자였고, 소여나 데니스라는 이름은 들어보지도 못했다더군."

"아니, 그게 무슨 말이야?" 내가 놀라서 외쳤다. "다리를 저는 연약한 할머니가 달리는 마차에서 뛰어내릴 수는 없잖아. 더구나 자네나 마부한테 들키지도 않고 말이야."

"빌어먹을,[161] 할머니는 무슨!" 셜록 홈즈가 날카롭게 말했다. "그렇게 속아 넘어간 우리가 차라리 할머니라면 모를까. 그건 젊은 남자였던 게 분명해. 원기 왕성하고 배우 뺨치는 작자

161. 'damned.' 이 말에 대해 윌리엄 S. 베어링굴드는 이렇게 말했다. "정전을 통해 우리는 홈즈가 저주하고, 욕하고, 격분한 경우가 많다는 글을 읽게 되지만, 그가 한 욕설을 고스란히 전해 들을 수 있는 기록으로는 이것이 유일하다."

162. 홈즈는 사건 수사를 위해 변장하길 좋아한다
(예를 들어 『네 사람의 서명』에서 뱃사람으로, 「보헤
미아 왕실 스캔들」에서 "술 취한 듯한 마부"와 "온화하
고 순박한 비국교도 목사"로 변장했다). 그래서 변장
술에 능하면서도 남들의 변장을 잘 알아차리지 못
했다는 것은 의아한 일이다. 네이선 벤지스는 「셜
록은 수업이 끝난 후에도 남아 있다」에서 홈즈가
다른 사람의 변장에 속아 넘어간 두 가지 사례를
지적한다. 이번 대목 외에도 「보헤미아 왕실 스캔
들」에서 아이린 애들러가 "날씬한 젊은이"로 변장
한 것을 알아보지 못했다고.

그런데 "소여"라는 노파는 과연 누구였을까? 잭 트
레이시는 「'빌어먹을, 노파는 무슨!' 제퍼슨 호프
의 공범자 신원」이라는 에세이에서 이 공범자는 진
범의 피고용인이었을 거라고 주장했다. 반면에 릭
라이는 「존 클레이 핸섬 마차」에서 이 공범자는
「빨강머리연맹」에 나온 존 클레이라고 지목했다.
스티브 클라크슨은 「또 다른 정체의 문제」에서 공
범자는 그 누구도 아닌 아이린 애들러라고 밝혔다.
항상 "그 여자the woman"라는 영예로운 호칭으로 불
리는 「보헤미아 왕실 스캔들」의 그 매력적인 여성
말이다.

기묘한 사건을 계속 숙고하고 있음.
W. H. 하이드 그림, 《하퍼스 위클리》(1899)

였던 거야. 분장술도 타의 추종을 불허할 정도였어.[162] 그는 미
행당할 줄 알았던 게 분명해. 나를 따돌리려고 그런 수를 쓴 거
지. 아무튼 우리가 뒤쫓는 자는 내 생각과 달리 혼자가 아니라,
위험을 무릅쓰고 도와줄 친구들이 있는 게 분명해. 그런데 의
사 선생, 무척 피곤해 보이는군. 부디 그만 잠자리에 들게나."

확실히 무척이나 피로를 느낀 나는 그의 말에 따랐다. 홈즈

는 연기 나는 벽난로 앞에 그대로 앉은 채, 오랫동안 잠잘 생각을 하지 않았다. 그가 나지막이 구성지게 바이올린을 켜는 소리가 들린 것으로 보아,[163] 자신이 해결하고자 하는 기묘한 사건을 계속 숙고하고 있음을 알 수 있었다.

163. 왓슨의 이런 간단한 묘사를 토대로 해서, 벤저민 그로스베인은 홈즈가 요한 제바스티안 바흐의 〈G선상의 아리아〉, 아니면 니콜로 파가니니의 〈모세〉 주제에 의한 변주곡을 연주했을 거라고 추리했다. 아니면 홈즈가 매우 존경한 음악가인 파가니니 스타일로 즉흥곡을 연주했을 거라고 그로스베인은 추리했다(「소포 상자」에서 왓슨은 홈즈가 바이올린 이야기를 하다가 이어서 파가니니를 주제로 해서 수다를 떤 것을 이렇게 회상하고 있다. "그러다 파가니니 얘기로 넘어갔다. 우리가 클라레 한 병을 놓고 한 시간쯤 앉아 있는 동안, 그는 그 비상한 천재 이야기를 하염없이 늘어놓았다."). 사실 홈즈는 바이올린 즉흥곡 연주에 매우 능해서, "잉글랜드 사람이라기보다는 헝가리 사람이나 집시 연주자의 특징을 닮은 그 솜씨로 볼 때 미래 언젠가는 그의 혈통이 지금 우리가 알고 있는 것보다 훨씬 더 복잡하다는 것이 입증될 수도 있을 것"이라고 그로스베인은 주장했다.

제6장

토비아스 그레그슨 형사의 솜씨

164. 여기서부터 왓슨은《데일리 텔레그래프》,《스탠더드》,《데일리 뉴스》라는 3종의 신문을 언급한다. 크리스토퍼 몰리는 왓슨이 여기서 "각 신문의 스타일과 편애를 예리하게 패러디 하고 있다"고 설명한다. 당시 화려한 문체의 G. A. 살러가 편집을 맡은《데일리 텔레그래프》는 생동감 있는 어조로 인기가 높았다.《스탠더드》는 당시 보수적 편향에 온건했다.《데일리 뉴스》는 자유주의적 성향이었다.《데일리 텔레그래프》는 1855년 6월 29일 아서 B. 슬리가 창간한 것으로,《선데이 타임스》의 소유주인 조지프 모지스 레비가 인쇄를 맡았다(《선데이 타임스》는 일부러《타임스》의 이름을 본떠 지은 것인데 서로 관계는 없다). 슬리가 재정난에 처하자 레비가 인수해서 최초의 '1페니 신문'을 만들게 되었다. 레비는 자기 아들 에드워드 레비로슨과 손턴 리 헌트를 편집자로 임명하고 1855년 9월 17일 새롭게 신문을 발행했다. 구독자들은《데일리 텔레그래프》의

이 튿날 신문에는 '브릭스턴 미스터리'라고 이름 붙인 사건 기사가 넘쳐났다. 모든 신문에서 사건을 장문 기사로 다루었고, 일부 신문에는 사설까지 실렸다. 그중에는 내가 몰랐던 내용도 담겨 있었다. 내 스크랩북에는 지금도 그 사건을 다룬 여러 기사를 오려놓은 것이 보관되어 있다. 몇 가지 신문 기사를 요약하면 다음과 같다.

《데일리 텔레그래프》[164]에서는 범죄사에서 외국인이 등장한 보기 드문 사건이라는 사실을 언급했다. 피살자가 독일 이름을 가졌다는 것, 살해 동기를 알 수 없다는 것, 벽에 섬뜩한 글자가 쓰여 있다는 것, 이 모든 것으로 미루어 정치적 망명자와 혁명가들의 범행인 것으로 보았다. 미국에는 여러 갈래의 사회주의자들이 있었는데, 피살자는 조직의 불문율을 어겨서 추적당해 온 것이 분명했다.[165] 벰게리히트,[166] 아쿠아 토파나,[167] 카르보

나리,[168] 브랭빌리에 후작 부인,[169] 다윈 이론, 맬서스의 인구이론,[170] 랫클리프 하이웨이 살인 사건[171] 등을 마구잡이로 언급한 후, 정부의 무능을 꼬집는 한편 잉글랜드 내의 외국인에 대한 감시를 더욱 철저히 하라고 주장하며 기사를 마무리했다.

《스탠더드》는 그런 무법 행위가 대개 자유당 정부[172] 아래서 발생한다는 사실을 지적했다. 그런 사건은 대중의 정신이 혼란스럽고, 그 결과 모든 권위가 약화될 때 발생한다. 피살자는 미국인 신사로 런던에서 몇 주 동안 머물렀다. 그가 머문 곳은 캠버웰의 토키 테라스[173]에 있는 샤펜티어 부인의 하숙집이었다. 그는 개인 비서인 조지프 스탠거슨 씨와 함께 여행을 떠났다. 두 사람은 지난 화요일, 곧 이달[174] 4일, 하숙집 주인에게 작별을 고하고 리버풀행 특급열차를 탈 거라며 유스턴 역[175]으로 떠난 것이다. 그 후 그들은 기차역에서 목격되었다. 그러나 이후의 행적은 알려지지 않았고, 앞서 보도된 대로 유스턴 역에서 수 킬로미터 떨어진 브릭스턴 로드의 빈집에서 드레버 씨의 시신이 발견되었다. 그가 어떻게 그곳에 갔는지, 범인과 어떻게 만났는지 등은 수수께끼로 남아 있다. 스탠거슨의 행방도 오리무중이다. 런던 경찰국의 레스트레이드 씨와 그레그슨 씨가 사건을 맡았다는 것은 다행스러운 일이다. 이름 높은 이 두 형사라면 빠른 시일 안에 사건을 확실히 해결할 것으로 기대된다.

《데일리 뉴스》는 이것이 분명 정치범죄라고 논평했다. 자유주의의 독선과 증오가 유럽 대륙의 여러 정부를 자극함으로써 영국으로 수많은 사람들이 건너오게 되었는데, 그들은 대륙에서 쓰라린 일들을 겪지만 않았다면 훌륭한 시민이 되었을 것이다. 그들 가운데는 엄격한 신사도를 지키는 사람들도 있었는데, 이를 어기는 것은 곧 죽음이다. 비서인 스탠거슨을 찾고, 피살자에 관한 각종 정보를 수집하기 위해 현재 모든 노력을 기울이고 있다. 피살자가 하숙한 집 주소를 알아냄으로써 큰 진

다채로운 스타일을 선뜻 받아들였고, 1년도 지나지 않아서 레비의 신문은 《타임스》만이 아니라 잉글랜드의 다른 모든 신문 판매량을 앞질렀다.

1827년에 창간된 《스탠더드》는 1880년대에 성가를 올리다 19세기가 저물면서 구독자가 점점 줄어들었다. 언론인 시릴 아서 피어슨이 1904년에 《스탠더드》를 인수해서 보수적 성향을 자유주의적 성향으로 바꾸었는데, 이 조치로 구독자 수가 늘지는 않았다.

《데일리 뉴스》는 신문을 자유주의적 개혁의 수단으로 본 소설가 찰스 디킨스가 창간한 것으로, "교육, 인권과 종교적 자유, 평등법 제정 등의 진보와 개선 원칙"을 부르짖으며 1846년 1월 21일 첫 호를 발간했다. 디킨스는 17호까지 내고 존 포스터에게 넘겼다.

165. 홈즈는 '조직 간의 피의 복수'와 관련된 네 가지 사건을 다루었다. 「다섯 개의 오렌지 씨앗」(KKK 관련), 「붉은 원」(마피아로 추정되는 '카르보나리'와 관련), 『공포의 계곡』('스코러즈'), 「금테 코안경」(러시아의 '니힐리스트') 등이 그것이다.

166. 뱀게리히트는 중세 독일의 특별 범죄 법정이었다. 일부는 공개재판을 했지만, 대개 비밀재판으로 혹독한 처벌을 했다. 나무에 고발장을 붙이면 고발이 이루어졌는데, 피고소인이 법정에 나타나지 않으면 사형에 처해졌고, 재판 결과는 무죄 아니면 교수형이어서, 뱀게리히트는 무자비하다는 평판을 들었다. 『브리태니커 백과사전』(9판)에 따르면, "조직의 방대함과 재판 절차에 대한 수수께끼 때문에, 뱀게리히트는 재판을 받게 된 사람에게 공포를 불러일으켰다."

167. 17세기 시칠리아의 토파 또는 토파나라는 이름의 여성이 만든 것으로 알려진, 비소를 기초로 한 독약이다. 1709년 나폴리에서 처형당한 그녀는 600명 이상을 살해했다고 한다. 브루어의 『관용구

와 속담 사전』에서는 이 독에 대해 이렇게 설명했다. "17세기 이탈리아에서 남편을 제거하고자 하는 젊은 아내들이 많이 사용했다." 그리고 볼프강 아마데우스 모차르트의 죽음도 이 물질 때문인 것으로 널리 알려져 있다.

168. 카르보나리Carbonari('숯 굽는 사람'을 뜻하는 이탈리아어)는 19세기 남부 이탈리아에서 활동한 비밀결사로, 프리메이슨단에 뿌리를 두고 있다. 나폴레옹의 처남이자 당시 나폴리의 왕이었던 조아치노 무라트(재위 1808-1815, 프랑스어로는 조아생 뮈라)에게 반기를 든 이 반체제 집단은 처음에는 정치적 자유를 부르짖었다. 일반적으로 카르보나리는 이탈리아의 통일과 의회 중심의 공화정을 주창했는데, 좀 더 정확한 목표는 규정된 적이 없다. 프리메이슨단을 비롯한 여러 비밀결사와 마찬가지로 카르보나리는 나름의 의식 용어와 제스처, 입문식, 위계질서('마스터'와 '도제')가 있었다. 그들의 혁명적인 열정은 나폴리에서 시작해서 비슷한 성향의 지역인 피에몬테, 교황령, 볼로냐, 파르마, 모데나에 이어, 스페인과 프랑스 등의 외국으로까지 퍼져갔다. 1831년에 민족주의자의 이탈리아 통일 운동인 리소르지멘토가 시작되자 카르보나리의 조직 대부분이 여기에 가담했다.

169. 브랭빌리에 후작 부인인 마리매들린마르게리트 도브레(1630?-1676)는 아버지와 남자 형제들, 남편을 비롯한 수많은 사람을 연인과 함께 독살한 프랑스 여성이다. 독살의 이유는 집안의 재산을 독차지하는 한편 남편의 친구인 고댕 드 생트크루아와의 밀애를 방해받지 않기 위해서였다. 생트크루아는 도브레의 아버지 때문에 6주 동안 옥에 갇혔기 때문에 앙심을 품고 있었다. 그는 감옥에서 비소 산화물을 이용한 독약 제조 비법을 배워 도브레에게 가르쳐주었다. 전해오는 이야기에 따르면 도브레는 수십 명의 병원 환자들에게 먼저 독약을 시험해본 후, 1666년에 아버지를, 1670년에 두 남자

형제를 독살했다. 그러나 남편은 살인미수에 그쳤다. 도브레는 1676년 리에주에서 체포되어 참수된 후 불에 태워졌다.

악명 높은 이 살인자는 모두 50명을 독살한 것으로 알려져 있다. 그녀는 고문을 받을 때 이렇게 선언했다. "상류층 인사의 반은 이런 일에 연루되어 있다. 내가 입만 벙긋하면 다 죽을 것이다." 이것으로 인해 광란의 조사가 벌어져서, 점성술사에게 최음제를 샀을 뿐인 유명 중산층 인사들까지 독약과 마법을 썼다는 죄로 기소되었다.

홈즈와 왓슨은 앨버트 스미스가 1860년에 펴낸 『7인을 독살한 브랭빌리에 후작 부인』이라는 인기 소설을 통해 도브레에 대해 잘 알고 있었을 것이다. 아서 코난 도일은 이 후작 부인의 이야기에 영감을 받아 「가죽 깔때기」를 써서 1902년 《스트랜드 매거진》에 발표했다.

170. 유명 경제학자이자 사회학자인 토머스 로버트 맬서스(1766-1834)는 현대 인구이론의 아버지다. 전쟁과 기근, 질병, '도덕적 제한'(저소득층의 산아제한—옮긴이) 등에 의해 제한되지 않는 한, 인구 증가 속도는 항상 토지 생산력의 증가 속도보다 빠르기 때문에 불가피하게 궁핍과 결핍 상태가 지속된다는 것이 그의 인구이론이다. 1798년에 그는 익명으로 『인구론』을 펴냈다. 이 책은 커다란 관심을 끌어서 1803년에 확대 개정판이 나왔고, 1826년에 더욱 분량을 늘려서 최종판인 6판이 나왔다.

171. 런던 부두 근처의 이스트엔드에 있던 랫클리프 하이웨이는 1811년 말에 연쇄 살인이 일어난 현장으로 유명해졌다. 『예술로 여겨진 살인』에서 이 범죄를 다룬 토머스 드퀸시는 이 지역을 "온갖 악당질"이 일어나는 지역이라고 일컬었다. 여기서 직물상 마 씨와 아내, 아기, 점원 소년이 살해된 사건이 있었는데, 『뉴게이트 캘린더』(1926) 5권에 의하면, 하녀와 경비원이 마 씨네 가게의 벨을 눌러도 응답이 없자 이웃 사람 여럿이 담을 넘어 들어갔

다. "그러자 아마도 인간의 본성에 먹칠할 만한 너무나 끔찍한 현장이 펼쳐졌다. 마 씨와 점원 소년의 시신이 보였는데, 후자는 범인과 사투를 벌인 흔적이 역력했다. 복도에는 마 부인, 요람에는 아기가 죽어 있었는데, 아직 시신이 따뜻하고 피가 흐르고 있었다." 이 지역에서의 마지막 연쇄 살인으로 8일에 걸쳐 일곱 명이 살해되었다. 살인범은 한 명이 아닌 것이 분명했지만, 존 윌리엄스라는 이름의 범인 한 명만 체포되었다. 그는 재판을 받기 전에 콜드배스 필즈 형무소에서 자살했다.

연쇄 살인 탓에 이 거리가 악명을 떨치자 세인트조

1896년의 랫클리프 하이웨이.
『빅토리아 시대와 에드워드 시대의 런던』

지 스트리트로 이름이 바뀌었다. 『퀸스 런던』이 발행된 1895년 무렵 이 거리는 "이제…… 주로 야생동물, 조류 등을 거래하는 가게"가 많아 냄새가 고약하고 위험한 지역으로 보고되었다.

172. 영국 자유당의 전신은 부유한 지주와 상인들로 이루어진 휘그당이다. 1868년에 윌리엄 글래드스턴이 처음 정권을 잡으면서부터 성가를 올린 자유당은 교육과 선거 개혁, 자유무역, 교회와 국가

간의 결속 완화를 부르짖었다. 글래드스턴은 12년 이상 자유당을 이끌었고 네 차례에 걸쳐 총리를 지냈지만, 그의 정책이 항상 대중의 인기를 끈 것은 아니었다. 비평가인 존 러스킨은 대학생 청중에게 이렇게 말했다. "나는 바알세불 마왕을 싫어하는 것만큼 모든 자유당 정책을 싫어한다." 글래드스턴의 개혁 정책과 빈곤한 해외 정책에 대한 보수당의 반대로 자유당은 1875년에는 정권을 잃었다. 『주홍색 연구』에 나오는 미국 사건이 일어났을 때는 보수당의 벤저민 디즈레일리가 총리였지만, 1880년부터 5년 동안과 1886년에 다시 글래드스턴이 총리를 지냈다. 그러다 아일랜드 자치를 지지한 것 때문에 다수의 유명 당원이 탈당하자 세 번째 정권도 잃게 되었다. 제1차 세계대전 이후 지지 기반 대부분을 새로운 노동당에 빼앗긴 자유당은 존재가 거의 소멸되기에 이르렀다.

173. 크리스토퍼 몰리의 말에 따르면 "템스 강 건너 런던 남부에 있는 캠버웰은, 당시 매우 유명했던 크리스털 팰리스 근처에 머물고자 하지 않는 부유한 관광객들을 위한 고급 하숙집 거리였다." 캠버웰에 친척들이 살았던 작곡가 펠릭스 멘델스존은 그곳에서 머문 후 〈캠버웰 그린〉(훗날 〈봄노래〉로 개명)을 작곡했다. 시인 로버트 브라우닝(1812-1889)은 캠버웰에서 태어나 28세가 되도록 거기서 살았다. 버나드 데이비스는 토키 테라스의 진짜 이름이 콜드하버 레인의 도버 테라스라고 밝혔다.

174. 3월. 두 사람이 사망한 것은 3월 4일 오전 2시 이전이기 때문에 헤어진 것은 분명 3월 3일이다. 이 점에 대해 크리스토퍼 몰리는 이런 의견을 냈다. "이러한 부정확성은 물론 토리당 신문의 부정확성을 풍자하기 위한 것일 수도 있다. 그러나 왓슨이 여러 번 날짜를 잘못 기록한 것으로 미루어 볼 때 이것 역시 그런 실수로 봐야 할 것이다."

175. 유스턴 역은 런던-버밍엄 노선(훗날의 노스

웨스트 노선)을 위한 종점으로 1837년에 만들어졌다. 1873년부터 여러 차례 확장했는데, 1960년대에 철거되어 완전히 재건축되었다. 홈즈 학자 로저 존슨은 이렇게 썼다. "이렇게 고의로 문화시설을 파괴하는 야만 행위로 인해 빅토리아 시대 건축물의 가치가 오히려 올라가게 되었다. 유스턴 역은 지금도 존재하지만, 홈즈와 왓슨은 알아보지 못할 것이다."

176. "It's heads I win and tail you lose." 무슨 일이 있어도 반드시 그들이 이긴다는 뜻─옮긴이.

177. 프랑스의 시인이자 비평가인 니콜라 부알로 데프레오(1636-1711)가 운문으로 쓴『시학』제1편 마지막 행에 나오는 문장으로, 뜻은 이렇다. "바보는 항상 자기를 칭찬해줄 더 큰 바보를 발견할 수 있다(바보를 똑똑하다고 말하는 더 큰 바보가 있게 마련이다)." 학자들은 홈즈가 프랑스인의 피를 물려받았다는 증거의 하나로 프랑스어에 능통하다는 사실을 지적한다.「그리스인 통역사」에서 홈즈는 이렇게 말한다. "나는 관찰과 추리 능력을 타고났어. 그건 프랑스 화가 베르네의 누이였던 우리 할머니한테 물려받았을 거야." 홈즈의 진외종조부(아버지의 외삼촌)인 이 화가는 아마도 에밀 장 오라스 베르네(1789-1863)일 것이다. 그의 그림은 베르사유 궁전의 배틀 갤러리에 걸려 있다.

178. 'street Arabs.' 브루어의 『관용구와 속담 사전』(1894)에 "Arab(아랍인)"이 이렇게 정의되어 있다. "집이 없는 빈민이나 거리의 아이들. 유목민 아랍인들처럼 정착지가 없이 떠돌아다닌다고 해서 붙여진 이름." 제이컵 A. 리스는 『나머지 반Half은 어떻게 사는가?』(1890)에서 뉴욕 시의 '명물'이라고 생각한 이 거리의 뜨내기들을 좀 더 충실하게 묘사하고자 하며 다소 낭만적인 관점을 보여준다. "어떤 권위도 인정하지 않고, 그 누구, 그 어떤 것에도 굴복하지 않으며, 자신을 위협하는 사회에 대

전이 이루어졌는데, 이는 전적으로 런던 경찰국 그레그슨 씨의 예리한 안목과 노력 덕분이다.

셜록 홈즈와 나는 같이 아침 식사를 하며 이 모든 기사를 읽었다. 홈즈에게는 이들 기사가 상당히 재미있어 보이는 듯했다.

"내가 그랬잖아. 일이 어떻게 되든 레스트레이드와 그레그슨이 공을 차지할 거라고."

"그거야 나중에 어떻게 되느냐에 따라 다르잖아?"

"이런, 이런. 그건 전혀 중요하지 않아. 범인이 잡히면 그건 두 사람의 노력 '덕분'이고, 범인이 달아나면 두 사람의 노력에도 '불구하고'가 될 거야. 동전 앞면이 나오면 그들이 이기고 뒷면이 나오면 내가 지는 격이지.[176] 그들은 무슨 일을 하든 추종자를 거느릴 거야. 'Un sot trouve toujours un plus qui l'admire.'"[177]

"대체 저게 무슨 소리지?" 그때 현관과 계단에서 쿵쾅거리는 발소리를 듣고 내가 외쳤다. 뒤이어 하숙집 주인이 꾸짖는 소리가 들려왔다.

"베이커 스트리트 수사대야." 내 친구가 진중하게 말했다. 그의 말이 떨어지기가 무섭게 더럽기 그지없는 누더기를 걸친 아이들 여섯 명이 들이닥쳤다. 전에 본 적이 있는 거리의 뜨내기들[178]이었다.

"차렷!" 홈즈가 날카롭게 외쳤다. 그러자 여섯 명의 지저분한 꼬마 악당들이 보기 흉한 조각상처럼 한 줄로 늘어섰다. "앞으로 보고할 일이 있으면 위긴스만 올라오고, 나머지는 거리에서 기다리도록 해. 알아냈나, 위긴스?"

"알아내지 못했어요." 아이들 가운데 한 명이 대답했다.

"그럴 줄 알았어. 알아낼 때까지 계속해. 자, 활동비" 하며 그는 1실링씩 나눠주었다. "이제 가봐. 다음에는 더 나은 보고를 하도록 해."

그가 손짓을 하자 아이들이 쥐 떼처럼 부산하게 복도를 내려

베이커 스트리트 이레귤러스.
조지 허친슨 그림, 『주홍색 연구』, 런던, 워드, 록 앤드 보든 출판사(1891)

해서는 무서운 주먹을 치켜드는 이 방랑자는 모든 육식동물 중에서도 특히 가장 닮은 족제비만큼이나 영리하고 예리하다."

홈즈의 "거리의 뜨내기들"은 제법 당찬 위긴스가 이끄는데, 이들은 『네 사람의 서명』과 「등이 굽은 남자」에서도 홈즈를 돕는다. "베이커 스트리트 이레귤러스"라는 말을 처음 언급한 것은 『네 사람의 서명』에서다. 크리스토퍼 몰리는 1934년에 셜록 학자들의 모임을 만들고 그 이름을 베이커 스트리트 이레귤러스irregulars(비정규군이라는 뜻─옮긴이)라고 지었다. 회장의 호칭은 위긴스.

갔다. 곧이어 거리에서 그들이 환성을 지르는 소리가 들렸다.

"저 어린 거지 하나가 여남은 명의 경찰보다 더 많은 일을 할 수 있어." 홈즈가 말했다. "사람들은 경찰복만 보면 입을 봉하지만, 저 애들은 사방을 쑤시고 다니면서 온갖 말들을 주워듣거든. 눈치도 여간 빠른 게 아니야. 조직화하기만 하면 나무랄 데가 없지."

"아이들을 고용한 것이 브릭스턴 사건 때문이야?" 내가 물었다.

1888년의 거리의 뜨내기들.
제이컵 리스 사진, 『나머지 반은 어떻게 사는가?』,
뉴욕, 찰스 스크라이브너스 선스 출판사(1890)

"그래. 확인하고 싶은 것이 하나 있거든. 그걸 알아내는 것은 시간문제지. 아하! 바로 당장 새로운 소식을 듣겠는걸? 그레그슨이 희희낙락한 얼굴로 저기 오고 있어. 우리를 찾아온 거야. 그래, 집 앞에서 발길을 멈추는군. 과연 이리 왔어!"

초인종 소리가 요란하게 울리더니, 잠시 후 금발의 형사가 한 번에 세 계단씩 뛰어 올라와 우리 거실로 들이닥쳤다.

"친애하는 홈즈 씨!" 그가 외치며 무덤덤한 홈즈의 손을 와락 붙잡았다. "축하해주시오! 내가 깡그리 밝혀냈습니다."

표정이 풍부한 내 친구의 얼굴에 언뜻 불안의 그림자가 스쳐

"'TENTION!" CRIED HOLMES, IN A SHARP TONE.   (Page 63)

"차렷!" 홈즈가 날카롭게 외쳤다.
찰스 도일 그림, 『주홍색 연구』, 런던과 뉴욕, 워드, 록 앤드 컴퍼니(1888)

지나가는 듯했다.

"단서를 잡았다는 뜻입니까?" 그가 물었다.

"단서라니요! 우리가 범인을 잡았다는 거 아닙니까."

"범인의 이름이 뭐죠?"

"아서 샤펜티어. 대영제국 해군 중위입니다." 그레그슨이 가슴을 내밀고 두 손을 비비며 기세등등하게 외쳤다.

셜록 홈즈는 안도의 한숨을 내쉬고 긴장을 풀며 히죽 웃었다.

"앉아서 담배 한 대 태우시죠." 그가 말했다. "어떻게 체포했는지 알고 싶군요. 위스키 한잔 하시겠습니까?"

"알아냈나, 위긴스?"
리하르트 구트슈미트 그림, 『훗날의 복수』, 슈투트가르트, 로베르트 루츠 출판사(1902)

"좋고말고요." 형사가 대답했다. "어제부터 엄청 용을 썼더니만 진이 다 빠졌소이다. 아시겠지만 육체적인 노고보다는 정신적인 긴장이 더 견디기 힘들었죠. 셜록 홈즈 씨도 잘 알 거요. 우리 둘 다 머리로 일하는 사람이니 말이오."

"내게는 과분한 칭찬이군요." 홈즈가 진중하게 말했다. "그지없이 흡족한 결론에 이른 경위나 좀 들어봅시다."

형사는 안락의자에 앉아 흐뭇하게 시가를 뻐끔거렸다. 그러다 갑자기 기뻐서 발작을 하듯 무릎을 쳤다.

한 번에 세 계단씩 뛰어 올라왔다.
조지 허친슨 그림, 『주홍색 연구』, 런던, 워드, 록 앤드 보든 출판사 (1891)

179. 앤드루 G. 퍼스코는 「이녹 드레버의 최후의 분노」에서 실제로 태어나지 않은 아기—이녹 드레버의 아기—가 존재했다고 주장했다. 드레버의 "청혼"의 결과 앨리스 샤펜티어가 임신한 아기로, 그레그슨도 이 사실을 알고 있었다는 것이다.

"정말 재미난 것은 말이오" 하고 그가 외쳤다. "제 딴에는 영리한 줄 아는 그 머저리 레스트레이드가 헛다리를 짚었다는 겁니다. 그는 비서 스탠거슨을 뒤쫓았어요. 그 비서는 태어나지 않은 아기[179]만큼이나 이 범죄와 관계가 없는데, 지금쯤 틀림없이 그를 체포했을 겁니다."

그런 생각에 그레그슨은 숨넘어갈 듯이 웃어댔다.

"단서는 어떻게 잡았습니까?"

"아, 모든 걸 말씀드리죠. 물론, 왓슨 박사, 이 얘기는 우리끼리만 알아야 할 비밀입니다. 우리가 마주친 최초의 난관은 피살된 미국인의 과거 내력을 알아내는 것이었습니다. 어떤 사람들은 광고를 내고 연락을 기다리거나, 자발적으로 누가 정보를 제공해주길 기다렸을 겁니다. 하지만 나 토비아스 그레그슨이 일

180. "To a great mind, nothing is little." 홈즈는 다른 여러 사건 때도 이와 비슷한 말을 한다. 예를 들어 T. S. 블레이크니가 지적했듯이 다음과 같은 말들을 꼽을 수 있다. 〔왓슨 자네도〕내 방법을 알잖아. 그건 사소한 것들에 대한 관찰을 토대로 해서 알아낸 거야."(「보스콤밸리 사건」) "물론 이건 사소한 사실이지만, 사소한 것보다 더 중요한 것은 없어요."(「입술이 뒤틀린 남자」) "이 사건은 아주 사소해 보이지만, 내가 다룬 가장 고전적인 사건들 상당수가 처음에는 시시하게 시작되었다는 것을 돌이켜보면, 그 어떤 것도 하찮게 볼 수가 없어." (「여섯 개의 나폴레옹 석고상」) "사소한 것이야말로 무한히 가장 중요한 것이라는 게 오랜 내 격언이지요."(「정체의 문제」) 블레이크니는 이렇게 결론지었다. "홈즈는 왓슨이 〔『네 사람의 서명』에서〕말했듯이 사소한 것을 파악하는 놀라운 재능을 지녔고, 사소한 것들을 통해 진실을 이끌어내는 데 수고를 아끼지 않을 각오가 되어 있었다."

하는 방식은 그게 아니죠. 피살자 옆에 있던 모자를 기억하시죠?"

"예." 홈즈가 말했다. "캠버웰 로드 129번지, '존 언더우드와 아들들'이라는 가게에서 만든 거죠."

그레그슨은 돌연 풀이 죽은 듯했다.

"홈즈 씨가 그걸 알아차렸을 줄은 몰랐습니다." 그가 말했다. "거기 가보셨습니까?"

"아니요."

"하!" 그레그슨이 안심했다는 듯 외쳤다. "아무리 사소해 보일지라도 기회를 그렇게 무시하면 곤란하죠."

"위대한 정신을 지닌 사람에게는 사소한 것이 없습니다."[180] 홈즈가 설교 투로 말했다.

런던의 한 프라이빗 호텔. 외지인에게 광고를 낸 것이다.

"아무튼 나는 언더우드를 찾아가서, 그렇게 생긴 그 크기의 모자를 판 적이 있느냐고 물었죠. 그는 장부를 들춰보더니 바로 찾아냈습니다. 토키 테라스에 있는 샤펜티어의 하숙집에서 지내고 있는 드레버 씨에게 그 모자를 배달했다더군요. 그렇게 그의 주소를 알아냈죠."

"영리하시군요. 아주 영리해요!" 셜록 홈즈가 중얼거렸다.

"다음에는 샤펜티어 부인을 찾아갔습니다." 형사가 말을 계속했다. "그녀는 안색이 아주 창백하고 고민이 있는 듯하더군요. 그녀의 딸도 집에 있었는데, 부인만큼이나 보기 드물게 아름다운 아가씨였습니다. 그런데 내 말을 들을 때 눈시울을 붉히며 입술을 떨더군요. 나는 그것을 놓치지 않았습니다. 뭔가 냄새가 나더군요. 제대로 냄새를 맡았을 때의 그 느낌을 셜록 홈즈 씨도 잘 아실 겁니다. 짜르르한 전율 같은 거 말입니다. '클리블랜드의 이녹 J. 드레버 씨라는 하숙인이 수상쩍게 사망했다는 이야기를 들으셨습니까?' 하고 내가 물었죠.

부인이 고개를 주억거렸습니다.

그녀는 차마 입이 떨어지지 않는 듯했습니다. 딸은 눈물을 흘렸죠. 어쩐지 그들이 그 사건에 대해 뭔가 감춰진 사실을 알고 있다는 느낌이 들더군요.

'드레버 씨가 기차를 타러 집을 떠난 게 몇 시였습니까?' 내가 물었죠.

'8시요' 하고 말한 그녀는 마음을 진정시키기 위해 크게 숨을 들이켰습니다. '그의 비서인 스탠거슨 씨가 9시 15분과 11시발 기차가 있다고 했어요. 그는 빠른 쪽을 타려고 했어요.'

'그를 마지막으로 본 것이 그때였나요?'

그렇게 묻자 여자의 표정이 확 바뀌더군요. 안색이 완전히 납빛이 되었습니다. 그녀는 멈칫하더니 그저 '예'라고 겨우 한마디 내뱉었어요. 부자연스럽게 목이 잠긴 소리였죠.

잠시 침묵이 감돌았습니다. 그러다 딸이 또렷한 음성으로 침착하게 말하더군요.

'어머니, 거짓말을 해서는 좋을 게 없어요. 이분에게는 솔직하게 말하자고요. 우린 사실 드레버 씨를 다시 만났어요.'

'맙소사!' 샤펜티어 부인이 외치며 두 손을 쳐들고는 의자에 털퍼덕 주저앉았습니다. '네가 기어이 오라비를 죽이고 말았어.'

"맙소사!" 샤펜티어 부인이 외쳤다. "네가 기어이 오라비를 죽이고 말았어."
제임스 그리그 그림, 『주홍색 연구』,
런던과 멜버른과 토론토, 워드, 록 앤드 컴퍼니(연대 미상)

'아서 오빠를 위해서라도 진실을 말하는 게 나아요.' 딸이 단호하게 말했습니다.

'이제 모든 것을 털어놓는 게 가장 좋습니다.' 내가 말했죠. '반만 털어놓는 것은 아예 입을 다무는 것만 못해요. 게다가 부인은 우리가 어디까지 알고 있는지도 모르니 말입니다.'

'이건 네 책임이야, 앨리스!' 그녀의 어머니가 외쳤습니다. 그러더니 나를 보고 말했죠. '다 말씀드리겠습니다. 우리 아들이 그런 끔찍한 일을 저질렀을까 봐 이렇게 내가 떨고 있다고는 생각지 마세요. 우리 애는 아무런 죄도 없어요. 하지만 내가 두려운 것은, 형사님의 눈에, 그리고 남들 눈에 우리 애가 불명예스러운 일을 한 것처럼 보이기 때문이에요. 하지만 그런 일은 있을 수 없어요. 고상한 성격으로 보나, 직업으로 보나, 과거 행실로 보나 결코 그럴 수는 없다구요.'

'최선의 길은 사실을 낱낱이 털어놓는 것입니다.' 내가 말했습니다. '사실 이야기를 들어보고 과연 아드님이 무고하다면 더 나쁜 일은 일어나지 않을 겁니다.'

'애야, 앨리스, 너는 자리를 좀 비켜주는 게 좋겠구나.' 그녀가 말하자 딸이 자리를 떴습니다. '자, 형사님' 하고 그녀가 말을 계속했습니다. '모든 것을 털어놓을 생각은 없었어요. 하지만 우리 딸이 그러고 말았으니 이제 어쩔 수 없군요. 일단 말하기로 마음먹었으니 하나도 빠뜨리지 않고 말씀드리겠어요.'

'그것이 가장 현명한 길입니다.' 내가 말했습니다.

'드레버 씨는 우리랑 3주 가까이 같이 지냈어요. 그는 비서인 스탠거슨 씨와 함께 대륙 여행을 다녔던가 봐요. 트렁크마다 코펜하겐이라고 쓰인 꼬리표가 붙어 있는 게 눈에 띄더군요. 바로 전에 그곳에 머물렀던 모양이죠. 스탠거슨은 조용하고 점잖은 사람이었어요. 그의 고용주는, 이런 말을 해서 안됐지만 정반대였어요. 상스럽고 잔인했죠. 그가 우리 집에 오자

181. 홈즈와 왓슨이 하숙비를 주당 3-4파운드 낸 것으로 추정되는데, 드레버가 14파운드(오늘날의 구매력 기준으로 약 180만 원—옮긴이)나 냈다는 것은 특별 대우를 기대했다는 뜻일 것이다. 『베데커』에 따르면 웨스트엔드의 고급 주택가인 포틀랜드 플레이스의 필립스 부인네 하숙집 최고가가 주당 3파운드 13실링 6펜스였다.

마자 바로 그날 밤부터 술에 떡이 됐지 뭐예요. 정말이지 정오만 넘으면 맨정신인 날이 없더군요. 하녀들에게 낯 뜨겁게 굴기 일쑤였답니다. 무엇보다 나쁜 것은 우리 딸 앨리스에게도 이내 그런 짓을 해대는 것이었어요. 그가 몇 번인가 몹쓸 말을 했는데, 다행히도 앨리스가 워낙 순진해서 무슨 말인지 못 알아들었죠. 한번은 앨리스를 두 팔로 끌어안은 적도 있어요. 신사답지 못한 행동 때문에 비서한테 꾸지람을 들을 정도였죠.'

'하지만 부인께서는 그걸 왜 참고만 있었죠?' 내가 물었습니다. '언제든 하숙인을 내보낼 수 있잖습니까.'

내가 정곡을 찌르자 샤펜티어 부인은 낯을 붉히더군요. '그가 처음 온 날 바로 내보냈으면 좋았으련만' 하고 그녀가 말했습니다. '하지만 유혹에 눈이 멀고 말았어요. 한 사람이 하루 1파운드를 냈으니, 일주일이면 둘이 14파운드였어요.[181] 게다가 요즘은 비수기잖아요. 과부 신세에, 해군에 있는 아들 뒷바라지하는 데도 돈이 많이 든답니다. 나로서는 차마 그 돈을 날릴 수가 없었어요. 나는 최선의 행동을 한 거예요. 하지만 앨리스를 껴안은 건 정말 심했어요. 그 때문에 나는 방을 빼라고 통보했죠. 그가 떠난 것이 그 때문이에요.'

'그래서요?'

'그가 마차를 타고 떠나는 걸 보니 홀가분했어요. 때마침 아들이 휴가 중이었죠. 하지만 아들한테는 아무런 말도 하지 않았어요. 애가 좀 거친데, 누이를 너무나 좋아하거든요. 두 사람이 떠나고 문을 닫자 마음이 그렇게 가벼울 수가 없었어요. 그런데 맙소사, 한 시간도 지나지 않아서 초인종이 울리더니 드레버 씨가 돌아온 거예요. 무척이나 흥분한 상태였는데, 술에 취한 것이 분명했어요. 그는 내가 앨리스랑 같이 앉아 있던 방으로 억지로 밀고 들어오더니, 기차를 놓쳤다면서 뭐라고 횡설수설하더군요. 그러다 앨리스를 보고는, 내 면전에서 청혼을

하는 거예요. 같이 떠나자면서 이렇게 말했죠. "아가씨는 성인
이야. 법적으로도 아무 문제가 없단 말씀이야. 나한테는 남아
돌 정도로 돈이 많아. 그러니 저 할멈일랑 신경 쓰지 말고, 지금
바로 나랑 같이 떠나자. 공주처럼 살게 해줄게." 우리 앨리스는
겁이 나서 뒷걸음질을 쳤어요. 하지만 그는 앨리스의 손목을
잡고 밖으로 끌고 나가려고 했어요. 내가 비명을 지르자, 우리
아들 아서가 냉큼 방으로 들어왔죠. 그러고서 어떻게 됐는지는
모르겠어요. 무슨 맹세를 하는 소리가 들리고 부리나케 달아나
는 소리도 들렸어요. 나는 너무나 겁이 나서 고개를 쳐들고 바

"그는 앨리스의 손목을 잡고 밖으로 끌고 나가려고 했어요."
조지 허친슨 그림, 『주홍색 연구』, 런던, 워드, 록 앤드 보든 출판사(1891)

182. 현대의 속기는 잉글랜드의 교육자 아이작 피트먼(1813-1897)이 1837년에 발표한 획기적인 저서 『소리에 따른 속기법』으로 새로운 시대를 열게 되었다. 이 속기법은 언어의 소리를 여러 기본 집단으로 분류하고, 빠르게 쓰기 위해 간단한 생략형을 이용한다. 자음은 단순한 기하학적 형태와 선으로 나타낸다. 그리고 가능한 한 비슷한 자음들을 짝짓는다. 그래서 예를 들어 가볍게 그은 빗금은 p를 나타내고, 그보다 굵은 빗금은 b를 나타내는 식이다. 모음은 분리된 점과 대시dash(붙임표)로 표기한다. 이처럼 정상적인 철자 대신 발음에 따라 낱말을 표기하는 방식을 택한 피트먼의 속기법을 표음 속기법이라고 한다. 어느 보고에 따르면 19세기 말 미국의 작가 가운데 97퍼센트가 피트먼 방식이나 그 변화형을 사용했다. 이 방식은 가장 빠른 속기법으로 간주되어, 오늘날 많은 법원 속기사들이 이 방식을 선호한다. 그런데 이후 미국에서는 피트먼 방식 대신 그레그 속기법을 많이 쓰게 되었다. 아일랜드 태생인 존 로버트 그레그(1867-1948)의 『가는 선 표음 속기법』(1888)에 따르면, 이것은 피트먼처럼 발음에 따라 표기하지만 가는 선만 사용하고 획의 움직임이 자연스러우며 곡선 동작을 많이 사용한다.
『주홍색 연구』의 사건 시점인 1881년에 그레그슨과 레스트레이드는 아마도 피트먼 방식을 사용했을 것이다. 하지만 당시 수많은 속기법이 성행해서, 『브리태니커 백과사전』(9판)에 따르면 1886년 무렵 영어 속기법이 483가지 이상 발표되었다.

라보질 못했거든요. 내가 고개를 들었을 때는 아서가 손에 몽둥이를 들고 문간에 서서 웃고 있더군요. 아서가 말했어요. "저 놈이 다시는 우리를 괴롭히지 못할 거예요. 하지만 뒤쫓아 가서 뭘 하나 좀 봐야겠어요." 그 말과 함께 아서는 모자를 쓰고 거리로 달려갔어요. 그리고 이튿날 아침 우리는 드레버 씨가 의문의 죽음을 당했다는 소식을 들었어요.'

샤펜티어 부인은 수차 뜸을 들이고 헛숨을 내뱉으며 이런 진술을 했습니다. 이따금 내가 알아듣기 힘들 정도로 너무 나지막이 말하기도 했죠. 하지만 그녀가 한 모든 말을 속기[182]로 받아 적었으니, 내 이야기에 틀린 데는 없을 겁니다."

"참으로 흥미롭군요." 셜록 홈즈가 하품을 하며 말했다. "다음에는 어떻게 하셨습니까?"

"샤펜티어 부인이 말을 마쳤을 때 모든 사건이 한 가지 사실에 달려 있다는 것을 알았죠." 형사가 이어 말했다. "나는 여성에게 항상 효과가 좋았던 매서운 눈초리로 부인을 똑바로 바라보면서 물었습니다. 아들이 몇 시에 돌아왔느냐고.

'모르겠어요.' 그녀가 답했습니다.

'몰라요?'

'예. 아서는 집 열쇠를 가지고 있어서, 직접 열고 들어왔거든요.'

'부인이 잠자리에 든 후 말입니까?'

'예.'

'몇 시에 잠자리에 들었습니까?'

'11시쯤.'

'그럼 아드님이 적어도 두 시간은 밖에 있었군요?'

'예.'

'4시나 5시에 들어왔을 수도 있겠군요?'

'예.'

'그는 그때까지 무엇을 했나요?'

'몰라요.' 그녀가 하얗게 질린 입술로 대답했습니다.

물론 그 후에는 더 이상 할 말이 없었습니다. 나는 샤펜티어 중위가 있는 곳을 알아냈고, 경찰 두 명을 데리고 가서 체포했습니다. 내가 그의 어깨를 짚고 조용히 따라오라고 경고하자, 그가 아주 뻔뻔하게 이렇게 응수하더군요. '드레버라는 악당의 죽음과 관련된 혐의로 나를 체포하려는 모양이군.' 우리가 그에게 다른 아무런 말을 하지 않았는데도 그가 그렇게 말했다는 사실이야말로 더없이 수상쩍은 일이죠."

"그렇군요." 홈즈가 말했다.

"그가 드레버를 쫓아갈 때 가져갔다고 그의 어머니가 말한 무거운 몽둥이를 여전히 가지고 있었습니다. 튼튼한 참나무로 만든 곤봉이었죠."

"그래, 당신의 가설은 뭡니까?"

"흠, 내 가설은, 그가 브릭스턴 로드까지 드레버를 뒤쫓아 갔다는 겁니다. 거기서 두 사람은 다시 티격태격하다가 드레버가 몽둥이에 일격을 당했습니다. 아마도 복부에 정통으로 맞았기 때문에 아무런 외상이 남지 않은 채 사망했겠죠. 밤에 비가 와서 나다니는 사람이 아무도 없었기 때문에, 샤펜티어는 살해한 시신을 끌고 빈집으로 들어갔습니다. 촛불과 피, 벽에 쓴 글자, 반지 등에 대해 말하자면, 그건 모두 경찰을 물 먹이려는 속임수일 겁니다."

"멋집니다!" 홈즈가 격려하듯 말했다. "정말이지, 그레그슨, 아주 잘하고 있군요. 더욱 잘할 수 있을 거라고 봅니다."

"내 자랑 같지만 아무튼 꽤 깔끔하게 일을 처리했다고 봅니다." 형사가 우쭐거리며 말했다. "그 청년은 자진해서 이런 얘기를 했습니다. 그러니까 한참 드레버를 뒤쫓고 있는데, 드레버가 추적당하는 것을 알고 자기를 떨쳐내기 위해 마차를 탔다고 말이죠. 그래서 집으로 돌아가다가, 도중에 옛 선원 친구를 만나 한참 같이 걸었다는 겁니다. 옛 선원 친구가 어디 사느냐고 물었더니 제대로 대답을 못하더군요. 내가 보기에는 모든 사건이 희한하게 딱 맞아떨어집니다. 레스트레이드가 헛다리를 짚고 있다는 건 생각만 해도 웃음이 절로 나오는군요. 그 친구는 아직도 이해를 못하고 있을 겁니다. 아니, 이런, 때마침 이리 오는군!"

그는 거실 한가운데 서서 불안하게 모자를 만지작거리며
어째야 좋을지 모르겠다는 표정이었다.
리하르트 구트슈미트 그림, 『훗날의 복수』, 슈투트가르트, 로베르트 루츠 출판사(1902)

정말 레스트레이드였다. 우리가 이야기하는 동안 그는 어느새 계단을 다 올라와서 막 방으로 들어섰다. 그런데 평소의 태도나 옷차림과는 달리 자신감도 말쑥함도 찾아볼 수 없었다. 잠을 자지 못해 푸석푸석한 얼굴에 고민이 가득했고, 옷차림은 후줄근했다. 그는 셜록 홈즈에게 자문을 구하려고 온 것이 분명했다. 동료를 보자마자 당황한 기색이 역력했기 때문이다. 그는 거실 한가운데 서서 불안하게 모자를 만지작거리며 어째야 좋을지 모르겠다는 표정이었다. "이건 정말 이상한 사건입니다." 그가 마침내 말했다. "정말 이해가 안 되는 사건이에요."

"아, 이제야 그걸 아셨군, 레스트레이드 씨!" 그레그슨이 의기양양하게 외쳤다. "그런 결론을 내릴 줄 내 진작 알아봤지. 그런데 비서인 조지프 스탠거슨을 찾기는 했나요?"

"비서 조지프 스탠거슨은" 하고 레스트레이드가 침통하게 말했다. "핼리데이 프라이빗 호텔[183]에서 살해되었습니다. 오늘 아침 6시 무렵에."

183. 버나드 데이비스는 이 호텔의 실명이 드러먼드 스트리트 56번지의 엡스 프라이빗 호텔이라고 밝혔다.

제7장
어둠 속의 빛

184. ‘dumfoundered’. ‘말문이 막히다’, ‘당황하다’는 뜻의 이 영어 낱말은 스코틀랜드식 철자법에 따른 것으로, 《비턴의 크리스마스 연감》 판본과 다른 영국 판본은 이를 따랐고, 미국 판본에는 미국식으로 “dumbfounded”라고 되어 있다.

185. “The Plot thickens.” 홈즈는 5장에서도 이와 똑같은 말을 했는데, 당시에는 이 말이 아직 상투어가 아니었다. 사람이 죽은 것에 대한 반응으로는 바람직하지 않지만, 명탐정이 한 말이니 나무랄 것까지는 없을 것이다.

레스트레이드가 들려준 정보는 너무나 중요하고 워낙 뜻밖이라 우리 세 사람은 모두 말문이 막히고 말았다.[184] 그레그슨은 의자에서 벌떡 일어서다가, 마시고 남은 위스키 잔을 엎질렀다. 나는 묵묵히 셜록 홈즈를 바라보았다. 홈즈는 입을 꾹 다문 채 눈살을 찌푸리고 있었다.

"스탠거슨도!" 홈즈가 중얼거렸다. "이야기가 점점 흥미진진해지는군."[185]

"안 그래도 충분히 흥미진진했습니다." 레스트레이드가 의자를 잡으며 툴툴거렸다. "느닷없이 전쟁터에서 작전 회의를 하는 기분입니다."

"그, 그게 정말 사실이오?" 그레그슨이 말을 더듬었다.

"그의 호텔 방에서 바로 이리 온 겁니다." 레스트레이드가 말했다. "내가 처음으로 그 현장을 발견한 거죠."

"우리는 이 사건에 대한 그레그슨 형사의 가설을 듣고 있었습니다." 홈즈가 말했다. "당신이 무엇을 보고 무엇을 했는지 말씀해주시겠습니까?"

"그러겠습니다." 레스트레이드가 자리에 앉으며 대답했다. "솔직히 말씀드리면, 나는 스탠거슨이 드레버의 죽음과 관련이 있다고 생각했습니다. 그런데 사건이 새로운 국면으로 접어들고 보니 내 생각이 전적으로 틀렸다는 걸 알겠습니다. 나는 외골수로 비서를 찾는 데 집착했어요. 두 사람은 3일 밤 8시 30분쯤 유스턴 역에 같이 있는 게 목격되었죠. 그리고 새벽 2시에 드레버가 브릭스턴 로드에서 발견되었습니다.

우리가 당면한 문제는 8시 30분부터 범죄 시각까지 스탠거슨이 무엇을 했고, 그 후 어떻게 되었는가를 밝히는 것이었습니다. 나는 리버풀에 전보를 쳐서 그의 인상착의를 알려주고, 미국행 배에 승선하는가를 주시하라고 지시했습니다. 그런 다음 유스턴 부근의 호텔과 하숙집들을 둘러보기 시작했습니다. 아시다시피, 드레버와 비서가 헤어졌다면, 당연히 비서는 그날 밤 역 근처에서 묵은 다음 이튿날 아침에 다시 역에 나타날 거라고 생각한 겁니다."

"두 사람이 미리 만날 장소를 정해놓았을 수도 있겠죠." 홈즈가 말했다.

"이제 보니 그랬습니다. 나는 어제저녁 내내 역 주변을 탐문했는데 아무런 성과가 없었어요. 오늘 아침에는 새벽부터 나섰죠. 그리고 8시에 리틀조지 스트리트에 있는 핼리데이 프라이빗 호텔에 도착했습니다. 호텔에서 스탠거슨 씨가 묵고 있는지 물어보자, 바로 그렇다는 대답을 들었습니다.

'그분이 기다리고 계신 신사가 당신인가 보군요. 이틀째 신사 한 분을 기다리셨습니다.' 그들이 말하더군요.

'그는 지금 어디 있나요?' 내가 물었습니다.

186. 'boots.' 영국 호텔의 사환 가운데 하나로 구
두를 닦을 뿐만 아니라 짐을 나르는 등 잡일을 한다.

"구두닦이가 돌아서서 그걸 보고는 자지러졌습니다."
조지 허친슨 그림, 『주홍색 연구』, 런던, 워드, 록 앤드 보든 출판사(1891)

'위층 객실에 계십니다. 9시에 깨워달라고 하셨죠.'

'바로 올라가서 만나보겠습니다.'

내가 느닷없이 나타나면 그가 당황해서 얼떨결에 뭔가를 털
어놓을 것 같았습니다. 호텔 구두닦이[186]가 자진해서 객실로 안
내해주더군요. 방은 3층에 있었는데 작은 복도를 거쳐 갔습니
다. 구두닦이가 내게 객실을 가리켜 보이고 다시 내려가려고
막 돌아선 순간 뭔가 역겨운 것이 눈에 띄었습니다. 경찰 밥을
20년이나 먹었는데도 역겹더군요. 객실 문 아래로 핏물이 빨간
리본처럼 구불구불 흘러서 복도 맞은편 벽 근처에서 작은 웅덩
이를 이루고 있었던 겁니다. 내가 소리를 지르자 구두닦이가
돌아서서 그걸 보고는 자지러졌습니다. 객실 문은 안에서 잠겨

있었지만, 둘이 어깨로 밀어서 열었죠. 객실 창문은 열려 있었고, 온통 어질러진 창문 옆에 남자의 시신이 잠옷 차림으로 엎어져 있었습니다. 사지가 굳고 차가운 것으로 보아 사망한 지 한참 지난 상태였어요. 우리가 시신을 돌려놓자, 구두닦이는 그가 조지프 스탠거슨이라는 이름으로 투숙한 신사라는 것을 단번에 알아보더군요. 사망 원인은 왼쪽 가슴에 깊이 난 자상이었습니다. 심장을 관통한 게 분명합니다. 이제 이 사건에서 가장 이상한 대목을 말씀드리죠. 피살자의 시신 위쪽에 뭐가 있었을 것 같습니까?"

셜록 홈즈가 대답하기 전에 이미 나는 공포를 예감하며 소름이 쫙 끼쳤다.

"피로 쓴 '라헤RACHE'라는 글자." 그가 대답했다.

"그렇습니다." 레스트레이드가 놀랍다는 듯이 말했고, 우리는 잠시 침묵에 잠겼다.

신원을 알 수 없는 암살자의 그런 행동에는 체계적이면서도 이해할 수 없는 구석이 있어서, 범죄가 더욱 으스스하게 느껴졌다. 그런 생각을 하자 전쟁터에서 충분히 단련된 내 신경이 다 떨렸다.

"범인을 목격한 사람이 있습니다." 레스트레이드가 계속 말했다. "우유 배달 소년인데, 우유 가게로 가면서 우연히 호텔 뒤쪽의 마구간[187]으로 이어진 길을 따라 걸어갔다고 합니다. 그는 평소 눕혀져 있던 사다리가 열려 있는 3층 창문에 걸쳐져 세워진 것을 보았습니다. 사다리를 지나간 후 뒤를 돌아보니, 한 남자가 사다리에서 내려오는 게 보였습니다. 그 남자가 묵묵히 워낙 당당하게 내려와서, 호텔에서 일하는 목수나 가구장이인 줄 알았답니다. 그래서 그 남자를 눈여겨보지 않았다더군요. 일을 하기엔 이른 시간이라고 내심 생각은 했다지만 말입니다. 그 남자는 키가 크다는 인상을 주었는데, 얼굴은 붉고, 긴 갈색

187. 'mews.' 뒷골목에 늘어선 마구간으로, 오늘날 베이커 스트리트에는 '셜록 뮤스Sherlock Mews'라는 이름의 골목이 있다.

188. 스탠거슨은 이 전보를 여러 차례 언급할 필요가 없었다. 그런데 피살자는 받은 지 한 달이 지난 전보를 왜 죽을 때까지 간직하고 있었을까? J. H.는 홈즈가 밝혀낸 대로 드레버가 찾고 있던 인물인 제퍼슨 호프를 가리키는 것으로 보인다. 흥미로운 것은 아서 코난 도일의 희곡 작품 『어둠의 천사들』을 보면, 왓슨이 샌프란시스코에 등장하는데, 제퍼슨 호프가 죽어가면서 왓슨에게 루시 페리어와 결혼하라고 하소연한다!(이번 이야기에서 루시 페리어는 존 페리어의 양녀로 제퍼슨 호프와 사랑에 빠지지만 이늑 드레버와 강제로 결혼하게 되는 여성이다—옮긴이)

외투를 입고 있었습니다. 범행을 한 후 객실에서 한동안 머문 게 분명합니다. 세면대에서 손을 씻으면서 핏물을 묻혀놓았고, 시트에는 피 묻은 칼을 공들여 닦은 흔적이 남아 있었거든요."

살인범의 인상착의를 들으며 나는 홈즈를 슬쩍 바라보았다. 그가 전에 말한 내용과 정확히 일치했던 것이다. 그러나 그는 기뻐하거나 만족해하는 기색이 전혀 없었다.

"객실에는 살인자를 찾을 단서가 될 만한 것이 없었나요?" 홈즈가 물었다.

"없었습니다. 스탠거슨의 주머니에 드레버의 지갑이 들어 있었지만, 그건 평소에도 그랬던 것 같습니다. 그가 계산을 도맡았으니까요. 지갑에는 80파운드 남짓 들어 있었고, 없어진 것은 없었습니다. 범상치 않은 이 범죄의 동기가 무엇인지 모르겠지만, 절도는 아닌 것이 분명합니다. 피살자의 주머니에 서류나 메모는 없었고, 한 달 전쯤 클리블랜드에서 보낸 전보 하나가 있더군요. 'J. H.는 유럽에 있음'이라는 내용의 전보[188]였는데, 발신자의 이름은 없었습니다."

"그 밖에 다른 것은 없었나요?" 홈즈가 물었다.

"중요한 것은 없었습니다. 잠자리에서 읽은 소설책이 침대 위에 놓여 있었고, 파이프가 그의 옆 의자 위에 있었습니다. 탁자에 물 한 잔이 놓여 있었고, 창턱에 알약 두 개가 담긴 작은 나무 약상자가 놓여 있었습니다."

셜록 홈즈가 자리에서 벌떡 일어서며 환성을 올렸다.

"마지막 연결 고리야! 마침내 사건을 해결했습니다." 그가 환호했다.

두 형사는 놀라서 그를 멀뚱멀뚱 바라보았다.

"뒤얽힌 사건의 실마리를 모두 풀었습니다." 내 친구가 자신만만하게 말했다. "물론 세부 사항까지 다 알아낸 것은 아니지만, 중요 사항은 확실히 파악했습니다. 드레버가 역에서 스탠거슨과 헤어진 순간부터, 스탠거슨의 시신이 발견될 때까지, 내 눈으로 직접 본 것처럼 환히 알아냈어요. 그럼 증거를 보여드리죠. 그 알약을 갖고 계십니까?"

"여기 있습니다." 레스트레이드가 작은 흰 상자를 꺼내며 말했다. "경찰서의 안전한 곳에 보관하려고 이것과 지갑과 전보를 챙겨 왔습니다. 이 알약은 전혀 중요하지 않다고 생각했기 때문에 사실 그다지 챙기고 싶지 않았습니다."

"이리 주십시오." 홈즈가 말했다. "자, 의사 선생" 하며 그가 나를 돌아보았다. "이건 보통의 알약인가?"

분명 아니었다. 은회색의 작고 둥근 그 알약을 빛에 비춰보니 거의 투명했다. "가볍고 투명한 것으로 보아 물에 잘 녹겠어." 내가 말했다.

"그렇군." 홈즈가 말했다. "아래층에 가서 오랫동안 아팠던 그 비루먹은 테리어를 좀 데려와줘. 하숙집 주인이 어제 자네한테 제발 안락사를 시켜달라던 개 말이야."

나는 아래층으로 내려가서 개를 안고 올라왔다. 힘겹게 숨을 몰아쉬며 눈이 흐릿한 것으로 보아 마지막 순간이 멀지 않은 것 같았다. 실제로 주둥이가 하얀 것만 봐도 이미 평균수명을 넘겼다는 사실을 알 수 있었다. 나는 테리어를 양탄자 위의 방석에 올려놓았다.

"이 알약을 반으로 자르겠습니다." 홈즈가 말하며 주머니칼을 꺼내서 말한 대로 했다. "앞으로를 위해 반은 다시 상자에 넣어두겠습니다. 나머지 반은 이 와인 잔에 넣고, 한 티스푼의 물을 잔에 담겠습니다. 정말 잘 녹는 걸 보니 의사 선생의 말이 맞는군요."

"그게 흥미로울지는 모르지만, 조지프 스탠거슨의 죽음과 무슨 상관이 있다는 건지 모르겠군요." 레스트레이드는 자기가 조롱당하고 있는 게 아닌가 싶어서 상처 받은 어투로 말했다.

"참으세요, 좀 참아요! 조금만 있으면 이 알약이 사건과 중요한 관련이 있다는 것을 알게 될 겁니다. 이제 우유를 조금 넣고 섞어서 맛있게 만들겠습니다. 개한테 이걸 주면 잘 핥아 먹을 겁니다."

그렇게 말하며 그는 잔에 든 것을 접시에 옮겨 담아서 테리어 앞에 내려놓았다. 테리어는 남김없이 날름 핥아 먹었다. 홈즈의 태도가 워낙 진지해서 우리는 뭔가 놀라운 변화가 일어날 것을 기대하며 모두가 묵묵히 앉아 개를 골똘히 지켜보았다. 하지만 아무런 변화도 나타나지 않았다. 개는 방석에 누운 채 계속 밭은 숨을 몰아쉬고 있을 뿐, 약 때문에 더 나아지지도 나빠지지도 않았다.

홈즈는 시계를 꺼내 들고 있었다. 아무런 변화 없이 시간만 착착 흘러가자, 꽤나 분하고 실망스럽다는 표정이 얼굴에 드러났다. 그는 입술을 깨물고 손가락으로 탁자를 톡톡 치며, 몹시 안달이 난 사람의 모든 증상을 고스란히 드러냈다. 무척이나 상심한 그의 모습이 정말 안쓰러워 보였지만, 두 형사는 홈즈가 난관에 부닥친 것이 고소하다는 듯 조소를 흘리고 있었다.

"그게 우연의 일치일 리가 없어!" 그렇게 외치며 결국 자리를 박차고 일어난 홈즈는 방 안을 미친 듯이 오락가락했다. "단순히 우연의 일치라는 건 말도 안 돼. 드레버의 가방 안에 들어 있을 거라고 보았던 바로 그 알약이 스탠거슨의 사후에 실제로 발견되었어. 그런데 아무런 약효가 없다니. 이게 무슨 뜻이지? 일련의 내 추리가 틀렸을 리는 없어. 그럴 리가 없어! 그런데 이 비루먹은 개는 여전히 말짱하다니. 아, 그래! 바로 그거야!" 날카로운 환성을 지르며 그는 상자가 있는 곳으로 달려가 다른 알약을 반으로 갈라 물에 녹여서 우유를 탄 다음, 다시 테리어 앞에 내려놓았다. 불운한 이 동물의 혀가 그 용액에 적셔졌다 싶은 순간 사지를 바들바들 떨더니, 벼락이라도 맞은 것처럼

개는 방석에 누운 채 계속 밭은 숨을 몰아쉬고 있을 뿐이었다.
리하르트 구트슈미트 그림, 『훗날의 복수』, 슈투트가르트, 로베르트 루츠 출판사(1902)

189. 다른 여러 사건 때도 홈즈는 이와 비슷한 주제의 말을 한다. "우리는 항상 다른 가능성이 있는지 찾아보고 그것에 대비해야 해. 그것이 범죄 수사의 제1규칙이야."(「블랙 피터」) "이제 다른 방향에서 추리를 해보자. 다른 쪽에서 생각을 해보면, 별개의 고리가 서로 마주치는 점을 찾게 될 거야. 진실에 가까운 교차점 말이야."(「프랜시스 카팩스 여사의 실종」) "팽팽 돌아가는 두뇌에도 한 가지 약점이 있는데, 추리가 빗나갈 수도 있을 가능성을 늘 생각해낸다는 거야."(「토르교 사건」) 홈즈는 여기서 과학수사의 정수를 언급하고 있다. 학자들은 공통점이 없는 각기 다른 현상이나 정보를 설명하는 일반 원리를 공식화하려고 하지만, 예상치 못한 현상이나 정보가 발생하면 그 원리를 선뜻 포기할 수 있는 유연성을 잃지 않는다. 선행원리를 포기할 때 과학자들은 예전의 현상만이 아니라 예상치 못한 현상까지 함께 설명할 수 있는 새로운 일반 원리를 공식화하고자 한다. 역사가 토머스 S. 쿤은 역작인 『과학혁명의 구조』(1962)에서 이를 자세히 검토하면서, 통하지 않는 설명을 포기하는 것을 '패러다임의 변화'라고 일컬었다.

생기 없이 뻣뻣하게 굳어버렸다.

셜록 홈즈는 긴 숨을 몰아쉬며 이마의 땀을 닦았다. "나 자신을 좀 더 믿어야 했어." 그가 말했다. "어떤 사실이 일련의 긴 추리와 배치되는 것처럼 보일 때는 반드시 다른 해석의 여지가 있음을 뜻한다는 사실을 알아야 했던 거지.[189] 상자 속의 알약 두 개 중 하나는 치명적인 독약이었고, 다른 하나는 전혀 해롭지 않은 것이었어. 상자를 보기 전에 그 정도는 이미 알아차려야 했는데."

홈즈의 말이 어찌나 놀랍게 들렸던지 나는 그가 제정신으로

불운한 이 동물의 혀가 그 용액에 적셔졌다 싶은 순간 사지를 바들바들 떨더니,
벼락이라도 맞은 것처럼 생기 없이 뻣뻣하게 굳어버렸다.
조지 허친슨 그림, 『주홍색 연구』, 런던, 워드, 록 앤드 보든 출판사(1891)

그런 말을 하고 있다고는 믿기지 않았다. 그러나 죽은 개는 그의
추리가 옳다는 것을 입증하고 있었다. 내 머릿속의 안개가 차츰
말끔히 걷히면서, 어렴풋이 진실이 보이기 시작하는 듯했다.

"이 모든 것이 당신들에게는 이상하게 보일 겁니다." 홈즈가
이어서 말했다. "왜냐하면 당신들은 수사를 하면서 진짜 중요
한 딱 하나의 단서를 파악하지 못했기 때문입니다. 나는 다행
히도 그것을 알아냈습니다. 그리고 그 후 일어난 모든 일이 당
초의 내 가설을 거듭 확인해주었죠. 그건 논리적으로 당연한

결과였습니다. 따라서 당신들을 어리둥절하게 하고 사건을 더욱 오리무중으로 만들었던 것들이 오히려 내게는 빛이 되어 올바른 결론을 내리는 데 도움이 되었죠. 가장 진부한 범죄가 가장 아리송한 경우가 많습니다. 추리를 전개해나갈 만한 새롭고 특별한 특징이 없기 때문입니다.[190] 피살자의 시신이 단순히 길거리에서 발견되었다면 이 사건은 해결하기가 너무나 어려웠을 겁니다. 이 사건을 주목하게 했던 기묘하고 충격적인 부대 사항들이 전혀 없었다면 말입니다. 그 기묘한 부대 사항들은 사건을 더 어렵게 하기는커녕, 역으로 더 쉽게 풀 수 있게끔 작용을 한 거죠."

이런 말을 들으며 입이 근질거렸던 그레그슨 씨는 더 이상 참지 못하고 불쑥 말했다. "이보세요, 셜록 홈즈 씨. 당신이 영리하다는 것을 기꺼이 인정하겠습니다. 당신 특유의 수사 방법이 있다는 것도 인정해요. 하지만 지금 우리가 원하는 것은 단순한 이론이나 설교가 아니란 말입니다. 문제는 범인을 잡아야 한다는 겁니다. 나도 나름대로 수사를 했지만 아무래도 내가 틀린 모양이오. 샤펜티어 청년은 이 두 번째 사건에 연루되었을 리가 없습니다. 레스트레이드는 자기가 범인이라고 생각한 스텐거슨을 추적했는데, 그것 역시 오판한 것으로 드러났습니다. 홈즈 씨가 앞서 이런저런 힌트를 던져준 것으로 보아, 우리보다 많은 것을 알고 계신 듯한데, 과연 얼마나 알고 있는지 솔직히 털어놓을 때가 된 것 같습니다. 그래, 이제 범인의 이름을 댈 수 있습니까?"

"그레그슨의 말이 옳다고 봅니다." 레스트레이드가 말했다. "우리 둘 다 애를 썼지만 실패했습니다. 여기 온 이후 나는 홈즈 씨가 모든 증거를 가지고 있다고 말하는 것을 거듭 들었습니다. 더 이상 감추고만 있지 마십시오."

"암살자 체포를 지체하다가는 새로운 만행을 저지를 시간을

190. 여기서 또다시 홈즈는 자기만의 신념을 드러내는데, 이 신념은 세월이 흐르면서 더욱 명료해진다. "더욱 기묘해 보이는 일일수록 알고 보면 덜 기묘해. 평범하고 특징이 없는 범죄야말로 정말 알쏭달쏭하지. 평범한 얼굴이 가장 알아보기 어려운 얼굴인 것처럼 말이야."(「빨강머리연맹」) "사건이 독특하면 그게 곧 단서가 되게 마련이지. 사건이 진부하고 아무런 특징이 없을수록 그만큼 더 까다로울 수밖에 없어."(「보스콤밸리 사건」) 과학적 방법의 차원에서, 하나의 이론이 살아남을 수 있는가를 검증하는 것은 예상치 못한 '색다른' 정보다.

191. 『브리태니커 백과사전』(9판)에 1881년 런던 경찰 관할 구역, 곧 대런던의 인구는 4,764,312명이라고 나와 있다.

주게 될지도 모르지." 나도 한마디 했다.

이렇게 셋이서 다그치자, 홈즈는 마음이 흔들리는 듯했다. 그는 고개를 푹 숙인 채 생각에 잠겼을 때의 버릇 그대로 이맛살을 찌푸리고 방 안을 계속 오락가락했다.

"더 이상의 살인은 없을 겁니다." 그가 마침내 말했다. 그는 갑자기 걸음을 멈추고 우리를 마주 보았다. "그건 염려하지 않아도 됩니다. 범인의 이름을 아느냐고 물었는데, 예, 알고 있습니다. 하지만 단순히 범인의 이름을 알아내는 것보다는 체포하는 것이 더욱 중요합니다. 물론 곧 체포할 수 있을 거라고 봅니다. 체포할 수 있다고 낙관하는 것은 내가 미리 손을 써두었기 때문입니다. 하지만 체포를 하려면 섬세하게 일을 처리해야 합니다. 약삭빠를 뿐만 아니라 아주 흉악한 자를 잡아야 하는데, 범인 못지않게 영악한 자가 뒤를 봐주고 있기 때문입니다. 이건 확실한 사실입니다. 자기를 잡아들일 만한 단서를 누가 확보했다는 사실을 범인이 알지 못하는 한, 충분히 체포할 가능성이 있습니다. 그러나 범인이 조금이라도 낌새를 챘다가는 즉각 이름을 바꾸고 이 대도시의 400만 인구[191] 속으로 사라져버릴 겁니다. 두 분이 기분 상할지 모르겠지만 이 말을 하지 않을 수 없군요. 그들은 경찰이 상대하기에는 버거운 인물들입니다. 내가 두 분의 도움을 요청하지 않은 것도 그래서입니다. 물론 범인을 잡지 못하면 내가 비난을 당하겠죠. 하지만 각오가 되어 있습니다. 아무튼 내 계획을 망치지 않고 두 분에게 알릴 수 있다면 바로 알려드리겠다고 약속하겠습니다."

그레그슨과 레스트레이드는 이런 약속에 전혀 만족하는 것 같지 않았다. 약속이라기보다는 경찰을 무시하는 발언이었으니 말이다. 그레그슨은 얼굴이 붉으락푸르락했고, 레스트레이드는 구슬 같은 두 눈이 궁금증과 분노로 번들거렸다. 그러나 두 사람이 미처 말문을 열기 전에 문을 두드리는 소리가 나더니 거리의 뜨내기들을 대표하는 소년 위긴스가 꾀죄죄하고 꼬질꼬질한 모습을 드러냈다.

"아래층에 마차를 대령했습니다요." 위긴스가 굽실거리며 말했다.

"잘했어." 홈즈가 차분하게 말했다. "런던 경찰국에서는 왜 이런 것을 쓰지 않나요?" 그가 이어 말하며 서랍에서 수갑을 꺼냈다. "스프링이 얼마나 멋지게 작동하는지 좀 보십시오. 순식간에 수갑이 채워지죠."[192]

"구식으로도 충분합니다." 레스트레이드가 말했다. "수갑을 채울 범인만 찾을 수 있다면 말이오."[193]

"좋아요, 좋아." 홈즈가 씩 웃으며 말했다. "마부더러 짐 꾸리는 것을 도와달라고 하는 게 좋겠군. 위긴스, 마부에게 좀 올라오라고 해라."

나는 방 친구가 여행이라도 떠날 것처럼 말하는 것을 듣고 어리둥절했다. 그런 뜻을 비친 적이 전혀 없었기 때문이다. 방에 작은 여행 가방이 있었는데, 그는 그것을 꺼내서 묶기 시작했다. 마부가 방에 들어섰을 때 그는 바삐 짐을 꾸리고 있었다.

"마부, 이 고리를 채우게 좀 도와주시오." 무릎을 꿇고 가방을 챙기고 있던 홈즈가 고개를 돌려 쳐다보지도 않고 말했다.

마부는 다소 부루퉁한 태도로 다가와서 도와주려고 손을 아래로 뻗었다. 바로 그 순간 찰칵하는 금속성 소리가 나더니 홈즈가 벌떡 일어섰다.

"신사 여러분." 그가 눈을 빛내며 외쳤다. "이녹 드레버와 조지프 스탠거슨을 살해한 제퍼슨 호프 씨를 소개합니다!"

이 모든 일이 눈 깜짝할 사이에 일어났다. 너무나 순식간에 벌어진 일이라 어떻게 된 일인지 알아차릴 겨를도 없었다. 나는 그 순간을 지금도 생생히 기억하고 있다. 홈즈의 의기양양한 표정과 쟁쟁한 목소리, 마치 마법처럼 나타나 두 손목에서

192. 1894년 《스트랜드 매거진》 기사를 보면, 당시 런던 경찰국에서 근무했던 모리스 모저 형사가 이렇게 불평하고 있다.

"영국의 수갑은…… 무겁고 크고 다루기 힘든 물건이어서, 적시에 가장 적절한 상황에서 사용하기가 여간 어려운 게 아니다. 무게는 1파운드(453그램)가 넘는다.(오늘날의 두랄루민 소재 수갑은 170그램, 철제는 270그램이다―옮긴이) 그리고 수갑을 풀려면 보통의 벽시계 태엽을 감는 것과 다를 것 없는 방식으로 열쇠를 한참 돌려야 하고, 범인의 손목에 수갑을 채우느냐 못 채우느냐는 운명과 행운에 달려 있다. 몸부림치며 반항하는 범인에게 오랜 시간에 걸쳐 어렵게, 특히 아주 불쾌하게 수갑을 채운다는 것은 그야말로 기적 같은 일이다. 범인에게 확실히 수갑을 채우려면 사실상 완벽하게 진압해서 먼저 굴복을 시켜놓아야 한다…… 영국 수갑은 오로지 다소곳이 두 손을 내미는 범인을 위해 만든 것이므로, 모든 상황에 적용 가능한 수갑을 찾을 필요가 있다. 완벽한 것으로 미국제가 있다. 미국 수갑은…… 더 가볍고, 다루기 쉽고, 감추고 다니기도 쉬워서 런던 경찰국의 경찰들이 널리 선호하고 있다."

수갑의 디자인과 쓰임새는 1862년 W. V. 애덤스의 조절 가능한 미늘톱니바퀴 특허로 크게 개선되어, 손목이 가늘든 굵든 조절을 해서 확실하고 편안하게 수갑을 채울 수 있었다. 그러나 엘리엇 킴볼이 「G. 레스트레이드의 태생과 발전―2. 왼손잡이의 문제」에서 지적한 바에 따르면, 여기서 홈즈가 보여주는 것처럼 순식간에 채울 수 있는 수갑은 1896년 이후에야 등장했다. 그러니 문제의 이 수갑은 홈즈가 직접 만든 홈즈만의 수갑이라는 것이다. 그러나 킴볼의 지적은 부정확해 보인다. 당시 자동으로 채워지는 갖가지 수갑이 이미 실제로 쓰이고 있었기 때문이다. 형사가 겪는 어려움은, 범인에게 채우기 전에 수갑을 잠그지 않은 상태로 유지, 보관하는 데 있었다. 이 문제는 1882년에 우아하게 해결되었다. 수갑이 미리 채워져버리는 문제를 해결

하기 위해 E. D. 빈이 독특한 풀림 버튼을 고안해서 특허를 낸 것이다. 1882년 9월 1일 자 특허 신청서에 그는 이렇게 썼다.

"경찰이 범법자를 체포해서 수갑을 채울 때, 범법자의 손목에 수갑을 걸기 전에 수갑이 먼저 우연히 잠겨버리는 일이 많다. 그렇게 되면 다시 수갑을 풀기가 어렵고 시간도 많이 걸려서 범법자가 달아날 가능성이 높아진다. 이 발명품의 목적은 수갑이 우연히 미리 잠기는 일을 방지하는 것이다. 쉽게 엄지로 누를 수 있는 조절 가능한 멈춤 버튼을 달아서 경찰이 그 버튼을 누를 때까지는 고리가 걸리는 것을 막는 방식이다."

홈즈의 수갑은 당시 이용 가능한 여러 수갑 가운데 하나를 더욱 개선한 것일 수도 있다.

런던 경찰국의 모리스 모저 형사가 추천한
미국 수갑.
《스트랜드 매거진》(1894)

193. 레스트레이드의 까칠한 이 발언은 경찰이 수갑을 사용하는 것에 대한 애증을 나타내는 것일 수도 있다. 런던 경찰국의 형사 모리스 모저는 1894년에 이렇게 썼다. "나는 수갑을 별로 쓴 적이 없다. 그걸 싫어하기 때문이다. 다루기도 어렵지만, 일단 내가 범인을 체포하면 감히 달아나지 못한다는 것을 알고 있기 때문이다…… 전반적으로 수갑에 대해 말하자면, 내가 보기에 앞서 언급한, 지금 사용 중인 수갑은 정말이지 사용하기가 쉽지 않다."

홈즈가 사슴 사냥개처럼 그를 덮쳤다.
조지 허친슨 그림, 『주홍색 연구』, 런던, 워드, 록 앤드 보든 출판사(1893)

반짝이는 수갑을 노려보며 황당해하는 마부의 사나운 얼굴이 지금도 눈에 선하다. 잠시 우리는 석상처럼 몸이 굳어버린 듯했다. 그러다 분노로 울부짖으며 홈즈의 팔을 뿌리친 포로가 창문 쪽으로 몸을 날렸다. 나무 창틀과 유리가 부서졌지만, 그는 추락하기 전에 붙잡혔다. 그레그슨과 레스트레이드, 그리고 홈즈가 사슴 사냥개처럼 그를 덮친 것이다. 그는 다시 방 안으

로 끌려왔고, 끔찍한 격투가 벌어졌다. 그는 무척이나 완강하
고 격렬해서 우리 네 사람이 거듭해서 나가떨어졌다. 그는 간
질병 발작을 일으킨 사람처럼 우악스러운 힘을 지닌 듯했다.
유리창을 깨면서 얼굴과 두 손이 난도질당하는 바람에 피가 철
철 흘렀지만 전혀 몸을 사리지 않았다. 레스트레이드가 그의
목도리 속으로 손을 집어넣고 반쯤 목을 조르는 데 성공하고서
야 비로소 저항이 소용없다는 것을 그에게 깨우쳐줄 수 있었

그는 무척이나 완강하고 격렬해서 우리 네 사람이 거듭해서 나가떨어졌다.
리하르트 구트슈미트 그림, 『훗날의 복수』, 슈투트가르트, 로베르트 루츠 출판사(1902)

다. 우리가 안심할 수 있었던 것은 그의 손만이 아니라 발까지 결박한 다음이었다. 그 후 우리는 가쁜 숨을 몰아쉬며 일어섰다.

"우리한테는 그의 마차가 있습니다." 셜록 홈즈가 말했다. "그를 런던 경찰국으로 호송하는 데 그 마차를 쓰면 될 겁니다. 그리고 자, 신사 여러분" 하고 그가 기분 좋게 웃으며 이어 말했다. "우리는 수수께끼의 대단원에 이르렀습니다. 이제 어떤 질문을 해도 좋습니다. 이제 아무런 위험이 없으니 시원하게 대답을 해드리죠."

제2부
성도들의 나라[194]

제1장
알칼리 대평원[195]에서

거대한 북아메리카 대륙 중부에는 결코 들어서고 싶지 않은 건조한 사막이 있다. 이 사막은 오랜 세월 문명의 전진을 막는 장벽 구실을 했다. 시에라네바다에서 네브래스카까지, 북쪽 옐로스톤 강에서 남쪽 콜로라도 강까지가 바로 이 침묵의 사막 지역이다. 그러나 이 혹독한 지역 전체에 걸쳐 자연이 한결같은 모습을 하고 있는 것은 아니다. 봉우리에 눈이 쌓인 높다란 산이 있는가 하면, 어둡고 음울한 골짜기가 있다. 거친 협곡 사이로 도도히 흐르는 강이 있는가 하면, 겨울에 눈으로 뒤덮였다가 여름이면 짭짤한 염분이 섞인 먼지에 덮여 잿빛을 띠는 드넓은 평원이 있다. 그러나 이 모든 것에는 공통된 특색이 있으니, 황량하고 혹독하고 비참해 보인다는 점이 그것이다.

이 절망의 땅에는 아무도 살지 않는다. 포니족이나 블랙풋족 인디언 무리가 다른 사냥터를 찾아 이곳을 가끔 지나갔을 수는

194. 잭 트레이시는 『코난 도일과 말일성도』(이번 이야기의 성도, 곧 말일성도는 모르몬교도를 가리키는 말이다—옮긴이)라는 저서에서 이번 이야기에 나오는 모르몬교 문화와 1846-1860년 유타 주의 실제 모르몬교 문화를 비교한다. 「제2부 : 성도들의 나라」를 과연 누가 썼는가에 대해 말들이 많은데, 왓슨이 쓰지 않은 것만은 확실하다. 트레이시는 아서 코난 도일이 썼을 거라고 결론지었다. 아래 241번 주석 참고.

195. 'Great Alkali Plain.' 이 지명은 지어낸 이름이다. 『캐리와 리의 아틀라스』(1827)에서는 콜로라도, 캔자스, 네브래스카, 인디언 특별 보호구역(오클라호마 동쪽), 그리고 텍사스를 망라하는 막연한 지역을 "아메리카 대사막"이라고 불렀다. 『브래드퍼드의 아틀라스』(1838)를 보면 아칸소에서 콜로라도와 와이오밍까지, 남부 다코타, 캔자스와 네브

래스카 일부를 포함한 지역을 대사막이라고 언급하고 있다. 또는 이 사막이 로키 산맥 동쪽으로 800킬로미터에 걸쳐 있어서, 미국 북부 지역에서 리오그란데 강까지 뻗어 있다고 말하는 이들도 있다. 다양한 지역을 지칭한 이 "대사막"은 해마다 점점 구역이 작아져서 유타 주와 네바다 주의 모래 평원만 사막이라고 불리게 되었다. 어느 백과사전 저자는 1912년 무렵 이렇게 썼다. "무료 도서관, 우편, 전신, 전화 시설이 실제로 즐비하게 들어섬으로써 아메리카 대사막은 가상의 땅이 되고 말았다." 아메리카 대사막이라고 불렸던 지역의 일부를 오늘날에는 일반적으로 "대평원"이라고 부른다.

196. 잭 트레이시는 『셜로키언 백과사전』에서 시에라블랑코(흰 산이라는 뜻—옮긴이)가 뉴멕시코와 콜로라도에 걸쳐 있는 짧은 산맥의 한 봉우리 이름이라고 밝혔다. 그러나 그는 유타 주로 향한 모르몬교도의 역사적 이주로가 그 근처에 없다는 사실을 인정했다. 웨인 멜랜더는 「시에라블랑코—발견(?)」이라는 에세이에서 모르몬교도의 이주로를 세밀하게 추적하며 문제의 봉우리가 와이오밍 주 사우스패스 근처에 있는 오리건 뷰츠라고 밝히면서, "시에라블랑코"는 여행자들이 안내인의 말을 잘못 알아듣고 전해진 지명일 거라고 지적했다.

있다. 그러나 용맹무쌍한 사람이라도 이 끔찍한 평원을 벗어나 다시 초원에 돌아가면 비로소 마음을 놓는다. 관목 사이에는 코요테가 숨어 있고, 하늘에서는 대머리수리가 무겁게 날갯짓을 한다. 어두운 골짜기에서는 맵시 없는 회색 곰이 육중하게 쿵쾅거리며 바위 사이에 있음 직한 먹을거리를 찾아다닌다. 이 황야의 거주자는 이런 짐승들밖에 없다.

시에라블랑코[196] 북부의 비탈보다 경관이 더 황량한 곳은 이 세상에 없을 것이다. 시선 끝까지 다만 평평한 대평원이 한없이 뻗어 있고, 온통 소금 가루로 뒤덮여 있는 데다, 난쟁이 떡갈나무 덤불이 뭉텅뭉텅 돋아 있을 뿐이다. 아스라한 지평선 끝에는 산맥이 펼쳐져 있는데, 삐쭉빼쭉한 봉우리마다 눈이 덮여 있다. 거대하게 펼쳐진 이 지역에는 생명의 조짐도, 종적도 보이지 않는다. 검푸른 하늘에는 새 한 마리 없고, 우중충한 잿빛 대지에는 그 어떤 움직임도 없다. 절대적인 침묵만이 괴괴할 뿐. 아무리 귀를 기울여도, 이 광막한 황야 그 어디서도 희미한 소리 한 자락 피어오르지 않는다. 오로지 고요할 뿐, 가슴이 먹먹하도록 애오라지 고요할 뿐이다.

널따란 이 평원에는 생명의 종적도 보이지 않는다고 앞서 말했지만, 어쩌면 사실이 아닐지도 모른다. 시에라블랑코에서 굽어보면, 사막을 가로지른 외줄기 길이 보인다. 구불구불한 이 길은 아스라이 먼 곳으로 사라진다. 많은 모험가들의 발길로 다져진 길에는 바큇자국이 패어 있다. 여기저기 하얀 물체가 흩어져서 햇살에 반짝이고 있는데, 이 물체는 우중충한 소금을 배경으로 우뚝 도드라져 있다. 가까이 가서 보라! 그건 해골이다. 크고 거친 것들도 있고, 그보다 작고 섬세한 것들도 있다. 앞서의 것은 소뼈, 뒤의 것은 사람 해골이다. 이 섬뜩한 대상로를 따라가다 보면 2,400킬로미터에 걸쳐 길가에 모험가들의 해골이 흩어져 있다.

1847년 5월 4일, 바로 이 장면을 굽어보는 외로운 여행자 한 명이 있었다. 이 지역의 수호신 아니면 악마로 보이는 그런 모습이었다. 나이는 마흔 살에 가까운지 예순 살에 가까운지 종잡을 수가 없었다. 홀쭉한 얼굴은 수척했고, 갈색 양피지 같은 피부는 불거진 뼈 위로 팽팽히 당겨져 있었다. 갈색 머리칼과 수염에는 희끗희끗한 백발이 섞여 있었다. 눈은 움푹 들어갔고, 눈빛이 부자연스럽게 번들거렸다. 소총을 쥐고 있는 손은 깡말라서 해골이나 다름없어 보였다. 그는 소총에 기대어 서 있었지만, 키가 크고 뼈대가 굵어서 강인하고 건장한 체격이라는 것을 알 수 있었다. 그러나 수척한 얼굴과 여윈 팔다리에 너무 헐렁하게 걸친 옷 때문에 늙고 쇠약한 느낌을 물씬 풍겼다. 남자는 죽어가고 있었다. 굶주림과 목마름으로.

그는 골짜기로 힘겹게 내려갔다가 다시 위로 올라온 참이었

굶주림과 목마름으로.
조지 허친슨 그림, 『주홍색 연구』, 런던, 워드, 록 앤드 보든 출판사(1891)

영화 〈주홍색 연구〉의 한 장면.
어린 루시 페리어 역에 위니프리드 피어슨, 존 페리어 역에 제임스 러프리.
영국, 새뮤얼슨 영화사(1914)

다. 물을 찾아갔다 헛걸음을 한 것이다. 이제 그의 눈앞에는 소금 대평원이 펼쳐져 있었다. 멀리 거친 산맥이 띠를 두른 듯 서 있었지만, 그 어디에도 습기의 존재를 암시하는 식물이나 나무는 자취를 찾아볼 수 없었다. 드넓은 풍경 어디에도 희망의 빛은 없었다. 그는 거친 탐색의 눈길로 북쪽과 동쪽, 서쪽을 둘러보고 이제 더는 헤맬 곳도 없다는 것을 깨달았다. 바로 거기, 불모의 바위산에서 그는 이제 죽기 직전이었다. "20년 후 푹신한 침대에서도 죽을 판에 여기서라고 왜 안 죽겠어?" 그는 혼자 중얼거리며 바위 그늘에 자리를 잡았다.

주저앉기 전에 그는 쓸모없는 소총을 땅에 내려놓고, 회색 숄에 감싸인 커다란 꾸러미도 내려놓았다. 오른쪽 어깨에 메고 다닌 꾸러미였다. 그가 메고 다니기에는 꽤나 무거운 듯, 내려놓을 때 털퍼덕하며 땅에 닿았다. 곧바로 회색 꾸러미에서 칭얼거리는 소리가 나더니, 거기서 작고 겁먹은 얼굴이 쏙 빠져나왔다. 환한 갈색 눈동자에 때가 묻은 고사리손이 보였다.

"힝, 아프잖아!" 아이가 따지듯이 말했다.

"아니, 저런!" 남자가 미안하다는 듯이 말했다. "일부러 그런 게 아니었어." 그렇게 말하면서 그는 회색 숄을 풀어 다섯 살쯤 된 예쁘장한 여자아이를 꺼내주었다. 아기자기한 신발과 작은 앞치마가 딸린 멋진 드레스에서 모친의 자상한 손길을 느낄 수 있었다. 아이는 창백해 보였지만, 팔다리가 실한 것으로 보아 남자보다 고생을 덜 한 것이 분명했다.

"이제 어떠냐?" 그가 걱정스레 물었다. 여자아이가 머리 뒷부분의 헝클어진 금발의 곱슬머리를 계속 문지르고 있었기 때문이다.

"호 해주면 좋아질 거야." 아이가 아픈 데를 내밀며 자못 진지하게 말했다. "엄마는 그렇게 해줬어. 근데 엄마 어딨어?"

"떠나셨단다. 하지만 머잖아 만나게 될 거야."

"떠났다고!" 여자아이가 말했다. "말도 안 돼. 엄마는 암말도 없었어. 차 마시러 이모한테 갈 때도 엄마는 항상 얘기를 하고 갔단 말이야. 근데 세 밤이 지나도록 엄마를 못 봤어. 힝, 너무 목이 말라, 그치? 물 없어? 먹을 것도?"

"아무것도 없구나, 얘야. 잠깐 참아야겠다. 좀 있으면 괜찮아질 거야. 고개를 들고 이렇게 나한테 기대렴. 그럼 한결 좋아질 거야.[197] 입술이 가죽처럼 마르면 말하기도 쉽지 않지. 하지만 지금 일이 어떻게 돌아가고 있는지 너한테 말해주는 게 좋을 것 같구나. 근데 손에 쥔 게 뭐냐?"

"예쁜 거야! 멋진 거!" 여자아이가 반짝이는 운모 두 조각을 들어 보이며 열띤 음성으로 말했다. "집에 가서 동생 줄 거야."

"곧 그것보다 더 예쁜 것들을 보게 될 거다. 조금만 기다려봐." 남자가 자신 있게 말했다. "진작 너에게 말하려고 했는데, 우리가 강을 지나온 것 알지?"

"응, 알아."

"우린 거길 지나서 금세 다른 강이 또 나타날 줄 알았어. 근

197. 'then you'll feel bullier.' 『속어 사전』(1865)을 보면 'bully'를 이렇게 설명하고 있다. "이 형용사는 서민들 사이에서 칭찬하는 말로 흔히 사용된다. 따라서 좋은 녀석good fellow이나 좋은 말good horse을 일컬어 'a bully fellow', 'a bully horse'라고 말한다. 'a bully woman'은 올곧고 선량하고 정다운 어머니 같은 사람을 뜻한다."

데 뭔가 잘못됐나 봐, 나침반이나 지도 같은 게 말이야. 웬일인지 강이 나타나질 않아. 그래서 물이 다 떨어지고 말았어. 너 같은 꼬마한테 주려고 남겨둔 물 몇 방울만 남았어. 그래서…… 그래서…….”

“그래서 세수도 못 했구나?” 아이가 남자의 때 묻은 얼굴을 쳐다보며 침울하게 말했다.

“그래. 마실 물도 없는걸. 그래서 벤더 씨, 그분이 제일 먼저 떠나셨단다. 그다음에 인디언 피트, 다음에 맥그리거 부인, 다음에 조니 혼스, 그다음에 바로 너의 어머니가 떠나셨어.”

“그럼 엄마도 죽은 거잖아!” 아이가 외치고는 앞치마에 얼굴을 묻고 흐느껴 울었다.

“그래. 너랑 나만 빼고 모두 떠났어. 그 후 나는 이쪽으로 오면 물이 좀 있을 줄 알았지. 그래서 너를 어깨에 메고 여기까지 힘들게 걸어온 거야. 그런데 좋아진 게 없는 것 같구나. 이제 우리한테는 희망이 너무나 적어!”

“우리도 죽는단 말이야?” 아이가 흐느낌을 멈추고는 눈물 젖은 얼굴을 들고 물었다.

“거의 그럴 거야.”

“왜 진작 말하지 않았어?” 아이가 명랑하게 웃으며 말했다. “괜히 놀랐잖아. 이제 우리가 죽으면 엄마를 다시 만나게 될 거야.”

“그래, 넌 그럴 거야.”

“아저씨도. 아저씨가 나한테 얼마나 잘해줬는지 엄마한테 말할 거야. 엄마는 커다란 물 주전자를 들고 하늘나라 문 앞에서 우릴 마중할 거야. 메밀 케이크도 잔뜩 가지고 있겠지. 내 동생 밥이랑 나는 막 구운 뜨거운 메밀 케이크를 좋아하거든. 근데 얼마나 기다려야 해?”

“몰라. 오래 걸리진 않을 거다.”

남자는 북쪽 지평선을 응시하고 있었다. 푸른 하늘에 세 개의 작은 반점이 보이더니 매 순간 빠르게 다가오며 점점 커지면서 세 마리의 커다란 갈색 새로 변했다. 새들은 두 방랑자의 머리 위를 선회하고는 두 사람을 굽어볼 수 있는 바위 위에 내려앉았다. 서부의 독수리인 대머리수리였다. 이들이 찾아왔다는 것은 죽음의 전조였다.

"새다!" 아이가 즐겁게 외쳤다. 흉측한 모습의 새를 가리키더니 날려 보내려고 손뼉을 쳐댔다. "아저씨, 이 땅도 하느님이 만들었어?"

"물론이지." 아이의 동행이 뜻밖의 질문에 다소 놀라며 대답했다.

"하느님은 일리노이 주도 만들고, 미주리 주도 만들었어." 여자아이가 이어 말했다. "근데 이쪽 땅은 아닌 것 같아. 잘 만들지 못했잖아. 물이랑 나무를 빠뜨렸어."

"기도를 드리는 게 어떻겠냐?" 남자가 말머리를 돌렸다.

"아직 밤이 안 됐잖아." 아이가 대답했다.

"그건 상관없어. 평소에 기도하던 시간은 아니지만, 하느님은 상관하지 않을 거야. 우리가 평원에 있을 때 마차에서 네가 밤마다 했던 기도를 다시 해보렴."

"아저씨가 하면 안 돼?" 아이가 궁금해하며 물었다.

"난 잊어버렸어." 그가 대답했다. "나는 이 총의 반만큼 키가 큰 뒤부터 한 번도 기도를 하지 않았어. 하지만 너무 늦지는 않았을 거야. 네가 소리 내서 기도를 하면, 내가 잘 듣고 있다가 후렴을 따라 할게."

"그럼 아저씨는 무릎을 꿇어야 해. 나도 꿇고." 아이가 말하고는 바닥에 숄을 깔았다. "두 손을 이렇게 모아야 해. 그럼 기분이 좋아져."

이것은 참 묘한 모습이었지만, 바라보는 것은 대머리수리밖

"두 손을 이렇게 모아야 해. 그럼 기분이 좋아져."
리하르트 구트슈미트 그림, 『훗날의 복수』, 슈투트가르트, 로베르트 루츠 출판사(1902)

에 없었다. 종알종알 기도를 하는 아이와 무심한 모험가, 이 두 방랑자는 좁다란 숄 위에 나란히 무릎을 꿇고 앉았다. 아이의 오동통한 얼굴과 수척한 남자의 각진 얼굴이 구름 한 점 없는 하늘을 향했다. 얼굴에는 위에서 굽어보는 두려운 존재에 대한 간절한 염원이 담겨 있었다. 두 목소리—맑고 여린 소리와 굵고 칼칼한 소리—가 한데 어우러지며 자비와 용서를 빌었다. 기도를 마친 두 사람은 다시 바위 그늘에 앉았다. 아이는 보호자의 널따란 가슴에 포근히 안겨 마침내 잠이 들었다. 남자는 한동안 아이의 잠을 지켜주었지만, 그는 대자연의 섭리를 거스를 수 없었다. 사흘 낮 사흘 밤 동안 그는 쉬지도 자지도 않았다. 피로한 두 눈 위로 천천히 눈꺼풀이 드리워졌고, 점점 아래

"SIDE BY SIDE ON THE NARROW SHAWL KNELT THE TWO WANDERERS."
두 방랑자는 좁다란 숄 위에 나란히 무릎을 꿇고 앉았다.
조지 허친슨 그림, 『주홍색 연구』, 런던, 워드, 록 앤드 보든 출판사(1891)

로 고개가 떨어지더니, 이윽고 반백의 수염이 동행의 금발 머리와 뒤섞였다. 두 사람 모두 꿈도 없는 깊은 잠에 빠져들었다.

방랑자가 30분만 더 깨어 있었다면 이상한 광경을 볼 수 있었을 것이다. 소금 평원의 지평선 멀리서 작은 먼지구름이 피어오른 것이다. 처음에는 미미해서, 멀리서 보면 안개인가 싶었지만, 점점 높고 넓게 먼지가 퍼지더니 이윽고 확실한 구름 형태를 띠었다. 이 구름은 점점 커졌다. 수많은 생명체가 움직일 때 비로소 일어날 수 있는 먼지구름이 분명했다. 좀 더 비옥한 땅이었다면 풀을 뜯던 거대한 들소 떼가 다가오고 있다고 생각했을 것이다. 하지만 이런 황무지에서는 있을 수 없는 일이었다. 두 표류자가 잠들어 있는 외딴 벼랑으로 소용돌이 구름이 점점 가까이 다가오자, 포장마차와 무장한 기수들의 모습이 아지랑이를 가르고 드러나기 시작했다. 서부를 향해 가는 대규모 이주민 대열이었다. 이주민치고는 엄청났다! 선두가 산기슭에 이르렀는데도 후미는 아직 지평선 너머에 있어 보이질 않았다. 포장마차와 2륜 짐마차, 말을 탄 사람들과 걷는 사람들이 대열을 갖추지 않고 무질서하게 대평원을 가로질러 왔다. 짐을 지고 힘겹게 걷는 수많은 여자들, 마차 옆에서 타박타박 걷거나 포장마차의 하얀 천막 아래로 고개를 내밀고 있는 아이들, 이들은 분명 보통의 이주민들이 아니었다. 억압받고 살다가 새로운 나라를 찾아 떠나는 유랑민이었다. 이 대규모의 무리가 웅성대는 소리, 마차가 삐걱거리는 소리, 그리고 말 울음 소리가 맑은 대기에 울려 퍼졌다. 소리가 자못 컸지만 그래도 벼랑 위의 두 여행자를 깨우기엔 충분치 않았다.

대열의 선두에는 스무 명 남짓한 남자들이 손으로 짠 칙칙한 옷을 입고 소총으로 무장한 채 굳은 표정으로 말을 타고 가고 있었다. 벼랑 아래에 도착한 그들은 말을 멈추고 짧은 회의를 했다.

"형제 여러분, 오른쪽에 샘물이 있습니다." 입매가 야무지고 깔끔하게 면도한 반백의 남자가 말했다.

"시에라블랑코의 오른쪽입니다. 이리 가면 우리는 리오그란데 강에 도착하게 될 겁니다." 다른 남자가 말했다.

"물 걱정은 하지 마세요!" 제3의 남자가 외쳤다. "바위에서 물을 뽑아 올리시는 분께서 직접 선택한 백성을 버리는 일은 없을 테니까요."

"아멘! 아멘!" 모든 무리가 화답했다.

그들이 다시 막 길을 떠나려고 할 때, 가장 어린 축에 속하는, 눈이 예리한 남자가 외마디 탄성을 지르며 벼랑 위를 가리켰다. 벼랑 위에서 분홍 옷자락이 펄럭이고 있었다. 배경의 잿빛 바위 때문에 옷자락이 밝고 뚜렷하게 보였다. 그것을 본 사람들은 일제히 말고삐를 당기고 어깨에 멘 총을 내렸다. 젊은 기

영화 〈주홍색 연구〉의 한 장면.
영국, 새뮤얼슨 영화사(1914)

198. 원래 텍사스 지역에 뿌리를 둔 포니족은 16세기 중반 남부 네브래스카의 플랫 강에 자리를 잡았다. 『주홍색 연구』가 발표되었을 무렵, 아메리카 대사막에는 포니족이 없었을 것이다. 1875년에 네브래스카의 땅을 정부에 내주고 오클라호마의 보호구역으로 이주했기 때문이다. 이 여행자들이 포니족을 만났다 해도, 아마 아무런 저항도 하지 않는 소규모 인원을 만났을 것이다. 당시 포니족과 백인 정착민들과의 관계는 원만했고, 일부 포니족은 미국 육군이 되어 정찰병으로 복무하기까지 했다.

수들이 선두 기수들을 엄호하기 위해 질주해 왔다. "인디언이다!"라는 말이 순식간에 퍼졌다.

"여기에 인디언이 있을 리 없어." 지도자로 보이는 연장자가 말했다. "포니족을 이미 지나왔으니, 산맥을 넘을 때까지 다른 인디언 부족은 없어."[198]

"스탠거슨 형제, 내가 가서 알아볼까요?" 무리 가운데 한 명이 말했다.

"저도요." "저도요." 여남은 명이 외쳤다.

"말은 이곳에 두고 올라가라. 우리는 여기서 기다릴 테니." 장로가 말했다. 젊은이들은 바로 말에서 내린 후 고삐를 묶고, 호기심을 불러일으킨 물체를 향해 가파른 벼랑을 올라갔다. 그들은 노련한 수색꾼답게 자신만만하게 재빨리 소리도 없이 나아갔다. 아래 평원에서 쳐다보는 사람들은 젊은이들이 바위에서 바위로 몸을 날리다가 마침내 벼랑 위에 올라서는 것을 볼 수 있었다. 그들을 이끈 것은 맨 처음 옷자락을 발견한 젊은이였다. 뒤를 따르던 이들은 그가 깜짝 놀라 두 팔을 쳐든 것을 보고, 곧바로 쫓아가서 눈앞에 펼쳐진 모습을 보고 역시나 놀란 표정을 지었다.

벼랑 위의 평평한 곳에는 거대한 바위가 우뚝 서 있었고, 키가 큰 남자가 그 바위에 기대어 누워 있었다. 수염이 길게 자라고 인상이 험했는데 지나치게 여윈 모습이었다. 얼굴이 평온하고 숨소리가 고른 것을 보니 곤히 잠든 게 분명했다. 옆에는 아이가 누워 있었는데, 희고 토실토실한 팔로 힘줄이 불거진 남자의 갈색 목을 껴안고, 금발 머리는 무명 벨벳 상의를 입은 남자의 가슴에 기대고 있었다. 살짝 벌어진 장밋빛 입술 사이로 새하얗고 고른 치아가 보였다. 천진난만한 얼굴에는 밝은 미소가 어려 있었다. 흰 양말을 신고 반짝이는 버클이 달린 멋진 신

ON THE LEDGE OF ROCK ABOVE
THIS STRANGE COUPLE STOOD
THREE SOLEMN BUZZARDS.
(Page 97.)

이 기묘한 두 사람의 머리 위로 우뚝 솟은 바위 가장자리에는
대머리수리가 엄숙하게 앉아 있었다.
찰스 도일 그림, 『주홍색 연구』, 런던과 뉴욕, 워드, 록 앤드 컴퍼니(1888)

발을 신은 통통하고 하얀 다리는 남자의 길고 주름살이 진 다리와 기묘한 대조를 이루었다. 이 기묘한 두 사람의 머리 위로 우뚝 솟은 바위 가장자리에는 대머리수리 세 마리가 엄숙하게 앉아 있었다. 새들은 새로 온 사람들을 보고 실망해서 까칠한 울음소리를 내뱉고는 굼뜬 날갯짓을 하며 날아갔다.

불쾌한 새 울음소리에 잠이 깬 두 사람은 어리둥절한 표정으로 젊은이들을 바라보았다. 남자는 비틀거리며 일어서서 평원을 굽어보았다. 잠들기 전에는 사람 하나 없이 너무나 황량했던 평원을 수많은 사람과 짐승들이 가로질러 가고 있었다. 그의 얼굴에는 믿기지 않는다는 표정이 떠올랐다. 그는 앙상한 손으로 두 눈을 비볐다. "이게 바로 환상이라는 건가?" 그가 중얼거렸다. 아이가 그의 옷자락을 붙들고 곁에 서서, 아무런 말 없이 다만 아이답게 호기심이 가득한 눈길로 주위를 둘러보았다.

구조대가 된 젊은이들은 두 조난자에게 사람들의 모습이 환상이 아니라는 사실을 곧바로 납득시킬 수 있었다. 한 청년이 아이를 붙들어 어깨 위로 번쩍 들어 올렸고, 다른 두 청년은 수척한 남자를 부축해서 마차를 향해 내려가기 시작했다.

"나는 존 페리어라고 합니다." 방랑자가 자기소개를 했다. "스물한 명의 일행 가운데 나와 저 꼬마만 살아남았소. 모두가 저 남쪽에서 갈증과 굶주림으로 죽고 말았소."

"아이는 당신의 딸인가요?" 누군가 물었다.

"이제는 그렇소." 페리어가 싸울 듯이 말했다. "아이는 내가 구했으니 이제 내 딸이오. 아무도 아이를 내게서 빼앗아 갈 수 없소. 이제부터 저 아이는 루시 페리어입니다. 그런데 당신들은 누구요?" 호기심 어린 눈길로 햇볕에 탄 건장한 구조자들을 바라보며 그가 이어 말했다. "당신들은 꽤나 막강해 보이는군."

"거의 만 명쯤[199] 됩니다." 청년 가운데 한 명이 말했다. "우리는 박해당한 하느님의 자녀들입니다. 모로니 천사[200]에게 선

199. 1847년 소금 대평원을 거쳐 간 모르몬교도 브리검 영의 기록에 따르면, 남자 143명, 여자 세 명, 아이 두 명이 전부였다.

200. 《비턴의 크리스마스 연감》과 일부 영어 책에는 "메로나 천사"라고 잘못 나와 있다. 모르몬교(예수그리스도 후기성도교회)를 창시한 조지프 스미스(1805-1844)의 말에 따르면 모로니 천사가 그에게 세 번 나타났는데, 14세가 되던 해에 천사를 만나 강렬한 영적 계시를 받았다. 1827년에 스미스가 천사가 말한 곳으로 가서 땅을 팠더니 얇은 금판이 든 돌 상자가 나왔다. 미국 인디언들의 역사가 기록된 이 금판에 따르면, 인디언들은 기원전 6세기에 예루살렘에서 북아메리카로 건너온 히브리인의 후손이었다. 신성한 금판의 내용은 스미스가 얻기 1,400년 전에 예언자 모르몬이 쓴 것으로, 모로니는 모르몬의 아들이었다. 스미스는 '개량된 이집트어'로 쓰인 금판의 내용을 번역해서 1830년 『모르몬경』을 펴냈다.

201. 스미스의 가족은 원래 뉴욕 주 팔미라에 정착했다가 4년 후 거기서 약 10킬로미터 떨어진 맨체스터로 이사했다. 스미스가 모로니 천사를 보았다는 곳이 바로 맨체스터다. 거듭된 계시를 통해 그는 "예수 그리스도 친견자, 통역자, 예언자, 사도이자 교회의 장로"임을 부르짖으며 자신의 교회(정식 명칭 말일성도 예수 그리스도의 교회)를 세우기에 이르렀다. 이 교회는 1830년 4월 6일, 뉴욕 주 페이엣에서 첫 총회를 열었다. 스미스와 추종자들은 다양한 분파가 생기기 전의 종교, 곧 고대의 '참된' 형태대로 그리스도교 예배를 드리고자 했다.

202. 1831년에 스미스는 30명의 추종자를 데리고 새로운 예루살렘 부지로 예정된 오하이오 주 커틀랜드로 이주했다. 1836년에 커다란 커틀랜드 성전이 세워지자, 스미스의 열렬한 선교사들이 미국 전역은 물론 잉글랜드에까지 가르침을 전파하기 시작해서 큰 성공을 거두었다. 그러나 커틀랜드와 서부 미주리 주(스미스가 또 다른 공동체를 세운 곳)에서는 모르몬교에 대한 불신 때문에 점점 살기가 힘들어졌다. 그들의 믿음이 이단적으로 보였고, 외부인들은 그들의 공동생활을 이해할 수 없었을 뿐만 아니라, 스미스를 비롯한 여러 사람이 일부다처 생활을 했기 때문이다. 결국 모르몬교도에 대한 살인과 방화 등 온갖 박해가 그칠 줄 몰랐다. 스미스를 비롯한 모르몬교 지도자들이 수많은 고발을 당해 투옥된 후, 스미스의 추종자 1만 5,000명이 1839년 미주리 주를 떠나 일리노이 주 핸콕 카운티에 정착했다. 스미스는 탈옥해서 이들과 합류했다. 정부로부터 땅을 임차해 사실상의 자치권을 얻은 모르몬교도들은 노부 시를 세우고, 스미스가 시장 겸 민병대 대장이 되었다. 이후 미국 전역의 개종자들이 이곳으로 구름처럼 몰려와, 노부는 곧 일리노이 주에서 가장 큰 도시가 되었다.

한 청년이 아이를 붙들어 어깨 위로 번쩍 들어 올렸다.
조지 허친슨 그림, 『주홍색 연구』, 런던, 워드, 록 앤드 보든 출판사(1891)

택받은 사람들이죠."

"그런 천사가 있다는 말은 처음 들어봅니다." 방랑자가 말했다. "그분은 참 많은 사람을 선택하셨나 봅니다."

"성스러운 이름을 조롱하지 마십시오." 상대가 준엄하게 말했다. "우리는 금판에 이집트 문자로 새겨진 성스러운 경전을 믿는 사람들입니다. 성 조지프 스미스가 팔미라에서 얻은 거죠.[201] 우리는 일리노이 주 노부[202]에서 왔습니다. 노부는 우리가 성전을 세운 곳이죠. 우리는 폭력적이고 신앙심 없는 자들을 피해 온 겁니다. 비록 이곳이 사막 한가운데일지라도 말이오."

노부라는 이름이 존 페리어에게 뭔가를 떠올리게 한 것이 분명했다. "알겠습니다." 그가 말했다. "당신들은 모르몬교도들

구조대 가운데 한 청년이 아이를 붙들어 어깨 위로 번쩍 들어 올렸다.
리하르트 구트슈미트 그림, 『훗날의 복수』, 슈투트가르트, 로베르트 루츠 출판사(1902)

203. 모르몬교도의 대이동은 사실상 계획된 것이 아니었다. 적어도 초기에는 그랬다. 서부에서 가장 강력한 인물 가운데 하나가 된 스미스는 1844년 2월에 미국 대통령 선거 출마를 선언했다. 모르몬교도가 아닌 사람들은 스미스의 야심과 일부다처 권장에 반발하다가 출마를 계기로 반대 언론인《익스포지터》를 통해 스미스를 공격하기 시작했다. 스미스가 이 신문을 폐간시키자 폭동이 일어났다. 스미스는 노부 민병대를 소집해 도시를 지키게 했지만, 그와 동생인 하이럼이 체포되어 카시지 형무소에 투옥되었다. 1844년 6월 27일 성난 폭도들은 감옥으로 난입해 두 형제를 살해했다.

조지프 스미스는 곧바로 순교자가 되었고, 그의 사후 혼란기에 12사도회의 원로인 브리검 영(1801-1877)이 교회의 수장이 되었다. 1845년에 일리노이 의회에서 노부 지역의 임대를 철회하자, 브리검 영은 일리노이 주의 모르몬교도들을 이끌고 1846-1847년에 황야를 지나 유타 주까지 1,800킬로미터를 이동했다. 영은 1847년 7월 솔트레이크 대협곡에 이르러, 여기에 솔트레이크시티를 건설했다. 이 도시는 오늘날까지도 모르몬교의 영적 신권정치의 고향이다.

이군요."

"우리는 모르몬교도입니다." 청년들이 한목소리로 말했다.

"그런데 지금 어디로 가는 중입니까?"

"우리도 모릅니다.[203] 하느님께서 선지자를 통해 우리를 인도하고 계십니다. 당신은 우리 선지자를 뵈어야 합니다. 그분이 당신을 어떻게 할지 결정하실 겁니다."

이 무렵 언덕 아래 도착한 이들은 순례자 무리에 둘러싸였다. 여성들은 창백한 얼굴에 온화해 보였고, 아이들은 까르르 웃어대고 있었다. 남자들은 진지한 눈빛으로 두 방랑자를 걱정스러워했다. 방랑자 가운데 한 명은 어리고, 다른 사람은 너무나 수척한 것을 보고 놀라서 걱정하며 탄식하는 사람이 많았

204. 이 대이주의 시점에 브리검 영은 45세에서 46세 사이였다.

205. 빅토리아 시대의 골상학에서는 '머리가 크면 뇌가 크고, 뇌가 크면 정신력도 강하다'는 원칙을 주장했는데, 당시에는 이를 믿는 사람이 아주 많았다. 이를 처음 부르짖은 사람은 독일의 생리학자이자 의사인 프란츠 요제프 같이었다. 그는 1798년 10월 1일 요제프 폰 레처에게 보낸 편지에서 아마도 조롱조로, 이렇게 썼다. "귀하 같은 사람은 뇌의 크기가 멍청한 고집불통에 비하면 두 배 이상이고, 현자나 가장 총명한 코끼리에 비하면 적어도 6분의 1은 될 거요." 갈과 후예들은 두개골이 클수록 그 안의 뇌가 크고, 그만큼 사고력도 커진다고 생각했고, 나아가서 자존심이나 재치 같은 개인적인 특성은 물론이고 음악과 수학 능력도 두뇌를 이루는 35가지 "기관organs"에 의해 결정된다고 믿었다. 따라서 두개골의 상대적인 크기를 살펴봄으로써 사람의 특성을 헤아릴 수 있다고 본 것이다.

미국의 로렌조 파울러와 오슨 파울러 형제가 없었다면 골상학은 지금도 과학의 분야로 남아 있을지 모른다. 두 형제는 1838년에 《미국 골상학 저널》을 창간하고, 뉴욕과 잉글랜드에서 '두뇌 읽기'라는 것을 하며, 골상학 순회강연을 했다(로렌조는 1863년에 런던에 파울러 연구소를 세웠다). 원로 골상학자들은 파울러 형제를 골상학 행상인 취급 했다. 하지만 대중은 새로운 이 '과학'을 좋아했다. 존경받는 영국의 저술가이자 노예제 폐지론자였던 해리엇 마티노는 1877년 『자서전』에서 그런 현상에 대해 의문을 표시했다. 그녀의 글에 의하면, 어느 골상학자가 시드니 스미스라는 사람의 뇌를 읽고, 그를 타고난 박물학자라고 선언했는데, 정작 스미스 본인은 화들짝 놀라며 "나는 물고기와 새도 구별 못한다"고 말했다는 것이다. 또 그녀는 자기 골상을 스스로 진단해보면 "신체가 이루 말할 수 없이 허약하고 용기도 없어서 아무것도 해낼 수 없다"는 결론이 나올 뿐이라고 썼다. 앰브로즈 비어

한 청년이 아이를 붙들어 어깨 위로 번쩍 들어 올렸다.
W. M. R. 퀵(퀵은 아마도 화가 D. H. 프리스턴일 것이다) 그림,
《비턴의 크리스마스 연감》(1887)

다. 그러나 구조대는 걸음을 멈추지 않고 계속 나아가서, 모르몬교도들을 뒤에 잔뜩 거느린 채 마차가 있는 곳에 이르렀다. 마차는 유난히 크고 화려했다. 다른 마차들은 말 두 필, 아니면 많아야 네 필이 끌었지만 이 마차만큼은 여섯 마리의 말이 끌었다. 마부 옆에 한 남자가 앉아 있었는데, 나이는 서른이 넘었을 리가 없는데도[204] 큰 머리[205]와 단호한 표정으로 보아 지도자인 것이 분명했다. 그는 갈색 표지의 책을 읽고 있다가 무리가 접근하자 책을 옆에 내려놓고 사람들의 이야기에 귀를 기울였다. 그러고는 두 조난자에게 눈길을 돌렸다.

"우리가 그대들을 받아들이려면, 우리의 신조를 믿어야만 합

니다." 그가 엄숙하게 말했다. "우리의 울타리 안에 늑대를 끌어들일 수는 없습니다. 작은 흠이 장차 과일 전체를 썩게 하니, 차라리 이 황야에 그대의 뼈를 묻는 것이 나을 것이오. 이러한 조건을 받아들여 우리와 함께하겠소?"

"함께할 수 있다면 어떤 조건이라도 받아들이겠습니다." 페리어가 단호하게 말하자 근엄한 장로들이 흐뭇하게 웃음을 머금었다. 그러나 지도자만은 엄숙한 표정을 풀지 않았다.

"그를 받아들이시오, 스탠거슨 형제." 그가 말했다. "그에게 먹을 것과 물을 주고, 아이에게도 주시오. 또한 그에게 신성한 우리의 신조를 가르치도록 하시오. 이제 오래 지체했으니, 나아갑시다! 시온[206]으로 가고, 또 갑시다!"

"시온으로 가고, 또 갑시다!"

모르몬교도들이 외쳤다. 이 말은 긴 대열을 따라 입에서 입으로 물결처럼 퍼져서, 대열의 먼 끝에서 아스라이 잦아들었다. 채찍을 휘두르고 바퀴가 삐걱거리는 소리와 함께 커다란 마차들이 움직이기 시작했다. 곧이어 모든 대열이 또다시 길을 따라 구불구불 나아갔다. 두 방랑자를 돌보는 임무를 맡은 장로는 두 사람을 마차로 데려갔다. 그곳에는 이미 먹을 것이 차려져 있었다.

"이곳에 계십시오." 그가 말했다. "며칠 지나면 피로가 풀릴 겁니다. 그리고 이제부터 영원히 우리와 같은 교도라는 사실을 명심하십시오.[207] 브리검 영[208]께서 말씀하셨으니, 그것은 곧 조지프 스미스의 말씀이며, 또한 하느님의 말씀입니다."

스는 풍자적인 저서 『악마의 사전』(1911년. 1906년 초판 제목은 『냉소가의 단어장』)에서 "머리 가죽을 꿰뚫고 주머니를 털어 가는 과학"이라는 정의로 골상학을 야유했다. 매들린 스턴은 『게임의 두뇌』에서 홈즈가 런던에서 로렌조와 함께 골상학을 연구했을 수도 있다며. 두 사람에게는 공통된 관심 분야가 많다고 지적했다.

206. 'Zion'. 유대인이 신성시하는 예루살렘의 산으로. 여기서는 젖과 꿀이 흐르는 이상향을 뜻한다—옮긴이.

207. 트레이시는 『코난 도일과 말일성도』에서 이렇게 썼다. "페리어가 구조받기 위해 어쩔 수 없이 개종한 듯한 이 글의 문맥은 여행자들에게 항상 관대했던 모르몬교도들을 명백히 오해한 것이다…… 잘 알려지지 않은 사실이지만, 당시 순례자 집단의 모든 인원이 모르몬교도였던 것은 아니다."

208. 1850년에 미국 13대 대통령 밀러드 필모어는 유타 자치령을 만들고 브리검 영을 지사로 임명했다. 그는 1854년에 재임명되었지만. 모르몬교도와 연방 사법부와의 마찰로 1857년에 영 대신 제임스 뷰캐넌이 지사가 되었다. 이때 미 육군이 파견되어 '역도'들을 진압하고 유타 주에 연방 정부를 세웠다. 영은 두 번 다시 정치적인 직위를 갖지 않았지만. 죽을 때까지 모르몬교회의 수장 자리를 지켰다.

제2장

유타의 꽃

209. 사실 1830년 말에 스미스가 끌어들인 200-
500명의 개종자가 펜실베이니아, 뉴욕, 오하이오
출신의 앵글로색슨계였다.

이 책은 모르몬교도 이주민들이 최후의 낙원에 이르기 전
에 당했던 시련과 궁핍을 기리기 위한 것이 아니다. 하
지만 미시시피 강 연안에서 로키 산맥 서쪽 구릉까지 그들이
사투를 벌이며 꿋꿋하게 나아간 것은 역사상 거의 유례를 찾아
볼 수 없는 일이었다. 야만인과 야수, 굶주림, 갈증, 피로, 질병,
이 모든 자연의 장애를 앵글로색슨[209] 특유의 불굴의 기개로 극
복해낸 것이다. 하지만 기나긴 여정과 누적된 공포로 그들 가
운데 가장 굳건한 사람들조차도 마음이 흔들릴 정도였다. 마침
내 발아래 펼쳐진 볕바른 유타의 널따란 골짜기가 눈에 들어오
고, 지도자의 입을 통해 이곳이 바로 약속의 땅이며, 이 처녀지
가 영원토록 그들의 것이라는 말을 듣자, 무릎을 꿇고 진심 어
린 기도를 드리지 않는 사람은 아무도 없었다.

　브리검 영은 능숙한 행정가일 뿐만 아니라 결단력 있는 지도

1850년의 솔트레이크시티 풍경.
새뮤얼 매닝 그림, 펜화, 〈미국의 초상〉(1876) 일부

자라는 사실을 바로 입증해 보였다. 지도와 수로도가 작성되었고, 그에 따라 미래 도시가 설계되었다. 사방의 농장이 지위에 따라 분배되었다. 상인은 장사를 하고, 기술자는 천직에 따른 일을 시작했다. 번화가에 대로와 광장이 마법처럼 들어섰다. 시골에는 물길을 내고 울타리를 친 후, 땅을 개간하고 씨를 뿌려, 이듬해 여름에는 온 들판의 밀밭이 황금빛으로 출렁였다. 낯선 정착지에서는 모든 일이 술술 풀렸다. 무엇보다도 도시 한복판에 세운 커다란 신전이 날로 더 높아지고 더 커졌다. 동이 틀 무렵부터 날이 저물 때까지, 수많은 위험으로부터 안전하게 이끌어준 신에게 이주민들이 바치려는 기념 건물에서 망치질 소리와 톱질 소리가 그치지 않았다.

존 페리어, 그리고 그와 고락을 함께하고 수양딸이 된 루시는 대규모 순례의 마지막까지 모르몬교도들과 동행했다. 루시 페리어는 아주 즐겁게 스탠거슨 장로의 마차를 타고 왔다. 피난처와 같던 이 마차에는 장로의 세 아내[210]와 고집스럽고 조숙한 열세 살짜리 아들이 같이 타고 있었다. 아이다운 유연성으로 어머니의 죽음으로 인한 충격에서 헤어난 루시는 이내 여인들의 귀염둥이가 되어, 움직이는 포장마차 집에서의 새로운 삶에 잘 적응했다. 한편 굶주림으로부터 회복한 존 페리어는 쓸모 있는 안내자이자 지칠 줄 모르는 사냥꾼으로서 남다른 두각을 드러냈다. 워낙 빠르게 새로운 동료로 인정을 받게 되자, 여

210. 1843년 7월 12일에 조지프 스미스는 일부다처제를 승인하는 신성한 계시를 받았다고 선언했다. 이후 아브라함의 율법으로 알려진 일부다처제는 교회 내에 수용되고 권장되다가 1852년에 공식 인정되기에 이르렀다. 이것은 1871년 미 정부에 의해 불법으로 판정되었지만, 모르몬교도들은 이를 포기하지 않다가 1890년 유타를 주로 인정받는 조건으로 이를 형식상 포기했다. 그 후에도 유타 주와 북부 애리조나의 일부 근본주의자 집단들은 파문당하는 것을 불사하고 여러 명의 아내를 두었다.(근본주의자는 성경 내용을 문자 그대로 믿고 따르고자 하는 사람. 여호와의 증인 신도 등이 근본주의자에 속한다―옮긴이)
브리검 영은 조지프 스미스 이상은 아니더라도 그에 못지않게 일부다처제를 열렬히 부르짖었다. 그는 모르몬교도의 일부다처제가 공개적으로 폐지된 후에도 수장 자리를 지켰다. 모르몬교의 《설교 저널》 2권(1866)에서 영은 이런 말을 인용했다. "하느님들Gods, 심지어 하느님의 아들들이 되는 자는 오직 일부다처제를 받아들인 자다. 다른 자들 역시 영광을 얻고 심지어 하느님 아버지와 아들 앞에 나아가는 것도 허용되나, 영예의 왕좌에 앉지는 못할 것이다. 축복은 내려졌으되 그 축복을 받아들이지 않았기 때문이다." 기록에 의하면 영은 1877년에 사망하면서 일곱 명의 아내와 56명의 자녀에게 200만 달러를 남겼다. 아내가 55명이었다는 이야기도 있다.

211. 정확히는 히버 C. 킴벌(1801-1868)이다. 브리검 영을 유타까지 수행한 유명 장교이자 선교사로, 이주 직후 영의 오른팔이 되었다. 그의 이름은 여러 판본에 잘못 인쇄되어 있다.

212. 정확히는 루크 S. 존슨(1807-1861)으로, 그는 초기 지도자에 속했지만 이후 모르몬교에서 중요한 역할을 거의 하지 않았다.

213. 'Wasatch.' 《비턴의 크리스마스 연감》과 영국 판본에 "Wahsatch"로 잘못 나와 있다.(위새치 산맥은 유타와 아이다호 주에 걸친 산맥이고, 여기서 내륙의 바다는 솔트레이크 호수를 뜻한다—옮긴이)

정의 끝에 이르렀을 때는 브리검 영과 네 장로인 스탠거슨, 켐벌,[211] 존스턴,[212] 드레버를 제외한 다른 어느 정착민 못지않게 크고 비옥한 땅을 얻어야 한다는 데 모두가 동의했다.

그리하여 존 페리어는 농장에 튼튼한 통나무집을 직접 지었고, 이 집은 이후 계속 증축해서 큼직한 저택이 되었다. 그는 현실적인 성향의 사람이었고, 일 처리가 딱 부러지고 손재주가 좋았다. 몸도 튼튼해서 땅을 개간하고 경작하며 아침부터 저녁까지 종일 일할 수 있었다. 그러니 그의 농장과 그에게 속한 모든 것이 대단히 풍요해졌다. 3년이 지나자 이웃보다 더 잘살았고, 6년이 지나자 살림이 넉넉해졌다. 9년이 지나자 부자가 되었고, 12년 후에는 솔트레이크시티 전체에서 다섯 손가락에 꼽히는 갑부가 되었다. 내륙의 바다부터 멀리 위새치[213] 산맥까지 존 페리어보다 유명한 인물은 없었다.

그가 동료 교인들의 심기를 거스르는 일이 딱 한 가지 있었다. 아무리 설득을 해도 동료들처럼 아내를 맞이하지 않았던 것이다. 그는 끝내 결혼하지 않는 것에 대한 이유도 대지 않고, 다만 단호하고 완강하게 독신으로 지내는 것에 만족해했다. 그래서 그가 새로 받아들인 종교를 열렬히 따르지 않는다고 비난하는 사람들도 있었다. 더러는 재산에 대한 탐욕 때문에 돈이 드는 일을 싫어하는 거라고 손가락질하는 사람도 있었다. 또는 옛사랑을 운운하며, 대서양 연안 어딘가에서 금발의 아가씨가 비탄에 잠겨 있다고 말하는 이도 있었다. 이유야 어쨌든, 페리어는 꿋꿋하게 독신으로 남았다. 그 밖의 다른 모든 점에서는 모르몬 교리를 충실히 따랐고, 보수적이고 올곧은 사람이라는 말을 들었다.

루시 페리어는 통나무집에서 커가면서 양아버지의 온갖 일을 거들었다. 서늘한 산 공기와 짙은 솔향기가 여자아이의 유모와 어머니를 대신했다. 루시는 해가 갈수록 키가 쑥쑥 크고 더욱 튼튼해졌다. 볼은 한결 화색이 돌고, 발걸음은 더욱 가벼워졌다. 페리어 씨네 농장 옆으로 난 대로를 지나가는 많은 사람들은 날씬한 소녀가 밀밭을 뛰어가는 모습을 보거나, 아버지의 야생마에 올라타 진짜 서부의 아이답게 우아하고 편안하게 말을 모는 것을 보면서, 오랫동안 잊고 지낸 생각들이 마음에 다시 움트는 것을 느꼈다. 그렇게 꽃봉오리는 꽃으로 피어났다. 세월이 흘러 그녀의 아버지가 농장주 가운데 가장 큰 부자가 되는 동안, 그녀는 서부 전체에서 누구 못지않게 아름다운 미국인 아가씨가 되었다.

그러나 아이가 여자로 성숙한 것을 처음 알아차린 이는 아버지가 아니었다. 사실 그런 걸 아버지가 먼저 알아차리는 경우는 좀처럼 없다. 신비한 그 변화는 워낙 미묘하게 서서히 진행되어 날마다 보아서는 알아차릴 수가 없다. 루시 자신은 더욱 알지 못했다. 어떤 목소리와 손길에 가슴이 두근거릴 때, 내면에서 새롭고 더욱 큰 본능이 깨어났다는 것을 자부심과 두려움 섞인 마음으로 비로소 알아차렸을 따름이다. 새로운 삶의 시작을 알린 사건과 그 사건의 날을 잊어버리는 사람은 없다. 루시 페리어의 경우에는 그 사건이 장차 그녀의 운명에 미칠 영향과 파급 효과가 컸던 것은 두말할 나위도 없고, 그 사건 자체가 자못 심각했다.

따뜻한 6월의 어느 날 아침이었다. 모르몬교도들은 자신들의 상징으로 삼은 벌들처럼 분주했다. 들판과 거리마다 부지런히 일하는 소리가 그치지 않았다. 먼지가 피어오르는 큰길에는 무거운 짐을 실은 노새의 대열이 길게 이어졌다. 모두가 서쪽으로 가는 대열이었다. 캘리포니아에서 황금 열풍이 불었는데,[214] 대륙 횡단로가 선민들의 도시를 관통하고 있었던 것이다. 또한 변두리 목초지에서 오는 양 떼와 소 떼도 있었고, 끝없는 여행으로 지친 이주민 대열도 지나갔다. 루시 페리어는 뛰어난 승

214. 황금 열풍, 곧 골드러시는 1848년에 처음 일어났다. 이는 캘리포니아의 새크라멘토 부근에 살던 목장주 존 서터가 완공되지 않은 자신의 제재소에서 우연히 금 조각을 발견하면서 시작되었다. 1월 24일 서터의 목수인 제임스 마셜이 완두콩 크기의 금덩어리를 여러 개 발견했다. 그는 이것을 서터에게 가져왔고, 두 사람은 마셜이 발견한 것을 비밀로 하기로 했다. 그러나 오래 지나지 않아 비밀이 새어 나갔는데, 모르몬교 전도사이자 기업가인 샘 브래넌이 이를 널리 퍼트렸다. 그는 샌프란시스코의 거리를 달리며, 사금 병을 들고 이렇게 외쳤다. "금이다! 미국 강에 금이 있다!" (사실 브래넌이 관심을 둔 것은 금 자체가 아니라, 금을 캐려는 사람들이 장만해야 할 삽을 파는 것이었다.) 그러자 금을 캐려는 사람들이 캘리포니아로 밀물처럼 밀려들었고, 1849년이 저물 무렵, 일명 '포티나이너 forty-niner(골드러시에 뛰어든 49년 사람들)'의 수는 약 8만 명에 이르렀다.

1849년 중반 서터의 제재소 근처의 금은 바닥을 보이기 시작했다. 그러나 광부들의 꿈은 식을 줄을 몰랐고, 조금이나마 발견되는 금이 그들의 희망을 다시 지펴놓았다. 1855년에는 캘리포니아 주, 컨 카운티의 컨 강 상류에서 금이 발견되자 또다시 골드러시 광풍이 불어 사람들은 남쪽으로 몰려갔다. 1858년에는 캐나다 브리티시컬럼비아 주의 프레이저 강에서 골드러시 열풍이 불었고, 사람들은 또 짐을 꾸려서 북쪽으로 우르르 몰려갔다. 그러나 프레이저 강으로 간 사람들은 후회하게 된다. 1860년대 초에 프레이저 강의 골드러시가 끝나고 그 후 캐리부의 골드러시도 끝이 나자 브리티시컬럼비아는 쇠락의 길을 걸었던 것이다. 금을 캐려는 사람들로 하여금 캘리포니아를 '떠나게' 한 프레이저 강의 골드러시 때문에 본문에서 "캘리포니아에서 황금 열풍이 불었"다고 언급한 것이 분명하다.(본문 이야기의 시점은 브리검 영이 유타 주로 이주했던 1846-1847년에서 12년 이상 흐른 1860년 무렵이다—옮긴이)

215. "pelty"라고 나와 있지만 "peltry"가 맞는다.

먼지가 피어오르는 큰길에는 무거운 짐을 실은 노새의 대열이 길게 이어졌다.
조지 허친슨 그림, 『주홍색 연구』, 런던, 워드, 록 앤드 보든 출판사(1891)

마 솜씨로 잡다한 이들 무리를 뚫고 말을 타고 갔다. 승마로 인
해 그녀의 아름다운 얼굴은 발갛게 상기되었고, 긴 밤색 머리
칼은 바람에 휘날렸다. 그녀는 아버지가 시킨 일을 하러 시내
에 가는 중이었다. 전에 여러 차례 그랬듯이, 그녀는 겁 없는 젊
음의 열기에 불타 임무를 어떻게 수행할지만 생각하며 질주하
고 있었다. 여행으로 지친 모험가들은 저마다 놀라서 그녀를
바라보았다. 가죽옷[215]을 입고 싸늘한 표정으로 여행 중인 인디
언들조차 하얀 얼굴의 아름다운 아가씨를 보고 경이로워하며
따뜻한 표정을 지었다.

　루시가 도시 외곽에 도착해보니 길이 막혀 있었다. 대여섯 명
의 우락부락한 남자들이 평원에서 몰고 온 소 떼 때문이었다. 마
음이 급한 루시는 빈틈으로 보이는 곳을 뚫고 이 장애물을 통과

갈색의 억센 손이 놀란 말의 고삐를 붙잡았다.
조지 허친슨 그림, 『주홍색 연구』, 런던, 워드, 록 앤드 보든 출판사(1891)

하려고 했다. 그러나 가축들 안으로 들어서자마자 뒷길이 막히는 한편, 뿔이 길고 눈빛이 사나운 소 떼의 흐름 속에 완전히 파묻히고 말았다. 가축을 다루는 데 익숙한 루시는 이런 상황에서도 당황하지 않고, 이 행렬 사이로 뚫고 지나갈 수 있기를 바라면서 말을 몰고 질주할 기회만 노렸다. 우연이든 고의로든 불행히도 소 한 마리가 야생마의 옆구리를 뿔로 들이받았다. 그 순간 흥분한 말이 격노해서 앞다리를 치켜들었다가 겅중거리며 기수를 떨어뜨리려고 했다. 아주 노련한 기수가 아니면 낙마할 수밖

갈색의 억센 손이 놀란 말의 고삐를 붙잡았다.
리하르트 구트슈미트 그림, 『훗날의 복수』, 슈투트가르트, 로베르트 루츠 출판사(1902)

에 없었다. 위험하기 짝이 없는 상황이었다. 말이 뒷다리를 들고
날뛸 때마다 다시 소뿔에 받혔고, 그 때문에 말은 또다시 날뛰었
다. 루시가 할 수 있는 일은 어떻게든 안장에 붙어 있는 것이었
다. 낙마를 했다가는 거칠고 사나운 소 떼의 발굽에 밟혀 비참하
게 죽을 판이었다. 이런 비상사태를 당해본 적이 없는 그녀는 머
리가 어지럽고 고삐를 쥔 손이 느슨해졌다. 피어오른 먼지구름
과 몰려가는 소 떼의 콧김에 숨이 막힌 루시가 절망 속에서 맥이
탁 풀리려는 순간, 도와주겠다며 그녀를 안심시키는 자상한 목

소리가 옆에서 들려왔다. 그와 동시에 갈색의 억센 손이 놀란 말의 고삐를 붙잡고는, 소 떼 사이를 비집고 달려서 곧 그녀를 밖으로 꺼내주었다.

"아가씨, 다치지 않았습니까?" 그녀를 살려준 남자가 공손하게 말했다.

루시는 거뭇하고 사나워 보이는 그의 얼굴을 쳐다보고는 한바탕 웃음을 터트렸다.

"정말 무서웠어요." 그녀가 천진난만하게 말했다. "판초[216]가 소 떼를 보고 무서워할 줄 누가 알았겠어요?"

"안장에서 떨어지지 않은 것이 천만다행이었습니다." 남자가 진지하게 말했다. 키가 크고 얼굴이 험상궂은 청년이었다. 강인한 얼룩말을 타고 있었는데 사냥꾼의 거친 옷을 입었고, 어깨에는 긴 소총을 메고 있었다. "존 페리어 씨의 따님이시죠?" 그가 말했다. "아까 페리어 씨네 집에서 말을 타고 나오는 것을 보았습니다. 집에 가서 아버님께 세인트루이스의 제퍼슨 호프 씨네를 아시냐고 물어보세요. 제가 알고 있는 페리어 씨가 맞는다면 우리 아버지랑 절친한 사이일 테니까."

"직접 가서 물어보지 그래요?" 그녀가 새침하게 말했다.

그런 제안이 반가운지 청년의 검은 눈이 기쁨으로 반짝였다. "그러겠습니다." 그가 말했다. "우리는 두 달 동안 산에서 지냈습니다. 지금은 방문을 할 만한 몰골이 아닌데, 그래도 우리를 쫓아내진 않으시겠죠."

"아버지는 당신한테 고마워해야 할 이유가 있는걸요. 저도 그렇고요." 그녀가 말했다. "아버지는 저를 몹시 좋아하세요. 저 소 떼가 나를 밟기라도 했다면 충격을 이겨내지 못하셨을 거예요."

"저도 마찬가지였을 겁니다." 청년이 말했다.

"당신이! 글쎄요, 당신은 그걸 대수롭지 않게 볼 것만 같은

216. 'Poncho'. 천 중앙에 구멍을 뚫어 그곳으로 머리를 내어 입는 옷을 통틀어 이르는 말로, 원래는 라틴아메리카의 인디오가 착용하던 직물 이름이다. 미국 목동들도 그런 옷을 즐겨 입었기 때문에 이 글에서처럼 판초가 목동을 가리키는 말로 쓰인 듯하다. 이와 같이 '흰옷'으로 우리 민족을, '하이힐'로 여자를, '바지저고리'로 못난 사람을 가리키는 이런 수사법을 대유법 중에서도 환유법(관련이 깊은 다른 말로 바꾸어 비유하는 방법)이라고 한다―옮긴이.

217. 'sombrero.' 미국 남서부와 멕시코의 챙이 넓은 중절모—옮긴이.

데요? 우린 친구도 아니니까 말예요."

이 말을 들은 젊은 사냥꾼의 거뭇한 얼굴이 시무룩해지자 루시 페리어는 크게 웃음을 터트렸다.

"이봐요, 농담이었어요." 그녀가 말했다. "물론 이제 당신은 내 친구예요. 꼭 우리를 보러 오세요. 이제 난 가봐야겠어요. 안 그러면 더 이상 아버지가 나를 믿고 일을 시키지 않으실 테니까요. 잘 가요!"

"안녕히 가십시오." 그가 대답하며 솜브레로[217]를 벗어 들고 그녀의 작은 손 위로 몸을 수그렸다. 그녀는 말 머리를 돌리고 짧게 한 번 채찍질을 하고는 먼지구름을 일으키며 널따란 길을 따라 쏜살같이 달려갔다.

청년 제퍼슨 호프는 과묵하고 어두운 표정의 일행과 함께 계속 말을 몰았다. 그와 일행은 은광을 찾아 네바다 산맥을 뒤지다가 발견한 몇몇 광맥을 시굴할 자금을 모으기 위해 솔트레이크시티로 돌아가는 중이었다. 그는 이제까지 일행 가운데 누구보다도 더 사업 생각에 골몰하고 있다가 이번의 돌발 사건으로 갑자기 관심사가 달라졌다. 시에라블랑코의 산들바람만큼이나 솔직하고 건강한 미모의 아가씨를 보자, 야생의 활화산 같은 가슴이 그 심연까지 벌렁거렸던 것이다. 그녀의 모습이 시야에서 사라지자, 그는 인생의 위기가 닥쳐왔다는 것을 깨달았다. 은광 개발도, 다른 어떤 삶의 문제도, 이번에 그의 관심을 사로잡은 새로운 문제에 비하면 하등 중요할 게 없다는 느낌이 든 것이다. 그의 가슴에 용솟음친 사랑은 소년기의 느닷없고 변덕스러운 환상이 아니라, 강한 의지력과 오만한 성격을 지닌 남자의 격렬한 열정이었다. 그는 한번 마음먹고 시작한 일은 반드시 이루고야 마는 사람이었다. 인간의 노력과 인내력으로 이룰 수 있는 일이라면 이번에도 결코 실패하지 않겠다고 그는 내심 다짐했다.

그는 바로 그날 밤 존 페리어를 찾아갔고, 이후에도 계속 찾
아가서 이윽고 농장에서 늘 보는 사람처럼 낯이 익게 되었다.
유타 주 골짜기에 갇혀 일만 하고 지내온 존은 지난 12년 동안
바깥세상 소식을 들을 기회가 별로 없었다. 제퍼슨 호프는 온
갖 소식을 들려줄 수 있었는데, 존은 물론이고 루시에게도 재
미나게 이야기를 들려주었다. 그는 초기에 캘리포니아에 온 사
람이라서, 그 왁자했던 황금시대에 일확천금을 하거나 재산을
탕진한 사람들의 기기묘묘한 이야기를 많이 알고 있었다. 그는
정찰이나 사냥, 은광 탐사, 목동 노릇까지 한 적이 있었고, 짜
릿한 모험이 펼쳐질 만한 곳이면 어디든 마다하지 않는 청년이
었다.

늙은 농부는 이내 그를 좋아하게 되었고, 칭찬을 늘어놓기
일쑤였다. 그럴 때마다 루시는 아무 말도 하지 않았지만, 두 볼
을 붉히며 환하고 행복한 눈빛을 띠는 것으로 보아 그에게 마
음을 빼앗기고 만 것이 분명했다. 아버지는 그것을 못 알아차
렸을지 모르지만, 그녀의 사랑을 얻은 남자는 그것을 놓치지

어느 여름날 밤, 그가 말을 타고 달려와서 집 앞에 멈추었다.
조지 허친슨 그림, 『주홍색 연구』, 런던, 워드, 록 앤드 보든 출판사(1891)

않았다.

어느 여름날 밤, 그가 말을 타고 달려와서 집 앞에 멈추었다. 그녀는 문간에 있다가 그를 마중 나왔다. 그는 울타리 위로 고삐를 던져놓고 성큼 그녀에게 다가갔다.

"루시, 나는 이제 떠나요." 그가 그녀의 두 손을 부여잡고 사랑스럽게 얼굴을 굽어보며 말했다. "지금은 같이 가자고 하지 않겠어요. 하지만 다시 찾아오면 그때는 같이 떠납시다."

"그때가 언제죠?" 그녀가 낯을 붉히고 웃으며 말했다.

"길어야 두 달 후입니다. 그때 다시 와서 당신을 데려가겠어

"그럼 됐어요. 오래 머물면 점점 더 떠나기 어려울 것 같습니다."
리하르트 구트슈미트 그림, 『훗날의 복수』, 슈투트가르트, 로베르트 루츠 출판사(1902)

요, 내 사랑. 아무도 우리 사이를 갈라놓지 못할 겁니다."

"우리 아버지는요?" 그녀가 물었다.

"이미 허락하셨어요. 광산 일이 잘되어야 한다는 조건이 달렸지만, 그건 걱정할 것 없어요."

"아, 물론 그렇겠죠. 당신과 아버지가 그렇게 결정했다면 두 말할 나위가 없겠죠." 그녀가 그의 널따란 가슴에 볼을 대고 속삭였다.

"정말 잘됐어!" 그가 쉰 목소리로 말하고는 고개를 숙이고 그녀에게 입을 맞추었다. "그럼 됐어요. 오래 머물면 점점 더 떠나기 어려울 것 같습니다. 사람들이 협곡에서 나를 기다리고 있어요. 그럼 안녕, 내 사랑, 안녕. 두 달 안에 오리다."

그렇게 말하며 그녀에게서 몸을 뗀 그는 말에 올라타 쏜살같이 질주했다. 뒤에 남겨둔 사람을 돌아보았다가는 결심이 흔들리고 말 것을 두려워하는지 한 번도 뒤를 돌아보지 않았다. 그녀는 집 앞에 서서 그가 시야에서 사라질 때까지 지켜보았다. 그리고 다시 집 안으로 들어간 그녀는 유타 주에서 가장 행복한 여자였다.

제3장

존 페리어, 선지자와 이야기를 나누다

제퍼슨 호프와 일행이 솔트레이크시티를 떠난 지 3주가 지났다. 존 페리어는 청년이 곧 돌아오면 수양딸을 잃고 말 거라는 생각에 가슴이 저렸다. 하지만 그 어떤 논의보다 더 설득력 있는 그녀의 밝고 행복한 얼굴을 보면 현실을 좋게 받아들일 수밖에 없었다. 그는 자기 딸이 모르몬교도와 결혼하는 것만은 결코 용납할 수 없다고 늘 단단히 마음먹고 있었다. 그런 결혼은 결혼도 아니라고, 창피하고 치욕스러운 일이라고 생각했다. 모르몬교의 다른 교리는 어떻든 간에 일부다처제만큼은 좋게 볼 수 없었다. 하지만 이런 생각을 입에 담을 수는 없었다. 당시 성도들의 나라에서 비정통적인 그런 견해를 표명하는 것은 위험한 일이었다.

정말이지 위험한, 너무나 위험한 일이어서 누구보다 신심이 깊은 사람이라도 종교적 견해를 밝힐 때는 숨을 죽이고 속삭이

듯 말했다. 입에서 흘러나온 말이 혹시라도 오해를 받아 바로 응징을 당할까 봐 그런 것이다. 박해의 희생자들은 이제 자신의 이익을 위해 박해자가 되었다. 그것도 너무나 가혹한 박해자가 된 것이다. 세비야의 종교재판소[218]도, 독일의 벰게리히트[219]도, 이탈리아의 비밀결사[220]도 유타 주의 하늘에 먹구름을 드리운 모르몬교의 조직보다 더 무섭지는 않았다.

눈에 띄지 않게 활동하는 데다 워낙 비밀스럽다는 점 때문에 이 조직은 배로 더 무서웠다. 전지전능한 것처럼 보이는 이 조직은 그 정체가 완전히 장막에 가려 있었다. 교회에 반대하는 사람은 소리 소문 없이 사라져버렸다. 어디로 갔는지, 무슨 일이 일어났는지 아무도 알지 못했다. 아내와 자녀들이 집에서 마냥 기다렸지만, 집에 돌아온 사람이 없으니 비밀 심판자들에게 무슨 일을 당했는지 알 길이 없었던 것이다. 경솔한 언행의 결과는 영혼의 소멸이었는데, 그들을 징계하는 이 끔찍한 힘의 본질에 대해서는 아무도 알지 못했다. 사람들이 두려움에 떨면서 허허벌판에서도 의심의 말 한 마디 중얼거리지 못하는 것도 무리가 아니었다.

처음에는 막연하고 끔찍한 이 힘이 모르몬교를 받아들인 후 배신하거나 포기한 자에게만 행사되었다. 그러나 곧 그 범위가 넓어졌다. 성인 여자들의 공급이 부족한 상황에서 일부다처제는 사실상 부질없는 교리였는데, 이때 이상한 소문이 떠돌기 시작했다. 인디언이 나타난 적 없는 지역에서 이주민이 살해되고 야영지가 약탈당했다는 소문이었다. 그리고 그 후 새로운 여자들이 장로들의 하렘[221]에 나타났다. 슬피 우는 이 여자들의 얼굴에는 지울 수 없는 공포의 흔적이 남아 있었다. 나중에 산을 넘어 온 나그네들은 어둠 속에서 무장을 하고 가면을 쓴 채 몰래 소리 없이 그들 곁을 지나간 패거리를 보았다고 이야기했다. 이러한 이야기와 소문은 살이 붙고 형태를 갖추면서 꼬리

218. 스페인 세비야의 종교재판소는 로마 가톨릭 교회의 이단자를 심판하기 위한 곳으로, 1478년에 페르난도와 이사벨 양왕이 설립했다. 당시 교황이었던 식스토 4세는 두 사람을 공동 국왕으로 승인했지만, 왕실 법정에 과하게 막대한 종교재판권을 허용한 것을 이내 후회했다. 왕실 법정은 교황청에 보고하지 않고 비밀재판을 하거나 고문을 가할 수 있었고, 피고는 변호사도 없이 재판을 받아야 했다. 사형선고를 받은 사람의 재산은 몰수해서 왕실 사람들과 교회, 고발자가 나눠 가졌다. 원래 종교재판소는 개종한 유대인converso(강제로 개종했지만 몰래 유대교 의식을 이어간 사람이 많았다―옮긴이)들을 조사하기 위해 세운 것이었는데, 세월이 흐르자 그 대상이 개종한 무슬림, 개신교도, 기타 범죄 용의자로까지 확대되었다. 1809년에 종교재판을 받아 처형당한 사람이 스페인에서만 34만 명에 이르렀다.

219. 위의 166번 주석 참고.

220. 위의 168번 주석 참고.

221. 아라비아어에서 유래한 "하렘harem"은 왕이나 귀족의 후궁과 첩, 또는 그들이 기거하는 별궁을 뜻하는 말―옮긴이.

222. 모르몬교도들이 미주리 주의 정착지에 머무르는 동안 전에는 결코 의심받지 않았던 스미스의 지도력에 금이 가기 시작했다. 외부의 비난은 물론이고 내부에서도 조용히 비판이 제기된 것이다. 1888년의 『브리태니커 백과사전』(9판)에는 이렇게 쓰여 있다. "그의 총체적인 방탕함은 그가 이끈 지지자들 상당수의 반발을 불렀고 내부의 불화를 낳았다. 한편 미주리 주의 기존 주민들의 적대감이 꾸준히 증가함에 따라 신도들은 외부로부터 괴롭힘을 당하게 되었다."

이에 스미스의 가장 헌신적인 추종자들이 그를 보호하기 위해 모여들었다. 단Dan의 후예들, 곧 다나이트Danites는 개종한 지 얼마 되지 않은 샘프슨 애버드가 1838년에 미주리에서 조직한 비밀결사였다(원래 단은 야곱의 다섯 번째 아들로, 후일 유대 민족을 구성하는 이스라엘 12지파 가운데 하나였다). 다나이트 조직은 모르몬교에 반대하는 모든 사람에 대한 복수를 맹세하는 한편, 더욱 큰 야심을 품었다. 『브리태니커 백과사전』에 따르면, 스미스를 지원하면서 "모든 위험에 맞서 그의 계시의 권위를 드높이고 지상의 법률보다 신조를 우선시하면서, 스미스로 하여금 하나의 주, 나아가 미국 전체를, 궁극적으로 전 세계를 장악하도록 돕는 것"이 조직의 목적이었다.

스미스 본인은 이런 형태의 '지지'라는 것을 용납하려고 하지 않았다. 다나이트가 존재한다는 것을 알자마자 그는 바로 해산을 명하고 어떤 복수극도 벌어지기 전에 애버드를 축출했다. 『코난 도일과 말일성도』에서 트레이시는 이렇게 썼다. "그럼에도 불구하고 해산을 명한 지 50년이 지난 후에도 반모르몬교 문헌에는 '복수의 천사, 다나이트'의 약탈 행위가 곧잘 등장했다." 트레이시는 이 비밀결사가 유타 주에서 어떤 행위를 했다는 증거는 없다고 주장했다.

223. 마이클 해리슨은 『셜록 홈즈의 발자취를 따라서』에서, 중기 빅토리아 시대의 영국인이 모르몬

무장을 하고 가면을 쓴 채 몰래 소리 없이.
조지 허친슨 그림, 『주홍색 연구』, 런던, 워드, 록 앤드 보든 출판사(1891)

를 물고 이어져 이윽고 패거리가 이름까지 갖게 되었다. 결국 서부의 외딴 여러 농장에서 복수의 천사, 다나이트[222]는 너무나 불길하고 무서운 존재[223]가 되었다.

그처럼 끔찍한 짓을 자행한 조직에 대해 많은 것을 알게 될수록 사람들의 마음속에는 공포가 줄기는커녕 더욱 늘어만 갔다. 누가 그런 무자비한 조직에 속해 있는지는 아무도 알지 못했다. 종교의 이름 아래 피로 얼룩진 폭력 행위에 참여한 자들의 신원은 철저히 비밀에 부쳐졌다. 친구에게 선지자와 그의 임무에 대해 조금이라도 언짢은 소리를 한 사람이 바로 그날 밤 불과 칼로 참혹한 징계를 당할 수도 있었다. 그러니 너나없이 이웃을 두려워했고, 진심을 털어놓는 이는 아무도 없었다.

화창한 어느 날 아침, 존 페리어가 막 밀밭으로 나가려고 할

때였다. 대문 빗장을 여는 소리가 나서 창문으로 내다보니, 갈색 머리의 건장한 중년[224] 남자가 현관으로 다가오고 있었다. 페리어는 가슴이 철렁했다. 다름 아닌 선지자 브리검 영이었던 것이다. 이런 방문은 결코 좋은 징조일 수가 없다는 것을 알고 있었기 때문에, 공포를 느끼며 페리어는 밖으로 달려 나가 모르몬교의 수장을 맞이했다. 그러나 상대는 그저 차갑게 인사를 받고, 그의 뒤를 따라 준엄한 얼굴로 거실에 들어갔다.

"페리어 형제." 그가 자리에 앉아 연갈색의 눈썹 아래 예리한 눈으로 농부를 쏘아보며 말했다. "진실한 우리 교도들은 당신에게 좋은 친구가 되어주었소. 사막에서 굶주리고 있을 때 당신을 받아들여 음식을 나누어주었고, 선택된 골짜기로 무사히 데려와 넓은 땅을 나눠주기까지 했소. 그리고 우리의 보호 아래 큰 부자가 될 수 있었지. 그렇지 않소?"

"그렇습니다." 존 페리어가 대답했다.

"그 모든 것의 대가로 우리가 요구한 조건은 단 한 가지뿐이오. 참된 신앙을 받아들이고, 관습을 따르는 것 말이오. 당신은 그렇게 하겠다고 약속했는데, 들리는 말이 맞는다면 당신은 약속을 소홀히 했소."

"소홀히 했다니 무슨 말씀이십니까?" 페리어가 간언하듯 두 손을 쳐들고 물었다. "제가 공동 기금을 내지 않은 적이 있단 말씀입니까? 교회에 나가지 않은 적이 있단 말씀입니까? 아니면⋯⋯."

"당신의 아내들은 어디 있소?" 영이 주위를 둘러보며 물었다. "인사라도 나누게 그들을 이리 부르시오."

"제가 결혼하지 않은 것은 사실입니다." 페리어가 대답했다. "하지만 여자들은 거의 없는데, 저보다 더 필요로 하는 형제들이 많았습니다. 저는 혼자 살고 있는 것도 아닙니다. 시중을 들어주는 딸이 있으니까요."

교도를 보면 영국인 하녀들을 유괴해서 유타 주로 데려간 '백인 노예들'을 떠올렸다고 설명했다. "한때 모르몬교도들에 대한 폭동이 일어났는데, 영국인 하녀들이 알지 못하는 나라에서 하녀 생활을 하지 않고 살 수 있다는 미래 전망과 영국에서 밑바닥 생활을 하는 것을 비교해보고는 자발적으로 유타 주로 떠났을 때 특히 그랬다⋯⋯. 왓슨이 『주홍색 연구』를 기록하던 시점에 전통적인 영국인들 대다수가 모르몬교를 사악한 이교도로 보았음이 분명하다."

224. 지금 이야기의 시점은 1860년으로, 이때 브리검 영의 나이는 59세였다.

225. 1847년에 다섯 살이었던 루시는 1860년인 이때 18세가 되었다.

226. 'heifers.' 영국과 미국 단행본에는 (아마도 아서 코난 도일이 덧붙인 듯한) 이런 주석이 달려 있다. "히버 C. 킴벌은 언젠가 설교를 할 때 자신의 아내 수백 명을 '암소들'이라고 일컬었다."

"내가 말하고자 하는 것이 바로 그 딸 이야기올시다." 모르몬교 지도자가 말했다. "그 아이는 잘 자라서 유타의 꽃이 되었소. 그 아이를 예쁘게 보는 고위 인사들이 많더군."

존 페리어는 속으로 신음을 삼켰다.

"그런데 믿고 싶지 않은 소문이 떠돌고 있소. 이방인과 정혼을 했다는 소문 말이오. 그건 분명 말 많은 자들의 헛소문이겠지. 조지프 스미스의 열세 번째 계율이 무엇이오? '참된 신앙을 가진 모든 처녀들은 반드시 선민의 자식과 혼인하라. 이방인과 혼인하면 무거운 죄를 짓는 것이다.' 계율이 이러하니 성스러운 신앙을 고백한 당신의 딸이 이를 어긴다는 것은 있을 수 없는 일이오."

존 페리어는 대꾸하지 않고 다만 불안하게 말채찍만 만지작거렸다.

"당신의 모든 신앙은 바로 이 한 가지로 시험될 것이오. 신성한 4인 회의에서 그렇게 결정했소. 딸이 아직 어리니[225] 늙은이와 결혼시키지는 않겠고, 그녀의 선택권을 빼앗지도 않겠소. 우리 장로들한테는 많은 암소들[226]이 있소. 한데 우리 자녀들 역시 그러해야 하오. 스탠거슨에게 아들이 한 명 있고, 드레버에게도 한 명 있으니, 그들이라면 당신의 딸을 기꺼이 아내로 맞이할 것이오. 그녀로 하여금 둘 중 한 명을 선택하게 합시다. 둘 모두 젊고 부유한 데다 신앙도 독실하지. 그쪽 생각은 어떻소?"

페리어는 눈살을 찌푸린 채 잠시 말이 없었다.

"시간을 좀 주십시오." 그가 마침내 말했다. "딸아이는 아직 어립니다. 결혼할 나이가 아직 안 됐습니다."

"한 달 말미를 주겠소." 영이 말하며 자리에서 일어났다. "한 달 후 그녀가 어떤 선택을 했는지 대답해야 할 것이오."

그는 문을 나서다가 불쾌한 얼굴에 이글거리는 눈빛으로 뒤

그는 문을 나서다가 불쾌한 얼굴에 이글거리는 눈빛으로 뒤를 돌아보았다.
조지 허친슨 그림, 『주홍색 연구』, 런던, 워드, 록 앤드 보든 출판사(1891)

227. 'Holy Four.' 이는 문학적 장치로 등장한 말이다. 실제로는 스미스 사후 브리검 영이 이끄는 '12인 회의' 곧 '12사도'가 교권을 장악하고 있었다.

를 돌아보았다. "존 페리어!" 그가 천둥처럼 외쳤다. "이제 와서 신성한 4인[227]의 명을 어기느니 차라리 전에 시에라블랑코에서 해골이 되어 나뒹구는 편이 나았을 것이오!"

위협적인 손짓을 해 보인 후 그가 돌아섰다. 자갈이 깔린 길을 걸어가는 육중한 발소리가 페리어의 귀에 들려왔다.

그가 무릎에 팔꿈치를 괸 채 묵묵히 앉아, 딸 문제를 어떻게 해결해야 할지 고심하고 있을 때, 나긋한 손이 그의 손 위에 얹혔다. 고개를 들어보니 루시가 곁에 서 있었다. 창백하고 겁먹은 그녀의 얼굴을 보니 이제까지의 이야기를 모두 들은 모양이었다.

"듣지 않을 수가 없었어요." 그녀가 그의 표정에 대답하듯 말했다. "그분의 목소리가 온 집 안에 울려 퍼졌으니까요. 아, 아버지, 아버지, 우린 어쩌면 좋아요?"

"신성한 4인의 명을 어기느니 차라리 전에 시에라블랑코에서
해골이 되어 나뒹구는 편이 나았을 것이오!"
리하르트 구트슈미트 그림, 『훗날의 복수』, 슈투트가르트, 로베르트 루츠 출판사(1902)

"무서워할 것 없다." 그가 루시를 끌어당겨 넓적하고 거친 손
으로 그녀의 갈색 머리를 쓰다듬으며 말했다. "어떻게든 잘 해
결할 수 있을 거야. 그 녀석에 대한 네 애정은 여전하지?"

대답 대신 그녀는 그의 손을 꼭 그러쥐며 흐느꼈다.

"그래. 물론 그렇겠지. 애정이 식었기를 기대해서야 못쓰겠
지. 그는 유망한 청년이야. 기독교인이고 말이야. 이곳 놈들이
기도하고 설교할 때 별의별 소리를 해대지만 그 녀석에 비할
바가 못 되지. 내일 네바다로 떠나는 사람들이 있으니, 우리가
곤경에 처했다는 것을 그에게 알리도록 하마. 내가 그 청년을
제대로 보았다면, 그는 전보보다 빠르게 이리 달려올 거야."

그는 무릎에 팔꿈치를 괸 채 묵묵히 앉아 있었다.
조지 허친슨 그림, 『주홍색 연구』, 런던, 워드, 록 앤드 보든 출판사(1891)

228. "I guess we had best shin out of Utah." 'shin out of'는 '~를 떠나다', '~에서 달아나다'를 뜻하는 잉글랜드 구어 표현이다. 잭 트레이시는 『셜로키언 백과사전』에서 미국인 존 페리어의 입에서 잉글랜드 구어체가 흘러나왔다는 점을 주목한다. 이번 이야기의 화자가 잉글랜드 사람이라는 유력한 증거일 수 있기 때문이다.

눈물을 흘리던 루시는 아버지의 익살에 웃음을 지었다.

"그이가 오면 우리에게 좋은 수를 일러주겠죠. 하지만 제가 겁이 나는 건 아버지 때문이에요. 선지자의 말에 반대한 사람은 끔찍한 일을 당한다잖아요. 항상 그랬어요."

"하지만 아직은 반대하지 않았다." 그녀의 아버지가 말했다. "반대를 할 때는 단단히 조심해야 할 거야. 우리에겐 한 달의 여유가 있어. 그 전에 유타 주를 떠나는 것이 좋겠지."228

"여길 떠나다니요!"

"사정이 그런 걸 어떡하겠니."

"하지만 농장은요?"

"최대한 돈을 마련하고, 나머지는 버려야지. 솔직히 말하면 그러려고 한 것이 이게 처음이 아니다. 나는 이곳 사람들이 그 빌어먹을 선지자에게 하듯이 그렇게 굽실거리고 싶지 않아. 나는 자유롭게 태어난 미국인이라 그 모든 것이 낯설어. 뭔가를

배우기에는 너무 늙은 탓인지도 모르지. 만일 그가 이 농장에
풀이라도 뜯어 먹으려고 왔다가는 총알 세례부터 맛봐야 할 거
야."

"하지만 그들은 우리를 떠나지 못하게 할 거예요." 딸이 반대
했다.

"제퍼슨이 올 때까지 기다려보자. 곧 좋은 수가 나겠지. 그동
안 너무 애태우지 마라, 애야. 울어서 눈이 퉁퉁 부으면 그런 너
를 보고 그 녀석이 나를 닦달할 거다. 두려워할 것 없어. 위험할
것도 없고 말이다."

존 페리어는 자신만만하게 위로의 말을 했지만, 그날 밤 루
시는 그가 유난히 문단속에 신경을 쓰는 모습을 보지 않을 수
없었다. 또 그는 침실 벽에 걸어두었던 낡고 녹슨 엽총을 꼼꼼
히 닦고 장전했다.

제4장

목숨을 건 탈주

모르몬교 선지자와 만난 다음 날 아침, 존 페리어는 솔트
레이크시티로 갔다. 네바다 산으로 떠나는 지인을 만난
그는 제퍼슨 호프에게 보내는 편지를 맡겼다. 그 청년에게 위
험이 임박한 것을 알리고, 어서 꼭 돌아와주었으면 좋겠다고
쓴 편지였다. 편지를 보내자 한결 안심이 되는 것을 느끼고 가
벼운 마음으로 집에 돌아왔다.

농장에 도착한 그는 대문 기둥 양쪽에 말이 묶여 있는 것을
보고 놀랐다. 더욱 놀란 것은, 집에 들어가서 두 청년이 여봐란
듯이 거실을 차지하고 있는 것을 보고서였다. 얼굴이 기름하고
창백한 한 청년은 흔들의자에 기대앉아 난로 위에 떡하니 두
발을 올려놓고 있었다. 굵고 짧은 자라목에 천박하고 건방진
인상의 다른 청년은 두 손을 주머니에 찔러 넣고 창가에 서서
친숙한 찬송가를 흥얼거리고 있었다. 페리어가 들어서자 둘 다

고개를 끄덕여 알은체를 하더니, 흔들의자의 청년이 먼저 말문을 열었다.

"당신은 아마 우리를 모를 겁니다." 그가 말했다. "저 친구는 드레버 장로의 아들이고, 나는 조지프 스탠거슨입니다. 주님께서 손을 내밀어 당신을 참된 우리 속에 거두신 후, 그 사막에서 당신과 함께 여행을 했지요."

"때가 무르익으면 주님께서는 모든 나라를 주재하시리니, 주님의 맷돌은 천천히 돌아도 대단히 곱게 빻노라." 다른 청년이 콧소리를 내며 말했다.

존 페리어는 차갑게 인사를 했다. 그는 방문객들이 누군지 이미 짐작하고 있었다.

"우리가 온 것은" 하고 스탠거슨이 이어 말했다. "따님에게 약혼을 청하라는 부친들의 말씀 때문입니다. 우리 둘 중에서 당신과 따님에게 더 좋아 보이는 것이 어느 쪽인지 가려서 말입니다. 내 아내는 네 명이고, 드레버 형제의 아내는 일곱 명이니, 아무래도 나한테 우선권이 있는 듯합니다만."

"아니, 아니요, 스탠거슨 형제." 다른 청년이 외쳤다. "문제는 아내가 얼마나 많으냐가 아니라, 얼마나 많이 거느릴 능력이 있느냐입니다. 아버지께서 내게 방앗간을 물려주셨으니 내가 더 부자입니다."

"하지만 장래성은 내가 더 낫지." 다른 청년이 열렬히 말했다. "주님께서 우리 아버지를 데려가시면, 가죽 공장과 무두질 작업장을 내가 갖게 되지. 게다가 나는 자네보다 나이도 많고 교회에서 신분도 더 높지 않은가."

"결정은 아가씨가 할 겁니다." 청년 드레버가 유리창에 비친 자기 모습을 보고 히죽거리며 말했다. "모든 게 그녀의 결정에 달려 있다 이겁니다."

이런 대화를 하는 동안 울화를 삼키며 문간에 서 있던 존 페리어는 두 방문객의 등허리를 말채찍으로 사정없이 갈겨버리고 싶었다.

"이봐." 그가 마침내 성큼 다가서며 말했다. "내 딸이 부르면 그때는 와도 좋다. 그 전에는 너희를 다시 보고 싶지 않다."

두 모르몬교 청년은 놀라서 그를 멍하니 바라보았다. 그들이 보기에 처녀와의 약혼을 쟁취하기 위한 두 사람의 경쟁은 그녀와 페리어 둘 다에게 더할 나위 없이 영광스러운 것이었다.

"방에서 나가는 방법은 두 가지가 있다!" 페리어가 외쳤다. "방문이 있고 창문이 있는데, 어느 쪽을 쓰고 싶으냐!"

그의 갈색 얼굴이 너무나 험악한 데다 뼈마디가 불거진 두 손이 너무나 위협적이어서, 두 방문객은 벌떡 일어나 부리나케 줄행랑을 쳤다. 나이 든 농부는 두 청년을 따라 문밖으로 나왔다.

"이런, 어느 쪽인지 결정을 했으면 먼저 말을 하지." 그가 냉소적으로 말했다.

"당신은 응보를 받을 것이오!" 스탠거슨이 분노로 씩씩거리며 외쳤다. "선지자와 4인 위원회에 반항하다니. 당신은 죽도록 뉘우치게 될 것이오."

"주님의 무거운 손길이 당신에게 임할 것이오." 젊은 드레버가 외쳤다. "주님께서 일어나 당신을 칠 것이오!"

"그렇다면 내가 먼저 후려쳐주지." 페리어가 사납게 외쳤다. 루시가 그의 팔을 붙잡고 말리지 않았다면 위층으로 달려가서 총을 가져왔을 것이다. 그가 루시의 팔을 뿌리치기 전에 이미 젊은것들이 달아났음을 알리는 말발굽 소리가 들렸다.

"위선적인 불량배 자식들!" 그가 이마의 땀을 훔치며 외쳤다. "애야, 네가 놈들의 아내가 되느니 차라리 세상을 하직하는 게 나을 거다."

"제 생각도 그래요, 아버지." 그녀가 당차게 말했다. "하지만 제퍼슨이 곧 이리 올 거예요."

"당신은 응보를 받을 것이오!" 스탠거슨이 분노로 씩씩거리며 외쳤다.
조지 허친슨 그림, 『주홍색 연구』, 런던, 워드, 록 앤드 보든 출판사(1891)

"그래. 곧 올 거다. 빨리 올수록 좋겠지. 놈들이 다음에 무슨 짓을 할지 모르니 말이다."

정말이지 완강한 늙은 농부와 그의 수양딸에게는 지금이야말로 조언과 도움이 절실한 때였다. 모르몬교의 정착 과정에서 이처럼 극단적으로 장로들의 권위에 불복한 사례는 한 번도 없었다. 사소한 실수도 엄정하게 처벌을 받았는데 이 엄청난 반역의 결과는 어떻겠는가? 페리어는 자신의 부와 지위가 아무런 도움도 되지 않을 거라는 사실을 알고 있었다. 자기만큼 유명하고 부유한 다른 사람들 가운데서도 행방불명이 된 사람들이 있었고, 그들의 재산은 교회로 넘어갔다. 그는 용감했지만 은밀하게 다가오는 막막한 공포에 떨지 않을 수 없었다. 눈에 보이는 위험이라면 무엇이든 이를 악물고 맞설 수 있었지만, 애

가슴 바로 위의 이불에 쪽지가 꽂혀 있었다.
조지 허친슨 그림, 『주홍색 연구』, 런던, 워드, 록 앤드 보든 출판사(1891)

간장을 태우는 막막한 이 상태는 불안하기만 했다. 딸에게 자신의 두려움을 감추고 모든 게 대수롭지 않은 척했지만, 그녀는 예리한 사랑의 눈길로 그가 불안해한다는 것을 단박에 알아차렸다.

그는 자기 행동에 대해 브리검 영이 뭐든 한마디 할 거라고 예상했는데 그런 일은 없었다. 하지만 예상치 못한 방식으로 전갈이 날아왔다. 이튿날 아침에 일어나자마자 그는 화들짝 놀랐다. 그의 가슴 바로 위의 이불에 쪽지가 꽂혀 있었다. 거기에는 굵고 거친 필체로 이렇게 쓰여 있었다.

　　당신의 마음을 바로잡기 위해 주어진 시간은 29일이다. 그 후에는——

문장 마지막의 줄표는 그 어떤 위협보다 더 섬뜩했다. 존 페리어는 이런 경고문이 몰래 자기 방에 놓였다는 것이 무척이나 곤혹스러웠다. 바깥채에서 하인들이 자는 데다, 방문과 창문이 모두 잠겨 있었기 때문이다. 그는 종이를 구겨버리고 딸에게

IN THE CENTRE OF THE CEILING WAS SCRAWLED, WITH A BURNT
STICK APPARENTLY, THE NUMBER 28.

불타고 남은 막대기로 휘갈겨 쓴 것이 분명한 숫자 28이 천장 중앙에 보였다.
찰스 도일 그림, 『주홍색 연구』, 런던과 뉴욕, 워드, 록 앤드 컴퍼니(1888)

아무 말도 하지 않았지만, 이 사건으로 가슴이 철렁하지 않을
수 없었다. 29일은 브리검 영이 약속한 한 달에서 하루가 지났
다는 것을 의미하는 것이 분명했다. 무슨 힘, 무슨 용기로, 대체
그처럼 알 수 없는 힘으로 무장한 적과 맞서 싸울 수가 있을까?
이불에 핀을 꽂은 손으로 가슴에 칼을 꽂을 수도 있을 것이다.
그러면 그는 누구한테 죽었는지도 알지 못할 것이다.

이튿날 아침 그는 더욱 가슴이 철렁했다. 두 부녀가 아침 식
사를 하려고 식탁에 앉으려는 순간, 루시가 외마디 소리를 지
르며 위를 가리켰다. 불타고 남은 막대기로 휘갈겨 쓴 것이 분
명한 숫자 28이 천장 중앙에 보였다. 루시에게는 영문을 알 수

없는 일이었지만, 페리어는 굳이 의미를 가르쳐주지 않았다. 그날 밤 그는 총을 들고 지키고 앉아서 밤을 새웠다. 그가 보거나 들은 것은 아무것도 없었는데, 아침에 보니 현관문 바깥쪽에 숫자 27이 커다랗게 쓰여 있었다.

이렇게 하루하루가 지나갔다. 변함없이 아침이 오듯, 보이지 않는 적들은 여전히 기록을 남겼다. 유예기간 한 달 가운데 며칠이나 남았는가를 어딘가 눈에 잘 띄는 곳에 표시해둔 것이다. 운명의 숫자가 때로는 벽에, 때로는 마루에 표시되어 있었고, 이따금 정원 출입문이나 울타리에 작은 판자가 걸려 있기도 했다. 존 페리어는 밤샘을 하며 감시해봤지만 날마다 그런 경고문을 어떻게 남겨놓는지 알아낼 수 없었다. 경고문을 볼 때마다 그에게 거의 미신적인 공포가 엄습했다. 잠을 이루지 못하고 초췌한 그의 두 눈에는 쫓기는 짐승처럼 불안에 떠는 기색이 역력했다. 이제 그가 바라는 것은 한 가지밖에 없었다. 네바다의 젊은 사냥꾼이 어서 도착하는 것 말이다.

숫자 20이 15로, 15가 10으로 바뀌었지만 애타게 기다리는 사람의 소식은 없었다. 숫자는 하나하나 줄어들었지만, 여전히 그는 깜깜무소식이었다. 누군가 말을 타고 지나가는 소리가 나거나 소몰이꾼이 일행에게 소리를 지를 때마다, 늙은 농부는 마침내 도움의 손길이 찾아온 줄 알고 허둥지둥 대문으로 달려갔다. 숫자 5가 4로, 다시 3으로 바뀐 것을 본 그는 이윽고 낙담하고는, 벗어날 수 있다는 희망을 모두 접고 말았다. 정착지 주변의 산에 대해 그리 아는 것도 없어, 혼자서는 그저 무력할 뿐이라는 사실을 그는 알고 있었다. 사람이 붐비는 길 어디나 삼엄한 감시와 경계가 이루어지고 있었고, 위원회의 지시 없이는 아무도 통과할 수 없었다. 어느 길로 가든 재난을 피할 길은 없어 보였다. 하지만 딸이 치욕을 당하게 하느니 차라리 목숨을 끊고 말겠다는 노인의 결심은 흔들리지 않았다.

어느 날 저녁 그는 홀로 앉아 아무리 궁리해도 대책을 찾을 길이 없어 마냥 고민에 잠겨 있었다. 그날 아침 그의 집 담벼락에는 숫자 2가 쓰여 있었다. 다음 날이 주어진 마지막 날이었다. 그다음에는 어떻게 될까? 막막하고 끔찍한 생각만 들었다. 딸은, 그가 세상을 뜨면 딸아이는 어떻게 될까? 그들 부녀를 둘러싼 보이지 않는 그물망으로부터 달아날 길은 정말 없는 걸까? 식탁에 앉은 그는 자신이 무력하다는 생각에 고개를 떨어뜨리고 흐느껴 울었다.

무슨 소리지? 침묵 속에서 그는 뭔가 나직이 두드리는 소리를 들었다. 고요한 밤중에 나지막하지만 아주 먼 데서 들리는 듯한 소리가 났다. 현관문에서 나는 소리였다. 페리어는 살금살금 기어가서 가만히 귀를 기울였다. 몇 차례 잠깐 쉬었다가 다시 낮고 은밀한 소리가 이어졌다. 누군가 문짝을 아주 살살 두드리고 있는 것이 분명했다. 비밀재판에서 살인 명령을 받고 온 한밤의 암살자일까? 아니면 유예기간 중 마지막 날이 도래했다는 표시를 남기고 있는 것일까? 존 페리어는 가슴이 철렁하고 간이 떨리는 이런 불안감을 견디느니 차라리 당장 죽는 것이 낫겠다는 심정이 되었다. 앞으로 뛰쳐나간 그는 빗장을 벗기고 문을 확 열어젖혔다.

바깥은 적막하고 고요했다. 한밤의 날씨가 맑아서, 머리 위 별들이 초롱초롱 빛나고 있었다. 울타리와 대문으로 둘러싸인 작은 앞뜰이 농부의 눈앞에 펼쳐졌다. 앞뜰은 물론이고, 눈길이 미치는 바깥 거리 어디에도 사람은 코빼기도 보이지 않았다. 안도의 한숨을 내쉬며 좌우를 둘러보다가 우연히 발치를 내려다본 순간, 거기 한 남자가 팔다리를 쭉 뻗고 바닥에 납작 엎드려 있는 것을 보고 화들짝 놀랐다.

그 모습에 너무나 놀란 나머지 휘청하며 벽에 기대서는, 소리가 터져 나오려는 입을 손으로 틀어막았다. 엎드려 있는 사람이

한 남자가 바닥에 납작 엎드려 있는 것을 보고 화들짝 놀랐다.
리하르트 구트슈미트 그림, 『훗날의 복수』, 슈투트가르트, 로베르트 루츠 출판사(1902)

229. 'for bit or sup.' 이 말은 'for food or drink'를 뜻하는 말로 흔히 쓰였다.

혹시나 부상을 당했거나 죽어가는 사람인가 하는 생각이 문득 들었지만, 가만 보고 있자니 그 사람이 슬금슬금 바닥을 기어 뱀처럼 소리 없이, 그리고 재빨리 집 안으로 들어왔다. 일단 안으로 들어오자마자 벌떡 일어나더니 문을 닫고는 놀란 농부에게 사납고 단호한 표정의 얼굴을 드러냈다.

제퍼슨 호프였다.

"아니 이런!" 존 페리어가 숨넘어가는 소리를 냈다. "깜짝 놀랐잖은가! 도대체 왜 이런 식으로 들어온 건가?"

"먹을 것 좀 주십시오." 호프가 쉰 목소리로 말했다. "꼬박 이틀 동안 요기를 할[229] 시간이 없었습니다." 식탁에 저녁에 먹고 남은 식은 고기와 빵이 아직도 놓여 있는 것을 본 그는 부리나케 달려들어 게걸스레 먹어치웠다. "루시는 잘 견디고 있습

230. 위쇼는 네바다 서북부 버지니아 산맥의 일부로, 근처의 타호 지역에 사는 인디언 부족도 위쇼라고 불렸다. 물론 여기서 "위쇼 사냥꾼"은 호프 자신을 가리킨다.

한 남자가 바닥에 납작 엎드려 있는 것을 보고 화들짝 놀랐다.
조지 허친슨 그림, 『주홍색 연구』, 런던, 워드, 록 앤드 보든 출판사(1891)

니까?" 허기를 채운 청년이 물었다.

"그래. 루시는 위험하다는 것을 모른다네." 루시의 아버지가 대답했다.

"그게 낫겠군요. 이 집은 사방에서 감시를 당하고 있습니다. 내가 기어 온 것도 그래서입니다. 놈들이 꽤나 날래 보이지만, 위쇼 사냥꾼[230]을 잡을 만큼 날래진 못하죠."

이제 헌신적인 동맹자가 생겼다는 것을 알자 존 페리어는 생판 다른 사람이 된 기분이었다. 그는 짐승 가죽 같은 청년의 손을 뜨겁게 부여잡고 말했다. "정말 자네가 자랑스럽네. 위험과

가만 보고 있자니 그 사람이 슬금슬금 바닥을 기어 뱀처럼⋯⋯.
D. H. 프리스턴 그림, 《비턴의 크리스마스 연감》(1887)

고난을 함께하려고 와줄 사람은 많지 않으니 말일세."

"맞습니다." 젊은 사냥꾼이 말했다. "나도 어르신을 존경하긴 하지만, 이 일에 관련된 것이 어르신뿐이라면 이런 벌통 속에 선뜻 내 머리를 집어넣진 않았을 겁니다. 여기 온 것은 루시 때문이죠. 유타 주의 호프 집안이 살아 있는 한 결코 루시를 건드리지 못할 겁니다."

"이제 우리는 어째야 하지?"

"내일이 마지막 날이니 오늘 나서지 않으면 끝장입니다. 독수리 협곡에 노새 한 마리와 말 두 마리를 준비해두었습니다.

231. A. 카슨 심프슨은 페리어가 이야기한 "금으로 2,000달러"는 "당시 서부에서 대용화폐로 사용된 것으로 개인이 만든 금 조각들"일 거라고 추리했다. 이는 주로 '개척자의 금'이라고 불렸다. 모르몬교도들도 1849년에 최초로 이런 대용화폐를 만들었는데, 심프슨은 페리어의 금 가운데 모르몬교도들이 만든 것도 포함되어 있었을 거라고 보았다.

232. 개척자 키트 카슨의 이름을 딴 이 도시는 1858년에 세워져, 네바다가 1864년에 하나의 주가 되면서 수도로 지정되었다. 1880년 카슨시티는 공식 인구가 4,229명에 지나지 않았지만, 당시 은광 개발의 중심지였다. 수도에서 25킬로미터쯤 떨어진 컴스톡 로드에서 1859년에 네바다 최대 은광맥이 발견되었다. 막대한 양의 은이 카슨 강을 따라 내려와서, 도시에서 제련 처리되어 판매되었다. 은 동전을 만들기 위해 연방 정부는 카슨시티에 조폐국을 만들기도 했다.
1870년대 후반과 1880년대에 카슨시티에서 살았던 마크 트웨인은 여행기인 『고난의 길』에서 이렇게 묘사했다. 카슨시티는 "'나무로 만든' 도시다.……중심가는 4-5블럭으로 이루어져 있는데, 가게치고는 너무 높고 다른 용도로는 그리 높지 않은 흰 목조 틀의 작은 가게들이 줄지어 있다. 가게들은 마치 대평원이 비좁다는 듯이 나란히 바투 붙어 있다."

돈은 얼마나 갖고 계시죠?"

"금으로 2,000달러,[231] 지폐로 5달러가 있네."

"그거면 됐습니다. 나한테도 그 이상 있으니까요. 우리는 저 산을 넘어 어서 카슨시티[232]로 가야 합니다. 루시를 깨우는 게 좋겠어요. 하인들이 바깥채에서 자고 있어 천만다행입니다."

페리어가 딸에게 임박한 여행 준비를 시키러 가자, 제퍼슨 호프는 먹을 수 있는 것들을 죄다 찾아 작은 꾸러미를 만들고, 도자기 단지에 물을 채웠다. 산에서 마실 물을 찾기가 어렵다는 것을 알고 있었기 때문이다. 그가 미처 준비를 다 끝내지 못했을 때, 제대로 옷을 차려입고 출발 준비를 갖춘 딸을 데리고 농부가 돌아왔다. 두 연인은 뜨겁지만 짧은 인사를 나누었다. 시간은 없고 할 일은 많았기 때문이다.

"바로 출발해야겠습니다." 제퍼슨 호프가 나지막이 결연한 음성으로 말했다. 그는 위험이 얼마나 큰지 알면서도 단호히 대처할 마음을 갖춘 사람처럼 보였다. "앞문과 뒷문은 감시를 당하고 있지만, 옆 창문을 통해 몰래 들판으로 빠져나갈 수 있을 겁니다. 일단 큰길까지만 나가면 말을 준비해둔 협곡까지는 3킬로미터 남짓밖에 안 됩니다. 동이 트기 전에 저 산을 반은 넘어야 해요."

"들키면 어떡하지?" 페리어가 물었다.

호프는 겉옷 앞자락에 불룩 나온 리볼버 손잡이를 툭툭 쳤다. "놈들의 숫자가 많으면, 두어 명은 저승길에 데리고 갈 겁니다." 그가 불길하게 히죽 웃으며 말했다.

집 안의 불을 모두 끈 뒤, 페리어는 어두운 창문을 통해 들판을 내다보았다. 자기 것이었던 저 들판을 이제는 영영 잃고 말 것이다. 그러나 이미 희생을 치르기로 각오한 지 오래였다. 딸이 치욕을 당하지 않고 행복해질 수만 있다면 재물을 잃는 것쯤은 대수롭지 않았다. 바람에 살랑거리는 나무와 드넓게 펼쳐진 고요한 밀밭은 너무나 평화롭고 행복해 보여서, 곳곳에 흉흉한 살기가 도사리고 있다고는 차마 생각하기 어려웠다. 하지만 젊은 사냥꾼의 흰 얼굴과 굳은 표정을 보면, 그가 이 집에 몰래 다가오면서 그런 사실을 충분히 목격했다는 것을 알 수 있었다.

페리어는 금과 지폐가 든 가방을 챙겼고, 제퍼슨 호프는 얼마 되지 않는 식량과 물을 챙겼다. 루시는 귀중품 몇 가지가 든 작은 꾸러미만 들었다. 그들은 아주 천천히 조심스레 창문을 열고, 달이 검은 구름 속으로 들어가 더욱 어두워지길 기다렸다가 한 사람씩 작은 뜰로 나섰다. 숨을 죽이고 몸을 웅크린 채 뜰을 지나 산울타리 그늘 속으로 숨어들었다. 울타리를 따라가자 옥수수 밭으로 이어진 작은 공터가 나왔다. 그곳에 이르자마자 청년은 일행 두 명을 그늘 속으로 끌어당겼다. 그들은 조바심을 치며 쥐 죽은 듯 꼼짝하지 않았다.

제퍼슨 호프는 앞서 들판을 지나오면서 단단히 훈련을 거친 덕분에 스라소니 같은 귀를 갖게 되었다. 그와 일행이 그늘 속에 웅크리자마자 불과 네댓 걸음 떨어진 곳에서 구성진 멧부엉이 울음소리가 들려왔다. 그러자 곧바로 근처에서 또 다른 부엉이가 화답을 했다. 그와 동시에 어렴풋한 인영이 공터에 나타나 또다시 구성진 울음소리를 냈고, 어둠 속에서 제2의 인물이 나타났다.

"내일 자정. 쏙독새가 세 번 울 때." 신분이 높아 보이는 첫 번째 인물이 말했다.

"알겠습니다." 상대가 대답했다. "드레버 형제에게 말할까요?"

"그에게 전하시오. 그가 또 다른 사람에게 전하도록 하고. 9대 7!"

"7대 5!" 상대가 말을 받았다. 그리고 두 인영은 다른 방향으

233. 암구호란 적군과 아군을 분간할 수 없는 야간에 아군 여부를 확인하기 위해 미리 정해놓은 말이다. 벤 비조스키는 「'주홍색 연구'의 미국편을 누가 썼는가?」라는 에세이에서, '7대 5seven to five'가 모르몬경 중 다음과 같은 『모시아서』7장 25절을 줄여 말한 것이라는 독창적인 주장을 했다. "그러나 우리에게 주어졌던 것과 같이, 하느님의 모든 명령을 포함한 계명을 그에게 주었으되, 그는 계명을 어기고 시련의 날들을 허비하고 마느니, 그가 너무나 무서워하는 탓이라." 존 페리어의 처지에 딱 맞아떨어지는 구절이 아닐 수 없다. 비조스키는 또 '9대 7nine to seven'이 모르몬경에서 다음과 같은 내용을 담고 있는 『네피서』9장 27절을 가리킨다고 주장했다. "이 사람들이 계명을 어기지 아니하였다면, 주께서 그들에게 그토록 나쁜 일을 당하게 하지 않았으리라." 복수를 원하는 모르몬교도들에게 적용될 만한 구절이다. 이 모든 말들을 암구호로 채택하기는 어렵기 때문에 숫자로 대신했다는 것이 비조스키의 설명이다.

편집자와 논의를 한 비조스키는 자신의 주장을 다소 수정했다. 앞서의 장과 절은 장로와 대리인들에게만 알려진 '미발행' 판본의 모르몬경에 나오는 것으로, 일반 신도에게는 비밀이었다고. 장과 절로 구분된 모르몬경은 오슨 프랫에 의해 1879년 들어서야 발행되었기 때문이다.

로 재빨리 사라졌다. 그들이 맨 마지막으로 주고받은 말은 암구호[233]인 게 분명했다. 두 사람의 발소리가 멀리 사라지자, 제퍼슨 호프는 벌떡 일어나서 일행을 데리고 공터를 지나 전력으로 들판을 가로질러 갔다. 그는 힘겨워하는 루시를 도와 안고 뛰다시피 했다.

"빨리! 빨리!" 그가 이따금 숨넘어가는 소리로 재촉했다. "우리는 지금 감시 중인 경계선을 넘고 있어요. 속도에 사활이 달려 있습니다. 서둘러요!"

큰길에 접어들자 그들은 더욱 걸음을 재촉했다. 딱 한 번 누군가와 마주쳤지만, 얼른 들판에 숨은 덕분에 들키지 않을 수 있었다. 젊은 사냥꾼은 번화가 못미처 산으로 꺾어지는 울퉁불퉁한 오솔길로 일행을 이끌었다. 검은 산봉우리 두 개가 어둠 속 멀리 어렴풋이 보였다. 그 산봉우리 사이의 좁은 골짜기에 말을 준비해둔 독수리 협곡이 있었다. 제퍼슨 호프는 빗나가는 법 없는 예리한 본능이 이끄는 대로 커다란 바위 사이를 지나 물이 마른 계곡 바닥을 따라 올라갔다. 후미진 모퉁이를 돌아 바위가 병풍처럼 펼쳐진 곳에 이르자 마침내 충직한 짐승들이 매여 있는 곳이 나타났다. 루시는 노새를 타고, 늙은 페리어는 돈 가방을 가지고 말에 올라탔다. 제퍼슨 호프는 남은 말을 타고 가파르고 위험한 길을 앞장서 가기 시작했다.

험준한 대자연을 자주 겪어보지 않은 사람에게는 호락호락하지 않은 길이었다. 한쪽은 거대한 바위가 검고 험하게 아찔한 높이로 솟아 있었는데, 검고 거친 원통형의 긴 현무암의 표면이 마치 석화된 괴물의 갈비뼈 같아서 사뭇 무시무시했다. 다른 한쪽은 둥근 바위와 암석 부스러기가 어지럽게 널려 있어서 앞으로 나아갈 수가 없었다. 그 사이로 울퉁불퉁한 길이 나 있었는데, 워낙 좁은 지점이 많아서 일행은 한 줄로 나아갈 수밖에 없었다. 더구나 숙달된 기수만이 지나갈 수 있을 만큼 험하기까지 했다. 하지만 그 모든 위험과 어려움에도 불구하고 도망자들의 마음만은 마냥 가벼웠다. 걸음을 내디딜 때마다 참혹한 압제로부터 그만큼 멀어졌기 때문이다.

　그러나 이내 그들은 아직 성도들의 관할구역에서 벗어나지 못했다는 사실을 알게 되었다. 고갯길에서 가장 험하고 황폐한 곳에 이르렀을 때 루시가 놀라서 외마디 소리를 지르며 위쪽을 가리켰다. 산길을 굽어볼 수 있는 바위 위에 보초 한 명이 서 있

"9대 7!" 보초가 외쳤다.
리하르트 구트슈미트 그림, 『훗날의 복수』, 슈투트가르트, 로베르트 루츠 출판사(1902)

234. 'challenge.' 어두워서 상대의 정체를 식별하기 어려울 때 경계 자세로 상대의 정체나 아군끼리 약속한 암호를 확인하는 일. "수하誰何"라는 한자어은 "누구냐!"라는 뜻이다―옮긴이.

었던 것이다. 보초의 거뭇한 모습은 하늘을 배경으로 뚜렷하게 보였다. 일행이 보초를 보자마자 보초 역시 그들을 발견하고는 "정지! 누구냐?" 하고 군대식 수하[234]를 외쳤다.

"네바다로 가는 여행자들이오." 제퍼슨 호프가 안장에 매달린 소총에 한 손을 얹고 말했다.

혼자 있던 보초는 대답이 만족스럽지 못했는지 소총을 만지작거리며 그들을 굽어보았다.

"누구의 허락을 받았소?" 보초가 물었다.

"4인 위원회요." 페리어가 대답했다. 모르몬교 경험을 통해 그는 4인 위원회가 최고의 권위를 지니고 있다는 것을 알고 있었다.

"9대 7!" 보초가 외쳤다.

"7대 5!" 제퍼슨 호프가 재빨리 응답했다. 뜰에서 들은 암구호를 떠올린 것이다.

"통과. 주께서 함께하시길." 바위 위의 보초가 말했다.

이 초소를 지나자 길이 넓어져서 말이 속보로 달릴 수 있었다. 뒤를 돌아보니 외톨이 보초가 총에 몸을 기대고 있었다. 일행은 선민들의 외곽 초소를 통과했다는 것을 알 수 있었다. 이제 그들 앞에는 자유가 펼쳐져 있었다.

제5장

복수의 천사

세 사람은 밤새 꾸불꾸불한 소로를 지나 바위투성이의 울퉁불퉁한 고갯길을 넘었다. 한두 번 길을 잃기도 했지만, 산길을 잘 알고 있는 호프 덕분에 다시 길을 찾을 수 있었다. 날이 밝을 무렵, 거칠지만 장엄하고 아름다운 풍경이 눈앞에 펼쳐졌다. 그들을 둘러싼 산봉우리들이 머리에 흰 눈을 인채, 서로의 어깨 너머로 먼 지평선을 건너다보고 있었다. 그들 양쪽의 가파른 바위투성이 둔덕에는 전나무와 소나무가 아슬아슬하게 서 있어서, 바람만 한바탕 불어도 와르르 쓰러져 그들을 덮칠 것만 같았다. 이러한 두려움을 망상이라고만은 할 수 없었다. 황량한 골짜기 곳곳에 실제로 그렇게 무너진 나무와 바위가 즐비했기 때문이다. 그들이 막 통과한 뒤에도 커다란 바위 하나가 콰르릉 굴러떨어지며 적막한 협곡에 메아리를 울렸다. 지친 말들이 놀라서 날뛸 정도였다.

동쪽 지평선 위로 서서히 해가 솟아오르자, 거대한 봉우리에 쓰인 흰 모자가 축제의 날 등불처럼 차례로 빛을 발하더니 이윽고 온통 붉게 작열하기 시작했다. 장엄한 광경에 세 도망자의 가슴이 벅차오르며 불끈 새로운 힘이 샘솟았다. 협곡을 쓸고 내려가는 급류를 만난 그들은 걸음을 멈추고서 말에게 물을 먹이고 서둘러 아침 식사를 했다. 루시와 그녀의 아버지는 좀 더 쉬고 싶었지만, 제퍼슨 호프는 냉정했다. "지금쯤 놈들이 우리 뒤를 밟고 있을 겁니다." 그가 말했다. "속도에 사활이 걸려 있어요. 일단 카슨까지만 무사히 가면 평생 원 없이 쉴 수 있을 겁니다."

그날 종일 그들은 험로를 열심히 나아갔다. 저녁이 되었을 무렵 적들을 50킬로미터쯤은 따돌린 듯했다. 밤이 되자 지붕처럼 돌출한 바위 아래 자리를 잡았다. 바위가 찬 바람을 막아준 덕분에 서로 꼭 붙어 누워 두어 시간 단잠을 잤다. 하지만 해가 뜨기도 전에 일어나 다시 길을 나섰다. 추적자의 흔적이 보이지 않자, 제퍼슨 호프는 이제 그들이 그 무서운 조직의 손아귀에서 거뜬히 빠져나왔다고 생각하기 시작했다. 그는 자신들을 파멸시키기 위해 적들의 무쇠 같은 손아귀가 얼마나 멀리 뻗을 수 있는지, 얼마나 빠르게 다가올 수 있는지 알지 못했다.

도주한 지 이틀째 되는 날 한낮에 얼마 되지 않던 식량이 바닥을 보이기 시작했다. 그러나 산에는 사냥감이 많았기 때문에 사냥꾼은 불안해하지 않았다. 전에도 소총에 의지해서 생존에 필요한 것을 구한 적이 많았다. 그는 아늑한 쉼터를 찾아서 마른 나뭇가지를 모아 불을 지펴 일행이 몸을 녹일 수 있게 해주었다. 이제 해발 1,500미터에 이르는 곳에 있었기 때문에 꽤나 추웠다. 말을 매어두고 루시에게 다녀오겠다고 말한 그는 총을 어깨에 척 걸치고 사냥감을 찾아 나섰다. 뒤를 돌아보니 노인과 젊은 여성이 이글거리는 불을 쬐고 있었고, 짐승 세 마리가 그 뒤에 가만히 서 있었다. 그 모습은 곧 바위에 가려 보이지 않았다.

협곡에서 다른 협곡으로 3킬로미터쯤 걸었지만 사냥감은 보이지 않았다. 나무껍질이나 곳곳에 남은 흔적으로 보면 근처에 곰이 여러 마리 있는 것이 분명했는데도 그랬다. 두어 시간 헛걸음을 한 후 마침내 체념하고 돌아가려고 할 때였다. 문득 고개를 들자 가슴을 설레게 하는 풍경이 눈에 들어왔다. 100미터 남짓 떨어진 위쪽 산등성이에 산양 비슷하지만 한 쌍의 우람한 뿔이 달린 짐승이 서 있었다. '큰뿔'이라고 불리는 이 짐승은 아마도 사냥꾼에게 보이지 않는 자기네 무리의 보초 노릇을 하고 있는 듯했다. 그러나 다행히 반대쪽을 향하고 있어서 사냥꾼의 존재를 감지하지 못했다. 호프는 엎드린 채 소총을 바위에 올려두고 한동안 차분히 조준을 한 다음 방아쇠를 당겼다. 큰뿔은 펄쩍 뛰어올랐다가 잠시 비틀거리더니 계곡 아래로 굴러떨어졌다.

이 짐승은 들기 어려울 만큼 무거워서, 사냥꾼은 둔부와 허리 살 일부를 떼어내는 것으로 만족했다. 그는 전리품을 어깨에 메고 서둘러 돌아가기 시작했다. 벌써 날이 저물고 있었다. 그런데 발길을 돌리려는 순간 곤경에 처했다는 것을 깨달았다. 사냥에 열중하다 알지 못하는 협곡으로 들어선 탓에 어디로 가야 할지를 알 수 없었던 것이다. 그가 있는 골짜기는 작은 골짜기로 나뉜 다음 다시 나뉘었고, 골짜기 하나하나가 너무 비슷해서 구분이 되지 않았다. 그 가운데 한 골짜기를 따라 2킬로미터 가까이 내려가본 그는 길을 잘못 들었음을 알았다. 다른 골짜기로 내려가봤지만 마찬가지였다. 빠르게 땅거미가 내리고 있었다.

마침내 낯익은 협곡을 찾아낸 것은 이미 어두워진 뒤였다. 아직 달이 뜨지 않은 데다,[235] 양쪽 벼랑 때문에 어둠이 더욱 깊

235. 제이 핀리 크라이스트는 「왓슨과 달」에서 이렇게 꼬집었다. "호프가 되돌아갈 때 주위가 어두웠던 것은 '아직 달이 뜨지 않은' 것 때문이었다는데, 당시 8월 1일은 보름이었다. 4일에는 해가 7시 41분에 졌고, 달은 오후 8시 21분에 떴다. 미국 책력에 의하면 공식적으로 완전히 땅거미가 내린 것은 오후 9시였다. 주위가 어두웠던 것은 달이 뜨지 않아서가 아니라 계곡이었기 때문일 것이다."

어 보였기 때문에 바른 길을 되짚어가는 일이 호락호락하지 않았다. 제퍼슨 호프는 사냥하느라 지치고 짐도 무거웠지만 한걸음 내디딜수록 루시와 그만큼 더 가까워진다는 생각에 마음을 다잡고 비틀거리며 나아갔다. 지금 가져가는 고기라면 남은 여행 기간 내내 식량 걱정은 할 필요가 없었다.

마침내 그는 일행을 떠나온 협곡 입구에 이르렀다. 어둠 속에서도 양쪽 벼랑의 윤곽을 알아볼 수 있었다. 돌이켜보니 그가 떠난 지 벌써 다섯 시간은 지났기 때문에 두 사람이 초조하게 기다리고 있을 게 분명했다. 그는 즐거운 마음에 손나팔을 만든 뒤, 그가 돌아가고 있다는 신호로 메아리가 울리도록 야호! 하고 크게 외쳤다. 걸음을 멈추고 응답을 기다렸지만 아무런 소리도 들려오지 않았다. 자신의 외침이 적막한 골짜기에 부딪혀 끝없이 메아리치는 소리만 들릴 따름이었다. 전보다 더 크게 다시 외쳤지만, 얼마 전에 남겨두고 떠난 일행에게서는 나직한 응답 한 마디 들려오지 않았다. 형언할 수 없는 막연한 공포가 엄습해왔다. 그는 초조한 나머지 소중한 식량마저 팽개치고 미친 듯이 달려갔다.

모퉁이를 돌아가자 바로 모닥불을 피웠던 자리가 눈에 들어왔다. 잿더미 속에는 아직 불씨가 남아 있었지만, 그가 떠난 뒤 불을 더 지핀 흔적이 없었다. 주위에는 온통 죽음과도 같은 적막만이 감돌았다. 두려움이 확신으로 바뀌자 그는 다급해졌다. 모닥불 근처에는 생명의 기척도 없었다. 말도 노인도 처녀도 모두 사라지고 말았다. 그가 자리를 비운 동안 느닷없이 참혹한 재앙이 발생한 것이 분명했다. 재앙은 모든 것을 휩쓸어 갔지만 아무런 흔적도 남기지 않았다.

이런 충격에 아연실색한 제퍼슨 호프는 머리가 핑 도는 것을 느꼈다. 그는 쓰러질 것만 같아서 소총으로 몸을 지탱했다. 그러나 원래 행동하는 인간이었던 그는 잠깐의 무기력증에서 바로 헤어났다. 잿더미 속에서 반쯤 탄 나무토막을 집어 든 그는 입바람을 불어 불씨를 살려냈다. 그리고 그 불빛으로 작은 야영지를 살펴보기 시작했다. 땅바닥에 어지러운 말 발자국이 찍혀 있었다. 말을 탄 사람들 한 무리가 도망자들을 덮친 것이 분명했다. 그들의 흔적을 보니 다시 솔트레이크시티로 돌아간 모양이었다. 그들이 부녀를 데려간 것일까? 분명 그랬을 거라는 확신이 들 무렵, 제퍼슨 호프는 뭔가를 보고는 가슴이 철렁했다. 야영지 한쪽에 봉긋하게 붉은 흙더미가 쌓여 있었는데, 분명 새로 만든 무덤이었다. 젊은 사냥꾼은 흙더미 위에 막대기가 꽂혀 있는 것을 보았다. 갈라진 막대기 끝에 종이 한 장이 꽂혀 있었다. 종이에는 간결한 비문이 쓰여 있었다.

존 페리어
솔트레이크시티에 살다
1860년 8월 4일 운명하다

그가 몇 시간 전에 이곳에 두고 떠난 완고한 노인은 죽고, 이런 비문만 남겨놓았다. 제퍼슨 호프는 다른 무덤이 있는지 미친 듯이 주위를 둘러보았지만 두 번째 무덤은 없었다. 무서운 추적자들은 루시를 당초의 운명대로 장로 아들의 첩으로 만들기 위해 데려간 것이다. 호프는 그녀가 어떻게 될지 알면서도 그것을 막을 힘이 없다는 것을 깨닫고, 차라리 늙은 농부와 함께 영원한 침묵의 안식처에 눕고만 싶었다.

그러나 또다시 그의 활기찬 정신은 절망에서 솟아난 무력감을 떨쳐버렸다. 자기에게 남은 것이 아무것도 없다 해도 복수에 한 몸을 바칠 수는 있었다. 제퍼슨 호프는 불굴의 인내와 끈기만이 아니라, 전에 함께 지냈던 인디언들에게 배운 악착같은 복수심도 지니고 있었다. 그는 꺼져가는 불가에 서서, 자신의 슬픔을

종이에는 간결한 비문이 쓰여 있었다.
조지 허친슨 그림, 『주홍색 연구』, 런던, 워드, 록 앤드 보든 출판사(1891)

달래줄 수 있는 것은 오로지 자기 손으로 직접 적들을 쳐서 철저하게 복수하는 것뿐이라고 생각했다. 그래서 강한 의지와 지칠 줄 모르는 젊음의 힘을 이 한 가지 목적에 바치기로 결심했다. 그는 희고 험상궂은 얼굴로 길을 되짚어갔다. 팽개쳤던 식량을 찾아와서, 꺼져가는 불을 살린 후 며칠 동안 먹을 만큼의 고기를 구웠다. 이것을 갈무리한 후, 몸이 피곤했지만 지나온 산길을 되돌아갔다. 복수의 천사로서의 길을 나선 것이다.

그는 지치고 발이 아팠지만, 말을 타고 지나왔던 협곡을 닷새 동안 힘겹게 되돌아갔다. 밤에는 바위틈에 웅크리고 두어 시간 눈을 붙였는데, 언제나 동이 트기 전에 길을 나섰다. 6일째 되는 날, 불운한 도주를 시작했던 독수리 협곡에 도착했다.

존 페리어, 솔트레이크시티에 살다. 1860년 8월 4일 운명하다.
리하르트 구트슈미트 그림, 『훗날의 복수』, 슈투트가르트, 로베르트 루츠 출판사(1902)

그곳에서는 성도들의 마을을 굽어볼 수 있었다. 너무나 지친 그는 소총에 몸을 기댄 채, 발아래 적막하게 펼쳐진 시내를 내려다보고 앙상한 손을 파르르 떨었다. 간선도로 일부에 걸린 깃발과, 축제를 알리는 표지판들이 보였다. 도대체 무슨 축제인가를 생각하고 있을 때 말발굽 소리가 들렸다. 말을 탄 사람 한 명이 그를 향해 달려오고 있는 것이 보였다. 가까이 오자 그가 카우퍼라는 이름의 모르몬교도라는 것을 알 수 있었다. 호프는 전에 그를 몇 번 도와준 적이 있었다. 카우퍼가 가까이 오자, 호프는 루시 페리어가 어떻게 되었는지 물어보려고 그에게 다가가서 말했다.

"제퍼슨 호프올시다. 저를 아시죠?"

236. 'Endowment House.' 온듀먼트On-dew'ment라고 발음하는 이 집은 지난날 모르몬교회에서 의식용으로 사용한 솔트레이크시티의 2층짜리 건물이다. 트레이시의 『셜로키언 백과사전』에 따르면 "(모르몬교에서는) 결혼식의 일부로 부부의 영원한 결연 의식을 치렀는데, 모든 일부다처 결혼식은 온듀먼트 하우스에서 거행해야 했다." 그러나 깃발을 단 것이 모르몬교의 결혼식 관행이었다는 증거는 없다.

모르몬교도는 놀란 표정을 감추지 못하고 그를 바라보았다. 정말이지 누더기가 다 된 옷차림에 부스스한 머리, 유령같이 하얀 얼굴에 사납게 눈이 이글거리는 이 방랑자가 지난날의 멋쟁이 사냥꾼 청년이라고는 생각하기 어려웠다. 그러나 결국 그를 알아본 남자가 소스라쳤다.

"여길 오다니 미쳤군!" 그가 외쳤다. "당신과 말을 나누다 남들 눈에 띄기라도 했다가는 내 목숨이 성치 못할 거요. 페리어 부녀를 도운 죄로 4인 위원회에서 체포령이 내려졌소."

"4인 위원회도 체포령도 두렵지 않습니다." 호프가 열띤 음성으로 말했다. "카우퍼, 그 일에 대해 뭔가 아시죠? 몇 가지 여쭈어볼 게 있는데 제발 대답해주시기 바랍니다. 우린 친구였잖습니까. 제발 대답해주세요."

"물어볼 게 뭐요?" 모르몬교도가 불안해하며 물었다. "어서 물어보시오. 바위에도 귀가 있고, 나무에도 눈이 있다잖소."

"루시 페리어는 어떻게 되었습니까?"

"그녀는 어제 드레버 청년과 결혼했소. 어이, 정신 차려요, 정신 차려. 완전히 사색이로군."

"난 괜찮습니다." 호프가 가녀리게 말했다. 입술까지 창백해진 그는 기대고 있던 바위에 털썩 주저앉았다. "결혼을 했다고요?"

"어제 했지. 온듀먼트 하우스[236]에 깃발이 걸린 것도 그래서요. 누가 그녀를 차지할 것인가를 두고 드레버 청년과 스탠거슨 청년이 티격태격했다더군. 둘 다 그들을 뒤쫓았는데 스탠거슨이 그녀의 아버지를 쏘았기 때문에 그에게 우선권이 주어졌던 모양이오. 그런데 회의에서 논쟁이 붙었을 때, 드레버 쪽이 강해서 선지자께서 그녀를 드레버에게 주었지. 하지만 누구도 그녀를 오래 차지하진 못할 거요. 어제 보니 그녀의 얼굴에 죽음이 드리워져 있었거든. 여자라기보다 유령에 가까웠소. 그럼 이제 떠날 참이오?"

"예, 떠날 겁니다." 제퍼슨 호프가 일어서며 말했다. 그의 얼굴은 대리석을 깎아놓은 것처럼 표정이 굳어 있었다. 그러나 두 눈만은 무섭게 이글거렸다.

"어디로 갈 거요?"

"알 것 없습니다." 그렇게 대답한 그는 어깨에 소총을 메고 골짜기 아래로 성큼 내려가 야수들이 출몰하는 산속 깊이 사라졌다. 야수 중에서 호프보다 더 사납고 위험한 존재는 없었다.

카우프의 예언은 너무나 정확히 맞아떨어졌다. 아버지의 참혹한 죽음 때문이었는지, 아니면 혐오스러운 남자와 억지로 결혼을 했기 때문인지, 가엾은 루시는 몸져누운 후 다시는 일어나지 못하고 시름시름 앓다가 한 달도 되지 않아 죽고 말았다. 주정뱅이 남편은 존 페리어의 재산을 노리고 그녀와 결혼한 터라, 아내가 죽은 것을 슬퍼하지도 않았다. 하지만 드레버의 다른 아내들은 그녀의 죽음을 애도하며 모르몬교의 관습대로 장례식 전날 밤 시신 곁에서 밤을 새웠다.[237] 이른 아침, 여자들이 루시의 관 둘레에 모여 있을 때였다. 느닷없이 문이 와락 열리더니 풍상에 시달린 야수 같은 얼굴에 누더기 차림의 남자가 방 안으로 성큼 들어왔다. 형언할 수 없이 놀란 여자들을 거들떠보지도 않고 그는 한때 루시 페리어의 순결한 영혼을 담았던 하얀 얼굴의 말 없는 시신 앞으로 다가갔다. 그는 허리를 숙이고 그녀의 차가운 이마에 경건하게 입을 맞추더니, 그녀의 손을 와락 낚아채서 손가락에 낀 결혼반지를 빼냈다. "이런 걸 낀 채로 묻히게 할 수는 없어!" 그렇게 버럭 외친 그는 경보가 울리기 전에 계단을 뛰어 내려가 재빨리 사라졌다. 어안이 벙벙하게 삽시간에 벌어진 일이라서, 그녀가 신부였음을 나타내는 금반지가 사라졌다는 명백한 사실만 없었다면, 사건을 지켜본 여자들은 제 눈을 믿지 못하는 것은 물론이고 남들을 설득시키지도 못했을 것이다.

237. 이것 역시 관습이었다는 증거는 없다.

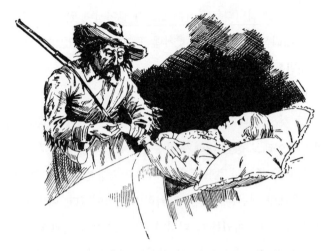

그녀의 손을 와락 낚아채서 손가락에 낀 결혼반지를 빼냈다.
조지 허친슨 그림, 『주홍색 연구』, 런던, 워드, 록 앤드 보든 출판사(1891)

몇 달 동안 제퍼슨 호프는 산속에서 낯선 야생의 삶을 살면서, 맹렬한 복수심에 치를 떨며 더욱 복수심을 키웠다. 도시에서는 소문이 떠돌았다. 이상한 사람이 교외에서 배회하고, 외딴 산골짜기에도 곧잘 출몰한다는 소문이었다. 한번은 스탠거슨의 집 창문으로 총알이 날아와, 그에게서 한 뼘쯤 떨어진 벽에 박힌 일이 있었다. 또 언젠가는 드레버가 벼랑 아래를 지나갈 때, 커다란 바위가 굴러 내려왔다. 그는 넙죽 엎드려서 가까스로 참혹한 죽음을 면할 수 있었다. 젊은 두 모르몬교도는 오래지 않아 누군가 자기들의 목숨을 노린 이유를 알아냈다. 그들은 적을 붙잡거나 해치우기 위해 다시 원정대를 이끌고 산으로 들어갔다. 그러나 항상 실패였다. 그 후에는 혼자서나 어두워진 뒤에는 외출을 하지 않았고, 집에 경비를 세워두었다. 한동안 시간이 흘러도 적이 나타나지 않고 소문도 들려오지 않자, 그들은 비로소 긴장을 풀 수 있게 되었다. 그들은 세월이 그의 복수심을 달래주기만을 바랐다.

하지만 그렇게 되기는커녕 오히려 복수심은 커져만 갔다. 굽

커다란 바위가 굴러 내려왔다.
조지 허친슨 그림, 『주홍색 연구』, 런던, 워드, 록 앤드 보든 출판사(1891)

힐 줄 모르는 억센 성격이었던 이 사냥꾼은 오로지 복수를 하
겠다는 일념에 가득 차서 마음속에 다른 어떤 감정도 들어설
여지가 없었다. 그러나 그는 무엇보다도 현실적인 사람이었다.
아무리 무쇠 같은 골격이라 해도 그렇게 긴장된 삶을 계속 이
어갈 수는 없다는 것을 곧 깨달을 수 있었다. 노숙과 빈약한 식
사로 인해 몸은 점점 약해지고 있었다. 산속에서 개처럼 죽는
다면 복수는 누가 대신해주겠는가? 더 계속하다가는 죽음을 면
할 수 없을 게 분명했다. 그래서는 적을 도와줄 뿐이라고 생각
한 그는 마지못해 네바다의 옛 광산으로 돌아갔다. 거기서 건
강을 회복하고, 목적을 이루는 데 필요한 돈을 모으기 위해서

238. 다시 말하면 1865년까지. 잭 트레이시는 『코난 도일과 말일성도』에서 "뜻밖의 상황"이란 미국 남북전쟁의 여러 사건들을 가리킨다고 주장했다.

239. "불만을 품은 사람들" 가운데 이교도가 되었다는 이들에 대한 기록은 없다. 하지만 의미 있는 이탈 사건이 적어도 두 건은 있었다. 둘 다 브리검 영의 권위에 대한 불신이 밑바탕에 깔린 사건이었다. 1861년에 모리사이트 운동 회원들, 곧 수많은 계시를 받은 후 스스로 묵시록의 일곱 번째 천사라고 주장한 조지프 모리스(1817-1862)를 추종한 사람들은 모리스야말로 진정한 선지자이며 브리검 영은 선지자가 아니라는 근거에서 교회를 이탈, 사우스웨버로 이주했다. 이듬해 모리스에게 불만을 품고 무리에서 벗어나려는 사람들을 억류한 모리스는 유타 당국으로부터 그들을 석방하라는 지시를 받았다. 그러나 자신과 추종자들이 율법보다 상위에 있다고 믿은 모리스가 지시를 거부하자, 그를 솔트레이크시티로 잡아가려고 200명에 이르는 무장 병력이 몰려왔다. 모리스와 몇몇 사람은 포위 공격 도중 살해되고, 나머지는 항복했다. 재판을 거쳐 집단 사면을 받은 그들은 이웃 주로 흩어졌다.
또 다른 이탈 사건을 일으킨 것은 말일성도 재건교회(오늘날의 그리스도 공동체)로 알려진 집단이다. 이들은 일부다처제를 승인한 것이 조지프 스미스가 아니라 브리검 영이라고 주장하며 일부다처제를 반대했다. 이들은 브리검 영을 따라 유타로 가지 않고 노부에 남기를 선택한 후, 1860년에 조지프 스미스의 아들인 조지프 스미스 3세를 선지자, 곧 회장으로 선출했다. 이후 1996년까지 조지프 스미스의 후손이 회장이 되었다. 1863-1864년에 말일성도 예수 그리스도 재건교회는 유타 주로 선교사를 보내 일부 모르몬교도를 끌어들일 수 있었다.

였다.

길어야 1년만 일할 생각이었는데, 뜻밖의 상황이 겹치면서 그는 거의 5년이나[238] 탄광에 묶여 지내게 되었다. 그러나 5년이 지나서도 불행한 기억과 복수에 대한 열망은 존 페리어의 무덤가에 서 있던 바로 그날에 못지않게 강렬했다. 그는 변장을 하고 이름까지 바꾼 뒤 솔트레이크시티로 돌아갔다. 스스로 정의라고 알고 있는 것을 달성할 수만 있다면 자기 인생은 아무래도 좋았다. 가보니 안 좋은 소식이 기다리고 있었다. 바로 몇 달 전 선민들 사이에 금이 가서, 젊은 교인들이 장로들의 권위에 반기를 들었고, 그 결과 불만을 품은 사람들 일부가 독립해서 유타를 떠나 이교도가 되어버렸다.[239] 그들 가운데 드레버와 스탠거슨도 끼어 있었는데, 그들이 어디로 갔는지 아무도 알지 못했다. 드레버는 재산의 대부분을 현금으로 바꾸어 부자가 되어 떠났지만, 그에 비하면 스탠거슨은 가난뱅이나 다름없었다는 소문이 퍼졌는데 그들의 행방에 대해서는 아무런 단서가 없었다.

아무리 원한이 깊다 해도 이런 난관 앞에서는 복수할 생각을 접을 사람이 많겠지만, 제퍼슨 호프는 한 순간도 그러지 않았다. 지니고 있던 약간의 돈과, 짬짬이 품팔이를 해서 보탠 돈을 가지고 적들을 찾아 미국의 여러 도시를 전전했다. 해가 가고 또 가면서 검은 머리가 백발이 되었지만, 그는 여전히 인간 사냥개로 세상을 떠돌았다. 외골수로 한 가지 목적에 삶을 다 바쳤던 것이다. 마침내 끈기가 결실을 맺었다. 오하이오 주 클리블랜드에서 창문에 비친 얼굴을 얼핏 보았을 뿐이지만, 그것이 바로 여태 찾고자 한 인간들이라는 것을 바로 알아차린 것이다. 그는 철저하게 복수 계획을 세우고 누추한 하숙집으로 돌아갔다. 그러나 우연히도 드레버가 창문을 내다보다 거리를 지나가는 방랑자를 알아보았는데, 두 눈에 감도는 섬뜩한 살기가 느껴질 정도였다.

그는 자기 비서가 된 스탠거슨을 데리고 서둘러 치안판사에게 달려가, 옛 연적의 질투와 증오 때문에 목숨이 위태롭다고 신고했다. 제퍼슨 호프는 그날 저녁 바로 구금되었고, 보석[240] 보증인을 구하지 못해 몇 주 동안 갇혀 있었다. 마침내 석방되고 보니 드레버의 집에는 아무도 없었다. 그는 드레버와 그의 비서가 유럽으로 떠났다는 것을 알게 되었다.

복수의 꿈은 또다시 좌절되고 말았다. 새삼 증오에 사로잡힌 그는 추적을 계속했다. 그러나 돈이 궁해서 한동안 다시 일을 해야 했다. 다가올 여행을 위해 악착같이 저축을 해서 마침내 한동안 지낼 만한 자금을 마련하자 유럽으로 떠났다. 막일을 하면서 한사코 적들을 찾아 이 도시 저 도시로 떠돌았지만 끝내 도망자들을 따라잡지는 못했다. 상트페테르부르크에 기껏 도착하면 그들은 이미 파리로 떠났고, 또 쫓아가면 막 코펜하겐으로 떠난 뒤였다. 덴마크의 수도에서도 다시 며칠 늦고 말았다. 이미 런던으로 떠난 뒤였던 것이다. 그러다 마침내 런던에서 따라잡는 데 성공했다. 런던에서 일어난 일에 대해서는 늙은 사냥꾼의 이야기를 직접 들어보는 것이 더 나을 것이다. 그것은 왓슨 박사의 일기에 제대로 기록되어 있어서, 우리는 이미 왓슨 박사에게 톡톡히 신세를 졌다.[241]

240. 보증금을 받거나 보증인을 세우고 형사 피고인을 구류에서 풀어주는 일.

241. 이런 문장은 대체 누가 쓴 것일까? 제퍼슨 호프일 리는 없다. 나중에 레스트레이드가 그의 진술을 받을 때, 호프는 자신의 범죄 동기를 그저 이렇게 설명하고 있기 때문이다. "내가 왜 그들을 증오했는지는 당신들한테 중요하지 않습니다……." 게다가 페리어 부녀가 사막에서 구조받은 것을 비롯한 앞부분 이야기를 호프가 상세히 알고 있을 리가 없다.

D. 마틴 데이킨의 결론에 따르면 이 문장을 덧붙인 것은 아서 코난 도일이다. 데이킨은 이렇게 풀이했다. "왓슨이 일부러 이런 뚱딴지같은 문장을 끼워 넣은 게 아니라면, 이 구절은 분명 제삼자가 쓴 것이고, 그렇다면 왓슨의 이야기를 듣고 책으로 내고자 한 사람, 곧 셜로키언들이 작가 대리인이라고 일컫는 사람(아서 코난 도일―옮긴이)이 썼을 가능성이 높다." 잭 트레이시도 『코난 도일과 말일성도』에서 이러한 견해를 지지한다. 또한 『셜로키언 백과사전』에서 트레이시는 「성도들의 나라」 전체 글을 코난 도일이 썼다는 것은 "일반적으로 의견의 일치를 본 사항"이라고 말한다. 찰스 A. 마이어 역시 「'주홍색 연구'의 저자에 관한 컴퓨터 분석」에서 같은 결론에 이른다.

그러나 "일반적으로 의견의 일치를 본 사항"이라는 말은 지나친 진술인 듯하다. 데이킨 본인 역시 왓슨이 호프의 진술을 토대로 이야기를 썼다고 주장한다. 데이킨은 호프가 페리어의 이야기도 같이 들려주었을 거라고 본다. 그러나 데이킨은 호프의 구두 진술이 그토록 상세하게 제시되었다는 것에 의문을 품고 이렇게 썼다. "대강의 줄거리만 들은 왓슨이 자신의 상상력을 가미해서 세밀하게 이야기를 꾸며내고 싶은 욕구를 참지 못했을 거라는 의심을 누를 수가 없다." 그는 또한 글의 문체가 레스트레이드의 공책에 기록된 호프의 거친 문체를 닮기보다는 차라리 왓슨의 문체를 닮았다고 지적한다.

피터 호록스는 「성도와 죄인들 : '성도들의 나라' 평가」에서 홈즈와 코난 도일이 같이 썼다고 주장한다. 존 L. 벤튼은 「왓슨의 '소식통'은 누구였는가?」에서 왓슨에게 배경 이야기를 들려준 것은 홈즈였다고 주장한다. 한편 W. E. 에드워즈는 이렇게 주장한다. "이 소식통은 호프가 유일하게 믿었던 것으로 알려진 친구라는 것이 유일하게 가능한 대답이다. (1부에서) 소여 부인 연기를 한 젊은 배우 친구가 바로 그 사람이다."

제6장

의사 존 H. 왓슨의 회상 계속

마부의 격렬한 저항은 포악한 기질 때문이 아닌 게 분명
했다. 사로잡히자마자 여유롭게 웃으며, 몸싸움을 하다
가 우리가 다치지 않았기를 바란다는 말을 한 것만 봐도 그랬
다. "나를 경찰서로 데려가겠지?" 그가 셜록 홈즈에게 말했다.
"내 마차가 문밖에 있소. 다리 묶은 것만 풀어주면 내 발로 걸
어 내려가리다. 예전 같지가 않아서 나를 들고 가기엔 꽤나 무
거울 거요."

그레그슨과 레스트레이드는 이 제안이 무모하다고 생각했는
지 서로 눈길을 주고받았다. 그러나 홈즈는 포로의 말을 듣자
마자 발목을 묶은 수건을 선선히 풀어주었다. 포로는 일어서서
다시 자유롭다는 것을 확인이라도 하려는 듯 두 다리를 쭉쭉
뻗었다. 나는 그를 바라보며 그보다 더 탄탄한 체구의 남자를
본 적이 없다고 속으로 되뇐 기억이 난다. 검게 탄 얼굴은 신체

적인 힘만큼이나 억센 결단력과 박력이 있어 보였다.

"경찰서장 자리가 비어 있다면 자네야말로 적임자라는 생각
이 드는군." 그가 역력히 찬탄하는 표정으로 내 동료 하숙인을
바라보며 말했다. "자네가 나를 추적한 방법은 정말 기가 막혔
지."

"두 분도 나랑 같이 가는 것이 낫겠습니다." 홈즈가 두 형사

"할 말이 아주 많소이다." 우리의 포로가 느릿느릿 말했다.
리하르트 구트슈미트 그림, 『훗날의 복수』, 슈투트가르트, 로베르트 루츠 출판사(1902)

에게 말했다.

"내가 마차를 몰겠습니다." 레스트레이드가 말했다.

"좋아요. 그레그슨은 나랑 같이 안에 타면 되겠군. 의사 선생, 이 사건에 관심이 많았으니 자네도 함께 가는 게 좋겠어."

나는 흔쾌히 동의하고, 우리 모두 같이 아래층으로 내려갔다. 포로는 도망치려고 하지 않고, 자기 것이었던 마차에 차분히 올라탔다. 레스트레이드는 마부석에 앉아 채찍을 휘둘러 잠깐 사이에 우리를 목적지로 데려갔다. 우리는 작은 방으로 안내받아 들어갔다. 그곳에서 경위 한 명이 우리의 포로 이름과 피살자들의 이름을 적었다. 흰 얼굴에 무표정한 이 경찰은 기계적으로 따분하게 자신의 의무를 수행했다. "이 용의자는 이번 주 안에 법정에 설 겁니다." 그가 말했다. "그런데 제퍼슨 호프 씨, 혹시 하고 싶은 말이 있습니까? 미리 경고하건대 당신이 하는 말은 기록되고, 그것은 당신에게 불리한 증거로 이용될 수 있습니다."

"할 말이 아주 많소이다." 우리의 포로가 느릿느릿 말했다. "신사분들에게 모든 것을 말씀드리고 싶소."

"법정에서 말하는 게 낫지 않겠습니까?" 경위가 물었다.

"나는 법정에 서지 않을 수도 있소." 그가 대답했다. "놀랄 것 없소이다. 자살할 생각은 없으니까. 선생이 의사라고?" 그렇게 물으며 그는 사나운 눈빛을 내게 던졌다.

"그렇습니다." 내가 대답했다.

"그럼 여기를 만져보시오." 그가 씩 웃으며 수갑을 찬 손으로 자기 가슴을 가리키며 말했다.

그렇게 해본 나는 곧바로 심장의 이상 박동을 느꼈다. 그의 흉벽은 허술한 건물 내부에서 강력한 엔진이 작동할 때처럼 진동하고 있는 듯했다. 실내가 조용해서 나는 그의 심장에서 벌이 잉잉대는 듯한 먹먹한 소리[242]를 들을 수 있었다.

242. 일부 학자들은 왓슨의 소리 묘사가 지나치다고 이의를 제기한다. 그러나 헬렌 심프슨은 「의사 J. H. 왓슨의 의료 경력과 능력」에서 이렇게 썼다. "왓슨이 의사로서 말하고 있다는 점을 명심해야 한다. 의사가 볼 때, 정상 박동에서 상당히 벗어나면 그 의미가 바로 판가름 난다. 따라서 그의 말은 실제 소리를 그대로 전하는 것으로 이해할 게 아니라, 얼마간 과장함으로써만 전달할 수 있을 만큼 위험한 상태라는 의미로 받아들여야 한다."

243. 대동맥류는 심장을 떠난 혈액이 대동맥을 지날 때의 혈압이 약화되었을 때 발생한다. 혈압이 약한 부위의 동맥은 늘어나거나 확장되어 있다. 이런 동맥은 터지기 쉬운데, 자각증상이 없을 때 동맥이 파열하면 출혈이 일어나 사망할 수도 있다.(정맥류는 정맥이 늘어나거나 확장된 증상이다. 해당 부위를 잘라내야만 근본적으로 치료된다고 한다―옮긴이)

244. 대동맥류의 발병 원인은 다양하다(흡연, 고콜레스테롤이 주된 위험 요인이다). 그런데 마르판 증후군으로 알려진 선천적인 결합조직 장애와 매독도 그 원인일 수 있다. 마르판 증후군에 걸린 사람은 키가 아주 크고, 팔다리와 손가락이 길다. 에이브러햄 링컨도 이 장애를 앓았을 거라고 생각하는 사람이 많다. 이 환자의 동맥 벽은 비정상적으로 약하다. 앨빈 로딘과 잭 D. 키는『아서 코난 도일 박사의 의료 사례집』이라는 멋진 책에서 제퍼슨 호프의 키가 180센티미터 이상이라며, E. M. 쿠퍼먼이「마르판 증후군과 셜록 홈즈」라는 에세이에서 제퍼슨 호프가 이 장애를 앓았다는 주장을 처음 했다고 밝혔다. 두 사람은 또 프랑스의 소아과 의사 앙토냉 베르나르 장 마르팡이 1896년에 이 증후군의 정체를 밝히기 10년 전에 왓슨이『주홍색 연구』를 썼다는 데 주목했다. D. A. 레드먼드는 왓슨이 마르팡 이전에 마르판 증후군을 진단한 것을 인정받아 마땅하다고 주장했다.
하지만 로딘과 키는 또 마르판 증후군으로 인한 동맥류의 경우에는 왓슨의 말처럼 "벌이 잉잉대는 듯한 먹먹한 소리"가 나지는 않으며, 일반적으로 1년 안에 환자가 사망한다고 지적했다. 매독으로 진단한 사람은 헬렌 심프슨을 비롯해 H. R. 베이츠가 있는데,「셜록 홈즈와 매독」에서 베이츠는 호프가 기억력이 감퇴해서 체포까지 당하게 된 것은 매독 감염으로 신경 체계가 파괴된 탓이라는 의견을 냈다.
호프가 아픈 진짜 이유가 무엇이었든 간에 그것이 "솔트레이크 산에서 지나치게 오래 노숙을 하고 제

"아니 이런!" 내가 외쳤다. "이건 대동맥류[243]입니다!"

"그렇다고 들었소." 그가 침착하게 말했다. "지난주에 진찰을 받았는데, 머잖아 터질 거라더군. 해가 갈수록 악화되고 있지. 솔트레이크 산에서 지나치게 오래 노숙을 하고 제대로 먹지를 못해 이런 병을 얻었소.[244] 이젠 할 일을 다 마쳤으니 당장 떠나도 여한이 없지만, 내가 한 일에 대한 설명 정도는 하고 싶군. 그저 그런 살인자로 기억되고 싶지는 않으니까."

경위와 두 형사[245]는 용의자에게 이야기할 기회를 주는 것이 좋은가에 대해 재빨리 의논했다.

"의사 선생, 곧 위험이 닥칠 거라고 보십니까?" 경위가 물었다.

"거의 확실합니다." 내가 대답했다.

"그렇다면 공정을 기하기 위해 진술을 듣는 것이 우리의 의무임이 분명합니다." 경위가 말했다. "선생에게는 진술을 할 자유가 있습니다. 다만 거듭 경고하건대 선생의 진술은 기록될 것입니다."

"허락해준다면 자리에 앉고 싶소." 그렇게 말한 포로는 응답을 듣고 자리에 앉았다. "동맥류 때문에 쉽게 피곤해집니다. 그런데 반 시간 전에 몸싸움까지 했지. 나는 이미 무덤에 한발 들여놓았는데 거짓말을 해서 무엇하겠소. 내가 하는 이야기에는 한 점 거짓이 없소이다. 당신들이 내 이야기를 어떻게 이용할 것인가는 내게 하등 중요할 게 없고 말이오."

제퍼슨 호프는 의자에 몸을 기댄 채 다음과 같은 놀랄 만한 진술을 하기 시작했다. 그는 자기 이야기가 아주 평범하다는 듯이 차분하게 말했다. 다음 이야기는 호프가 말한 그대로라는 것을 보증할 수 있다. 레스트레이드의 속기 노트를 볼 수 있었는데, 거기에 용의자의 말이 발언한 대로 정확히 기록되어 있었기 때문이다.

"내가 왜 그들을 증오했는지는 당신들한테 중요하지 않습니다." 그가 말했다. "그들이 두 사람, 그러니까 부녀를 죽음으로 몰아갔고, 그 때문에 그들 자신의 목숨도 잃었다는 사실만 아시면 족합니다. 그들이 범죄를 저지른 후 너무나 많은 세월이 흘러서, 법정에서 유죄판결을 받아내긴 불가능한 일이었소이다. 어쨌거나 나는 그들이 유죄라는 것을 알고 있었소. 그래서 내가 직접 판사와 배심원이 되고, 집행자가 되기로 결심했소. 나와 같은 처지였다면, 사나이치고 안 그럴 사람은 없었을 것이오.

내가 말한 여자는 20년 전에[246] 나와 결혼하기로 한 사이였소. 그런데 드레버라는 작자와 강제로 결혼을 했고, 그 때문에 상심해서 죽고 말았소. 나는 사망한 그녀의 손가락에서 결혼반지를 빼내서, 죽일 놈에게 바로 그 반지를 똑똑히 보여주겠다고 맹세했소. 처벌을 받으면서 마지막 순간에 자신의 죄를 곱씹게 하겠다고 말이오. 나는 항상 반지를 간직하고 다니면서 두 대륙에 걸쳐 그 작자와 비서를 추적해서 마침내 잡고야 말았소. 놈들은 내가 지쳐서 나가떨어지게 하려고 했지만, 그러지 못했지. 나는 내일 죽는다 해도, 물론 그럴 가능성도 적잖지만, 이 세상에서 마땅히 할 일을 했고, 그것도 썩 잘했다는 것을 알고 죽는 것이오. 놈들은 비명에 갔소이다. 바로 내 손에 말이지. 그러니 나로서는 더 이상 바랄 게 없소이다.

그들은 부유했고 나는 가난했소. 그래서 그들을 쫓는 것이 내게는 호락호락한 일이 아니었소. 런던에 도착하고 보니 주머니는 텅 비어 있었지. 그래서 연명하려면 무슨 일이든 할 수밖에 없었소. 내게는 말을 몰고 마차를 끄는 것이 걷는 일만큼이나 자연스러워서, 마부 사무실에 부탁해 바로 일자리를 얻었소. 일주일에 일정액을 주인에게 갖다 주고 나머지는 내가 가질 수 있었지. 남는 게 많지 않았지만, 어떻게든 근근이 먹고살

대로 먹지를 못해" 병에 걸린 것은 아닌 것이 분명하다. 매독 보균자와 '지나치게 오래' 관계를 한 것이라면 몰라도 말이다.

245. 'The Inspector and the two detectives.' inspector와 detective 모두 오늘날 대체로 경위이자 형사를 가리키는 말로 쓰이는데, 여기서 대문자로 표기된 'Inspector'는 형사반장, "detective"는 그 아래의 형사로 보면 될 것 같다. 오늘날 영국 경찰의 계급을 보면 지역마다 다소 차이가 있는데, 대체로 Detective Inspector(경위/형사반장), Detective Sergeant(경사), Detective Constable(경장), point constable(교통경찰/순경) 등으로 나뉜다. 위 92번 주석에서, 이 무렵 레스트레이드와 그레그슨의 계급은 경사detective-sergeant였을 거라는 말이 나온다―옮긴이.

246. 즉, 1861년에. 호프가 '약혼'한 것은 1860년이었고, 루시가 드레버와 결혼한 것도 1860년이었다.

247. 크리스토퍼 몰리는 이렇게 꼬집었다. "캠버웰에 하숙하고 있는 두 여행자를 '우연히' 발견하기 위해서는 (뉴욕 지도를 가지고 다니면서) 맨해튼에서 택시 운전기사로 일하며 플랫부시의 여행객 두 명을 찾아내는 것과 같다."(바꿔 말하면 서울에서 택시 운전하면서 김포시에 묵고 있는 여행자 찾기―옮긴이)

정도는 되더군. 가장 힘든 것은 길을 모른다는 것이었소. 인간이 만든 미로 가운데 런던이라는 도시만큼 헷갈리는 미로도 없는 것 같으니 말이오. 하지만 지도를 끼고 다니며 주요 호텔과 역을 발견할 때마다 단단히 새겨두었지.

얼마 후 그들이 어디 사는지 알아낼 수 있었소. 묻고 또 물어서 결국 우연히 알아낸 거요. 강 건너 캠버웰의 하숙집에 살고 있더군.[247] 일단 찾고 나니 그들은 이제 내 손안에 든 새였지. 나는 수염을 길렀으니 그들이 나를 알아볼 일은 없었소. 나는 기회를 잡을 때까지 한사코 그들을 따라다니려고 했소. 다시는 달아나지 못하게 하겠다고 단단히 마음먹은 것이오.

그런데도 하마터면 놓칠 뻔했소. 그들이 런던에서 어디를 가든 항상 따라다녔는데, 때로는 내 마차를 몰고, 때로는 걸어서 뒤쫓아 다녔지. 아무래도 마차가 가장 나았소. 마차라면 내게서 멀리 벗어날 수 없으니 말이오. 나는 이른 아침과 밤늦게만 수입을 올릴 수 있어서, 마차 주인한테 줄 돈이 밀리기 시작했소. 하지만 찾던 놈들을 때려잡을 수만 있다면 아무래도 좋았소.

그런데 그들은 너무나 교활했소이다. 추적당할 가능성이 있다고 생각한 게 분명해서, 혼자 돌아다니거나 밤에 외출하는 법이 없었으니 말이오. 2주 동안 마차를 몰고 날마다 뒤를 밟았지만, 서로 떨어져 있는 것을 본 적이 없었소. 드레버는 그래도 하루의 반은 취해 있었는데, 스탠거슨은 한시도 방심하질 않더군. 이른 아침에도 한밤중에도 지켜보았지만, 기회가 오질 않았소. 하지만 때가 무르익고 있다는 예감 덕분에 나는 실망하지 않았소이다. 다만 두려운 게 한 가지 있다면, 내 가슴속의 이 잡것이 너무 일찍 터져서 할 일을 마치지 못하면 어쩌나 하는 것뿐이었소.

이윽고 어느 날 저녁, 그들이 하숙하고 있는 거리인 토키 테라스 주위로 내가 마차를 몰고 오락가락하고 있을 때였소. 마차 한 대가 그들의 현관에 멈추는 것을 보았는데, 마부가 집에서 약간의 짐을 가지고 나오더니 뒤이어 드레버와 스탠거슨이 나타나 마차를 타고 떠나는 것이었소. 나는 말에 채찍을 가해서 그들이 내 시야를 벗어나지 않도록 하면서도 은근히 불안했소. 숙소를 옮길 것 같아서 말이지. 그들이 유스턴 역에서 내리기에, 나는 한 사내아이에게 말을 맡겨놓고 역사 안으로 따라 들어갔소. 리버풀행 열차가 있느냐고 그들이 묻는 소리가 들리더군. 열차 한 대가 막 떠났고, 다음 열차는 몇 시간 후에나 떠날 거라고 역무원이 대답했소. 스탠거슨은 그 말을 듣고 곤혹스러워하는 듯했지만, 드레버는 오히려 희희낙락하더군. 사람들이 북적거리는 틈을 타서 그들에게 아주 가까이 다가갔기 때문에, 나는 둘 사이에 오가는 말을 모두 들을 수 있었소. 드레버는 직접 할 일이 좀 있다면서, 잠깐만 기다려주면 곧 합류하겠다고 말했소. 그의 일행은 그 말에 반대하면서, 함께 붙어 있기로 결정한 사실을 환기시키더군. 드레버는 문제가 워낙 미묘하다면서 혼자 가야만 한다고 응수했소. 스탠거슨이 그 말에 뭐라고 대꾸했는지는 듣지 못했지만, 드레버가 버럭 욕을 하고는 유급 하인에 지나지 않는 주제에 감히 자기한테 이래라저래라 한다고 쏘아붙이더군. 그 말에 비서는 설득하기를 단념하고 간단히 타협을 했소. 막차를 놓치면 핼리데이 프라이빗 호텔에서 다시 만나자는 것이었지. 드레버는 11시 전까지 역으로 돌아오겠다고 대답하고 역사를 빠져나갔소.

마침내 그토록 오래 기다려왔던 순간이 찾아온 것이오. 적들은 내게 상대가 되지 않았소. 같이 붙어 있으면 서로 지켜줄 수 있지만, 혼자서는 나를 감당할 수 없었지. 하지만 나는 경솔하게 행동하지 않았소. 이미 단단히 계획을 세워놓았으니 말이오. 누구한테 당하는지도 모르게 순식간에 복수를 하는 것으로는 만족할 수 없었소. 내게 못된 짓을 한 자가 파멸을 당하면서 그것이 다 지난날의 죄 때문이라는 것을 뼈저리게 깨닫게 해야만 내 직성이 풀릴 것 같았으니 말이오. 우연히 며칠 전에 브릭스턴 로드의 집들을 둘러본 한 신사가 내 마차를 탔다가 열쇠 하나를 떨어뜨린 일이 있었소.[248] 열쇠는 바로 그날 저녁 찾아갔소이다. 하지만 그사이에 얼른 본을 떠서 열쇠를 복제해두었지. 이로써 나는 이 대도시에서 확실히 방해를 받지 않고 일을 볼 수 있는 장소 하나를 확보한 셈이었소. 이제 풀어야 할 난제는 드레버를 어떻게 그 집으로 데려가느냐 하는 것이었지.

그는 도로를 내려가다가 한두 군데 술집에 들렀는데, 마지막 술집에서 한 30분 머물렀소. 술집에서 나온 그가 비틀거리는 것으로 보아 벌써 흠뻑 취한 게 분명했지. 때마침 바로 내 앞에 핸섬 마차가 한 대 있었소. 그가 마차를 부르더군. 나는 내 말코가 줄곧 그쪽 마부와 1미터도 안 떨어질 만큼 바짝 붙어서 뒤를 따랐소. 우리는 워털루 다리[249]를 건너 몇 킬로미터의 거리를 달려갔는데, 알고 보니 놀랍게도 그가 하숙했던 토키 테라스로 돌아온 것이었소. 대체 무슨 꿍꿍이로 돌아온 것인지 짐작도 안 가더군. 아무튼 내친김에 그 집에서 100미터 가까이 떨어진 곳에 마차를 세웠소. 그가 집으로 들어갔고, 핸섬 마차는 떠났소. 실례지만 물 좀 주시오. 이야기를 하다 보니 목이 타는군."[250]

내가 물잔을 건네주자 그가 단숨에 들이켰다.

"한결 낫군." 그가 말했다. "그러니까 한 15분 남짓 기다렸을 때였소. 갑자기 집 안에서 사람들이 다투는 듯한 소리가 들려왔소. 곧이어 현관문이 벌컥 열리더니 두 남자가 나타났지. 한 남자는 드레버였고, 다른 남자는 내가 본 적이 없는 청년이었소. 청년은 드레버의 멱살을 잡고 있었는데, 그들이 맨 위의 계단 끝에 이르렀을 때 청년이 드레버를 와락 밀면서 걷어차 도

248. 에드워즈는 홈즈가 처음 범죄 현장을 둘러볼 때 잠금장치를 살펴보았다면, 억지로 열린 것이 아니라는 사실을 알았을 거라는 의견을 냈다. 그랬다면 "브릭스턴 로드의 집들을 둘러본 한 신사", 아마도 부동산 중개인일 이 신사에게 문의를 해보았을 것이다. 이 신사는 열쇠를 잃었다가 마부를 통해 되찾았다고 증언했을 것이다. 이런 식으로 홈즈는 범인을 더 빨리 찾을 수 있었다. 마지막으로 에드워즈는 자조적으로 이렇게 결론지었다. "이미 이루어진 일은 누구나 할 수 있다."

249. 1811-1817년 템스 강 위에 건설한 이 다리는 '탄식의 다리'로 알려져 있다. 난간에서 뛰어내리는 수많은 자살자 때문이다. 원래는 스트랜드 다리였는데 1816년 의회령에 따라 워털루 다리로 이름이 바뀌었다.

250. 호프는 체포당한 "반 시간 전에" "몸을 사리지 않고" 격투를 벌였고, "피가 철철" 흐른 데다, 레스트레이드에게 목이 졸리기까지 했다. 그런데도 고작 목마른 것만 호소하다니 별일이 아닐 수 없다. 그가 기력을 되찾기까지는 시간이 제법 걸렸어야 하지 않을까? 버넌 페늘은 「육군 군의관이었던 존 H. 왓슨의 의료 생애 이력」에서 이렇게 썼다. "정말이지 '가쁜 숨을 몰아쉬며 일어섰다'는 사람은 체포에 나선 사람들뿐이다. 언제 죽어도 이상할 게 없는 사람이 격렬한 몸싸움을 벌였는데도 동맥류가 터지지 않다가, 나중에 밤이 되어 감방에서 비교적 편안히 쉴 때 비로소 터졌다는 것은 이해가 안 된다."

로 중간까지 패대기를 쳤소. '이 개자식!' 그가 드레버를 향해 지팡이로 삿대질을 하며 외쳤지. '정숙한 처녀를 욕보이다니, 혼쭐을 내주겠다!' 맹렬한 기세로 보아, 그 똥개가 비틀거리며 사력을 다해 달아나지 않았다면 곤봉 같은 단장에 흠씬 두들겨 맞았을 거요. 길모퉁이까지 달아난 후 내 마차를 본 그는 나를 소리쳐 부르더니 얼른 마차에 올라탔소. '핼리데이 프라이빗 호텔로 갑시다.' 그가 말했지.

그가 내 마차에 올라타자, 내 심장은 기쁨으로 펄떡펄떡 뛰더군. 이런 결정적인 순간에 동맥류가 말썽이라도 일으킬까 봐 걱정될 정도였지. 나는 어째야 좋을지 속으로 저울질하며 천천히 마차를 몰았소. 바로 교외로 데리고 나가서, 인적 없는 외딴길에서 놈과 마지막 대면을 할 수도 있었소. 거의 그렇게 마음을 먹었을 때, 놈이 대신 문제를 해결해주더군. 다시 맹렬히 술이 당겼는지, 화사하게 꾸민 싸구려 술집 앞에 마차를 세우게 하는 것이었소. 그러고는 나더러 기다리라는 말을 남기고 안으로 들어갔소. 그는 문을 닫을 때까지 마셔댔고, 밖으로 나왔을 때는 인사불성이어서 사냥감은 이미 내 손안에 들어왔다는 것을 알 수 있었소이다.

내가 그를 냉혹하게 죽일 작정이었다고 지레짐작하지 마시오. 그랬다면 그건 그저 고지식한 정의의 실현에 지나지 않았을 것이오. 나는 그럴 생각이 없었소이다. 나는 오래전에 그가 원한다면 목숨을 걸고 한바탕 쇼를 할 기회를 주기로 결심했소. 미국에서 떠돌이 생활을 하면서 여러 직업을 전전했는데, 한때 요크 대학[251]의 실험실에서 수위 겸 청소부 일을 한 적이 있었지. 어느 날 교수가 독극물 강의를 할 때, 남아메리카의 화살 독[252]에서 추출한, 소위 알칼로이드라는 것을 학생들에게 선보인 적이 있었소. 극미량만으로도 사람을 즉사시킬 수 있을 만큼 강렬한 독이었지. 나는 독극물이 담긴 병을 발견하고, 사

251. 크리스토퍼 몰리는 "요크 대학"이 실은 뉴욕 대학의 옛 의대 단과대학이었다고 밝혔다. 그는 이렇게 설명했다. "네브래스카에 요크 대학이 있지만, 그것은 1890년이 되어서야 세워졌다." 데이브 M. 허시는 「진짜 뉴욕 대학」에서 이 대학은 펜실베이니아의 요크 대학으로, 나중에 요크 공립학교로 알려졌다고 주장했다.

252. 호프는 아마도 이 독이 쿠라레일 거라고 생각했을 것이다. 그러나 J. 레이먼드 헨드릭슨은 「약」이라는 에세이에서 드레버의 모습 어디에도 독을 사용했다는 사실을 뒷받침하는 증거가 없다고 지적했다. 헨드릭슨은 드레버를 죽인 독이 실은 순수한 형태의 니코틴이었다고 주장했다. F. A. 앨런의 가설에 따르면 이 독은 꽃이 피는 열대식물인 에리트리나에서 추출한 알칼로이드였다. 그는 「악마의 약, 제1부」에서 이렇게 썼다. "E. 코랄로이드 씨앗에서 추출한 에리트로이딘보다 더 효능이 강한 독은 탐험가들이 아직 발견하지 못했다." 그러나 조지 B. 코엘은 「정전에 나오는 독극물들」에서 호프가 "남아메리카의 화살 독"인 줄 알았던 것이 실은 "남아프리카의 오딜 독"이라고 주장했다. "오딜나무에서 추출한 독은 효능이 아주 강력하고, 입으로 삼켜도 쉽게 흡수된다. 희생자는 죽는 순간까지 의식을 잃지 않는다. 이런 모든 사실은 호프의 설명이나 홈즈의 추리와 일치한다."

람들이 모두 실험실을 떠났을 때 소량을 챙겨두었소. 나는 약을 조제하는 솜씨도 쓸 만해서, 알칼로이드를 물에 잘 녹는 작은 환약으로 만들고, 독성 없이 만든 비슷하게 생긴 환약 한 알과 함께 작은 상자에 담았소. 그때 나는 기회가 오면 내 신사들에게 상자 하나씩 주고 그중에서 환약을 하나 꺼내 먹도록 만들고 나도 나머지 한 알을 먹겠다고 결심했소이다. 그건 손수건으로 총구를 감싸고 총을 쏘는 것보다 훨씬 덜 시끄럽지만 치명적이긴 마찬가지. 그날 이후 나는 항상 환약 상자 두 개를 가지고 다녔는데, 마침내 사용할 때가 온 것이오.

12시보다는 1시에 가까운 시각, 비바람이 억수로 몰아치는 춥고 황량한 밤이었소. 바깥세상은 음울했지만 나는 내심 기뻤소이다. 너무 기뻐서 목이 터지도록 순수한 기쁨의 환호성을 올리고 싶을 정도였지. 신사 여러분 가운데 누구라도 한 가지에 대한 열망을 품어본 적이 있다면, 20년 동안 애오라지 그것을 염원해왔다면, 그런데 어느 날 갑자기 목표 달성이 코앞에 다가왔다면, 그러면 여러분도 내 감정을 여실히 이해할 수 있을 거요. 나는 시가에 불을 댕기고, 연기를 뻐끔거리며 마음을 다독거렸소. 그래도 두 손이 계속 떨리고, 관자놀이는 흥분으로 벌렁거렸지. 마차를 몰고 가는 동안 늙은 존 페리어와 사랑스러운 루시가 어둠 속에서 나를 바라보며 미소를 짓고 있는 모습이 눈에 선하더이다. 지금 이 방에서 여러분들을 보는 것처럼 생생하게 말이오. 브릭스턴 로드의 집 앞에 마차를 세울 때까지, 두 사람은 줄곧 내 앞의 말 양쪽에 남아 있었소.

거리에는 빗방울 떨어지는 소리 말고 다른 어떤 소리도 들리지 않았고, 사람 하나 보이지 않았소. 마차 창문을 들여다보니, 드레버는 취해서 웅크리고 자고 있었소. 나는 그의 팔을 흔들었지. '일어날 시간이오.' 내가 말했소.

'알았수다, 마부.' 그가 말했소.

그는 자기가 가자고 한 호텔에 도착한 줄 알았을 것이오. 별 말 없이 마차에서 내려 정원으로 나를 따라왔으니 말이오. 나는 곁에서 같이 걸으면서 그를 부축해주어야 했소. 여전히 취해서 비틀거렸으니까. 우리가 현관까지 갔을 때, 나는 문을 따고 들어가 그를 응접실로 데려갔소. 길을 가는 내내 예의 아버지와 딸이 내 앞에서 걷고 있었지.

'지독하게 어둡군.' 그가 발을 더듬거리며 말했소.

'곧 밝아질 거요' 하고 말한 나는 성냥불을 켜서 지니고 있던 양초에 불을 밝혔소. '자, 이녹 드레버.' 내가 그를 향해 서서 촛불로 내 얼굴을 비추며 이어 말했지. '내가 누구냐?'

그는 취해서 흐리멍덩한 눈으로 잠시 나를 빤히 바라보았소. 그러다 두 눈에 공포가 떠오르며 온 얼굴이 실룩거리더군. 나를 알아본 것이 분명했소. 얼굴이 사색이 된 채 비틀비틀 뒷걸

"내가 누구냐?"
조지 허친슨 그림, 『주홍색 연구』, 런던, 워드, 록 앤드 보든 출판사(1891)

"그는 취해서 흐리멍덩한 눈으로 잠시 나를 빤히 바라보았소. 그러다 두 눈에
공포가 떠오르며 온 얼굴이 실룩거리더군. 나를 알아본 것이 분명했소."
리하르트 구트슈미트 그림, 『훗날의 복수』, 슈투트가르트, 로베르트 루츠 출판사(1902)

음질 치며, 이마에서는 삐질삐질 진땀이 흘렀고, 이는 딱딱 마
주쳤지. 그 꼬라지를 보고 나는 문에 등을 기대고 서서 한참 동
안 한바탕 웃음을 터트렸소이다. 복수가 그저 달콤한 것인 줄
만 알았는데, 바란 적도 없는 영혼의 만족감이 나를 사로잡더
란 말이오.

'너, 이 개자식!' 내가 말했소이다. '솔트레이크시티부터 상
트페테르부르크까지 너를 추적했다. 잘도 도망 다니더군. 자,
마침내 너의 도피는 끝났다. 너 아니면 나, 둘 중 하나는 내일
아침 일출을 보지 못할 것이다.' 그렇게 말하자 그는 더욱 뒷걸
음질을 치더군. 미친놈을 만났다는 표정으로 말이오. 하긴 그
때 정말 난 미쳐버렸지. 관자놀이 맥박이 망치질하듯 쾅쾅거렸
는데, 때마침 코피가 터져서 나를 구해주지 않았다면 그야말로
발광을 하고 말았을 것이오.

'지금 너는 루시 페리어를 어떻게 생각하지?' 나는 문을 잠그

"비틀비틀 뒷걸음질 치며, 이마에서는 삐질삐질 진땀이 흘렀고……."
제임스 그리그 그림, 『주홍색 연구』, 런던과 멜버른과 토론토, 워드, 록 앤드 컴퍼니(연대 미상)

고 그의 면전에 대고 열쇠를 흔들며 외쳤소. '응징의 시간이 참
으로 늦게 찾아왔지만, 마침내 때가 되었다.' 내가 말할 때 겁먹
은 그의 입술이 파르르 떨리는 게 보였소. 살 수만 있다면 애걸
복걸을 했겠지만, 그래 봐야 소용없다는 것을 그는 알고 있었
소.

'사, 살인을 하려는 거요?' 그가 말을 더듬더군.

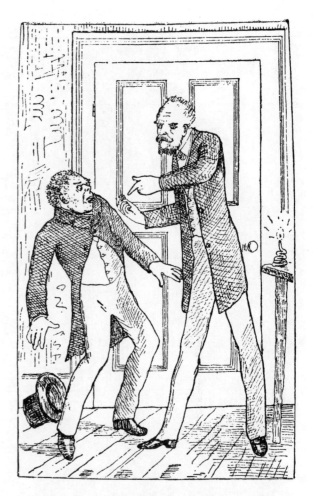

"골라서 먹어라. 하나는 사망이고 다른 하나는 생명이다."
찰스 도일 그림, 『주홍색 연구』, 런던과 뉴욕, 워드, 록 앤드 컴퍼니 (1888)

'살인은 무슨.' 내가 대답했지. '미친개를 죽이는데 누가 그
걸 살인이라고 해? 너는 가여운 내 사랑에게 무슨 자비를 베풀
었지? 아버지를 학살하고 딸을 끌고 가서, 그녀를 파렴치한 너
의 하렘에 처넣을 때 말이다.'

'그녀의 아버지를 죽인 것은 내가 아니오!' 그가 외쳤지.

'하지만 순진무구한 그녀의 가슴을 찢어놓은 것은 바로 너였
어!' 내가 날카롭게 외치며 그자의 면전에 상자를 내밀었소.

"그는 겁을 먹고 자비를 구걸하며 소리를 질러댔소."
아서 트위들 그림, 『A. 코난 도일 작품집』, 뉴욕, D. 애플턴 앤드 컴퍼니(1903)

'지고하신 신에게 우리를 심판하게 하자. 골라서 먹어라. 하나
는 사망이고 다른 하나는 생명이다. 나는 네가 남긴 것을 먹겠
다. 지상에 과연 정의가 있는지, 아니면 우리가 운의 지배를 받
는지 어디 한번 알아보자.'

　그는 겁을 먹고 자비를 구걸하며 소리를 질러댔소. 하지만
나는 손칼을 꺼내 그의 목에 대고 내 말에 복종토록 했지. 그리
고 나도 남은 환약을 삼킨 후, 우리는 1분 남짓 묵묵히 마주 보

253. 반지에 대한 호프의 집착은 다소 비정상으로 보인다. 그건 루시 페리어가 그에게 준 선물이 아니라, 드레버가 루시에게 결혼반지로 준 것이기 때문이다(반지는 호프가 루시의 시신에서 빼낸 것이다). D. 마틴 데이킨은 이렇게 말했다.

"드레버의 눈앞에 들이대기 위해 반지를 보관한 것은 이해가 간다. 그러나 실제로 그렇게 한 후에도 왜 반지에 미련을 갖는 것일까? 심지어 체포될 위험까지 무릅쓰고 말이다. 반지가 루시를 추억할 수 있는 유일한 기념물이라 해도, 그건 결국 그가 방금 죽인 원수와 그녀가 결혼했다는 것을 나타내는 상징이 아닌가. 보통 사람이라면 그런 물건은 혐오하는 게 정상일 것이다. 호프의 정신 상태는 정말 이해가 안 된다."

고 서서, 죽을 자가 누구고 살 자가 누군가를 알고자 기다렸소이다. 독약이 장기에 스며들었다는 것을 알려주는 최초의 신호인, 격렬한 통증이 밀려온 그의 얼굴에 떠오른 표정을 나는 결코 잊지 못할 것이오. 그걸 보며 나는 웃었소. 웃으며 그의 눈앞에 루시의 결혼반지를 꺼내 보였소이다. 알칼로이드는 빠르게 작용했기 때문에 그것은 정말 한순간이었지. 통증으로 경련을 일으키는 그의 얼굴은 꼴이 말이 아니었소. 결국 두 팔을 벌리고 비틀거리더니, 외마디 목쉰 비명과 함께 바닥에 육중하게 쓰러졌지. 나는 발로 그를 뒤집은 후, 그의 가슴에 손을 대보았소. 움직임이 없더군. 골로 간 거지!

나는 코에서 피가 철철 흘렀지만 그것을 알아차리지 못했소. 그 피로 벽에 글자를 썼는데 그게 무슨 영문인지, 어쩌다 그랬는지 모르겠소. 어쩌면 경찰의 수사를 오도하려고 장난이라도 친 모양이오. 그때 나는 아주 홀가분하고 기분이 좋았으니까. 그때 뉴욕에서 살해된 채 발견되었다는 독일인 생각이 났소. 그 사람 위쪽에 '라헤RACHE'라고 쓰여 있었다는데, 그 때문에 비밀결사가 그런 짓을 한 게 분명하다고 신문에서 한창 떠들썩했지. 뉴욕 사람들을 곤혹스럽게 한 일이라면 당연히 런던 사람도 곤혹스럽게 하지 않을까 싶어서, 손가락으로 내 피를 찍어서 만만한 벽에 그 글자를 쓴 거요. 그 후 마차가 있는 곳으로 가보니 주위에 아무도 없었소. 아직도 아주 썰렁한 한밤중이었지. 한참 마차를 몰고 갔을 때였소. 항상 루시의 반지를 담고 다닌 주머니에 손을 넣어보니 반지가 없었소. 나는 깜짝 놀랐지. 반지는 그녀를 추억할 수 있는 유일한 기념물[253]이었으니 말이오. 몸을 숙이고 드레버의 시신을 만질 때 떨어뜨렸나 싶어서 마차를 돌렸소. 마차를 옆길에 세워두고 대담하게 그 집으로 향했지. 무슨 일을 당하더라도 반지를 잃을 수는 없었으니까 말이오. 집에 도착한 나는 때마침 집에서 나오던 경찰과 마주

"그는 침대에서 벌떡 일어나서 내 목을 공격했소."
조지 허친슨 그림, 『주홍색 연구』, 런던, 워드, 록 앤드 보든 출판사(1891)

치고 말았소. 구제 불능의 술꾼인 척해서 가까스로 그의 의심
을 풀 수 있었지.

이녹 드레버는 아무튼 그렇게 최후를 맞았소이다. 다음에 내
가 할 일은 스탠거슨에게도 그렇게 해서 존 페리어의 빚을 갚
아주는 것뿐이었소. 그가 핼리데이 프라이빗 호텔에 머물고 있
다는 것을 알고 있어서, 종일 밖에서 기다렸지만 밖으로 나오
질 않았소. 드레버가 나타나지 않자 뭔가 의심을 하고 있을 거
라는 생각이 들더군. 그는 교활했지. 스탠거슨은 그랬어. 그리
고 항상 방심하는 법이 없었소. 하지만 집 안에 있다고 나를 멀
리할 수 있으리라고 생각했다면 그건 오산이지. 나는 곧 그의

254. 'yard.' 비번의 마차를 보관해두던 곳으로, 일반적으로 임대료를 받고 마차를 임대해준 주인이 관리했다.

255. 「지식인 연구」에서 C. B. H. 베일은 이렇게 순진한 말을 한 호프를 "바보 멍텅구리"라고 일컬으며 이렇게 썼다. "이 무렵 호프는 이미 두 번째 살인을 마쳤으니, 만일의 경우를 생각해서 몸을 사리는 것이 이성적인 행동일 것이다. 그런데 아니었다. 런던의 수많은 마부 가운데서 정확히 자기 이름을 지목해서 찾은 데다, 바로 얼마 전에 반지를 찾아오면서 함정인 것을 알았던 바로 그 주소로 찾아가면서 아무런 의심도 하지 않았다니 말이다." 래리 밴 겔더는 호프가 이렇게 행동한 것은 자살하고자 했기 때문이라는 의견을 냈다. 홈즈의 주소를 알면서도 그는 동맥류로 혈관이 파열되어 죽기를 바라며 일부러 덫에 걸렸다는 것이다. 에드거 W. 스미스는 이렇게 평했다. "왓슨이 우리에게 들려준 이야기보다 겔더의 가설이 훨씬 더 그럴듯해 보인다."

256. 수갑을 채웠다는 표현이 단행본에는 "shackled" 라고 올바르게 수정되었지만 《스트랜드 매거진》에는 "snackled"라고 되어 있다. 왓슨식의 혼성어로, 'shackled'와 'snaffled'를 합친 것이다. 'snaffle'은 말에 재갈을 물린다는 뜻인데, 『속어 사전』에는 체포한다는 뜻이 있는 것으로 나와 있다.

객실 창문 위치를 알아냈소. 그래서 이튿날 아침 일찍 호텔 뒷골목에 놓여 있던 사다리를 이용해서, 새벽 어스름 녘에 그의 객실에 들어갔지. 그리고 그를 깨운 후 말했소이다. 아주 오래전에 그가 빼앗은 목숨에 대한 대가를 치를 때가 왔노라고. 드레버가 어떻게 죽었는지 이야기해주고, 그에게도 똑같이 환약을 선택하게 했소이다. 그런데 살 수 있는 기회를 잡지 않고, 그는 침대에서 벌떡 일어나서 내 목을 공격했소. 자기방어를 위해 나는 그의 가슴을 찌르게 됐소. 어쨌거나 결과는 같았을 것이오. 죄지은 자가 독이 안 든 환약을 집어 들도록 신이 용납하진 않았을 테니 말이오.

이제 할 말이 거의 없으니 다행이외다. 내가 거의 녹초가 되었으니 말이오. 미국으로 돌아갈 여비를 마련할 때까지 일을 계속하려고 하루 남짓 더 마차를 몰고 있을 때였소. 마차고[254] 에 서 있을 때 남루한 차림의 어린 녀석이 제퍼슨 호프라는 마부가 있느냐고 묻더군. 베이커 스트리트 221B번지의 신사가 내 마차를 원한다는 것이었소. 나는 아무런 의심 없이 마차를 몰고 갔소.[255] 그다음에 내가 아는 것은, 이 청년이 내 손목에 수갑을 채웠다[256]는 것이오. 기가 막히도록 날렵하게 채우더군. 이것이 내 이야기의 전부올시다, 신사 여러분. 여러분은 나를 살인자로 여기겠지만, 나 자신은 여러분 못지않은 정의의 사도라고 생각하오."

이 남자의 이야기가 워낙 흥미진진하고, 태도 역시 아주 인상적이어서 우리는 심취한 채 말없이 앉아 있었다. 너무나 많은 범죄를 접해서 어떤 이야기를 들어도 심드렁한 형사들조차 이 남자의 이야기에 큰 흥미를 느끼는 듯했다. 그가 말을 마친 뒤에도 누구 하나 입을 열지 않았다. 이 고요함을 깨뜨린 것은 레스트레이드가 속기를 마무리하며 연필로 종이를 긁적이는 소리뿐이었다.

"좀 더 알고 싶은 것이 딱 한 가지 있습니다." 셜록 홈즈가 마침내 말문을 열었다. "내가 광고한 반지를 찾으러 온 사람은 누구였나요?"

포로는 내 친구를 향해 장난스럽게 윙크를 던지고 말했다. "비밀을 털어놓을 수는 있지만, 다른 사람을 곤란하게 하고 싶지는 않다네. 나는 자네가 낸 광고를 보고, 그게 함정일 수도 있지만 원하는 반지를 찾을 수도 있겠다고 생각했지. 내 친구가 자진해서 가보겠다더군.[257] 그 친구가 멋지게 해냈다는 것을 자네도 인정하겠지."

"그건 물론입니다." 홈즈가 진심으로 말했다.

"자, 신사 여러분." 경위가 진지하게 말했다. "우리는 법을 준수해야 합니다. 목요일에 피고인은 치안판사 앞에 서게 될 것입니다. 여러분도 법정에 출두해주십시오. 그때까지 피고인은 내가 책임질 겁니다." 그렇게 말하며 그가 벨을 누르자, 간수 두 명이 제퍼슨 호프를 데려갔다. 친구와 나는 경찰서를 나와 베이커 스트리트로 돌아가기 위해 마차를 탔다.

257. 호프에게 런던은 낯선 곳이었다. 그런 그가 홈즈에 대해서는 어떻게 알았고, 너무나 위험한 일을 도와줄 친구가 런던에 있었다는 건 무슨 영문일까? 게다가 변장해서 여자 행세를 할 만큼 전문가인 배우 친구가 말이다. 로버트 R. 패트릭은 그 "친구"가 누군지 알 만하다며, 그 "친구"는 홈즈의 미래 숙적인 모리아티 교수의 고용인으로, 호프가 거금을 내고 고용했을 거라고 밝혔다. 패트릭은「모리아티가 거기 있었다」라는 에세이에서 홈즈가 그런 사실을 이미 알고 있었을 거라는 의견을 냈다. "대리인은 달아났고, 호프는 증언하려고 하지 않았다. 그러나 이 대리인의 중요성을 홈즈는 잊지 않았다." 패트릭의 지적에 따르면, 불과 몇 분 전에 그레그슨과 레스트레이드에게 이렇게 경고했다. "체포를 하려면 섬세하게 일을 처리해야 합니다. 약삭빠를 뿐만 아니라 아주 흉악한 자를 잡아야 하는데, 범인 못지않게 영악한 자가 뒤를 봐주고 있기 때문입니다. ……그들은 경찰이 상대하기에는 버거운 인물들입니다."

제7장
결론

우리는 목요일에 치안판사 앞에 출두하라는 통지를 받았지만, 막상 목요일이 되었어도 우리의 증언은 이루어지지 않았다. 더 높은 판관이 직접 사건을 맡아서, 제퍼슨 호프는 준엄한 정의의 심판이 내려질 하늘의 법정으로 소환되었다. 그는 체포된 바로 그날 밤 동맥류가 터져서 이튿날 아침 감방 바닥에 쓰러진 채 발견되었다. 그는 지난날의 삶이 쓸모없지 않았고, 마땅히 할 일을 제대로 해냈다는 것을 죽어가는 순간에 회고라도 한 듯 평온한 미소를 머금고 있었다.

"그레그슨과 레스트레이드가 그의 죽음을 두고 꽤나 애석해하겠군." 이튿날 저녁 잡담을 나누다가 홈즈가 말했다. "거드름 깨나 부릴 수 있었는데 말이야."

"그들이 범인을 잡는 데 뭘 했다고?" 내가 말했다.

"이 세상에서 우리가 무엇을 하느냐는 중요하지 않아." 내 친

더 높은 판관이 직접 사건을 맡아서, 제퍼슨 호프는
준엄한 정의의 심판이 내려질 하늘의 법정으로 소환되었다.
조지 허친슨 그림, 『주홍색 연구』, 런던, 워드, 록 앤드 보든 출판사(1891)

구가 쓸쓸하게 말했다. "남들로 하여금 우리가 무엇인가 했음
을 믿게 할 수 있는가? 이것이 중요하지. 아무렴 어때." 그는 잠
시 후 좀 더 밝은 음성으로 이어 말했다. "무슨 일이 있어도 나
는 수사할 기회를 놓치지 않을 거야. 내가 기억하고 있는 사건
가운데 이번 것보다 더 흥미로운 것은 없었어. 사건이 단순하
긴 했지만, 여러 가지로 크게 배울 점들이 있었거든."

"단순했다니!" 나는 어이가 없었다.

"아, 그건 사실이야. 달리 뭐라고 하겠어." 내가 놀라워하는
것에 대해 히죽 웃으며 셜록 홈즈가 말했다. "본질적으로 단순
한 사건이라는 증거를 대자면, 별다른 도움 없이 그저 몇 가지
평범한 연역만으로 사흘 안에 범인을 알아낼 수 있었다는 게
그거야."

"그건 그렇군." 내가 말했다.

"전에도 말한 적이 있지만, 평범하지 않은 요소는 걸림돌이

258. 'to reason backwards(reasoning backwards).' 역으로 추리하기란, 결과를 보고서 그 과정과 원인을 알아내는 것. 선다형 시험에서 잘 모르는 답을 찍을 때 역추리를 해보지 않은 사람은 없을 것이다. 예상되는 답을 놓고서 그 답이 나오는 과정을 되짚어보는 게 그것이다. 역추리는 연역추리, 또는 분석추리라고 할 수 있다. 역추리(역행추리)의 반대는 'reasoning forwards', 곧 순행추리로, 원인과 과정을 보고 결과를 미루어 짐작하는 것으로 귀납추리, 또는 종합추리라고 할 수 있다. 뒤에 다시 셜록 홈즈의 간단한 설명이 나온다―옮긴이.

259. 브루엄 마차는 원래 1838년경 헨리 피터 브루엄이 고안한 것이다. 얼마 후 남작이 되는 브루엄은 잉글랜드 대법관이었다. 지붕이 있는 이 사륜마차는 말 한 필이 끌었고, 앞쪽에 개방된 마부석이 있었다.

브루엄 마차.

되기보다 오히려 사건 해결의 열쇠가 돼. 이런 부류의 사건을 해결하는 데 있어서 가장 중요한 것은 역추리[258]를 하는 거야. 그건 아주 쉬우면서도 썩 유용한 기예인데, 사람들은 연습을 하질 않아. 일상생활의 문제일 경우는 순행추리가 더 유용하니까, 역으로 추리하는 일은 소홀히 하게 되는 거지. 종합추리를 할 수 있는 사람이 쉰 명 있다면, 분석추리를 할 수 있는 사람은 한 명밖에 없어."

"솔직히, 난 자네 말이 통 이해가 안 가." 내가 말했다.

"그럴 줄 알았어. 그럼 어디 좀 더 쉽게 설명해볼까? 일련의 사건 이야기를 듣게 되면, 웬만한 사람은 그 결과를 예측해볼 수 있지. 사건들을 종합해서 장차 어떤 일이 일어날지 추리해볼 수 있는 거야. 하지만 결과에 대한 이야기를 듣고서, 그런 결과에 이르기까지의 각 단계를 추리해낼 수 있는 사람은 드물지. 그런 능력이 바로 내가 말하는 역추리, 곧 분석추리라는 거야."

"그렇군." 내가 말했다.

"이번 사건도 주어진 결과를 가지고 모든 것을 알아내야 하는 그런 사건이었어. 내 추리의 각 단계를 말하자면 이래. 처음부터 이야기해보자구. 알다시피 그 집에 다가갈 때 나는 걸어서 갔어. 그 어떤 선입관도 배제한 채였지. 자연스레 도로 상태를 살펴보기 시작했고, 이미 말했다시피 마차 자국이 나 있는 것을 보았지. 자국이 선명한 것으로 보아 밤중에 생긴 것이 분명하다는 것을 확인할 수 있었어. 두 바퀴 사이의 간격이 좁은 것으로 볼 때 개인 소유의 마차가 아니라는 것도 확인할 수 있었지. 런던에서 굴리는 보통의 사륜마차는 개인의 브루엄 마차[259]보다 폭이 꽤 좁거든.

거둬들인 첫 수확이 그거야. 그 후 천천히 정원 길을 걸었어. 공교롭게도 특히 발자국이 남기 좋은 흙길이었지. 자네가 보기에는 그 길이 그저 발자국투성이의 질퍽한 길에 지나지 않았겠지만, 훈련된 눈으로 보면 표면 위의 모든 자국이 저마다 의미가 있거든. 수사과학에서 발자국 추적의 기예[260]만큼이나 중요하면서도 홀대를 당하는 분야는 없어.[261] 다행히 나는 항상 그것에 상당한 역점을 두어, 제2의 본성이 될 정도로 많은 훈련을 해왔지. 나는 순경의 발자국이 무겁게 찍힌 것을 보았어. 하지만 먼저 정원을 지나간 두 남자의 발자국도 보았지. 그 자국이 가장 먼저 찍혔다는 것을 알아내는 것은 식은 죽 먹기였어. 그들의 발자국이 곳곳에서 다른 발자국에 눌려 뭉개져 있었거든. 이렇게 해서 두 번째 연결 고리가 생겼어. 그것을 통해 밝혀진 것은, 한밤의 방문객 숫자가 둘인데, 한 명은 보폭으로 미루어 볼 때 키가 크다는 것이었고, 다른 한 명은 구두 발자국이 작고 우아한 것으로 볼 때 유행에 민감한 차림새였다는 거야.

집에 들어서자마자 앞서의 추리가 옳다는 것을 확인했어. 멋진 구두를 신은 남자가 앞에 쓰러져 있었으니까. 그렇다면 살인자는 키가 큰 남자야. 그게 살인이라면 말이지. 죽은 남자의 시신에는 상처가 없었지만, 심하게 동요한 표정을 지은 것으로 볼 때 자기가 죽을 거라는 사실을 사전에 예견했다는 것을 알 수 있었어. 심장병으로 죽거나 자연적인 원인으로 급사한 사람들은 혹시라도 그처럼 동요하는 표정을 짓지 않거든. 시신의 입 냄새를 맡아보니 조금 시큼한 냄새가 났어.[262] 그래서 나는 그가 억지로 독을 먹고 죽었다는 결론에 이르렀지. 그 점 역시, 그의 얼굴에 어린 증오와 두려움을 보고서 그게 억지로 이루어진 일이었다고 본 거야. 배제의 방법에 따라 그런 결론에 도달한 건데, 다른 어떤 가정도 사실과 부합하지 않았기 때문이지. 그게 전대미문의 범죄라고 상상하진 마. 독을 억지로 먹이는 것은 범죄사에서 새로울 게 없으니까. 웬만한 독물학자라면 오데사의 돌스키 사건이나 몽펠리에의 르튀리에 사건을 바로 떠

260. 'art'. 셜록 홈즈가 "art"라는 말을 쓸 때는 기술보다 예술이라는 뜻에 가깝다. 자신의 탐정 활동도 "art"라고 말하며, 「너도밤나무 저택」에서는 은근히 자신을 "예술을 위한 예술"을 하는 사람에 비유한다. 그러니 이 대목에서는 '발자국 추적의 예술'이라고 번역해도 무방한데, 그래서는 생뚱맞다고 생각할 독자가 많을 듯해서 "기예"로 옮겼다(그의 탐정 활동 역시 "기예"로 옮겼다). 오늘날 기술과 예술 간에 무슨 우열이 있다고 할 수는 없지만, 셜록 홈즈는 기술자이기보다 예술가이기를 선호했을 것이다. 기예는 "예술로 승화될 정도로 갈고닦은 기술이나 재주"를 뜻한다―옮긴이.

261. 이를 너무나 중요하게 생각한 홈즈는 결국 발자국 추적에 관한 논문을 썼다. 홈즈는 『네 사람의 서명』에서 이 논문에 대한 이야기를 한다.

262. 드레버가 마신 술의 양을 감안할 때 이건 놀라운 재주가 아닐 수 없다.

올릴 거야.

그럼 이제 중요한 문제는 살해 동기야. 빼앗아 간 것이 없으니 강도는 살인의 목적이 아니었어. 그렇다면 정치, 아니면 여자가 동기였을까? 당면한 문제는 그것이었어. 전자보다는 후자 쪽으로 마음이 기울더군. 왜냐하면 정치범들은 일을 마치고 재빨리 현장에서 달아나는데, 이번 살인은 그 반대로 아주 신중하게 이루어졌고, 실내는 범죄자의 발자국 천지였어. 그만큼 오래 현장에 머물렀다는 뜻이야. 이처럼 철두철미한 복수를 불러온 것은 정치적인 게 아니라 사적인 원한이 분명했어. 벽에 쓴 글자를 발견했을 때 더욱 앞서의 생각 쪽으로 기울었지. 그 글자는 너무나 빤한 눈속임이었거든. 그러다 반지가 발견되자 문제는 바로 해결됐어. 살인자가 그것을 이용해서, 죽었거나 현장에 없는 여자를 피살자에게 상기시킨 것이 분명했어. 그레그슨에게 질문을 한 것도 그때였지. 클리블랜드에 전보를 칠 때 드레버 씨의 경력 중에서 중요해 보이는 특정 사실에 대해 물어보았느냐고 말이야. 자네도 기억하겠지만 그레그슨은 묻지 않았다고 했지.

그 후 실내를 꼼꼼히 조사해서 범인의 키에 대한 내 생각이 옳다는 것을 확인했어. 덤으로 트리치노폴리 시가와 그의 손톱 길이에 대한 정보도 알아냈지. 바닥에 흘린 피에 대해서는, 살인자가 흥분을 해서 흘린 코피라는 결론을 이미 내리고 있었어. 싸움을 한 흔적이 없었거든. 게다가 핏자국은 범인의 발자국 위치와 일치했어. 다혈질이 아니라면 그런 식으로 흥분해서 코피를 흘리는 일이 드무니까, 범인은 아마도 얼굴색이 붉고 건장할 것이라는 의견을 냈는데, 결국 내 판단이 옳았다는 게 입증됐지.

그 집을 나온 후 나는 그레그슨이 소홀히 한 일을 했지. 미국 클리블랜드의 경찰서장에게 전보를 쳐서, 이녹 드레버의 결혼

관련 상황을 문의한 거야. 답신은 결정적이었지. 드레버는 제퍼슨 호프라는 옛 연적으로부터 신변 보호를 해달라는 요청을 한 적이 있고, 호프라는 사람은 현재 유럽에 있다는 것이었어. 결정적인 단서를 확보했으니, 이제 남은 일은 범인을 체포하는 것뿐이었지.

드레버와 같이 그 집에 들어간 사람은 마차를 몰고 간 남자일 수밖에 없다고 나는 벌써부터 생각하고 있었어. 길에 난 자국을 보니 말이 제멋대로 어슬렁거렸는데, 마부가 곁에 있었다면 그럴 리가 없거든. 마부가 집 안에 들어가지 않았다면 어딜 갔겠어? 얼빠진 사람이 아닌 다음에야 제삼자의 눈에 띌 만한 곳에서 계획적인 범행을 저지를 리도 없겠지. 당장 신고가 들어갈 테니 말이야. 마지막으로, 사람을 찾아 런던을 구석구석 누비고 다니려면 마부가 되는 것보다 더 나은 방법은 없을 거야. 이런 모든 점으로 미루어볼 때, 나는 제퍼슨 호프가 런던에서 전세 마차 마부 노릇을 하고 있을 거라는 강력한 결론에 이르렀지.

범인이 마부라면, 당장 일을 그만두었다고 생각할 이유가 없었어. 그의 입장에서 볼 때 갑자기 일을 그만두면 남들의 주의를 끌 수도 있으니까 말이야. 아마도 당분간은 일을 계속하겠지. 그가 가명을 쓸 거라고 생각할 이유도 없었어. 자기 본명을 아는 사람이 없는 나라에서 가명을 댈 이유가 없는 거지. 나는 거리의 뜨내기[263] 탐정단을 조직해서, 런던의 모든 마차고에 조직적으로 파견했어. 아이들이 그 일을 얼마나 훌륭히 해냈고, 내가 또 얼마나 재빨리 그 성과를 활용했는지는 자네도 잘 기억하고 있을 거야. 스탠거슨의 피살은 전혀 예상 밖의 일이었어. 하지만 예상을 했어도 막을 수는 없었을 거야. 자네도 알다시피, 나는 이미 독이 사용되었을 거라고 짐작하고 있었는데, 스탠거슨 사건을 통해 예의 환약을 손에 넣을 수 있었어. 이로

263. 178번 주석 참고—옮긴이.

써 내 모든 추리는 어디 한 군데 흠도, 끊긴 곳도 없는 완벽한 논리의 사슬을 이루게 됐지."

"정말 멋지군!" 내가 외쳤다. "자네의 공로는 널리 알려져야 해. 사건의 전말을 지면에 발표해야만 한다구. 자네가 하지 않겠다면 나라도 하겠어."

"원한다면 자네가 해봐." 그가 대답했다. "아, 여기 좀 봐!" 그가 신문을 내게 건네며 이어 말했다. "이것 좀 읽어봐!"

"아, 여기 좀 봐! 이것 좀 읽어봐!"
리하르트 구트슈미트 그림, 『훗날의 복수』, 슈투트가르트, 로베르트 루츠 출판사(1902)

그것은 그날의 《에코》였다. 그가 가리킨 기사는 문제의 사건
을 다루고 있었다. 내용은 다음과 같았다.

이녹 드레버 씨와 조지프 스탠거슨 씨 살해 용의자인 제퍼슨
호프 씨가 갑자기 사망함으로써, 이번 사건에 대한 대중의 뜨
거운 관심은 이내 식고 말았다. 이로써 아마도 사건의 전모를
밝힐 수는 없겠지만, 본사는 정확한 소식통의 정보를 입수할
수 있었다. 본건은 치정과 모르몬교에 얽힌 해묵은 원한으로
인한 사건이라고 한다. 피살자 모두 젊은 시절 모르몬교도였
던 것으로 보이며, 사망한 용의자 호프 또한 솔트레이크시티
출신이다. 이번 사건으로 인한 다른 파급 효과는 없었다 해도,
적어도 우리 경찰력의 우수성만큼은 매우 인상 깊게 보여주었
다. 또한 모든 외국인들에게도 교훈이 되었는데, 묵은 원한이

"원한다면 자네가 해봐."
조지 허친슨 그림, 『주홍색 연구』, 런던, 워드, 록 앤드 보든 출판사 (1891)

264. 시인 호라티우스의 『풍자시』(1권)에서 인용한 이 구절을 번역하면 이렇다.
"사람들이 야유할지라도, 집에서 나 자신에게 갈채를 보내네. 금고 속의 보화를 애틋하게 바라보며."
홈즈는 초기 사건을 끝내면서 다른 사람의 말을 인용하는 버릇이 있었다. 여기서는 왓슨에게 양보했지만, 그 버릇은 홈즈가 "매우 못난 친구"라고 평한 뒤팽(앞의 83번과 84번 주석 참고)을 모방한 것이다. 홈즈는 여러 사건에서 유명해지는 것을 경멸하는 태도를 보이는데, 「토르교 사건」에서는 이렇게 말하고 있다. "깁슨 씨, 고맙습니다만 나한테는 명성이 필요치 않습니다. 이런 말을 들으면 놀라실지 모르겠지만, 나는 익명으로 일하는 것을 더 좋아합니다. 나를 사로잡는 것은 사건 자체입니다." 나중에 그는 자기 사건에 대한 왓슨의 이야기를 이렇게 비난한다. "자네는 모든 것을 과학적인 훈련의 관점이 아닌 이야기의 관점에서 보려고 하는 악습이 있어서, 교육적이고 고전적이라고까지 할 수 있는 일련의 논증을 아주 버려놓았어. 독자를 즐겁게 할 수는 있어도 교육적일 수는 없는 감각적인 세부 묘사에 너무 치중하고 있단 말이야. 내가 얼마나 정교하고 우아하게 문제를 해결하는가는 간과하고 말이지."(「애비 농장 저택」) 하지만 홈즈의 일거리가 크게 늘어난 주된 원인은 왓슨이 이야기를 발표하면서 유명해진 덕분이었다.

있다면 영국 영토 안으로 끌어들일 것이 아니라, 자기 나라에서 해결하는 것이 현명할 거라는 교훈이 그것이다. 범인을 신속하게 체포한 것은 전적으로 런던 경찰국의 유명 형사인 그레그슨 씨와 레스트레이드 씨의 공로임은 공공연한 비밀이다. 범인이 체포된 것은 셜록 홈즈 씨라는 사람의 집에서였던 듯한데, 아마추어 탐정인 홈즈 씨는 수사에 다소 재능을 보이는 사람으로, 두 형사와 같은 스승과 함께함으로써 장차 그들의 기술을 어느 정도 습득할 수 있을 것으로 기대된다. 공로를 인정받은 두 형사는 표창을 받을 것으로 예상된다.

"애초에 내가 이럴 거라고 했지?" 셜록 홈즈가 웃으며 말했다. "우리의 주홍색 연구의 결과가 바로 이것이야. 남들이 표창받게 하는 것!"

"염려하지 마." 내가 말했다. "내 일기에 모든 사실을 기록해두었으니, 내가 세상 사람들에게 알릴 거야. 그때까지는 로마의 구두쇠처럼 보화는 꽁꽁 숨겨두고 다만 성공했음을 음미하는 것만으로 만족해야겠어.

Populus me sibilat, at mihi plaudo
Ipse domi simul ac nummos contemplar in arca.264"

238

부록

「셜록 홈즈 씨」
의사 조지프 벨의 에세이[265]

고단하고 고달픈 금세기의 지난 10년 동안, 거리의 남루한 뜨내기들조차도 전적으로 나쁘지만은 않은 징조를, 간호사들의 말에 따르면, 주목하기 시작했다. 만족할 줄 모르고 일반적으로 좀이 쑤셔 안달을 해대는 호기심에 영합한 《소사이어티 저널》[266]은 바로 우리 위 계층의 행실에 대해 입방아를 찧어대고, 일간지조차 이를 부추긴다. 그런 정보는 지적으로 무가치하고, 도덕적으로 타락한 경향이 있다. 그런 정보는 그 어떤 감각도 길러주지 않으며, 상상력을 빈곤하게 한다. 유명 인사들의 가정생활, 삽화를 곁들인 면담, 온갖 수준의 사교 스캔들은 뒷공론에 솔깃해하는 귀를 간질여줄 뿐이다. 법정이나 각종 아카데미에 대한 추억 혹은 회고록, 일화들은 좀 더 흥미롭고, 역사의 한 측면을 밝힌다는 점에서 값질 수도 있지만, 그래도 역시 그저 즐거울 뿐, 우리가 그 가치를 잊지 말아야 할 시간을 죽이는 데 이바지할 뿐이다. 그런데 지난 몇 년 동안 다소나마 생각을 북돋우고 관찰을 자극하는 책에 대한 뚜렷한 수요가 생겨났다. 「가정의 사냥터지기」 시리즈[267]와 모방작들 덕분에, '셸본

---

265. 아서 코난 도일의 대학 은사인 의사 벨은 1892년 12월 《북맨》(런던)에 처음으로 이 에세이를 발표했다. 「셜록 홈즈의 모험」이라는 제목의 이 에세이는 그 후 1893년에 워드, 록 앤드 보든 출판사에서 단행본으로 펴낸 『주홍색 연구』에 부록으로 실렸다.

266. 주로 상류사회의 사건을 보도하는 신문—옮긴이.

267. 이 시리즈를 쓴 존 리처드 제프리스(1848-1887)는 박물학자이자 수필가, 소설가로, 신비한 자연에 관한 수많은 이야기를 비롯해서 20권의 저서를 냈다. 『브리태니커 백과사전』 중 제프리스에 관한 항목에는 이렇게 쓰여 있다. "당시 빅토리아 시대 사람들은 그의 선견지명을 제대로 이해하지 못했다…… 자연에 대한 신비한 이해와 세밀한 관찰을 결합한 그는 정확한 묘사 문체에 능하고 감각에

의 화이트'[268]를 잊었거나 알지 못하는 도시 거주자들은 열린 귀와 눈의 수확물이라고 할 수 있는 즐거운 소리와 풍경에 눈을 뜨게 되었다. 범죄와 기사도 이야기는 호기심을 자극하고 충족시킴으로써, '북적이는 도시의 끔찍한 길거리'에 앞서의 것들과 마찬가지로 홍미로운 어떤 것을 제공한다. 그중 불티나게 팔리는 소위 탐정문학이라는 것에서는 어느 정도 현명한 글솜씨를 엿볼 수 있다. 모든 잡지 가판대마다 1실링짜리 싸구려 탐정소설이 꽂혀 있고, 정기 구독자를 겨냥한 잡지라면 반드시 강도와 살인 미스터리를 실어야 한다. 하지만 그중 대부분은 내용이 부실하다. 복잡한 플롯은 앞부분을 읽는 사이에 홍미를 뚝 떨어뜨리고, 우연의 일치가 남발되고, 불가사의한 재능을 지닌 탐정은 아무도 이해할 수 없는 통찰력을 번뜩임으로써 단서의 발견을 쓸모없게 만들어버린다. 내용은 천편일률적인데, 수사 방법론은 무시하고 결과에만 관심의 초점을 맞춘다. 르코크 탐정을 찬미할 수는 있더라도, 우리는 그의 입장에 서서 생각하지 않는다. 의사 코난 도일은 잘 설계된 탐정 이야기로 성공을 거두었다. 놀랍도록 현명한 수사 방법론을 구사하는 그의 주인공 이름은 이 나라 모든 소년의 사랑을 받고 있다. 관찰할 수만 있다면, 방법론을 모르는 순진한 상대가 무슨 일을 어떻게 하는가에 관한 많은 것을 알아내는 것이 얼마나 손쉬운가를 그는 보여준다. 그리고 같은 방법론을 확대 적용해서 범죄자를 곤혹스럽게 하고 범죄 수법을 발가벗긴다. 태양 아래 새로운 것은 없다. 볼테르는 우리에게 자디그의 방법론[269]을

호소하는 시적 산문을 쓰는 데도 능했다." 처음에 《노스윌츠 헤럴드》의 리포터였던 제프리스는 잉글랜드 남부의 주도인 윌트셔의 농부에 대한 4,000단어 분량의 편지를 《타임스》에 발표함으로써 인생의 전기를 마련한 듯하다. 시골 생활과 자연에 관한 그의 생각을 포함한 논픽션 작품인 「가정의 사냥터지기」는 1878년에 《팰맬 가제트》에 연재되었다가 1887년 단행본으로 출판되었다. 건강이 안 좋아 고생을 하면서도 다작을 한 제프리스는 38세의 나이에 결핵으로 사망했다. 그는 아직도 문학계에서 인정을 받지 못하고 있다.

268. 잉글랜드 셀본의 길버트 화이트(1720-1793)는 박물학자이자 시인이고 목사였다. 그는 『셀본의 박물학과 고대 유물』(1789)이라는 걸작으로 유명하다. 이는 친구인 토머스 페넌트와 데인스 배링턴에게 20년이 넘도록 쓴 편지를 모은 책이다. 박물학에 대한 최초의 작품으로서, 영국 고전으로 자리 잡은 이 책은 발간되자마자 화이트의 방법론과 예리한 관찰 감각에 감명을 받은 주요 식물학자들에게 큰 호평을 받았다.

269. 계몽주의 시대를 대표하는 볼테르의 소설집 『자디그』는 "셜록"의 연역법을 최초로 선보이고 있는 사례 가운데 하나로 여겨지고 있다. 이 소설에서 자디그는 바빌로니아의 청년으로, 선과 악은 냉혹

의사 아서 코난 도일.

하게 맞물려 있고, 커다란 고난을 겪은 후에야 행복이 찾아올 수 있다는 것을 배우면서 욥과 같은 고난을 겪는다. 결국 그는 왕이 되고 현자가 된다. 조지프 벨의 "자디그의 방법론"은 모든 것을 면밀히 관찰하고, 얼마간 홈즈처럼, 자기가 본 것을 통해 결론을 이끌어내는 자디그의 성향을 가리킨 말이다. 왕의 말과 여왕의 개를 도난 당했을 때 자디그가 의심을 받는다. 그는 없어진 동물들을 본 적이 없다면서도 아주 세밀하게 그 동물들의 모습을 말한다. 그러자 그는 즉각 도둑으로 체포되고, 도난 당한 동물이 발견된 후 석방된다. 그 후 그는 그 동물들을 보고도 보지 않았다고 거짓말을 한 죄로 벌금을 내게 된다. 그러나 그는 자기변호를 하며 이렇게 설명한다. "말발굽 자국과 그 거리가 일정한 것을 보니…… 그건 틀림없이 말이었습니다. 잘 달리는 말이구나 하고 속으로 생각했죠. 폭이 7피트쯤 되는 도로 옆의 나무에 낀 먼지가 쓸려 나갔는데, 나무는 도로 중앙에서 3.5피트 떨어져 있었습니다. 그래서 내가 말한 겁니다. 이 말은 꼬리가 3.5피트라고. 이 꼬리를 좌우로 휘둘렀으니……." 그는 개에 대해서도 비슷한 관찰을 했다. 결국 그는 벌금을 돌려받는다. 나중에 죄수가 탈출할 때 창문으로 지켜본 자디그는 연루되지 않으려고 하지만, 목격한 것을 신고하지 않았다는 이유로 벌금을 물게 된다. "'맙

가르쳐주었다. 그리고 훌륭한 내과와 외과 선생들 모두가 교육 현장에서 날마다 시범을 보이며, 방법론을 실천하고 그 결과를 선보인다. 사소한 차이에 대한 정확하고 지적인 인식과 이해는 모든 성공적인 진료의 진짜 핵심 요인이다. 만족을 모르는 호기심의 존재와 아주 예리한 감각의 존재를 받아들이고 그것을 생활화한다면 여러분도 홈즈 뺨칠 수 있다. 다소 아둔한 친구인 왓슨을 놀라게 할 때의 홈즈 말이다. 그리고 전문적인 훈련을 받는다면 노련한 탐정 셜록 홈즈를 뺨칠 수 있다.

　의사 코난 도일은 의학 교육을 받으며 관찰하는 방법을 배웠다. 그리고 일반의와 전문의로 개업을 한 것도 훌륭한 훈련이 되어, 감각하고 기억하고 상상하는 능력을 갖춤으로써 오늘날에 이를 수 있었다. 보고 들을 수 있는 눈과 귀, 즉시 기록할 수 있고, 감각적 인상을 언제든 떠올릴 수 있는 기억력, 가설을 세우고 조각을 결합해서 끊어진 고리를 연결하고, 뒤얽힌 실마리를 풀 수 있는 상상력, 이 세 가지가 바로 성공적인 진단 전문의의 필수 도구다. 추가로 의사가 타고난 이야기꾼이기도 하다면, 탐정 이야기를 쓸 것인지, 아니면 『백의 결사』[270]라는 장편 기사도 이야기를 쓸 것인지는 단순한 선택의 문제에 지나지 않는다. 외과 진단 분야에서 역사상 가장 뛰어난 교사 가운데 한 명이었던 사임은 자기 학교의 전통에 따라 코난 도일의 방법론에 기여를 했는데, 다음과 같은 재미난 말을 남겼다. "가장 친한 친구의 이목구비, 걸음걸이, 태도의 특징을 아는 만큼 그렇게 정확하게 질병이나 상해의 특징을 배우기 위해 노력하라." 당신은 친구가 군중 속에 섞여 있더라도 단박에 알아볼 수 있다. 친구와 군중 모두가 똑같은 옷을 입고 있더라도 말이다. 군중 모두가 눈과 코, 머리카락, 팔다리를 가졌고, 본질적으로 모두가 서로 닮았는데, 다만 사소한 차이가 있을 뿐이다. 하지만 그처럼 사소한 것들을 잘 앎으로써, 당신은 손쉽게 친구를 알아보거나 진단을 잘할 수 있다. 마음이나 몸 또는 정신적인 병의 경우에도 마찬가지다. 인종의 특

소사' 그가 중얼거렸다. '이 무슨 불행인가. 하필이면 여왕의 스패니얼이나 왕의 말이 지나간 숲을 걷다니! 하필이면 창문을 내다보다니, 이 얼마나 위험한 짓이었는가! 이 인생이 행복하기는 얼마나 어려운가!'" 다행히 홈즈는 자디그와 같은 결론을 내리지 않았다.

270. 코난 도일의 근사한 소설 『백의 결사』는 1891년 런던의 스미스, 엘더 앤드 컴퍼니에서 출간되었다. 기사, 아름다운 여인, 전투, 기사도 명예에 관한 이 이야기는 에드워드 3세(1312-1377) 시대를 배경으로 하고 있으며, 상당히 많은 역사적으로 정확한 묘사를 찾아볼 수 있다.

이성, 태도의 유전적인 특징, 억양, 가진 것이나 결여한 것, 교육, 그 모든 종류의 환경이 사소한 영향을 받으며 점차적으로 개인을 형성하거나 변화시키며, 전문가라면 쉽게 알아볼 수 있는 지문이나 뚜렷한 특징을 남긴다. 심장병이나 폐병, 만성 알코올 중독증, 또는 오래 지속되어온 출혈 등의 징표임을 한눈에 알아볼 수 있는 특징들이 의료계 초보자들에게는 너무나 방대하고 막막하다. 반면에 의술의 달인들에게는 웅변적이고 유익한 징표들이 많은데, 그것을 간파하려면 훈련된 눈이 필요하다. 최근 한 가지 증상, 곧 맥박에 관한 두툼하고 값진 책이 나왔는데, 훈련받은 의사가 아닌 사람에게는 그것이 터무니없어 보인다. 114종의 담뱃재에 관한 셜록 홈즈의 불멸의 논문처럼 말이다. 예방과 진단의학에서 최근 몇 년 동안 이루어진 가장 큰 진보는 콜레라, 열병, 결핵 결절, 탄저병 등을 퍼트리는 미세 유기체에 관한 세균학적 연구를 인정하고 전문화한 데 있다. 무한히 작은 것의 중요성은 이루 헤아릴 수 없다. 메카의 우물에 콜레라 균을 투입했다고 하자. 그러면 성지 순례자들이 병에 담아 간 성수는 대륙 하나를 통째로 감염시킬 것이다. 이 전염병 희생자의 넝마 조각이 그리스도교 국가의 모든 항구를 공포에 떨게 할 것이다.

사소한 차이를 인식하고 이해하기 위해 훈련을 받은 의사 도일은 지적인 독자들의 관심을 끄는 방법을 알고 있었다. 독자에게 속마음을 털어놓고, 수사하는 방식을 보여준 것이 그것이다. 그는 상황 판단이 빠르고, 예민하고, 호기심이 많은 주인공을 창조했다. 또한 시간이 철철 남아도는 데다, 기억력이 좋고, 어쩌면 최고의 재능이라고 할 수 있는 것으로, 불필요한 세부 사항을 기억해야 한다는 부담감을 훌훌 털어버릴 수 있는 능력을 지닌, 반은 의사이고 반은 작가인 사람을 그는 창조했다. 홈즈는 왓슨에게 이렇게 말한다. "다시 이 말을 하고 싶어. 인간은 자기 두뇌의 작은 다락방에 쓸모가 있음 직한 모든 가구를 잘 갖춰놓아야 한다고 말이야. 나머지는 원할 때 언제든 손에 넣을 수 있도록 헛간 같은 서재에 때려 넣어두면 돼."[271] 그러나 그는 환경의 사소한 산물, 노동자 고유의 특징, 여행 사건들에 생생한 관심을 보인다. 비개인적인 호기심으로 인해 만족할 줄 모르는, 거의 비인간적인 호기심을 충족시켜주는 것이 그런 것들이기 때문이다. 코난 도일은 그런 주인공을 아마추어로 설

---

271. 「다섯 개의 오렌지 씨앗」. 『주홍색 연구』에서도 홈즈는 비슷한 발언을 한다.

정함으로써, 온갖 사건을 자문받는 탐정으로서 책임에 시달리지 않는다. 그러면서 그가 어떻게 일하는가를 우리에게 서슴없이 보여준다. 그는 일련의 증거를 연결하는 사소한, 그야말로 사소한 고리를 착한 왓슨에게 설명해준다. 설명을 들으면 바로 명백해진다. 일단 알고 보면 너무나 쉬워서, 순진한 독자라면 나도 할 수 있다고 생각하게 된다. 알고 보면 인생은 그다지 지루하지 않다. 나는 언제나 눈을 지그시 뜨고, 이런저런 것들을 발견할 것이다. 전당포 주인이 홈집을 낸 금시계는 왓슨의 형에 대한 이야기를 들려준다.[272] 낡아빠진 빌리콕 중산모는 그 주인이 술독에 빠졌다는 것을 말해준다.[273] 아이도 아니고 원숭이도 아닌 존재의 발자국과 작은 독침만 보고 홈즈는 안다만 제도의 원주민을 범인으로 확인하고 체포한다.[274] 하지만 놀랄 것은 없다. 그만한 추리는 우리도 거뜬히 할 수 있으니까.

노련한 내과 의사와 훈련받은 외과 의사는 환자를 진료하며 날마다 비슷한 추리를 하지 않을 수 없다. 상황에 따라 느리게 또는 빠르게, 경험 많은 의사라면 거의 자동으로 추리가 이루어진다. 초보자의 경우에는 힘이 들고 자주 빗나가지만, 마찬가지로 간단한 필요조건 몇 가지와 사실들을 알아차릴 수 있는 감각, 감각을 활용하는 교육과 지적 능력만 갖추면 곧 노련해질 수 있다. 단지 감각이 예민한 것만으로는 충분치 않다. 예컨대 인디언 추적자라면 나뭇잎들 위의 발자국이 구두 자국이어서 인디언의 것이 아니라 백인의 것이라고 쉽게 알아보겠지만, 그 구두가 어디서 만든 것인가를 알아내려면 달인이 되어야 한다. 눈이 예민한 탐정이라면 벨벳이나 거울에 피 묻은 엄지손가락 자국이 난 것을 알아보겠지만, 지문의 골과 마루를 드러내서 채취하고, 용의자인 도둑이나 살인자의 지문과 맞춰보기 위해서는 골턴[275]의 과

272. 『네 사람의 서명』에서 왓슨이 새로 얻은 시계에 난 홈집을 본 홈즈는 왓슨에게 형이 있었고, 형이 술꾼이었다는 사실을 연역해낸다.
273. 「푸른 석류석」. 이 걸작에서 홈즈는 헨리 베이커가 잃어버린 모자로 주인의 신상에 대한 온갖 사실을 추리해내고, 나중에 이것이 100퍼센트 옳았다는 것이 밝혀진다. 예컨대 주인은 몇 년 전에 가세가 기울어 술독에 빠졌고, 며칠 전에 머리를 깎았다는 것 등이 그것이다.
274. 『네 사람의 서명』에 나오는 피그미족 통가와 그의 독침 이야기다.
275. 프랜시스 골턴(1822-1911)은 인류학자이자 찰스 다윈의 고종사촌으로, 지문학의 시조로 널리 인정받고 있다. 1892년에 윌리엄 허셜과 의사 헨리 폴즈의 연구를 발전시켜 『지문』이라는 책을 펴냈다. 이 책에서 그는 지문이 같은 사람은 없다는 것을 밝혔을 뿐만 아니라, 각 지문의 고리, 나선(소용돌이),

학 지식을 지녀야 한다. 셜록 홈즈는 예민한 감각을 지녔고, 특수 교육과 정보 덕분에 감각을 값지게 활용할 수 있었다. 그는 자기 방법론의 비밀을 우리에게 제시할 수 있는 능력이 있었다. 그런데 주인공의 창조에서 더 나아가, 의사 도일은 주목할 만한 이 시리즈를 통해 스스로 타고난 이야기꾼이라는 사실을 입증해 보였다. 그는 탁월한 플롯, 흥미진진하게 뒤얽힌 사건을 만들어내는 재주가 있었다. 그는 단순 명쾌하고 힘 있는 필체를 구사한다. 무엇보다 큰 장점은 그의 이야기에 일절 군더더기가 없다는 것이다. 그는 간결한 이야기가 얼마나 맛있는가를 잘 알고 있어서, 만찬과 커피 사이의 짧은 시간에 앉은자리에서 다 읽을 수 있는 이야기를 들려준다. 끝에 이르기 전에 처음 대목을 잊어버리는 일이 없도록 말이다. 가보리오[276]나 부아고베[277]부터 최근의 싸구려 탐정소설에 이르기까지, 보통의 그 모든 탐정소설은 정말이지 어수선한 범죄 상황이나 구구한 참견꾼들 때문에 쓸데없이 독자의 기억력을 혹사시켜 독자를 지치게 한다. 의사 도일은 독자로 하여금 잠시라도 사건을 망각할 기회를 주지 않고, 핵심을 놓치게 하지 않는다.

활 모양의 패턴을 분류하는 체계를 도입했다. 이 체계는 후일 런던 경찰국장이 되는 에드워드 R. 헨리에 의해 더욱 발전되었다. 1893년 트루프 위원회의 권고에 따라, 1897년 인도에서 지문 제도가 성공적으로 도입되었다. 1901년에는 런던 경찰국에서 자체 지문 부서를 만들고, 소위 골턴-헨리 체계라는 것을 이용했는데, 오늘날에도 이 분류 체계를 선호하고 있다. 한편 골턴은 1909년에 기사 작위를 받았다. 지문에 관한 좀 더 자세한 내용은 「노우드의 건축업자」 말미의 부록 「셜록 홈즈와 지문」 참고.
276. 위의 85번 주석 참고.
277. 오늘날 프랑스 소설가인 포르튀네 뒤 부아고베를 기억하는 사람은 거의 없지만, 당시 그의 경찰 이야기는 널리 읽혔고, 그중 많은 책이 영어로 번역되었다. 작품으로는 『죄수 대령』, 『오페라의 범죄』, 『철가면』, 『르코크 씨의 만년』, 『해저의 황금』 등이 있다. 『르코크 씨의 만년』(1878)은 제목이 가리키듯, 가보리오의 탐정 주인공에 관한 소설이다.

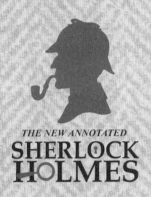

THE NEW ANNOTATED
SHERLOCK
HOLMES

네 사람의 서명[1]
The Sign of Four

1. 『네 사람의 서명』은 1890년 2월 「네 사람의 서명, 그리고 숄토가의 의혹」이라는 제목으로 《리판코츠 매거진》에 실렸다. 『네 사람의 서명』으로 출간된 것은 1890년 10월 영국의 스펜서 블래킷 출판사에 의해서였다. 미국판과 영국판 책들 중에는 저작권을 허가받은 책도 있고 해적판도 허다했다. 원본은 특정 개인이 소유하고 있어서 손에 넣기 쉽지 않았던 터라 텍스트 변용 사례가 무수히 많았다. 뉴트와 릴리언 윌리엄스의 『주석 달린 '주석 달린 책'』은 주석이 소설의 가치를 전혀 떨어뜨리지 않는 대단히 유익한 서적이다.

머리말

『주홍색 연구』의 신입 탐정 홈즈는 이제 잊어라. 『네 사람의 서명』(1890)에서 홈즈의 자신감은 최고조에 달하고, 수수께끼 같은 과거의 일로 고통 받던 미모의 의뢰인 메리 모스턴 양의 사건에 강렬한 흥미를 느끼고 깊이 빠져든다. 대단히 만족스러운 탐정 이야기인 『네 사람의 서명』에서 홈즈는 거의 모든 장면에 핵심 인물로 등장한다. 한편 왓슨은 나름대로 인생의 장밋빛 순간을 맞이하여 홈즈와 함께하던 생활을 끝내게 되고, 베이커 스트리트에 홀로 남겨진 홈즈는 마약에 빠진다. 『주홍색 연구』 사건이 해결된 지 7년, 홈즈는 그사이 평생 기억에 남을 경험을 많이 한 것 같다. 그런 경험들을 밑거름으로 하여 그가 해결하고자 한 이번 사건의 발단은 인도 폭동이라는 역사적 항쟁의 시대로 거슬러 올라간다. 모험은 기묘한 난쟁이와 의족을 한 사나이, 믿음직한 개, 템스 강 아래로의 숨막히는 추격전 등 영화와 같은 흥미로운 요소들로 가득하다. 『네 사람의 서명』 결말 부분에서 범인이 털어놓는 살인과 강도, 배신과 복수의 뒷이야기에서는 영국 식민정책의 속국이었던 인도의 모습과 식민정책이 빅토리아 시대에 미친 영향이 잘 요약되어 있다.

This Number Contains a Complete Story,

THE SIGN OF THE FOUR

BY A. CONAN DOYLE.

FEBRUARY, 1890.

LIPPINCOTT'S

MONTHLY MAGAZINE.

CONTENTS.

PRICE ONE SHILLING.

London : WARD, LOCK AND CO., Salisbury Square, E.C.

Philadelphia : J. B. Lippincott Co.

『네 사람의 서명』.
런던, 《리핀코츠 매거진》(1890. 2.)

제1장

추리의 과학[2]

셜록 홈즈는 벽난로 선반 구석에 있던 약병을 집어 내렸다. 그는 멋진 모로코가죽 케이스에 담긴 피하주사기[3]도 함께 꺼내 덜덜 떨리는 길고 하얀 손가락으로 주사기에 약을 채워 넣었다. 그리고 왼쪽 셔츠 소매를 걷어 올린 후 잠시 생각에 잠겼다. 힘줄이 굵게 돋은 팔목은 온통 바늘 자국투성이였다. 홈즈는 상념에서 빠져나와 이윽고 날카로운 바늘을 팔뚝에 푹 찌르더니 주사기의 조그마한 피스톤을 끝까지 밀어 넣었다. 주사기를 쥔 팔이 힘없이 아래로 떨어졌고, 홈즈는 그제야 만족한 듯 긴 한숨을 내쉬었다. 그리고 벨벳 안락의자에 몸을 깊숙이 파묻었다.[4]

나는 벌써 여러 달째 하루도 빠지지 않고 매일 세 번씩 이 광경을 목격한 바 있지만 여전히 그의 못된 습관에 익숙해지지 않았다. 오히려 날이 갈수록 더 언짢아졌고, 홈즈의 행동을 말

2. 1장의 제목이 『주홍색 연구』 1부 2장의 제목과 같다는 사실에 주목하라. 『네 사람의 서명』이 셜록 홈즈의 겨우 두 번째 이야기라는 점을 고려해 왓슨은 분명 홈즈를 다시 소개해야 한다는 부담을 느낀 것으로 보인다(『셜록 홈즈의 모험』으로 알려진 단편 시리즈는 1891년이 되어서야 출간되었다).

3. 의학박사가 아닌 경제학박사 나가누마 고키는 「셜록 홈즈와 코카인」에서 다음과 같이 밝힌다. 프랑스 리옹의 의사였던 샤를 가브리엘 프라바스(1791-1853)가 1853년에 피하주사기를 발명했지만, 충분히 희석된 코카인 수용액을 처음 피하주사한 것은 1891년 베를린의 외과 의사 카를 루트비히 슐라이히(1859-1922)였다. 그리고 프라바스와는 별개로 스코틀랜드 내과 의사 알렉산더 우드(1817-1884) 역시 피하주사기를 개발해 1855년에 환자에게 모르핀을 주사했다. 나가누마는 홈즈가 실제로

코카인을 주사했다는 증거가 확실하지 않다는 사실을 발견했지만, 의학박사 율리안 볼프는 자신의 「마취 논문」에서 1884년 미국의 의사 윌리엄 홀스티드(1852-1922)가 최초로 코카인을 주사했다고 말한다. 1884년이라면 "홈즈가 코카인을 주사했다는 왓슨의 말에 시대착오가 없었음을 충분히 입증하고도 남는다."

잭 트레이시와 짐 버키는 「이봐 왓슨, 피하주사를」에서, 『네 사람의 서명』이 출간될 당시 "모르핀 피하주사는 30년 동안 의사나 중독자들 모두에게 대수롭지 않은 흔한 일이었다"고 기록했다. 홈즈는 정맥주사 대신 피하주사(의사들이 선호하는 방법)나 근육주사(모르핀 중독자들이 선호하는 방법)로 코카인을 주입했다. "그 당시 정맥주사는 필요 이상으로 몸을 긴장시키기 때문에 피해야 한다는 믿음이 보편적이었다." 하지만 F. A. 앨런은 「악마의 약, 제1부」에서 홈즈의 손목에서 정맥주사를 암시하는 바늘 자국이 "소름 돋게" 드러나 있다고 언급한 대목을 찾아냈다.

4. 의사 찰스 굿맨은 「치과의 홈즈」에서 치아 문제로 코카인을 주입한 것이 홈즈의 마약 중독의 계기가 되었다고 주장한다. 1880년대에 코카인은 국부마취제로 흔히 사용되었고, 1897년 『워너의 주머니 의학사전』에는 코카인이 "신경 흥분제이며 국부마취제"라고 기록되었다.

5. 본Beaune은 프랑스 부르고뉴의 지방 도시로 디종과 샬롱쉬르손 한가운데 자리 잡고 있다. 이 지역에서 생산되는 여러 종류의 와인에 본이라는 도시 이름이 붙여졌다. 본은 고대 유적들이 잘 보존된 대표적인 마을로 15세기에 지어진 성벽을 따라 시가지가 둥글게 형성되어 있으며, 1685년 개신교 신자에 대한 낭트 칙령이 폐지되기 전까지 섬유산업이 번성하기도 했다. 현재는 와인 스쿨과 연구 설비 시설이 들어서 있고, 도시 내 공장과 회사에서 와인 생산 장비를 만들고 있다. 맷 크레이머는 『부

힘줄이 굵게 돋은 팔목은 온통 바늘 자국투성이였다.
리하르트 구트슈미트 그림, 『네 사람의 서명』, 슈투트가르트, 로베르트 루츠 출판사(1902)

릴 용기가 없다는 사실에 매일 밤 양심의 가책을 느껴야 했다. 홈즈에게 내 진심 어린 충고를 반드시 전하고야 말겠다고 수도 없이 다짐했지만, 어느 누구라도 태연하고 냉담한 그의 태도를 보면 그렇게 하지 못할 것이다. 또 홈즈의 뛰어난 재능, 냉철한 판단력, 경험으로 알게 된 그의 비범한 능력 때문에 더욱 주저하게 되었다.

그런데 웬일인지 그날 오후 내 모습은 여느 때와 달랐다. 점심에 곁들인 본 와인[5] 때문인지 아니면 홈즈의 천하태평한 태도에 화가 치밀어 올라서였는지, 나는 참지 못하고 소리쳤다.

"오늘은 또 뭐였나? 모르핀[6]인가, 코카인[7]인가?"

고딕 활자로 인쇄된 낡은 책[8]을 보고 있던 홈즈는 나른하게 고개를 들고 말했다.

"코카인일세, 7퍼센트 용액[9]이지. 왜, 자네도 해볼 텐가?"[10]

"필요 없어!" 나는 퉁명스레 대꾸했다. "이봐, 나는 아직도

르고뉴 이해하기』에서 본에 대해 이렇게 설명했다. "포마르처럼 본이라는 이름도 편의상 붙인 명칭에 불과했다. 과거 공작들이 부르고뉴의 정치를 지배했던 것처럼 와인 중개업자가 부르고뉴의 포도 산업을 장악했고, 수 세기가 흐르면서 그 중심지가 본이 된 것이다……. 그래서 포마르, 뉘이-생-조르주, 샹베르탱과 마찬가지로 본 역시 피노 누아(정통 최고급 적포도주를 만드는 포도 품종)로 만든 와인인지 또 어디서 만들어진 것인지와 무관하게 특정 와인을 모두 본이라고 불렀다."

편집자 크리스토퍼 몰리는 본이 "너무 독해서 마시면 바로 취해 잠들거나 감정을 날카롭게 만든다. 때문에 점심에 반주로 곁들이기에는 적절치 않다"고 말한다. 하지만 알코올을 첨가한 보강 와인에 비하면 본은 결코 '독한' 와인이 아니다. 사실 몰리는 자신이 점심 식사와 어울리는 와인 연구에 능하다는 사실이 많이 알려지기를 기대한 것 같다. 몰리는 「왓슨 박사의 비밀」에서 "왓슨이 홈즈에게는 알리지 않고 벌써 몇 달 전 메리 모스턴 양과 결혼식을 올렸으며, 이날도 메리가 의뢰인으로 홈즈를 방문할 것이라는 사실을 미리 알고 마음의 준비를 하고 있었다"는 한발 앞선 견해를 밝히기도 했다. 셜록 정전의 몇몇 미국 발행인들은 독자들 가운데 포도주 애호가가 별로 없음을 우려하여 "본"을 "클라레"로 고치기도 한다.(클라레는 영국과 미국에서 프랑스 보르도 지방의 레드 와인을 지칭하는 말이다—옮긴이)

6. 윌리엄 베어링굴드는 『주석 달린 셜록 홈즈』에서 이 대목이 셜록 정전 전권을 통틀어 홈즈의 모르핀 투여를 직접 보여주는 유일한 장면이라고 말한다.

7. 버나드 데이비스는 「왓슨 박사의 신명기 : 1세기 자매판」에서 이렇게 기록하고 있다. "왓슨이 모르핀으로 인한 몽환상태와 과잉 행동 상태를 오가는 홈즈의 모습을 많이 본 터라 홈즈가 모르핀을 했는지 코카인을 했는지 헷갈려하는 것 같다." 「보헤미아 왕실 스캔들」에서 왓슨은 홈즈가 "마약의 몽환상태와 자신의 예리한 본성이 불꽃을 튀기는 상태 사이를 번갈아 오갔다"고 썼다. 이에 데이비스는 "의학 지식과 별개로, 왓슨은 자신의 경험을 토대로 코카인의 효과가 엄밀히 몽환상태와 정반대라는 것을 알아야 한다"고 기록한다.

8. 초기 인쇄공들이 사용한 활자로 인쇄한 책. 장서라는 표현은 오래된 책임을 암시하기 위해 사용되었다. 「빨강머리연맹」에서도 그의 "고딕 활자판 책"이 언급된 것으로 보아 홈즈가 장서 수집에 몰두하고 있다는 것을 확인할 수 있다. 홈즈의 도서 수집에 대해서는 『주홍색 연구』의 147번 주석에서 더 자세히 다루고 있다.

9. F. A. 앨런은 "1898년 『영국 약전』에 피하주사의 코카인 농도는 10퍼센트라고 공식적으로 기록되어 있는 것으로 보아, 홈즈도 마약을 '줄이려'고 최소한의 노력은 했던 것이 아닐까?"라며, "홈즈가 마약을 끊기 위해 헤로인을 사용하기 시작했을지도 모른다"고 말한다. 실제로 당시는 모르핀 중독을 치료하기 위해 독일에서 처음으로 헤로인을 들여오기 시작한 시기였으며, 헤로인이 《영국 의료 저널》에 게재된 것은 1906년이 지나서였다. 트레이시와 버키는 "오늘날 암시장에 나도는 마약의 코카인 함유량은 5퍼센트 내지 30퍼센트에 달한다. 물론 일반적인 정맥주사 투여가 홈즈의 피하주사 방법보다 훨씬 더 효과적이라는 사실은 염두에 두어야 겠지만 말이다"라고 지적한다. 또한 그들은 복용량과 복용법을 근거로 홈즈의 코카인 사용이 적절했으며 심지어 건강에 도움이 되기도 했다고 말한다. 1974년 니컬러스 마이어의 소설 『7퍼센트 용액』은 홈즈가 프로이트의 도움으로 마약 중독을 치료했다고 기록한다. 후에 소설은 영화로 만들어져 대성공을 거둔다. 니콜 윌리엄슨이 홈즈 역을, 로버트 듀발이 왓슨 역을, 앨런 아킨이 지그문트 프로이트 역을 맡아 열연했다. 소설 내용에 의하면 어린 시

253

절 홈즈가 모리아티 교수와 어머니의 불륜을 목격하고, 그로 인한 충격으로 악마 모리아티라는 가공의 인물을 만들었으며, 프로이트는 홈즈가 이런 사실을 이해하도록 도왔다고 한다(영화에서는 로렌스 올리비에가 모리아티로 등장한다).

10. 마이클 해리슨은 『셜록 홈즈의 발자취를 따라서』에서 홈즈의 코카인 구입은 당시 완벽한 합법적인 행위였으며, 심지어 동네 약국에서 코카인을 구입했을 가능성도 있다고 기록했다.

11. 『주홍색 연구』 1부 1장 본문 내용과 함께 9-16번 주석을 보라. 그리고 『네 사람의 서명』 7장에서 왓슨이 10킬로미터를 쫓아 통가를 찾아나선 것과 비교해보라.

12. 코카인은 안데스 지방에서 재배되는 코카 또는 쿠카라고 알려진 에리드록시론 코카나무의 잎에서 추출한 1퍼센트 정도의 알칼로이드 성분이다. 빅토리아 시대에는 많은 사람들이 코카인에 대해 제대로 이해하지 못했다. 일반 상식의 최고봉인 『브리태니커 백과사전』 제9판은 코카 잎의 주입에 대해 전혀 언급하지 않았다. 하지만 1910년 『브리태니커 백과사전』 11판은 이렇게 기록한다. "신선하고 좋은 코카 잎 적정량을 씹는 것만으로도 손쉽게 신경 활력이 증진되고 영혼에 생기를 불어넣고 대단히 힘든 신체 활동도 견딜 수 있게 된다. 또한 추위 극복이나 식욕 감퇴, 각성 등 그 효과는 놀라울 정도로 크다."
코카 잎의 주입은 중추신경계를 크게 자극하는데, 신기하게도 이는 코카 잎의 주성분이 말초신경계에 미치는 영향과 정반대였다. 주관적인 판단에 의하면 정신력은 현저히 강화되었지만 그 사실을 객관적으로 입증할 방법이 없었다. 알코올 연구처럼 심리 연구 또한 장기 실험이 부족하기 때문이다. 그래도 신체적인 힘은 의심할 나위 없이 증가되었다. 1온스 정도의 소량의 잎을 씹은 후에 산을 오르면 몸이 훨

아프간 전쟁 때 입은 부상에서 회복되지 않았어.[11] 더는 무리를 할 기력이 없단 말이야."

홈즈는 내 격앙된 태도에 웃는 낯으로 말했다. "그래, 자네 말이 옳을지도 모르지. 마약이 건강에 해롭다는 데는 나도 동의해. 그런데 왓슨! 내가 발견한 게 하나 있는데, 코카인은 사실 용기를 북돋워주고 정신을 맑게 해주는 효과가 대단히 탁월하단 말이지. 그래서 그까짓 부작용은 별로 중요하지 않다고 봐."

"좀 더 신중하게 생각하게!" 나는 진심으로 충고했다. "결국 대가를 치르게 될 거야! 그래 자네가 말했듯이, 코카인이 자네의 뇌를 흔들어 깨울 수도, 흥분시킬 수도 있어. 하지만 그건 뇌세포 조직의 변이를 유발하는 비정상적인 병적 작용일 뿐이야. 결국 자네의 뇌는 치명적인 손상을 입게 될 거야. 자네도 이미 그 부작용을 경험하고 있지 않은가.[12] 하등의 도움이 안 되는 일이야. 타고난 위대한 재능을 망칠 위험을 무릅쓰고 덧없는 쾌락을 추구하는 이유가 뭐야? 명심해, 나는 지금 자네의 동료로서 말하는 게 아니라 누군가의 건강을 책임져야 하는 의사로서 조언하는 거야."[13]

홈즈는 내 말에 화가 난 것 같지 않았다. 오히려 대화를 즐기는 듯 보였다. 의자 팔걸이에 팔꿈치를 올려놓은 채 양 손가락 끝을 한데 모으고는 말했다.

"내 머리는 말이지, 잠시라도 가만히 있는 것을 아주 싫어해. 문젯거리가 필요해. 일거리를 달란 말이야. 아무도 풀 수 없는 난해한 암호나 복잡한 분석 문제를 던져주면 내 머리는 이내 안정을 되찾을 거야. 아무렴, 저런 약 따위는 당장 끊을 수 있고말고." 홈즈는 한숨을 쉬었다. "정말이지 이런 무미건조한 일상은 견딜 수가 없군. 나는 늘 정신적으로 고양된 상태를 열망하고 있어. 이런 특별한 직업을 선택한 것도 다 그 이유

때문이지. 아니, 내가 이 직업을 만들어냈다고 하는 편이 더 맞겠군. 바로 이 셜록 홈즈가 이 세상에 존재하는 유일한 탐정이니 말이야."

"자네가 유일한 탐정이라고?" 나는 눈썹을 치켜뜨며 말했다.

"아무렴, 유일무이한 자문탐정이지. 범죄 수사계의 최종심이자 대법원이라고 생각하면 되겠군. 그레그슨 경위나 레스트레이드, 애설니 존스 같은 형사들이 자신의 한계를 넘는 사건을 맡게 되면 나를 찾아오거든. 형사들 수준이 그 정도밖에 안 되는 걸 어쩌겠나. 아무튼 나는 사건에 관련된 자료를 모두 분석하고 전문가로서 의견을 내놓는다네. 하지만 절대 내 공적을 주장하는 법은 없어. 덕분에 신문에는 내 이름 대신 그치들 이름이 오르내리지만, 나에게는 내 비범한 재능으로 미궁에 빠진 사건을 해결하는 것, 그 자체만으로 커다란 기쁨이고 대가가 되기 때문에 크게 신경 쓰지 않아. 자네도 제퍼슨 호프 사건 때 이미 내 능력을 경험하지 않았나."

"그래, 정말 대단했지." 나는 진심으로 말했다. "내 평생 그렇게 충격적인 일은 처음이었어. 그래서 책으로까지 펴냈지. '주홍색 연구'라는 아주 그럴듯한 제목과 함께 말이야."[14]

홈즈는 슬픈 표정으로 고개를 내저었다.

"흠, 그 작품을 우연히 보긴 했지. 사실 그다지 만족스럽지 않더군. 여보게 왓슨, 범죄 수사는 정밀과학이고, 정밀과학이어야만 해. 과학과 마찬가지로 냉정해야 하고, 감정에 휘둘려선 안 된단 말이야. 그런데 자네는 말도 안 되게 과학적 범죄 수사에 로맨틱한 분위기를 가미해놓았더군.[15] 마치 유클리드 제5공리에 연애소설이 뒤섞인 것처럼 어색했어."[16]

"하지만 그 사건에 분명 사랑 이야기도 있잖아. 나는 사실을 있는 그대로 기록한 것뿐이야." 나는 항변했다.

"왓슨, 때로 어떤 사실은 덮어두는 게 더 좋기도 하지. 특히

씬 덜 힘들게 느껴지고 근육의 힘은 커진다. 하지만 과도하게 섭취하면 심각한 신체 쇠약, 정신 질환, 불면증, 혈액순환 장애, 극심한 소화불량 등의 부작용을 일으킨다.

현대 연구에 의하면 코카인 효과는 오래 지속되지 않으며, 그로 인한 금단증상은 심한 우울 및 불안을 유발하여 다시 코카인을 찾게 만든다고 한다.

13. W. H. 밀러는 「셜록 홈즈의 습관」에서 홈즈가 코카인 중독자였다는 사실에 의혹을 제기했다. 밀러는 일관된 코카인 복용 행동에 대한 묘사와 금단 증상을 설명하는 단서가 부족하다고 언급한다. 오히려 왓슨의 뻔뻔함에 충격 받은 홈즈가 왓슨을 저지하려고 농담으로 던진 말이었다고 밀러는 이야기한다. 그리고 홈즈가 "식물성 알칼로이드"(『주홍색 연구』 32번 주석 참고)를 실험했던 것과 관련하여 홈즈가 아트로핀을 주사한 것이 확실하다고 결론지었다. 아트로핀은 알칼로이드 성분의 일종으로 신경계에 영향을 미치며, 오늘날 마취 전 투약제로 사용되고 있다. 한편, D. M. 그릴리는 「'셜록 홈즈의 습관'에 대한 회신」에서 밀러의 결론이 케케묵은 구식 조사를 토대로 내린 것이라고 반박한다. 그리고 왓슨이 기록한 홈즈의 증상은 "현재 코카인에 대해 알려진 바와도 정확히 일치"한다. 특히 최근에 나온 결과에 의하면 코카인이 반드시 중독성을 띠는 것은 아니라고 한다. 그래서 홈즈처럼 상습 복용자가 되지 않고도 느꼈던 고조된 기분을 많은 사람들이 경험할 수 있다.

14. 왓슨의 자기과시를 보여주는 최초의 장면이다. 이후 왓슨은 자기 작품에 대해 항상 그런 태도를 취한다.

존 홀은 『홈즈의 측면 조명』을 통하여 『네 사람의 서명』에 기록된 일련의 사건들이 발생한 해가 1887년이라고 옹호한다. 또 "그 당시 홈즈가 볼 수 있었던 것은 왓슨의 첫 작품 초고밖에 없었다. 사람들에게 알려지지 않은 다른 책이 있다면 몰라도, 왓

슨이 그 시기에 책을 발행했을 리가 없다"고 말한다. 존 홀의 주장이 옳다면, 홈즈의 진술은 잘못 기록된 것이다(적어도 이 시기는 아니다). 반면, 홈즈의 진술에 대한 왓슨의 대답이 옳다면 존 홀이 "그날에 수반된 문제"로 기록한 내용과 『네 사람의 서명』이 발생한 시기는 1888년이 된다. 하워드 B. 윌리엄스도 「미지의 왓슨」에서 『네 사람의 서명』의 발생 연도를 1887년이라고 주장한다. "소책자"나 "팸플릿"으로 표현된 왓슨 박사의 회고록(『주홍색 연구』의 4번 주석 참고)이 최초로 출판된 연도가 1887년이며, 그해 말 《비턴의 크리스마스 연감》에 실린 「주홍색 연구」 재판에 대해서는 왓슨이 언급하지 않고 있다고 주장한다.

대부분의 연대기 학자들은 "소책자"라는 말을 초고로 보지 않고 비턴의 출판물에 실린 「주홍색 연구」라고 생각한다. 그래서 『네 사람의 서명』 사건이 발생한 연대를 1887년 이후라고 추정한다.(연대표 참고) 또한 홈즈는 왓슨이 자신의 사건을 담은 소책자를 출간했기 때문에 범죄 집단이 홈즈를 잘 알게 되었다고 말하는데, 이러한 진술도 출간 연도가 1887년이라는 주장에 힘을 실어준다. 하지만 로저 존슨이 이 책의 발행인과 주고받은 서신에서 지적했듯이 왓슨이 그 작품을 "소책자"에 실었다고 했지, 출간했다고 주장하지 않았다는 점에 주목하라. 두 사건에서 왓슨이 사무적으로 글 쓰는 재주가 있다는 사실이 처음으로 증명된 것이다. 1887년 (아서 코난 도일의 명백한 강요로) 왓슨은 자포자기의 심정으로 『주홍색 연구』에 대한 영국 판권을 완전 매각하는 데 동의했지만, 짐작건대 미국 시장에서 발생할 추가 수익을 기대했던 것 같다. 그리고 「네 사람의 서명」이 미국에서 첫선을 보인 후 바로 「주홍색 연구」의 단행본(J. B. 리핀콧 컴퍼니, 1890)이 출간되었다. 도널드 레드먼드의 『해적판으로 떠도는 셜록 홈즈』에 따르면, 그 당시 미국에서는 영국 작가의 출판물에 대한 저작권을 법적으로 보호하지 않았기 때문에 수많은 해적판이 발행되었다고 한다.

"정말이지 이런 무미건조한 일상은 견딜 수가 없군."
프레더릭 도어 스틸 그림, 『셜록 홈즈의 모험』 제1권(1950)
이 삽화는 "이 판본을 위해 스틸이 수정한 것이라는 사실"을 보여준다. 제임스 몽고메리는 『삽화 연구』에서 이것이 1927년 1월 30일 《루이빌 쿠리어 저널》에 실린 「피부가 하얘진 병사」의 원본 그림이라는 사실을 확인한다(화가의 친필 사인 옆에 적힌 '26'이라는 숫자에 주목하라). 그림에서 의자에 앉아 있는 주인공은 틀림없이 제임스 M. 도드다.

여러 사실을 다룰 때는 그들 사이에 적당한 균형을 유지하는 것이 매우 중요해. 그리고 내가 생각하기에 그 사건에서 언급할 만한 가치가 있는 것은 단 하나밖에 없었어. 결과로부터 원인을 찾아내는 흥미진진한 분석적 추리 방식! 바로 이것 덕분에 사건을 해결할 수 있었거든."

그런 식으로 혹평을 듣자 나는 대단히 기분이 상했다. 딴에는 홈즈를 기쁘게 해주려고 최선을 다해 집필한 작품인데 말이다. 그리고 내 글이 자신의 특별한 재능을 찬양하는 데만 쓰여야 한다는 이기적인 사고방식에도 화가 났다. 베이커 스트리트에서 홈즈와 함께 사는 동안 그의 냉철하면서도 설교적인 태도의 저변에 깔려 있는 허영심을 확인한 것이 한두 번이 아니었다. 그래도 나는 그런 이야기를 일절 입 밖에 내지 않았다. 그럴 때마다 그저 부상당한 다리만 주물러댔다.[17] 나는 오래전, 다리에 제자일[18] 총탄 관통상을 당했었다. 다행히 걷는 데는 지장이 없지만 상당한 후유증이 남아, 날이 조금만 흐려도 상처 부위가 심하게 욱신거리면서 살을 파고드는 고통이 느껴졌다.

"왓슨, 최근 나의 활동 범위가 대륙까지 확장됐어." 홈즈는 브라이어 뿌리로 만든 낡은 파이프에 담배를 채워 넣고 다시 말을 이었다. "지난주엔 프랑수아 르 발라르[19]가 나한테 자문을 구하러 왔거든. 자네도 알겠지만 그는 최근 프랑스 수사 팀에서 두각을 나타내는 인물이야. 그런데 켈트인답게 뛰어난 직관력은 갖추었지만 다방면의 정확한 지식이 영 딸리더군. 탐정의 기예를 더욱 발전시키려면 그게 필수인데 말이야. 그가 자문을 구한 건 유언장에 얽힌 사건이었는데, 몇 가지 흥미로운데가 있었지. 마침 그와 유사한 사건 두 가지를 알고 있어서 그걸 알려줄 수 있었어. 하나는 1857년 리가에서, 다른 하나는 1871년 세인트루이스에서 발생한 일이었지. 발라르는 내 도움에서 결정적인 힌트를 얻어 사건을 해결했어. 자, 이걸 봐, 오늘 아침 그가 보낸 편지야."

홈즈는 구깃구깃한 프랑스제 편지지 한 장을 내 앞으로 툭 던졌다. 나는 힐끗 내려다보았다. 대충 훑어보아도 온통 홈즈에 대한 찬사로 가득했다. '굉장한 재능', '대가의 솜씨',[20] '현란한 기술' 같은 열정적인 찬사를 나타내는 프랑스어들이 여기저기 눈에 띄었다.

나는 한마디로 대꾸했다. "음, 이자는 마치 자네를 스승으로 여기는 것 같군."

15. 윌리엄 베어링굴드는 우스갯소리로 "홈즈가 지루하다고 느낀 것은 아마도 모르몬교와 관련된 이야기일 것이다"라고 기록한다.

16. 유클리드의 "제5공리"는 이렇다. "계속 이어지는 두 직선이 한 직선과 만날 때, 한 쌍의 동측내각의 합이 180도보다 작으면 두 직선은 동측내각이 있는 쪽에서 만난다." 어니스트 블룸필드 자이슬러는 저서 『주홍색 연구 연대기』에서 "위대한 홈즈가 자신의 견해를 단순하게 설명하기 위해 제5공리를 언급한 것으로 보이는데, 이는 유클리드의 다른 공리가 성립될 수 있는 이유를 밝히는 데 실패했기 때문이다"라고 기록했다. 하지만 레이먼드 홀리는 「의심의 눈초리」에서 제5공리는 "이등변 삼각형의 밑각 한 쌍을 해석하는 제1공리다"라고 지적한다. 그리고 여기서 말하는 홈즈의 이야기는 아래 277번 주석이 포함된 본문에서 표현되는, 사랑을 대하는 홈즈의 태도와 관련이 있음을 암시한다.

17. 왓슨의 부상에 관한 문제는 복잡하고 난해하다. 관련된 논의는 『주홍색 연구』 14번 주석과 아래 146번 주석을 참고하라.

18. 『주홍색 연구』 15번 주석을 확인하라.

19. 매들린 B. 스턴은 「셜록 홈즈 : 희귀본 수집가」에서 홈즈가 프랑수아 르 발라르의 자식임을 증명한다. 1874년에 크게 활약한 발라르는 파리 극단과 관련된 저서를 남기기도 했다.

20. 'coup de maîtres.' 대단히 뛰어난 솜씨를 뜻한다—옮긴이.

21. 홈즈는 담뱃재에 관한 자신의 논문을 『주홍색 연구』에서도 언급했다. 하지만 논문 제목을 정확히 밝히지는 않았다. 『주홍색 연구』 127번 주석을 확인하라.

22. 「타고난 예술적 재능」에서 폴 앤더슨은 "그는 절대 다른 누군가에게 이 도안 작업을 맡기지 않았을 것이다"라며 홈즈는 틀림없이 뛰어난 화가였다고 주장한다.

23. 독한 인도산 담배는 궐련과 흡사하다.

24. 『주홍색 연구』 119번 주석을 확인하라.

25. 살담배는 파이프 담배의 특수 형태로 새의 눈 같은 반점이 있는 것이 특징이다.

26. 홈즈는 『주홍색 연구』에서 "수사과학에서 발자국 추적의 기예만큼이나 중요하면서도 홀대를 당하는 분야는 없어"라고 말하는 등 셜록 정전을 통해 여러 차례 자신의 전문 기술을 입증했다.

27. 아치볼드 하트는 「직업이 손 형태에 미치는 영향」에서 길버트 포브스라는 자가 홈즈의 논문을 훔쳐 「직업 흔적에 관한 몇 가지 고찰」이라는 제목으로 발표했다고 주장한다. 이 논문은 《경찰 저널》(1946년 10-11월호)에 실렸고 이후 《형사법과 범죄학 저널》(1947년 11-12월호)에 실렸다. 렘선 텐 에이크 스헹크는 의학박사 프란체스코 론케세의 「직업의 흔적」(그룬 앤드 스트래튼 출판사, 뉴욕, 1948)도 홈즈의 논문과 유사하다고 밝혔다. 홈즈는 「정체의 문제」와 「빨강머리연맹」, 「너도밤나무 저택」, 「홀로 자전거 타는 사람」에서 다양한 직업이 손의 형태에 미치는 영향에 관한 자신의 관찰 기술을 입증해 보였다. 조지프 벨 박사(그와 아서 코난 도일의 관계가 서술된 『주홍색 연구』의 도입부를 확인해볼 것)는 1892년에 재판된 『주홍색 연

"맞아, 내 도움을 너무 과대평가한 것 같긴 해. 자신이 가진 재능도 뛰어난 친구인데 말이야." 홈즈는 가볍게 말을 이었다. "발라르는 최고의 탐정이 갖추어야 할 세 가지 자질 중 두 가지는 갖추었어."

"세 가지 자질이라니?" 내가 되물었다.

"관찰력과 추리력, 그리고 지력! 발라르에게 한 가지 아쉬운 점이 바로 지력이야. 뭐 그것도 곧 갖추게 되겠지. 지금 내 책을 프랑스어로 번역하고 있거든."

"자네의 책이라고?" 내가 놀라 물었다.

"저런, 몰랐단 말이야?" 홈즈는 웃으며 소리쳤다. "내가 책을 몇 권 썼어. 모두 전문적인 주제를 다루고 있는 것들이야. 예컨대, 『다양한 담뱃재의 구별에 관하여』[21] 같은 책이 그중 하나인데 나는 거기서 여송연, 궐련, 파이프 담배 등 140종의 목록과 담뱃재의 차이를 색상 도판[22]으로 나타냈어. 담뱃재는 범죄 재판에서 끊임없이 등장하는 증거물이고, 때로 사건 해결에 매우 중요한 단서가 되기도 하거든. 만일 어떤 살인 사건의 용의자가 인도산 룬카[23]를 피운다는 사실만 알아낼 수 있다면 수사망을 좁히는 데 큰 도움이 될 거야. 전문가의 안목으로 보면 트리치노폴리[24]의 검은 재와 살담배[25]의 보풀 같은 하얀 재는 양배추와 감자만큼 쉽게 구분이 가거든."

"자넨 정말 대단해! 사소한 일에도 천재적인 통찰력을 보이는군."

"대단하긴, 나는 단지 사소한 것들의 진가를 아는 것뿐이야. 내 논문 중에는 발자국 추적에 관한 것도 있어. 회반죽을 사용해 발자국 흔적을 보존하는 기술도 설명해놓았지.[26] 또 직업이 손 모양에 미치는 영향에 대해 연구한 소논문도 썼어.[27] 선원, 슬레이트공, 코르크 절단공, 식자공, 직조공, 다이아몬드 연마공 등 다양한 직업인의 손 모양이 그려진 도판을 소논문에 실

었지.[28] 그건 과학수사에 큰 도움이 되는 굉장한 연구라고 할 수 있어. 특히 시체의 신원을 밝힐 때나 범죄자의 전과를 확인하는 데 큰 도움이 될 거야. 이런, 나만 즐겁게 떠들어댔군. 자네 꽤나 지겨웠겠어."[29]

"전혀 아니야. 내게도 아주 흥미로운 이야기였어." 나는 진심으로 감탄했다. "자네가 그걸 수사에 적용하는 모습을 두 눈으로 직접 본 적도 있잖아. 그나저나 자넨 방금 관찰과 추리라고 했는데 내 생각엔 두 개념이 어느 정도 의미가 겹치는 것 같은데?"

"왜 그렇게 생각하지? 전혀 그렇지 않아." 홈즈는 파이프 담배 연기를 동글동글 내뿜으며 안락의자에 아주 편안히 몸을 기댔다. "자, 예를 하나 들어보자구. 자네는 오늘 아침 위그모어 스트리트 우체국에 들렀어. 이 사실은 관찰을 통해 알 수 있었지. 그리고 우체국에서 전보를 보냈고 말이야. 이건 추리를 통해 알게 된 거야."

"아, 그걸 어떻게!" 나는 놀라지 않을 수 없었다. "둘 다 맞아! 그런데 도대체 그걸 어떻게 알았지? 아침에 우체국에 들른 건 순전히 충동적인 행동이었고, 아무에게도 그 일을 말하지 않았는데."

"아주 간단해." 그는 놀란 토끼 같은 내 얼굴을 보고 웃으며 말했다. "너무 간단해서 다른 말이 필요 없을 정도지만, 관찰과 추리의 경계를 분명히 해야 하니 한번 설명해보겠어." 자만에 가득 찬 홈즈는 사뭇 진지한 표정으로 말을 이었다. "나는 관찰을 통해 자네 신발에 묻은 소량의 붉은 흙을 발견했어. 최근에 위그모어 스트리트 우체국 건너편에서 포장도로를 갈고 흙을 파헤치는 공사를 시작했는데, 우체국으로 들어가려면 그 길을 피할 방법이 없거든. 또 내가 알기로는 이 독특한 붉은 흙은 그곳 말고는 근처에 없어. 여기까지가 관찰이고 그 나머

구』의 머리말에서 지식을 실용적으로 활용하는 기술에 관하여 설명했다. 또한 벨은 "관찰할 수만 있다면, 방법론을 모르는 순진한 상대가 무슨 일을 어떻게 하는가에 관한 많은 것을 알아내는 것이 얼마나 손쉬운가" 그리고 "같은 방법론을 확대 적용해서 범죄자를 곤혹스럽게 하고 범죄 수단을 발가벗긴다"라고 말한다. 「너도밤나무 저택」에서 홈즈는 "흥, 이봐. 천 짜는 사람 이를 보고도, 식자공의 왼손 엄지를 보고도, 그 임자가 뭐 하는 사람인 줄 모르는 대중, 말도 못하게 부주의한 대중이 분석과 연역의 섬세한 뉘앙스에 아랑곳이나 하겠어?"라고 역설하기도 했다.

28. 스헹크는 다음과 같이 설명한다. "슬레이트공, 현대식으로 표현하면 지붕 수리공의 표식으로는 아마도 석공들이나 벽돌공들에게서 볼 수 있듯, 돌을 다루기 때문에 매끈하게 닳아버린 왼손의 지문들과 망치를 쥐기 때문에 오른쪽 손바닥을 가로질러 박인 굳은살을 들 수 있을 것이다. 무릎에 굳은살이 박여 있는 것도 눈에 잘 띄는 특징이라고 할 수 있다. 지붕을 수리할 때 주로 무릎을 꿇은 자세로 일하기 때문이다."

선원의 손은 다른 육체노동자들의 손과 구분할 만한 특별한 점을 지니고 있지 않다. 그래서 스헹크는 추론하기를, 배 위에서 하는 허드렛일은 반복적이라기보다는 매우 변화가 심해서 오른손과 왼손을 똑같이 많이 사용하게 된다고 지적한다.

코르크 절단공은 현대식 기계가 개발되면서 대부분 사라진 직업이다. 스헹크는 그들에 대해 이렇게 추론한다. "왼손으로 코르크를 붙잡기 때문에 엄지손가락과 두 손가락에 못이 박였을 테고, 오른손으로 칼을 다루기 때문에 엄지손가락과 나머지 네 손가락의 안쪽에도 마찬가지로 못이 박였을 것이다." 그리고 조판공에 대해서는 "왼쪽 엄지손가락 끝에 굳은살이 박여 있고 엄지손가락 아래쪽에 있는 볼록한 근육 주변의 피부에는 찰과상이 나 있는 경우가 많다"라고 기술한다. "활자를 조판할 때 왼손으

로 조판 스틱을 들고 오른손으로 활자를 놓는다. 활자를 한 조각씩 스틱에 떨어뜨린 뒤 왼손 엄지손가락으로 그것을 미끄러뜨려 끝으로 보내면 활자들이 가지런하게 배열된다."

하지만 스헹크는 홈즈가 직조공의 손에 대해서 어떤 표식을 근거로 알아맞힐 수 있다고 하는지는 모르겠다고 기술한다. "프란체스코 론케세가 직물업 종사자들 특유의 매우 다양한 모양의 굳은살에 대해 묘사한 바 있지만, 도퍼(방직기의 관사 베는 기계)나 실 감는 기계, 고리, 방적기 등 기계로 일하는 사람들의 경우는 이와 다르다. 이들은 베틀로 일하는 사람들 같은 굳은살은 생기지 않는다." 따라서 그는 "홈즈가 언급한 표식은 오른손으로 베틀의 북을 다루고 왼손으로 잉아(베틀의 날실을 끌어올리도록 맨 굵은 줄)를 다루기 때문에 생긴 굳은살일 가능성이 크다"고 추측한다.

또한 스헹크는 다이아몬드 연마공의 손을 알아보는 단서에 대해서는 다음과 같은 사실을 제시한다. "보석 연마공들의 손톱은 매끄럽게 닳아 있고, 적색 광택제로 인해 붉은 반점이 나 있다. 또한 렌즈 연마공들은 피치 베드에서 유리를 집느라 손톱이 뚜렷하게 닳아 있다. 그리고 금속 보석을 연마하는 사람들은 금속 부품을 휠에 대고 있느라 굳은살이 박인다." 그러므로 이렇게 지적한다. "다이아몬드는 '돕 스틱' 끝에 있는 피치 베드에서 연마되므로 위에 묘사된 세 가지 표식들 중에 어느 하나, 아니면 세 가지 모두가 다이아몬드 연마공의 손에 나타날 수 있다."

29. 버나드 데이비스는 이런 방대한 배경지식을 다루고 있는 대화가 단 몇 분자리로 압축된 것일지 모른다고 생각한다. 이 장면에서 매우 축소된 것으로 보이기 때문이다. 그는 또한 마침 이런 얘기가 끝날 때쯤 메리 모스턴 양이 등장한 점에 대해서도 의혹의 시선을 보낸다. 실제로 이 장의 제목도 일부러 『주홍색 연구』의 한 장과 똑같은 제목을 달고 있어 왓슨이 이 장면에서 홈즈의 능력에 대해 독자들에게 마음껏 뽐내고 있는 것으로 보인다.

는 추리지."

"그렇다면, 내가 전보를 보냈다는 사실은 추리로 알아냈다는 말이야?"

"그렇지! 나는 자네가 편지를 쓰지 않았다는 것을 알고 있었어. 우린 오전 내내 함께 있었고, 자네의 책상 위에 두툼한 엽서 뭉치와 우표가 그대로 남아 있는 것을 보았거든. 그렇다면 자네가 우체국에서 할 수 있는 일이 뭐였겠나? 전보를 치는 일밖에.[30] 그런 식으로 다른 요소들을 모두 제거하고 마지막에 남는 그 하나가 바로 진실인 거야.[31]"

"이번 경우엔 확실히 그렇군." 나는 잠시 생각한 뒤 말했다. "그런데 자네가 말했듯이 이번 추리는 너무 간단했어. 언짢게 생각하지 않는다면, 좀 더 어려운 것으로 자네의 이론을 시험해봐도 되겠나?"

"언짧기는커녕 단 몇 분이라도 코카인 생각을 안 해도 되니 오히려 반갑군. 기꺼이 자네 제안에 응하겠어."

"좋아, 그 이론에 따르면 일상생활에서 쓰는 물건에 개인의 흔적을 남기지 않는 것은 불가능하고, 그 때문에 전문적인 훈련을 받은 사람이라면 반드시 그 흔적을 찾아낼 수 있다는 얘기인데." 나는 홈즈에게 손목시계 하나를 건네며 말했다. "자, 이걸 한번 봐. 얼마 전에 내게 들어온 물건인데 이 시계의 전 주인에 대해 말해줄 수 있겠어? 이를테면 그의 습관이나 성격 같은 것들 말이야."

나는 홈즈가 알아내지 못할 것이라고 확신했다. 다만 이 일을 계기로 그의 입에 붙은 독단적인 말투를 고칠 수 있을 거라 기대하여 내심 쾌재를 불렀다. 홈즈는 시계를 손에 쥐고 무게를 가늠했다. 그리고 문자판을 골똘히 바라본 다음, 뒤판을 열고서 처음에는 맨눈으로, 다음에는 고배율의 돋보기로 내부를 검사했다. 홈즈는 마침내 뒤판을 닫고 시계를 돌려주었다. 그

30. 왓슨은 그저 다른 용무 때문에 우체국에 다녀왔을 수도 있다. 버넌 렌델은 「셜록 홈즈의 한계」에서 왓슨이 우편환을 사거나 소포를 달거나 아니면 우표를 구입하고 있었을지도 모른다고 한다. 하지만 이 장면에서 훨씬 더 심각한 문제점은 다음과 같은 것이다. 《리핀코츠 매거진》에 실린 「네 사람의 서명」 원본에서는 주석에 시모어 스트리트 우체국이라고 적혀 있다. 버나드 데이비스의 지적에 따르면 왓슨이 다른 용무로 인해 우체국에 다녀왔을 가능성에 대한 논의는 제쳐두더라도, "시모어 스트리트 59-61번가에는 우체국도 전신국도 전혀 없었다. 당신이 사고 싶은 물건이 있다면 그 거리에서 얼마든지 살 수 있지만, 당신이 아무리 무릎을 꿇고 애걸복걸을 한들 그 거리에서는 절대 전보를 보낼 수 없었다"고 한다. 데이비스가 의아해하는 점은 도대체 왜 왓슨이 인근의 전신국 이름을 삽입해서 자신의 실수를 수정하지 않았는가 하는 것이다.

예를 들면 베이커 스트리트 우체국이나 웨스트엔드 쪽으로 가다 보면 포트먼 광장에서 한 블록 떨어진 듀크 스트리트 43번가에 있는 우체국 등이 있지 않은가. 하지만 왓슨은 그렇게 하는 대신 1890년에는 존재하지 않았던 위그모어 스트리트 우체국을 창조해냈다. "어떻게 이런 게임이 초판본에 삽입되게 된 것인지 수수께끼다. 가장 너그러운 설명은 왓슨이 지나치게 영리하게 굴고자 애쓰다 보니 두 개의 동떨어진 사건을 한데 묶는 바람에 생긴 일이라는 것이다."

31. T. S. 블레이크니는 이 말을 홈즈의 "가장 유명한 금언"이라고 정의한다.(「셜록 홈즈 : 사실인가 허구인가」) 이 말은 『네 사람의 서명』에서 두 번 등장하고 「녹주석 코로닛」과 「브루스파팅턴호 설계도」, 「피부가 하얘진 병사」에서도 거의 동일하게 반복된다.

32. 이 언급을 통해서 홈즈가 우리들은 모르는 왓슨 아버지의 이름을 알고 있다는 사실을 추측할 수 있다.

의 의기소침한 표정에 나도 모르게 미소가 지어졌다.

"음, 흔적이 거의 없어. 누군가 시계를 깨끗이 청소한 것 같군그래. 그것도 얼마 전에 말이야. 단서가 될 만한 정보는 전혀 남아 있지 않아."

"자네 말이 맞아. 내가 받았을 때 시계는 이미 깨끗이 청소된 뒤였어." 내가 말했다.

나는 속으로 홈즈가 자신의 실패를 감추기 위해 가장 궁색하고 무능한 변명을 내놓는다고 생각했다. 시계를 청소하지 않았다 한들 뭐 그리 대단한 단서를 얻을 수 있단 말인가.

"만족스럽진 않지만, 그렇다고 소득이 아주 없는 건 아니야. 지금부터 내가 하는 말 중에 조금이라도 틀린 게 있으면 바로 알려줘." 홈즈는 답답한 듯 멍한 눈으로 천장을 올려다보며 말을 이었다. "우선, 그 시계는 자네 형의 물건이었어. 부친께 물려받은 거지." 홈즈는 자신의 추리가 맞는지 확인하려는 듯 나를 힐끗 보았다.

"맞아, 시계 뒤판에 새겨진 H. W.라는 글자에서 알아냈나 보군." 나는 짐짓 아무렇지 않은 척 대꾸했다.

"뭐, 그런 셈이지. W는 왓슨의 머리글자니까 말이야. 그리고 덧붙이자면, 거의 50년 전에 만든 것인데, 머리글자도 그만큼 낡은 걸 보니 H. W.는 제작 당시 새겨진 걸로 추측할 수 있어. 그렇다면 이 시계는 돌아가신 아버지의 소유물이었던 게 분명해. 대개 보석류는 그 집안의 장남에게 물려주는 법이거든. 또 장남이 아버지의 이름을 따르는 경우가 많아.[32] 내 기억이 옳다면, 자네 아버지는 수년 전에 돌아가셨어. 그래서 자네 형님이 갖게 되었지."

"거기까지는 맞아. 그리고 더 없나?" 나는 얼굴이 상기된 채 말했다.

"자네 형님은 꼼꼼한 성격이 아니었어. 좀 지저분하고 부주

의한 편이었지. 한때는 전도유망한 젊은이였지만 좋은 기회를
놓치고 가난하게 살았어. 뭐 가끔, 아주 가끔 잘나가던 시절도
몇 번 있었지만 그 기간은 길지 않았고 결국 알코올 중독에 빠
져 돌아가셨어. 내가 알아낼 수 있는 건 여기까지야."

나는 의자에서 벌떡 일어나 다리를 절룩거리며 방 안을 서
성였다. 참을 수 없을 만큼 불쾌한 기분이 끓어올랐고, 결국 울
분을 토했다.

"이건 자네답지 않아. 자네가 이런 짓을 하다니 믿을 수가
없어. 자네는 불운한 내 형님에 대해 미리 뒷조사를 했어. 그러
고는 이제 와서 기발하게 추리한 척한 거야. 낡은 시계만 보고
그 모든 걸 알아냈다고 나더러 믿으란 말이야? 말도 안 돼. 솔
직히 말해서, 속임수 냄새가 나."

"오, 존경하는 왓슨 선생." 홈즈는 나를 달래려는 듯 친절한
어조로 말했다. "부디 내 사과를 받아주게나. 나는 그저 추상
적으로 그 일을 조사했을 뿐이야. 그것이 자네에게 얼마나 개

홈즈는 시계를 손에 쥐고 무게를 가늠했다.
리하르트 구트슈미트 그림, 『네 사람의 서명』, 슈투트가르트, 로베르트 루츠 출판사 (1902)

33. 독자들은 왓슨의 하루 연금액이 11실링 6펜스인 것을 기억할 것이다. 이 시계의 가격은 거의 2년 치 연금과 맞먹는다.

인적인 문제이고 또 고통스러운 경험인지 전혀 생각지 못했어. 하지만 맹세코 그 시계를 건네받기 전까지 나는 자네에게 형이 있다는 사실조차 모르고 있었어."

"그렇다면 도대체 그걸 어떻게 알아냈지. 자네가 한 말은 모두 완벽하게 들어맞았어."

"아, 정말 운이 좋았군. 나는 모든 가능성을 고려했을 뿐이야. 그렇게 정확하리라곤 예상 못했어."

홈즈가 거짓말을 하는 것 같지는 않았다. 마음이 조금 진정되자 나는 진실이 알고 싶어졌다.

"단순히 어림짐작으로 말한 건 아니겠지?" 내가 물었다.

"아니지, 그건 아니야. 난 절대 근거 없이 짐작하지 않아. 짐작은 논리적 사고를 불가능하게 하는 고약한 습관이거든. 자네는 내가 어떤 추리 과정을 거쳤는지, 어떤 단서를 관찰했는지 모르기 때문에 놀랐던 거지. 예를 들어, 나는 처음에 자네 형님이 부주의한 성품을 가졌다고 말했는데, 그건 시계 아랫부분을 확인하면 알 수 있어. 두어 군데가 움푹 파이고 여기저기 긁힌 자국이 많이 보이잖아? 이건 한 주머니에 여러 가지 물건들, 예컨대 동전이나 열쇠 같은 것들을 다 넣고 다녔기 때문이지. 형님은 50기니나 하는 시계[33]를 그렇게 무관심하게 다룬 사람이야. 부주의한 성품을 가졌을 거라고 추리하는 것쯤은 대단한 일도 아니야. 또 그만한 값어치의 물건을 상속받은 남자가 다른 면에서도 대단히 풍족했을 것이라고 추리해내는 것도 어려울 것 없지."

나는 인정한다는 표시로 고개를 끄덕였다.

"영국의 전당포에서는 시계가 물건으로 들어오면 뾰족한 핀으로 전당표 번호를 뚜껑 안쪽에 새기는 것이 관례야. 그렇게 하는 것이 꼬리표를 부착하는 것보다 훨씬 간편한 방법이고, 전당표 번호가 바뀌거나 번호를 잃어버릴 위험도 없으니 말이야. 그런데 이 시계의 뚜껑 안쪽을 돋보기로 보면, 전당표 번호가 네 개나 표시되어 있어. 그걸 보고 자네 형님이 과거 자금부족 상황에 처해 있었다고 추리했지. 또 바로 그걸 보고 형님이 때로 갑작스러운 성공을 거두기도 했다는 사실을 짐작할 수 있었어. 성공하지 않았다면 저당물을 여러 번 되찾을 수도 없었을 테니까. 마지막으로, 시계 안쪽에 있는 태엽 구멍 주위를 확인해봐.[34] 수천 개의 홈집을 한번 보라구. 태엽 열쇠에 부딪쳐 움푹 파인 자국이야. 제정신으로 누가 이렇게 될 때까지 긁고 있겠어? 이런 자국은 술꾼들의 시계에서 흔히 볼 수 있어. 형님은 술에 취해 시계 태엽을 감으려 했고, 떨리는 손으로 열쇠를 구멍에 제대로 끼우지 못해 이 자국을 만든 거야.[35] 이렇게 증거가 명백한데 모른다는 게 더 이상한 일이지. 안 그래?"

"그래, 자네 말이 맞아. 듣고 보니 정말 명명백백하군." 나는 홈즈의 추리를 인정했다. "내가 잘못했어. 자네의 놀라운 능력을 좀 더 믿어야 했는데 말이야." 나는 홈즈의 눈치를 살피며 말을 이었다. "혹시 오늘 현장 조사 나갈 계획은 없어?"

"없어. 그러니까 코카인을 맞고 있는 거야. 머리를 쓸 일이 없으면 견딜 수 없거든. 머리 쓸 일도 없으면 대체 무엇을 위해 살지? 이리 창가로 와봐. 정말이지 이렇게 따분하고 우울하고 공허한 세상이 또 어디 있을까. 저기 누런 안개를 봐. 거리 곳곳을 휘감으며 어둑어둑한 집들을 넘나드는군. 너무나 지루하고 무미건조한 세상이야. 의사 선생, 아무리 능력이 대단하다 한들 그게 다 무슨 소용이겠어. 발휘해볼 기회조차 없는데. 범죄는 진부하고, 인생도 진부하지. 오직 진부함만이 이 지상에 팽배해."

그의 긴 열변에 대답하려고 입을 여는 순간, 방문을 두드리는 노크 소리가 들렸다. 하숙집 주인 허드슨 부인이었다. 그녀는 놋쇠 쟁반 위에 누군가의 명함을 얹어서 들어왔다.

34. 열쇠 없이도 태엽을 감을 수 있는 시계는 비교적 최근에 발명됐으며(왕관 모양의 태엽 감는 장치에 대한 특허권 소송은 1845년에서 1860년 사이에 이루어졌다) 왓슨 아버지의 시계는 열쇠 없는 시계가 소개되기 이전의 것으로 보인다. 여기서 언급된 이 초창기 제품은 브레게 열쇠라고 불리는 것으로 오직 한쪽 방향으로만 돌릴 수 있었다.

35. 술고래인 사람의 시계에서는 이런 특성이 나타나기 마련이라는 홈즈의 입장은 옳은 것으로 보인다. 하지만 이런 긁힌 자국들이 그 소유자가 술고래라는 사실을 입증한다고 말하는 것은 논리상의 오류다. 예를 들어 시계의 소유자가 중풍을 앓고 있다든가 그저 조심성이 없을 수도 있기 때문이다.

36. 대니얼 모리아티는 「셜록 홈즈를 이긴 여인」에서 메리 모스턴이 홈즈와 결혼하기 위해 일부러 베이커 스트리트에 온 것이라는 흥미진진한 주장을 펼친다. 하지만 곧 홈즈가 그녀의 게임을 추리해내는 게 확실해 보이자 그 지역에 상주하는 또 다른 독신 남성을 찾아낼 준비가 돼 있지 않았던 그녀는 재빨리 목표 대상을 왓슨으로 바꿔버린 것이다. 모리아티는 그녀에게 악한 의도는 전혀 없었고 단지 살아갈 방법을 찾으려 애쓴 것일 뿐이라고 주장한다.

"홈즈 씨, 젊은 숙녀분께서 전해드리랍니다." 허드슨 부인이 말했다.[36]

"메리 모스턴 양이라……. 흠, 낯선 이름이군. 부인, 모스턴 양을 올려 보내주시죠."

허드슨 부인이 나가고 내가 자리를 뜨려 하자 홈즈가 나를 불러 세웠다. "왓슨, 가지 마. 여기 남아 있어줘."

제2장

사건 진술

메리 모스턴 양이 허리를 꼿꼿이 세운 우아한 걸음걸이로 방에 들어섰다. 이 젊고 아름다운 금발 머리 아가씨는 가냘픈 체구를 지녔지만 결연하면서도 침착한 태도를 보였다. 흠잡을 데 없는 단정한 옷차림에 장갑까지 갖추었다.[37] 다만 장식이 없는 소박하고 검소한 복장으로 보아 경제 형편이 넉넉지 못하다는 사실을 알 수 있었다. 회색이 도는 어두운 베이지색 드레스에는 끝단 장식이나 술 장식이 하나도 달려 있지 않았고, 머리에 쓴 작은 터번도 드레스와 비슷한 지루한 색조를 띠었다. 다만 모자 측면에 꽂힌 하얀색 깃털 하나가 의상의 단조로움을 조금이나마 덜어주고 있었다. 모스턴 양은 이목구비가 아름다운 것도 아니고 피부가 아주 고운 것도 아니었지만, 표정만큼은 세상 누구보다 사랑스럽고 상냥해 보였다. 또 연민에 찬 커다란 푸른 눈에는 숭고함까지 배어 있었다. 지금까지 3개

37. 이 시대의 유명한 영국 잡지인 《와스프》에서는 거의 독점적으로 젊은 여성들에게 잘 맞는 코르셋 착용법과 기술에 대해 보도한 바 있다(전문적인 코르셋 판매자의 도움 없이 혼자서 코르셋을 구입하는 법은 없었다). 특히 아주 잘 어울리는 장갑을 착용하는 게 중요했다. 「코르셋 착용자의 신조」에서는 한 착용자의 말을 다음과 같이 인용한다. "나는 국내에서든 해외에서든 항상 때에 따라 적절하게 꼭 맞는 장갑을 끼고 신을 신고 그리고 무엇보다 코르셋을 입어요." 「숙녀를 위한 에티켓」이란 글에서는 『상업 및 사회 정보에 대한 콜리어스 백과사전』을 참조해 다음과 같이 조언한다. "절대로 장갑을 끼지 않은 채 거리에 나서서는 안 됩니다. 당신의 장갑은 극도로 완벽하게 어울려야만 합니다."

38. 어느 대륙에서, 그리고 언제 이런 경험을 얻었단 말인가? D. 마틴 데이킨은 『셜록 홈즈 논평』에서 "대체로 이 세 곳의 대륙들이란 유럽과 아시아 그리고 오스트레일리아로 여겨진다"라고 언급한다. 오스트레일리아는 확실해 보인다. 왓슨 스스로 『네 사람의 서명』 후반부에서 밸러래트(오스트레일리아 빅토리아 주 중남부에 있는 도시)에 대해 언급하기 때문이다. 하지만 그가 밸러래트를 방문했던 것은 소년 시절이었던 게 분명하다. 왓슨이 성인이 된 이후의 삶의 기록들을 보건대 그가 그사이 그토록 기나긴 여행을 다녀왔을 만한 틈이 없기 때문이다. 따라서 그는 "여성들을 경험할 만큼" 충분히 나이를 먹지 않았을 것이다. "그런 기회들은 인도에서도 마찬가지로 제한되었을 것이다." 데이킨이 이렇게 덧붙인다. "병원에서 일하는 간호사들을 떠올려 볼 순 있지만 왓슨이 그들과 실컷 놀아나기에는 너무 아팠다."

베어링굴드는 왓슨이 홈즈와 알기 전에 미국에 머물렀다고 상정한다. 그리고 2002년에 초판된 아서 코난 도일의 희곡 『어둠의 천사들』이 이런 사실을 입증하는 것으로 보인다. 하지만 이러한 기록이 충실한 것인지는 미심쩍다. 이언 매퀸은 『탐지된 셜록 홈즈 : 장편의 문제점들』에서 왓슨의 말을 곧이곧대로 받아들인 견해를 피력하면서 "3개의 대륙"에 오스트레일리아는 포함되지 않는다고 한다. "아시아와 아프리카에서 왓슨이 가진 경험이 극도로 제한되었던 게 분명한 사실이긴 하지만, 그는 아마도 자신의 연대로 돌아오는 길에 봄베이와 페샤와르(파키스탄 북서부에 위치한 노스웨스트프런티어 주의 주도), 그리고 이집트 같은 곳에서 연애를 할 만한 약간의 여가 시간이 있었을 것이다. 매퀸은 『주홍색 연구』에서 왓슨이 홈즈와 처음 만났을 때, "건강할 때는 안 좋은 점이 더 있었다"고 말한 사실을 증거로 들면서, 성적인 경험도 예외가 아니었을 것이라고 이야기한다.

그러나 많은 논평가들은 이 발언을 왓슨의 허풍으로 무시해버린다. 도로시 세이어스는 『인기 없는 의

『네 사람의 서명』 단행본 표지.
런던, 존머리 출판사(1924)

대륙을 돌아다니며 여러 나라의 여성들을 만났지만[38] 첫인상에서 이처럼 품위 있고 예민한 감성을 드러내는 여인은 처음이었다. 나는 그 아름다움에 압도당해 아무 말도 하지 못하고 그저 물끄러미 바라보기만 했다. 그녀는 홈즈가 내준 의자에 단아한 자세로 앉았다. 입술과 두 손이 조금씩 미세하게 떨리기 시작했고, 불안한 심리 상태로 인해 나타날 수 있는 모든 징후를 드러냈다.

"셜록 홈즈 선생님, 제가 찾아온 이유를 말씀드리겠습니다." 그녀가 말했다. "저는 포리스터 부인 댁에서 일하고 있습니다. 선생님께서 세실 포리스터 부인[39]의 집안 문제를 해결하는 데 큰 도움을 주었다고 들었어요.[40] 부인은 선생님의 훌륭한 능력

메리 모스턴 양이 허리를 꼿꼿이 세운 우아한 걸음걸이로 방에 들어섰다.
작자 미상, 『셜록 홈즈 시리즈』 제1권, 뉴욕과 런던, 하퍼 앤드 브러더스 출판사(1904)

견들』에서 한마디로 왓슨은 그럴 만한 사람이 아니라고 단언한다. 데이킨도 이를 지지하면서 "왓슨이 메리 모스턴에 대해 낭만적인 꿈을 꾸거나 마차 안에서 당황하며 대화를 나누거나 또는 어둠 속에서 어린아이처럼 손을 잡을 때 등 메리 모스턴과 교제하는 내내 보이는 처신들은, 능숙하고 무신경한 사람이 아니라 처음으로 사랑에 푹 빠져버리는 남자의 태도다"라고 말한다. 마찬가지로 크리스토퍼 레드먼드는 『셜록 홈즈와 동침을』에서 만약 왓슨이 진실을 말하고 있는 거라면 그의 경험은 진지한 것이 아닌 가벼운 것들이었을 거라고 말한다. "그저 신중하게 고른 매춘부를 찾아가는 것이었을 뿐 서로 간에 로맨스는 말할 것도 없고, 그 어떤 교제도 없었을 것이다. 왓슨의 행동은 탕아의 행동이 아니라 어린 청년의 행동으로 보인다. 그는 의대생과 군인 그리고 요양자로 살아오면서 너무도 바쁘게 지낸 탓에 보통 남자들보다 여성에 대한 경험이 적다. 그래서 이제 막 처음으로 사랑에 빠진 것이다."

그럼에도 불구하고 재닛 번은 본 편집자에게 보낸 개인 서신에서 이렇게 말한다. "제11장은 왓슨이 메리 모스턴을 곁으로 끌어당기는 것으로 끝났는데 제12장의 도입부가 '경위는 참을성이 강한 사람이었다. 내가 한참 뒤에 마차로 돌아왔지만 별다른 불멘소리를 하지 않았다'라고 왓슨이 말하면서 시작되는 점이 무척 흥미롭고 암시적이지 않은가?"

과 친절한 태도에 크게 감동했어요."

"세실 포리스터 부인이라……." 홈즈는 생각에 잠긴 채 이름을 곱씹었다.[41] "음, 기억나는군요. 사소한 사건이었고 간단한 도움을 드린 기억밖에 없습니다만."

"아, 부인의 말씀과는 다르네요. 아무튼 선생님, 제가 의뢰드리려는 사건은 좀 특이합니다. 도저히 이해할 수 없는 불가사의한 일이죠."

홈즈는 흥미롭다는 듯 두 손을 비비며 몸을 앞으로 기울였다. 매처럼 날카롭고 또렷한 얼굴에 몰입한 표정이 떠올랐다.

39. 도널드 레드먼드는 『셜록 홈즈 : 원전 연구』에서 이 여자를 메리 앤 포리스터라고 정의한다. 그녀는 데이비드 다이스 솜브레의 미망인이자 세인트빈센트 2대 자작인 에드워드 저비스의 딸이다. 1862년 11월 8일에 윌리 파크의 포리스터 3대 남작인 조지 세실 웰드와 재혼했다. 포리스터 부인은 1895년 사망했다.

40. 로버트 키스 레빗은 「세실 포리스터는 누구인가?」에서 「얼룩 띠」의 파린토시와 「브루스파팅턴호 설계도」의 우드하우스, 그리고 『바스커빌 씨네

사냥개』의 업우드 대령은 모두 동일한 사람으로서 그가 바로 세실 포리스터라고 주장한다. "그는 모스턴 대위와 그다지 양심적으로 보이지 않는 숄토 소령의 옛 친구이면서 때로는 메리 모스턴 양 고용주의 남편으로, 그리고 파티장에 어슬렁거리는 식객이나 카드 판의 사기꾼으로 등장한다. 또한 이상한 모험을 하는 몹시 수상쩍은 정치꾼이나 능숙한 대식가로도 등장한다."(마지막 부분은 「베일을 쓴 하숙인」에 대한 언급이다.)

한편 루스 더글러스는 「캠버웰 독살자」에서 "세실 포리스터 부인의 집안 문제"란 「다섯 개의 오렌지 씨앗」에서 언급된 캠버웰 독살 사건을 말하는 거라고 추론한다. 그 독살자가 바로 포리스터 부인이었다는 것이다. 그녀는 법망을 피하기 위해 왓슨의 약장에서 독약을 얻어내려고 메리를 도구로 사용했고, 마침내 메리를 살해했다는 것이다.

41. 로즈마리 미쇼는 「또 다른 정체의 문제」에서 여기서 홈즈를 만나러 온 여자는 메리 모스턴이 아니라 세실 포리스터 부인의 딸이라고 주장한다. 홈즈는 그 여자의 정체를 완벽하게 잘 알고 있었지만 진주를 받고서 사건의 전모가 어떤 건지 알아내기 위해 따라갔던 것이다. 미쇼는 모스턴 양은 이미 사망했으며 전문적인 사기꾼들인 포리스터 부부가 《타임스》 신문광고를 스스로 추적해보기로 결심한 것이라고 주장한다.

홈즈는 '가짜 모스턴 양'과 왓슨 사이가 얼마나 진지하게 진전됐는지 모르고 있었고, 알았을 땐 너무 늦었던 것이다. 그리고 보물을 찾게 되면 '가짜 모스턴 양'의 왓슨에 대한 관심도 끝날 거라고 여겼을 것이다. 이러한 이론은 「다섯 개의 오렌지 씨앗」에서 메리가 그녀의 "친정어머니"를 방문하는 내용에 대한 주석에 대해서도 설명해준다.(아래 277번 주석 참조)

찰스 A. 마이어는 이와는 다르지만 역시 깜짝 놀랄 만한 주장을 「주목할 만한 포리스터 사건」에서 전개한다. 포리스터 부인과 홈즈가 정사情事를 가졌

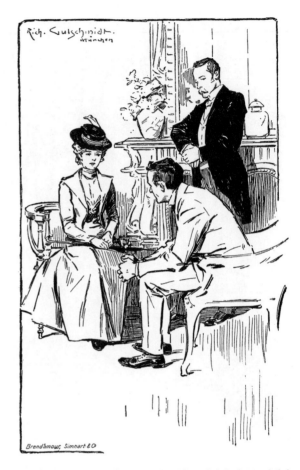

"사건을 진술해주십시오." 홈즈가 사무적이고 딱딱한 어투로 말했다.
리하르트 구트슈미트 그림, 『네 사람의 서명』, 슈투트가르트, 로베르트 루츠 출판사(1902)

두 눈은 호기심과 열정으로 반짝였다.

"사건을 진술해주십시오." 홈즈가 사무적이고 딱딱한 어투로 말했다.

그 순간 나는 그 자리에 함께 있는 것이 어쩐지 어색하게 느껴졌다.

"그럼 전 이만 실례하겠습니다." 내가 자리를 뜨려 하자 놀랍게도 이 젊은 아가씨가 장갑 낀 손을 들어 올리며 나를 붙잡았다.

"선생님께서도 함께 있어주시면 정말 감사하겠습니다."
H. B. 에디 그림, 《선데이 아메리칸》(1912. 4. 21.)

"선생님께서도" 그녀는 나와 홈즈를 번갈아 보며 말했다. "함께 있어주시면 정말 감사하겠습니다." 나는 뜻밖의 상황에 조금 머뭇거리다 다시 자리에 앉았다.[42]

"간단히 이야기하겠습니다." 그녀는 한 차례 숨을 깊이 내쉬고는 말을 이어나갔다. "저의 아버지는 인도 주둔 연대에서 장교로 계셨습니다. 아버지는 제가 아주 어렸을 때 저를 영국으로 보내셨지요. 어머니는 일찍 돌아가셨고 영국에 살고 있는 일가친척은 한 사람도 없어요. 그래도 다행히 에든버러에 있는 훌륭한 기숙학교에 들어갈 수 있었고, 열일곱 살까지 그곳에서 생활했습니다. 그리고 1878년,[43] 인도에서 장교로 복무한 아버지는 1년간 휴가를 받고 영국으로 돌아왔습니다. 아버지는 런던에 도착하자마자 저에게 전보를 보냈어요. 당신이 안전하게 영국에 도착했으니 즉시 랭엄 호텔로 오라는 내용이었어요. 딸을 향한 애정과 그리움이 가득 담긴 편지였죠. 저는 런던에 도착해 차를 타고 랭엄 호텔로 달려갔습니다. 그런데 모스턴 대위가 그곳에 투숙한 것은 사실이지만 전날 밤 외출한 후 아직 돌아오지 않으셨다는 겁니다. 저는 하루 종일 기다렸지만 아버

으며 10년의 세월 동안 열정이 가라앉은 뒤에야 평안해진 포리스터 부인이 메리 모스턴에게 홈즈의 자문을 구하라고 권유했다고 그는 주장한다. 마이어의 견해에 따르면 이렇게 해석해야만 그토록 오랜 세월 전에 자신의 아버지가 실종되고 해마다 진주가 배달되는 이중의 미스터리를 그냥 받아들이고 있었던 모스턴 양의 어리석은 행동에 대해 납득할 수 있다고 한다.

42. 많은 연대기 학자들은 이 문장이 파트너십의 초창기에 일어난 사건임을 알려준다고 지적한다. 예를 들어 「정체의 문제」(셜록 홈즈가 돌아오기 이전 작품)나 「노우드의 건축업자」(셜록 홈즈가 돌아온 이후의 작품)와 비교해보면, 거기서는 왓슨이 메리 서덜런드나 존 헥터 맥팔레인이 있을 때도 전혀 양해를 구하고 일어나려고 하지 않는다. 마틴 데이킨 박사는 "왓슨은 이 이야기를 그들의 협업 관계가 당연하게 여겨지기 훨씬 이전 시기로 설정하려고 하는 것 같다. 결론적으로 1890년에 왓슨은 홈즈의 이야기들은 단 두 가지를 제외하고는 어떤 것도 출판하려고 예상하지 않았다는 얘기다." 데이킨은 주장하길, 홈즈가 왓슨의 출판물을 검열했기 때문에 이런 결과가 생겼다고 한다. 이러한 검열의 결과로 홈즈가 1891년에 사라질 때까지 『셜록 홈즈의 모험』과 『셜록 홈즈 회고록』에 실린 사건들은 출판이 연기되었다(『셜록 홈즈 회고록』의 마지막 작품인 「마지막 문제」는 홈즈가 돌아오기 전인 1893년에 출간되었다). 1894년에 홈즈가 되돌아온 이후에 일어난 사건은 홈즈가 1901년에 은퇴할 때까지 출판되기 않았다(1903년에 처음으로 출판되었다).

43. 『네 사람의 서명』에 연대를 매기는 일은 광범위하고 복잡한 논쟁거리다. 나머지 정전들의 연대를 매기는 데에 수없이 많은 암시를 제공하고 있기 때문이다. 주요 연대학자들의 결론은 부록에 요약돼 있다.

44. "상류계급의 영국 여성이 10년 전에 발생한 일인 데다가 오랫동안 죽은 것으로 믿어온 사람에 대해 얘기하면서 다소 지나친 감정을 표현하고 있다." T. B. 헌트와 H. W. 스타는 「메리 모스턴에게 무슨 일이 생겼나?」에서 이렇게 말한다. "그녀는 모스턴 대위의 죽음에 대해 언급할 때마다 비슷한 신경쇠약 상태를 드러내곤 한다. 뚜렷한 오이디푸스 콤플렉스의 징후라고밖에는 설명할 수 없지 않은가?" 헌트와 스타는 메리가 정신 질환을 앓고 있으며 왓슨은 그녀가 정신이상으로 치달아가는 내내 그녀를 돌봐주었다고 결론을 내리면서 이것을 「빈집」에 나오는 왓슨의 "가족 상"이라고 부른다.

45. 안다만은 저항 세력들을 분리시키고자 했던, 세계에서 가장 철저한 식민지들 중 하나로 악명 높은 곳이다. 이곳은 벵갈 만의 204개 섬으로 이루어졌으며 네그라이스 곶, 버마에서 193킬로미터 정도, 그리고 수마트라 최북단에서 547킬로미터 떨어진 곳에 위치한다. 『브리태니커 백과사전』(11판)에는 다음과 같은 설명이 있다. "안다만과 관련하여 지속적으로 관심을 끄는 점은 그 형법 체계다. 이곳 형법 체계의 목적은 이 식민지로 보내진 무기징역수나 소수의 장기수들을 정직하고 자존감 있는 사람으로 탈바꿈시키는 것이다. 이를 위해 그들을 자립심과 자제력을 꾸준하게 훈련하는 과정으로 이끌고, 그런 훈련을 활용하도록 장려책을 제시했다."
이 식민지는 1858년에 문을 열었고 대영제국의 의무감醫務監으로 복무했던 스코틀랜드인인 제임스 패터슨 워커가 주로 운영했다. 이곳은 전년도에 일어났던 동인도회사에 대한 반란과 폭동에 대한 대응책으로 개발됐기 때문에 거의 전적으로 정치범들을 위해 마련된 것이었다. 이 식민지가 문을 열었을 당시, 인도인 수형자들이 773명에 달했고 이들 중 많은 사람이 안다만에 도착한 지 얼마 지나지 않아 사망했다. 사슬과 족쇄를 찬 채 육체노동을 하도록 강요받았기 때문이다. 게다가 탈출한 86

지는 오지 않았어요. 결국 저녁 즈음 호텔 지배인의 조언으로 경찰에 실종 신고를 했고, 다음 날 아침에는 모든 신문에 일제히 아버지를 찾는 광고를 실었습니다. 하지만 저의 애타는 마음과 달리 결과는 좋지 않았어요. 그날 이후 지금까지 아버지에 대한 어떤 소식도 듣지 못했어요." 모스턴 양은 잠시 회상에 잠긴 듯 보였다. "인도에서 몸도 마음도 많이 지친 아버지는 이곳에서 편히 쉴 수 있기를 바라며 고국에 돌아오셨을 거예요. 그런데……."

그녀는 더 이상 말을 잇지 못했고, 갑자기 터져버린 울음을 참기 위해 손으로 입을 틀어막았다.[44]

"그때가 언제였죠?" 홈즈가 사건 기록 수첩을 펴며 물었다.

"실종일은 1878년 12월 3일입니다. 거의 10년 전이에요."

"아버지의 소지품은?"

"호텔에 그대로 남아 있었어요. 단서가 될 만한 건 전혀 없었습니다. 옷 몇 벌과 책 몇 권, 그리고 안다만 제도에서 가져온 수십 점의 진기한 물건들뿐이었습니다. 아버지는 안다만 교도소의 경비를 담당하는 장교셨어요.[45]"

"런던에 아버지의 친구는 없습니까?"

"제가 아는 바로는 딱 한 사람이 있습니다. 숄토 소령이라고, 봄베이 34 보병 연대에서 아버지와 함께 복무하셨어요.[46] 소령은 아버지보다 조금 일찍 퇴역하셨고 런던으로 돌아와 어퍼노우드[47]에서 살고 있었답니다."

"친구분께 연락은 취했나요?"

"물론이죠. 하지만 그분은 아버지가 영국으로 돌아왔다는 사실조차 모르고 있더군요. 함께 일한 동료였는데 말이에요."

"흠, 이상한 일이군요." 홈즈가 말했다.

"그보다 더 이상한 일에 대해 지금부터 말씀드리겠습니다. 6년 전쯤, 정확히 1882년 5월 4일에 발생한 일이에요. 느닷없이 《타임스》에 저의 소재지를 묻는 광고가 실렸습니다. 저를 돕기 위한 것이라는데, 광고를 실은 사람의 연락처나 이름은 적혀 있지 않았어요. 그때 저는 세실 포리스터 부인 집에서 가정교사 일을 갓 시작한 시기였습니다.[48] 부인은 제 이야기를 듣더니 그 신문광고에 제 연락처를 실어보라고 조언해주셨어요. 그리고 광고를 낸 바로 그날, 저에게 작은 상자 하나가 배달되었어요. 놀랍게도 상자 안에는 매우 크고 영롱한 진주 한 알만이 들어 있었어요. 어떤 메모도 없이 말이죠. 그날 이후, 매년 같은 날짜에 비슷한 진주 상자가 배달되었어요. 하지만 발신인에 관한 정보는 단 한 번도 적혀 있지 않았어요. 어느 날 전문가의 감정을 받으러 간 적이 있는데, 전문가는 진주를 보더니 '대단히 진귀하고 값비싼 보석'이라고 말했어요." 그녀는 품 안에서 납작한 상자 하나를 꺼냈다. "직접 한번 보세요."

뚜껑을 열자, 영롱한 진주 여섯 알이 상자 안에서 반짝이고 있었다. 내 평생 그렇게 크고 아름다운 진주는 처음이었다.[49]

"정말 흥미로운 사건이군요. 다른 일은 또 없었습니까?" 셜록 홈즈가 서둘러 물었다.

"네, 있었어요. 그것도 바로 오늘 아침에 일어난 일이에요. 그것 때문에 선생님을 찾아온 거구요. 자, 이걸 좀 보세요." 모스턴 양은 봉투에서 편지를 꺼내 홈즈에게 건넸다. "직접 읽어보세요. 오늘 아침에 받은 편지입니다."

"고맙습니다, 그 봉투도 함께 주십시오." 홈즈는 봉투와 편지지를 차례로 살펴보았다. "7월 7일 자 런던 남서부 소인이 찍혀 있군.[50] 흠! 귀퉁이에 엄지손가락 지문이 보이긴 하지만, 필경 집배원의 것이겠고 한 다발에 6펜스씩이나 하는 봉투에 최고급 편지지를 사용한 걸 보면 취향이 꽤나 까다로운 사람인 게 분명해. 역시 여기에도 주소는 없군."

"'오늘 밤 7시 라이시엄 극장 입구의 왼쪽 세 번째 기둥에서

명의 죄수들은 끝까지 추적당해서 교수형에 처해진 후 족쇄를 찬 채 공동묘지에 매장되었다. 1901년에는 1만 1,947명의 죄수들이 있었다. 이 죄수 유형지는 인도가 독립한 해인 1947년에 문을 닫았다.

46. "모스턴과 숄토와 연관된 사건들이 시작된 이 반란기에는 인도 군대의 봄베이 보병 연대의 수가 30개를 넘지 않았던 것으로 보인다." 크라이턴 셀라스 부인은 「왓슨 박사와 영국 군대」에서 이렇게 기술한다. "게다가 봄베이 보병 연대의 실적에 대한 기록에 의하면 폭동 기간에 있었던 이들의 행적에는 두꺼운 베일이 드리워져 있다. 그들이 충실하지 못했다는 분명한 증거다." 그녀는 왓슨이 실제 연대가 곤란에 처하지 않도록 허구의 연대를 창조해냈다는 결론을 내리고, 모스턴과 숄토가 '아그라 연대'로 알려진 벵골 제38 보병 연대에 배치되었었다고 주장한다.

47. 노우드는 런던의 넓은 교외 지역이다. 이곳은 1888년에 어퍼와 로어 그리고 사우스노우드로 분할되었고, 주로 '상류층들'이 거주하는 빌라 단지들과 독립가옥으로 이루어져 있다. 또한 이곳에는 '램버스 구빈원 직업훈련 학교'와 '웨스트모얼랜드 사회 학교' 그리고 나이츠 힐 로드에 위치한 '유대인 병원·고아원'(91번 주석 참조) 등 대규모 공공시설이 많이 있다.

48. 로베르 J. 부스케는 「메리 모스턴 : 완곡어법을 차려입다」에서 메리 모스턴은 포리스터의 매춘굴에 도미나트릭스Dominatrix(성적 쾌감을 위해 폭력을 휘두르며 성행위를 주도하는 여자)란 의미에서 "가정교사"로 고용된 것이라고 유머러스하게 주장한다.

49. 윌리엄 S. 베어링굴드는 진주알의 개수에 기초해서 이 사건의 연대를 1887년으로 매긴다(1882년에 진주 한 알을 받기 시작한 이후 5년 동안 계속해서 더 받았기 때문이다). T. S. 블레이크니는 진주가 일

곱 개였지만 메리 모스턴이 더 많은 진주가 생길 것을 예상하지 못하고 첫 번째 진주를 브로치나 펜던트에 박아버렸다고 주장한다. 제이 핀리 크라이스트는『베이커 스트리트의 셜록 홈즈 비정규 연보』에서 이 일곱 개 진주 이론에 동의하면서 메리 모스턴이 첫 번째 진주를 팔아버렸을 거라고 제시한다. 어니스트 블룸필드 자이슬러는 그의 신중한『베이커 스트리트 연대기』에서 메리 모스턴의 말을 곧이곧대로 받아들이고 싶어 한다. "모스턴 양의 설명은 자세하고 정확하며 망설임이 없다. '6년 전쯤, 정확히 1882년 5월 4일에 발생한 일이에요'라고 말할 때 그녀는 정말 정확하게 말한 것이다. 그녀는 자신이 받은 여섯 개의 진주들과 그날 아침 받은 봉투 안에 들어 있는 편지를 가져왔다. 그녀는 '진주 상자'에 '주소가 적힌 여섯 장의 종이'까지 가져왔다. 그녀의 설명이 전적으로 믿을 만하지 않다고 주장할 수 있는 여지는 전혀 없다. 그러니 우리도 그녀의 말을 신뢰하지 않을 이유가 없다." 따라서 그는 이 사건의 연대는 1887년이 틀림없다고 결론짓는다.

50. 아서 코난 도일은 1890년 3월 6일에《리핀코츠 매거진》의 편집자인 J. M. 스토다트에게 서한을 보냈다. "어쨌든 이 책에는 수정해야 하는 아주 명백한 실수 하나가 있네. 제2장에서 편지가 7월 7일 자로 되어 있는데 거의 같은 페이지에서 내가 9월의 어느 날 저녁에 대해 얘기하고 있어."(도일의 이 서한은 리처드 랜슬린 그린의「수집되지 않은 셜록 홈즈」에 복사되어 실렸다.) 도일이 이 정보를 어디서 얻었는지는 알려지지 않았고, 왓슨은 자신이 지휘한 다음 판본들에서도 전혀 수정하지 않았다.

기다리시오. 혼자 나오기 불안하다면 믿을 만한 친구 두 명 정도를 데려와도 좋습니다. 당신은 피해자입니다. 마땅히 공정한 보상을 받아야 합니다. 경찰에는 알리지 마십시오. 경찰이 알게 되면 모든 일이 수포로 돌아갈 겁니다. 익명의 친구로부터.' 정말 흥미롭고 미스터리한 사건이군. 메리 모스턴 양, 이제 어떻게 할 생각이십니까?"

"그걸 알고 싶어서 찾아온 거예요."

"당연히 가보셔야죠. 당신과 나, 그리고 아, 그래, 왓슨 박사를 데려갑시다. 편지에 두 사람과 동행해도 괜찮다고 적혀 있으니까요. 왓슨과 저는 전부터 함께 일을 해왔답니다."

"그런데, 친구분께서 함께 가려고 하실지……." 그녀가 애절한 눈빛으로 나를 보며 말했다.

"기꺼이 함께 가겠습니다." 나는 열정적으로 대답했다.

"두 분 모두 정말 친절하시군요. 그동안 전 소극적인 삶을 살아왔습니다. 그래서 주변에 믿고 의지할 만한 친구가 한 명도 없었죠." 그녀는 우리의 태도에 감동한 듯 보였다. "그러면 저녁 6시까지 제가 이곳으로 다시 오면 될까요?" 그녀가 물었다.

"좋습니다. 대신 절대 늦어서는 안 됩니다." 홈즈가 답했다. "그런데 한 가지 궁금한 점이 있습니다. 이 편지에 적힌 글씨체가 진주가 배달된 소포에 적힌 주소의 글씨체와 같습니까?"

"아, 혹시나 해서 주소가 적힌 종이도 가져왔습니다. 직접 확인해보세요." 그녀는 주소가 적힌 여섯 장의 종이를 주머니에서 꺼내 보여주었다.

"육감이 뛰어나시군요. 정말 모범적인 의뢰인입니다. 자, 같이 한번 봅시다." 홈즈는 여섯 장의 종이를 테이블 위에 차례로 펼쳐놓았다. 그러고는 날카로운 시선으로 하나하나 살펴보았다. "편지는 자기 필체로 적었지만, 주소를 적을 때는 일부러 다른 필체로 위장했군."

51. "심지어 더운 날 파슬리가 버터에 얼마나 깊게 가라앉는지까지 살필 정도로 관찰력이 뛰어난 사람이 메리 모스턴이 매력적이라는 사실을 깨닫지 못했다는 게 가능한 일인가?" 리처드 애셔 박사는 「홈즈와 페어섹스」에서 묻고 있다. "아니다. 홈즈는 그녀의 매력을 알고서 이를 경계하고 있었다." 그는 홈즈가 의도적으로 모스턴 양에 대한 어떤 감정도 억제했으며, 이는 그녀에 대한 왓슨의 감정이 커져가는 것을 알아챘기 때문이기도 하다고 결론짓는다. 대니얼 모리아티의 견해는 위의 36번 주석을 참조할 것.

홈즈는 바로 말했다.

"그건 의심의 여지가 없습니다. 자, 여기 'e'가 그리스 문자처럼 돌출되어 있는 게 보입니까? 그리고 's'는 또 어떤가요. 뱀이 똬리를 튼 것처럼 끝이 꼬부라져 있지요? 틀림없이 동일인의 필체입니다." 홈즈는 고개를 들어 모스턴 양에게 물었다. "메리 모스턴 양, 저는 헛된 희망 따위는 심어주고 싶지 않습니다만, 혹시 이 필체가 아버님의 필체와 유사한 구석이 조금이라도 있습니까?"

"아니요, 전혀 없습니다." 모스턴이 고개를 저으며 말했다.

"좋습니다. 그럼 6시에 다시 뵙죠. 참, 괜찮다면 편지는 제가 가지고 있어도 되겠습니까? 이제 3시 반이니까, 기다리는 동안 좀 더 조사해보고 싶군요."

"네, 그렇게 하세요."

"그럼, 이따 뵙지요." 홈즈가 모스턴 양에게 정중히 인사했다.

"네, 안녕히 계세요." 우리를 찾아온 아리따운 아가씨가 밝고 다정한 표정으로 홈즈와 나를 번갈아 보며 말했다. 그러고는 탁자 위에 놓인 진주 상자를 다시 가슴에 품고 서둘러 방을 나섰다.

나는 창가에 서서 분주히 걸어가는 모스턴 양의 모습을 지켜보았다. 거리의 침울한 군중들 사이로 그녀의 회색 터번과 하얀 깃털 장식이 작은 점으로 보일 때까지 나는 그녀에게서 시선을 떼지 못했다.

"정말 매력적인 아가씨야!" 나는 홈즈를 돌아보며 감탄했다.

홈즈는 파이프에 불을 붙였다. 다시 안락의자에 몸을 파묻고는 눈을 감으며 말했다. "그랬던가?" 친구의 목소리에서 노곤함이 묻어났다. "눈여겨보지 않았어."[51]

"무심하긴. 가끔 자네는 사람이라기보단 기계 같은 냄새가 나." 내가 큰 소리로 말하자 홈즈는 빙그레 웃음을 지었다.

"누군가에 대해 판단할 때는 절대 그 사람에 대해 편견을 가져서는 안 돼. 나에게 고객은 그저 사건의 한 가지 단위, 한 가지 요소일 뿐이야. 그 이상도 그 이하도 아니지." 홈즈는 계속해서 자신의 견해를 피력했다. "일단 상대를 감정적으로 보게되면 더 이상 냉철한 추리는 불가능해. 내 말을 못 믿는 눈치인데, 실제 사례를 들어보지. 지금까지 내가 알고 지낸 여성들 중에 가장 아름다운 여성이 얼마 전 교수형을 선고받았어. 무슨 잘못을 저질렀을 것 같아? 모두가 반할 만큼 매력적인 외모의 여성이 보험금을 타려고 자신의 세 아이를 모두 독살했다더군.[52] 누가 그런 일을 상상이나 했겠어. 흠, 또 다른 사례가 더 있어. 몹시 혐오스럽게 생긴 한 남자를 알고 있는데, 그는 생긴 것과 반대로 대단한 자선가였어. 런던의 소외 계층을 위해 써달라며 25만 달러를 내놓기도 했지."

홈즈의 말에 나는 약간 불쾌해졌다.

"이번엔 아닐 수도 있잖아." 내가 말했다.

"내 사전에 절대 예외란 없어. 예외를 둔다는 것은 이론이 틀렸음을 증명하는 것이나 마찬가지야. 그런데 자네, 혹시 글씨체를 가지고 사람의 성격을 추리해본 적 있어? 이 편지의 글씨체를 한번 보게. 어떤 사람 같아?"[53] 홈즈가 내게 편지를 내밀며 물었다.

"음, 읽기 쉽게 또박또박 잘 적은 것으로 보아 성품이 올곧고 실무에 능한 남자 같군."

홈즈는 고개를 좌우로 저었다.

"그렇지 않아. 긴 글자들을 봐. 짧은 글자들과 별반 차이가 없어. 'd'와 'a'를 구분하기가 쉽지 않지. 'l'과 'e'도 마찬가지고 말이야. 성품이 올곧은 남자라면 제아무리 악필이라 할지라도 긴 글자는 확실히 구별하여 적었을 테지. 'k'를 보면 그의 우유

52. 애셔는 이 여성이 모건 부인일지 모른다고 주장한다. 「빈집」에 나오는 다른 유명한 M항목에 영광스럽게 한자리를 차지하고 있는 모건Morgan이라 불리는 독살자"다. 도널드 레드먼드는 메리 앤 코튼(1832-1873)이라는 영국인 연쇄 살인자라고 주장한다. 이 여자는 비소를 사용해서 14명에서 21명의 사람들을 치명적으로 중독시켰으나 1873년 3월 더럼 순회재판소에서 오직 하나의 살인 사건에 대해서만, 즉 자신의 일곱 살짜리 의붓아들인 찰스를 살해한 혐의에 대해서만 재판을 받았다. 코튼은 찰스가 비소의 흔적이 함유되어 있는 침실 벽지 조각을 먹었다는 논지로 변론을 폈다. 코튼이 유죄 선고를 받았을 때 일곱 번째 아이를 임신한 상태였기 때문에 더럼 주 감옥에서 아이를 출산했다. 그녀는 토머스 애스컨과 윌리엄 캘크래프트라는 사형집행인들에 의해 감옥 마당에서 교수형에 처해졌다.

53. 필체 연구는 여러 이야기에서 플롯상의 중요한 장치다. 이는 「레이게이트의 지주들」에서 가장 돋보이는데, 홈즈는 편지의 필체에서 23가지 추론을 이끌어낸다.

54. 윌리엄 윈우드 리드(1838-1875)는 여행가이자 그저 그런 소설가였으며 현재 가나인 지역에서 주로 벌어졌던 아샨티 전쟁(1873) 동안에 잠시 《타임스》 특파원을 지냈다. 『인간의 순교』는 1872년에 런던에서 출간되었다. 용인된 견해도 그 비종교적 성향 때문에 날카롭게 비판했던 역사에 대해 종교적으로 접근한 책이다. 대중의 반응이 줄곧 적대적이었음에도 불구하고(1906년까지 호의적으로 평가받지 못했다) H. G. 웰스와 같은 지식인들은 이 책을 다수 읽었고, 폭넓은 인기를 얻었다. 이 작품은 오늘날에도 출간되고 있다. 리드의 다른 책들 중에는 저널 형식의 ('친애하는 마거릿'에게 말하는) 여행담인 『아프리칸 스케치 북』과 리드가 사망하던 해에 완성되어 출판된 『아웃캐스트』가 있다. 그는 쿠마시(가나 남부 아샨티 주의 주도)에서 절정에 달했던 아샨티 캠페인의 유일한 민간인 목격자였는데 이 캠페인 동안 걸린 이질과 열병의 후유증에 지속적으로 시달렸다. 이 작품 『아웃캐스트』에서 작가는 허구적 형식을 통해 개인의 신앙심 부족에 대한 고백으로 인해 생기는 박해의 효과에 관하여 말한다. 어떤 사람들은 이 소설을 리드 관점의 신앙고백으로 본다. 아마 『인간의 순교』에서 가장 자주 인용되는 문장들 중 하나가 다음 문장일 것이다. "예술적 천재성은 원숭이가 흉내를 잘 내는 것의 확장에 불과하다."

부단한 성격이 느껴지고, 대문자에서는 자만심까지 엿보이는군." 홈즈의 추리에 내가 잠시 넋을 놓고 있는 사이 어느새 그는 나갈 채비를 마쳤다. "잠깐 다녀올게. 알아볼 것이 몇 가지 있어. 그사이 자네는 이 책을 한번 읽어봐." 홈즈가 책장에서 책 한 권을 꺼내주었다. "내가 인정하는 책들 중 하나야. 윈우드 리드의 『인간의 순교』.⁵⁴ 정말 훌륭한 책이지. 그럼 이만 나가야겠군. 한 시간 후에 돌아올게."

나는 홈즈가 권해준 책을 들고 창가에 앉았다. 하지만 작가의 깊이 있는 통찰 따위는 눈에 들어오지 않았고, 내 마음은 온통 조금 전 다녀간 모스턴 양에 대한 생각으로 가득했다. 아름다운 미소와 깊고 풍부한 목소리 그리고 그녀의 삶에 드리워진 불가사의한 사건……. 열일곱 살에 아버지가 사라졌고, 그 후로 10년의 세월이 흘렀다고 했으니, 이제 스물일곱이다. 한창 좋을 나이. 경험이 쌓여 다소 진중해지고, 청춘의 수줍음도 떨쳐버리는 나이이다. 나는 앉아서 이런저런 상상을 골똘히 하다가, 갑자기 책상으로 달려가 최근에 발표된 병리학 논문을 열심히 읽기 시작했다. 내가 위험한 생각을 하고 있다고 느꼈기 때문이다. '네 주제를 알아라! 겨우 절름발이 군의관에 모아둔 돈도 한 푼 없는 주제에 감히 그런 생각을 하다니!' 나는 속으로 되뇌었다. '그녀는 그저 하나의 단위, 하나의 요소에 지나지 않는다. 그 이상도 그 이하도 아니다.' '만일 나의 미래가 어두컴컴한 암흑이라면, 남자답게 당당히 맞서는 게 차라리 낫지! 결코 도깨비불 같은 망상으로 암흑 같은 길을 밝게 비추는 일 따위를 해서는 절대 안 돼!'

제3장
해결책 모색

홈 즈가 돌아온 것은 5시 반이 조금 넘어서였다. 그는 밝고 열띤 표정에 생기발랄했다. 일시적으로 지독한 우울증을 겪은 후에는 늘 이렇게 의욕이 넘치곤 했다.

"이번 사건을 해결하는 데 큰 어려움은 없을 것 같아." 그는 내가 따라준 차를 마시며 말했다. "사실을 모두 종합해보면 이 사건도 어느 정도 설명이 가능하지."

"그게 무슨 소리야, 벌써 사건의 전말을 파악했단 말이야?"

"글쎄, 그렇게 말하긴 아직 이른 것 같군. 다만 아주 그럴듯한 사실을 발견했지. 세부적인 사항들은 더 찾아야겠지만."

"대체 뭘 발견한 거야?"

"지난 《타임스》를 살펴보다 찾아낸 거야. 어퍼노우드에 거주하고 있는 봄베이 34 보병 연대 출신의 숄토 소령이 1882년 4월 28일에 사망했다고 기록된 기사가 있더군."

『네 사람의 서명』 단행본 표지.
런던, 조지 뉸스 출판사(1920)

"내가 둔한 건지 모르겠지만 전혀 감을 못 잡겠어. 그게 어쨌단 말이지?"

"정말 모르겠어? 어떻게 모를 수가 있지? 정말 놀랍군. 자, 그럼 이렇게 한번 생각해봐. 모스턴 대위가 실종되었는데 런던에 있는 유일한 친구는 숄토 소령뿐이야. 그렇다면 실종된 그날 밤 모스턴 대위가 숄토를 만나러 갔을 가능성이 크지. 숄토 소령은 모스턴 대위가 런던에 돌아왔다는 소식을 들은 적이 없다고 했지만 말이야. 그리고 4년 뒤 숄토가 죽었고, 그로부터 일주일 후 모스턴 양은 값비싼 선물을 받기 시작했어. 매년 같은 선물이 배달되었고, 오늘 드디어 모스턴 양을 피해자라고 언급한 편지가 도착한 거야. 그녀가 입은 피해는 아버지의 실종뿐이지. 또 숄토 소령이 죽은 후부터 선물이 배달된 이유가 뭐겠어? 숄토의 자식들이 그 미스터리한 사건에 관해 알게 되었고, 그래서 모스턴 양에게 어떤 보상을 해주고 싶다는 생각을 했기 때문이겠지."

"음…… 좀 이상하군." 나는 고개를 갸웃거렸다.

"그렇지 않으면 그 모든 사실을 설명할 방법이 달리 또 있을까?"

"자네 말이 틀렸다는 게 아니라, 그 보상이란 게 정말 이상하잖아. 보상의 방법도 너무 특이하고 말이야! 그리고 왜 6년이 지난 지금에야 편지를 썼지? 더구나 편지에는 그녀에게 정당한 보상을 해주겠다고 적혀 있는데, 도대체 무슨 보상을 해준다는 거지? 그리고 아무래도 모스턴 대위가 살아 있을 가능성은 희박한 것 같아. 자네도 알다시피 그녀의 삶에 부당한 일은 아버지의 죽음뿐이니까."

"만만치 않아. 확실히 만만찮은 구석이 있어." 홈즈가 생각에 잠긴 채 말했다. "하지만 오늘 밤에 모든 문제가 해결될 거야." 그때 밖에서 마차 소리가 들렸다. 창밖을 내다보던 홈즈가 말했다. "왓슨, 사륜마차가 도착했어. 모스턴 양이 마차 안에 있군. 준비 다 됐어? 시간이 좀 지났으니, 슬슬 내려가보자고."

나는 모자와 묵직한 지팡이를 집어 들었고, 홈즈는 서랍에서 리볼버를 꺼내 주머니에 넣었다. 오늘 밤 심상치 않은 일이 벌어질 것이 틀림없었다. 우리는 서둘러 내려갔다.

네 사람의 서명.
H. B. 에디 그림, 《샌프란시스코 콜》(1907. 10. 10.)

모스턴 양은 어두운색의 망토를 몸에 두르고 있었다. 침착한 표정이었으나 얼굴빛이 창백했다. 이 가녀린 여인은 곧 펼쳐질 모험을 앞두고 불안한 듯 보였지만 홈즈의 계속되는 질문에도 망설임 없이 차분하게 대답했다.

"숄토 소령은 아버지의 절친한 친구셨어요. 아버지가 보내주신 편지에 숄토 소령에 대한 이야기가 꽤 많았거든요. 아버지와 숄토 소령은 안다만 제도에서 같은 군대를 지휘했기 때문에 많은 시간을 함께 보낼 수 있었지요. 그런데 얼마 전 아버지의 책상에서 이해하기 힘든 수상한 종이 한 장을 보았어요. 별로 중요한 내용은 아닌 것 같지만, 혹시라도 선생님께서 보고 싶어 하실까 봐 가지고 왔습니다. 여기요." 모스턴 양이 홈즈에게 종이를 건넸다.

홈즈는 여러 번 접힌 종이를 조심스레 펼친 후 무릎 위에 놓고 종이 구김을 부드럽게 쓸어내렸다. 그런 다음 돋보기를 들이대고 더욱 찬찬히 살펴보았다.

"인도산 종이군요. 한동안 핀으로 벽에 고정했던 흔적이 있습니다. 종이에 그려진 그림은 어떤 거대한 건물의 일부를 그린 도면인 것 같은데……. 수많은 방과 여러 개의 복도, 출입구들이 있습니다. 한쪽에 붉은색으로 작은 십자가 표시가 되어 있고, 그 위에 보일 듯 말 듯 연필로 '왼쪽에서 3.37'이라고 적혀 있습니다. 왼쪽 귀퉁이에는 네 개의 십자가가 연달아 있는 것 같은 기이한 상형문자가 그려져 있군요. 그 옆에는 거칠게 갈겨쓴 글씨가……." 홈즈는 돋보기를 더욱 가까이 갖다 대고 말했다. "'네 사람의 서명—조너선 스몰, 마호메트 싱, 압둘라 칸, 도스트 아크바르'라고 쓰여 있군요."

"그게 무슨 뜻일까?" 내가 물었다.

"솔직히 무슨 의미인지 나도 모르겠어. 하지만 분명 대단히

연극이 끝난 뒤—라이시엄 극장 입구에서.
《그래픽》(1881)

55. 버나드 데이비스는 「왓슨 박사의 신명기 : 1세기 자매판」에서 모스턴 대위가 서류가 든 자신의 지갑을 몸에 지니고 다니기보다 안전하게 호텔에 두었다고 한다. "신분증 지참이 강제되는 유럽의 대륙 국가들에서는 '지갑'이 유행했다. 이 자유롭지 못한 영국인은 머물 수 없었고 영국에서는 지갑을 가지고 다니는 습관이 1914년 이후에 지폐가 상용화될 때까지 널리 퍼지지 않았다." 대중문화 속에서 남자의 지갑이 사용된 기억할 만한 것들 중하나가 존 버컨의 1915년 소설 〈39계단〉이다(고전이 된 앨프리드 히치콕의 1935년도 영화 『39계단』은이 소설에 기초하긴 했으나, 거의 모든 면에서 원작에서 벗어났다). 이 책의 주인공 리처드 해니는 런던에 사는 스코틀랜드인이다. 해니는 프랭클린 P. 스커더라는 낯선 사람의 방문을 받는다. 그는 해니에게 정치적 음모를 밝힌 뒤에 환자식 암호와 여러메모들이 담긴 지갑을 남겨둔 채 살해당한다. 해니는 위장을 하고, 죽은 남자의 지갑을 지닌 채 숨어다니면서 암호를 해독한다. 그는 결국 제1차 세계대전이 다가오는 시기에 영국의 군사기밀을 보호하는 데 기여한다.

작은 키에 갈색 피부의 민첩한 사내가 마부 복장을 하고 우리 앞에 나타났다.
프레더릭 도어 스틸 그림, 『셜록 홈즈의 모험』 제1권(1950)

이 삽화는 "이 판본을 위해 스틸이 수정한 것이라는 사실"을 보여주고 있다. 앤드루 말렉은 소정의 검사를 거친 뒤 이 그림이 1906년 12월 《콜리어스 위클리》에 실린 리처드 하딩 데이비스의 「주홍색 차의 모험」을 위한 삽화로 처음 등장했다는 것을 확인했다(알아보기는 힘들지만 화가의 서명 옆에 '06'이란 숫자가 보인다). 손전등과 마부 복장이 1888년이라 하기엔 시대착오적으로 느껴진다. 그리고 본문에 언급된 인물들 중 한 사람이 빠져 있다.

중요한 문서임에 틀림없어. 앞뒷면이 다 깨끗한 걸 보면 지갑에 소중히 보관되어 있었던 거야." 홈즈가 답했다.

"네, 맞아요. 아버지의 지갑에서 발견한 거예요."[55]

"그렇다면 잘 보관하세요. 언젠가 큰 도움이 될 겁니다. 그리고 사건이 생각보다 훨씬 더 복잡하고 힘들 것 같습니다. 저는 지금부터 사건과 관련된 모든 정황을 다시 검토할 생각입니다."

홈즈는 마차 의자에 몸을 기댔다. 찡그린 표정과 공허한 눈빛은 그가 골똘히 생각하고 있는 중임을 보여주었다. 모스턴 양과 나는 낮은 목소리로 이야기를 나누었다. 오늘의 탐험과 그로부터 얻을 수 있는 결과에 관한 대화였다. 그리고 극장에 도착할 때까지 나의 친구 홈즈는 범접할 수 없는 무거운 침묵을 지켰다.

9월의 저녁, 아직 7시가 채 되지 않았지만 거리에는 벌써 스산한 기운이 나돌았고, 이슬비 같은 안개가 대도시에 짙게 깔려 있었다. 진흙빛의 구름이 질척한 시내 길을 구슬프게 뒤덮었다. 스트랜드 스트리트의 가로등 불빛은 마치 진흙투성이 포장도로 위에 흩뿌려진 얼룩처럼 보였다. 상점 창문에서 노란 불빛이 흘러나와 짙은 안개 속의 번잡한 도로를 흐리게 비추었다. 희뿌연 빛 속에서 슬픈 얼굴, 행복한 얼굴, 초췌한 얼굴, 명랑한 얼굴……들의 행렬이 끝없이 이어졌다. 마치 괴기스러운 공포영화의 한 장면 같았다. 모든 사람의 숙명처럼 그들 역시 어둠에서 빛으로, 그리고 다시 어둠 속으로 사라져갔다. 나는 평소 이렇게까지 감상적인 성격은 아니었다. 다만 정체불명의 누군가와 기이한 만남이 예정된 데다가 어두컴컴한 도시의 저녁 풍경까지 맞물려 심리적으로 몹시 예민하고 불안해진 탓에 그날 유난히 감상에 젖었던 것 같다. 모스턴 양의 표정에서도 나와 비슷한 감정을 엿볼 수 있었다. 이런 미묘한 감정의 변화를 일으키지 않은 인물은 오로지 홈즈뿐이었다. 그는 무릎 위에 수첩을 올려놓고 휴대용 손전등[56]을 비춰가며 이따금 숫자나 글자들을 기록했다.

마침내 우리는 라이시엄 극장 앞에 도착했다. 양쪽 출입구는 이미 관객들[57]로 북적거렸다.[58] 거리에는 이륜마차와 사륜마차가 덜컹거리며 줄지어 도착했고 마차에서 정장을 갖춰 입은 신사들과 숄을 두르고 다이아몬드 장신구로 잔뜩 멋을 낸 숙녀들이 차례로 내렸다. 우리는 수많은 인파 사이를 통과하여 간신히 약속 장소인 세 번째 기둥으로 다가갔다. 그리고 그때, 작은 키에 갈색 피부의 민첩한 사내가 마부 복장을 하고 우리

56. 이것은 여러 이야기에서 언급되는 주머니 크기의 각등이다(예를 들면 「빨강머리연맹」). 『주홍색 연구』 137번 주석 참조. 물론 불꽃의 열기 때문에 주머니에 계속 넣고 있을 순 없다.

57. 이 "관객들crowds"이 여러 미국 판본들과 크로버러 판본에는 "crows"로 잘못 인쇄돼 있다. 『주석 달린 '주석 달린 책'』에 따르면 "페터 블라우와 캐머런 홀리어는 'crows'가 정전인 크로버러판에 맨 처음 나타났다고 결론을 지었다. 두 권으로 된 더블데이 메모리얼판(미국 표준판)도 크로버러 원판들로 인쇄했다. 단권화된 1936년 더블데이판을 위해 새로운 원판들이 제작됐을 때도 이 실수는 복사됐다. 이 원판들은 1953년 두 권짜리 판본에도 사용됐다."

58. 라이시엄 극장은 유명한 배우들인 헨리 어빙(1838-1905), 엘런 테리(1848-1928)와 오랫동안 관계를 맺어왔고(1878-1903) 공무원이자 드라마 비평가, 그리고 『드라큘라』(1897)의 작가인 에이브러햄 브램 스토커가 운영했다. 크리스토퍼 몰리는 "이 회합이 있을 때 아마도 셰익스피어가 상연되고 있었을 것이다. 그렇기 때문에 7시면 마차가 도착하기에 너무 이른 시간인데도 불구하고 열성적인 추종자들이 관람객으로 몰려온 것이다"라고 설명한다. 몰리는 또 "행복한 우연의 일치"로 윌리엄 질렛의 연극 〈셜록 홈즈〉가 1901년에 라이시엄 극장에서 상연됐다고 지적했다.

59. 켈빈 I. 존스는 『카팩스 신드롬』에서 이 마부의 신체적 특징이 브램 스토커의 특징과 일치한다고 말하면서 회합 장소로 라이시엄이 임의로 선택된 것이 아니라 홈즈가 스토커의 『드라큘라』에 묘사된 사건들과 연루돼 있다고 결론을 내린다. 그러나 바버라 벨퍼드는 『브램 스토커 : 드라큘라 작가의 전기』에서 스토커는 대학생일 때 키가 188센티미터이고 몸무게가 79킬로그램이 나갔다고 묘사하고 있어 "작은" 것과는 거리가 멀다.

앞에 나타났다.

"모스턴 양과 함께 오신 분들입니까?"

"네, 제가 모스턴이고, 여기 두 신사분들은 제 친구입니다." 모스턴 양이 말했다.

그는 우리를 뚫어지게 바라보며 미심쩍은 눈길을 보냈다.

"모스턴 양, 죄송합니다만, 친구 되시는 분들이 경찰이 아니라고 맹세할 수 있습니까?" 그가 의심을 풀지 않고 말했다.

"네, 맹세할게요." 그녀가 대답했다.

그는 곧 날카로운 휘파람을 불었고, 그 소리에 부랑아 한 명이 마차를 끌고 나타나 문을 열어주었다. 우리가 마차 안에 들어가 앉는 동안 그 남자는 마부석에 올라앉았다. 우리가 모두 자리에 앉자마자 마부[59]는 힘차게 채찍을 휘둘렀고, 마차는 맹렬한 속도로 안개 낀 거리를 질주해나갔다.

사실 생각해보면 그때 우리는 묘한 상황에 처해 있었다. 이유도 모른 채, 모르는 사람의 안내를 받으며, 모르는 곳으로 향하고 있었던 것이다. 우리를 초대한 것이 누군가의 완벽한 장난일 수도 있지만 그럴 가능성은 대단히 적었고, 익명의 초대에 중대한 사안이 달려 있다고 믿을 만한 충분한 근거도 있었다. 모스턴 양은 그날 한결같이 단호하고 침착한 태도를 유지했다. 나는 그녀를 즐겁게 해주기 위해 아프가니스탄에서 겪은 모

작은 키에 갈색 피부의 민첩한 사내가 마부 복장을 하고 우리 앞에 나타났다. 리하르트 구트슈미트 그림, 『네 사람의 서명』, 슈투트가르트, 로베르트 루츠 출판사(1902)

험담을 들려주었다. 하지만 솔직히 우리가 처한 상황과 향하는 장소에 대한 궁금증으로 인해 모험담에 집중할 수 없었다. 내 이야기는 다른 기억들과 뒤섞여 뒤죽박죽이었다. 훗날 그녀는 내 이야기가 재미있었다고, 특히 한밤중에 머스켓 소총병이 내 텐트 속을 들여다볼 때, 내가 쌍총신 새끼 호랑이[60]를 쏘았다는 일화가 매우 인상 깊었다고 말해주었다. 처음에는 마차가 어느 방향으로 향하고 있는지 대충 감을 잡고 있었지만 마차의 속도와 짙은 안개, 그리고 런던 지리를 잘 몰라서[61] 나는 점점 방향감각을 잃어갔다. 우리가 꽤 먼 길을 가고 있다는 사실 외에는 아무것도 알 수 없었다. 그런데 홈즈는 하나도 놓치지 않았다.[62] 그는 마차가 덜컹거리며 광장을 통과할 때나, 구불구불한 길을 지날 때나, 좁은 골목을 지날 때마다 혼자서 그곳의 이름을 나지막이 중얼거렸다.[63]

"로체스터 스트리트,[64] 이제 빈센트 광장.[65] 박스홀 다리[66]로 향하는 길에 들어섰군. 서리 방향[67]으로 가고 있는 게 분명해. 그럴 줄 알았어. 지금 다리를 건너고 있어.[68] 이제 곧 반짝이는 강물을 볼 수 있겠군."

아주 짧은 시간이었지만 정말 템스 강이 눈앞에 펼쳐졌다. 가로등 불빛이 넓고 고요한 강물 위를 아름답게 비추고 있었다. 마차는 다리 위를 쏜살같이 달려 순식간에 강 건너편의 복잡한 거리에 다다랐다.

"원즈워스 길,[69] 프라이어리 길,[70] 라크홀 레인,[71] 스톡웰 플레이스,[72] 로버트 스트리트,[73] 콜드하버 레인.[74] 음, 아무래도 우리의 목적지가 상류층이 사는 동네는 아닌 것 같군." 우리의 홈즈가 말했다.

그리고 얼마 후 홈즈의 말대로 우리는 음침하고 불길해 보이는 마을로 들어섰다. 우중충한 벽돌집들이 길게 늘어선 거리에서 눈에 띄는 거라곤 길모퉁이의 조잡하고 화려하게 번쩍이

60. 'a double-barrelled tiger cub.' "이 유명한 '쌍총신' 새끼 호랑이는 눈표범이었을 것이다." T. S. 블레이크니는 「네 사람의 서명에 대한 생각들」에서 왓슨이 이 동물을 발견했을 수도 있는 칸다하르/마이완드 지역이나 페샤와르 지역에 호랑이는 살지 않는다고 지적하면서 이와 같이 말한다. 총신이 두 개인 총은 1653년에 이탈리아에서 줄리아노 보시가 발명해 전쟁 중에 널리 사용되었다. 나폴레옹은 개인 용도로 사용하기 위해 아름다운 쌍총신 소총을 주문하기도 했다.

61. 이것은 자신을 내세우지 않으려고 터무니없는 말을 하는 것으로 보인다. 왓슨은 『네 사람의 서명』 때까지 적어도 7년 동안 이 대도시에서 살아왔기 때문이다.

62. 홈즈는 「빨강머리연맹」에서 "런던에 대한 정확한 지식을 수집하는 것이 내 취미거든"이라고 말한다. 그리고 왓슨은 「빈집」에서 홈즈가 "런던의 샛길을 누구보다 잘 알고 있"다고 썼다.

63. 버나드 데이비스는 「홈즈는 런던 출신인가?」에서 홈즈가 옛 거리 이름을 사용하는 것으로 보아 (예를 들면 아래 72번 주석과 73번 주석 참조) "런던의 이 지역에 대해 매우 자세하게 알고 있기는 하지만 변화한 사실들은 따라잡지 못하고 있다. 홈즈는 여러 해 전에 이곳을 잘 알았던 것이다. 그가 「글로리아스콧호」에서 런던에 출현한 것보다 훨씬 전이었던 게 틀림없다"고 결론을 내린다.

64. 호스페리 길에 이르는 로체스터 스트리트는 박스홀 다리 길을 따라 동쪽으로 절반쯤 가면 있다. 인근에 1836년 건축된 토트힐 필드 감옥과 1846년에 문을 연 이 지역 즉결심판소가 있다.

65. 오거스터스 J. C. 헤어는 『런던 산책』에서 "빈센트 광장으로 불리는 거대한 공터가 웨스트민스

터 학자들의 놀이터로 사용됐다"고 한다.

66. 박스홀 다리 길은 하이드 파크 코너와 그로브너 플레이스를 런던 남부에 연결시키고 있는데, 원래 하이드 파크 코너에서 그리니치에 이르는 주요 간선도로의 일부로 여겨졌다.

67. 템스 강 남쪽 지역인 서리 방향은 잘 알려져 있고 1896년에 인구가 75만 명이 넘었다. 『베데커』는 이곳을 가리켜 "거대한 경제생활 지구이며 램버스에서 버먼지까지 바쁘게 북적거린다. 하지만 관광 명소들이나 기관들, 그리고 공공건물은 드물다"라고 묘사한다.

68. 박스홀 다리는 원래 리전트 다리로 불리는 9경간 구조물인데(최소한 건축 초기 단계에선 그랬다). 1816년에 완공되어 1904년에서 1906년까지 대대적으로 재건축되었다. 농경과 기술 그리고 다른 예술과 과학을 상징하는 프레더릭 포머로이와 앨프리드 드루어리 같은 여성 인물들의 청동상이 돋보인다. 이 다리는 템스 강을 가로지르는 최초의 주철 다리이자 최초로 전차를 실어 나른 다리였다. 가령 1817년 워털루 다리(M. 뒤팽에 따르면 "이집트 왕 세소스트리스와 카이사르 황제만 한 가치가 있는 거대한 기념물")만큼 눈에 띄는 장관은 아니지만 그 역사는 존경할 만하다.

69. 원즈워스 길Wandsworth Road은 이 정전의 미국 판본들에서 "워즈워스 길Wordsworth Road"이라고 돼 있다. 원즈워스 길은 램버스 남부의 주요 도로다. 지도를 참조해보면, 이 무리들은 원즈워스 길로 가는 대신 램버스 길을 따라 남쪽으로 달렸어야 했다. 하지만 프라이어리 길을 언급한 것을 보면 어떤 이유에서인지(아마도 교통 사정 때문에) 마부가 이 경로에서 살짝 벗어나 원즈워스 길을 타고 남쪽으로 달리다가 프라이어리/랜즈다운 길을 횡단한 것이 분명하다.

70. 프라이어리 길은 원즈워스 길까지 수직으로 뻗어 나가고, 동쪽으로 계속 가다 보면 원즈워스 길과 클래펌 길을 연결하는 랜즈다운 길에 이른다.

71. 라크홀 레인은 원즈워스 길과 나란히 뻗어 있고 랜즈다운 길과 접하고 있다.

72. 스톡웰 플레이스는 길이라기보다는 하나의 '주소'로서 클래펌 길에 일렬로 늘어선 열두 채 정도의 집들을 가리켰다. 1869년 이 길에 번호를 새로 매길 때 스톡웰은 폐지되었다. 거리와 이 건물의 이름에 대해 홈즈가 줄줄이 읊는 대로 왓슨이 충실하게 기록한 목록으로 인해서 독자들이 혼란을 일으켜 존재하지 않는 길을 찾으려고 애쓸 수 있다. 또는 어쩌면 홈즈가 실제로는 '스톡웰 공원 길'이라고 말했는지도 모른다. 이 길을 따라 랜즈다운 길이 이어지고 클래펌 길을 가로지르게 된다. 이 지역 전체를 가리켜 스톡웰이라고 부른다. 이것이 콜드하버 거리로 가는 합리적인 경로이긴 하지만 반드시 최단 경로라고는 할 수 없다. 하지만 오로지 이 길로 갔다고 해야만 무리가 로버트 스트리트를 지나칠 수 있었다. 더 짧은 경로였다면 랜즈다운 길에서 벗어나 빈필드 길로 들어서고 스톡웰 길로 계속 달리면서 캔터베리 길로 이어지다가 콜드하버 거리로 향했을 것이다. 이 경우에도 역시 교통 상황 때문에 대안을 택해야만 했을 것이다.

73. 스톡웰 공원 길은 롭사르트 스트리트까지 이어진다. 롭사르트 스트리트는 공원 길에서 왼쪽으로 돌면 있는데, 베어링굴드는 이 롭사르트 스트리트가 1880년 4월에 공원과 로버트 스트리트를 결합해 새롭게 이름을 붙인 것이라고 한다.

74. 콜드하버 레인은 브릭스턴 길과 에프라 길의 교차로 부근에서 시작되는 동서 간 길이다. 여기서 클래펌 공원 길과 에이커 거리가 이어진다. 지도를 재빨리 훑어보기만 해도 이 무리가 롭사르트 길로

는 술집들뿐이었다. 그곳을 지나자 앞쪽에 작은 화단을 갖춘 2층 주택이 이어졌다. 새로 지은 듯이 보이는 눈에 띄는 벽돌 건물들이 나타났다. 마치 대도시가 자연을 향해 쭉 뻗은 거대한 촉수처럼 보였다. 마차는 새로 조성된 주택단지의 세 번째 집 앞에 멈춰 섰다.[75]

단지의 다른 집들은 거의 비어 있었다. 우리가 도착한 집도 주방 창문에서 새어 나오는 한 줄기 불빛을 제외하면 어둡기는 다른 집들과 마찬가지였다. 우리는 문을 두드렸다. 그러자 기다리고 있었다는 듯 인도인 하인이 재빠르게 문을 열어주었다. 하인은 헐렁한 흰색 옷에 노란 띠를 두르고 노란 터번을 쓰고 있었다. 런던 교외의 삼류 주택 현관에 동양인이 서 있는 모습이 어쩐지 어색해 보였다.

"사히브[76]가 여러분을 기다리고 있습니다." 그의 말과 동시에 안쪽에서 높고 날카로운 목소리가 들려왔다.

"그분들을 이쪽으로 모시고 오너라, 키트무트가[77]! 어서 그분들을 안으로 모셔!"

가지 않고 그곳을 지나쳐서 달려갔다는 사실을 알 수 있다. 이곳은 브릭스턴 길이 나올 때까지 스톡웰 공원 길을 따라가는 중에 있는 마지막 교차로다. 브릭스턴 길에서 급하게 좌회전해서 몇 블록만 가면 콜드하버 거리가 나온다. 이곳은 브릭스턴 전철역 인근이고 에인절 타운과 인접한 이웃 지역은 브릭스턴으로 알려져 있다.

75. 새디어스 숄토의 "오아시스"가 어디인지 여기서 확인할 순 없지만 몇 가지 주장들이 제기돼 있다. 로버트 패트릭은 「강풍이 휘몰아치는 사막 속의 오아시스」에서 도체스터 드라이브의 한 장소를 지목한다. 험프리 모턴은 《셜록 홈즈 저널》 선집 제3권의 사진 경쟁 출품작에서 밀크우드 길을 제시한다. 퍼시 멧칼프는 「'네 사람의 서명'에 대한 고찰」에서 달버그 길을, 버나드 데이비스는 「왓슨 박사의 신명기」에서 우드퀘스트 가 바로 남쪽의 거번가에 있는 2세대 연립주택을 주장한다. 데이비드 해머는 『게임의 가치』에서 데이비스의 주장을 지지한다.

76. 『영어-인도어 사전』에 따르면 이 단어의 의미는 '주인'. 이 단어는 흔히 왕이나 지방 행정관처럼 계급을 표시하는 직함에 붙인다. 마찬가지로 이름 자체에 붙이기도 한다. 또한 존경 어린 호칭으로 홀로 쓰이기도 한다. 그리고 이 단어는 영국인 신사를 특별히 지칭하는 의미로도 자주 쓰인다.

77. 하인이나 수행원을 뜻하는 힌두스탄어.

제4장

대머리 남자의 이야기

78. 'writhed.' "비볐다rubbed"고 되어 있는 판본이 많다.

우 리는 인도인 하인의 안내를 받으며 지저분하고 볼품없는 복도를 따라 걸어 들어갔다. 햇빛이 잘 들어오지 않았고 가구도 제대로 배치되어 있지 않았다. 그는 오른쪽 방문을 열었다. 노란색 조명이 우리를 비추었고 조명 한가운데 키작은 남자가 서 있었다. 오뚝 솟은 대머리 언저리에 빨강 머리가 둥글고 까칠까칠하게 나 있었다. 윗부분은 마치 전나무 숲 사이로 불쑥 솟은 산봉우리처럼 두피가 반짝였다. 남자는 서 있는 내내 손을 불안하게 비비 꼬았고[78] 이목구비는 경련을 일으키듯 웃다가 찌푸리기를 끊임없이 반복했다. 선천적으로 축 늘어진 아랫입술 덕분에 불규칙하게 생긴 누런 이빨이 선명하게 드러났다. 그래서인지 남자는 입을 가리려고 계속 손을 들었다 내렸다 반복했다. 대머리임에도 불구하고 젊어 보였는데, 알고 보니 이제 갓 서른을 넘겼다고 한다.

『네 사람의 서명』 단행본 표지.
'6페니 시리즈', 런던, 조지 뉴스 출판사(1920)

"어서 오세요, 모스턴 양." 남자는 여전히 가늘고 높은 목소리로 말했다. "친구분들도 잘 오셨습니다. 반갑습니다. 저의 작은 궁전으로 들어오십시오. 제 취향대로 꾸며놓았죠. 런던 남부라는 황량한 사막에 피어난 예술의 오아시스라고나 할까요."

그의 안내를 받고 들어간 방에서 모두들 눈이 휘둥그레졌다. 방은 마치 구리 반지에 최상급 다이아몬드를 박아놓은 것과 같아서 초라한 집과 전혀 어울리지 않았다. 벽에는 대단히

79. 로딘과 키는 숄토가 "긴장을 풀기 위해 물담뱃대에 아편을 피웠을 것"이라고 주장한다.

80. 랜디 로버츠는 「왓슨 박사의 경고」에서 다음과 같은 주장을 펼친다. 왓슨이 새디어스 숄토의 진짜 정체를 위장하고 일부러 오스카 와일드의 캐리커처를 그려서 퀸즈버리 후작(존 숄토 더글러스)에게 와일드와 후작의 아들인 앨프리드 더글러스 경의 동성애 관계에 대한 정보를 주려 했다는 것이다. 이 발상은 흥미롭긴 하지만 로버츠는 어째서 왓슨이 개인 서신으로 이 경고를 전하지 않고 출판을 해야만 했는지에 대해서 대답하지 못한다. 숄토와 와일드 이 두 인물에게 공통되는 특징이 눈에 띈다. 변색된 이와 두텁고 관능적인 입술, 말할 때 입을 가리는 습관[헤스케스 피어슨이 『오스카 와일드 전기 : 그의 삶과 유머』(1949)에서 언급한 바 있다]. 그리고 장식과 예술에 관한 취향(와일드의 취향은 그의 편지에서 자주 언급된다) 등. 반면에 와일드는 키가 작지 않았고 대머리도 아니고 빨강 머리도 아니었기 때문에 숄토가 오스카 와일드라고 주장하는 사람은 아무도 없었다.

81. D. 마틴 데이킨은 "왓슨이 업무 중이 아닌데도 청진기를 지니고 다니다니 놀랍다. 그는 정말 만사에 미리 대비하고 있는 보이스카우트 같은 사람이다"라고 논평한다.

82. 심장박동은 두 부분으로 나뉜다. 첫째는 승모판과 삼첨판이 닫히는 소리이고 둘째는 폐동맥판과 대동맥 반월판이 닫히는 소리다. 이 소리들은 심장벽들과 심장 주위의 주요 혈관들이 진동하기 때문에 발생하며, 이 혈류의 진동이 심장과 접한 가슴 부분에 닿을 때는 청진기를 통해서 들을 수 있다.

83. 그러나 도널드 A. 레드먼드는 「강풍이 휘몰아치는 사막 속의 오아시스」에서 왓슨이 숄토를 오진했다고 결론 내린다. 왜냐하면 눈에 보이는 징후인

호화롭고 반들반들한 커튼과 태피스트리가 드리워졌고, 호화로운 액자와 동양의 도자기들이 장식된 곳에도 커튼과 태피스트리가 묶여 있었다. 황금색과 검정색이 섞인 양탄자는 아주 부드럽고 두꺼워서 밟을 때마다 이끼를 밟는 것처럼 상쾌하고 안락하게 느껴졌다. 또 양탄자에 가로질러 나란히 깔린 커다란 호랑이 가죽 두 개와 구석에 놓인 큰 물담뱃대에서 동양의 호사스러운 분위기가 느껴졌다. 방 한가운데에는 비둘기 모양으로 만들어진 은제 램프가 거의 보이지 않는 금줄에 매달려 있었다. 램프에 불을 켜자 신비로운 향이 방 안을 가득 메웠다.[79]

"저는 새디어스 숄토입니다."[80] 작은 남자는 여전히 얼굴을 씰룩거리며 자기를 소개했다. "당신이 모스턴 양이군요, 그리고 여기 두 신사분들은……."

"네, 저는 셜록 홈즈입니다. 그리고 이쪽은 왓슨 박사입니다."

"그렇다면 혹시 의사십니까?"[81] 그가 흥분하여 소리쳤다.

"네, 그렇습니다만."

"아! 혹시 청진기를 가지고 오셨나요? 제가 부탁 하나 해도 될까요?" 숄토는 여전히 흥분해 있었다. "제 심장의 승모판에 문제가 좀 있는 것 같아요. 대동맥 쪽은 이상이 없습니다만, 선생님께 꼭 진단을 받아보고 싶습니다."[82]

나는 청진기를 꺼내 그의 심장박동 소리를 들었다. 별다른 이상 증상은 보이지 않았다. 다만 심리적으로 불안한 상태였기 때문에 그는 머리부터 발끝까지 심하게 떨고 있었다.

"정상입니다. 걱정 안 하셔도 됩니다."[83]

숄토는 내 말에 안심하는 듯 보였다.

"모스턴 양, 죄송합니다. 제가 몸이 좀 아픕니다. 오랫동안 심장판막에 이상이 있을 거라 의심했는데, 괜찮다는 말을 들으니 이제야 마음이 놓이는군요. 모스턴 양의 부친께서도 심장에

무리만 주지 않았다면 지금까지 살아 계셨을 겁니다."

　그는 모스턴 양에게 대단히 민감한 문제를 아무렇게나 태연히 내뱉었다. 순간 나는 너무 화가 나서 그의 얼굴을 한 대 치고 싶다는 생각이 들었고, 모스턴 양은 주저앉아버렸다. 그녀의 얼굴은 입술까지 온통 하얗게 질려 있었다.

　"아버지께서 돌아가셨을 거라고…… 예상은 했습니다." 그녀가 힘겹게 말을 꺼냈다.

　"모스턴 양, 당신에게 제가 아는 모든 사실을 말하겠습니다. 그리고 당신이 정당한 보상을 받을 수 있도록 돕겠습니다. 바솔로뮤[84] 형이 뭐라 하든, 저는 당신을 돕겠습니다. 당신의 친구들이 함께 와주었다는 사실이 매우 기쁩니다. 당신을 보호해줄 뿐만 아니라, 내 말과 행동의 증인이 되어줄 테니까요. 그리고 우리 세 사람이 함께 간다면 형 앞에서도 당당한 모습을 보일 수 있을 겁니다. 하지만 경찰이나 공무원은 절대 끌어들여서는 안 됩니다. 우리 힘만으로 충분히 만족스러운 결과를 얻을 수 있습니다. 사건이 외부에 알려지면 형이 몹시 언짢아할

솔토의 표정이나 손놀림 등 신경과민의 움직임들이 그가 대동맥 판막 역류증을 앓고 있음을 암시하기 때문이다.

84. D. 마틴 데이킨은 이 불명예스러운 솔토 소령의 아들들에게 이러한 성경 속 인물의 이름을 부여한 데 대해 의아해한다. "아마 고인이 된 솔토 부인이 이름을 지었을 것이다."

〈모르퐁텐의 추억〉.
장 바티스트 카미유 코로 그림(1864)

85. 노엘 카워드의 오페레타 〈달콤 쌉쌀한〉은 19세기 오스트리아를 배경으로 자신의 음악 교사와 눈이 맞아 달아난 젊은 여성에 관한 이야기인데, 카워드는 이 오페레타에서 토카이를 가리켜 "여름날의 황금빛 햇살"이라고 불렀다. 헝가리 포도주는 푸르민트와 하르슐레벨뤼 그리고 무슈코타이, 이렇게 세 가지의 다양한 백포도로 만들어지는데 첫 번째 포도의 맛이 가장 많이 난다. 포도주 전문가 앙드레 L. 시몽은 "라벨에 토카이 하나만 쓰여 있는 것은 거의 사기인 게 확실하다. 어수와 서모로도니 또는 에센치어가 함께 쓰여 있어야 한다"라고 말한다. 어수와 에센치어는 달콤하고 서모로도니는 쓰다. 「그의 마지막 인사」에서도 홈즈와 왓슨이 술잔을 나눌 때 토카이에 관해 언급한다.

겁니다."

숄토는 낮고 긴 의자에 앉더니 슬픈 눈을 깜빡이며 무언가를 묻는 듯한 표정으로 우리를 바라보았다.

"걱정 마십시오, 절대 다른 사람에게 말하지 않겠습니다." 홈즈가 단언했고, 나도 동의한다는 의미로 고개를 끄덕였다.

"좋습니다. 좋습니다! 그렇다면 모스턴 양, 키안티 와인 한 잔 드시겠습니까? 아니면 토카이[85] 와인은 어떻습니까? 다른

〈병사와 사냥꾼이 있는 풍경〉.
살바토르 로사 그림(1650)

〈마돈나〉.
아돌프 윌리암 부그로 그림(1885)

86. 사이러스 더긴은 「얼룩 끈」에서 지적하길, 키안티는 형편없이 보관하는 씁쓸한 식중주이고 토카이는 보통 브랜디와 유사하게 강화된 와인인데 영국인 가정의 바에 두 가지 술이 함께 있는 경우는 드물다고 한다. "모든 면에서 매우 다른 이 두 포도주 토카이와 키안티만을 보관하고 있는 사람이라면 틀림없이 괴짜일 거라는 결론을 내릴 수밖에 없다. 우리는 서사 진행상의 증거로 보아 새디어스 숄토가 실제로 독특하다고 추측할 수 있다."

와인은 없습니다.[86] 한 병 딸까요? 싫어요? 아, 그럼 담배 한 대 피워도 괜찮을까요? 동양 담배인데 향이 아주 좋답니다. 실은 제가 지금 좀 불안해서요. 마음을 가라앉히는 데는 물담배가 좋거든요."

그는 큼직한 담배통에 불을 붙였고, 장미수를 통해 연기가 홍겹게 부글거리며 빨려나왔다. 반짝이는 오뚝한 머리의 키 작은 남자가 불안하게 담배 연기를 내뿜었다. 우리 세 사람은 숄토 주위에 둘러앉아 턱에 손을 괴고 상반신을 내민 채 그 모습을 지켜보았다.

"모스턴 양에게 연락을 취해야겠다고 결심했을 때, 제 주소를 먼저 알려드릴 수도 있었습니다. 하지만 혹시라도 저의 요구를 무시하고 달갑지 않은 손님을 데리고 올까 봐 불안했습니다. 그래서 실례를 무릅쓰고 하인 윌리엄스가 여러분을 먼저 뵙도록 했지요. 저는 그 친구의 판단력을 굳게 믿고 있습니다. 수상한 낌새가 보이면 거기서 일을 마무리 짓고 돌아오라는 명령도 해두었어요.

저는 조심성이 많고 내성적이고 취미도 대단히 고상하답니다. 그러고 보면, 경찰들만큼 취미가 고약한 부류도 없지요. 저는 천박한 자본주의에 빠진 사람들을 경멸합니다. 그런 사람들

87. 장 밥티스트 카미유 코로(1796-1875)는 프랑스인 화가로서 풍경화와 인물화를 주로 그렸다. 그의 작품은 위조품이 아주 많다. 코로는 결코 사상적 논쟁에 휩쓸린 적이 없었고 잘난 체하지 않는 자상한 성품을 가졌으며, 동시대의 위대한 정치만화가이자 화가인 오노레 도미에가 궁핍하고 시력까지 잃었을 때 그를 부양하기도 했다. 오스카 와일드는 자신의 편지에서 이 화가의 작품을 매우 좋아한다는 사실을 표현한 적이 있다.

88. 나폴리 학파의 유명한 화가인 로사(1615-1673)는 시인이자 풍자 작가이기도 했다. 와일드는 편지에서 자신의 연극 〈파두아의 공작 부인〉이 '살바토르 로사' 같은 효과가 있기를 희망한다고 표현했다.

89. 아돌프 윌리암 부그로(1825-1905)는 프랑스 화가로서 종교적이고 신화적인 주제들을 자주 다루었다. 크리스토퍼 몰리는 다음과 같이 언급한다. "숄토는 세련된 취향을 지닌 남자이므로 부그로의 〈님프들과 파우누스〉가 여러 해 동안 뉴욕 5번가의 오래된 호프먼 하우스에서 가장 유명한 술집 그림이었다는 사실을 알고는 비탄에 잠겼을 것이다."

90. 벤 울프는 「제로 울프, 셜록 홈즈와 만나다」에서 숄토가 근대 화가들을 좋아한다고 한 언급에 대해 눈살을 찌푸린다. "숄토는 이 말을 인상파 화가들이 파리에 등장한 지 14년이나 지난 1888년에 했기 때문이다. 새디어스는 아마 몇 년 전에 잡지 《가제트 데 보자르》 정기 구독을 끊어버렸나 보다."

91. 데이비드 해머는 이 집이 남부 노우드 힐 정상에 있는 처치 스트리트와 접한 '불리 로지'라고 규명한다. 퍼시 멧칼프는 불리일 수도 있지만 나이츠 힐에서 2.4킬로미터 정도 떨어진 헤이즐우드일 가능성이 더 크다고 한다. 반면에 버나드 데이비스는 예전에 어퍼노우드에 있다가 이제는 로스 길 SE26에 있는 킬라복 하우스라는 상세한 가설을 세운다.

과는 좀처럼 만나는 일도 없습니다. 보다시피, 저는 우아한 분위기 속에서 살고 있는 예술가들의 후원자입니다. 그것이 저의 약점이기도 하지요." 숄토는 벽에 걸린 그림들을 가리키며 말을 이었다. "이 풍경화는 코로[87]의 진품입니다. 그리고 저 그림은 살바토르 로사[88]의 작품인데, 감정가들이 의심스럽다고 할지도 모르겠네요. 하지만 저기 저 그림은 의심할 여지없이 확실한 부그로[89]의 작품입니다. 저는 요즘 근대 프랑스 화가들에 푹 빠져 있습니다."[90]

"숄토 씨, 말씀 중에 죄송하지만 제게 용건이 있어서 부른 것으로 알고 있습니다. 시간이 많이 늦었으니 되도록 짧게 이야기해주시면 감사하겠습니다." 모스턴 양이 말했다.

"걱정 안 하셔도 됩니다. 제 이야기는 금방 끝날 거예요. 함께 노우드로 가서 바솔로뮤 형을 만나야 하거든요. 우리가 형을 이길 수 있을지 한번 봅시다. 형은 제가 옳다고 생각하는 이 방법을 아주 못마땅해해요. 그래서 단단히 화가 나 있답니다. 어젯밤에는 형과 꽤 큰 말다툼을 벌이기도 했지요. 형이 화를 내면 얼마나 무서운지 여러분은 상상도 못 할 겁니다."

"노우드로 가야 한다면, 지금 바로 출발하는 게 좋을 것 같군요." 내가 과감히 의견을 피력했다.

그런데 숄토는 귀까지 빨개질 정도로 크게 웃어댔다.

"곤란합니다. 사실 갑자기 여러분을 모두 데리고 가면 형이 뭐라고 할지 모르겠어요. 우선 가기 전에 자세한 내막을 먼저 설명드리겠습니다. 솔직히 제가 모르는 부분도 몇 가지 있습니다만 아는 것은 모두 이야기해드리겠습니다.

짐작하셨겠지만 저의 아버지는 인도 육군에 복무했던 숄토 소령입니다. 11년 전 퇴역하고 어퍼노우드에 있는 폰디체리 저택에 살고 있었지요.[91] 아버지는 인도에서 돈을 많이 벌어 돌아오셨어요. 값비싼 골동품과 인도인 하인들도 데리고 왔습니다.

그렇게 부유해진 아버지는 커다란 주택을 구입하고 호화로운 생활을 하셨어요. 자식이라곤 쌍둥이 형 바솔로뮤와 저, 이렇게 둘뿐이었습니다. 저는 모스턴 대위의 실종 사건을 또렷이 기억하고 있습니다. 신문을 통해 상세히 읽었지요. 아버지의 친구분이셨기 때문에 아버지 앞에서 거리낌 없이 그 사건에 관한 이야기도 나누었고, 아버지도 이따금 우리의 대화에 끼어들었지요. 나는 단 한 순간도 아버지에게 엄청난 비밀이 있으리라고는 상상하지 못했습니다. 아버지가 모스턴 대위의 운명을 알고 있는 유일한 사람이라는 것을 전혀 짐작하지 못했던 겁니다.[92]

어느 날 저는 아버지에게 뭔지 모를 불가사의한 위험이 드리워지기 시작했다는 것을 직감적으로 알 수 있었습니다. 아버지는 혼자서는 외출도 못 했고 두 명의 프로 권투 선수를 경호원으로 고용하기까지 했어요. 아, 여러분을 여기까지 모시고 온 윌리엄스도 그중 한 사람입니다. 그는 젊을 때 영국 경량급 챔피언이었어요. 아버지는 당신이 두려워하는 것이 무엇인지 결코 털어놓으려 하지 않으셨습니다. 그런데 의족을 한 남자를 유난히 혐오하셨어요.

한번은 의족을 한 남자에게 총을 쏜 일도 있었습니다. 알고 보니 그는 물건을 팔러 온 무고한 상인으로 밝혀졌지요.[93] 우리는 그 사건을 은폐하기 위해 거액의 보상금을 건네야 했습니다. 당시에는 충동적 사건이라고 생각했지만 훗날 그 일이 결코 단순한 사건이 아니라는 것을 알게 되었지요.

1882년 초, 아버지는 인도에서 편지 한 통을 받고 큰 충격에 휩싸였습니다.[94] 아침 식사 중이셨는데, 편지를 읽더니 거의 기절 상태에 빠지셨지요. 그날부터 아버지는 시름시름 앓다가 결국 돌아가셨어요. 형님과 저는 그 의문의 편지를 찾으려고 애썼지만 어디에도 없었습니다. 그래서 아버지가 편지를 읽을 때

92. 조너선 스몰이 모스턴 대위의 운명에 대해 까맣게 몰랐고 그를 전혀 염려하지 않았다는 사실이 이상하다. 그는 "네 사람" 중 나머지 세 사람과 자신이 결속했다고 표현하지만 모스턴 대위를 거의 동정하지 않는 것 같다. 대위는 다른 사람들과 마찬가지로 숄토에게 가혹하게 속임 당했고, 스몰과 나머지 사람들에게 공정하게 처신한 것으로 보이는데도 말이다.

93. 정전에 등장하는 또 다른 의족 한 사나이로 「은퇴한 물감 제조업자」에 등장하는 의뢰인 조사이어 앰벌리, 그리고 「녹주석 코로닛」에서 루시 파와 교제하는 프랜시스 프로스퍼가 있다. 프로스퍼는 "채소 장수"로 묘사되고 있어 "상인"이 분명하고 어퍼노우드는 「녹주석 코로닛」의 배경인 스트레텀과 인접하고 있다. 개빈 브렌드가 처음으로 이 "상인"의 정체성에 대한 주장을 T. S. 블레이크니에게 펼쳤다(의족을 한 무명의 뉴스 판매원이 「유명한 의뢰인」에도 등장하며 런던 셜록홈즈협회가 발행하는 《셜록 홈즈 저널》의 표지에도 그려져 있다).

94. 이 편지에 어떤 내용이 적혀 있었는가? 우리는 이 편지에 담겨 있는 "큰 충격"이란 조너선 스몰이 안다만의 구금 상태에서 도망쳐 나왔다는 내용일 거라고 추리할 수 있다. 하지만 이 편지는 분명히 스몰이 방금 탈출했다는 뉴스일 수는 없다. 왜냐하면 스몰의 말에 따르면 "3~4년 전"인 1882년에는(비록 이 사건이 1888년에 일어났음을 알리는 다른 지표들과 딱 들어맞지는 않지만) 꽤 긴 기간 동안 "세계 곳곳을 돌아다닌" 후에 런던으로 온 거라고 했기 때문이다.

95. 의학의 권위자들은 아주 부족한 단서에 근거해서 다양한 진단을 내놓는다. 기좌호흡(앉아서 상반신을 앞으로 구부리지 않으면 호흡이 곤란한 상태)과 고혈압으로 인한 심부전 그리고 폐렴 등이 포함된다.

96. 아그라는 인도 아그라 구역의 수도(또는 '본부')이자 1648년까지 인도의 수도였다. 이곳은 조너선 스몰의 이야기 속에 묘사되는 아그라 요새와 무굴 왕조(16-17세기) 동안 지어진 찬란한 묘지인 타지마할로 유명하다. 타지마할은 샤 자한 황제가 열네 번째 아이를 낳다가 죽은 가장 사랑하는 아내 뭄타즈 마할을 추모하기 위해 만든 것이다. '온 세상의 왕'이었던 샤 자한 황제 자신도 이곳에 묻혔는데, 그는 말년에 왕자들이 벌이는 왕위 찬탈 다툼 동안 아그라 요새에 갇혀 지내야 했다.

아그라 요새.

97. T. S. 블레이크니는 다른 정전들에도 묘사됐듯이, 숄토의 처신이 대체로 수준이 낮은 영국군과 인도군 장교의 처신을 반영한다고 지적한다. 예를 들어 「빈집」의 세바스찬 모런 대령이나 「브루스파팅턴호 설계도」의 밸런타인 월터 대령 등을 보자. 숄토는 파산할 지경에 이르기까지 도박을 하는가

힐끗 본 게 제가 아는 전부입니다. 몇 개의 단어가 아무렇게나 적혀 있었어요. 아버지는 예전부터 비장 비대증을 앓고 있었는데, 편지를 받은 후 병세가 극도로 악화되었고, 4월 말경 더 이상 가망이 없다는 선고를 받았습니다. 아버지는 마지막으로 우리와 이야기하고 싶어 하셨어요.

우리가 방 안에 들어서자, 아버지는 여러 개의 베개에 몸을 의지한 채 거친 숨을 힘겹게 몰아쉬고 있었습니다.[95] 문을 잠그고 가까이 오라고 말씀하셨어요. 아버지는 우리의 손을 단단히 붙잡고 이야기를 시작했습니다. 육체적인 고통에 북받쳐 오르는 감정까지 더해진 아버지의 목소리는 매우 불안정하게 들렸습니다. 아버지께서 들려주신 이야기를 그대로 전하겠습니다.

'얘들아, 지금 이 마지막 순간에 내 가슴을 짓누르는 것이 하나 있구나. 나는 모스턴 대위의 가엾은 딸을 보살피지 않았어. 지금 아버지를 잃고 혼자 고아로 지내고 있을 거다…… 모두 내 잘못이지. 평생 끈질기게 나를 옭아맸던 저주받은 탐욕 때문에 나는 그 불쌍한 아이의 정당한 몫조차 허락하지 않았다. 내가 가진 보물의 절반은 마땅히 그 아이의 소유거늘! 탐욕이 한 인간을 이토록 눈먼 얼간이로 만들었구나. 나는 그 많은 보물을 독차지했어. 저기, 키니네 병 옆의 진주로 장식된 금관을 봐라. 모스턴 양을 위해 저 금관을 꺼내놓았지만 탐욕 때문에 아직까지 보내지 못했지. 아들아, 너희는 나를 대신해서 그녀에게 아그라[96]의 보물을 공정하게 나눠주어라. 하지만 절대, 내가 죽기 전까지는 저 금관을 포함해 아무것도 보내지 말아다오. 어쩌면 불치병을 극복할 수도 있으니 말이다. 인간은 이렇게 치유 불가능한 탐욕스러운 존재란다.[97]

지금부터 모스턴 대위가 죽은 경위에 관해 말해주마. 그는 오랫동안 심장병을 앓고 있었지. 그 사실을 알고 있던 사람은 나뿐이었어. 인도에 있을 때 우리는 온갖 역경을 함께 이겨내

하면 네 사람의 살인자들이 도망치는 일을 도왔고, 결국 그들을 배신했다. "모스턴 양에 대한 그의 후회조차 단지 말뿐이고 자신이 살아 있는 동안은 아들들에게 그녀를 위해 아무것도 하지 않도록 권할 뿐이다. 그는 양심 없는 사람이었음이 분명하다!"

"지금부터 모스턴 대위가 죽은 경위에 관해 말해주마."
리하르트 구트슈미트 그림, 『네 사람의 서명』, 슈투트가르트, 로베르트 루츠 출판사(1902)

고 결국 막대한 양의 보물을 손에 넣게 되었다. 나는 보물을 영국으로 가지고 왔지. 그리고 모스턴이 런던에 돌아온 날 그는 곧바로 우리 집으로 찾아와 자기 몫의 보물을 달라고 요구했어. 한밤중에 기차역에서 여기까지 걸어온 그를 맞이한 사람은 지금은 죽고 없는 충직한 하인 랄 초우다였단다. 모스턴과 나는 보물을 어떻게 나눌지 이야기했지만 서로 의견 차이가 있었고, 결국 설전을 벌이게 되었어. 그러던 중 모스턴이 격정적으로 화를 내며 자리에서 일어났는데, 갑자기 옆구리를 움켜쥐더니 안색이 어둡게 변하더구나. 그는 이내 뒤로 넘어졌고, 보물 상자 모서리에 머리를 심하게 부딪쳤지. 그의 상태를 살피려고 몸을 숙였는데, 끔찍하게도 이미 숨이 끊어진 뒤였어.

나는 거의 반쯤 넋이 나간 상태로 한참 동안 움직이지 못했어. 무얼 어떻게 해야 좋을지 몰랐지. 도와줄 사람을 불러야겠다는 생각이 떠올랐지만, 모든 정황으로 보아 내가 그를 죽였다는 혐의에서 벗어날 수 없겠더구나. 심한 말다툼이 있었다는 사실과 머리에 난 깊은 상처가 나에게 불리한 증거로 작용할 게 뻔했거든. 더구나 경찰 조사를 받게 되면 내가 꼭 비밀로 지키고 싶은 보물 이야기가 밝혀질 수밖에 없었지. 그때 문득 모스턴 대위가 한 말이 떠올랐단다. 그는 자신이 여기에 온 사실을 아무도 모른다고 했어. 그런데 내가 굳이 그걸 알릴 필요는 없었지.

나는 고민했단다. 그러다 고개를 들어보니 랄 초우다가 복도에 서 있더구나. 그가 급히 방 안으로 들어와 문을 잠그고 말했지. '걱정 마십시오, 사히브. 사히브께서 죽였다는 사실은 절대 비밀로 하겠습니다. 남에게 알릴 이유가 없습니다. 시체를 숨기면 아무도 모를 겁니다.' '하지만 나는 죽이지 않았어.' 내가 당황한 목소리로 대꾸했어. 그런데 초우다는 웃으며 고개를 저었지. '사히브, 제가 다 들었습니다. 두 분께서 다투는 소리, 그리고 쿵 하고 부딪히는 소리까지 모두 들었습니다. 하지만 누구에게도 이 일을 발설하지 않겠습니다. 집 안 식구들 모두 자고 있으니 어서 저 시체를 치웁시다.' 그의 말은 나를 설득시키기에 충분했단다. 충직한 하인조차 내 결백을 믿지 못하는데 내가 어떻게 배심원석에 앉아 있는 열두 명의 멍청한 장사꾼들에게 결백을 입증할 수 있겠느냔 말이다. 랄 초우다와 나는 그날 밤 함께 모스턴의 시체를 처리했단다. 그리고 며칠 후 런던 신문에 일제히 모스턴 대위의 실종 사건이 실린 것을

"끔찍하게도 이미 숨이 끊어진 뒤였어."
찰스 A. 콕스 그림, 『네 사람의 서명』, 시카고와 뉴욕, 헤너버리 컴퍼니(연대 미상)

보았어. 이 사건에 관한 한 너희들은 나에게 죄가 없다는 것을
알 거라 믿는다. 다만 잘못이 있다면 시체를 감추고 보물도 감
추고 모스턴의 몫까지 내가 가졌다는 것이다. 그러니 애들아,
나는 너희들이 모스턴의 몫을 돌려주기 바란다. 이리 가까이
오너라. 보물이 숨겨진 장소를 말해주마. 보물은……'
   그 순간 아버지의 표정이 끔찍하게 일그러졌습니다. 아버지

"아버지는 고래고래 고함을 질렀습니다. 저는 그 목소리를 평생 잊지 못할 겁니다.
'저리 가! 어서 저놈을 쫓아내!'"
R. 쿠르트아 그림, 『네 사람의 서명』, 파리, 피에르 라피트 출판사(1923)

는 눈을 커다랗게 뜨고 입을 딱 벌리고는 고래고래 고함을 질
렀습니다. 저는 그 목소리를 평생 잊지 못할 겁니다. '저리 가!
어서 저놈을 쫓아내!' 아버지의 시선이 뒤쪽 창문을 향해 있기
에 형과 저는 동시에 그곳을 쳐다보았지요. 그런데 정말로 어
떤 사람이 어둠 속에서 우리를 바라보고 있었습니다. 창문에
눌려 코가 하얗게 변해 있었지요. 낯선 남자는 수염이 텁수룩
한 얼굴에 잔인한 눈빛과 증오에 찬 표정을 보였습니다. 저는

형과 함께 창문을 향해 서둘러 뛰어갔지만 그 남자는 벌써 사라지고 없었어요. 우리가 다시 침대로 돌아왔을 때 아버지는 이미 고개를 떨어뜨린 채 숨을 거둔 뒤였습니다.

우리는 그날 밤 정원 곳곳을 샅샅이 뒤졌지만 침입의 흔적이라곤 창문 밑 화단에 남은 발자국 하나밖에 없었습니다. 하지만 그 단 하나의 흔적에서 우리는 수염투성이의 험악한 인상을 가진 사내의 얼굴을 떠올릴 수 있었습니다. 다음 날 아침, 아버지 방의 창문이 활짝 열린 채 선반과 상자들은 온통 뒤집히고 난장판이 되어 있었습니다. 그리고 아버지의 가슴 위에 찢어진 종이 한 장이 놓여 있었습니다. 종이에는 '네 사람의 서명'이라는 글귀가 휘갈겨 쓰여 있었는데, 우리는 그 말이 무엇을 뜻하는지 전혀 짐작할 수 없었습니다. 또 아무도 모르게 다녀간 방문자가 누구인지도 알 수 없었습니다. 형과 내가 판단하기로는 집 안이 온통 난장판이 되었지만 실상 도둑맞은 것은 하나도 없었어요. 우리는 자연스레 아버지가 살아 계신 동안 당신을 사로잡았던 공포의 정체와 이 별난 사건이 관련이 있다고 생각했지요. 하지만 아무리 갖은 애를 써도 여전히 풀기 어려운 수수께끼로 남아 있습니다."

말을 끝낸 숄토는 물담뱃대에 다시 불을 붙이고는 생각에 잠겼다. 그는 계속 연기를 내뿜었고, 우리는 그가 들려준 엄청난 이야기에 완전히 압도당한 채 한동안 아무 말도 못했다. 모스턴 대위 이야기에 모스턴 양의 얼굴이 백지장처럼 하얗게 질려 있어서, 나는 그녀가 기절이라도 할까 봐 노심초사하며 베네치아제 유리병에 담긴 물을 한 잔 따라주었다. 그녀는 침착하게 물을 마시고는 곧 기운을 회복했다. 홈즈는 알 수 없는 표정으로 의자에 기대앉은 채, 가늘게 뜬 두 눈을 반짝였다. 그 모습을 흘끗 보고 있으려니 오늘 오전의 일이 떠올랐다. 평범한 일상을 몹시 한탄하던 홈즈에게 자신의 총명한 두뇌를 마음

껏 혹사시킬 문젯거리 하나가 확보된 셈이었다. 새디어스 숄토
는 자신의 이야기가 대단히 충격적이었을 거라는 자만이 가득
한 얼굴로 우리 세 사람의 표정을 번갈아 살펴보았다. 그는 담
배 연기를 크게 한 번 더 내뿜더니 터무니없이 기다란 그 담뱃
대를 내려놓았다. 그리고 다시 이야기하기 시작했다.

"예상하셨겠지만, 저희 형제는 아버지의 보물 유언에 굉장
히 흥분했습니다. 그것을 찾으려고 몇 달씩이나 정원 구석구석
을 파헤쳤지만 아무런 단서도 나오지 않았지요. 아버지가 보물
이 숨겨진 장소를 말하려던 찰나에 그런 일이 생긴 걸 생각하
면, 정말 환장할 노릇입니다. 죽기 전에 꺼내놓으신 금관 하나
만 보더라도 숨겨진 보물이 얼마나 훌륭한 것들인지 짐작할 수
있습니다. 저희 형제는 이 금관 때문에 말다툼까지 했어요. 금
관에 장식된 진주들은 얼핏 보기에도 훌륭한 값어치를 지닌 것
같았습니다. 형은 그런 보물을 다른 사람에게 주는 것에 반대
했지요. 우리끼리 하는 이야기지만, 형은 아버지의 단점을 고
스란히 물려받았답니다. 금관을 모스턴 양에게 보내면 그 일로
인해 세간의 관심을 받게 될 테고, 결국 우리까지 궁지에 몰릴
것이라며 걱정했어요. 저는 형을 설득했습니다. 적어도 모스턴
양이 생활고에 시달리지 않을 정도로만 도와주자고, 모스턴 양
의 주소를 알아내서 정기적으로 금관에 있는 진주 장식을 하나
씩만 보내자고 말이죠."

"숄토 씨는 정말 착한 분이시군요." 모스턴 양이 진심을 담
아 감사를 표했다. 키 작은 남자는 두 손으로 손사래를 쳤다.

"아닙니다. 저희는 단지 아가씨의 재산을 잠시 보관하고 있
을 뿐이에요. 저는 그렇게 생각합니다. 형은 저와 생각이 다르
지만 말이죠. 사실 우리는 충분히 많은 재산을 소유하고 있습
니다. 저는 더 이상 욕심내고 싶지 않습니다. 게다가 젊은 여성
에게 그런 야비한 행동을 하는 것은 정말 고약한 짓이라고 생

각합니다. '부도덕한 성향은 범죄로 이어진다'[98]라는 프랑스 속담도 있지 않습니까. 아무튼, 저는 그 일로 형과의 갈등이 심해져 결국 집을 나와 따로 독립하여 살기로 했습니다. 그래서 늙은 하인과 윌리엄스를 데리고 폰디체리 저택에서 나왔지요. 그런데 바로 어제 놀라운 소식을 들었습니다. 형이 보물을 찾은 겁니다. 저는 즉시 모스턴 양에게 연락을 드렸습니다. 이제 남은 일은 우리가 함께 노우드로 가서 정당한 몫을 요구하는 것뿐입니다. 지난밤, 바솔로뮤 형에게 제 생각을 말해두었습니다. 형도 우리가 방문할 거라고 예상하고 있을 겁니다. 환영까지는 하지 않겠지만요."

호화로운 의자에 앉아 있던 새디어스 숄토는 말을 멈추고 경련을 일으키듯 몸을 뒤틀었다. 나는 모스턴 양의 사건이 전혀 예상치 못한 방향으로 전개되는 것에 적잖이 당황해서, 아무 말도 할 수 없었다. 제일 먼저 자리를 박차고 일어난 것은 홈즈였다.

"숄토 씨, 당신의 행동은 대단히 훌륭했습니다. 그에 대한 작은 보답으로 지금 당장 몇 가지 진실을 밝혀드릴 수도 있지만, 모스턴 양이 말했듯이 시간이 너무 늦었습니다. 이런저런 이야기를 나눌 때가 아닌 것 같습니다. 바로 출발하시죠."

우리의 새 친구는 조심스레 물담뱃대의 튜브를 감아 제자리에 놓은 후 커튼 뒤에서 깃과 소매에 아스트라한 모피가 달린 긴 외투를 꺼내 입었다. 서둘러야 할 상황에서 그는 긴 외투의 수많은 늑골 장식 단추[99]를 목까지 일일이 다 채우고 귀덮개[100]가 달린 토끼 가죽 모자까지 썼다. 외부에 노출된 부위라곤 끊임없이 실룩거리는 초췌하고 수척한[101] 얼굴뿐이었다.

"저는 몸이 많이 약한 편입니다." 그는 앞장서서 복도를 나서며 말했다. "그래서 지나치게 건강을 염려[102]하지요."

마차가 집 앞에서 우리를 기다리고 있었다. 우리가 오르자

98. 베어링굴드에 의하면 애초에 마레스트 남작이 이 표현을 만들었지만 작가 스탕달(1783-1842)에 의해 불멸성을 획득했다고 한다.

99. 늑골 모양의 장식 단추가 달린 것. 막대 모양 단추와 매듭을 통과하는 많은 고리 모양이나 장식용 잠금 방식.

100. 'lappets.' 의복이나 머리 장식의 드림이나 늘어진 주름. 여기서는 귀덮개.

101. 'peaky face.' 요즘은 보통 'peaky' 대신 'peaked'를 더 많이 쓴다.

102. 'valetudinarian.' 체력이 약한 사람, 또는 만성적으로 허약해 늘 건강을 우려하는 사람을 말한다.

103. 미국 달러로 250만 달러 정도. 2005년의 구매력으로 3,200만 파운드 이상 또는 6,000만 달러 이상의 가치다.

마차는 빠른 속도로 내달렸다. 마치 모든 것이 미리 계획되었던 것처럼 보였다. 새디어스 숄토는 마차 바퀴가 내는 소리보다 더 큰 목소리로 쉴 새 없이 말했다.

"바솔로뮤 형은 아주 머리가 좋습니다. 형이 어떻게 보물을 찾아냈는지 아십니까? 형은 보물이 분명 집 안에 숨겨져 있을 거라고 최종적으로 결론을 내린 후 집 안 구석구석을 다 조사했답니다. 1센티미터라도 숨겨진 공간이 없는지 확인하기 위해서였죠. 형은 각 방의 높이를 계산하고 천장을 뚫어 그 사이 빈 공간의 높이를 재기도 했습니다. 그런데 집의 전체 높이는 22미터인데, 방 높이와 빈 공간의 높이를 모두 더해도 21미터가 채 되지 않는다는 사실을 알아냈습니다. 숨겨진 1미터의 오차를 발견한 것이지요. 지붕 밑 어딘가에 비밀 공간이 있다는 증거였습니다. 형은 맨 위층 방으로 올라가 회반죽이 칠해진 천장을 뚫기 시작했습니다. 그런데 거기에 정말로 아무도 몰랐던 숨겨진 공간이 있었습니다. 사다리를 타고 천장 위로 올라가보니, 천장 한가운데 보물 상자가 놓여 있었습니다. 두 개의 서까래가 보물 상자를 받치고 있었지요. 천장에 뚫은 구멍으로 상자를 꺼내 열어보니 그 안에는 대충 값을 매겨도 50만 파운드[103]는 족히 나갈 온갖 진귀한 보석들이 가득했습니다."

어마어마한 금액에 놀란 우리 세 사람은 눈을 동그랗게 뜨고 서로를 바라보았다. 만약 그녀의 권리를 찾을 수 있다면 가난한 가정교사가 이제 영국에서 가장 부유한 상속녀가 될 것이다. 내가 그녀의 행복을 진정으로 바란다면 이 사실에 함께 기뻐해야 마땅하지만 부끄럽게도 나는 그렇게 하지 못했다. 내 안에 이기적인 마음이 가득 차올랐고, 심장은 납덩이만큼이나 무거워져 있었다. 나는 들릴 듯 말 듯 한 목소리로 억지 축하 인사를 건넨 후 풀이 죽은 채 고개를 숙이고 앉아 있었다. 이후로 시끄럽게 떠드는 숄토의 목소리는 제대로 귀에 들어오지도 않았다. 그가 나에게 끊임없이 자신의 증상을 늘어놓고 수많은 가짜 약의 성분과 작용에 대해 알려달라고 요청했다. 또 그중 몇 개의 약을 가죽 상자에 담아 주머니에 넣고 다닌다고 말했다. 나는 그가 내 대답을 기억하지 못하길 바란다. 훗날 홈즈는 내가 숄토에게 피마자 기름을 두 방울 이상 복용하는 것은 대단히 위험하다고 경고한 반면, 스트리크닌을 다량 복용하면 진정 효과가 뛰어나다고 권했다고 한다.[104] 어찌 됐든 마차가 덜커덩, 하고 멈춰 서고 마부가 뛰어내려 문을 열어주고 나서야 나는 가까스로 마음이 진정되었다.

"모스턴 양, 여기가 폰디체리 저택입니다." 새디어스 숄토가 손을 내밀며 말했다.

104. 스트리크닌은 동인도 나무 '마전馬錢'의 말린 씨앗에서 추출한 것으로서, 백색 결정 형태로 얻어지는 알칼로이드다. 이 약물을 아주 소량만 복용해도(킬로그램당 0.2밀리그램) 경련과 근경련 그리고 사망을 야기할 수 있다. 모리스 캠벨 박사는 이렇게 언급한다. "왓슨이 실제로 새디어스 숄토에게 투약을 했다 해도 그는 용서받을 수 있었을 것이다. 숄토는 이 여행 동안 마차 안에서 몹시 힘들어했던 게 분명하기 때문이다."

제5장

폰디체리 저택의 비극

105. 우편배달부가 문을 두 번 두드리는 관습은 『픽윅 페이퍼스』(1836-1837)와 찰스 디킨스의 작품 곳곳에 나온다. 크리스토퍼 몰리는 이 전통적인 노크 방식은 나중에 초인종을 두 번 울리는 방식으로 대체되었다고 설명한다. 이런 방식은 제임스 케인의 하드보일드한 첫 소설 『우편배달부는 벨을 두번 울린다』(1934)의 기초가 되기도 했다. 이 소설은 1946년에 동명의 뛰어난 필름 느와르 영화로 만들어졌는데, 존 가필드와 래나 터너가 주연을 맡았다. 이후 1981년에 잭 니컬슨과 제시카 랭이 주연을 맡은 리메이크 작품이 나왔다.

우리가 야간 모험의 마지막 무대에 다다른 것은 11시가 다 되어서였다. 대도시의 짙은 안개가 걷히고 밤공기는 맑게 개어 있었다. 서쪽에서 따스한 밤바람이 불었고 사라져가는 짙은 구름 사이로 이따금 반달이 얼굴을 내밀었다. 달빛 덕에 시야는 나쁘지 않았지만 새디어스 숄토는 마차 옆에 걸려 있던 램프를 내려서 저택으로 향하는 길을 더 밝게 비춰주었다.

꽤 높은 돌담으로 둘러싸인 폰디체리 저택은 다른 집들과 떨어져 있었다. 돌담 위에는 날카로운 유리 조각들이 잔뜩 꽂혀 있고 저택의 유일한 출입구인 외짝 문에는 무쇠 빗장까지 달려 있었다. 우리를 안내하던 숄토는 우편배달부처럼 이상한 방식으로 문을 두 번 두드렸다.[105]

"거기 누구요?" 저택 내부에서 거친 목소리가 들렸다.

숄토는 우편배달부처럼 이상한 방식으로 문을 두 번 두드렸다.
작자 미상, 『네 사람의 서명』, 뉴욕과 보스턴, H. M. 콜드웰 컴퍼니(연대 미상)

"나야, 맥머도. 이제 내 노크 소리쯤은 구별할 수 있을 텐데."

안쪽에서 불평 가득한 투덜거림과 함께 빗장이 철커덕 삐걱하며 열리는 소리가 연이어 났다. 문이 흔들거리며 뒤쪽으로 열리더니 키가 작고 가슴팍이 두터운 사내의 모습이 보였다. 사내가 들고 있는 노란 램프 불빛이 그의 툭 튀어나온 우락부락한 얼굴과 불신으로 반짝이는 두 눈을 비추었다.

"새디어스 도련님이시군요. 그런데 다른 사람들은 모두 누구십니까? 주인님께서는 방문객이 있을 거라는 말씀이 없으셨

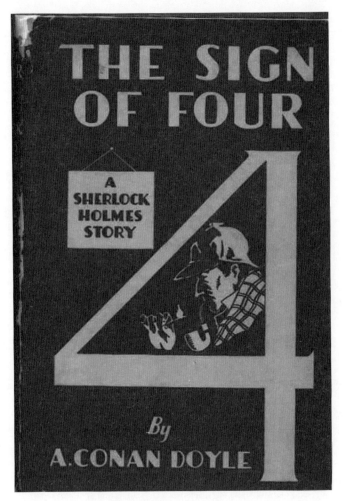

『네 사람의 서명』 단행본 표지.
뉴욕, 그로셋 앤드 던랩 출판사(1932)

는데요." 사내가 의심스러운 눈초리로 말했다.

"그럴 리가 없어. 맥머도, 지금 나랑 장난하는 거지! 어젯밤에 형한테 친구들을 데려온다고 말해놓았네."

"도련님, 주인님은 오늘 하루 종일 방에서 나오지 않았습니다. 물론 아무런 전달도 내리지 않았고요. 이 저택에서는 반드시 주인님의 규칙을 지켜야 한다는 사실을 누구보다 잘 아시지 않습니까. 도련님은 들어오실 수 있지만 친구분들은 여기서 기

문이 흔들거리며 뒤쪽으로 열리더니
키가 작고 가슴팍이 두터운 사내의 모습이 보였다.
리하르트 구트슈미트 그림, 『네 사람의 서명』, 슈투트가르트, 로베르트 루츠 출판사(1902)

다리셔야 합니다. 다른 방법이 없습니다."

우리는 예상치 못한 난관에 부딪혔다. 새디어스 숄토는 어찌할 도리가 없는 듯 당황한 표정으로 주위를 둘러보았다.

"자네 정말 못됐어. 맥머도!" 그가 말했다. "내가 이분들의 신분을 보장하면 그걸로 충분한 거지. 게다가 연약한 숙녀분도 있다구. 어떻게 이 시간에 아가씨를 밖에 세워둘 수 있겠나?"

"새디어스 도련님, 대단히 죄송합니다만 어쩔 수 없습니다." 문지기가 냉정하게 말했다. "이분들은 도련님의 친구분들이지

106. 『네 사람의 서명』 당시에는 권투 자체가 더 이상 런던에서 불법이 아니었다(하지만 권투에 돈을 거는 것은 여전히 금지되었다). 그래서 당국은 퀸즈버리 규칙(권투의 표준 규칙)하에 치러지는 시합은 보고도 못 본 체했다. 1865년 퀸즈버리 후작인 존 숄토 더글러스의 후원하에 아마추어 육상부의 구성원인 존 그레이엄 체임버스가 이 시합 규칙을 만들었고, 1867년에 채택되었다. 체임버스는 아마추어 육상부가 운영하는 시합처럼 아마추어 권투 시합을 위한 규칙을 의도한 것이었고, 이 규칙이 처음 사용된 것은 1872년에 열린 토너먼트 시합에서였다. 이 규칙은 짧은 라운드와 휴식 시간을 강조했다. 끌어안기와 레슬링은 없앴고 글러브를 낄 것을 요구했으며, 권투 선수가 다운되어 10초 안에 일어나지 못하면 시합을 끝내는 것으로 했다. 한마디로 현대의 규칙과 매우 흡사하다. 다운당해 패배할 것이 확실한 선수에게 혜택을 주는 것은 스포츠의 오래된 전통이었다. 퀸즈버리 규칙이 생기기 이전의 권투 시합에 대해서는 아서 코난 도일의 『로드니 스톤』과 조지 맥도널드 프레이저의 『블랙 에이잭스』에 생생하게 묘사돼 있다.

107. "4년 전"이란 『네 사람의 서명』 사건들에 매겨진 연대에 의하면 1883년 또는 1884년일 것이다. (연대표 참조) 하지만 T. S. 블레이크니는 맥머도는 숄토 소령이 사망한 1882년 이전에 숄토의 가정에 합류했던 것이 분명하다고 지적한다. 왜냐하면 형인 바솔로뮤는 보호자를 필요로 하지 않았기 때문이다. "셜록 홈즈가 맥머도와 겨루었다는 그 밤(맥머도가 링에서 은퇴한 후일 것이다)은 숄토 소령이 군대에서 은퇴하고 맥머도를 고용하기 직전인 1877년 정도일 것이다."

108. H. T. 웹스터는 설명한다. "왼손 혹이 작고 다부진 선수가 주로 의존하는 펀치이듯이, 오른손 크로스는 사실 키가 크고 팔다리가 긴 선수가 날릴 수 있는 심한 강타다. 머리나 몸통에 가해지는 이

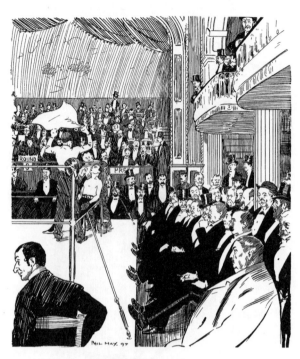

런던의 내셔널 스포팅 클럽.
필 메이 그림, 《펀치》(1897)

주인님의 친구분들은 아닙니다. 주인님이 매달 월급을 챙겨주시는 건 제가 임무를 다하기 때문입니다. 저는 도련님의 친구분들 중 한 사람도 알지 못합니다."

"아니지. 그건 아니야, 맥머도." 셜록 홈즈가 큰 목소리로 다정하게 말했다. "4년 전 권투 시합의 밤을 기억하나.[106] 앨리슨 하숙집에서 자네와 세 라운드를 겨뤘던 아마추어 권투 선수를 잊었을 리가 없지."[107]

"아! 셜록 홈즈 씨!" 프로 권투 선수가 외쳤다.

"그렇군요! 제가 어떻게 이런 실수를! 차라리 제 아래턱을 힘껏 후려치지 그랬어요![108] 그럼 단번에 기억해냈을 텐데 말입니다! 당신은 정말 타고난 재능을 썩히고 살았군요. 권투 애호가들 모임에 가입했다면 크게 성공했을 겁니다."

"왓슨, 들었어? 나는 다른 모든 직종에서 실패를 하더라도 이렇게 비빌 언덕이 하나는 남아 있지." 홈즈는 웃으며 말했다. "이제 더 이상 내 친구가 우리를 밖에 세워둘 것 같지 않군. 그렇지 않나?"

"들어오세요, 어서 들어오세요. 홈즈 씨와 그 친구분들 모두 들어오십시오." 그가 대답했다. "새디어스 도련님, 정말 죄송합니다. 아시다시피 경비 규율이 매우 엄해서 방문객의 신원이 확실하지 않으면 들일 수가 없게 돼 있습니다. 너무 언짢아하지 마세요."

외벽 안으로 들어서자 황량한 정원을 가로지르는 자갈길이 고리타분한 사각형 저택까지 이어졌다. 달빛에 비친 저택의 한쪽 모퉁이와 다락방 창문을 제외하면 집 전체가 짙은 어둠에 잠겨 있었다. 집의 거대한 크기와 그 우울함, 그리고 죽음을 암시하는 침묵이 간담을 서늘하게 만들었다. 새디어스 숄토도 불안해 보였다. 그가 들고 있던 램프가 달가닥거리며 흔들렸다.

"이해가 안 됩니다. 분명 착오가 있었을 거예요. 어젯밤 형에게 분명 저희의 방문 계획을 알렸거든요." 숄토는 그렇게 말하며 바솔로뮤 숄토 방의 창문을 올려다보았다. "불이 꺼져 있어요. 정말로 어떻게 된 건지 모르겠군요."

"형님은 항상 이렇게 경비를 삼엄하게 세우시나요?" 홈즈가 물었다.

"그렇습니다. 아버님의 습관을 그대로 따라 하는 것이지요. 아버지는 형을 대단히 아끼셨어요. 아마 보물에 대해 형에게 따로 말하셨을 수도 있습니다. 저기 보이는 저 창문이 형의 방입니다. 달빛이 비추고 있는 저 창문 말입니다. 달빛 때문에 밝아 보이지만, 제가 보기엔 내부에서 흘러나오는 빛은 전혀 없는 것 같습니다."

"거의 그렇지요." 홈즈가 대답했다. "음, 그런데 방문 옆에서

펀치는 어깨에서 쭉 뻗는 것이지만 몸통이 약간 회전하면서 훅의 특성을 보이기도 한다. 상대 선수 왼팔의 위나 아래를 가로질러 가야 하기 때문에 '크로스'라고 불린다." 홈즈는 「홀로 자전거 타는 사람」의 "강펀치의 악당"인 아우성치는 잭 우들리에게 왼손 잽을 사용했다. 우들리는 홈즈와 대결한 뒤 마차에 실려 집으로 가야만 했다. 웹스터는 홈즈가 똑바로 선 채 유난히 빠른 발놀림을 이용해 근접전을 피하면서 고전적인 방식으로 싸웠다고 결론을 내린다. 그는 상대 선수들을 왼손 스트레이트로 강타하고 강력한 오른손 크로스로 끝내버렸을 것이다. J. N. 윌리엄슨이 홈즈를 웰터급이나 미들급으로 특징 짓는 데 반해 패트릭 J. 레오나드는 홈즈가 헤비급 챔피언인 존 L. 설리번(1858-1918)과 1888년 3월 10일에 싸워 비긴 사실을 언급한다.

희미하게 번쩍이는 불빛이 보입니다."

"아, 그건 가정부가 지내는 방입니다. 번스톤 부인이 머물고 있지요. 나이가 좀 많습니다. 무슨 일이 일어난 것인지 그녀가 모두 말해줄 겁니다. 아, 그런데 여러분들은 여기 잠시 계세요. 형이 번스톤 부인에게도 우리가 올 것이란 사실을 말하지 않았다면 갑작스러운 방문에 무척 놀랄 테니 제가 먼저 가서…… 잠깐만, 쉿! 이게 무슨 소리죠?"

그는 램프를 높이 들어 올렸다. 그의 손은 램프 빛이 불안정하게 이리저리 흔들릴 정도로 심하게 떨리고 있었다. 모스턴 양이 나의 팔을 붙들었다. 모두의 가슴이 심하게 두근거렸고, 우리는 귀를 쫑긋 세운 채 소리에 집중했다. 적막한 밤중에 커다란 검은 저택에서 구슬픈 울음소리가 들렸다. 겁에 질린 여인이 높은 목소리로 흐느껴 우는 소리였다.

"번스톤 부인의 목소리예요. 그녀가 이 저택에 살고 있는 유일한 여인이거든요. 잠깐만 기다려주세요, 곧 돌아오겠습니다."

그는 문을 향해 서둘러 걸어갔고 역시 기이한 방식으로 노크했다. 멀리서 우리는 키 큰 부인이 그를 맞이하는 모습을 볼 수 있었다. 그녀는 숄토를 보고 대단히 기뻐하는 것 같았다.

"오, 새디어스 도련님, 이렇게 와주시니 무척 기쁩니다! 정말 감사해요, 새디어스 도련님!"

가정부는 계속해서 기쁨의 탄성을 질렀고 문이 닫히자 그녀의 목소리가 서서히 잦아들더니 이윽고 적막한 밤공기 속으로 완전히 사라졌다.

홈즈는 숄토가 맡기고 간 램프를 들고 천천히 저택과 정원 여기저기를 살피기 시작했다. 홈즈의 눈빛이 다시 날카롭게 빛났다. 정원 곳곳에 흙더미가 높이 쌓여 있었다. 그리고 모스턴 양은 여전히 나의 손을 잡고 있었다. 믿기지 않는 미묘한 감정이 우리를 감쌌다. 나는 그날 처음 만난 낯선 여인에게서 그 놀라운, 사랑이라는 감정을 느꼈다. 단 한 번도 애정 어린 말이나 행동을 주고받지 않았지만 단 한 시간의 힘겨운 여정을 통해 서로의 손이 본능적으로 상대를 끌어당긴 것이다. 지금 생각해 보면 정말 놀랍고 신기한 경험이지만 내가 그녀의 손을 잡은 것은 당시 상황에서는 너무나 당연한 일이었다. 훗날 모스턴 양도 그렇게 말했다. 본능적으로 내게서 위안과 보호를 구하고 싶었다고 말이다. 우리는 마치 어린아이들처럼 손을 꼭 잡고 서 있었고, 칠흑같이 어두운 상황 속에서 우리의 마음은 서로에게 의지한 채 간신히 안정을 되찾을 수 있었다.

"정말 이상한 곳이에요." 주위를 두리번거리던 모스턴 양이 말했다. "여기 흙더미들 좀 보세요. 마치 영국에 있는 두더지를 모두 잡아 이곳에 풀어놓은 것 같아요. 예전에 이와 비슷한 광경을 본 적이 있어요. 오스트레일리아 밸러래트[109] 근처였는데 광맥을 탐사하는 사람들이 이곳저곳에 땅을 파놓은 곳이었지요."

"같은 이유 때문입니다." 홈즈가 답했다. "여기 이 흙더미들도 보물을 찾으려고 파헤친 흔적입니다. 6년 동안 찾아 헤맸다고 했으니 정원이 자갈 채취장처럼 보이는 것도 당연하죠."

그때 갑자기 문이 열리더니 숄토가 겁에 질린 얼굴로 두 손을 앞으로 벌리며 뛰어나왔다.

"형에게 무슨 일이 생겼습니다!" 숄토가 울면서 큰 소리로 말했다. "무서워요! 겁이 나서 견딜 수가 없어요!"

그는 실제로 그랬다. 큰 아스트라한 옷깃에 반쯤 묻힌 나약한 숄토의 얼굴이 잔뜩 겁에 질려 경련을 일으켰다. 숄토는 마치 공포에 휩싸인 채 아무것도 할 수 없는 무력한 어린아이처럼 보였다.

"어서 집으로 들어갑시다." 홈즈가 단호하게 말했다.

109. 로버트 휴스는 1851년 오스트레일리아 골드러시의 역사를 이야기하면서 밸러래트를 "가장 풍부한 광산"이라고 지칭한다. 휴스는 나이 많은 채굴자인 존 던롭이 그곳에서 금을 발견한 이후에 "금이 도처에 있다는 표현은 멜버른에서 유래한다. 1851년 11월에는 밸러래트에서 금이 폭포처럼 쏟아져 내렸다"고 기록한다. 휴스가 추산한 바에 따르면 불과 몇 달 만에 5만 명 정도가 금광을 팠다고 한다.

왓슨이 실제로 오스트레일리아를 방문했는가? 존 홀은 홈즈가 「보스콤밸리 사건」에 기록된 대로 오스트레일리아에 대해 언급한 결과 왓슨이 밸러래트에 대한 이야기를 추가했다고 주장한다. 「보스콤밸리 사건」이 일어났던 기간에 왓슨은 『네 사람의 서명』 사건에 대해 기록하고 있었을 것이기 때문이다. 홀을 비롯한 많은 사람들은 왓슨이 이 광산들을 직접 보진 않고, 책에서 스케치나 사진을 보았을 거라고 결론 내린다. 하지만 크리스토퍼 레드먼드는 「혈연 속의 예술 : 정전 속 두 친척들 2」의 '나의 불행한 형제의 역사'에서 왓슨이 『주홍색 연구』 사건과 『네 사람의 서명』 사건 사이의 시기에 자신의 형을 찾아서 오스트레일리아에 갔다고 주장한다. 윌리엄 하이더는 「왓슨의 교육과 의학 이력」에서 이 두 가지 견해를 전적으로 부정한다. 그는 왓슨이 최소한 소년 시절 일부를 오스트레일리아에서 보냈다고 제시한다.

"네, 그렇게 해주세요!" 숄토가 애원했다. "저는 어떻게 해야 좋을지 모르겠습니다."

우리는 숄토의 뒤를 따라 통로 왼쪽에 있는 가정부의 방으로 들어갔다. 노년의 여인이 겁에 질린 표정으로 손가락을 바들거리며 방 안을 서성대고 있었다. 그녀는 모스턴 양을 보더니 그제야 조금 안심하는 듯했다.

"아가씨의 사랑스럽고 평화로운 얼굴에 신의 축복이 가득하길!" 그녀가 외쳤다. 하지만 여전히 신경질적으로 흐느껴 울고 있었다. "아가씨를 보고 있으니 이제 좀 진정되는 것 같아요! 오, 정말이지 너무 끔찍한 하루였어요."

모스턴 양은 노동으로 거칠어진 가정부의 가느다란 손을 쓰다듬으며 다정하고 여성스러운 말투로 조용히 위로해주었다. 그러자 창백하게 질렸던 가정부의 얼굴에 혈색이 돌기 시작했다.

"주인님께서 방문을 걸어 잠그고 하루 종일 방에 틀어박혀 계세요. 제가 아무리 불러도 대답이 없으십니다." 그녀가 상황을 설명해주었다. "저는 하루 종일 주인님의 대답을 기다렸어요. 주인님께서는 종종 누구의 방해도 받지 않고 혼자 지내는 것을 즐기셨거든요. 그런데 한 시간 전부터 저는 주인님께 무슨 일이 생긴 것은 아닐까 해서 무서워졌어요. 그래서 열쇠 구멍을 통해 방 안을 들여다보았지요. 그런데, 오! 새디어스 도련님! 어서 올라가보세요. 올라가서 직접 확인해보세요. 저는 10년 동안 바솔로뮤 숄토 님을 모시고 살았어요. 주인님이 기쁠 때나 슬플 때나 늘 함께했지만 한 번도 주인님의 얼굴에서 지금 같은 표정을 본 적이 없어요."

새디어스 숄토는 이에서 딱딱 소리가 날 정도로 심하게 떨고 있었다. 보다 못한 홈즈가 램프를 들고 앞장서 올라갔다. 숄토가 심하게 떠는 바람에 계단을 오르는 동안 내가 그의 겨드랑이에 팔을 끼고 부축해야 했다. 2층으로 이어지는 계단에는 양탄자 대용으로 코코넛 돗자리가 깔려 있었다. 홈즈는 날렵한 동작으로 주머니에서 돋보기를 꺼내 돗자리 위의 얼룩들을 주의 깊게 관찰했다. 내 눈에는 그저 흔한 먼지 얼룩처럼 보였다. 홈즈는 램프를 낮게 들고 천천히 한 계단 한 계단 오르며 좌우로 냉철한 시선을 던졌다. 모스턴 양은 무서워하는 가정부와 함께 아래층에 그대로 머물렀다.

2층에 올라가자 꽤 긴 직선 복도가 나왔다. 복도 왼편에는 훌륭한 인도산 태피스트리가 걸려 있었다. 홈즈는 계단에서와 마찬가지로 복도 여기저기를 세밀하게 관찰하며 천천히 앞으로 나아갔다. 숄토와 나는 홈즈의 뒤에 바짝 붙어서 이동했고, 그 뒤로 길게 누운 그림자들이 줄지어 따라왔다. 드디어 세 번째 문 앞에 도착했다. 우리가 찾던 바솔로뮤 숄토의 방문이었다. 방문을 두드려도 아무런 인기척이 들리지 않자 홈즈는 문을 열기 위해 손잡이를 힘껏 돌렸다. 하지만 문은 단단히 잠겨 있었다. 램프를 높이 들어 문틈을 비추자 안쪽에 넓고 튼튼한 빗장이 걸려 있는 게 보였다. 그런데 열쇠 구멍은 완전히 막혀 있지 않았다. 홈즈는 몸을 굽혀 열쇠 구멍으로 들여다보더니 이내 "헉!" 하는 소리와 함께 짧은 숨을 토해내며 일어났다.

"왓슨, 안에 뭔가 끔찍한 것이 있어." 홈즈는 평소와 달리 대단히 동요한 목소리로 말했다. "자네도 한번 봐."

상체를 구부려 열쇠 구멍으로 방 안을 살펴본 나는 놀라서 뒷걸음질까지 쳤다. 창문으로 달빛이 흘러 들어와 방 안을 환하게 비추고 있었는데, 새디어스와 얼굴이 똑같은 사람이 눈을 부릅뜬 채 나를 쳐다보고 있었던 것이다. 얼굴 아랫부분이 어둡게 그늘이 져 있어서, 마치 얼굴만 공중에 떠 있는 것처럼 보였다.

반짝이는 오뚝한 대머리와 그 주위에 빙 둘러 난 붉은 머리카락, 핏기 하나 없는 창백한 안색까지[110] 정말 새디어스의 얼

110. 제이 핀리 크라이스트는 이 장면을 가리키며 "놀라운" 식별 능력이라고 이야기했다. "독자들도 한번 달빛 아래에서 붉은 머리카락인지 갈색 머리카락인지 아니면 검은색 머리카락인지 구분해보라. 심지어 이 관찰자는 상체를 구부려 열쇠 구멍으로 들여다보고 있다. 이제 문을 활짝 열고 살펴보라고 하자."

굴과 똑같았다. 다만 섬뜩하고 부자연스러운 미소를 띠고 있는
것만 달랐다. 달빛이 비추는 적막한 방에서 그 미소는 다른 어
떤 흉악한 얼굴보다 더 끔찍하게 보였다. 방 안에 떠 있는 얼굴
이 새디어스와 너무 닮아서 나는 뒤를 돌아 그가 정말로 우리
와 함께 있는지 확인했다. 그 순간 새디어스가 쌍둥이라고 말
했던 것이 떠올랐다.

"정말 끔찍하군! 이제 어떻게 해야 하지?" 내가 말했다.

"우선 문을 부숴야 해." 홈즈가 온몸에 힘을 실어 문을 밀어
젖혔다.

쿵! 문이 조금 삐걱거렸다. 하지만 여전히 열리지 않았다. 나
와 슐토가 합세해 문을 향해 한 번 더 몸을 던졌다. 순간 문짝이
바닥으로 나가떨어졌고, 우리는 바솔로뮤 슐토의 방으로 들어
섰다.

방 안은 마치 화학 실험실 같았다. 문의 맞은편 벽에는 유리
뚜껑을 씌운 병들이 두 줄로 세워져 있었고 탁자 위에는 분젠
버너와 시험관, 증류기들이 어지럽게 널브러져 있었다. 구석
에는 산성 물질을 담은 대형 유리병들이 여러 개의 고리버들
바구니에 담겨 있었는데, 그중 하나의 유리병이 깨졌는지 검
은 액체 한 줄기가 흘러나와 있었다. 그 때문에 방 안에서는
타르처럼 코를 찌르는 악취가 진동했다. 방 한쪽에 사다리 하
나가 놓여 있었고, 주위에는 벽토 부스러기와 윗가지들이 지
저분하게 쌓여 있었다. 사다리가 닿은 천장을 보니 사람 하나
가 드나들 수 있을 정도의 구멍이 뚫려 있었다. 사다리 아래쪽
에는 둘둘 감긴 긴 밧줄이 아무렇게나 한데 버려져 있었다.

그리고 탁자 옆의 나무로 만든 안락의자에 이 저택의 주인
이 흉측한 얼굴로 앉아 있었다. 고개가 왼쪽으로 꺾여 있었고,
얼굴에는 소름이 쭉 끼치는 뜻 모를 미소를 띠고 있었다. 몸이
차갑게 굳어 있는 것으로 보아 사망한 지 오래된 것이 분명했

나무로 만든 안락의자에 이 저택의 주인이 흉측한 얼굴로 앉아 있었다. 고개가
왼쪽으로 꺾여 있었고, 얼굴에는 소름이 쭉 끼치는 뜻 모를 미소를 띠고 있었다.
리하르트 구트슈미트 그림, 『네 사람의 서명』, 슈투트가르트, 로베르트 루츠 출판사(1902)

다. 그런데 뒤틀린 것은 얼굴만이 아니었다. 팔다리 모두 아주
기묘한 형태로 뒤틀려 있었다. 한 손은 탁자 위에 올려져 있었
는데, 거기에 이상하게 생긴 물건이 놓여 있었다. 결이 고운 갈
색 지팡이였다. 머리 부분에 굵은 끈으로 돌멩이를 조잡하게
여러 번 묶어 마치 망치처럼 보였다. 그리고 지팡이 옆에 놓인
찢어진 종이에는 어떤 글귀가 아무렇게나 휘갈겨 쓰여 있었다.
홈즈는 메모를 한 번 힐끔 보더니 나에게 건넸다.

"이것 좀 봐." 그가 의미심장한 표정으로 눈을 치켜뜨며 말
했다.

나는 전등 불빛 아래서 글귀를 읽었다. "네 사람의 서명." 공
포의 전율에 온몸이 부르르 떨렸다.

"맙소사, 도대체 이게 무슨 뜻이란 말인가?" 나는 떨리는 목
소리로 말했다.

"살인이야." 홈즈는 시체 가까이 몸을 굽히며 대답했다. "아

뒤틀린 것은 얼굴만이 아니었다.
팔다리 모두 아주 기묘한 형태로 뒤틀려 있었다.
H. B. 에디 그림, 《선데이 아메리칸》(1912. 4. 21.)

하! 바로 이거야, 이것 좀 봐!"

그는 손가락으로 시체의 귀 바로 위쪽을 가리켰다. 자세히 들여다보니 그곳에 길고 검은 가시 같은 게 꽂혀 있었다.

"꼭 무슨 가시 같군." 내가 말했다.

"바로 그거야, 자네가 뽑아봐. 독침일 수도 있으니 조심해."

나는 엄지손가락와 집게손가락으로 가시를 신중히 집어 올렸다. 피부에 거의 흔적이 남지 않을 정도로 쉽게 빠졌지만 가시를 뽑은 자리에 아주 소량의 피가 맺혔다.

"모든 게 다 수수께끼 같아. 사건이 해결될 기미는 보이지 않고 오히려 점점 더 미궁 속으로 빠져드는 기분이야."

"아니, 그 반대지. 매 순간 모든 게 분명해지고 있어. 이제 몇 가지 연결 고리만 찾아내면 사건을 완전히 설명할 수 있을 것 같군." 홈즈는 자신했다.

바솔로뮤 숄토의 죽음.
F. H. 타운센드 그림, 『네 사람의 서명』, 런던, 조지 뉴스 출판사(1903)

우리는 방 안에 들어선 후로 새디어스 숄토의 존재를 까맣게 잊고 있었다. 그는 아직도 얼어붙은 자세로 문간에 서 있었다. 공포에 질린 숄토는 두 손을 부르쥔 채 신음을 내뱉고 있었다. 그러다가 갑자기 날카로운 목소리로 커다랗게 소리쳤다.

"보물이 사라졌어! 누가 보물을 훔쳐 갔어! 천장에 구멍이 뚫려 있지요? 그곳에서 형과 함께 보물을 내렸어요. 제가 그 일을 도왔단 말입니다! 형을 마지막으로 본 사람이 바로 저예

공포의 전율에 온몸이 부르르 떨렸다.
찰스 커 그림, 『네 사람의 서명』, 런던, 스펜서 블래킷 출판사(1890)

요. 어젯밤 제가 이곳을 떠날 때 형이 안쪽에서 방문을 잠갔어
요."

"그게 정확히 몇 시였습니까?"

"10시 정각이었어요. 형이 죽었으니 곧 경찰이 들이닥치겠
지요. 분명 용의자로 저를 지목할 겁니다. 저를 의심할 거예요.
그렇지 않나요? 물론 선생님들께서는 제가 그랬다고 생각하지

않겠지요? 만일 제가 그랬다면 선생님들을 이곳으로 데리고 왔겠습니까? 아, 이런! 정말 미치겠군!"

숄토는 발작을 일으키듯 팔을 부들부들 떨며 발을 동동 굴러댔다.

"숄토 씨, 당신은 형을 죽일 이유가 없습니다." 홈즈가 숄토의 어깨에 손을 올리며 말했다. "이제부터 내 말대로 하십시오. 우선 곧장 경찰서로 가서 신고한 후 수사에 무조건 협조하십시오. 우리는 여기서 당신이 돌아올 때까지 기다리고 있겠습니다."

키 작은 남자는 반쯤 정신이 나간 상태로 알겠다고 대답하고는 방을 나갔다. 그가 어둠 속에서 비틀거리며 계단을 내려가는 소리가 들렸다.

제6장

셜록 홈즈의 현장 조사

"**자,** 왓슨." 홈즈가 두 손을 비비며 말했다. "이제 이곳에 머무를 수 있는 시간은 30분이야. 그 시간을 충분히 활용해보자구. 좀 전에 말했듯이 나는 사건의 전말을 거의 다 파악했어. 하지만 과신한 나머지 일을 그르쳐서는 안 되지. 지금은 간단한 사건처럼 보이지만 이면에 어떤 흑막이 도사리고 있는지는 알 수 없으니 말이야."

"간단하다니!" 나는 흥분하여 외쳤다.

"물론 간단하지." 홈즈는 학생들을 가르치는 임상 교수 같은 말투로 이야기했다. "우선 사건 현장을 그대로 보존해야 하니 자넨 거기 가만히 있어. 자, 그럼 시작해보자! 먼저, 범인들은 어떤 경로로 방에 들어왔을까? 그리고 어떻게 방을 빠져나갔을까? 방문은 어젯밤부터 잠겨 있었다고 했어. 창문을 이용했을까?" 홈즈는 램프를 창문 가까이 가져다 대고 살펴보았다.

111. 'snib.' 자물쇠를 말한다.

『네 사람의 서명』 단행본 표지.
시카고, M. A. 도너휴 앤드 컴퍼니(연대 미상)

그리고 자신이 발견한 것을 큰 소리로 중계했다. 나한테 보고
하는 것이 아니라 마치 스스로에게 말하는 것 같았다. "창문은
안쪽에서 걸쇠[111]로 걸어두었어. 창틀도 튼튼하군. 경첩도 없
고 말이지. 한번 열어보겠어. 음, 바깥쪽에서 타고 올라올 만한
배수관도 없고 지붕까지는 꽤 먼 거리군. 하지만 분명 범인은
창문을 통해 들어왔어. 어젯밤에 비가 내린 덕에 창틀에 진흙
발자국이 남아 있거든. 이쪽에는 둥근 흙 자국이 있군. 여기 바

닥에도 있고, 탁자 옆에도 있어. 여기를 좀 봐, 왓슨! 아주 마음에 드는 증거를 찾았어."

나는 또렷하게 찍혀 있는 둥근 흠 자국을 보았다.

"발자국은 아니야." 내가 말했다.

"그냥 발자국보다 훨씬 더 의미 있는 단서지. 이건 의족 자국이야. 여기 창틀에 찍힌 발자국 보이지? 이건 뒤축에 커다란 금속을 댄 무거운 구두 발자국이야. 그리고 그 옆에 있는 이것은 의족 자국이고."

"의족을 한 남자가 범인이군."

"그렇다고 할 수 있지. 그런데 공범이 있어. 재주가 많고 유능한 녀석 같아. 자네, 저 벽을 타고 2층까지 올라올 수 있겠어?"

나는 창문 밖으로 고개를 내밀어 아래를 살펴보았다. 달빛이 여전히 저택의 이쪽 벽면을 밝게 비추고 있었다. 이곳까지 높이가 18미터는 족히 돼 보였다. 그리고 내가 있는 곳에서 보았을 때는 벽 쪽에 발을 디딜 만한 구멍이나 벽돌 사이의 틈이 전혀 없어 보였다.

"벽을 타고 올라오는 건 불가능해." 나는 그렇게 대답했다.

"도움이 없으면 불가능하지. 하지만 누군가 저기 있는 두꺼운 밧줄을 내려주고 방 안에 있는 커다란 고리에 밧줄 끝을 단단히 고정시킨다면 어떨까?" 홈즈는 둘둘 말린 채 바닥에 아무렇게나 놓여 있던 굵고 긴 밧줄을 가리켰다. "의족을 했더라도 힘이 좋은 사내라면 충분히 벽을 타고 올라올 수 있다고 생각해. 그리고 탈출할 때도 같은 방식을 사용했을 거야. 범인이 탈출한 후 공범이 내려진 밧줄을 끌어 올리고 고리에 동여맨 매듭을 풀었겠지. 그리고 창문을 내린 다음 안쪽에서 걸쇠를 걸고 처음에 들어왔던 그 통로를 이용해 빠져나갔을 거야. 그리고 또 한 가지, 사소한 문제이긴 하지만 말해줄 게 더 있어." 홈즈는 밧줄을 가리키며 말을 이었다. "우리의 친구, 의족을 한 범인은 기어오르기엔 선수일지 몰라도 내려가는 기술은 형편 없는 것 같아. 돋보기로 보니 밧줄에 핏자국이 맺혀 있어. 밧줄 끝으로 갈수록 점점 더 심하군. 아마 서둘러 내려가다가 피부 가 벗겨진 것 같아."

"꽤 그럴듯한 추측이지만 문제는 더 어려워진 것 같군. 공범 이라는 그 수수께끼의 친구는 어떻게 설명할 텐가? 그는 이 방 에 어떻게 들어온 거지?"

"바로 그거야, 공범!" 홈즈는 생각에 잠겨 말했다. "공범의 겉모습이 상당히 흥미로워. 그자 때문에 이번 사건이 절대 평 범할 수 없게 됐거든. 나는 그자가 이 나라의 범죄 역사에 새로 운 지평을 열었다고 생각해. 물론 인도에서, 내 기억이 정확하 다면 세네감비아[112]에서 비슷한 사건이 발생했지만 말이야."

"그래 좋아, 그럼 도대체 어떻게 들어온 거야? 도대체 어떻 게?" 나는 반복해서 말했다. "문은 잠겨 있고 창문은 접근하기 도 힘들어. 굴뚝으로 들어온 걸까?"

"이미 그 가능성도 고려했지. 하지만 벽난로 문은 너무 작 아."

"그럼 어떻게?" 나는 끈질기게 되물었다.

"자네 정말 끝까지 내가 가르쳐준 규칙을 적용하지 않을 셈 이야?" 홈즈는 고개를 절레절레 흔들며 말했다. "내가 수차례 말하지 않았어. 불가능한 것을 하나씩 지워나갔을 때 마지막에 남는 것, 아무리 그럴듯하지 않더라도 그것이 바로 진실이다. 기억해? 자네도 봤잖아. 그자가 문이나 창문, 굴뚝으로 절대 들어올 수 없다는 것을 말이야. 그렇다고 지금까지 방 안에 몸 을 숨기고 있지도 않아. 숨을 만한 곳이 없어. 자, 그렇다면 그 가 어디로 들어왔을까?"

"천장 구멍으로 들어왔군!" 나도 모르게 크게 소리쳤다.

112. 세네갈과 감비아 강 사이에 있는 서아프리카 에 위치한 이 지역은 당시 인구가 1,000만 명이 넘 었다. 이곳은 프랑스령 세네감비아(세네갈로 불리 는 식민지)와 영국령 세네감비아(감비아 식민지와 로스 군도), 포르투갈 세네감비아 그리고 다양한 독 립국가들로 구성되어 있다. 오늘날 세네감비아는 세네갈과 감비아를 둘러싸고 있으며, 감비아는 영 어를 사용하는 무슬림 국가로서 소수의 가톨릭 신 자들이 있다.

113. 도널드 A. 레드먼드는 「왓슨, 마음 좀 그만 바꿔!」에서 이 묘사가 다음다음 문단에 나오는 설명인 "바닥 여기저기에 발자국이 선명하게 찍혀 있었"다는 것과 모순된다고 지적한다.

"바로 그거야. 분명히 그쪽으로 들어왔을 거야. 램프 좀 들어주겠어? 지금부터 천장 위쪽으로 조사 범위를 넓혀야겠어. 저곳이 바로 보물이 숨겨져 있던 비밀 장소란 말이지."

홈즈는 사다리를 타고 올라가 두 손으로 대들보를 붙들고 몸을 날려 다락방으로 올라섰다. 그는 엎드려서 아래로 손을 뻗어 내가 건네는 램프를 받아 들었다. 그런 다음 홈즈는 내가 다락방에 올라설 때까지 램프를 비춰주었다.

다락방은 가로 3미터, 세로 2미터 크기였다. 다락방 바닥은 들보로 받쳤고 들보 사이에는 가는 윗가지와 회반죽이 발라져 있었다. 그래서 걸을 때는 들보에서 들보로 조심해서 이동해야 했다.[113] 다락의 위쪽 가운데가 뾰족하게 솟은 것으로 보아 다락이 지붕 내부 구조인 게 분명했다. 가구는 하나도 없었고 먼지만 수북이 쌓여 있었다.

"아하, 여기 있군." 홈즈가 다락방의 비스듬한 벽면에 손을 댄 채 말했다. "이게 바로 비밀의 문, 지붕 바깥으로 통하는 들창이야. 이걸 뒤로 밀면 경사가 완만한 지붕이 나오지. 우리의 최초 침입자가 여길 통해 들어온 거야. 범인의 또 다른 흔적이 있나 살펴볼까?"

홈즈는 램프를 바닥에 비춰보았다. 순간 나는 그날 밤 두 번째로 홈즈의 놀란 표정을 볼 수 있었다. 홈즈의 시선이 향하는 곳을 좇던 나는 등골이 오싹해졌다. 바닥 여기저기에 발자국이 선명하게 찍혀 있었는데 그 크기가 보통 성인의 절반도 안 되는 기이한 모양이었다.

"홈즈." 나는 낮은 목소리로 말했다. "세상에, 어린아이가 이런 끔찍한 일을 저질렀다니."

홈즈는 재빨리 냉정을 되찾았다.

"나도 잠깐 충격을 받았어. 그런데 이건 아주 당연한 흔적이야. 내가 좀 더 빨리 기억해냈다면 진작 예측할 수 있는 일이었

"여기 있군, 자네도 보여?" 홈즈가 말했다.
작자 미상, 『셜록 홈즈 시리즈』 제1권, 뉴욕과 런던, 하퍼 앤드 브러더스 출판사(1904)

어. 이제 이곳에서 찾을 수 있는 단서는 없군. 그만 내려가지."

"그 발자국에 대한 자네 이론을 듣고 싶어." 다시 내려온 후 나는 궁금함을 참지 못하고 물었다.

"친애하는 왓슨 선생, 스스로 분석을 좀 해보게. 내가 어떤 방법으로 추리해내는지 알고 있으니까 그것을 적용해보라구. 나중에 결과를 보고 자네가 추리한 것과 비교해보면 좋은 공부가 될 거야." 홈즈는 서둘러 말했다.

"하지만 나는 전혀 모르겠어. 이 상황을 설명할 만한 것이 하나도 떠오르지 않아." 내가 말했다.

"곧 알게 될 거야." 홈즈가 건성으로 말했다. "내가 보기에

114. 뉴트와 릴리언 윌리엄스는 의아해한다. "어떤 새가 우묵한 눈을 가졌지?"

홈즈는 램프를 바닥에 비춰보았다.
리하르트 구트슈미트 그림, 『네 사람의 서명』, 슈투트가르트, 로베르트 루츠 출판사(1902)

이곳엔 중요한 단서가 될 만한 게 더 이상 없는 것 같아. 그래도 일단 한 번 더 살펴봐야겠어."

그는 재빠른 동작으로 돋보기와 줄자를 꺼내고는 무릎을 꿇고 방 안 곳곳을 조사했다. 길고 날카로운 콧날을 바닥에 바짝 대기도 하고, 새처럼 우묵한 두 눈[114]을 냉철하게 번득이며 구석구석 기어다녔다. 그의 움직임은 대단히 날렵하고 조용했다. 마치 잘 훈련된 사냥개가 냄새를 쫓는 것 같았다. 그 모습을 보는 순간 만일 그가 법을 옹호하지 않고 법에 맞서는 범죄자의 길을 걸었다면, 넘치는 에너지와 훌륭한 지능을 활용해 얼마나 끔찍한 일을 저질렀을까 하는 생각이 들어 소름이 끼쳤다.

홈즈는 계속해서 중얼거리며 방 안을 돌아다녔다. 그리고 마침내 커다란 기쁨의 탄성을 내뱉었다.

"세상에, 어린아이가 이런 끔찍한 일을 저질렀다니."
F. H. 타운센드 그림, 『네 사람의 서명』, 런던, 조지 뉴스 출판사(1903)

115. 목타르에서 나온 증류인데 당시에 나무를 처리할 때 사용했다. 빅토리아 시대뿐만 아니라 오늘날에도 만성 기관지염을 위한 거담제로서 약물로도 쓰인다. 철도 침목도 크레오소트로 처리한다. 철도에서 특이하고 유쾌하지 않은 냄새가 나는 이유가 바로 이 크레오소트 때문이다.

"아! 우린 정말 운이 좋아. 이제 사건이 거의 다 해결됐군. 녀석들에게는 안된 일이지만 작은 발을 가진 최초의 침입자가 크레오소트[115]를 밟았어. 여기 작은 발자국 보이지. 바로 여기 말이야. 지독한 냄새가 나는 약물에 그의 발자국이 찍혀 있어. 큰 유리병이 깨져서 액체가 새어 나온 것이 틀림없어."

"그럼 이제 어떻게 한단 말인가?" 내가 물었다.

"몰라서 묻는 거야? 우리는 놈을 잡은 거나 다름없어." 그가

116. "비례법"이란 분수 법칙을 말한다. a:b=c:d라면 a×d는 b×c와 같으며, a, b, c, d 중에서 세 개의 값을 알면 네 번째의 값을 정할 수 있다는 법칙이다. 예를 들면 2:3=x:27이 있을 때, x=(2×27)÷3 즉 18이다. 따라서 2:3=18:27이다.

117. 신체의 에너지가 고갈되면 근육의 단백질이 늘어나는 성질을 상실하고 근육이 뻣뻣해진다. 이런 상태를 보통 사후경직이라고 말한다. 시신이 사후경직에 들어가는 데 요구되는 시간은 신체가 얼마나 빨리 차가워지는가(방 온도가 낮을수록 과정이 천천히 진행된다), 그리고 사망자가 죽기 전에 얼마나 많은 스트레스를 경험했는가에 좌우된다.

118. 얼굴 근육이 경련을 일으켜 생긴 표정이다. 눈썹이 올라가고 이를 드러낸 채 고통스러워하는 얼굴이 특징이다(120번 주석 참조). 지속 강직성 경련 환자들에게 자주 발생한다.

119. 『주홍색 연구』 32번 주석 참조.

120. 조지 B. 코엘은 스트로판틴(디기탈리스와 유사한 심장약), 그리고 두 가지 중추신경계 흥분제들인 피크로톡신과 스트리크닌을 포함해 몇 가지 가능성을 제시한다. 코엘에 따르면 스트리크닌 자체는 가장 논리적인 선택이라고 한다. 그는 "스트리크닌이 상처로부터 빠르게 흡수됐을 것이다. 일련의 심한 경련이 일어난 뒤에 강직성 호흡기 마비로 인한 사망이 발생한다. 가장 두드러진 특징들 중 하나가 '발작적인 웃음' 또는 '냉소적인 쓴웃음'으로서 희생자의 얼굴 위에 남아 있을 수 있다"라고 언급한다. 왓슨 본인이 무심코 새디어스 숄토에게 스트리크닌을 처방한 것은 별난 일이다.(104번 주석 참조)

대답했다.

"이 정도 냄새라면 지구 끝까지도 쫓아갈 비범한 개를 알고 있거든. 특수 훈련까지 받은 개가 이렇게 지독한 냄새를 쫓아 어딘들 못 가겠어? 결과는 비례법[116] 계산만큼이나 뻔하지. 그렇다면 이제⋯⋯." 홈즈는 아래층에서 나는 발소리와 시끄럽게 떠드는 소리, 현관문이 쾅 하고 닫히는 소리에 잠깐 말을 멈추었다. "아! 드디어 법의 대리인들께서 오시는군. 그들이 들어오기 전에, 자네 여기 이 불쌍한 시체의 팔을 한번 만져보게. 다리도 한번 만져보고. 어떤가?"

"근육이 나무판자처럼 딱딱하게 굳어 있어." 내가 대답했다.

"바로 그거야. 근육이 모두 극도로 수축된 상태야. 일반적인 사후경직[117]보다 훨씬 더 심해. 뒤틀린 안면 근육은 어때, 옛 작가들이 이름 붙인 '히포크라테스 같은 미소'나 '발작적인 웃음'[118]을 보면 뭐가 떠오르지?"

"강력한 식물성 알칼로이드로 인한 중독사.[119] 스트리크닌 같은 물질[120]이 근육의 심한 강직을 일으키는 원인이야."

"나는 저 일그러진 얼굴을 처음 본 순간 그렇게 생각했어. 그래서 방에 들어오자마자 어떻게 숄토의 몸에 독이 퍼지게 된 건지, 그 경로를 찾았지. 그리고 자네도 봤듯이, 머리에 꽂힌 가시를 발견했어. 가시를 쏘거나 박는 데는 큰 힘이 가해지지는 않았어. 자, 죽은 숄토가 의자에 똑바로 앉아 있었다고 가정해보면, 가시가 날아온 곳은 저기 저 뚫린 천장이야. 그럼 이제 가시를 한번 살펴보겠어." 홈즈가 설명했다.

나는 램프 조명 아래로 가시를 조심스럽게 들어 올렸다. 검고 기다랗고 아주 날카로웠다. 바늘 끝에 번들거리는 무언가가 보였다. 마치 끈적이는 물질이 말라붙어 있는 것 같았다. 뭉툭한 반대쪽은 칼로 둥글게 깎여 있었다.

"영국산이야?" 홈즈가 물었다.

"아니, 그건 절대 아니야."

"이 정도 단서만 있으면 자네도 어느 정도는 추리해낼 수 있겠지. 아, 저기 정규군이 오는군. 이제 그만 예비군은 철수해도 좋겠어."

복도에서 큰 소리가 점점 가까이 들리더니 풍채가 큰 남자가 회색 양복을 입고 위엄 있는 자세로 방 안으로 들어왔다. 붉은 얼굴에 뚱뚱하고 건장한 남자였다. 반짝이는 작은 두 눈은 살에 파묻혀 날카롭게 보였다. 그의 뒤로 경찰복을 입은 경위 한 명이 따라 들어왔다. 그리고 새디어스 숄토의 모습도 보였다. 그는 아직도 몸을 부들부들 떨고 있었다.

"한 건 터졌군!" 사내는 목이 쉰 듯 거친 목소리로 말했다. "고약하게 한 건 터졌어! 그런데 이건 다 뭔가? 왜 방 안이 토끼 굴처럼 북적거리지?"

"애셜니 존스 씨, 저를 기억하실 텐데요." 홈즈가 낮은 목소리로 말했다.

"왜 아니겠소, 물론 기억하지요!" 그가 숨을 헐떡이며 말했다. "이론가, 셜록 홈즈 선생 아니오. 선생을 기억하고말고요! 비숍게이트[121] 보석 사건 때 우리 형사들에게 원인과 추리 그리고 결과에 대해 일장 연설을 해주셨는데 내가 어떻게 잊을 수 있겠습니까. 선생 덕분에 우리가 제대로 방향을 잡고 사건을 해결할 수 있었던 건 사실이지요. 하지만 이제 선생도 인정할 때가 되지 않았나요? 선생의 연설이 좋았던 게 아니라, 운이 좋았다는 걸 말입니다."

"저는 아주 간단한 추리를 했을 뿐입니다."

"왜 이러십니까. 솔직하게 인정하는 건 절대 부끄러운 일이 아닙니다. 그나저나, 이게 다 뭐죠? 고약한 사건이군요! 아주 고약해요!" 애셜니 존스 형사는 방 안을 한번 둘러보고는 말했다. "미안하지만 이번에는 선생의 이론이 끼어들 자리가 없을

121. 많은 옛 출판물들에서 "비숍게이트"로 불리는 비숍스게이트 스트리트는 베스널 그린에 있으며 비숍스게이트 역은 런던 지하철 역이다. 홈즈 시대에 이곳은 '비숍스게이트 스트리트 내부'(시내)와 '비숍스게이트 스트리트 외곽'으로 나뉘어 있었으며 시외 북부의 주요 도로였다.

122. 도널드 A. 레드먼드는 왓슨이 이 경찰관을 "경사"로 묘사하는 것은 실수이거나 설명하지 않은 내용이라고 지적한다. 아홉 문단 앞에서 왓슨은 존스가 "경찰복을 입은 경위"를 데리고 도착했다고 설명하기 때문이다. 아홉 문단 뒤에서 왓슨은 존스가 이 "경위"에게 말하는 것으로 기록하지만 7장에서는 왓슨이 이 남자를 "많이 지쳐 보이는 경사"로 묘사한다. 현장에 서로 다른 두 사람이 있었다는 표시는 전혀 없다.(경사sergeant는 경위inspector 바로 아래 계급이다. 양복을 입은 경위, 곧 형사detective가 경찰복을 입은 경사를 데려온 게 맞을 것이다. 그런데 여기서는 경사라고 해놓고, 다음다음 쪽에서는 또 경위라고 잘못 부르고 있다―옮긴이)

것 같군요. 확실한 단서가 여기 다 있으니 말입니다. 아무튼 내가 다른 볼일로 노우드 관할 지역 경찰서에 들른 찰나에 이 사건을 보고받았으니 천만다행이군요! 그런데 홈즈 선생, 선생은 저 남자의 사인이 뭐라고 생각하십니까?"

"제가 이론을 내세울 사건이 아닌 것 같습니다만." 홈즈가 차갑게 대답했다.

"아닙니다, 아니죠. 아무리 그래도 선생께서 이따금 정곡을 찌르는 말을 할 때가 있다는 사실은 부인할 수 없지요. 이런! 내가 들은 바로는 방문이 잠겨 있었고 50만 파운드 값어치의 보석이 사라졌습니다. 그런데 창문 쪽은 어떤가요?"

"단단히 잠겨 있었고 창틀에는 발자국이 나 있었지요."

"음…… 창문이 잠겨 있었다면 발자국은 이번 사건과는 전혀 관련이 없군요. 그건 상식 아닙니까? 발작사 했을 가능성도 있습니다. 그런데 보석이 사라졌으니…… 아하! 이론이 하나 떠오르는군요. 가끔은 나도 번뜩이는 영감이 떠오르곤 합니다. 여보게, 경사[122] 그리고 숄토 씨는 잠깐 밖에 나가 계세요. 홈즈 선생의 친구분은 남아도 좋습니다. 홈즈 선생, 내가 생각하기엔 말이오, 숄토가 자기 입으로 자백했듯이 그자는 어젯밤 형과 함께 있었습니다. 그리고 숄토가 보물을 가지고 나가자 형이 화가 나서 발작을 일으켜 결국 죽게 된 거지요. 어떻습니까, 홈즈 선생?"

"그렇다면 죽은 사람이 일어나서 안에서 문을 잠갔다는 말이 되는군요."

"아차! 그런 문제가 있었네요. 그렇다면 사건을 상식적으로 다시 생각해봅시다. 새디어스 숄토는 어젯밤 형과 함께 있었고, 둘 사이에 다툼이 있었죠. 여기까지는 모두 아는 내용입니다. 또한 형은 죽었고 보석은 사라졌어요. 물론 이것도 다 알고 있는 내용입니다. 그런데 새디어스가 마지막으로 방문한 그 이

후로 어느 누구도 바솔로뮤를 보지 못했습니다. 침대에서 잠을 잔 흔적도 없고 말이죠. 또 한 가지 분명한 사실은 새디어스가 지금 몹시 불안정한 상태라는 겁니다. 더구나 그의 생김새는, 우리끼리 얘기지만 별로 좋은 인상은 아니지 않습니까. 그래서 나는 새디어스를 용의자로 생각하고 그의 주위에 그물망을 치는 중입니다. 머지않아 내 수사의 그물망이 그자를 압박하게 될 겁니다."

"당신은 사건의 진실을 제대로 파악하지 못한 것 같군요. 자, 여기 이 가시를 보세요. 죽은 사람의 머리에서 나온 겁니다. 이것이 꽂힌 흔적이 아직 남았으니 확인해보셔도 좋습니다. 조심하십시오. 가시에 독이 묻어 있습니다. 그리고 탁자 위에 놓인 이 쪽지와 거기 새겨진 글귀도 확인해보십시오. 쪽지 옆에 돌멩이가 달린 지팡이도 보이시죠? 당신의 말이 사실이라면 이 모든 증거를 어떻게 설명할 수 있습니까?"

"뻔한 수작입니다." 뚱보 형사가 거만하게 말했다. "내가 관찰한 바로는 이 집에 인도의 진귀한 물건들이 가득합니다. 새디어스가 그중 하나를 사용한 것이지요. 그리고 가시에 독이 묻어 있었다면, 새디어스가 살인을 저지르기 위해 사용한 것이 틀림없군요. 쪽지는 분명 사건을 복잡하게 만들기 위한 새디어스의 간교한 속임수였을 겁니다. 하지만 단 한 가지, 풀리지 않는 의혹이 있습니다. 그가 과연 어떻게 이곳을 빠져나갔느냐 하는 것이지요. 아하! 여기 천장에 구멍이 뚫려 있군요!"

형사는 몸집에 비해 상당히 날렵한 동작을 취하여 사다리를 타고 올라가 다락방으로 들어가는 데 성공했다. 그리고 얼마 지나지 않아 그의 탄성이 들렸다. 들창을 발견한 모양이었다.

"저 사람도 뭔가를 찾아낼 수 있군. 그래, 가끔은 그의 이성도 빛을 발할 때가 있어야겠지. 뭔가 조금 아는 바보만큼 까다로운 골칫거리는 없다!"[123] 홈즈는 어깨를 으쓱하며 말했다.

123. 프랑수아 드 라로슈푸코의 『금언집』에서 뽑아낸 이 말은 벤저민 프랭클린의 1741년과 1745년 『가난한 리처드의 달력』에도 등장한다.

"어떻습니까!" 애설니 존스 형사가 사다리를 타고 내려오며 말했다. "결국 이론보다 사실이 더 중요하단 말입니다. 이번 사건에 대한 내 결론은 확고합니다. 저 위쪽에 지붕으로 연결되는 들창이 있습니다. 그리고 지금 반쯤 열린 상태입니다." 형사가 확신에 찬 목소리로 말했다.

"그걸 열어둔 것은 바로 접니다."

"아, 그렇습니까! 흠, 그렇다면 선생도 눈치채셨겠지요?" 그는 들창을 처음 발견한 것이 자신이 아니라는 데 약간 실망한 듯 보였다. "들창을 먼저 발견한 사람이 누구든 간에, 그것은 범인이 어떻게 이 방을 빠져나갔는지 확실히 보여주는 증거입니다. 여보게, 경위!"

"네!" 복도에서 대답이 들려왔다.

"숄토 씨를 들여보내게."

"숄토 씨, 지금부터 당신이 하는 말은 법정에서 불리하게 작용할 수 있음을 알려드립니다. 여왕의 이름으로, 당신을 바솔로뮤 숄토 살해 사건 용의자로 체포합니다." 형사가 말했다.

"제가 뭐라고 했습니까! 이렇게 될 거라고 했잖습니까!" 가

"숄토 씨, 지금부터 당신이 하는 말은 법정에서
불리하게 작용할 수 있음을 알려드립니다."
리하르트 구트슈미트 그림, 『네 사람의 서명』, 슈투트가르트, 로베르트 루츠 출판사(1902)

없은 숄토는 두 팔을 벌린 채 나와 홈즈를 번갈아 쳐다보며 억울한 듯 외쳤다.

"아무 걱정 마십시오, 제가 혐의를 벗겨드리겠습니다." 홈즈가 단호히 말했다.

"이론가 양반, 너무 장담하는 것 아닙니까? 그런 약속은 안하는 게 좋을 텐데요!" 형사가 홈즈의 말을 가로막으며 쏘아붙였다. "곧 깨닫겠지만, 선생이 생각하는 것보다 더 힘든 일이 될 거요."

"저는 숄토 씨의 혐의를 반드시 벗겨줄 겁니다. 그리고 존스 씨, 어젯밤 이 방에 들어온 두 범인 중 한 사람의 인상착의와 이름을 무료로 가르쳐드리죠. 정확한 근거로 말하는 것이니 잘 들어두십시오. 범인의 이름은 조너선 스몰, 교육 수준이 형편없고 키가 작은 데다 오른쪽 다리가 없어서 의족을 하고 있습니다. 나무 의족의 안쪽이 닳았죠. 그런 신체적 결함에도 불구하고 행동은 대단히 날렵합니다. 왼발에 신은 구두의 앞코는 각이 져 있고 구두 뒤축에는 징이 박혀 있습니다. 중년 남자이고, 검게 그을린 피부에 한때 감옥에서 지낸 적도 있습니다. 이 몇 가지 정보들이 이번 사건을 해결하는 데 약간의 도움이 될 수 있을 겁니다. 덧붙이자면, 저쪽에 범인의 손바닥 살갗이 좀 남아 있습니다. 그리고 공범은……."

"아니! 공범까지?" 애셜니 존스 형사는 비꼬는 투로 말했지만 범인에 대한 홈즈의 정확하고 상세한 묘사에 놀란 것처럼 보였다.

"녀석은 상당히 특이한 인물입니다. 우선은 여기까지만. 조만간 두 명의 범인을 모두 소개해드릴 수 있을 겁니다." 홈즈는 내 쪽으로 돌아서며 말했다. "왓슨, 자네와 할 말이 있어."

그는 나를 데리고 층계참으로 나갔다.

"예상치 못한 일이 발생하는 바람에 우리가 이곳까지 온 진

124. 『주홍색 연구』 173번 주석 참조.

125. 오거스터스 J. C. 헤어가 1884년에 한 저술에서 웨스트민스터 다리 맨 아래에 위치한 램버스를 묘사하기를 "인구밀도가 높으며 개성 없는 거리들과 가난에 시달리는 법원들의 미로로 뒤덮인 곳"이라고 했다.

126. 도널드 저라드 주얼은 『정전 속 개의 삶』에서 빅토리아 시대 독자들에게 토비란 이름은 즉시 '펀치와 주디 쇼'에 등장하는 우아한 목주름이 있는 살아 있는 개를 떠올리게 했을 거라고 설명한다. 이 개는 "펀치가 신호를 보내면 짖어대고 그의 커다란 코를 움켜잡도록" 훈련받은 것이었다. 전통적으로 불테리어인 토비는 인형이나 박제 개 형태인 경우도 종종 있었다. 헨리 메이휴가 한 무명의 19세기 런던 펀치맨과 나눈 인터뷰에 따르면 한때는 세 마리의 개들이 동시에 노래를 부르는 게 유행이었다고 한다. "대단한 히트였다. 전시에 있어서 놀랄 만한 변화를 준 것이었다. 최근까지 이 공연은 '펀치와 토비'라고 불렸지만 요즘에는 이것을 할 만한 세 마리의 개를 구할 수가 없다. 그 개들의 어미는 가수였고 역시 가수인 강아지 두 마리를 낳았던 것이다."(1851년 『런던 노동자와 런던 빈민』에 실린 '팬시와 펀치의 오페라의 지배') 이 펀치맨은 그 개들이 파이프 담배를 피우도록 훈련받았다고 말했다.

짜 목적을 잠시 잊고 있었어." 그가 말했다.

"나도 방금 같은 생각을 했어. 모스턴 양을 계속 이곳에 머무르게 둘 수는 없지." 내가 대답했다.

"자네 말이 맞아. 그녀를 집까지 데려다 줘. 로어캠버웰[124]에 있는 세실 포리스터 부인 댁으로 가면 될 거야. 여기서 그리 멀지 않은 곳이야. 자네가 돌아올 때까지 나는 이곳에서 기다릴게. 그런데 혹시 피곤하지는 않아?"

"전혀. 나도 이 수수께끼 같은 사건의 전말을 정확히 파악하기 전까지는 쉬고 싶은 생각이 없어. 지금까지 살면서 이런저런 우여곡절을 많이 겪었지만 하룻밤 사이에 이토록 기이한 일들이 연달아 일어난 적은 없었어. 신경이 바짝 곤두서 있어. 하지만 기왕 여기까지 왔으니 자네와 함께 사건을 끝까지 파헤치고 싶어."

"고맙군, 자네가 함께해준다면 내게도 큰 도움이 될 거야." 홈즈가 대답했다. "왓슨, 이제부터 우리는 이 사건을 독자적으로 수사할 거야. 존스 형사가 말도 안 되는 추리로 기뻐하든 말든 내버려두자고. 자네는 모스턴 양을 데려다 주고, 램버스[125] 근처에 있는 핀친 레인 3번지로 가. 오른쪽에서 세 번째 집이야. 셔먼 영감이 박제한 새를 파는 가게인데 창문에 토끼를 물고 있는 족제비 박제가 보일 거야. 가게 문을 두드려 셔먼 영감을 깨우고 내 안부를 전해줘. 그리고 지금 당장 토비[126]가 필요하다고 말하면 영감이 녀석을 내줄 거야. 자네는 토비를 데리고 마차를 타고 다시 이곳으로 돌아오면 돼."

"토비가 개인가 보군."

"맞아, 대단히 뛰어난 후각을 지닌 특이한 잡종 개지. 런던 시내의 모든 수사 병력을 동원하는 것보다 토비 한 마리의 힘을 빌리는 편이 훨씬 효과적이라고 할 수 있어."

"그렇다면 녀석을 반드시 데리고 와야겠군. 지금이 1시니까

새 말로 바꿀 수 있다면 3시 전에는 돌아올 거야."

"자네가 올 때까지 나는 번스톤 부인에게서 도움이 될 만한 정보가 더 없는지 알아볼 거야. 그리고 숄토가 말해준, 옆방에서 지낸다는 그 인도 하인에 대해서도 좀 더 조사해봐야 할 것 같아.[127] 시간이 남으면 존스 형사가 어떻게 수사하는지도 한번 살펴봐야겠어. 별로 날카롭지 않은 독설도 들어주고 말이야. 괴테 선생의 금언이 떠오르는군. '인간은 언제나 자신이 이해하지 못하는 것을 경멸하는 습관이 있다.'[128] 역시, 괴테는 항상 명쾌한 말만 한단 말이지."

127. 그러나 도널드 레드먼드가 설명한 대로 홈즈는 그렇게 하지 못한 것이 분명해 보인다. 제7장에서 그는 우리가 본 적이 없는 이 집사를 "랄 라오"라고 언급한다.

128. 괴테의 『파우스트』 1부에 나오는 말이다. 매들린 B. 스턴은 홈즈가 요한 볼프강 폰 괴테(1749-1832)의 작품 전집을 소장하고 있었다고 주장한다. 괴테는 비평가이자 언론인, 화가, 극장 경영자, 정치가, 교육자 그리고 자연철학자이며 아마도 르네상스 시대의 위대한 개성적인 인물에 필적하는 마지막 유럽인일 것이다.

제7장

통에 얽힌 일화

나는 모스턴 양과 함께 경찰들이 타고 온 마차에 올랐다. 천사 같은 이 여성은 자신보다 약한 사람과 함께 있을 때는 어떤 어려운 상황에서도 차분한 태도로 다른 사람을 먼저 보살펴주었다. 번스톤 부인 옆에 있던 그녀는 침착하고 밝아 보였지만 마차에 탄 후 안색이 창백하게 변하더니 이윽고 격렬하게 흐느껴 울기 시작했다. 하룻밤 사이에 벌어진 끔찍한 일을 침착하게 견뎌내느라 몹시 힘들었을 것이다. 훗날 그녀는 마차 안에서 내가 대단히 냉정한 태도를 보였다고 그날의 일을 회상했다. 그녀는 결코 짐작조차 하지 못할 것이다. 그녀를 향해 커져가는 마음을 억제하느라 내가 얼마나 애썼는지를. 그녀에 대한 연민과 사랑은 정원에서 손을 꼭 잡고 있었을 때와 마찬가지로 변함이 없었다. 나는 하룻밤 사이에 일어난 기묘한 사건을 통해 용감하고 사랑스러운 그녀의 성품을 확인할 수 있

있다. 우리가 아무리 오랜 시간 함께 지냈다 해도 이 사건이 없었다면 그녀가 얼마나 아름다운 여성인지 몰랐을 것이다. 마차 안에서 그녀를 향한 마음을 표현하지 못했던 이유는 두 가지였다. 그녀는 연약한 데다 의지할 곳 없는 상황에 처해 있었으며, 정신적으로도 불안한 상태였다. 그런 시기에 사랑을 강요하는 것은 그녀에게 아무 도움이 되지 않는 일이었다. 게다가 그녀는 부자였다. 아니, 홈즈가 수사를 성공적으로 끝내기만 한다면, 그녀는 곧 부유한 상속녀가 될 터였다. 그런데 월급의 절반밖에 받지 못하는 퇴역 군의관이 우연히 찾아온 친밀한 기회를 그런 식으로 이용하는 것이 과연 정당하고 명예로운 일일까? 그녀가 나를 자신의 재산이나 탐내는 건달쯤으로 생각하지는 않을까? 상상만 해도 정말 끔찍한 기분이 들었다. 아그라의 보물은 우리 사이에 가로놓인 높은 장벽 같았다.

마차는 새벽 2시가 다 되어 세실 포리스터 부인의 집에 도착했다. 하인들은 이미 몇 시간 전에 모두 일을 마치고 돌아갔지만, 포리스터 부인은 모스턴 양이 받은 의문의 편지에 흥미를 느껴 잠도 안 자고 모스턴 양이 돌아오기를 기다리고 있었다. 문을 두드리자 포리스터 부인이 직접 나왔다. 중년의 품위 있는 여성이 모스턴 양의 허리에 손을 두르고 어머니처럼 따뜻하게 그녀를 맞이했다. 그런 부인의 모습을 보고 나니 내 마음도 편안해졌다.[129] 모스턴 양은 이 집에서 단순히 돈을 받고 일하는 가정교사가 아닌, 포리스터 부인의 소중한 친구처럼 보였다. 나를 소개받은 부인은 집 안으로 함께 들어와 모험담을 들려달라고 말했다. 나는 중요한 일이 남아 있어 급히 가봐야 한다며 그녀의 제안을 거절했다. 그리고 일이 해결되는 대로 이곳에 들러서 사건의 전말을 이야기해주겠다고 부인에게 말해 양해를 구한 뒤, 다시 마차를 타고 그곳을 빠져나왔다. 뒤를 돌아보니, 현관문 앞에서 두 여인이 여전히 서로의 손을 꼭 쥔 채

129. 이 두 여성의 관계에 대한 흥미로운 설명은 41번 주석 참조.

130. 한때는 부유한 사람들만의 특권이었던 스테인드글라스가 많은 빅토리아 시대 중산층 가정에 보급되긴 했지만, 교외에 있는 포리스터 부인의 저택에는 '페이튼트 글래시어 윈도'가 있었을 것이다. 《하우스홀드 오러클》(1898년경)의 편집자인 앨프리드 마일스는 이것을 다음과 같이 묘사했다. "이전까지 소개되었던 그 어떤 것보다 더 색채와 외양 면에서 진짜 스테인드글라스에 가깝다는 장점을 지니고 있다. 그리고 동시에 붙이기도 쉽다. 물론 이것은 어디까지나 모조품이고 진품과는 비교할 수 없지만 예술적인 모조품보다 훨씬 더 추한 현실을 효과적으로 감춰줄 수 있다."

131. 수은주와 막대, 선박용 기압계 그리고 아름다운 유리와 나무 소재들이 날씨를 예견하는 데 사용되었으며 현재 골동품으로 가치가 나간다. 빅토리아 시대의 가정집에서 흔하게 볼 수 있었다. 양탄자 누르개는 대개 계단의 수직면 구석에 있는 놋쇠 막대를 뜻하며 양탄자를 고정시키는 데 사용한다.

서 있었다. 반쯤 열린 문틈 사이로 스테인드글라스[130]를 통해 새어 나오는 거실 불빛과 밝은색의 양탄자 누르개, 커다란 기압계가 보였다.[131] 모두를 집어삼킨 험난한 사건의 한가운데서 영국의 평범한 가정집 모습을 잠시 보는 것만으로도 나에게는 큰 위로가 되었다.

마차 안에서 나는 지금까지 일어난 일들을 떠올렸다. 생각할수록 사건은 점점 더 무시무시하고 어둡게 느껴졌다. 마차는 가스등이 켜진 적막한 거리를 덜컹거리며 지나갔다. 나는 일련의 기이한 사건들을 되짚어보았다. 처음 발단이 되었던 의혹은 이제 어느 정도 분명해졌다. 모스턴 대위의 죽음과 의문의 진주들, 광고, 편지 등은 모두 명백히 밝혀졌다. 하지만 그것은 다시 훨씬 더 비극적이고 복잡한 사건으로 이어졌다. 인도의 보물, 모스턴 대위의 지갑에서 발견된 이상한 지도, 숄

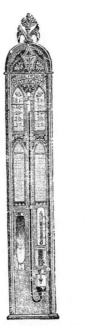

기압계들.
《해러즈 카탈로그》(1895)

토 소령의 사망 당일 일어난 기이한 사건, 다시 발견된 보물과 그것을 찾아낸 사람의 죽음, 매우 특이한 사건 현장, 남겨진 발자국, 기묘한 무기, 모스턴 대위의 지도에 적혀 있던 글귀가 남겨진 종이까지, 이렇게 복잡한 사건을 홈즈보다 재능이 부족한 사람이 맡았다면 아무 단서도 찾지 못하고 포기했을 게 분명하다.

램버스 지역 아래쪽에 위치한 핀친 레인에는 지저분한 2층 벽돌집들이 일렬로 늘어서 있었다.[132] 나는 홈즈가 말해준 세 번째 집을 찾아서 문을 두드렸다. 몇 번 더 두드린 후에야 안쪽에서 인기척이 들렸다. 커튼 뒤로 한 줄기 촛불 빛이 보이더니 2층 창문에서 누군가 얼굴을 내밀었다.

"저리 가지 못해, 이 술주정뱅이 건달 놈아! 한 번만 더 소란을 피우면 마흔세 마리 개들을 모조리 풀어놓을 테다!"

"저는 딱 한 마리만 풀어주시면 됩니다! 그걸 부탁드리려고 찾아왔습니다만." 내가 말했다.

"꺼져!" 위층에서 다시 소리쳤다. "제길, 지금 당장 꺼지지 않으면 이 가방에서 걸레 자루를 꺼내 네놈 머리 위로 던져버리겠어!"[133]

"저는 반드시 개를 가져가야 합니다!" 내가 대꾸했다.

"더 이상 말씨름할 필요가 없겠군!" 셔먼 영감이 외쳤다. "거기 똑바로 서 있어, 내가 '셋' 하는 순간 걸레가 네놈 머리 위로 떨어질 테니."

나는 급한 마음에 "셜록 홈즈 씨가!"라고 큰 소리로 외쳤다. 그런데 그 이름 하나가 마법처럼 상황을 순식간에 바꾸어놓았다. 위층 창문이 갑자기 닫히더니 눈 깜짝할 새에 아래층 가게 문이 열리고 셔먼 씨가 모습을 드러냈다. 그는 깡마른 노인이었다. 푸른빛이 도는 안경을 쓰고 있었는데 어깨와 허리가 모두 굽었고 목에는 힘줄이 잔뜩 서 있었다.

132. 런던에 이런 거리는 존재하지 않는다. 버나드 데이비스는 이 가게를 프린스 로드 81번가에 위치한 존 헤일의 상점이라고 규명한다.

133. 셔먼 영감이 "걸레 자루wiper"라고 한 것은 '독사viper'를 의미한다. 셔먼의 발음은 디킨스의 『픽윅 페이퍼스』에 나오는 샘 웰러의 런던 사투리를 따라 하고 있다. 'v'와 'w'음을 바꿔 쓰는 특징은 1880년대에 대부분 사라졌으나 보드빌 극장 가수 거스 엘렌은 1920년대 내내 자신의 노래에서 이것을 대중화시켰다.

134. 버나드 데이비스가 지적하길 셔먼 영감은 홈즈의 형인 마이크로프트 외에 홈즈를 이름 "셜록"으로 부르는 유일한 사람이라고 한다. "우리는 갸름하고 열정적인 젊은이가 이 노인이 구운석고로 새와 동물의 박제를 만드는 일을 도우면서 살무사들의 독성에 대해 질문을 퍼붓는 모습을 그려볼 수 있다." 그러나 "선생"이란 존칭을 생략할 만큼 친밀하지는 않으며 셔먼 영감의 어투는 친밀하다기보다는 굽실거리는 것으로 보인다.

135. 'slowworm.' 뱀처럼 발 없는 도마뱀으로 악어과科 양서류목目에 속한다. 영국과 유럽 그리고 코카서스 산맥의 초원과 삼림지대에 굴을 파고 산다. 다 자란 것은 길이가 30센티미터 정도지만 어떤 종은 거의 60센티미터에 달한다. 이 도마뱀은 뾰족한 송곳니를 사용해서 달팽이와 민달팽이 그리고 다른 부드러운 동물들을 먹고 산다. 눈이 너무 작아 거의 보이지 않기 때문에 앞을 못 본다고 한다.

"셜록 홈즈 선생[134]의 친구라면 언제든 환영입니다." 그가 180도 달라진 태도로 말했다. "안으로 들어오시지요. 아, 거기 그 오소리를 조심하세요. 잘못하면 물릴 수도 있습니다." 그때 갑자기 오소리가 철창 사이로 심술궂은 머리를 내밀고 빨간 눈으로 달려들었다. "이런, 나쁜 녀석! 이 신사분을 물어뜯고 싶은 게냐?" 노인은 오소리에다 대고 소리치고는 바닥에 기어다니는 것들을 보며 덧붙여 말했다. "도마뱀입니다. 독이 없어서 풀어놓았으니 걱정 안 하셔도 됩니다. 녀석이 온 방을 돌아다니며 벌레들을 잡아먹습니다.[135] 아참, 아까는 미안했습니다. 홈즈 선생의 친구분인지 모르고 내가 좀 고약하게 굴었지요. 사실 어린아이들이 나를 놀리려고 하루에도 수십 번씩 가게 문을 두드려 대거든요. 그래서 그랬습니다. 그나저나, 셜록 홈즈 선생이 필요하다는 게 뭐였지요?"

"네, 셔먼 씨의 개 한 마리를 데려오라고 했습니다."

"아하! 분명 토비겠구먼!"

"맞아요, 이름이 토비라고 했습니다."

"토비는 저기 7번 우리에 살고 있습니다."

어느새 노인 주위로 별난 동물들이 잔뜩 모여 있었다. 그가 촛불을 들고 동물 가족들 사이를 천천히 걸어 나가자 정체를

"셜록 홈즈 선생의 친구라면
언제든 환영입니다."
리하르트 구트슈미트 그림,
『네 사람의 서명』, 슈투트가르트,
로베르트 루츠 출판사(1902)

알 수 없는 희미한 빛들이 여기저기서 흘러나오기 시작했다. 수많은 동물들이 번뜩이는 눈으로 우리를 내다보고 있었던 것이다. 심지어 머리 위 들보에는 한 무리의 새들이 근엄하게 줄지어 앉아 있었는데, 우리가 떠드는 소리에 잠에서 깬 모양인지, 귀찮다는 듯 한쪽 다리에서 다른 쪽 다리로 천천히 무게중심을 옮겼다.[136]

토비는 못생긴 얼굴에 털이 길고 귀가 늘어진 개였다. 스패니얼과 러처[137]의 피를 반반씩 물려받은 잡종으로 갈색 털과 흰색 털이 반씩 섞여 있었고, 보기 흉할 정도로 뒤뚱거리며 걸었다. 노인은 토비에게 주라며 각설탕[138] 하나를 내게 건넸다. 토비는 잠깐 머뭇거리더니 내가 내민 각설탕을 받아먹었다. 이로써 우리 사이에 동맹 관계가 성립되었고 녀석은 별 어려움 없이 나를 따라 마차에 올랐다. 폰디체리 저택에 돌아왔을 때 궁전의 시계[139]가 정확히 새벽 3시를 가리켰다. 프로 권투 선수 출신 맥머도는 숄토 씨와 함께 이미 경찰서로 연행된 후였다. 저택의 유일한 출입구인 좁은 문은 맥머도 대신 두 명의 경관이 지키고 있었다. 내가 사립탐정 홈즈의 이름을 말하자 그들은 나와 토비를 순순히 들여보내주었다.

홈즈는 현관 계단 앞에서 주머니에 손을 넣은 채 파이프 담배를 피우고 있었다.

"아, 왓슨! 자네가 녀석을 데리고 왔군!" 홈즈가 반갑게 소리쳤다. "그래. 착하지!" 홈즈는 토비를 쓰다듬으며 그사이 있었던 일을 내게 말했다. "애설니 존스 형사는 떠났어. 자네가 출발한 후에 말도 안 되는 일이 벌어졌지. 그가 제멋대로 공권력을 사용해 숄토 씨뿐만 아니라 문지기, 가정부, 인도인 하인까지 모조리 다 체포해 갔어. 위층의 경사 한 명을 제외하면 이 집에 머무는 사람은 우리 둘뿐이야. 토비는 여기 두고 같이 올라가보자."

데버러 라우바크는 그녀의 흥미로운 에세이 「숫자 3의 연구」에서 이렇게 논평한다. "왓슨은 완전히 낯선 사람인데 짖어대는 소리 하나 나지 않은 채 핀친 레인에 있는 모든 동물들을 자세히 살피며 걷고 있다. 가게 주인이 개에 대해 뭐라고 말했던가?"

137. 도널드 저라드 주얼은 이 러처를 독일산 셰퍼드와 그레이하운드의 잡종으로 묘사한다. "러처는 그레이하운드보다 길이가 거의 4분의 1 정도 짧지만 대단히 속도가 빨라 야외에서 토끼를 따라잡을 수 있고, 토끼 굴 속의 토끼를 날쌔게 가로막을 수 있다. 빠를 뿐만 아니라 영리하기도 하다. 시각과 후각으로 사냥할 수 있는 장점도 지니고 있다." 러처는 조용히 사냥하는 능력 때문에 밀렵꾼들이 좋아하는 개의 종류다.

138. 스튜어트 파머는 「셜록 홈즈와 그 동료들에게 개 공포증이 있다는 확실한 증거에 대한 보고서」에서 나이 많은 박물가가 개의 이빨이 손상될지도 모르는데 왓슨으로 하여금 설탕을 먹이도록 한 점에 대해 충격을 표시한다.

139. 어떤 "궁전"의 시계인지에 대해서는 논쟁이 있다. 크리스토퍼 몰리는 이것이 램버스 궁전의 시계라고 규명하지만 험프리 미첼은 《베이커 스트리트 저널》에 보내는 편지에서 어퍼노우드에서 램버스 궁전의 시계 소리를 듣는 것이 불가능했다고 지적한다. 미첼은 왓슨이 의미하는 것은 근처 시드넘 힐에 위치한 크리스털 궁전이라고 설명한다. 그러나 크리스털 궁전에는 종이 울리는 시계가 없기 때문에 왓슨이 실수한 것이다. "그가 들은 것은 틀림없이 어퍼노우드에 있는 맹인학교 탑 위의 시계일 것이다. 앞을 보지 못하는 사람들을 위해 넓은 지역까지 아주 잘 울려 퍼지는 소리로 15분마다, 30분마다 그리고 한 시간마다 종이 울렸다." 윌리엄 P. 슈웨이커트는 「궁전의 시계」에서 몰리의

주장과 미첼의 주장을 모두 반박한다. 그는 왓슨이 들은 소리는 웨스트민스터 궁전 시계인 "빅벤"이라고 주장한다. 슈웨이커트는 아서 코난 도일이 사우스노우드에 살았기 때문에 근처에서 들릴 수 있는 종이 무엇인지 알고 있었으므로, 이후 판본들에서 왓슨에게 실수를 정정하도록 지적했을 것이라고 설명한다. 하지만 버나드 데이비스는 「명인의 솜씨」에서 이 시계가 어퍼노우드에 있는 올 세인트 교회의 종탑에 설치된 것으로 규명한다. 1840년에 클러큰웰의 제임스 무어가 제조한 이 시계는 정각마다 울리도록 맞추어져 있었다. "왓슨의 마차가 새벽 3시쯤에 이 길을 지나치기 이전에도 이 시계는 지난 48년 동안 그래 왔던 것이 분명하다. 남부 노우드 힐 아래 어디쯤인가 이 저택과 매우 가까운 곳에서 왓슨은 그의 머리 위, 그리고 바로 가까운 등 뒤에서 시계가 3시를 울리는 소리를 들었을 것이다. 왓슨은 크리스털 궁전에 대해서 잘 알지 못했기 때문에 그가 그렇게 추측한 것은 이상한 일이 아니었다."(편집자에게 보낸 편지, 2000년 4월 30일)

140. 불빛을 강화하기 위해 프레넬 렌즈나 볼록렌즈를 사용한 손전등이다.

141. 잡지와 『네 사람의 서명』 초판본들에서는 모두 "끈cord" 대신에 "카드card"라고 쓰여 있다. 물론 "카드"가 홈즈의 목에 램프를 둘러매는 데 사용됐을 리는 없다.

우리는 거실 탁자에 토비를 묶어두고 다시 2층으로 올라갔다. 시체 위에 하얀 천이 덮여 있는 것을 빼면 방은 내가 떠나기 전 그대로였고, 많이 지쳐 보이는 경사가 구석에서 몸을 기댄 채 쉬고 있었다.

"경사, 램프[140] 좀 빌립시다." 홈즈가 말했다. "왓슨, 램프를 끈[141]으로 묶어 내 목에 매달아줘. 앞을 비출 수 있게 말이야." 나는 홈즈의 말대로 그의 목에 램프를 달아주었다. "고마워. 이제 신발과 양말을 벗어야겠군. 왓슨, 이것들은 자네가 좀 챙겨줘. 나는 지붕 위에 올라갈 생각이야. 그리고 이 손수건에 크레오소트 액을 좀 묻혀줘. 그래, 그 정도면 충분해. 고마워. 그럼 이제 자네도 같이 다락으로 올라가지."

우리는 천장에 난 구멍으로 올라갔다. 홈즈는 먼지에 찍혀 있는 발자국 쪽으로 한 번 더 램프를 비추었다.

"왓슨, 여기 이 발자국을 특히 잘 봐봐. 뭐 짚이는 거 없어?"

"내가 보기엔, 어린아이나 왜소한 여자의 발자국 같아."

"발자국 크기 말고 다른 특이 사항은 없어?"

"없어, 여느 발자국과 거의 비슷해."

"그렇지 않아. 여길 봐! 오른쪽 발자국이 먼지에 찍힌 자국이야. 자, 이제 내가 이 옆에 맨발로 발자국을 찍어볼게. 차이를 알겠어?"

"그러고 보니, 자네 발자국의 발가락은 거의 모아져 있는데 이건 유난히 많이 벌어져 있군그래."

"바로 그거야. 그게 핵심이지. 그 점을 명심해. 그리고 이제 들창으로 가서 나무 창틀의 냄새를 맡아봐. 나는 손수건을 들고 여기 있을 테니."

나무 창틀에 코를 대자 강한 타르 냄새가 진동했다.

"공범이 탈출할 때 그곳을 밟은 거지. 자네가 맡을 수 있을 정도라면, 토비에게는 식은 죽 먹기나 다름없겠군. 좋아, 이제 자네는 아래층으로 내려가서 개를 풀어주고 블롱댕[142]을 찾아 어떤 묘기가 펼쳐지는지 구경이나 하라고."

내가 밖으로 나갔을 때 홈즈는 램프를 목에 매단 채 지붕 용마루를 천천히 걸어가고 있었다. 그 모습이 마치 거대한 반딧불이가 움직이는 것처럼 보였다. 그러다가 굴뚝에 가려져 홈즈의 모습이 잠시 사라졌는데, 얼마 후 나타났다가 반대쪽으로 이동하는 바람에 다시 자취를 감추었다. 나는 홈즈를 찾으려고 반대쪽으로 움직였고, 처마 귀퉁이에 앉아 있는 홈즈를 발견했다.

"어이, 왔슨 자네야?" 홈즈가 큰 소리로 나를 불렀다.

"맞아."

"놈은 바로 이곳을 통로로 이용한 거야. 거기 밑에 있는 시커먼 물건은 뭐지?"

"배럴 통이야."

"뚜껑은 있어?"

"있어."

"근처에 사다리 같은 건 없고?"

"없어."

"젠장! 정말 위험한 곳이야. 그래도 놈이 올라온 곳이니 나도 내려갈 수 있겠지. 홈통이 꽤 단단해 보이긴 해. 자, 그럼 내려가볼까!"

발이 끌리는 소리가 몇 차례 들리더니 램프 빛이 천천히 벽을 타고 내려오기 시작했다. 그러다 배럴 통 위로 가볍게 뛰어올랐고, 거기서 다시 땅으로 사뿐히 착지했다.

"범인의 이동 경로를 추적하는 일은 생각보다 어렵지 않았어." 홈즈는 내가 건네준 양말과 신발을 차례로 신으며 말했다. "그자가 밟고 지나간 자리마다 기왓장이 흐트러져 있었거든. 그리고 녀석이 서두르는 바람에 이걸 떨어뜨렸더군. 의사

142. 샤를 블롱댕(1824-1897)은 장 프랑수아 그라블레의 예명이다. 나이아가라 폭포를 줄타기로 건너서 유명해진 곡예사다.

347

143. 마르티니 소총은 정확하게 피보디마르티니헨리 소총으로 불린다. 공이치기가 보이지 않고 자동으로 당겨지는 총으로서 프리드리히 본 마르티니와 알렉산더 헨리가 디자인했다. 1871년에 채택된 이후 영국 연대의 주요 무기로 자리매김하다가 이 마르티니 소총과 더 구식인 스나이더엔필드 소총은 1890년대에 이르러 리멧포드로 교체되었다. 일부 마르티니 소총은 20세기가 되어서도 식민 무기로 계속 사용되었다.

마르티니헨리 소총.

144. 버나드 데이비스는 "홈즈가 이렇게 말하는 것은 불가능했다"고 지적한다. 이 대화가 벌어지고 있을 때 홈즈는 자취의 경로가 얼마나 긴지 알지 못했기 때문이다. 왓슨이 나중에 알고 나서 이 대화를 재구성했을 것이다.

들이 하는 말을 빌리자면, 진단을 확진한 셈이지."

홈즈는 작은 주머니 같은 물건을 보여주었다. 염색한 풀을 짜서 만든 물건인데 번쩍이는 구슬로 장식되어 있었다. 크기나 모양으로 보아, 담뱃갑 같지는 않았고 주머니 안을 들여다보니 검은색 나무 독침 열두 개가 들어 있었다. 한쪽 끝은 날카롭고 한쪽 끝은 뭉툭했다. 그것은 바솔로뮤 숄토의 몸에 박혀 있던 것과 같은 종류였다.

"사람을 죽이는 물건이야. 찔리지 않게 조심해. 이것이 놈이 가진 무기의 전부라면, 우리가 이 독침에 공격당할 위험은 덜었으니 천만다행이야. 조만간 마르티니[143] 총알을 한 방 맞을지도 모르지만. 자, 지금부터 10킬로미터 행군을 시작할 거야, 괜찮겠어?"[144]

"물론이지." 내가 대답했다.

"다리는 어때? 견딜 수 있겠어?"

"물론."

"좋아. 이제 토비 차례군!" 홈즈는 녀석의 머리를 쓰다듬어 주었다. "토비, 냄새를 맡아." 홈즈는 크레오소트가 묻은 손수건을 개의 코 밑에 갖다 대고 명령했다. 녀석은 털이 복슬복슬한 다리를 벌리고 서서 우스꽝스럽게 머리를 갸웃거렸다. 마치 와인 향을 맡는 감식가처럼 보였다. 홈즈는 손수건을 멀리 던지고는 잡종 개의 목에 튼튼한 목줄을 채웠다. 그리고 물통 옆으로 개를 데리고 갔다. 개는 코를 땅에 박고 꼬리를 곧추세우며 즉시 큰 소리로 사납게 짖어댔다. 그러고는 냄새를 따라 쏜살같이 달려 나갔다. 우리는 목줄을 잡고 토비의 뒤를 쫓았다. 토비는 홈즈가 잡고 있던 목줄이 팽팽해질 정도로 엄청난 속도로 달렸다.

동쪽 하늘이 서서히 밝아오기 시작했고, 차가운 회색빛 박명 아래 거리에 있는 웬만한 물체는 램프를 비추지 않고도 볼 수 있었다. 우리의 등 뒤로 쓸쓸하고 비참하게 우뚝 솟아 있는 거대한 저택과 텅 빈 검은 창문, 높다랗고 매끈한 벽면도 잘 보였다. 개는 정원을 가로질러 군데군데 파놓은 구덩이 사이를 요리조리 잘도 빠져나갔다. 어지럽게 쌓인 흙더미와 시든 관목들로 정원은 황폐하고 불길해 보였다. 이는 어쩐지 저택에 드리워진 비극적인 사건과도 잘 어울리는 것 같았다.

담 밑에 도착한 토비는 담벼락 그림자에 코를 박고 연신 킁킁대며 냄새를 맡았다. 그러다가 어린 너도밤나무에 가려진 모

냄새를 따라 쏜살같이 달려 나갔다.
F. H. 타운센드 그림, 『네 사람의 서명』, 런던, 조지 뉴스 출판사(1903)

퉁이 앞에 멈춰 섰다. 두 개의 담이 만나는 그곳에 담장 벽돌 몇 개가 헐거워져 있었고, 갈라진 틈의 벽돌만 반들반들하게 닳아 있었다. 범인들이 이곳을 사다리로 자주 활용했던 것 같았다. 홈즈는 갈라진 틈 사이에 발을 딛고 담장을 기어오른 후 내가 들고 있던 토비를 잡아 올려 담장 반대쪽으로 조심스럽게 떨어뜨렸다.

나도 담장 위로 올라가 홈즈 옆에 같이 섰다. "의족을 한 사내의 손바닥 자국이 남아 있군. 저기 하얀 석회가루 위에 묻은 혈흔 보이지? 간밤에 큰비가 내리지 않아서 천만다행이군. 범인들이 사라진 지 스물여덟 시간이나 지났지만 아직 길가에 크레오소트 냄새가 남아 있을 거야."

나는 밤사이 런던 시내를 지나다녔을 수많은 마차들을 떠올리며 홈즈의 추리에 의구심을 품었다. 하지만 곧 내 걱정이 기우에 지나지 않았음을 알게 되었다. 토비는 뒤뚱거리며 굴러가는 듯한 특유의 동작으로 계속해서 달려 나갔다. 한 번도 머뭇거리거나 다른 곳으로 새지 않았다. 길 위에 다른 냄새도 많았겠지만 크레오소트의 냄새가 어떤 냄새보다 훨씬 더 지독했던 것이다.

"왓슨, 내가 단순히 범인의 발에 묻은 화학약품에만 의존하고 있다고 생각하지 말아줘." 홈즈가 말했다. "다른 방법으로도 녀석들을 추적할 수 있어. 하지만 이 방법이 가장 빠르지. 행운의 여신이 우리 손에 증거를 쥐여줬는데 그걸 모른 체하는 것도 잘못 아니겠어? 그러고 보니 명백한 이 증거 때문에 복잡한 사건이 꽤 단순해지긴 했어. 이 증거만 아니었다면 내가 엄청난 실력 발휘를 할 수 있을 텐데 말이야."

"걱정 마. 지금도 충분히 실력을 발휘하고 있어." 내가 말했다. "정말이야, 나는 자네가 이번 사건에서 증거를 찾아내는 과정을 보고 몹시 놀랐어. 제퍼슨 호프 살인 사건 때보다 훨씬 더 대단해. 내가 보기엔 이번 사건이 더 복잡하고 난해한 것 같아. 예컨대 의족을 한 사내에 대해 묘사할 때 어떻게 그렇게 자신 있게 말할 수 있었지?"

"쳇, 고작 그런 걸 가지고! 별것 아니었어. 상황이 훤히 보였거든. 자, 한번 들어보라고. 교도소 경비를 지휘하던 두 명의 장교가 어느 날 숨겨진 보물에 관한 중대한 비밀을 알게 되었어. 조너선 스몰이라는 영국인이 두 장교를 위해 지도를 그려주었지. 자네, 모스턴 대위가 가지고 있었다던 도면에 적힌 이름을 기억해? 다른 동료들을 대표해 조너선이 네 사람의 이름을 도면 위에 적은 후 '네 사람의 서명'이라는 극적인 제목을 붙여놓은 거지. 이 도면 때문에 한 사람이 보물을 찾아 영국으로 돌아왔어. 그리고 지도를 받기 전에 그들과 했던 약속을 지키지 않았을 거야. 자, 그럼 조너선 스몰은 왜 스스로 보물을 찾지 않았을까? 답은 아주 간단하지. 도면은 모스턴 대위가 죄수들과 가깝게 지냈을 때 그려진 거야. 조너선 스몰과 다른 동료들은 죄수 신분이었기 때문에 그곳을 떠나 보물을 찾으러 갈 수 없었던 거지."

"결론이 너무 단순한 것 같군." 내가 말했다.

"전혀 그렇지 않아. 오로지 이 가설만이 진실을 설명할 수 있어. 그러면 내 가설이 결론과 어떻게 맞아떨어질지 한번 보자고. 숄토 소령은 보물을 가지고 몇 년 동안 평화롭고 행복하게 살았어. 그러던 어느 날 인도에서 온 편지 한 통을 받고 큰 충격에 휩싸였지. 그게 뭐였겠어?"

"그가 속였던 죄수가 석방되었다는 소식이었겠군." 내가 대답했다.

"아니면, 그 죄수가 탈옥했거나. 내 생각엔 후자 쪽이 더 그럴듯해. 왜냐하면 숄토는 죄수들의 복역 기간을 잘 알고 있었기 때문에 석방 소식에 그렇게 충격을 받았을 리는 없어. 편지

145. 이언 매퀸은 이것이 불가능하다고 지적한다. 모스턴이 인도를 떠나기도 전에 스몰이 안다만에서 탈옥한 게 틀림없기 때문이다. 매퀸이 주장하기를, 모스턴이 숄토에게 그의 탈옥에 대해 말하자 두 영국 장교만 풀려났을 때보다 보물에 대해서 훨씬 더 격렬한 다툼이 벌어졌을 것이라고 한다. 매퀸은 이 편지가 스몰이 자유를 찾고 난 훨씬 뒤에 인도에서 작성된 것이라는 결론을 내리고, 스몰 자신이 편지의 작성자인데 영국으로 출발하기 직전에 부친 거라고 주장한다. "1882년 초"에서 "4월 말"까지의 기간은 스몰이 적의 엄중한 방어 태세를 정찰하고 그를 공격할 계획을 세우기에 알맞은 시간이었다. 그는 거의 성공했고 편지에 대한 홈즈의 추리는 틀렸다.

를 받은 후 그가 어떻게 대처했을까?[145] 의족을 한 사내를 경계하기 위해 자신은 물론 집 구석구석 경비를 철저히 세웠지. 아 참, 탈옥한 죄수는 백인이야. 새디어스가 이야기했잖아, 숄토 소령이 백인 장사꾼을 조너선 스몰로 오해하고 실제로 그를 향해 총을 쏘았다고 말이야. 그리고 도면 위에 적힌 이름 중에 백인의 이름은 하나뿐이야. 나머지 셋은 힌두교도나 회교도지. 그 모든 정황으로 보아 의족을 한 사내는 분명 조너선 스몰과 동일 인물임에 틀림없어. 지금까지 말한 것 중 잘못된 게 있어?"

"없어. 아주 간결하고 명료한 추리였어."

"그럼 이번에는, 우리가 조너선 스몰의 입장이 되어보자구. 그는 보물에 대한 자신의 권리를 되찾고, 자신을 속인 사람에게 복수하려는 생각을 가지고 영국에 왔어. 숄토 소령이 어디에 거주하고 있는지 찾아낸 후 저택 내부에 살고 있는 하인과 내통했을 가능성이 아주 커. 우리는 만나지 못했지만, 폰디체리 저택에는 랄 라오라는 집사가 살고 있어. 번스톤 부인의 말로는 성품이 좋지 못한 사람 같더군.

하지만 보물이 숨겨진 장소를 아는 사람은 숄토 소령과 이미 사망한 충성스러운 하인, 이 두 사람뿐이었기 때문에 스몰은 보물을 찾아내지 못했어. 그러던 어느 날 소령이 곧 임종을 맞을 것이라는 사실을 알게 된 그는 보물이 숄토 소령의 죽음과 함께 묻혀버릴까 봐 대단히 흥분했고, 그 길로 곧장 저택의 삼엄한 경비를 뚫고 소령의 방 가까이 접근했어. 하지만 소령이 두 아들과 함께 있는 바람에 방으로 들어갈 수는 없었지. 소령은 사망했지만, 증오에 눈이 멀어 다시 소령의 방에 침입했고 소령의 소지품을 모조리 뒤졌어. 혹시 보물에 관련된 정보가 나오지 않을까 하는 바람에서 말이야. 하지만 아무것도 찾지 못했지.

방을 떠나기 전 그는 자신이 이곳에 왔음을 알리는 짧은 글귀를 메모지에 적어두었어. 자신이 소령을 처단하게 되면 그 글귀를 소령의 몸에 남기려 한 것이 틀림없어. 네 사람의 입장에서 본다면 그것은 평범한 살인이 아닌 정의로운 행동을 상징하는 것이니까 말이야. 범죄 역사에서 이런 식으로 자신의 흔적을 남기는 일은 자주 있었어. 그리고 대개의 경우 이 흔적이 범인에 대한 소중한 단서를 제공해주지. 무슨 말인지 알겠지?"

"잘 알아들었어."

"그 후에 조너선 스몰이 어떻게 했을까? 보물을 찾기 위해 계속해서 비밀리에 저택을 감시했어. 물론 영국을 떠나 있으면서 보물을 찾기 위해 이따금 저택으로 돌아왔을 수도 있지. 그러는 사이 바솔로뮤 숄토가 다락방을 발견했고, 스몰은 즉시 그 사실을 알게 됐지. 여기서 또 한 번 저택 내부에 공범이 있다는 사실이 드러나는군. 조너선 그는 의족을 한 다리 때문에 바솔로뮤 숄토의 높은 방에 접근할 수가 없었어. 그래서 우리의 호기심을 자극하는 몹시 특이한 동료와 함께 범행을 도모했고, 장애물을 극복할 수 있게 되었지. 비록 공범이 크레오소트 액에 발을 딛는 바람에 토비까지 끌어들이고, 아킬레스건[146]을 다친 군의관을 10킬로미터나 걷게 했지만 말이야."

"그런데 숄토를 죽인 것은 조너선이 아니라 그 공범이잖아."

"그렇지. 방에 남겨진 스몰의 발자국 동선을 살펴보면 바솔로뮤 숄토에게 개인적인 원한은 없어 보여. 스몰은 단지 숄토의 몸을 묶고 입에 재갈을 물린 후 보물을 가져가는 선에서 일을 마무리하고 싶었을 거야. 혹시라도 일이 잘못될 경우 교수형은 피해야 하니까 말이야. 하지만 어쩔 수 없었지. 스몰의 동료가 야만적인 본능을 발휘해 독침을 쏘아버렸으니까. 그리고 조너선 스몰은 다시 한 번 짧은 글귀를 남기고 보물 상자를 꺼내 달아났지. 여기까지가 내가 파악한 사건의 전말이야. 물론 그의 인상착의에 관해서도 말해줄 수 있어. 중년의 나이, 안다

146. 조지 클리브 헤인스는 이것이 제1장에서 언급된 "부상당한 다리"(17번 주석 참조)가 아니라 다른 문제를 가리킨다고 주장한다. 왓슨은 자신의 아킬레스건을 다친 데 대해 전쟁 중 부상으로 언급한 적이 전혀 없다. 헤인스는 그러한 힘줄 부상은 대개 좌상이나 자상의 결과로 입는다고 설명한다. 그는 왓슨의 힘줄 부상은 어떤 격렬한 스포츠 활동의 결과인 것 같다고 결론을 내린다(왓슨이 정식으로 참여하는 스포츠로서 「서식스의 뱀파이어」에서 언급된 럭비 등이 있다). 이것은 영구적인 부상이 아니어서 왓슨의 기록에 다시는 나타나지 않는다.

만 제도에서 오래 복역했기 때문에 검게 그을린 피부, 발자국 보폭으로 보아 키는 쉽게 계산할 수 있고 턱수염을 길렀어. 새디어스 숄토의 말을 기억해봐. 창밖에 서 있던 그 사내 얼굴에 수염이 텁수룩하게 나 있었다고 알려주었어. 여기까지야. 그 이상은 나도 잘 모르겠군."

"그 공범은?"

"아하, 공범도 뭐 대단히 신비로운 사람은 아니야. 자네도 곧 모든 걸 알게 될 거야. 정말 상쾌한 아침이군! 저기 저 작은 구름을 보라구, 거대한 홍학의 분홍 깃털 같군.[147] 떠오르는 태양의 붉은 빛줄기가 런던 하늘의 짙은 먹구름 사이로 고개를 내밀고 있어. 태양은 세상의 수많은 사람들에게 빛을 비추지만 장담하건대, 그중 이렇게 희한한 일에 매달려 있는 사람은 우리 둘밖에 없을걸. 위대한 자연의 힘 앞에서 인간의 야망과 노력이 너무나 보잘것없게 느껴지는군! 자네, 장 파울[148]에 대해 잘 알지?"

"꽤 알지. 장 파울에 대해 칼라일이 쓴 글까지 읽었고 말이야."[149] 내가 대답했다.

"그의 책은 마치 개울을 따라가다가 그 근원인 호수에 도착한 것과도 같아. 장 파울은 아주 재치 있고 심오한 말을 했어. '인간의 진정한 위대함은 자신이 보잘것없음을 아는 데 있다.' 비교하고 인정할 줄 아는 능력 자체가 인간의 숭고함을 증명한다는 말이지. 그의 책에는 풍부한 정신적 양식이 담겨 있어. 그런데 왓슨, 권총 가져왔어?"

"지팡이는 가져왔어."

"놈들의 소굴에 들어가게 되면 그런 무기가 필요한 상황이 발생할 수도 있어. 조너선은 자네에게 맡길게. 나는 다른 녀석이 거칠게 굴면 총을 쏘아 죽일 생각이야."

홈즈는 웃옷 오른쪽 주머니에서 권총을 꺼내 약실藥室에 총

147. 왓슨이 「은퇴한 물감 제조업자」에서 "햇볕에 구워진 높다란 담벼락은 지의류가 덕지덕지 덮이고 위에는 이끼가 끼어 있어서, 담벼락은 일종의……"라고 묘사하자 "시는 그만 읊어"라며 거침없이 책망하던 사람이 이런 표현을 썼다.

148. 보통 장 파울로 불리는 요한 파울 프리드리히 리히터(1763-1825)는 독일의 유머 작가다. 홈즈가 잘 아는 칼라일은 『문학 선집』에 리히터에 대한 논문을 두 개 쓴 적이 있다. 매들린 B. 스턴은 토머스 드퀸시의 『영국 아편쟁이의 고백』의 1867년 런던판에 장 파울 리히터의 「어록」이 들어 있다고 지적한다. 그 가운데 홈즈가 여기서 인용한 게 분명해 보이는 '자신의 보잘것없음 속에 있는 인간의 위대함'이란 제목의 내용도 있다.

149. 왓슨이 『주홍색 연구』에서 칼라일에 대해 언급한 적이 있는데(『주홍색 연구』의 60번 주석 참조) 그때 홈즈는 그의 글들을 전혀 모르는 척한다.

알 두 발을 장전했다.[150] 그리고 다시 주머니에 권총을 집어넣었다.

우리는 토비의 뒤를 따랐다. 대도시의 허름한 저택들이 줄지어 있는 길을 지나 길게 뻗은 도로에 들어섰다. 그곳에는 노동자들과 부두 인부들이 이른 시간부터 바삐 움직이고 있었다. 단정치 못한 옷차림의 매춘부들이 가게 문을 닫고 현관 계단을 쓸고 있었고, 길모퉁이에 있는 여인숙은 하루의 시작을 준비했다. 이제 막 세수를 마친 듯한 험악하게 생긴 사내들이 소매로 턱수염의 물기를 닦으며 여인숙을 나서는 모습도 보였다. 낯선 개들이 어슬렁거리며 우리 옆을 지나가다 이상하다는 듯 쳐다보았지만 우리의 토비는 왼쪽이든 오른쪽이든 절대 한눈을 파는 법이 없었다. 녀석은 땅에 코를 박고 빠르게 전진했고, 이따

150. 왜 총알 두 발뿐인가? 로버트 키스 레빗은 「베이커 스트리트의 애니 오클리」에서 이것은 "정확성보다는 그의 자신감을 나타낸다. 그는 잘해야 두 발밖에 쏠 시간이 없다는 것을 알았다"라는 결론을 내린다. 로저 존슨은 이 책의 편집자에게 보낸 편지에서 다른 약실이 이미 장전돼 있었을 거라는 더욱 실제적인 주장을 펼친다.

우리는 토비의 뒤를 따랐다.
리하르트 구트슈미트 그림, 『네 사람의 서명』, 슈투트가르트, 로베르트 루츠 출판사(1902)

151. 케닝턴 오벌은 현재 공식적으로 포스터 오벌인 곳으로서 서리 카운티 크리켓 클럽의 본거지다. "공익을 위하여 귀족들에게만 개방하는 크리켓 경기장"이었다.(『베데커』)

152. 버나드 데이비스에 따르면 현재의 '본드 웨이'다. 홈즈의 경로를 지도로 그려보면 아래와 같다.

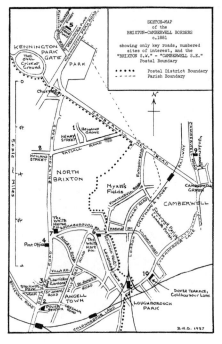

홈즈의 경로.
버나드 데이비스 제공

153. 데이비스는 "기사의 집은 원즈워스 길에 있는 집들의 테라스였다. 마일스 스트리트로 진입하는 길 왼편에 있고 무너져가는 건물들이 아직도 남아 있다"고 설명한다.

154. 찰스 메리먼은 「불필요한 타르 추출물들」에서 홈즈의 행보를 재구성하려고 했던 노력이 성과가

금 냄새가 강하게 나는 곳에서 크게 짖어댔다.

우리는 스트레텀, 브릭스턴, 캠버웰을 통과한 후 방향을 바꾸어 오벌[151]의 동쪽으로 향하는 케닝턴 길로 들어섰다. 그런데 토비의 경로를 파악해보니, 범인들이 추적을 피하려고 일부러 구불구불한 길로 이동한 것 같았다. 그들은 큰 도로로는 나가지 않았고, 골목길이 나오면 항상 골목길로 꺾어 들어갔다. 케닝턴 길 끝자락에서 다시 왼쪽으로 꺾어 본드 스트리트[152]와 마일스 스트리트를 지났다. 기사의 집[153]으로 이어지는 곳에서 토비는 앞으로 나아가길 멈추고, 한쪽 귀를 쫑긋 세우고 다른 쪽 귀는 축 늘어뜨린 채 같은 자리를 맴돌았다. 토비는 잠시 주저하는 모습을 보이더니 빙글빙글 돌며 도움을 요청하는 듯 애절한 눈빛으로 우리를 쳐다보았다.

"젠장! 뭐가 잘못된 거지?" 홈즈가 화난 목소리로 말했다. "녀석들이 마차를 이용했을 리도 없고, 기구를 타고 하늘로 올라갔을 리도 없어!"

"여기에 얼마간 머물렀나 보군."

"아! 다행이야. 녀석이 다시 뛰기 시작했어." 홈즈가 다행스러운 목소리로 말했다.

개는 킁킁거리며 주위의 냄새를 맡더니 결심한 듯 지금까지와는 다른 태도로 쏜살같이 내달렸다. 전보다 훨씬 더 강한 냄새를 맡은 것 같았다. 녀석은 땅에 코를 박지도 않고 우리가 잡고 있던 가죽끈이 끊어질 정도로 힘차게 달려 나갔다. 순간 홈즈의 번뜩이는 눈빛에서 우리가 곧 목적지에 도착할 것이라는 사실을 알 수 있었다.

우리는 나인 엘름스를 내달려 화이트 이글 술집 바로 옆에 있는 브로더릭 앤드 넬슨의 커다란 야적장에 도착했다.[154] 토비가 흥분하여 미친 듯 날뛰더니 쪽문을 통해 야적장 안으로 들어갔다. 목수들이 이른 아침부터 일하고 있었다. 토비는 톱밥

과 대팻밥을 헤치고 좁은 길을 달려 통로를 빙 돌아 두 개의 목재 더미 사이로 향했다. 그리고 의기양양하게 짖어대며 큰 배럴 통 위에 뛰어올랐다. 통은 아직 손수레에서 내려지지 않은 상태였다. 개는 통 위에 서서 혀를 축 늘어뜨리고 눈을 깜박거리며 우리의 칭찬을 기다렸다. 배럴 통의 널판과 손수레 바퀴에 검은색 액체가 묻어 있었고, 통 주변에서 크레오소트 냄새

없었다고 보고한다. "나는 분명히 사우샘프턴과 나인 엘름스, 그리고 다른 술집들을 지나쳤지만 화이트 이글 술집이라는 간판은 없었다."

홈즈와 나는 동시에 큰 소리로 웃음을 터트렸다.
찰스 A. 콕스 그림, 『네 사람의 서명』, 시카고와 뉴욕, 헤너버리 컴퍼니(연대 미상)

가 진동을 했다.

홈즈와 나는 잠시 우두커니 서로를 바라보다가 동시에 큰
소리로 웃음을 터트렸다.

제8장

베이커 스트리트 이레귤러스

"이제 어떻게 해야 하지?" 내가 물었다. "절대 실수하는 법이 없다더니, 녀석도 완벽하지는 않은가 보군."

"토비는 본능적으로 후각을 쫓았을 뿐이야." 홈즈는 통 위에 서 있는 토비를 안아 내린 후 야적장을 나섰다. "하루 동안 런던에서 수레로 운반되는 크레오소트 양이 얼마나 많은지 알아? 길이 엇갈렸을 가능성은 충분해. 특히 요즘은 목재를 건조시키는 데 크레오소트를 많이 사용하거든. 토비 잘못은 아니지."

"냄새를 다시 찾아야 할 것 같은데." 내가 말했다.

"자네 말이 맞아. 그런데 다행히 처음부터 시작할 필요는 없을 것 같아. 녀석이 기사의 집 모퉁이에서 한참을 머뭇거렸으니 필경 크레오소트 냄새가 그곳에서 두 방향으로 나뉘었던 거야. 이쪽 방향은 아니니까 반대 방향으로 가면 되겠군."

별로 어려운 일은 아니었다. 우리는 기사의 집 모퉁이로 되돌아갔고, 토비는 그곳에서 냄새를 찾아 크게 원을 그리며 한 바퀴 돌더니 새로운 방향으로 쏜살같이 달려 나갔다.

"설마 좀 전에 본 그 크레오소트 통이 처음에 놓여 있던 자리로 가는 건 아니겠지." 내가 걱정스레 말했다.

"나도 그 생각을 했어. 그런데 걱정 마. 녀석은 지금 인도로 가고 있어. 통을 실은 수레는 도로를 이용했을 텐데, 인도로 향

'고요한 도로' 위의 일꾼들.
『런던 거리의 삶』(1877)

하고 있다면 우리는 지금 제대로 가고 있는 거지."

토비는 벨몬트 광장과 프린스 가를 지나 강변을 향해 달렸다. 브로드 가[155]가 끝나는 지점에서 멈추지 않고 강으로 내려갔다. 그곳에는 나무로 된 작은 선착장이 있었다. 토비는 선착장 가까이로 우리를 이끌더니 저 멀리 어두운 강물을 바라보며 낑낑대는 소리를 냈다.

"제길, 범인들이 벌써 보트를 타고 도망간 것 같군." 홈즈가 아쉽다는 표정으로 말했다.

너벅선 몇 척이 물 위에 떠 있거나 선착장에 묶여 있었다. 우리는 토비를 선착장에 있는 모든 배에 일일이 태워서 냄새를 맡도록 했다. 녀석은 킁킁대며 구석구석 살폈지만 냄새를 찾지 못했다. 강변을 둘러보니 조잡하게 만들어진 부잔교 근처에 작은 벽돌집 하나가 눈에 띄었다. 2층 창문에 나무 팻말 하나가 걸려 있었는데 거기에는 큰 글씨로 '모드케이 스미스'라는 이름과, 그 밑에 '배를 빌려드립니다'라는 글귀가 적혀 있었다. 우리는 선착장 한쪽에 잔뜩 쌓여 있는 코크스[156] 더미를 보고 이 집에서 빌려준다는 배가 증기선이라고 확신했다. 그런데 주위를 천천히 둘러보던 홈즈의 표정이 점점 어두워졌다.

"불길하군. 녀석들이 생각보다 많이 영리한 것 같아. 도주 흔적을 은폐하려고 사전에 치밀한 계획까지 세워두었어." 홈즈는 심각하게 말하며 벽돌집을 향해 걸어갔다.

갑자기 현관문이 불쑥 열리더니 여섯 살쯤 되어 보이는 곱슬머리의 작은 남자아이가 뛰어나왔고, 그 뒤를 따라 뚱뚱한 여성이 손에 커다란 스펀지를 들고 쫓아 나왔다.

"잭! 당장 이리 오지 못해! 씻고 나가야지!" 여자가 빨갛게 상기된 얼굴로 소리를 질렀다. "어서 돌아와! 말썽꾸러기 녀석, 아버지가 돌아와서 네 꼴을 보면 분명 욕을 한 바가지 퍼부으실 거야."

155. 찰스 메리먼은 "벨몬트 광장과 프린스 가, 그리고 브로드 가도 흔적이 전혀 없다"고 보고한다. 버나드 데이비스가 다음과 같이 설명한다. "프린스 가는 흑태자 길의 동쪽 절반과 램버스로 남아 있지만 벨몬트 광장은 안타깝게도 더 이상 존재하지 않는다. 하지만 재건축된 이후 이와 유사한 건물들이 나인 엘름스 귀퉁이에 있는 기사의 집 반대편에 한 줄로 나란히 있었다." 데이비스는 왓슨의 설명에 따르면 정확한 자취가 지나갔던 벨몬트 광장과 프린스 가 사이에는 격차가 있다고 언급한다. 실제 경로는 케닝턴 길과 우회로가 다시 교차하는 지점을 포함했을 것이다. "브로드 가 끝에 있는 강변 부두에 다다를 때까지 타이어스 스트리트를 경유했을 것이다."(데이비스는 브로드 가를 현재의 흑태자 길이라고 확인한다.)

156. 음료가 아니라 산화시킨 석탄으로, 용광로의 연료로서 사용된다.

곱슬머리의 작은 남자아이가 뛰어나왔고, 그 뒤를 따라 뚱뚱한 여성이
손에 커다란 스펀지를 들고 쫓아 나왔다.
작자 미상, 뉴욕과 보스턴, H. M. 콜드웰 컴퍼니(연대 미상)

"네가 잭이구나!" 홈즈는 우리를 향해 뛰어오는 소년에게 의
도적으로 말을 붙였다. "빨갛게 익은 귀여운 뺨 좀 봐. 잭, 뭐 갖
고 싶은 것 없니?"

꼬마 잭은 잠시 골똘히 생각하더니 "1실링요"라고 말했다.

"1실링보다 더 갖고 싶은 건 없어?" 홈즈가 다시 묻자, 잭은
또 잠시 고민하더니 "2실링이면 더 좋지요"라고 대답했다.

"정말 똑똑하구나, 자, 여기 있다!" 홈즈가 잭의 손에 2실링
을 쥐여주었다.

"영리한 꼬마입니다. 스미스 부인!"

"네가 잭이구나!" 홈즈는 소년에게 의도적으로 말을 붙였다.
리하르트 구트슈미트 그림, 『네 사람의 서명』, 슈투트가르트, 로베르트 루츠 출판사(1902)

"감사합니다. 녀석이 원래 저렇답니다. 점점 감당하기 힘들어져요. 특히 남편이 며칠씩 집을 비울 때는 훨씬 심해져서."

"아저씨께서 지금 집에 없습니까?" 홈즈가 짐짓 실망한 투로 말했다. "유감이네요, 스미스 씨에게 용건이 있어서 찾아왔는데 말입니다."

"어쩌죠? 남편은 어제 새벽에 일을 나가고 없어요. 사실 저도 그것 때문에 걱정돼 죽겠어요. 배를 빌리시는 거라면 제가 도와드릴 수 있습니다만."

"증기선을 한 척 빌릴 수 있을까요?"

"감사합니다. 녀석이 원래 저렇답니다. 점점 감당하기 힘들어져요."
H. B. 에디 그림, 《선데이 아메리칸》(1912. 4. 28.)

"이런, 하필 남편이 타고 나간 게 증기선이에요. 그래서 불안한 거예요. 배에 실려 있는 석탄이 너무 적어서 울리치까지밖에 못 갈 텐데. 남편은 종종 그레이브젠드까지 나갔다가 일이 많은 날에는 며칠씩 머물다 돌아오곤 했어요. 그런데 석탄이 떨어진 증기선으로 어떻게 돌아올지 걱정이랍니다. 바지선을 타고 나갔다면 아무 문제 없을 텐데 말이에요."

"강 하류의 선착장에서 석탄을 살 수 있으니 너무 걱정 마세요."

"아니에요, 선생님." 스미스 부인이 손사래를 치며 말했다. "그이는 다른 곳에서 석탄을 살 사람이 아니에요. 몇 포대 안 되는 석탄 값이 터무니없이 비싸다고 평소에도 얼마나 화를 내는데요. 더구나 제가 질색하는 의족을 한 남자와 같이 갔거든요. 얼굴도 험악하게 생기고 말투도 이상한 사람이에요. 걸핏하면 우리 집 문을 두드려댄다니까요."

"의족을 한 남자라고요?" 홈즈가 놀란 표정으로 되물었다.

"네, 선생님, 구릿빛 피부에 꼭 무슨 원숭이처럼 생긴 사람이에요. 최근에 우리 바깥양반을 몇 번이나 찾아왔거든요. 어제 새벽에도 그 남자가 찾아와서 남편을 깨워 같이 나갔다니까요. 그런데 우리 양반은 사내가 찾아올 것을 이미 알고 있었던 눈치였어요. 잠들기 전에 증기선 시동을 미리 걸어놓았더라고요. 솔직히 난 그 점이 제일 마음에 걸려요."

"스미스 부인." 홈즈는 아무렇지도 않은 듯 어깨를 으쓱하며 말을 이었다. "제가 보기엔 별일 아닌 것 같습니다. 너무 예민하게 생각하지 마세요. 아참, 그런데 간밤에 찾아온 남자가 의족을 한 사내라는 걸 어떻게 아셨지요? 직접 보셨나요?"

"어젯밤에는 목소리만 들었어요. 그 사내의 목소리가 굵고 걸걸하다는 것을 진작 알고 있었거든요. 그가 문을 두드렸어요. 제 기억으론 세 번 정도 두드린 것 같아요. '일어나게 친구, 떠날 시간이야'라고 말하더군요. 남편은 큰아들 짐을 깨워서 데리고 나갔어요. 나에게는 한 마디 말도 하지 않고 말이에요. 그리고 의족이 돌바닥에 딱딱 부딪치는 소리도 들었어요."

"의족을 한 사내 혼자 왔었습니까?"

"그건 잘 모르겠어요. 다른 소리는 듣지 못했으니까요."

"그렇군요. 아침부터 실례가 많았습니다. 그런데 제가 필요한 건 증기선입니다……. 스미스 씨의 증기선이 빠르다는 소문을 듣고 찾아왔는데 아쉽네요. 그 증기선 이름이…… 뭐였더라……?"

"오로라호예요."

"아하! 노란 띠를 두른 낡은 녹색 증기선이지요? 선폭이 아주 넓고 말이죠."

"아니에요. 강에 떠 있는 다른 배들처럼 작고 날씬하답니다. 최근에 페인트칠을 다시 했는데, 검정 바탕에 빨간 줄 두 개를

157. 노로 젓는 가벼운 보트. 양 끝이 뾰족하다.

1890년경의 런던 다리.
『빅토리아 시대와 에드워드 시대의 런던』

그려 넣었지요."

"감사합니다. 스미스 씨에게서 곧 좋은 소식이 들리길 바랍니다. 강을 내려가는 길에 오로라호를 만나면 스미스 씨에게 부인의 염려를 전해드리겠습니다. 굴뚝이 검정색이라고 하셨죠?"

"아니요, 굴뚝은 검정색 바탕에 하얀색 띠를 둘렀어요."

"아, 맞습니다. 선체의 색이 검정이었지요. 스미스 부인, 그럼 안녕히 계십시오. 왓슨, 저기 나룻배[157]에 사람이 보이는군. 저걸 타고 강을 건너자."

우리는 나룻배에 올라탔다.

"저런 부류의 사람들을 수사할 때는 그들이 하는 말을 대수롭지 않게 듣는 척해야 해. 만일 자기가 하는 말이 상대에게 중요한 정보가 된다는 낌새를 채면, 그들은 즉각 진주조개처럼 입을 딱 닫아버리거든. 그러니까 일부러 딴소리도 해가면서 이야기를 들어야 원하는 것을 얻을 수 있지."

"그렇군. 좋은 정보를 얻었으니 이제 어디로 가야 할지 분명해진 것 같은데." 내가 말했다.

"어떻게 해야 할까?" 홈즈가 되물었다.

"증기선 한 척을 빌려서 강 하류로 녀석들을 쫓아가는 게 좋겠지."

"음, 왓슨 선생, 그렇게 하면 일이 몹시 복잡해질걸. 오로라호는 이곳과 그리니치[158] 사이 어딘가에 정박해 있을 거야. 그런데 다리 밑[159]에 길게 늘어선 선착장이 얼마나 많은지 알아? 우리 두 사람이 아무리 부지런히 돌아다녀도 하루 이틀로는 부족할 거야."

"그럼 경찰 병력을 동원하면 되겠군."

"아직은 아니야. 나는 최후의 순간에 애셜니 존스 형사를 부를 생각이야. 그의 자존심을 다치게 할 생각은 조금도 없지만, 이왕 여기까지 왔으니 이번 일은 내 힘으로 해결하고 싶어."

"선착장 관리인들[160]에게 그들의 행방을 묻는 광고를 내면 도움이 되지 않을까?"

"그건 절대 안 돼! 광고가 범인들의 귀에 들어갈 수 있어. 그렇게 되면 누군가 자신들의 뒤를 바짝 쫓고 있다는 사실을 알고 곧장 해외로 달아날걸. 지금 상황에서는 해외 도주 가능성도 간과할 수 없어. 하지만 자신들이 안전하다고 생각하면 서둘러 도주하지는 않을 거야. 바로 그것 때문에 존스 형사의 도움이 필요한 거지. 형사는 분명히 런던 일간지에 사건의 수사 방향을 만천하에 드러내는 기사를 실을 것이고, 범인들은 형사가 헛다리를 짚고 있다고 철석같이 믿겠지."[161]

"그렇다면 우린 이제 어떻게 해야 하지?" 내가 물었다. 그때 배가 밀뱅크 교도소[162] 근처에 도착했다.

"우선 이륜마차를 타고 집으로 돌아가자구. 뭐라도 좀 먹고 잠을 자두는 게 좋겠어. 오늘 밤에 다시 움직일 일이 생길 테니

158. 템스 강에 위치한 그리니치는 런던 다리 아래 10킬로미터 부근에 있다. 봄철 요리인 화이트베이트Whitebait 정찬으로 알려진 지역이었다. 성 삼위일체 주일(성령강림절은 부활절 후 50번째 날 또는 부활절 후 일곱 번째 일요일인데, 성령강림절 다음 일요일이 성 삼위일체 주일이다) 즈음 장관들과 다른 정부 인사들이 배 식당과 서인도 부두 식당 또는 트래펄가 광장 식당에서 이 정찬 예식을 거행했다. 화이트베이트는 일종의 청어로서 길이가 2.5센티미터밖에 안 되지만 대단한 별미로 여겨졌다. 고춧가루와 레몬주스, 갈색 빵, 버터 그리고 질 좋은 백색 라인 포도주인 호흐하이머와 함께 먹었다. 호흐하이머의 소비가 화이트베이트의 소비에 그늘을 드리우기 시작하자 정부 당국은 정찬이 과도하면 벌했고, 수십 년 동안 취소된 적도 있었지만 거듭된 요구로 인해 재개되곤 했다. 윌리엄 글래드스턴은 이 떠들썩한 술잔치를 두세 번 없앴다가 1892년과 1894년 사이에 지속적으로 없앤 것으로 명성을 얻었지만 장관들 중 흥청거리기 좋아하는 사람들이 1895년에 이 행사의 부활을 요구했다.

159. 모드케이 스미스의 집은 박스홀 다리와 램버스 다리 사이에 있었다. "다리 밑"이란 램버스 다리와 그리니치 사이에 뻗어 있는 강을 말하는 것으로 보인다. 그냥 "다리"라고 말할 때, 아마도 홈즈는 이 대도시의 마지막 다리인 '런던 다리'를 의미했을 것이다(1894년에 타워교가 개통하기 전까지는 마지막 다리였다).

160. 선착장 관리인들이란 선착장 주인들을 말한다.

161. 잠시 뒤 홈즈는 왓슨의 제안을 인정해주지도 않으면서 이 제안을 빼앗아 간다. 182번 주석 참조.

162. 밀뱅크 교도소는 8,600평 정도의 넓이로 첼시와 웨스트민스터 사이에 있는 박스홀 다리 근처 템스 강 북쪽 제방 위에 위치했다. 철학자이자 법학

자인 제러미 벤담(1748-1832)의 설계로 지어졌고 둥글거나 팔각형이거나 또는 육각형 별 모양으로 다양하게 묘사되는 이 건물의 디자인은 벤담이 발명한 24시간 파놉티콘형 감시 체계에서 유래했다. 이 체계에서 그 안에 수용된 죄수들은 감시자들이 자신들의 개인적인 행동을 다 보고 있는 것을 내면화하게 된다. 여성들도 포함된 밀뱅크 수형자들 대부분은 오스트레일리아로 수송될 사람들이었다. 죄수들은 완전히 침묵을 지키고 특이하게 디자인된 모자를 얼굴 절반 이상이 가려지도록 눌러쓰고 있었으며, 서로를 볼 수가 없었다. 그들은 근면함이 사회 갱생을 유도한다는 벤담의 믿음을 반영하여 신발과 편지 가방을 제작했다. 이 감옥은 1890년에서 1903년 사이에 헐렸고 이 장소에는 현재 테이트 브리튼 미술관이 들어서 있다. 유명한 『영어 단어 및 구문 시소러스 사전』의 저자인 피터 마크 로제이는 1823년에 이 감옥의 내과 의사였다.

163. 웨스트민스터의 남쪽이다. 홈즈와 왓슨이 북서쪽으로 향했기 때문에 이것은 경로에서 다소 벗어난 것으로 보인다. 하지만 교통 상황을 고려하면 이 길이 편리했던 것 같다.

164. 어떻게 부랑아에게 잘 전달되도록 정확하게 전보를 칠 수 있단 말인가?

까 말이야."

우리는 마차를 타고 하숙집으로 향했다.

"여보게, 마부! 우체국 앞에 잠깐 세우게!" 홈즈가 큰 소리로 말했다. "토비는 아직 쓸모가 있을 테니 우리가 좀 더 데리고 있도록 하지."

마차는 그레이트피터 스트리트[163] 우체국 앞에 멈췄고, 홈즈가 신속하게 내려서 전보를 치고 돌아왔다.

"내가 누구한테 전보를 쳤을 것 같아?" 홈즈가 물었다.

"당연히, 나는 모르지."

"자네 혹시 제퍼슨 호프 사건 때 고용했던 베이커 스트리트 이레귤러스를 기억해?"

"물론." 나는 웃으며 답했다.

"지금이 바로 녀석들이 실력 발휘를 할 때야. 이 계획 말고도 다른 대책이 있지만, 우선 이 방법을 먼저 시도해보는 게 좋을 것 같아서 땟국이 줄줄 흐르는 믿음직한 대장 위긴스[164]에게 전보를 쳤어. 우리가 아침 식사를 끝내기 전에 녀석들이 집으로 들이닥칠 거야." 홈즈가 자신 있게 말했다.

하숙집에 도착했을 때 시간은 9시를 향하고 있었고 밤사이 연달아 일어난 기이한 사건들로 내 몸은 녹초가 되었다. 온몸의 기운이 다 빠져나간 것 같았고 정신은 몽롱했다. 솔직히 말해서 나는 홈즈만큼 사건에 대한 열정이 큰 사람은 아니었다. 또 사건을 단순히 추상적이고 지적인 문제로만 볼 수도 없었다. 죽은 바솔로뮤 숄토를 보았을 때 그에 대해 아는 바가 거의 없어서 살인범에 대한 반감도 강하게 느껴지지 않았다. 하지만 보물은 별개의 문제였다. 보물의 일부는 모스턴 양의 것이었고, 그것을 되찾을 수만 있다면 내 인생을 모두 바칠 준비가 되어 있었다. 물론 내가 보물을 찾는다면 그녀는 이제 내 손이 닿지 않는 먼 곳으로 영영 가버릴지도 모르지만, 그런 생각으로 결심이 흔들린다면 얼마나 부끄럽고 이기적인 사랑이란 말인가. 홈즈는 범인을 잡겠다는 이유 하나로 사건에 뛰어들었지만, 내가 보물을 찾아야 할 이유는 그보다 열 배는 더 강했다.

따뜻한 물로 목욕을 하고 나니, 지친 몸에 다시 힘이 솟는 것 같았다. 나는 방으로 내려갔다.[165] 탁자 위에 간단한 아침 식사가 차려져 있었고 홈즈는 커피를 따르는 중이었다.

"이것 좀 봐." 홈즈는 웃는 얼굴로 신문을 가리켰다. "혈기 왕성한 존스 씨와 기삿거리를 찾아 날뛰는 기자가 만들어낸 걸작이 나왔더군. 이렇게 할 거라고 예상은 했지만 정말 말도 안 되는 식으로 사건을 꾸며놓았어. 자네는 햄과 달걀 프라이로 먼저 식사해."

나는 《스탠더드》[166]를 받아 들고는 「어퍼노우드의 수수께끼 같은 사건」이라는 제목의 기사를 읽었다.

어젯밤 자정, 어퍼노우드의 폰디체리 저택에 살고 있는 바솔로뮤 숄토가 자신의 방에서 시체로 발견되었다. 사건의 정황으로 보아 살해된 것으로 추정된다. 시체에 특별한 외상은 없지만 죽은 남자가 아버지에게서 유산으로 받은 상당량의 인도 보물이 사라진 것으로 확인되었다. 사건 현장을 처음 발견한 사람은 셜록 홈즈와 왓슨 박사이다. 그들은 죽은 남자의 동생인 새디어스 숄토와 함께 저택을 방문했다고 한다. 운 좋게도 그날은 다른 지역에서 일하는 명망 높은 형사 애셜니 존스 씨가 우연히 노우드 경찰서를 찾았을 때였다. 그는 이 사건을 신고받고 30분 만에 현장에 도착하여 능숙하고 노련한 솜씨로 단번에 범인 색출에 나섰다. 그리고 그 자리에서 죽은 남자의 동생인 새디어스 숄토와 가정부 번스톤 부인, 인도인 집사 랄 라오, 마부, 문지기 맥머도를 모두 체포했다. 존스 형사는 탁월한 지식과 관찰력을 발휘하여 범인이 방문이나 창

165. 크리스토퍼 몰리는 이 말이 왓슨 박사의 침실이 위층에 있다는 사실을 암시한다고 언급한다. 다른 논평가들은 홈즈의 침실은 거실과 접해 있다고 한다. 대신 욕실이 위층에 있었을 것이다. 편집자가 쓴 「가장 바람직한 주거 배치」 참조.

166. 하숙생들이 《스탠더드》를 정기 구독했던 게 분명하다. 왓슨의 스크랩북에는 이 신문에서 오려 낸 것들이 포함되어 있기 때문이다.(『주홍색 연구』 164번 주석 참조)

167. 작가의 이 말이 무슨 의미인지 분명하지 않다. 1842년에 설치된 런던 경찰국의 형사부는 처음에는 사복을 입은 두 명의 검사원과 여섯 명의 경위로 구성되었다. 1878년에 수석 검사원 세 명의 부패가 드러나면서 '범죄수사부Criminal Investigation Department(약칭 CID)'로 재편되었다('스코틀랜드 야드'라는 별칭은 경찰 본부를 가리키는 말인데 CID만을 의미할 때도 자주 사용된다). 구분할 만한 뚜렷한 이유는 없는데 「마자랭 보석」과 「세 명의 개리뎁씨」 그리고 이 작품에서만 경찰의 범죄수사부를 CID로 언급하고 다른 모든 사건들에서 홈즈는 "야드"라는 표현을 더 좋아한다. CID의 중앙본부는 옛 스코틀랜드 국왕의 궁정 터인 '스코틀랜드 야드'에 있었지만 범죄수사부 경찰관들은 이 지역의 다양한 분과에 배치되었고, 형사부의 경찰관들은 다양한 임무를 수행하기 위해 어디든지 돌아다녔는데 필요하면 외국이나 식민지에도 갔다. 따라서 1888년에는 CID가 이미 "지방으로 분산되어" 있다고 말할 수 있었을 것이다.

168. 이 "베이커 스트리트의 애들" 또는 "베이커 스트리트 이레귤러스"는 그들의 거의 신화적인 지위에도 불구하고 『주홍색 연구』(이 작품의 178번 주석 참조)와 『네 사람의 서명』 그리고 「등이 굽은 남자」에서만 언급된다. 『바스커빌 씨네 사냥개』(이 작품의 74번 주석 참조)에서 홈즈를 도왔던 카트라이트는 부랑아가 아니라 디스트릭트 메신저였다. 이름이 불린 적 있는 이레귤러스들은 위긴스(『주홍색 연구』와 이 작품) 그리고 심프슨(「등이 굽은 남자」)이다.

169. 『주홍색 연구』 이후 적어도 7년이 지났는데 이레귤러스들은 시간왜곡 현상에 걸려든 듯 과거와 전혀 달라지지 않은 모습이다. 그때나 지금이나 리더 격인 위긴스는 여전히 "초라하고 남루한 부랑아"다. 멜 휴스의 「위깅 아웃Wiggin' Out」 참조.

문을 통해 들어올 수 없다는 사실을 알아냈다. 그리고 시체가 발견된 방의 다락에 지붕과 연결되는 비밀 통로가 있다는 사실을 발견했다. 이로써 범인이 집의 내부 구조를 아주 잘 알고 있는 사람이라는 사실이 명백해진 것이다. 결국 사건은 단순한 우발적 범행이 아니라, 사전에 치밀하게 계획된 범행임이 드러났다. 법 집행관들의 신속하고 정확한 조치를 통해 열정과 능력을 갖춘 훌륭한 형사가 현장에 있는 것이 사건 해결에 대단히 큰 도움이 된다는 사실을 증명했다. 이번 일을 계기로 수사력이 지방으로 분산[167]되어 앞으로 더욱 치밀하고 신속한 수사가 이루어지기를 바란다.

"정말 훌륭한 기사군!" 홈즈가 커피 잔을 기울이며 말했다. "자네는 어떻게 생각해?"

"하마터면 우리도 용의자로 체포될 뻔했어."

"나도 그렇게 생각했어. 애셜니 존스가 한 번 더 객기를 부린다면 우리의 안전도 장담 못하지."

그때 밖에서 초인종이 울리더니 하숙집 주인 허드슨 부인의 당황스럽고도 나무라는 듯한 목소리가 들렸다.

"맙소사! 홈즈, 경찰이 정말 우리를 잡으러 왔나 본데."

"아니, 그렇게 나쁜 방문객은 아닌 것 같아. 우리를 지원해 줄 비정규군, 베이커 스트리트 이레귤러스가 도착한 거야."[168]

그때 맨발로 소란스럽게 계단을 오르는 소리가 들렸다. 누더기 옷을 입은 열두 명의 꼬질꼬질한 부랑아들이 와자지껄 떠들며 몰려들었다. 방에 들어서자마자 녀석들은 우리를 향해 한 줄로 정렬하고는 무언가를 기다리는 표정으로 서 있었다. 제법 규율이 잡힌 모습이었다. 그들 중 가장 키가 크고 나이 들어 보이는 녀석[169]이 짐짓 점잔을 빼며 앞으로 나왔다. 초라하고 남루한 무리 속에서 뻐기는 모습이 몹시 우스꽝스러워 보였다.

"전보를 받고 곧장 달려왔습니다. 차비는 3실링 6펜스[170]였습니다."

"자, 여기 있다." 홈즈는 주머니에서 은화 몇 개를 꺼내 건넸다. "앞으로는 보고할 일이 있으면 위긴스가 너희들을 대표하여 나를 찾아오도록 한다. 이렇게 한꺼번에 몰려오는 일이 없길 바란다.[171] 하지만 이번 지시 사항은 너희들 모두 듣는 것이 좋을 것 같구나. 증기선 한 척의 위치를 알아내야 한다. 배의 이름은 '오로라호'다. 선주는 모드케이 스미스, 증기선은 검은색 바탕에 빨간 줄이 두 개 있다. 그리고 굴뚝은 검은 바탕에 흰 띠가 하나 있다. 지금쯤 강 하류 어딘가에 정박해 있을 것이다. 너희들 중 한 사람은 밀뱅크 건너편에 있는 모드케이 선착

170. 윌리엄 베어링굴드는 "만약 그들의 버스표나 지하철 표의 가격이 각자 3펜스였다면 소년들은 꽤 먼 곳에서 온 것이다"라고 말한다. "3실링 6펜스"는 42펜스다. "열두 명"의 소년들이니까 각자 3과 1/2 펜스가 들었다. 『베데커』는 버스 요금이 거리에 따라 1페니에서 6펜스라고 한다. 반면에 지하철 평균 요금은 2펜스다.

171. 홈즈는 『주홍색 연구』에서도 똑같은 지시를 내렸지만 효과가 없는 것이 분명해 보인다.

녀석들은 다시 와자지껄하게 계단을 뛰어 내려갔다.
리하르트 구트슈미트 그림, 『네 사람의 서명』, 슈투트가르트, 로베르트 루츠 출판사(1902)

장에 머물면서 배가 들어오면 보고하도록 한다. 나머지는 흩어져서 강 양쪽을 철저히 살피도록. 소식이 있으면 바로 알려야 한다. 알겠나?"

"예, 대장님!" 위긴스가 대답했다.

"수고비는 전과 같다. 대신 증기선을 찾는 사람에게 따로 1기니를 더 줄 것이다. 자, 하루치 일당을 선불로 주겠다. 이제 출발!"

홈즈에게서 1실링씩 받아 든 녀석들은 다시 왁자지껄하게

"녀석들은 어디든 갈 수 있고 무엇이든 볼 수 있고 어떤 이야기도 엿들을 수 있지."
『네 사람의 서명』, 스톡홀름, 아프톤블라데트 인쇄 회사(1928)

계단을 뛰어 내려갔다. 그리고 잠시 뒤 거리를 휩쓸고 가는 녀석들의 모습이 보였다.

"증기선이 물 위에 떠 있다면 소년 탐정단이 반드시 찾아낼 거야." 홈즈는 의자에서 일어나 파이프에 불을 붙이며 말했다. "녀석들은 어디든 갈 수 있고 무엇이든 볼 수 있고 어떤 이야기도 엿들을 수 있지. 저녁이 되기 전에 증기선을 찾았다는 연락이 올 거야. 그때까지 기다려보자고. 오로라호나 모드케이 스미스 씨를 찾기 전까지는 중단된 추적을 다시 시작할 수 없으니 말이야."

"토비에게 여기 남은 음식을 주어야겠군. 홈즈, 자넨 이제 좀 잘 거야?"

"아니, 나는 좀 특이한 체질이야. 일하는 동안에는 단 한 번도 피곤하다고 느껴본 적이 없어. 오히려 아무것도 하지 않을 때 더 고단했지. 지금부터 담배를 피우면서 우리의 아름다운 의뢰인이 던져준 기묘한 사건에 대해 곰곰이 심사숙고해볼 거야. 뭐, 대단히 어려운 사건은 아니지. 의족을 한 사내도 평범하다고 할 수 없지만 공범은 이루 말할 수 없이 특이한 놈이야."

"공범까지도?"

"그자에 대해 자네에게 비밀로 하고 싶진 않아. 자네도 그동안 녀석에 대해 어느 정도 짐작한 부분이 있을 테니 이제 자료들을 모두 검토해보는 게 좋겠군. 최초의 흔적은 아주 작은 발자국이었어. 게다가 구두도 신지 않은 맨발이었지. 머리 부분에 돌을 매단 지팡이가 있었고, 작은 독침이 발견되었어. 또 녀석은 대단히 민첩했어. 자네는 이 모든 증거를 가지고 어떤 결과를 도출했지?"

"야만인!"[172] 내가 자신 있는 목소리로 말했다. "조너선 스몰의 인도인 동료 중 한 사람이 아닐까?"

"그렇게 보긴 힘들지. 처음 그 독침을 확인했을 때는 나도

172. 어째서 인도에서 복무했던 왓슨이 "힌두 사람들"과 "회교도들"을 머리 부분에 돌을 매단 지팡이와 입으로 독침을 부는 대통을 사용하는 "야만인"과 동일시하는지 수수께끼다.

173. 앞으로 읽어보면 알게 되듯이 이『대륙 지명 사전』은 전체적으로 너무 부정확해서 홈즈가 이 책을 어떻게 손에 넣게 됐는지 의문을 제기하게 된다. 줄리아 칼슨 로젠블랫은 「통가는 누구였나? 그리고 왜 그들은 그에 대해 그토록 끔찍한 것들을 말하고 있었나?」에서 다음과 같이 주장한다. "조녀선 스몰의 작은 사건은 더욱 정교한 음모의 일부였다. 그는 고의적으로 일을 그릇된 방향으로 이끌기 위해 홈즈의 서재에 침입할 만큼 충분히 철저한 사람이었다. 자신을 조녀선 스몰이라고 부르는 이 사람은 군도나 범죄자 식민지를 전혀 본 적도 없는 것이 분명하다." 로젠블랫은 당연히 모리아티의 개입까지 의심해본다.

174. 45번 주석 참고.

175. 북미의 다양한 원주민들을 일컫는 경멸적이고 민족지학적으로 의미 없는 용어다. 특히 오리건과 아이다호, 몇몇 남서부 주들 그리고 캘리포니아 일부의 원주민들을 말한다. 이 단어의 의미는 생계 유지를 위해 땅에서 뿌리를 캐는 행위를 묘사하는 것이지만 실제 관행에 기초한 것은 아니다.

176. 티에라델푸에고는 남미의 남극단에 있는 드넓은 군도다. 『브리태니커 백과사전』(제9판)은 이 군도의 진짜 원주민들(3개 부족이 있었다)을 호의적이지 않게 그리고, 그 당시에 보편화된 자민족 중심주의를 드러내면서 묘사한다. 찰스 다윈이 1831년에서 1836년 사이에 티에라델푸에고를 방문했던 사실은 유명하다. 그때 그는 겨우 20대 초반이었기 때문에 원주민들을 식인종으로 그릇되게 인식했고, 자신의 이력 후반에 가서는 이러한 판단을 번복했다.

그쪽으로 생각이 기울었어. 하지만 유독 눈에 띄는 발자국 때문에 다시 생각하게 됐지. 인도에는 유독 키가 작은 사람들도 있지만 우리가 보았던 발자국만큼 작은 발을 가진 종족은 없어. 힌두 사람들의 발은 길고 볼이 좁은 편이지. 그리고 회교도들은 가죽끈이 엄지발가락 사이에 고정된 신발을 신기 때문에 엄지발가락이 유독 많이 벌어져 있어. 여기 이 작은 독침을 쏘려면 필요한 게 하나 있어. 바로 대통이지. 그렇다면, 이런 야만인을 찾을 수 있는 나라는 어디일까?"

"남아메리카." 내가 대담하게 말했다.

홈즈는 책장 위로 손을 뻗어 두꺼운 책을 한 권 꺼냈다.

"최근에 발간된『대륙 지명 사전』의 제1권이야. 요즘 나온 책 중에 가장 권위 있는 책이라고 할 수 있지.[173] 여기에 뭐라고 쓰여 있는지 한번 볼까? '벵골 만에 위치한 안다만 제도는 수마트라 섬에서 북쪽으로 540킬로미터 떨어져 있다. 다습한 기후에 산호초와 상어가 많음, 포트 블레어,[174] 재소자 수용소, 루틀란드 섬, 미루나무.' 아, 여기 있군! '안다만 제도의 원주민들은 지구상에서 가장 작은 종족이라고 주장할 수 있다. 몇몇 인류학자들은 아프리카의 부시먼, 아메리카의 디거 인디언,[175] 티에라델푸에고[176] 사람들이 더 작다고 생각한다. 안다만 제도 원주민들의 평균 신장은 120센티미터 이하다. 완전히 성장을 끝낸 성인 가운데 이보다 훨씬 작은 사람들도 많이 발견되었다. 그들은 음침하고 사나운 성격을 지녔으며 고집도 세다. 하지만 누군가를 한번 신뢰하면 그에게 매우 헌신적인 우정을 보여준다.' 이 점을 주목하도록 해. 그리고 좀 더 들어보라고.

'그들은 선천적으로 흉측하고 큰 머리와 작고 맹수 같은 눈, 뒤틀린 얼굴을 타고난다. 손과 발 역시 특이하다 싶을 정도로 몹시 작다. 또 너무 고집이 세고 사나운 탓에 그들을 회유하려는 영국 관청의 노력은 매번 실패로 끝났다. 선원들에게 이들은 항상 공포의 대상이었다. 난파된 배의 생존자 머리를 돌을 매단 막대기로 내리쳐 죽이거나, 독침을 쏘아 죽인 뒤 이렇게 학살한 시체로 식인종 축제를 벌인다.' 어때, 왓슨? 정말 대단한 종족이지![177] 만일 이 공범을 통제하지 않았다면 사건이 훨씬 더 잔인했을 테고, 조너선 스몰은 그를 사건에 끌어들인 것을 상당히 후회했을 거야."

"그런데 스몰은 특이한 그 친구를 어떻게 알게 됐을까?"

모스턴 양.
작자 미상, 『셜록 홈즈 시리즈』 제1권, 뉴욕과 런던, 하퍼 앤드 브러더스 출판사 (1904)

177. 이 『대륙 지명 사전』의 묘사는 분명히 잘못됐다. 『브리태니커 백과사전』(제11판)은 "안다만 원주민 남성의 평균 신장은 150센티미터이고 여성은 135센티미터다"라고 설명한다. 그리고 앤드루 랭은 《쿼털리 리뷰》 1904년 7월호에 실린 글(이 글은 로저 랜슬린 그린이 「왓슨 박사의 최초 비평가」에서 인용했다)에서 통가는 "순전히 허구의 작은 괴물"이라는 결론을 내렸다. 안다만인들은 "성격이 사납지도 않고 머리 모양이 기형적이지도 않으며 셜록이 묘사한 것 같은 관습도 갖고 있지 않기 때문이다." 여기에 T. S. 블레이크니는 다음과 같은 자신의 개인적인 지식을 덧붙인다. "첫째, 안다만 원주민들은 식인종이 아니다. 내가 1936년에 이 안다만 군도를 방문했을 때 수석 행정관으로부터 들은 얘기에 의하면 원주민들이 이 관습에 대해 질문을 받자 공포를 표현했다고 한다. 둘째, 그들은 선천적으로 흉측하지 않다. 셋째, 그들의 평균 신장은 120센티미터 이하가 아니라 140에서 150센티미터 이상이다." 랭은 "셜록 홈즈처럼 담뱃재에 대해 100편이 넘는 다양한 논문을 썼던 사람이라면 『대륙 지명 사전』에 속아 넘어가서는 안 된다"라고 결론을 짓는다.

줄리아 칼슨 로젠블랫은 통가는 니그리토 사람들('니그리토'라는 용어는 안다만인들을 비롯해서 18개 내지 19개 부족들을 포괄한다) 중 특별한 부족의 일원이었다고 주장한다. 인류학자들에 의해 니그리토는 말레이시아 반도의 소수 원주민인 사카이족으로 알려졌다. '야만'을 뜻하는 '사카이'는 보통 폄하하는 단어로 여겨진다. 사카이는 'orang asli(original people, 본래의 인간)' 그리고 'Mani(인간, 마니)'로도 불렸다. 그 밖에도 여러 이름으로 불렸으며 민족지학자들과 이 부족 사람들 스스로는 선호하는 방식으로 다양하게 불렸다. 사카이는 전통적으로 입으로 부는 총과 독침을 사용했다. 그들은 곱슬머리에 장두長頭인 것으로 묘사되어왔다. 다시 말해서 그들의 머리 골격은 넓이보다 길이가 훨씬 길다. 게다가 그들은 체구가 다소 작다. 사실 통가(마니의 언

어에 대한 명칭)는 말레이 니그리토를 가리키는 부
족 명칭들 중 하나다.

"그건 나도 모르지. 하지만 스몰이 안다만 제도에서 온 것만
은 확실하니까 원주민도 그 섬에서 함께 온 것으로 보아도 큰
문제는 없겠지. 곧 모든 사실이 밝혀질 거야. 이봐, 왓슨, 자네
아주 지쳐 보여. 저기 소파에 누워봐. 내가 재워줄 테니."

홈즈는 방 한구석에 세워진 바이올린을 가져왔다. 그리고
내가 소파에 누웠을 때 그는 꿈결같이 낮은 멜로디를 연주하기
시작했다. 즉흥연주에 천부적인 재능을 타고난 사람이니 그 곡
도 즉흥적으로 연주한 것이 분명했다. 잠들기 전, 어렴풋이 그
의 여윈 팔다리와 진지한 얼굴 표정, 그리고 오르락내리락하는
활이 보였다. 나는 부드러운 소리의 바다 위를 평화롭게 떠내
려가는 것 같은 기분이 들더니 이윽고 꿈나라로 빠져들었다.
꿈속에서 만난 메리 모스턴 양이 사랑스러운 얼굴로 나를 내려
다보고 있었다.

제9장

끊어진 고리

나는 늦은 오후가 다 되어서야 일어났다. 몸이 한결 가벼워졌고 기분도 상쾌했다. 홈즈는 내가 잠들기 전에 보았던 자세 그대로 앉아 있었다. 바뀐 게 있다면 바이올린 대신 책에 몰두하고 있다는 점뿐이었다. 그는 나를 한 번 잠깐 쳐다보았는데 얼굴에 근심이 가득해 보였다.

"깊이 잠들었더군. 이야기 소리 때문에 혹여 자네가 깨기라도 할까 봐 불안했지."

"아무 소리도 못 들었어. 누가 왔다 갔어? 새로운 소식이라도 있대?" 내가 말했다.

"위긴스가 방금 보고하고 갔지. 하지만 불행히도 새로운 소식은 없었어. 그것 때문에 솔직히 놀랍기도 하고 실망스럽기도 해. 지금쯤이면 범인들의 위치를 파악할 수 있을 거라고 기대했었는데 말이야. 위긴스의 말이, 선착장에서 오로라호에 대한

178. 홈즈는 『공포의 계곡』에서 "왓슨, 내가 여성을 그다지 존경하는 사람이 아니라는 것은 자네도 알 거야"라고 말한다.

어떤 흔적도 찾지 못했다는 거야. 신경 좀 쓰이는군. 한시가 급한데 아직까지 아무것도 찾지 못했다니."

"내가 뭐 도울 일은 없어? 자고 일어났더니 몸이 한결 가벼워졌어. 어제처럼 밤샘 작업도 가능할 것 같아."

"아니, 지금은 없어. 기다리는 일밖엔 할 수 있는 일이 없지. 내가 밖에 나간 사이에 위긴스가 중요한 보고라도 하러 오게 되면, 수사는 더 늦어질 거야. 자네는 나가서 볼일을 봐도 괜찮아. 내가 남아서 소식을 기다릴 테니까."

"그럼 나는 캠버웰에 들러서 세실 포리스터 부인을 만나고 오겠네. 어젯밤에 부인이 부탁한 것도 있고 해서 말이야."

"포리스터 부인에게 볼일이 있다고?" 홈즈가 눈가에 의미심장한 미소를 띠며 말했다.

"아, 물론, 모스턴 양도 만나겠지. 두 사람 모두 지난밤의 일에 대해 몹시 궁금해할 테니 말이야."

"너무 많은 이야기는 하지 않는 편이 나을 거야. 여자란 동물은 절대 100퍼센트 신뢰해서는 안 되는 존재거든. 제아무리 훌륭한 여자라 하더라도 마찬가지지."[178]

나는 그의 편협한 생각이 못마땅했지만 시간이 없었던 터라 크게 반발하지 않았다.

"알겠어, 한두 시간 내에 돌아올 거야." 내가 말했다.

"좋아! 잘하고 와! 참, 혹시 강을 건널 생각이면 토비를 돌려주고 오는 게 낫겠어. 상황이 이렇게 돌아가니, 더 이상 녀석을 데리고 있을 필요가 없어."

나는 토비를 데리고 핀친 레인으로 갔다. 늙은 박제사에게 반 파운드 금화와 함께 토비를 건넨 후 다시 캠버웰로 향했다. 모스턴 양은 간밤의 모험이 많이 힘들었는지 여전히 피곤한 모습이었다. 포리스터 부인은 이번 사건이 어떻게 진행되고 있는지 몹시 궁금해했고, 모스턴 양도 새로운 소식을 듣고 싶어 하는 눈치였다. 나는 지난밤에 있었던 일들을 처음부터 끝까지 모두 차분하게 이야기했다. 하지만 숄토 소령이 살해당한 부분과 관련된 세부 내용은 전하지 않았다. 가장 끔찍한 일은 말하지 않았는데도 두 여인은 충분히 큰 충격을 받은 것처럼 보였다.

"중세의 모험담 같아요!" 포리스터 부인이 외쳤다. "이 사건에 상처 받은 아가씨와 사라진 50만 파운드의 보물, 흉악한 식인종, 의족을 한 악당까지 등장하는군요. 전설의 용이나 사악한 백작이 나오는 진부한 이야기보다 훨씬 재미있어요."

"게다가 한 여자를 구하러 온 두 명의 용감한 기사들까지 있지요." 모스턴 양이 나를 따뜻한 눈빛으로 바라보며 말했다.

"메리! 너는 이 상황에도 무척 태연해 보이는구나. 수사 결과에 따라 운명이 바뀔 수도 있는데 말이다. 네가 원하는 대로 호화롭게 떵떵거리며 사는 모습을 상상해보렴, 얼마나 행복하겠니!"

하지만 모스턴 양은 그녀의 말에 동조하지 않았다. 기뻐하기는커녕 보물에 대해 큰 관심이 없는 듯 고개를 갸웃거렸다. 그 모습을 보는 순간 나는 짜릿한 기쁨을 느꼈다.

"내가 걱정되는 건 새디어스 숄토 씨예요." 그녀가 말했다. "그 밖의 다른 것들은 별로 중요하지 않아요. 숄토 씨는 심성이 곱고 착한 사람이에요. 저를 위해 대단히 훌륭한 일도 해냈고요. 그는 지금 말도 안 되는 끔찍한 혐의를 받고 있어요. 우리가 반드시 진실을 밝혀드려야 해요."

이야기를 끝내고 캠버웰을 떠나 밖이 상당히 어둑어둑해졌을 때 나는 하숙집으로 돌아왔다. 홈즈는 사라지고 책과 파이프 담배만 의자 옆에 놓여 있었다. 혹시 나를 위해 남겨둔 메모가 있을까 하여 여기저기 둘러보았지만 아무것도 찾지 못했다.

허드슨 부인이 창문의 블라인드를 내리기 위해 올라왔다.

"홈즈는 밖에 나간 것 같군요." 내가 말을 건넸다.

179. 조제약이 혈액의 온도를 낮출 수 있다고 여겨졌다. 빅토리아 시대에는 1860년까지 처방전 없이 판매할 수 있는 약이 1,500가지가 넘었다. 대부분 해가 없었지만 당밀과 아편을 혼합해 제조한 어떤 젖먹이 유아 약물은 많은 사망자를 발생시키기도 했다. 실제로 많은 특허 의약품들이 알코올이나 아편제를 함유하고 있었다(그렇지 않으면 이 약들이 어떻게 효과가 있었겠는가? '호스테터의 유명한 위장약'은 생명을 연장시키진 못해도 우울증은 치료했다. 그리고 혈액을 정화시키려면 '포겔러의 치료 조제약'을 복용하면 되었다). 그래서 이 약들을 가축에도 투여했다. 많은 특허 약품에 대한 광고 문구가 현대의 의학 지식을 무시하고 있다.

존 홀은 『가정의 숙녀』에서 허드슨 부인의 이 말이 그녀가 구세대라는(적어도 홈즈보다는 나이가 많다는) 견해를 지지해준다고 주장한다. 비록 이 점에 대한 직접적인 증거는 없지만 말이다. 홀은 이 하숙집 여주인이 "어머니뻘일 것이다"라고 묘사한다.

1895년 빅토리아 시대의 특허 의약품.
이것이 '7퍼센트 용액'일까?
『빅토리아 시대의 광고』

"아니에요, 지금 자기 방에 있어요. 혹시" 그녀는 목소리를 낮추어 속삭이듯 말했다. "홈즈 씨가 어디 아픈 것 아니에요?"

"왜 그렇게 생각합니까, 허드슨 부인?"

"그러니까, 선생님이 외출하신 후부터 홈즈 씨가 좀 이상했거든요. 끊임없이 방 안을 서성대고 계단을 오르내렸어요. 듣기 지겨울 정도로 발자국 소리가 계속 났어요. 어느 순간에는 중얼거리며 혼잣말까지 하더군요. 밖에서 초인종 소리가 들리기만 하면 층계참으로 달려 나와서 '허드슨 부인, 밖에 누군가요?'라고 묻기도 했고요. 그러고는 좀 전에 방문을 쾅 닫고 자기 방으로 들어가더니 여태 나오지 않았어요. 이후에도 서성대는 소리는 계속 들렸어요. 선생님, 저러다 홈즈 씨가 어디 병이라도 나는 건 아닌지 걱정이에요. 사실 너무 걱정이 돼서 홈즈 씨에게 진정제[179]를 드리려고 방에 들어갔었거든요. 그런데 홈즈 씨가 멍한 얼굴로 저를 쳐다보더군요. 눈빛이 너무 이상해서 얼른 나와버렸답니다."

"아, 걱정 안 하셔도 됩니다. 저도 홈즈가 그렇게 행동하는 모습을 몇 차례 본 적이 있습니다. 요즘 문젯거리가 좀 생겼는데 그것 때문에 불안해서 그러는 겁니다."

나는 대수롭지 않은 일이라는 듯 말하며 하숙집 아주머니를 안심시키려 했다. 하지만 홈즈의 발자국 소리가 밤새 이어지자 나 또한 불안해지기는 마찬가지였다. 그가 예리한 정신력을 작동시킬 수 없는 것에 얼마나 안달이 났는지 알 만했다.

아침 식사를 할 때 보니, 홈즈는 얼굴이 핼쑥하고 두 볼이 상기되어 있었다.

"얼굴이 말이 아니군, 10년은 늙어 보여. 밤새 서성대는 소리가 들리던데 무슨 일이야?"

"잠을 이룰 수가 없었어. 한심한 이 걸림돌에 신경이 쓰여서 말이야. 다른 문제들은 다 해결해놓고 고작 이 장애물 하나 때문에 아무것도 못하고 있다니 답답해 죽을 것 같았어. 범인이 누구인지, 어느 선착장에서 배를 빌렸는지, 모든 걸 알아냈는데 정작 녀석들을 찾지 못하고 있으니 말이야. 다른 탐정들[180]도 고용했고 가능한 모든 수단을 동원했어. 강가도 샅샅이 뒤졌지만 녀석들의 흔적은 어디에도 없어. 스미스 부인도 아직까지 남편의 소식을 전혀 듣지 못했다는군. 일이 이렇게까지 진척이 없으니 혹 녀석들이 배 밑을 뚫어 배를 가라앉힌 건 아닌가 하는 생각까지 든단 말이야. 하지만 그럴 가능성은 거의 희박해."

"스미스 부인이 일부러 우리에게 잘못된 정보를 흘린 것은 아닐까?"

"아니야. 그런 생각은 깨끗이 지워버려도 좋아. 내가 따로 조사해본 결과 부인이 설명한 증기선이 실제로 존재하고 있었어."

"그렇다면 배가 강 상류로 갔을 수도 있지 않을까?"

"그 가능성도 배제하지 않았지. 그래서 위쪽 리치몬드[181]까지 조사하도록 수색대 한 팀을 보내놓았어. 우선 오늘까지 소식을 기다려보고 내일부터는 내가 직접 나가볼 생각이야. 배가 아니라 범인들을 찾아보는 게 좋을 것 같아. 물론 오늘 중에 중요한 연락이 올 거라고 믿지만!"

하지만 홈즈의 장담과 달리 어떤 연락도 없었다. 위긴스도, 다른 탐정들도 모두 조용했다. 모든 신문에서 노우드 사건을 다룬 기사를 실었고, 대부분 새디어스 숄토에게 대단히 적대적이었다. 내일 법정 심리가 열릴 것이라는 정보 외에 새로 추가된 내용은 없었다. 그날 저녁, 나는 캠버웰까지 걸어가서 수사에 진전이 없다는 사실을 두 여인에게 전해주고 하숙집으로 다시 돌아왔다. 홈즈는 낙담한 듯 보였다. 내가 몇 가지 질문을 던졌지만 아무 대답도 하지 않고, 저녁 내내 복잡한 화학 실험을 하는 데 열중했다. 계속해서 증류기를 가열하고 수증기를

180. 이 말은 홈즈의 경쟁자들을 뜻하는 것인가? 아니면 이레귤러스들을 뜻하는 것인가?

181. 리치몬드는 런던 사람들이 가장 좋아하는 여름 휴양지였고, 리치몬드와 햄프턴 궁전 사이에 길게 뻗어 있는 템스 강은 단거리 보트 여행으로 특히 유명했다. 휴가철 내내 양방향 열차가 추가 배치되었으며 요금도 할인되었다(왕복표를 끊으면 더 많은 특혜가 주어졌다).

증류시켰다. 몇 시간 뒤, 악취가 심하게 나서 홈즈의 방을 빠져
나왔다. 한밤중에도 시험관이 땡그랑거리는 소리가 들리는 것
으로 보아, 그때까지 악취가 풍기는 실험을 계속하고 있는 것
이 분명했다.

동이 틀 무렵, 나는 언뜻 잠에서 깼다. 그리고 침대 옆에 서
있는 홈즈를 발견하고 깜짝 놀랐다. 홈즈는 선원이 입는 초록
색 재킷을 걸치고 목에는 빨간색 스카프를 두르고 있었다.

"지금 강가로 나갈 거야." 홈즈가 말했다. "밤새도록 생각해

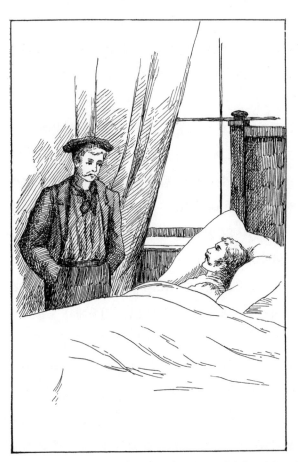

나는 언뜻 잠에서 깼다. 그리고 침대 옆에 서 있는 홈즈를 발견하고 깜짝 놀랐다.
홈즈는 선원이 입는 초록색 재킷을 걸치고 있었다.
작자 미상, 『네 사람의 서명』, 뉴욕과 보스턴, H. M. 콜드웰 컴퍼니(연대 미상)

보았는데, 이 방법밖에 없어. 어쨌든 해볼 만하긴 해."

"그렇다면 나도 같이 가겠어." 내가 말했다.

"아니. 자네는 나 대신 여기 남아 있어야 해. 지난밤에 위긴스가 실망스러운 말을 하긴 했지만 내 느낌에 분명 오늘 낮에는 무슨 소식이 들어올 것 같아. 만약 그렇게 되면 편지든 전보든 모두 자네가 확인해. 자네의 판단에 따라 행동하면 될 거야. 할 수 있지?"

"물론이지."

"그런데 급한 일이 생겼을 경우 나에게 전보를 칠 수 있을지 걱정이군. 내가 어디에 있을 건지 아직

"지금 강가로 나갈 거야."
리하르트 구트슈미트 그림,
『네 사람의 서명』, 슈투트가르트,
로베르트 루츠 출판사(1902)

정확히 말해주기가 어려워. 아무튼 운이 좋으면 금방 끝날 거야. 뭔가 알아내는 즉시 바로 돌아올게." 홈즈는 걸음을 재촉하며 방을 나섰다.

아침이 되었지만 홈즈에게서는 아무 소식도 없었다. 그런데 《스탠더드》를 펼치는 순간, 이 사건에 대한 새로운 사실을 발견할 수 있었다.

어퍼노우드 비극에 대한 사설
우리는 믿을 만한 증거를 통해 이 사건이 처음 예상했던 것보다 훨씬 더 복잡하고 불가사의하다는 사실을 확인했다. 새로 발견된 증거가 새디어스 숄토의 결백을 입증하여 그는 가정부 번스톤 부인과 함께 어젯밤 구치소에서 풀려났다. 경찰은

182. 홈즈는 정말로 이 광고를 통해서 정보를 얻으려고 했을까? 찰스 B. 스티븐스는 홈즈가 왓슨에게 방문객들이 찾아올 것에 준비하도록 일러둔 말도 전혀 없었고, 거액의 보상금으로 제공할 돈도 왓슨에게 준 적이 없기 때문에 그는 분명히 이 광고에 아무런 응답이 없을 거라고 예상했다고 주장한다. 대신 스티븐스는 홈즈가 자신의 주소가 포함된 이 광고를 게재함으로써 스몰에게 홈즈 자신이 이 사건에 개입하고 있다는 사실을 경고하고, 도망자들을 은신처로부터 나오도록 해서 그들을 잡을 수 있으리라 확신했다고 믿는다.

만약 스티븐스가 이 행동을 정확하게 해석한 거라면 홈즈가 바라는 결과를 달성하기 위해 자신의 주소에 의지한다는 사실은 이 사건에 전문 범죄자들(아마도 모리아티와 그의 부하들)이 연루됐고, 그들은 홈즈의 주소를 알고 있을 것이라고 믿었다는 걸 말해준다. 분명히 스몰이나 스미스는 셜록 홈즈와 그의 주소에 대해서 전혀 몰랐을 것이다. 여기에 기록된 사건이 일어났을 당시 왓슨이 출간한 책은『주홍색 연구』(1888)뿐이고 이 당시의 독자들은 훗날 유명해진 베이커 스트리트 221B번지 하숙집에 대해 전혀 몰랐다는 사실을 염두에 두어야만 한다.

왓슨은 일찌감치 오로라호를 찾는 광고를 내자고 주장했다.(161번 주석 참조) 홈즈는 광고를 내면 그들이 "누군가 자신들의 뒤를 바짝 쫓고 있다는 사실을 알"는 도망갈 거라고 말하면서 그의 계획을 거절했다. 그는 곰곰이 생각해보고는 왓슨의 계획이 지닌 장점을 깨닫고 그들이 도망치는 것이 바로 자신이 원하는 결과라고 결론을 내린 것이 분명하다. 스티븐스는 홈즈의 대담한 게임에 찬사를 보내면서 왓슨이 자신과 유사한 칭찬을 하지 못한다고 비난한다. 그러나 스티븐스는 홈즈가 왓슨의 주장을 앞서 다소 인색하게 묵살한 데 대해 왓슨이 품어왔을 감정을 배려하지 못하고 있다.

현재 진짜 범인에 대한 단서를 포착했으며 뛰어난 열정과 지혜를 갖춘 명망 높은 애셜니 존스가 이번 수사를 담당하고 있다. 런던 경찰국 소속의 애셜니 존스 형사가 조만간 범인을 체포할 수 있을 것으로 기대한다.

'어쨌든 숄토 씨가 풀려났으니 그나마 다행이야. 그런데 새로운 단서라니, 경찰이 실수를 저지를 때마다 무마하려고 내놓는 뻔한 이야기겠지만 그게 뭔지 궁금하군.'

나는 사설을 다 읽고 신문을 탁자 위에 던져놓았다. 그런데 신문의 개인 광고란에 실린 글이 눈에 띄었다.

실종—지난 화요일 새벽 3시경, 선주 모드케이 스미스와 그의 아들 짐이 증기선 오로라호를 타고 스미스 선착장을 떠났다. 오로라호의 선체는 검은 바탕에 두 개의 빨간 줄이 그려져 있고 굴뚝에 검은 바탕에 흰 띠가 하나 있다. 스미스 씨와 오로라호의 행방을 아는 사람은 스미스 선착장에서 스미스 부인을 찾거나 베이커 스트리트 221B번지로 연락하기 바란다. (제보 보상금, 5파운드)

베이커 스트리트의 주소가 나온 것으로 보아 틀림없이 홈즈가 낸 광고였다. 정말 대단한 지략가였다. 범인들이 광고를 읽을 경우를 대비해 마치 스미스 부인이 애타게 남편을 찾는 기사처럼 쓴 것이다.[182]

길고 지루한 하루였다. 누군가 현관문을 두드릴 때마다 그게 홈즈이거나 신문광고를 보고 온 제보자가 아닐까 생각했다. 책을 읽으려 했지만 집중할 수 없었다. 예상 밖으로 흘러가는 수사 상황과 우리가 쫓고 있는 두 범인들에 대한 생각이 머릿속에 가득했기 때문이다. 혹시 홈즈의 추리에 근본적인 문제가 있었던 것은 아닐까? 커다란 자기기만에 빠져 스스로 헤어 나오지 못하고 있는 것은 아닐까? 그의 명민하고 사색적인 사고가 잘못된 전제를 바탕으로 얼토당토않은 이론을 만들었을 가능성은 전혀 없는 것일까? 물론 한 번도 틀린 적은 없지만 제아무리 뛰어난 이론가라 할지라도 누구나 한 번쯤은 실수할 수 있는 법이다. 더구나 홈즈는 평범하고 간단한 설명보다 미묘하고 기괴한 설명을 좋아한다. 그래서 자신의 논리를 지나치게 까다롭게 다듬는 바람에 큰 오류를 범했을 가능성도 배제할 수 없었다. 그런데 내 눈으로 직접 이번 사건의 증거들을 확인했고, 홈즈가 내린 추론의 근거가 무엇인지도 알고 있기 때문에 나조차도 홈즈의 잘못을 쉽게 인정할 수 없었다. 연속된 이상한 사건들의 긴 연결 고리를 되짚어보았을 때 아주 사소한 것처럼 보이는 일들도 대부분 같은 방향을 향하고 있었다. 그래도 만일 홈즈의 설명이 틀렸고 진실이 따로 있다면, 그 진실 역시 대단히 기묘하고 놀라울 게 분명했다.

오후 3시 무렵, 초인종 소리가 크게 울리더니 이내 아래층에서 위압적인 목소리가 들렸다. 그리고 누군가가 방으로 들어왔다. 놀랍게도 애셜니 존스 형사였다. 그런데 지난밤의 그가 아니었다. 어퍼노우드에서 자신 있게 사건을 접수해 갔던 상식의 대가, 오만하고 퉁명스러운 애셜니 존스가 아니라 풀이 죽은 표정에 온순한 양 같아 보였다.

"안녕하십니까. 선생님, 또 뵙습니다." 그가 말했다. "셜록 홈즈 씨는 외출 중이겠지요?"

"네, 언제쯤 돌아올지 정확히 모릅니다. 그래도 기다리고 싶으시면 저기 의자에 앉으시죠. 시가 한 대 태우시겠습니까?"

"고맙습니다." 형사는 붉은색의 커다란 손수건으로 얼굴을 닦으며 말했다.

"더운가 보군요, 위스키 소다 한 잔 드릴까요?"

그는 풀이 죽은 표정에 온순한 양 같아 보였다.
W. H. 하이드 그림, 『셜록 홈즈 시리즈』 제1권, 뉴욕과 런던,
하퍼 앤드 브러더스 출판사(1904)
1899년 《하퍼스 위클리》에 실린 「입주 환자」의 삽화를 다시 사용했으며, 제목도
다시 붙였다.

"네, 반 잔만 주십시오. 아직 날씨가 상당히 덥군요. 일도 잘
안 풀리고 속도 타고 해서 상당히 골치가 아픕니다. 노우드 사
건에 대한 제 이론은 알고 계시지요?"

"지난번에 말씀하신 내용은 기억합니다."

"그런데 부득이 그 이론을 재고해야 할 상황이 생겼습니다.
수사의 그물망을 숄토를 향해 좁혀 들어갔는데, 마지막 순간에
그자가 갑자기 구멍 사이로 빠져나가버렸습니다. 사건 당일 그
의 알리바이가 완벽하게 입증되었습니다. 바솔로뮤 숄토의 방
을 나선 직후부터 그를 보았다는 사람들이 여기저기서 나타났
습니다. 그러니 숄토가 다시 지붕을 올라가서 들창으로 들어올
가능성은 전혀 없지요. 정말 음흉한 사건입니다. 지금까지 쌓

아온 제 명성에 먹칠을 하게 생겼습니다. 누군가 도움을 준다면 대단히 고마울 텐데."

"모든 사람이 때로 도움을 필요로 하지요." 내가 말했다.

"선생님의 친구분은 대단히 훌륭하십니다." 그는 쉰 목소리로 자신 있게 말했다. "무슨 일이 있어도 절대 실패하지 않을 사람이지요. 제가 아는 바로는 그가 수사한 사건 중 미궁에 빠진 사건은 하나도 없었습니다. 그는 수사를 맡으면 대단히 독특하고 성급하게 가설을 만들어내는 경향이 있긴 하지만, 대체로 매우 훌륭한 형사가 될 자질을 충분히 갖추었다고 생각합니다. 제가 이렇게 말했다는 사실을 홈즈 선생이 알아도 괜찮습니다. 아차, 오늘 아침 셜록 홈즈 선생이 제게 전보를 하나 보냈습니다. 그래서 저는 그가 숄토 사건에 관련하여 어떤 중요한 단서를 찾았을 것이라고 생각합니다. 자, 여기 그가 보낸 전보입니다."

그는 주머니에서 전보를 꺼냈다. 전보는 12시에 포플러[183] 우체국에서 보낸 것이었다.

> 지금 당장 베이커 스트리트로 갈 것. 내가 집에 없다면, 나를
> 기다릴 것. 현재 숄토 사건의 범인을 추적 중임. 오늘 밤 범인
> 을 체포하는 현장에 동행해도 좋음.

"일이 잘 풀리고 있는 것 같군요. 녀석들의 흔적을 찾은 게 분명합니다." 내가 말했다.

"아하, 그렇다면 지금까지 홈즈 씨도 헤매고 있었다는 말이군요." 존스는 만족스러운 표정으로 말했다. "허허, 제아무리 훌륭한 탐정도 실수할 때가 있나 봅니다. 물론 전보의 내용이 사실이 아닐 수도 있지만 저는 법의 집행관으로서 어떤 제보도 간과해서는 안 될 의무가 있지요. 그런데 누가 올라오는 소리

183. 포플러는 동인도 부두와 서인도 부두 근처에 있으며, 라임하우스와 웨스트햄 사이에 있는 도시다.

1875년경의 남서인도 부두.
『빅토리아 시대와 에드워드 시대의 런던』

가 들리는군요. 홈즈 씨인가 봅니다."

육중한 발자국 소리가 들렸다. 계단을 오르기가 힘에 부치는지 심하게 숨을 몰아쉬는 것 같았다. 그래도 힘든지 한두 번 자리에서 멈춰 서기도 하다 마침내 방 안에 들어왔다. 예상대로 백발의 노인이었다. 두꺼운 모직 상의를 걸치고 단추를 목까지 채웠는데 차림새로 보아 뱃사람 같았다. 등은 활처럼 굽었는데 무릎을 부들부들 떨고 있었다. 그는 천식 환자처럼 고통스럽게 숨을 헐떡거렸다. 참나무로 만든 두꺼운 지팡이에 몸을 의지한 채 어깨를 들썩이며 힘겹게 숨을 들이쉬었다. 알록달록한 스카프로 턱을 높이 감싸고 있어서 보이는 거라곤 날카롭고 검은 두 눈과 숱이 많은 하얀 눈썹, 회색의 긴 구레나룻뿐이었다. 내가 보기엔 과거에 꽤 훌륭한 일도 많이 했으나 지금은 가난에 시달리는 늙은 선장 같았다.

"어떻게 오셨습니까?" 내가 물었다.

그는 아주 천천히 방 안 여기저기를 둘러보았다. 여느 노인들과 다름없는 행동이었다.

"셜록 홈즈 씨가 누굽니까?" 그가 말했다.

"지금 외출 중입니다. 하지만 제가 그의 대리인이니 하실 말씀이 있으면 저에게 남기시면 됩니다. 제가 전달해드리겠습니다."

"나는 본인한테 직접 말할 거요."

"아까 말했듯이, 제가 바로 그의 대리인입니다. 모드케이 스미스의 증기선 때문에 그러십니까?"

"맞소. 나는 그 배가 어디에 있는지 알고 있소. 그리고 홈즈 씨가 쫓고 있는 남자들이 어디에 있는지도, 보물의 행방도 알고 있소. 홈즈 씨가 찾는 모든 것을 알고 있소."

"그렇다면, 말씀해주시지요. 홈즈 씨에게는 제가 잘 전달하겠습니다."

"관두시오. 내가 직접 말할 거요." 노인은 나이 든 사람들이 대개 그렇듯 자신의 뜻을 절대 굽히지 않았고, 같은 대답만 반복했다.

"알겠습니다. 그럼 홈즈가 돌아올 때까지 여기서 기다리세요."

"그렇게는 못 하겠소. 누구 좋으라고! 내가 왜 언제 올지도 모르는 사람을 하루 종일 기다리고 있어야 하오? 홈즈 씨가 지금 여기 없다면, 혼자서 모든 것을 찾아내라고 하시오. 나는 상관없는 일이니 손해 볼 게 없지. 더구나 당신들에게는 한 마디도 하지 않을 거요."

노인은 발을 질질 끌며 문을 향해 걸어갔다. 그때 애셜니 존스 형사가 그의 앞을 가로막고 섰다.

"노인장, 잠깐만 기다리시죠." 형사가 말했다. "당신은 아주 중요한 정보를 알고 있으니 여기서 한 발짝도 나가지 못합니다. 당신이 원하든 원치 않든 상관없습니다. 홈즈가 돌아올 때까지 우리와 함께 있어야 합니다."

노인은 문 쪽으로 달려가려 했으나 형사가 넓은 등판으로 문을 가로막았다. 그제야 자신이 아무리 저항해도 소용없다는 것을 깨달은 노인은 걸음을 멈추었다.

"도대체 이런 경우가 세상에 어디 있단 말인가!" 노인은 지팡이로 바닥을 쾅쾅 내리치며 큰 소리로 말했다. "나는 셜록 홈즈라는 신사를 만나러 왔어. 헌데! 내 평생 한 번도 본 적이 없는 자네들이 나를 이렇게 가둬두고, 이런 식으로 대접한단 말인가!"

"도대체 이런 경우가 세상에 어디 있단 말인가!"
노인은 지팡이로 바닥을 쾅쾅 내리치며 큰 소리로 말했다.
F. H. 타운센드 그림, 『네 사람의 서명』, 런던 조지 뉴스 출판사 (1903)

"어르신, 별일 없을 테니 걱정 마십시오." 나는 노인을 안심시키려고 말을 건넸다. "어르신이 낭비한 시간은 저희가 충분히 보상해드리겠습니다. 자, 여기 소파에 앉아서 기다리시지요. 홈즈 씨는 곧 돌아올 겁니다."

노인은 말없이 뚱한 표정으로 소파에 앉았다. 그리고 한 손으로 턱을 괴고 홈즈를 기다리기 시작했다. 존스와 나는 다시 시가를 피우며 하던 이야기를 계속했다. 그런데 갑자기 홈즈의 목소리가 불쑥 들려왔다.

"나도 시가 한 대 줘."

형사와 나는 너무 놀라 자리에서 벌떡 일어났다. 홈즈가 은근히 재밌다는 듯 우리 가까이에 떡하니 앉았다.

"홈즈!" 내가 외쳤다. "노인은 어디 가고! 어떻게 자네가 여기에 있는 거지!"

"노인은 여기 있어." 홈즈는 흰 머리털 가발을 들어 올렸다. "노인의 가발과 구레나룻, 눈썹까지 모두 여기 그대로 있어. 내 변장술이 훌륭하다고 짐작은 했지만 자네가 이렇게 감쪽같이 속을 줄은 몰랐어."[184]

"아, 정말 대단한 솜씨군요!" 존스가 몹시 기뻐하며 말했다. "홈즈 씨는 배우가 됐으면 크게 성공했을 겁니다.[185] 강제 노역소에서나 들을 법한 기침 소리와 빈약한 다리로 부들부들 떠는 연기까지 아주 완벽했습니다. 주당 10파운드는 족히 받을 겁니다. 그런데 사실 저는 눈빛 때문에 홈즈 씨라고 예상은 했지요. 허허, 그러고 보니 저를 완전히 속이지는 못했습니다."

"아무튼, 이 차림새로 하루 종일 돌아다녔어." 홈즈가 시가에 불을 붙이며 나에게 말했다. "자네도 알다시피, 이제 웬만한 범죄자들은 대부분 나를 알아보거든. 그리고 자네가 수사 사건[186]을 기록해 책으로 출간한 후부터 더 심해져서 간단한 변장이라도 하지 않으면 밖에 나갈 수 없을 정도야. 참, 형사

184. D. 마틴 데이킨은 "왓슨이 그토록 잘 아는 사람을 그렇게 가까운 거리에서 알아보지 못했다니 놀랍다. 그는 바로 잠시 전에 홈즈가 뱃사람 차림새로 나서는 것을 지켜보았기 때문에 더욱 납득이 안 간다"고 논평한다. 데이킨은 왓슨이 사실은 홈즈의 변장을 꿰뚫어 보았는데 그의 기분을 상하게 하지 않으려고 속아 넘어간 척한 것이라고 주장한다.

185. 왓슨이 「보헤미아 왕실 스캔들」에서 했던 다음의 말과 비교해보라. "그가 범죄 전문가가 됨으로써 과학계가 예리한 두뇌 하나를 잃었듯이, 연극계는 훌륭한 배우 하나를 잃은 셈이다." 홈즈가 어렸을 때 배우였다는 주장은 윌리엄 베어링굴드에 의해 자세하게 이어진다. 그는 홈즈가 1879년부터 1880년까지 사사노프 셰익스피어 컴퍼니와 함께 미국을 순회했다고 주장한다. 마이클 해리슨의 「연극 대표와 연극적인 홈즈 씨」 참조.

186. 물론 『네 사람의 서명』 이전에 단 하나의 사건만이 출판되었다. 바로 『주홍색 연구』(1887)다. 베어링굴드는 "홈즈가 여기서 출판된 단 하나의 사건과 왓슨이 그때까지 분명히 연대순으로 기록해놓았을 많은 사건들을 혼동하고 있는 것 같다"라고 논평한다. 그러나 H. B. 윌리엄스는 홈즈가 여기서 언급하고 있는 것은 작은 팸플릿 형태로 발간됐다가 이후에 사라져버린 일부 사건들에 대한 것이 틀림없다고 주장한다. 윌리엄스는 "어떤 매체를 통해서든 시중에 유통되었기 때문에 런던의 범죄자들과 하층민들은 홈즈와 그의 수사 방식을 잘 알고 있었다"라고 결론 내린다. 182번 주석 참조.

187. 웨스트민스터 선착장the Westminster Stairs은 아마 웨스트민스터 다리 바로 아래의 빅토리아 제방 위에 위치한 공공 부두인 웨스트민스터 부두the Westminster Pier인 것 같다. 왓슨이 '부두Pier'를 템스강을 따라 180미터 정도 내려간 곳에 위치한 '화이트홀the Whitehall Stairs'과 섞어서 잘못 말한 것으로 보인다.

님, 제가 보낸 전보는 받으셨지요?"

"네, 전보를 보고 온 겁니다."

"수사는 어떻게 진행되고 있습니까?" 홈즈가 물었다.

"모든 노력이 수포로 돌아갔지요. 체포한 일당 중 결정적인 용의자를 포함해 두 명을 석방했고, 다른 사람들의 혐의도 아직 입증하지 못한 상황입니다."

"이제 걱정 안 하셔도 됩니다. 제가 곧 두 명의 진짜 범인을 넘겨드리겠습니다. 범인을 체포한 공로는 형사님이 누리셔도 좋습니다. 대신 지금부터 제 지시대로 움직여주셔야 합니다. 괜찮겠습니까?"

"괜찮다마다요. 범인을 내 손으로 체포하게만 해준다면 뭐든 할 수 있습니다."

"그러면 먼저, 경비정 중에 가장 빠른 증기선 하나를 찾아서 7시 정각에 웨스트민스터 선착장[187]으로 보내주십시오."

"노인은 여기 있어." 홈즈는 흰 머리털 가발을 들어 올렸다.
리하르트 구트슈미트 그림, 『네 사람의 서명』, 슈투트가르트, 로베르트 루츠 출판사(1902)

"간단한 일입니다. 경비선은 항상 대기 중이지요.[188] 하지만 만일의 경우를 대비해 밖에 나가서 경비선에 미리 전화[189] 연락을 해두겠습니다."

"그리고 범인들이 저항할 수 있으니 믿을 만한 장정 두 사람도 필요합니다."

"좋습니다. 경비선 내에 두세 명의 장정들을 배치해놓겠습니다. 또 다른 건 없습니까?"

"범인들을 잡으면 보물도 함께 찾게 될 겁니다. 그러면 보물의 절반을 가질 권리가 있는 모스턴 양에게 여기 이 친구가 직접 보물 상자를 건네주도록 하고 싶습니다. 괜찮겠지, 왓슨?"

"그렇게 해준다면 나한테는 큰 영광이지." 내가 대답했다.

"그건 규정에서 많이 어긋나긴 합니다만." 존스가 머리를 좌우로 흔들며 말했다. "뭐, 이번 사건이 워낙 특이하니 어쩔 수 없지요. 좋습니다. 눈감아주겠습니다. 대신 그 후에 조사를 위해 경찰 당국에 보물을 반드시 넘겨야 합니다. 알겠지요?" 형사가 홈즈에게 물었다.

"물론. 그렇게 하는 거야 뭐 어렵겠습니까. 아차, 한 가지 더 부탁할 게 있습니다. 저는 이번 사건에 관한 이야기를 조녀선 스몰에게서 직접 듣고 싶습니다. 제가 맡은 사건이니, 끝까지 책임지고 싶어서 그럽니다. 여기 이 방에서든 다른 곳에서든 범인과 비공식적인 면담을 하겠습니다. 경비만 확실히 세운다면 문제 될 게 없습니다. 어떻게 생각하십니까?"

"좋습니다. 당신이 이 사건의 지휘관이니 당신에게 끝까지 맡기겠습니다. 더구나 나는 아직 조녀선 스몰이란 자가 실제로 존재한다는 확신도 없으니 만일 그자를 잡게 된다면 비공식 면담을 막을 권리가 없지요."

"그렇다면 이의 없는 걸로 알겠습니다."

"좋습니다. 또 다른 사항은 없습니까?"

188. '템스 경찰' 또는 정식으로는 '런던 경찰청의 템스국'은 1898년까지 28척이 넘는 노 젓는 보트로 이루어진 선단을 타고 이 강을 순찰했다. 이 보트들은 1920년대까지 사용되었다(경찰은 1910년까지 모터보트를 채택하지 않았다). 찰스 디킨스 주니어의 『템스 강 사전』(1887)에 의하면 이 템스 경찰은 조지 스티드 총경의 지휘 아래 44명의 경위와 4명의 경사, 그리고 124명의 경찰관으로 구성되었다. 이들의 수는 그다음 해에는 10퍼센트가 늘어났다. 보트 대원들의 유니폼에 대한 묘사는 다양하지만 모든 자료에서 일치하는 내용은 이들이 짙은 청색에 단추가 두 줄로 달리고 두꺼운 모직으로 된 짧은 재킷(노를 저을 때는 벗었다)과 헐렁한 바지를 입었다는 것이다. 모자도 다양해서 딱딱하게 유약을 바른 모자와 챙이 있는 요트 조종자 모자 또는 밀짚모자 등을 썼다. 경찰관들은 칼라에 백동 닻을 장식으로 달았다. 디킨스 주니어는 다음과 같이 기록한다. "낮이고 밤이고 몇 척의 보트들이 강을 여러 구역으로 나누어 순찰한다. 경비 중인 보트와 교대하기 위해 두 시간마다 새 보트가 기지에서 출발했다. 보트마다 경위 한 명과 노를 젓는 사람 두 명이 탄다. 그리고 신중한 감시 체계가 유지되고 있어 각 보트가 지나갈 때마다 다양한 지점들에서 확인된다. 증기선 두 척도 이용된다." 1898년까지 여덟 척의 증기선이 보태졌다. 이 일은 위험한 것이어서 1857년과 1901년 사이에 적어도 두 명의 경찰관이 임무 수행 중 익사했다.

189. E. 에널스 벌 대령은 당시에 베이커 스트리트 221B번지에 전화가 없었다고 지적한다. 「은퇴한 물감 제조업자」의 사건들(보통 1899년으로 연도를 매긴다. 연대표 참조)에 가서야 베이커 스트리트의 하숙집에 전화가 있다는 기록이 나온다. 비록 어느 역사가는 런던 경찰국에 대해 1898년까지 경찰총국에 전화가 없었고, 200곳이 넘는 런던 경찰서들 중 어디에도 전화가 없었다고 기록하지만 런던 경찰국의 어느 고위 간부는 경찰총국이 1887년부터

전화를 사용해왔다고 확인해준다.

"마지막 요구 사항인데 우리와 저녁 식사를 함께 하시지요. 30분 내에 준비됩니다. 굴[190]과 꿩[191] 요리에 꽤 괜찮은 백포도주[192]도 곁들일 겁니다. 왓슨, 살림꾼으로서의 내 솜씨를 제대로 한번 발휘해볼 테니 기대하라구."

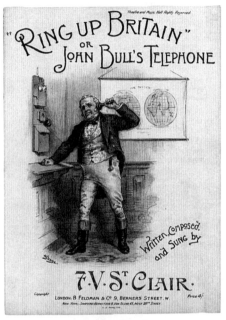

1880년경의 노래 팸플릿,
〈브리튼에 전화해주오〉 또는 〈존 불의 전화〉.

1888년의 전화기. 웨스턴 일렉트릭이 제조했고
국립전화회사가 런던에 공급했다.

190. 줄리아 칼슨 로젠블랫과 미국요리학회장인 프레더릭 H. 소넨슈밋은 『셜록 홈즈와의 만찬』에서 다음과 같이 쓰고 있다. "빅토리아 시대 영국 요리에는 이런 맛있는 연체동물 요리가 넘쳐났는데 제철에만 그랬다. 법으로 9월에서 4월까지는 굴 사용을 제한했다. 철자에 r이 들어가는 달이라고 기억하면 편리하다."

191. 플레처 프랫은 「미식가 홈즈」에서 꿩 한 쌍은 세 사람이 먹기에 충분하지 않으며 그중에서도 왓슨은 "자신의 건강을 보전하기 위해 아무런 노력을 하지 않았다"고 지적한다. 그는 세 쌍의 꿩이 있었고 "유명한 미식가인 브리야사바랭과 프랑스 요리의 제왕인 에스코피에의 요리법대로 고전적인 방식으로 요리할 수밖에 없었을 것이다. 즉 가슴살만 구워서 빵 소스와 감자 칩 그리고 새의 사용되지 않은 부위로 만든 육즙을 함께 대접했을 것이다"라고 결론을 내린다. 한 쌍의 꿩은 대개 무게가 8 내지 10온스 정도 된다.

로젠블랫과 소넨슈밋은 홈즈가 "살림꾼으로서의 내 솜씨"를 선보이겠다고 말한 것을 보면 이날 밤 허드슨 부인이 쉬었던 게 분명하다고 지적한다. "하지만 홈즈는 하루 종일 수사에 몰두하느라 귀가하기 전에 많은 일을 할 수 없었다……. 홈즈는 집으로 돌아오는 길에 가게 앞에 멈춰서 이미 요리된 꿩을 샀을 뿐이다." 따라서 그들은 "익힌 뒤 차갑게 식혀서 자른 꿩고기"를 먹었을 거라고 주장한다.

192. 플레처 프랫은 "몽라셰 와인 중에서 도메인 바틀링domaine bottling(그 지방에서 자란 포도로 수확부터 병에 넣는 작업까지 전 과정을 진행한 것) 한 와인일 것이다"라고 주장한다. 반면에 이에르옌 콜은 「셜록 홈즈는 무엇을 마셨나?」에서 "그 당시 런던에서 괜찮은 백포도주란 틀림없이 라인 와인이었을 것이다. 아마도 독일 와인인 '슈타인베르거 카비네트'였을 것으로 추측된다"라고 말한다. 로젠블랫과 소넨슈밋은 이렇게 논평한다. "영국인 미식가들은 이 요리와 함께 대개 가볍고 진한 맥주를 섞어 마시길 좋아한다. 프랑스인이라면 대개 이 요리를 샴페인이나 샤블리 와인과 함께 먹는다. 이번에 홈즈가 백포도주를 선택한 것은 그의 조상이 프랑스계라는 사실을 반영해준다."

제10장

원주민의 최후

193. 기적극은 중세시대의 세 가지 주요한 드라마 중 하나로서 (신비극, 도덕극과 함께) 성인의 생애와 기적 또는 순교, 그리고 인간의 삶에 신이 개입하는 에피소드를 실화나 허구로 보여주는 극이다. 원래 라틴어로 되어 있고, 대개 성경에서 뽑은 내용이어서 이 연극은 성직자들이 로마 가톨릭교회에서 상연했다. 수도사들이 무언극을 하고 성가대가 응답 성가를 불렀다. 이 연극은 13세기 무렵에는 미사의 일부를 구성하는 것을 넘어, 대중 페스티벌에서 활기 넘치다 못해 때로는 야하기까지 한 토착어 공연으로 발전했다. 이 공연은 마을의 길드 조직원들(출연료를 받는 배우들이었다)에 의해 상연되었고, 무대 세트는 바퀴가 달린 이동식 무대에 세워졌으며, 성경의 장면에 세속적인 소재를 혼합시켰다. 현존하는 기적극은 거의 성모 마리아나 성 니콜라우스에 관한 것들로서 성모 마리아가 '데우스 엑스 마키나deus ex machina(극이나 소설에서 가망

우리는 아주 즐겁게 저녁 식사를 했다. 홈즈는 기분이 좋으면 말을 상당히 많이 하는 버릇이 있는데, 그날 밤 그랬다. 몹시 기고만장하고 흥분해 있었다. 나는 지금까지 이렇게 밝은 모습의 홈즈는 처음 보았다. 그는 여러 가지 주제에 관해 빠른 속도로 끊임없이 이야기했다. 그것도 각각의 주제를 전문적으로 연구한 사람처럼 상세하게, 기적극[193]과 중세 도자기[194]와 스트라디바리의 바이올린[195]과 실론의 불교[196] 그리고 미래의 군함 등에 대해 이야기했다. 지난 며칠간 겪었던 우울증의 반작용으로 보였다. 여유 있게 식사를 즐기는 동안 애셜니 존스는 자신의 사교적인 성격을 마음껏 뽐냈고 미식가처럼 행동했다. 나의 경우, 우리의 수사가 막바지에 달한 것 같다는 생각에 의기양양해져 있었고 홈즈의 쾌활함이 내게도 전염되었는지 잔뜩 들뜬 기분이었다. 마치 약속이나 한 듯, 식사를 하

는 동안 어느 누구도 이번 사건에 대해서는 언급하지 않았다. 식사가 끝난 후 홈즈는 자신의 시계를 힐끗 쳐다보고는 세 개의 유리컵에 포트와인[197]을 따랐다.

"건배![198] 마지막 남은 수사의 성공을 위하여!" 홈즈가 말했다. "이제 나갑시다. 왓슨, 권총 가지고 있지?"

"책상 서랍에 낡은 군용 리볼버가 하나 있어."

"그럼 그거라도 챙기는 게 좋겠어. 어떤 일에든 유비무환의 자세가 필요해. 마침 마차가 집 앞에 도착했군. 6시 반까지 이곳으로 오라고 미리 일러두었거든."

우리는 7시 조금 넘어서 웨스트민스터 선착장에 도착했고, 우리를 기다리는 증기선 한 척을 찾아냈다. 홈즈는 배를 타기에 앞서 먼저 정밀하게 증기선을 관찰했다.

"이 배에 경비정이라는 표시는 없나?"

"옆에 초록색 램프가 달려 있습니다."

"그렇다면 그걸 떼고 출발합시다."

우리는 초록색 램프를 없앤 후 배에 탑승했다. 존스와 홈즈 그리고 나는 선미船尾에 앉았다. 한 남자가 배 키를 잡고 있었고, 다른 한 사람은 엔진을 맡았다. 그리고 두 명의 건장한 경위[199]가 앞쪽에 서 있었다.

"어디로 가는 겁니까?" 존스가 물었다.

"런던탑으로. 제이콥슨 조선소 건너편에서 멈추라고 전해주십시오."

경비정은 매우 빠른 속도로 물 위를 달렸다. 여러 대의 바지선들이 짐을 가득 싣고 앞서 가고 있었으나 얼마 못 가 우리에게 따라잡혔다. 우리 배가 앞질러 내달릴 때 바지선들은 마치 그 자리에 정박해 있는 것처럼 보였다. 다른 배들을 따라잡을 때마다 홈즈는 흐뭇한 미소를 지었다.

"강 위에 있는 어떤 것도 따라잡을 기세군." 홈즈가 말했다.

이 없어 보이는 상황을 해결하기 위해 동원되는 힘이나 사건'로 자주 등장한다. 대중적인 소극이 이 연극에 포함되자 교회는 관여하지 않게 되었고, 마침내 자신들이 발달시킨 이 연극을 압박하기에 이르렀다. 이 풍부한 극 형식은 고유한 생명력을 얻어 영국 연극의 진행과 발전에 대단한 영향을 주었다. 기적극은 초창기에 콘월 지방에서 웨일스 방언으로 공연되었는데 이런 사실이 홈즈의 관심사에 대해 설명해준다(「악마의 발」 참조. 이 작품에서 홈즈는 콘월어를 연구한다). 홈즈의 다른 중세 연구들 중에는 '팰림프세스트Palimpsest(원래의 글 일부 또는 전체를 지우고 다시 쓴 고대 문서. 「금테 코안경」 참조)', 음악(「브루스파팅턴호 설계도」) 그리고 영국 헌장들(「세 학생」)이 있다.

194. 홈즈가 논의하기에 흥미로운 주제다. 『브리태니커 백과사전』(제9판)에 따르면 "11세기부터 15세기까지 영국과 프랑스에서 매우 많은 양의 가정용 도자기들이 생산되었지만 너무 부서지기 쉽고 예술적인 아름다움은 없이 알갱이가 굵은 도자기여서, 오늘날까지 보전되어오는 견본들은 몇 안 된다."

195. 「소포 상자」에 따르면 홈즈 자신도 한 대를 소유했다. 『주홍색 연구』 97번 주석 참조.

196. 홈즈는 1880년대에 실론의 소수 이슬람교인에 대한 민족학을 둘러싸고 격렬하게 불붙었던 논쟁을 알고 있었던 것 같다. 그들은 또 다른 강력한 소수 인종인 타밀 사람들과 사회적으로나 정치적으로 분리되기 위해 투쟁하고 있었다. 타밀 사람들은 힌두교인들이기 때문에 이슬람교인들은 그들과 언어는 공유했지만 종교는 함께할 수 없었다. 실론 사람들 대다수의 종교는 물론 불교였고, 특히 상대적으로 보수적인 소승불교였다.

197. 플레처 프랫은 "홈즈가 포트와인을 스스로 따

르는 것은 그가 진정한 미식가라는 또 다른 표시다. 그는 웨이터가 자신의 포트와인을 건드리게 하느니 차라리 고릴라가 자신의 여동생을 돌보도록 할 사람이다"라고 말한다. 퍼트리샤 가이는 자신의 전집 『베이커 스트리트의 주신 : 셜록 홈즈 씨와 당대인들의 술 선호에 관한 고찰』에 실린 「빅토리아 포트 스타일 연구」에서 영국인의 포트와인에 대한 훌륭한 개요를 제시한다.

198. 새뮤얼 존슨은 "건배One bumper"란 말이 'bump'에서 유래한다고 한다. 그러나 프랑스어 'Bon-Pere'에서 유래한 것 같다. 'Bon-Pere'는 옛날 수도자 같은 생활양식에서 고정된 건배 방식이자 오늘날에는 '잔이 가득 찼을 때' 사용되는 말이다.(1865년판 『은어 사전』)

199. 한국 경찰의 계급은 11단계인데, 영국 경찰 계급은 5단계다. 자치 경찰청장, 총경, 경위, 경사, 순경이 그것이다. 존스 형사는 아마도 고참 경위일 것이다. "두 명의 건장한 경위police-inspectors"는 아마 신참 경위일 것이다. police-inspector가 영한사전에는 "경감"이라고 되어 있지만, 한국 경찰 계급에서 경감은 경위 곧 형사 바로 위 계급이다ㅡ옮긴이.

200. T. S. 블레이크니는 다음과 같은 의문을 제기한다. "아마 글래드스턴을 의미하는 것 같은데, 그가 언제 어디서 이런 말을 했는지 말해줄 수 있는 사람은 없는가? 인용의 출처를 밝혀줄 수는 없는가?"

201. "탄화수소를 분해하는 일이 화학자에게 잠깐이라도 문제가 된다니 믿을 수 없는 일이다." 렘선 텐 에이크 스헹크는 「베이커 스트리트 우화」에서 이렇게 썼다. "홈즈는 여러 날 동안 영웅적인 노력 끝에 엄청난 장애를 극복한 표정을 지으며 '내가 구두끈을 매는 데 성공했을 때'라고 말한 것과 같다."

"글쎄, 꼭 그렇지는 않겠지만 그래도 지금 강 위를 달리는 증기선 중에는 우리 배가 가장 빠른 것 같긴 해."

"반드시 오로라호를 따라잡아야 해. 오로라호는 쾌속 범선으로 소문나 있어. 왓슨, 오늘 무슨 일이 있었는지 말해줄게. 자네가 직접 봐서 알겠지만, 지난 며칠간 난 사소한 퍼즐 하나를 찾지 못하는 바람에 꼼짝없이 집 안에 묶여 있었어. 답답해 미칠 것 같았지."

"잘 알고 있어."

"그런데 화학 실험에 몰두한 덕분에 정신적으로 완벽한 휴식을 취할 수 있었어. 위대한 정치가가 이런 말을 했지. '최고의 휴식은, 지금 하고 있는 일을 멈추고 다른 일을 하는 것이다.'[200] 나는 그 말에 전적으로 동의해. 탄화수소[201] 실험에 성공한 후, 다시 숄토 사건으로 돌아와 지금까지 일어난 일들을 처음부터 다시 생각해보았지. 소년 탐정들이 강을 오르내리며 샅샅이 조사했지만 어떤 결과도 얻지 못했고, 증기선은 어느 선착장에도 정박해 있지 않았고, 스미스 씨의 선착장으로 돌아오지도 않았어. 또 자신들의 흔적을 없애기 위해 배를 침몰시켰을 리는 없어. 물론 다른 모든 가정이 잘못될 경우를 대비해 배가 침몰됐을 가능성도 완전히 배제하지는 않았지만 말이야. 나는 이 스몰이라는 작자가 어느 정도 간교한 잔꾀는 부릴 수 있지만 고등교육을 받은 사람처럼 섬세하고 고차원적인 술수는 쓰지 못할 거라고 생각했어. 그래서 그가 런던에서 어느 정도 머물렀을 거라고 판단했어. 폰디체리 저택을 지속적으로 주시하고 있었기 때문에 곧장 런던을 떠날 수는 없었을 거야. 신변 정리를 위해 최소한 하루의 시간은 필요했을 거라는 말이지. 지금까지 확인된 증거들을 고려하면 그래."

"내가 보기엔 좀 억지스럽군. 범행을 저지르기 전에 미리 신변 정리를 해두었을 가능성이 더 크지 않아?"

"아니야, 그렇지 않아. 스몰은 만약의 사태에 대비해 은신처가 더 이상 필요하지 않다는 확신이 생길 때까지 그곳을 정리하지 않았을 거야. 그리고 이런 생각도 했겠지. 공범의 생김새가 특이하기 때문에 아무리 위장을 한다 해도 결국 다른 사람들의 눈에 띌 거고, 그렇게 되면 자신들이 노우드 사건과 어떤 연관이 있을 거라는 소문이 퍼질 수도 있다고 말이야. 그 정도의 명민함은 갖춘 녀석이기 때문에 범인들은 날이 어두워진 뒤에 은신처를 향해 떠났을 거야. 아마 날이 밝기 전에 도착하길 바랐겠지. 한데 스미스 부인의 말에 의하면 놈들이 배를 빌려 간 시간은 새벽 3시 이후라고 했어. 그때쯤이면 벌써 어둠이 걷히고, 한 시간만 지나도 여기저기서 사람들이 모여들기 시작하지. 그래서 내가 놈들이 그리 멀리 달아나지는 못했을 거라고 주장했던 거야. 범인들은 거액을 주고 스미스 씨의 입을 막았고, 마지막 도주를 위해 오로라호를 다른 곳에 보관한 후 보물 상자를 들고 서둘러 은신처로 향한 거지. 이틀 동안 그들은 틈틈이 신문을 통해 이번 사건의 수사 상황과 형사가 자신들을 쫓고 있는지 여부를 확인했을 거야. 그리고 그레이브젠드 항이나 다운스 항[202]에 가서 배를 타고 미국이나 다른 식민지 국가로 떠날 계획도 미리 세웠겠지."

"오로라호는 어떻게 한 거지? 배를 은신처까지 가져가지는 못했을 텐데."

"바로 그거야. 어제까지도 오로라호를 찾지 못했지만, 나는 배가 그리 멀지 않은 곳에 있을 거라고 생각했어. 그리고 스몰의 입장에서, 그의 눈높이에서 이 상황을 다시 살펴보았어. 증기선을 스미스 씨의 선착장에 되돌려 보내거나 다른 선착장에 정박해둔다면 경찰이 자신들의 위치를 쉽게 추적할 거라고 생각했겠지. 그렇다면 스몰은 증기선을 어떻게 숨겼을까, 또 어디에 숨겨야 필요할 때 손쉽게 되찾을 수 있을까? 스몰이라면

존 D. 클라크 박사도 「정전 속 화학에 대한 화학자의 견해」에서 이에 동의한다. "탄화수소를 분해하는 데에는 어려움이 거의 없다. 약한 액체 탄화수소를 넣기만 하면 짠! 하고 용액을 얻는다. 가솔린에 담갔던 천 조각이 있는 망에서 타르 한 방울을 제거해본 적이 있다면 내 말이 무슨 뜻인지 알 것이다."

하지만 리언. S. 홀스타인은 「7. 화학 지식—깊음」에서 여기에 동의하지 않는다. "알려지지 않은 화합물을 검사하는 한 가지 방식은 우선 그 물리적 성질을 결정하는 것이다. 즉 다양한 시약들 속에서 그 물질이 용해성인지 불용해성인지 확인하는 것이다. 내가 이해하기에 이 작품 속에서 홈즈가 말한 것은 이것을 뜻하는 것 같다. 문제의 발언은 홈즈가 어떤 화합물이나 혼합물에 대해 작업하고 있었던 간에 어떤 표준시약에서 용해성인 것으로 확인했다는 사실을 전달하기 위한 것이었을 뿐이다."

리 R. 월터스는 「탄화수소 퍼즐」에서 홈즈가 새로운 용매에 카르바졸을 분해하는 작업을 하고 있었다고 단언한다. 이 새로운 용매는 1902년까지 용매로 보고되지 않았던 농축 황산이었을 것이다.

202. 영국 해협에 있는 항구로 템스 강 하구와 도버 해협 사이에 있다. 서쪽으로는 켄트 대륙에 의해 그리고 동쪽으로는 굿윈 사주砂洲로 불리는 모래톱과 여울이 에워싸고 있다. 선박들이 체류를 연장하는 장소였다.

이렇게 했겠지. 오로라호를 조선소나 선박 수리소에 맡기는 거야. 사소한 수리를 요청하면서 말이야. 그러면 배를 효과적으로 감추는 동시에, 필요할 때면 언제든 쉽게 되찾을 수 있지."

"너무 간단해 보이는군."

"맞아, 하지만 이렇게 간과하기 쉬운 간단한 정보들이 수사에 결정적인 역할을 하는 법이지. 나는 그 간단한 단서를 가지고 수사를 다시 시작하기로 결정했어. 곧장 선원으로 변장하고 강 하류에 있는 모든 조선소를 샅샅이 뒤졌지. 열다섯 군데에 들렀지만 모두 허사였어. 그런데, 열여섯 번째 들른 '제이콥슨' 조선소에서 마침내 오로라호를 찾아낸 거야.

조선소 감독은 이틀 전에 의족을 한 사내가 찾아와 아주 사소한 방향키 수리를 부탁하면서 오로라호를 그곳에 맡겼다고 하더군. 그가 '그런데 배의 방향키에는 전혀 이상이 없었습니다. 저기, 빨간 줄이 있는 배가 오로라호입니다'라고 말하는 순간 누군가 술에 잔뜩 취해 이쪽으로 걸어왔어. 그가 바로 우리가 찾던 모드케이 스미스였어! 물론 첫눈에 그 고주망태가 스미스 씨인 줄은 몰랐어. 그가 조선소 감독에게 자신의 이름과 배 이름을 말하는 것을 듣고 알았지. '오늘 밤, 8시 정각에 배를 찾을 거요. 정확히 8시요. 두 신사분들이 기다리고 있으니 절대 늦어서는 안 된다구!' 그는 큰 소리로 떠들어댔어. 수리비를 지불한다며 주머니에서 은화를 잔뜩 꺼내 마구 뿌린 걸 보면 범인들에게 막대한 돈을 받은 게 분명해.

아무튼 나는 조선소를 떠나는 그의 뒤를 밟았지. 그런데 그는 녀석들의 은신처가 아닌 선술집으로 들어가더군. 나는 거기서 미행을 중단하고 다시 조선소로 향했어. 가는 길에 우연히 소년 탐정단 한 녀석을 만났어. 나는 녀석에게 여기서 증기선을 감시하고 있다가 증기선이 출발할 때 손수건을 흔들라고 지시를 내렸어. 우리 경비정은 조선소와 조금 떨어진 곳에 정박

할 거야. 이렇게 치밀한 계획을 세웠는데 범인을 못 잡는다면 그야말로 이상한 일이지. 반드시 범인과 보물, 모두 찾을 거야."

"수사망을 촘촘하게 짰군요." 존스가 입맛을 다시며 말했다. "홈즈 선생이 잡으려는 자들이 실제 범인인지는 모르겠지만, 만일 내가 이번 수사를 주도했다면 제이콥슨 조선소에 경찰 병력을 대대적으로 배치했을 겁니다. 그리고 범인들이 조선소에 나타나면 그때 놈들을 체포하는 거지요."[203]

"절대 불가능합니다. 스몰이라는 자는 아주 약삭빠른 녀석이라 절대 섣불리 움직이지 않습니다. 먼저 사람을 보내 조선소의 상황을 염탐하게 한 후 의심스러운 점이 하나라도 있다면 또다시 숨어버릴 겁니다."

"그런데 왜 모드케이 스미스의 뒤를 끝까지 쫓지 않았지? 그랬다면 은신처를 파악할 수 있었을 텐데 말이야." 내가 말했다.

"그러려면 하루 종일 기다려야 했을 거야. 시간 낭비지. 그리고 스미스 씨는 십중팔구 그들의 은신처를 모르고 있을걸. 몇 날 며칠 술독에 빠져 지낼 수 있을 만큼 수고비를 두둑하게 챙겼으니 신사 양반들이 어디에 사는지 따위는 안중에도 없었을 거야. 물어보지도 않았을 거란 말이지. 범인들은 용건이 있을 때마다 사람을 보내 스미스 씨에게 지시를 내렸을 거야. 모든 정황을 파악한 결과 이게 최선이었어."

이런 대화를 나누는 사이 경비정은 템스 강 위의 수많은 다리를 빠른 속도로 통과해나갔다. 도심을 빠져나올 즈음, 석양빛에 세인트폴 성당 꼭대기의 십자가가 반짝반짝 빛났고, 경비정이 런던탑에 도착할 때는 이미 땅거미가 지고 있었다.

"저기가 제이콥슨 조선솝니다." 홈즈는 서리 주[204] 쪽으로 삐죽 솟은 돛대 하나를 가리키며 말했다. "경비정이 눈에 띄지

203. D. 마틴 데이킨은 홈즈가 애셜니 존스의 합리적인 제안을 묵살한 것에 대해 의아해한다. "홈즈가 단지 추적하는 재미를 계속 느끼고자 한 것 외에는 다른 이유를 찾을 수가 없다."

204. 마이클 해리슨은 『셜록 홈즈의 런던』에서 "왓슨은 여기서 '켄트'를 의미하면서 '서리'라고 말한다. 이런 왓슨의 실수를 눈감아주자"라고 쓰고 있다. "우리들은 그들과는 전혀 다른 세상에서 살고 있다는 것을 깨닫게 된다. 비록 전깃불이 들어오는 증기선이 대서양을 5일 만에 건너고 있었지만 돛단배가 여전히 일반적이었다. 그다음 세기가 되어서야 증기선이 돛단배를 따라잡았다."

205. 거룻배는 바닥이 평평하고 넓은 보트인데 바지선과 유사하고, 보통 배에서 해안으로 화물을 옮기는 데 쓰였다.

206. 어둠 속에서 볼 수 있도록 넓은 대물렌즈가 달린 쌍안경이다. 보통의 햇빛 속에서 사람의 시야의 지름은 4-4.5밀리미터 정도인 반면에 밤에는 7-7.5밀리미터로 넓어진다. 야간에 넓어진 시야의 지름을 수용하기 위해 넓은 영역의 쌍안경이 더 많은 빛을 받아들이는 최상의 기능을 한다.

1888년의 런던탑.

야간 쌍안경.
《해러즈 카탈로그》(1895)

않도록 저 거룻배²⁰⁵들 사이를 천천히 오르락내리락하며 기다립시다." 홈즈는 주머니에서 야간 쌍안경²⁰⁶을 꺼내 이따금 물가를 확인했다. "잠복 중인 소년 탐정이 보이는군." 그가 말했다. "그런데 아직 손수건 신호는 없어."

"이렇게 해보면 어떨까요, 지름길을 통해 우리가 강 하류에 먼저 도착해서 그곳에 잠복하는 겁니다. 거기서 녀석들을 기다리는 거죠." 존스 형사가 진지하게 말했다.

사실 형사뿐 아니라 배에 탄 모든 사람들이 진지했다. 심지어 영문도 모른 채 동원된 경찰관들과 하급 선원들조차 심각한 표정이었다.

"지금은 절대 어느 것도 장담해서는 안 됩니다." 홈즈가 설명했다. "범인들이 강 하류로 이동할 가능성이 크지만, 확실하진 않습니다. 이곳에서 우리는 조선소 출입구를 볼 수 있는 반면 그들은 우리를 발견하기 힘들지요. 오늘 밤은 구름 한 점 없이 맑아서 달빛이 사방을 환히 비출 겁니다. 이곳에서 기다려봅시다. 저기 가스등 아래 사람들이 떼로 모여 있군요."

"조선소에서 일을 마치고 돌아가는 직원들 같아."

"지저분한 하층민들처럼 보이는군. 하지만 나는 모든 사람의 가슴에 절대 꺼지지 않는 작은 불꽃 하나가 숨겨져 있다고 생각해. 겉모습만 보고 연역적[207]으로 결론을 단정 지어서는 안 되지. 인간은 그 자체로 대단히 불가사의한 동물이거든." 홈즈가 말했다.

"누군가 인간을 영혼이 깃든 동물이라고 말했지." 내가 덧붙였다.

"윈우드 리드가 그 주제에 대해 아주 잘 다뤘어. 그는 이렇게 말했지. '개인은 풀리지 않는 수수께끼 같지만, 무리 속에서 개인은 수학적인 확실성을 갖춘 존재다.' 예컨대 우리는 한 개인의 행동은 예측할 수 없지만, 평균적인 사람들의 행동에 대해서는 정확히 예측할 수 있어. '개인은 다양하지만 백분율은 일정하다.' 이것이 바로 통계학자의 주장이야.[208] 그런데 저기 펄럭이는 거, 혹시 손수건[209] 아닌가? 틀림없군. 저기 저쪽을 봐, 하얀 천이 펄럭이고 있어!"

"맞아, 자네 부하 녀석이 맞아! 아주 잘 보여." 내가 외쳤다.

"그리고 저건, 오로라호다!" 홈즈가 큰 소리로 말했다. "드디어 오로라호가 출발하는군! 대단히 빠른 속도야! 기관사! 지금부터 전속력으로 달리시오! 노란 램프를 매단 저 증기선의 뒤를 쫓아요! 행여 오로라호를 잡지 못한다면 나 자신을 절대로 용서하지 못할 거야!"

오로라호는 눈에 띄지 않게 조선소 입구를 빠져나온 뒤 두세 척의 작은 보트 사이를 통과하고 있었다. 그리고 우리의 눈에 띄기 전에 벌써 속도를 높인 상태였고, 지금은 강물 위를 쏜살같이 달리고 있었다. 존스 형사는 정색하며 증기선을 바라보았다.

"너무 빨라요." 존스 형사가 고개를 저으며 말했다. "따라잡을 수 있을지 모르겠군요."

"무슨 일이 있어도 반드시 따라잡아야 합니다!" 홈즈가 이를

207. 'a priori.' '연역적인, 선험적인'이라는 뜻으로 자명한 명제들에 의한 추론으로부터 결과를 도출하는 것이다.

208. 홈즈는 윈우드 리드의 『인간의 순교』(1872)에 나오는 다음과 같은 구절을 쉽게 바꾸어 표현하고 있다.
"지상에서 일어나는 모든 사건은 법칙의 결과다. 통계는 기억의 변덕이나 열정의 충동에 의존하는 행동들조차 총체적으로 따져보면 인간의 의지에 전적으로 의존하고 있다는 사실을 보여준다. 인간은 단일 원자로서는 수수께끼지만 전체로서는 수학적인 문제다. 인간은 개인으로서는 자유로운 행위자지만 인류 전체로서는 필연성의 자식들이다."

209. D. 마틴 데이킨은 장난스럽게 다음과 같은 지적을 한다. "빅토리아 시대의 부랑아들 중 손수건을 가지고 다니는 습관이 있는 사람은 몇 안 됐을 것이고, 만약 가지고 다녔다고 해도 하얀 상태로 오래가지 못했을 것이다." 데이킨은 홈즈가 그에게 신호를 보내는 용도로 쓰도록 손수건을 주었다는 결론을 내린다.

악물고 말했다. "화부! 석탄을 가득 채우게! 전속력으로 달려! 배를 태워먹는 한이 있어도 반드시 따라잡아야 해!"

우리는 오로라호 뒤를 바짝 쫓았다. 용광로는 무서운 기세로 활활 타올랐고, 강력한 증기기관은 커다란 금속 심장처럼 철커덕 소리를 내며 빠른 속도로 움직였다. 가파르고 날렵한 뱃머리가 고요한 강물을 가르며 좌우로 출렁거리는 물너울을 일으켰다. 엔진이 부르릉 진동할 때마다 마치 배가 살아 있는 양 상하좌우로 흔들렸고, 뱃머리에 걸린 커다란 노랑색 램프 불빛이 앞길을 길게 비추어나갔다. 오른쪽 앞으로 흐릿하게 보이는 시

용광로는 무서운 기세로 활활 타올랐고, 강력한 증기기관은 커다란 금속
심장처럼 철커덕 소리를 내며 빠른 속도로 움직였다.
리하르트 구트슈미트 그림, 『네 사람의 서명』, 슈투트가르트, 로베르트 루츠 출판사(1902)

커먼 형체가 오로라호였다. 배가 얼마나 빠른 속도로 달렸는지 오로라호가 지나간 자리마다 새하얀 포말 소용돌이가 일었다. 우리도 속력을 높여 여러 척의 바지선과 증기선, 상선들 사이를 빠져나갔다. 어둠 속에서 다른 배에 탄 사람들이 우리를 향해 환호성을 질렀다. 오로라호는 아랑곳하지 않고 무섭게 질주했고, 우리는 계속해서 오로라호 뒤를 바짝 따라갔다.

"석탄을 더 넣어요! 화부, 석탄을 더 넣으란 말이에요!" 홈즈가 몸을 숙여 아래쪽에 있는 기관실을 향해 소리쳤다. 사납게 타오르는 화염 빛이 홈즈의 날카로운 얼굴을 비추었다. "증기를 최대한으로 뽑아내야 합니다!"

"이제 좀 가까워졌군." 존스가 오로라호를 주시하며 말했다.

"확실히 그렇군요." 내가 말했다. "곧 따라잡겠는데요."

그런데 그 순간 무슨 운명의 장난인지 바지선 세 척을 뒤에 매단 예인선이 우리와 오로라호 사이에 끼어들었다. 다행히 선장이 키를 홱 잡아당겨서[210] 간신히 충돌은 피했다. 하지만 예인선을 돌아서 다시 속도를 회복했을 때, 오로라호는 200미터는 족히 앞서 나가고 있었다. 그래도 아직 눈에 잘 보이는 거리였고, 어느새 어두컴컴하고 희미한 황혼 빛이 사라지고 별이 빛나는 맑은 밤이 되었다. 화부들은 온 힘을 다했고, 배는 강렬한 증기를 내뿜으며 고속으로 질주했다. 무서운 속도에 선체가 심하게 흔들리고 삐걱거렸다. 경비정은 풀[211]을 관통하고, 서인도 부두를 지나, 런던 근교의 긴 뎃퍼드 곶[212] 아래로 한참을 내려가다가 개들의 섬[213]을 돌아 다시 올라왔다. 날이 밝으면서 우리 앞을 지루하게 내달렸던 어두운 형체가 어느새 오로라호의 날렵한 모습을 드러내고 있었다. 존스 형사가 탐조등의 방향을 바꾸어 오로라호를 비추자, 갑판 위에 있는 범인들의 모습이 뚜렷이 보였다. 한 사내가 선미에 앉아 있었다. 그의 무릎 사이로 검은 물체가 보였고, 사내는 그 물

210. 잭 트레이시는 『셜로키언 백과사전』에서 "키를 완전히 한쪽 방향으로 돌려버렸다는 의미다"라고 설명한다.

211. 템스 강의 일부로, 런던 다리 아래에서 리전트 운하 조금 위까지 이르는 부분이다. 기원전 33년 즈음 로마인들이 런던을 세운 이래 1950년까지 상업의 중심지였던 풀은 19세기에는 세인트캐서린 부두를 건설하느라 교통량이 최대에 이르렀다. 이 강을 따라 뻗어 있는 건물들 중에는 런던의 수산 시장과 구舊 세관 건물이 있다. 풀 강의 운송량은 1870년대에 철도 붐이 일어나면서 현저히 줄어들었다.

212. 라임하우스 곶의 끝에서 그리니치 선착장에 이른다.

213. "개들의 섬"이란 이름은 1588년까지 거슬러 올라간다. 이것은 토머스 내시와 벤 존슨의 분실된 연극의 제목이다. 이 연극은 1597년 7월에 스완 극장에서 초연되자마자 반정부적 선동 행위라는 이유로 탄압을 당했다. 원래 라임하우스와 블랙월 사이의 강으로 돌출되어 나온 반도였던 이 '개들의 섬'은 19세기 초에 이곳을 가로지르는 운하가 건설되어 '하나의 섬'이 되었다. 이곳은 계속 방치되었다가 서인도 부두와 동인도 부두에 포함되었다. 세기 중반에 밀월 부두도 생겨났다. 그리고 이 섬의 남동쪽 끝에 제재소, 도예 공방, 벽돌 공방 그리고 교회가 있는 마을이 생겼다. 이 이상한 이름에 대해 만족스러운 설명이 이루어진 적은 없다.

214. G. W. 웰치는 「왓슨, 그 지역 사냥에 대해 그만 좀 말해」에서 이 말과 정전에 여러 번 언급되는 다른 사냥들에 대해 지적하면서, 열광적인 사냥꾼인 왓슨은 부상 때문에 사냥을 하지 못했을 게 분명하다고 결론 내린다.

215. 바킹 직선 유역은 런던의 "새롭고 거대한 배수 시스템"의 배수 장소였다(『베데커』에 그렇게 묘사되어 있다).

216. 19세기 초 영국 포병대는 포격 연습을 위해 플럼스테드 습지대를 사용했다. 하지만 해럴드 클런은 『런던의 얼굴』에서 세기 중반에 이 '악취 풍기는 늪' 근처에 가는 사람에 대해 음울한 예후를 제시한다. "배수 시설과 많은 구덩이들이 어떻게 되든 규정조차 없었다. 이것들은 건강에 위험했고 살아 있는 인간의 기억 속에서 지워지지 않는 것이었다." 늪으로 인한 환자들이 보고되었다. 하지만 고급 주택화 바람이 임박해 있었다. 취업 기회를 창출하는 울리치 근처의 영국 병기창이 커짐에 따라 플럼스테드의 교외도 발전의 행렬에 가담해서 1801년에는 인구가 1,166명이던 것이 1861년에는 2만 4,502명으로 불어났다.

체 위로 몸을 굽혔다. 그 옆에 시커먼 덩어리 같은 것이 눈에 띄었다. 흡사 뉴펀들랜드종의 개 같았다. 스미스 씨의 아들로 보이는 소년이 키를 잡고 있었고, 시뻘겋게 달아오른 화로 앞에 늙은 스미스 씨도 보였다. 그는 상의를 벗고 죽을힘을 다해 석탄을 퍼 넣고 있었다. 처음에는 우리 배가 정말로 자신들을 쫓고 있는지 긴가민가했겠지만, 우리가 끈질기게 따라붙자 더 이상 의심의 여지가 없다는 사실을 깨달은 것이다. 그리니치에 다다랐을 때 경비정은 오로라호와 300보 정도로 거리를 좁혔고, 블랙월에서는 250보까지 가까워졌다. 우리는 그야말로 템스 강을 미친 듯 달리며 추격전을 벌이고 있었다. 나는 그동안 여러 나라를 돌아다니며 숱한 사냥을 경험했지만, 어떤 사냥에서도 이처럼 박진감 넘치는 전율을 맛보지 못했다.[214] 우리는 서서히 거리를 좁혀갔다. 밤의 적막 속에서 오로라호의 엔진 소리만 크게 들렸다. 선미에 있던 사내는 여전히 갑판 위에 몸을 웅크린 채 두 팔을 분주히 움직이고 있었다. 그러다가 이따금 고개를 들어 우리 배와의 간격을 확인했다. 점점 더 가까워지고 있었다. 존스 형사가 그들을 향해 멈추라고 소리쳤다. 두 배 모두 엄청난 속력으로 달리고 있었고, 간격은 배 네 척 거리로 바짝 좁혀졌다. 이제 강 유역이 선명하게 보였다. 한쪽 강변에는 바킹 평지[215]가, 다른 쪽 강변에는 음산한 플럼스테드 습지대[216]가 펼쳐져 있었다.

배를 세우라고 우리가 외치자, 선미에 있던 사내가 갑판 위로 벌떡 일어나더니 두 주먹을 불끈 쥐고는 우리를 향해 갈라진 고음의 목소리로 욕설을 퍼부었다. 그는 몸집이 제법 크고 힘이 세 보였다. 두 다리를 떡 벌린 채 균형을 잡고 서 있었는데, 자세히 보니 오른쪽 다리 허벅지 아랫부분에 나무로 만든 의족이 채워져 있었다. 그가 불쾌한 소리로 고함을 지르자, 갑판 위에 웅크리고 있던 검은 덩어리가 꿈틀대더니 서서히 몸을 일으켜 세웠다. 검은 물체는 아주 자그마한 남자로 변했다. 내 평생 그렇게 작은 남자는 처음 보았다. 얼굴은 매우 기형적으로 생겼고, 머리카락은 곱슬곱슬하고 부스스했다. 또 작은 눈에는 음침한 빛이 이글거렸다. 홈즈는 벌써 리볼버를 꺼내 들었다. 이 야만스럽고 기형적으로 생긴 창조물이 보는 가운데 나도 리볼버를 급히 꺼냈다. 녀석은 외투인지, 담요인지 모를 검은 천으로 몸을 감고 있어서 눈에 보이는 거라곤 얼굴뿐이었지만 그것만으로도 상대방을 공포에 떨게 만들기에 충분했다. 나는 지금까지 살면서 수많은 형태의 얼굴을 보아왔지만 이처럼 잔인하고 야수 같은 모습이 도드라진 얼굴은 처음이었다. 그는 뒤집어진 입술 사이로 누런 이를 보이며 우리를 향해 짐승 같은 난폭함을 드러냈다.

"녀석이 손을 올리면 바로 총을 쏴."

홈즈가 낮은 목소리로 말했다.

이제 녀석들과의 간격은 나룻배 한 척 거리, 곧 손에 잡힐 정도로 가까워졌다. 범인들의 모습이 더욱 또렷이 보였다. 백인이 다리를 크게 벌리고 서서 고래고래 온갖 욕설을 퍼붓는 동안, 흉측하게 생긴 난쟁이는 탐조등 불빛 아래서 섬뜩한 표정으로 우리를 노려보며 튼튼하고 누런 이를 갈았다.

맑은 날씨 덕분에 범인의 행동을 명확히 볼 수 있어서 천만다행이었다. 난쟁이는 덮고 있던 담요 아래서 학습용 자처럼 생긴 작고 둥근 나뭇조각을 꺼내더니 순식간에 입술에 갖다 댔다. 홈즈와 나는 동시에 총을 쏘았다. 난쟁이는 두 팔을 허공에 휘저으며 그 자리에서 한 바퀴 빙 돌더니 숨이 막히는 듯 컥컥거리는 기침 소리를 냈다. 그러고는 강물 속으로 풍덩 빠져버렸다. 독기 가득한 위협적인 눈빛이 번쩍이더니 하얀 물거품 속으로 이내 사라졌다. 그 순간 나무 의족을 한 범인이 재빨리 뛰어가 직접 배의 키를 잡고는 아래쪽으로 힘껏 끌어당겼다.

홈즈와 나는 동시에 총을 쏘았다.
찰스 A. 콕스 그림, 『네 사람의 서명』, 시카고와 뉴욕, 헤너버리 컴퍼니(연대 미상)

곧장 남쪽 강기슭으로 향하려는 속셈이었다. 우리도 서둘러 속
도를 높였다. 바로 몇 미터 뒤까지 쫓았지만 오로라호는 벌써
강기슭에 도착했다. 황폐하고 고립된 넓은 습지대 위로 희미한
달빛이 비쳤다. 고인 물 웅덩이와 부패한 식물 더미가 여기저
기 눈에 띄었다. 오로라호는 쿵 하는 둔탁한 소리를 내며 진흙
둑 위로 올라섰고 선두는 허공에, 선미는 흙탕물 속에 처박혔
다. 범인은 달아나려고 황급히 배에서 뛰어내렸지만 의족이 진
흙탕 속에 깊이 푹 빠져버렸다. 그는 의족을 빼내려고 안간힘
을 다했지만 한 발자국도 움직이지 못했다. 꼼짝할 수 없는 상

홈즈와 나는 동시에 총을 쏘았다.
리하르트 구트슈미트 그림, 『네 사람의 서명』, 슈투트가르트, 로베르트 루츠 출판사(1902)

황에 스몰은 분노하여 괴성을 질러대며 미친 듯이 성한 다리로
진흙을 마구 걷어찼다. 하지만 몸부림칠수록 의족을 한 다리는
질퍽한 진흙 속으로 더 깊이 빠져 들어갔다. 이윽고 우리 경비
정을 오로라호 옆에 댔을 때, 범인은 헤어 나올 수 없을 정도로
심각한 곤경에 처해 있었다. 우리는 마치 고약한 물고기를 잡
는 것처럼 그의 어깨 위로 밧줄을 던졌다. 스몰이 밧줄을 잡았
고 우리는 녀석을 진흙 속에서 끌어 올렸다. 한편 스미스 부자
는 부루퉁한 표정으로 증기선에 앉아 있다가, 형사의 명령에
따라 경비정으로 순순히 이동했다. 우리는 오로라호의 뱃머리

난쟁이는 두 팔을 허공에 휘저으며 그 자리에서 한 바퀴 빙 돌더니
숨이 막히는 듯 컥컥거리는 기침 소리를 냈다.
아서 트위들 그림, 『A. 코난 도일 작품집』, 뉴욕, D. 애플턴 앤드 컴퍼니(1903)

를 돌려 경비정에 단단히 묶었다. 조사를 위해 오로라호에 올
라타자 갑판 위에 인도풍의 튼튼한 철제 상자가 보였다. 분명
숄토 형제의 불길한 보물이 담긴 상자였다. 그런데 상자는 자
물쇠로 잠겨 있었고 열쇠는 어디에도 없었다. 상자를 들어보니
꽤 무거웠다. 우리는 조심해서 경비정의 선실로 옮겨 실었다.

경비정은 다시 증기를 내뿜으며 강 상류를 향해 달렸다. 탐조
등으로 강물 위를 여기저기 비추었지만 안다만 제도에서 온 야
만인은 어디에도 보이지 않았다. 템스 강 바닥 어딘가에 영국
을 방문한 기이한 손님의 사체가 묻혀 있을 것이다.

　"여길 봐봐." 홈즈가 갑판의 목제 문을 가리키며 말했다. "우
리가 조금만 늦게 총을 쏘았더라면 큰일 날 뻔했군."

　홈즈의 말이 맞았다. 우리가 난쟁이 녀석과 대치할 때 서 있

스몰은 분노하여 괴성을 질러댔다.
F. H. 타운센드 그림, 『네 사람의 서명』, 런던, 조지 뉴스 출판사(1903)

던 곳 바로 뒤에 녀석의 살인 무기인 독침이 꽂혀 있었다. 총을 쏘는 순간 녀석의 독침이 우리 두 사람 사이로 날아와 문에 박힌 것이 틀림없었다. 홈즈는 독침을 보며 아무렇지 않은 듯 어깨를 으쓱해 보였다. 또 가볍게 빙긋 웃어 보이기까지 했다. 하지만 솔직히 말해서, 나는 그때 소름 끼치게 무서웠다. 하마터면 그날 밤 우리 두 사람의 목숨이 끊어졌을 수도 있었으니 말이다.

제11장

아그라 보물 상자의 비밀

우리의 포로는 선실에 앉았고, 그 앞에 철제 상자가 놓였다. 녀석이 오랜 시간 갖은 노력을 다해 되찾고자 했던 바로 그 상자였다. 그는 햇볕에 심하게 그을린 얼굴에 수염을 기르고 눈빛이 험악한 친구였는데, 힘든 야외 노동을 오래 한 탓인지 얼굴은 온통 주름으로 가득했다. 툭 튀어나온 턱 때문에 한번 목표로 삼은 것은 절대 포기하지 않는 강한 인상을 풍겼다. 검은 곱슬머리 곳곳에 짧은 흰머리가 많이 나 있는 것으로 보아 쉰 살은 돼 보였다. 진흙탕에서 빠져나온 후 안정을 되찾은 그의 얼굴은 이제 더 이상 보기 흉하지 않았다. 비록 그 두꺼운 눈썹과 공격적으로 튀어나온 턱이 화가 나면 얼마나 무시무시하게 변하는지 내가 직접 겪어봐서 알지만 말이다. 그는 수갑을 찬 손을 무릎 위에 올려놓은 채 고개를 깊숙이 떨어뜨리고 앉아 있었다. 그의 눈은 지금까지 모든 악행을 저지르게

413

217. 미국과 영국에서는 중죄를 저지르는 과정에서 중죄인이 한 행동은 공모자들 모두의 탓으로 돌아가는 게 일반적이다. 그리고 강도를 저지르는 과정에서 살인한 것은 단순한 살인이 아닌 '중죄 모살謀殺'이기 때문에 사형을 선고받을 수 있다. 한마디로 스몰의 확신은 잘못된 것이다.

그는 수갑을 찬 손을 무릎 위에 올려놓은 채 고개를 깊숙이 떨어뜨리고 앉아 있었다. 그의 눈은 철제 상자를 향해 희미하게 반짝였다.
작자 미상, 『네 사람의 서명』, 뉴욕과 보스턴, H. M. 콜드웰 컴퍼니(연대 미상)

만든 철제 상자를 향해 희미하게 반짝였고, 침착하고 굳은 표정에서는 분노보다는 슬픔이 더 많이 느껴졌다. 그가 잠깐 고개를 들었을 때 나와 눈이 마주쳤는데, 그 눈빛에 뭔지 모를 미소가 엿보였다.

"조너선 스몰 씨, 일이 이렇게 돼서 유감이군요." 홈즈가 시가에 불을 붙이며 말했다.

"마찬가집니다." 그가 솔직하게 대답했다. "하지만 내가 이번 사건으로 교수형을 당하는 일은 없을 겁니다.[217] 맹세코 나는 절대 숄토 씨를 공격하지 않았으니까요. 지옥의 사냥개 같은 통가가 독침을 쏘아 숄토 씨를 죽인 겁니다. 나는 이번 살인 사건과는 아무런 관련이 없습니다. 숄토 씨가 죽었을 때 나도 마음이 아팠지요. 마치 내 가족이 죽은 것처럼 말입니다. 그래서 밧줄 끝으로 작은 악마를 후려치기까지 했습니다. 하지만 이미 일어난 일을 돌이킬 수는 없었습니다.”

"자, 시가 한 대 피우시겠소?” 홈즈가 시가를 건넸다. "그리고 이건 위스키입니다. 몸이 많이 젖은 것 같은데 한 모금 쭉 들이켜면 좋을 거요. 그런데 당신이 밧줄을 타고 올라가는 동안 그렇게 작고 힘이 없는 친구가 어떻게 숄토 씨를 제압할 수 있었습니까?”

"선생님은 마치 현장에 있었던 것처럼 상황을 잘 아는군요. 진실은 이렇습니다. 나는 그 방을 샅샅이 뒤지려고 했습니다. 집 안 사정을 훤히 꿰고 있었기 때문에 숄토가 언제 저녁 식사

그는 수갑을 찬 손을 무릎 위에 올려놓은 채 앉아 있었다.
리하르트 구트슈미트 그림, 『네 사람의 서명』, 슈투트가르트, 로베르트 루츠 출판사 (1902)

218. 'lagged.' 『은어 사전』(1865)은 다음과 같이 설명한다. "범죄로 인해 투옥되다, 체포되다, 또는 유배되다. 고대 스칸디나비아의 말 'LAGDA(laid)'에서 유래한 말."

1900년경의 다트무어 교도소.

를 하려고 아래층에 내려가는지 알고 있었지요. 참고로 지금 내가 하는 말은 모두 사실입니다. 그날 있었던 일을 하나도 빠짐없이 얘기하겠습니다. 진실만이 최선의 방어니까요. 아무튼, 그 사람이 늙은 숄토 소령이라면 나는 가벼운 마음으로 교수대에 오르겠습니다. 나에게는 시가를 피우는 것보다 그자를 죽이는 일이 더 쉽습니다. 하지만 숄토의 아들에게는 아무 원한이 없습니다. 그런데 이렇게 체포되다니[218], 정말 괴롭군요."

"무슨 얘긴지 알겠습니다. 이번 사건은 런던 경찰국의 애셜니 존스 형사가 담당하고 있습니다. 그가 당신을 우리 숙소로 데려갈 겁니다. 사건과 관련된 몇 가지 중요한 질문을 할 테니 반드시 모두 털어놓아야 합니다. 그러면 내가 당신에게 도움을 줄 수 있을 겁니다. 독이 숄토의 몸에 빠르게 퍼져서 당신이 방에 들어오기 전에 이미 사망했다는 사실을 밝혀낼 수도 있습니다."

"아니, 정말 그랬습니다! 선생님, 내가 밧줄을 타고 올라가 창문에 도착했을 때 숄토 씨가 고개를 옆으로 떨군 채 이상한 미소를 짓고 있었는데, 내 평생 그런 끔찍한 표정은 처음이었습니다. 거의 기절할 뻔했지요. 검은 악마가 재빨리 도망가지 않았다면 녀석을 그 자리에서 반쯤 죽여놨을 겁니다. 그때 통가가 서둘러 달아나는 바람에 지팡이처럼 생긴 무기와 독침 상자를 떨어뜨리고 왔다고 말했어요. 주제넘은 말이긴 하지만, 내가 추측하기에 선생님이 그 물건들을 찾은 덕분에 우리 뒤를 쫓을 수 있었던 것 같습니다. 뭐, 그럴 수도 있다는 추측일 뿐입니다. 선생님에 대한 원한은 추호도 없습니다. 생각해보면 참 희한한 운명이지요." 그는 쓴웃음을 지어 보였다. "50만 파운드에 대한 정당한 권리를 가진 내가 안다만 제도의 방파제 짓는 일에 반평생을 보냈는데, 이제 다트무어[219]에서 땅 파는 일에 남은 반평생을 써야 한다니, 정말 기가 막힙니다. 아흐메트라는 상인을 처음 만나 아그라의 보물 이야기를 들었던 그날, 그때가 내 인생에서 가장 불운한 날이라고 생각합니다. 아그라의 보물은 저주받은 물건입니다. 그 보물 때문에 아흐메트는 살해당했고, 그 보물 때문에 숄토 소령은 죄책감과 두려움에 시달렸지요. 나 역시 남은 생을 또다시 노예처럼 살게 되었습니다."

그때 애셜니 존스 형사가 자신의[220] 얼굴과 커다란 어깨를 비좁은 선실 안으로 들이밀며 말했다.

"아주 오붓한 분위기군요. 홈즈 선생, 나도 위스키 한 모금 하고 싶소. 자, 서로의 성공을 축하해줍시다! 안타깝게도 또 다른 범인은 죽었지만, 뭐 어쩔 수 없지요. 홈즈 선생의 실력은 정말 대단했습니다. 우리는 오로라호를 따라잡기만 하면 됐습니다."

"모두의 도움으로 좋은 결과를 얻을 수 있었습니다." 홈즈가 말했다. "그런데, 오로라호가 그렇게 빠른지 전혀 몰랐습니다."

219. 다트무어 숲에 있는 프린스타운의 악명 높은 교도소로 19세기 초 프랑스 전쟁포로들을 위해 지어졌다. 1811년에는 포로들이 9,000명에 달했다고 한다. 1812-1814년 전쟁 중에는 2,000명이 넘는 미국 선원들이 자신의 조국과 싸우는 영국 해군에 복무하길 거부해 이곳에 구금되었다. 이 교도소는 여전히 사용되며 험하기로 악명이 높다. 비록 영국 교도소 경감인 앤 오어스가 2001년 11월에 다트무어를 방문한 뒤 발표한 보고서는 형법적 사고가 얼마나 많이 바뀌었는지를 보여주긴 하지만 말이다. "우리는 스스로의 과거에 구금된 교도소를 발견했다. 적합하지 않지만 역사적인 건물들, 더욱 중요한 점은 수형자들에 대해 과도한 통제와 무례를 행했던 구닥다리 문화 속에 갇혀 있었다는 것이다."

220. 미국판 본문에는 "넓은"이라는 형용사가 삽입되어 있다.

221. 브라질로 향하는 항해가 흔했다. 예를 들어 대니얼 디포의 『로빈슨 크루소』에서 주인공이 '브라질'에 있는 플랜테이션 농장에 대해 언급한다.

"스미스 씨는 자신의 배가 런던에서 가장 빠른 배라고 하더군요. 기관실에 조수가 있었다면 절대 따라잡히지 않았을 거라고, 또 노우드 사건에 관해서는 전혀 아는 바가 없다고 말했습니다." 존스 형사가 말했다.

"맞습니다. 그는 아무것도 모릅니다. 나는 그의 배가 런던에서 가장 빠르다는 소문을 듣고 찾아갔지요. 우리에 대해서도, 사건에 대해서도 말하지 않았습니다. 대신 돈은 충분히 챙겨주었어요. 그리고 브라질로 출항하는 에스메랄다호[221]를 타게 해준다면 사례금을 두둑이 챙겨주기로 약속했습니다."

"다음, 그에게 죄가 없다면 벌을 받지 않을 겁니다. 우리는 범인을 잡는 일에는 신속하지만, 벌주는 데는 신중하니 걱정 마십시오." 잘난 체하기 좋아하는 존스 형사는 범인을 체포했다고 벌써 거드름을 피우기 시작했다. 나도 모르게 웃음이 났고, 홈즈도 형사의 말을 들었는지 얼굴에 엷은 미소를 보였다.

"조금 있으면 박스홀 다리에 도착할 거요." 형사가 말했다. "왓슨 박사는 보물 상자를 가지고 내리시죠. 무슨 일이 생기면 모든 책임이 저에게 있다는 것은 말하지 않아도 알겠지요? 대단히 예외적인 경우지만 뭐, 약속은 약속이니까 지키겠습니다. 그래도 직무상, 감시원을 함께 보내겠습니다. 이번 사건에서 가장 중요한 증거물을 가져가는 만큼 어쩔 수 없는 조치입니다. 이해해주십시오. 왓슨 선생은 당연히 마차를 타고 가시겠군요?"

"네, 마차를 탈 겁니다."

"안타깝게도 열쇠가 없어서 상자 안을 제대로 조사하지 못하는군요. 아마 자물통을 부숴야 할 것 같습니다. 이봐, 열쇠는 어디 있지?"

"강바닥에." 스몰은 짧게 대답했다.

"흠! 일을 복잡하게 만들어도 아무 소용 없을 거야. 우리가 자네를 잡느라 얼마나 고생했는지 아나?" 존스 형사가 언성을 높였다. "왓슨 씨, 굳이 조심하라는 이야기를 할 필요는 없겠지요? 상자를 가지고 베이커 스트리트 하숙집으로 가시면 됩니다. 기다리고 있겠습니다. 경찰서는 당신이 돌아온 후에 갈 겁니다."

형사는 박스홀에서 경위 한 명과 나를 내려주었다. 경위는 솔직하고 친절한 사람이었다. 우리는 무거운 철제 상자를 들고 마차에 올라탔다. 마차는 15분 정도를 달려 세실 포리스터 부인 댁에 도착했다. 하인은 너무 늦은 방문객에 무척 놀란 눈치였다. 내가 포리스터 부인과 모스턴 양을 찾자, 포리스터 부인은 외출 중인데 늦게 돌아올 예정이고 모스턴 양은 화실에 있다고 답했다. 그래서 나는 상자를 들고 화실로 걸어갔다. 친절한 경위[222]는 마차에서 나를 기다려주었다.

모스턴 양은 목과 허리 부분에 주홍색 무늬가 있는 하늘거리는 하얀색 드레스 차림으로 열린 창문 옆에 앉아 있었다. 버들가지로 엮어 만든 의자에 몸을 기대고 있었는데 갓을 씌운 램프에서 흘러나오는 희미한 불빛이 그녀의 아름다운 얼굴과 풍성한 머릿결을 신비롭게 비추었다. 새하얀 오른쪽 팔이 의자 밖으로 늘어져 있었다. 앉은 자세와 얼굴 표정이 그녀가 얼마나 슬픈 생각에 잠겨 있는지 보여주었다. 모스턴 양은 내 발자국 소리에 깜짝 놀라 일어섰다. 갑작스러운 손님이 나라는 사실을 확인하고는 금방 얼굴을 붉히며 기뻐했다.

"마차 소리는 들었지만 포리스터 부인이 예정보다 일찍 돌아온 거라고 생각했어요. 왓슨 박사님일 거라고는 상상도 못했는데 무슨 특별한 소식이라도 있나요?"

"소식보다 더 좋은 겁니다." 나는 탁자 위에 상자를 내려놓았다. 그리고 마음은 무거웠지만 기분 좋은 목소리로 말했다. "어떤 특별한 소식보다 더 특별한 물건입니다. 바로 모스턴 양

222. 로널드 S. 본은 「공준된 박사의 문제점」에서 "참 친절한 경위이기도 하다!"라고 하면서 다음과 같이 적고 있다. "나중에 왓슨도 인정하듯이 잠시 후 왓슨이 텅 빈 상자를 가지고 돌아와 그에게 보여줬을 때 이 친절한 경위의 기분이 어땠겠는가?"

의 재산입니다."

그녀는 철제 상자를 쳐다보았다.

"그럼, 이게 그 보물이라는 말인가요?" 그녀는 아주 차분한 목소리로 물었다.

"네, 그렇습니다. 우리가 찾던 바로 그 아그라의 보물입니다. 이 중 절반은 당신 것이고 절반은 새디어스 숄토 것입니다. 1년에 1만 파운드의 연금을 받는 셈이라고 생각하십시오. 모스턴 양이 영국에서 가장 부유한 아가씨가 될 겁니다. 정말 잘됐어요."

나는 그렇게 말하고는 곧바로 후회했다. 그녀에게 좀 더 과장해서 기쁨을 표현해야 했는데 그렇게 하지 못한 것이다. 그녀는 내 축하 인사에 담긴 공허한 울림을 눈치챘는지 눈썹을 약간 치켜세우고는 호기심 가득한 눈빛으로 나를 쳐다보았다.

"보물을 갖게 된다면, 모두 박사님 덕분이지요." 그녀가 말했다.

"아닙니다, 아니에요." 내가 대답했다. "내가 아니라, 내 친구 홈즈 덕분입니다. 나는 이번 사건에서 아무것도 찾지 못했습니다. 홈즈의 천재적인 추리로도 결코 쉽지 않은 사건이었지요. 마지막 순간까지 애를 태웠으니까요."

"자, 여기 좀 앉으세요. 무슨 일이 있었는지 모두 듣고 싶어요, 왓슨 박사님." 그녀가 부탁했다.

나는 지난번 방문 이후 일어난 사건을 짧게 이야기했다. 홈즈의 새로운 조사 방법, 오로라호의 발견, 애셜니 존스의 등장, 범인을 잡기 위해 밤에 출항한 일, 그리고 템스 강 하류에서 벌어진 필사적인 추격전까지 차례로 설명했다. 그녀는 입술을 반쯤 벌린 채 눈을 반짝이며 나의 모험담에 귀를 기울였다. 홈즈와 내가 범인의 독침을 간신히 피했다는 이야기에 그녀의 얼굴은 창백하게 변했다. 나는 모스턴 양이 기절이라도 할까 봐 급히 물을 따라주었다.

"괜찮아요." 그녀가 나를 안심시키려는 듯 말했다. "이제 괜찮아요. 저 때문에 두 분이 그토록 위험한 상황에 처했다고 생각하니 놀랐나 봐요."

"다 끝난 일입니다. 아무도 다치지 않았으니 괜찮습니다. 모스턴 양을 위해 더 이상 끔찍한 이야기는 하지 않는 게 좋을 것 같군요. 자, 화제를 돌려 좀 더 밝은 이야기를 해볼까요. 마침내 보물을 찾았습니다. 이보다 더 기분 좋은 일이 어디 있겠습니까? 더구나 경찰의 허락을 구해 모스턴 양에게 제일 먼저 보물을 보여드릴 수 있게 됐습니다."

"저도 무척 기분이 좋아요." 그녀는 말만 그렇게 했지 전혀 기뻐하는 기색이 아니었다. 이 보물 때문에 희생된 목숨을 생각한다면 제아무리 대단한 보물 상자라 해도 불쾌하게 느껴지는 것이 당연했다.

그녀는 상자를 보려고 허리를 굽혔다. "상자가 참 예쁘네요! 인도에서 만든 것 같은데, 맞나요?"

"네, 바라나시[223]에서 만든 금속 세공품이지요."

"상당히 무거워요!" 그녀가 상자를 들어 올리며 놀란 듯 크게 말했다.[224] "이 상자도 상당한 가치가 있겠어요. 그런데 열쇠는 어디 있지요?"

"스몰이 템스 강에 버렸다더군요. 포리스터 부인의 부지깽이 좀 빌리겠습니다."

상자의 굵고 큰 자물통 앞에 붓다의 좌상이 새겨져 있었다. 나는 그 아래에 부지깽이의 한쪽 끝을 집어넣고 지렛대 원리를 이용해 바깥쪽으로 세게 밀었다. 자물통이 쿵 하는 소리를 내며 떨어져 나갔다. 나는 떨리는 손으로 상자를 열었다. 그런데 그 순간, 우리는 깜짝 놀라 서로를 멍하니 바라보았다. 상자 안이 텅 비어 있었던 것이다!

223. 바라나시는 인도의 북서 지방에서 인구밀도가 가장 높은 도시(1835년에 영국이 세금을 징수하던 정치 구역)로서 금 선세공 작업으로 유명하다. 또한 갠지스 강으로 내려가는 성스러운 화장터로도 유명하다. 이곳은 죽어서 화장되기에 좋은 곳으로 여겨지기 때문이다. 바라나시의 방문객들은 화장터에서 올라오는 짙고 특이한 연기에 대한 잊을 수 없는 기억을 간직한 채 돌아가게 된다.

224. 하지만 도널드 레드먼드가 지적하듯이 제12장에서 스몰이 이 상자에 대해 묘사한 바에 따르면 상인 아흐메트는 "보자기로 싼 물건 꾸러미를 손에 쥔 채 나났다".

상자가 무거웠던 이유는 단지 철제 상자 자체가 1.5센티미터가량으로 두껍게 만들어졌기 때문이었다. 상자는 귀중품을 보관하기 위한 용도로 튼튼하고 단단하게 만들어졌다. 그런데 상자 안에 보물은커녕 쇠붙이 하나도 놓여 있지 않았다. 완전히 텅텅 비어 있었다.

"보물이 사라졌어요." 모스턴 양이 침착하게 말했다.

"그렇다면, 저도 신께 감사해야겠어요."
리하르트 구트슈미트 그림, 『네 사람의 서명』, 슈투트가르트, 로베르트 루츠 출판사(1902)

나는 그녀의 말이 무엇을 의미하는지 이해하는 데 시간이 좀 걸렸다. 그리고 그 의미를 확실히 깨달았을 때, 내 마음을 짓누르던 어둠의 그림자가 걷히는 것을 느꼈다. 그동안 아그라의 보물이 내 마음을 얼마나 무겁게 짓누르고 있었는지 그제야 알게 되었다. 물론, 이기적이고 의롭지 못한 생각이지만 보물이 사라진 덕분에 다행히 그녀와 나 사이를 가로막던 거대한 황금 장벽이 사라진 것이다.

"오! 신이시여, 감사합니다!" 나도 모르게 가슴에 담고 있던 말이 밖으로 튀어나왔다.

그녀는 미소를 머금었다.

"왜 그런 말을 하는 거죠?" 그녀가 물었다.

"이제 당신에게 가까이 갈 수 있게 되었으니까요." 나는 그녀의 손을 잡았다. 그녀도 거부하지 않았다. "사랑합니다. 모스턴 양, 여자를 사랑한 그 어떤 남자 못지않게 진심으로 사랑해요.[225] 당신이 갖게 될 이 보물 때문에 나는 그동안 아무 말도 하지 못했습니다. 이제 보물이 모두 사라졌으니 내가 당신을 얼마나 사랑하는지 말할 수 있게 됐습니다. 그래서 나도 모르게 신께 감사한 겁니다." 나는 그녀를 곁으로 끌어당겼다.

"그렇다면, 저도 신께 감사해야겠어요." 그녀가 낮은 소리로 말해주었다.

누군가는 보물을 잃어 슬프겠지만, 나는 그날 밤 가장 아름다운 보물 하나를 얻어 행복했다.

225. 네이선 벤지스는 「베이커 스트리트 스캔들 제2부」에서 메리 모스턴은 왓슨의 두 번째 커다란 사랑이고 첫 번째 사랑은 「얼룩 띠」의 여주인공 헬렌 스토너였다는 무리한 이론을 전개한다. 이런 결론에 도달하기 위해 그는 1910년에 초연된 아서 코난 도일의 연극 〈얼룩 띠〉의 진실성에 의존한다. 이 연극에서 왓슨 박사는 인도에서 에니드 스토너(살짝 가장한 헬렌 스토너라고 할 수 있는 인물)를 알게 됐다고 밝히고 있다. 벤지스는 추론하기를, 왓슨이 이 연극의 상연을 금지시키려고 전혀 애쓰지 않았다는 사실이 이 연극의 진실성에 대한 명백한 증거라고 한다(물론 왓슨은 이 연극이 사실과 너무 거리가 멀어서 자신의 가족이나 친구들 중 연극 내용이 허구가 아니라고 믿는 사람은 한 명도 없을 거라고 느꼈을지도 모른다). 벤지스는 왓슨과 에니드가 인도에서 연인이었던 이 연극으로부터 증거를 이끌어낸다. 벤지스는 왓슨의 이야기인 〈얼룩 띠〉에 감추어진 진실은, 그녀가 의붓아버지의 죽음에 연루되었다는 혐의를 벗겨주기 위해 왓슨이 이 작품을 쓴 것이라고 믿는다.

벤지스는 왓슨이 메리에게 자신의 사랑이 이 세상 어느 남자의 사랑보다 더 크다고 말하지 않고, 그저 그 어떤 남자 못지않게 사랑한다고 말한 점을 의심한다. 그는 "메리 모스턴은 질투를 느꼈다. 왓슨의 애정에 있어서 자신이 늘 '다른 누구'보다 두 번째라고 느꼈을 게 분명하다"라고 결론을 내린다.

제12장

조녀선 스몰의 이상한 이야기

경위는 참을성이 강한 사람이었다. 내가 한참 뒤에 마차로 돌아왔지만 별다른 볼멘소리를 하지 않았다. 하지만 빈 보물 상자를 보여주자 그의 얼굴에 먹구름이 드리워졌다.

"그렇다면 이제 제 상여금은 날아간 거군요." 그는 우울한 목소리로 말했다. "보물이 없으니, 상여금도 없겠지요. 보물이 있었다면 샘 브라운과 나는 야간작업에 대한 상여금으로 각각 10파운드씩 받기로 돼 있었습니다."

"걱정 마십시오. 새디어스 숄토는 부자입니다. 보물을 찾든 그렇지 못하든 당신에게 상여금이 돌아가도록 해줄 겁니다."

하지만 경위는 여전히 의기소침하게 고개를 흔들었다.

"일이 난처하게 됐습니다." 그가 되풀이하여 말했다. "애셜니 존스 형사도 그렇게 생각할 겁니다."

그의 예상은 적중했다. 베이커 스트리트의 하숙집으로 돌아가 빈 보물 상자를 보여주자 형사는 아연실색했다. 형사는 계획을 바꾸어, 경찰서에 먼저 들러 사건을 보고하고 좀 전에 하숙집에 도착한 터였다.

홈즈는 늘 그렇듯 노곤한 표정으로 안락의자에 몸을 기대고 있었고, 그 맞은편에 스몰이 의족을 한 다리를 성한 다리 위에 올리고 앉아 있었다. 내가 빈 상자를 보여주었을 때 홈즈는 의자에 몸을 기댄 채 큰 소리로 웃었다.

"스몰, 당신 짓이지?" 존스 형사가 화를 내며 말했다.

"네, 내가 빼돌렸습니다. 당신들이 절대 찾을 수 없는 곳에 숨겼지요." 그는 환희에 찬 목소리로 말했다. "보물은 내 겁니다. 내가 가질 수 없으니 아무도 손댈 수 없도록 아주 잘 보관해야겠지요. 분명히 말해두겠는데, 안다만 죄수 막사에 있는 세 사람과 나를 제외한 어느 누구도 이 보물을 가질 권리는 없습니다. 동지들이 내 입장이었더라도 나처럼 행동했을 거예요. 숄토나 모스턴의 핏줄에게 보물을 넘겨주느니,[226] 템스 강에 던져버렸을 거란 말입니다. 우리가 그자들을 기쁘게 해주려고 아흐메트를 힘들게 해치웠겠습니까? 보물을 찾고 싶다고요? 보물은 열쇠와 통가가 있는 곳에 함께 묻혀 있을 거요. 형사님의 배가 우리 배를 따라잡을 거라는 확신이 드는 순간, 나는 서둘러 보물을 가장 안전한 곳에 버렸소.[227] 당신은 나를 체포했지만, 1루피[228]도 못 찾을 겁니다."

"당신은 지금 거짓말을 하고 있어." 애셜니 존스는 무서운 표정으로 말했다. "템스 강에 보물을 모두 던져버렸다는 말이 사실이라면, 보물 상자를 통째로 던지는 게 훨씬 쉬웠을 테니 말이야."

"쳇, 쉽게 버리면 찾아내는 일도 쉽겠지요." 스몰이 곁눈으로 교활하게 노려보며 말했다. "나를 추적해낼 정도로 영리한 자들이라면, 철제 상자도 강바닥에서 쉽게 끌어 올릴 테니까요.

226. 그러나 스몰의 이야기에 의하면 모스턴의 가족은 스몰의 편을 들어주었을 것으로 보인다.

227. 데니즈 로저스는 숄토가 (1)보물을 작은 묶음으로 나누어 숨겼거나 (2)다시 회수할 수 있도록 템스 강의 안전한 장소에 놓아두었거나 (3)보물의 일부만 갖고 나머지는 바솔로뮤 숄토가 숨겼을 가능성이 더 많다고 주장한다. 그녀는 또한 왓슨 자신이 이 보물을 처분했을 가능성도 고려한다. S. E. 달린저는 「아그라 보물을 찾아서」에서 홈즈와 왓슨 그리고 애셜니 존스가 공모하여 보물을 가졌다고 확신한다.

228. 동인도의 영국 정부가 1860년부터 인도 독립 때까지 이 동전을 주조했다.

안 그렇습니까? 헌데, 내가 상자를 통째로 던지지 않았으니 강 아래 10킬로미터에 걸쳐 여기저기 흩어져 있겠군요. 그럼 보물을 찾아내기 좀 어렵지요. 나도 마음이 아프긴 합니다. 여러분들이 오로라호를 따라잡았을 때 나는 거의 반쯤 정신이 나가 있었어요. 그렇다고 사라진 보물 때문에 슬퍼한들 무슨 소용이 있겠습니까. 살면서 좋은 일도 겪고 나쁜 일도 많이 겪으면서 아무리 울고불고해도 엎질러진 물은 다시 퍼 담을 수 없다는 사실을 깨달았지요."

"이봐, 이건 좀 문제가 심각해." 형사가 말했다. "수사에 협조는 못 할지언정 이런 식으로 정의 구현을 방해했으니, 법정에서 불리하게 작용할 걸세."

"빌어먹을 정의!" 전과범이 무서운 소리로 말했다. "정의 좋아하시네! 이 보물이 동지들과 내 것이 아니라면 누구 것이란 말입니까? 보물을 가질 자격조차 없는 사람에게 보물을 넘겨주어야 하는 게, 그게 정의입니까? 여러분! 내가 보물을 얻기 위해 얼마나 애를 썼는지 알고 있습니까? 20년의 긴 세월 동안 뜨거운 습지에서, 낮이면 맹그로브나무 아래서 일하고, 밤이면 지저분한 막사에서 쇠사슬에 묶인 채 모기에 물리고 학질에 시달렸소. 백인 재소자만 괴롭히는 저주받은 흑인 교도관들에게 폭행을 당한 것도 한두 번이 아니었소. 나는 그렇게 긴 기다림 끝에 마침내 아그라의 보물을 되찾을 수 있었는데, 다른 놈들이 가만히 앉아서 그 보물을 꿀꺽하도록 놔두는 것이 정의란 말입니까! 엉뚱한 놈이 내 돈을 가지고 궁전 같은 집에서 떵떵거리며 사는데 나는 교도소에 갇혀 지내라고요? 차라리 교수대에 수백 번 매달리거나 통가 놈의 독침에 찔려 죽는 게 낫겠소!"

스몰은 지금까지의 냉정한 태도를 버리고 이글거리는 눈으로 거친 말들을 쏟아냈다. 그가 흥분해서 두 손을 움직일 때마다 차고 있던 수갑이 절거덕 소리를 내며 부딪쳤다. 분노에 가득 찬 눈으로 흥분하는 스몰의 모습을 보니, 숄토 소령이 의족을 한 사내가 자신을 쫓고 있다는 사실을 알고 느꼈던 불안과 두려움, 무시무시한 공포를 모두 이해할 수 있었다.

"스몰, 우리는 자세한 내막을 모릅니다." 홈즈가 낮은 목소리로 말했다. "그러니 당신의 주장이 얼마나 정의로운지 알 수 없소."

"선생은 나를 정중하게 대하는군요. 뭐, 물론 내 팔에 수갑을 차게 된 것도 선생 때문이라는 것 정도는 알고 있습니다. 그래도 당신에게 아무런 유감이 없습니다. 공정한 처사였으니까요. 내 이야기가 듣고 싶다면 나도 거리낄 이유는 없지요. 신께 맹세코 지금부터 내가 하는 말은 모두 사실입니다. 물컵은 여기 옆에 놓아주십시오. 목마를 때 입을 갖다 댈 수 있도록. 고맙습니다.

나는 퍼쇼어 지방 우스터셔 출신입니다.[229] 찾아보면 알겠지만, 거기에는 아직도 스몰이라는 성을 쓰는 사람들이 수두룩할 거요. 이따금 고향에 돌아가고 싶다는 생각을 했지요. 하지만 가족들이 나를 자랑스럽게 생각하지 않아서 내가 돌아갔을 때 반겨줄지 모르겠군요. 독실한 기독교 집안이고 모두 그 지역에서 존경받는 유명한 농부들인데, 나만 항상 사고뭉치였습니다. 열여덟 살이 되던 해에 여자 문제로 큰 말썽을 일으킨 후 나는 가족들에게 더 이상 피해를 주지 않기 위해 여왕의 실링[230]이 되기로 결정했습니다. 곧 인도로 출발하는 제3보병 연대[231]에 소속되었지요.

허나 나는 군인이 될 운명은 아니었나 봅니다. 제식훈련을 마치고 머스켓 소총 다루는 법을 갓 익혔을 때였지요. 나는 어리석게도 수영을 하겠다고 갠지스 강에 뛰어들었는데, 천만다행으로 같은 부대 하사인 존 홀더[232]도 거기서 수영을 하고 있

229. 퍼쇼어는 잉글랜드의 우스터셔라는 중부 지방의 카운티에 위치한 마을이다. 스몰의 가족들은 농부로서 이 지역의 주요 업종에 종사하고 있었다. 퍼쇼어는 아직도 많은 양의 과일과 채소를 생산하는 광대한 농경 지역의 중심지다.

230. 입대한 군인에게 1실링이 정식으로 주어졌다. 따라서 이 표현은 군대에 입대했다는 의미이다.

231. "이곳은 실재했던 아주 유명한 연대다." 크라이턴 셀라스가 기록한다.(46번 주석 참조) "공식적으로 '버프Buffs(이스트켄트 연대)'로 알려졌으며 제3보병으로 구성되어 있다. 영국 군대에서 가장 오래된 연대들 중 하나이며 그 기원이 엘리자베스 여왕 1세 시대로 거슬러 올라간다." 셀라스는 스몰이 인도 반란이 끝난 뒤까지 크림 반도에 있었던 이 연대에 속해 있었는지 의문을 제기한다. "그 전인 1843년에 '버프'는 인도의 푼니아르에서 그레이 장군의 지휘 아래 마라타인들에 대항해 싸웠다. 나는 스몰이 그 당시 그들과 함께 그곳에 갔는지 의문이다. 특히 그들은 그 이전까진 영국에 간 적이 없었기 때문이다. 그들은 뉴사우스웨일스에서 인도로 갔다."

232. T. S. 블레이크니는 홀더가 「녹주석 코로닛」의 은행가인 알렉산더 홀더의 동생이라고 주장한다.

경사들을 모집하는 웨스트민스터.
『런던 거리의 삶』(1877)

었습니다. 그는 군대에서 수영을 가장 잘하는 사람이었지요.
강을 절반쯤 건넜을 때 악어가 달려들었는데 순식간에 내 오른
쪽 다리를 물어뜯었어요. 마치 외과 의사가 자른 것처럼 무릎
바로 위까지 아주 말끔하게 떼어냈더군요. 나는 쇼크와 과다
출혈로 정신을 잃었고, 그때 홀더가 나를 구해 강기슭으로 헤
엄쳐 나오지 않았다면 그 자리에서 물에 빠져 죽었을 겁니다.
그 일로 다섯 달 동안 병원 신세를 진 후에 마침내 이 나무다리
를 달고 절뚝거리며 걸을 수 있게 되었지요. 나는 지체 부자유
자가 되어 의병제대를 할 수밖에 없었습니다. 그리고 이 꼴로
는 어떤 활동적인 직업도 불가능했어요.

상상할 수 있겠지요. 나는 그 당시 더럽게 운이 나빴던 거요. 스무 살도 되기 전에 아무 짝에도 쓸모없는 불구자 신세로 전락했으니 말입니다. 그런데 불운인 줄만 알았던 것이 실은 행운이었습니다. 쪽 농장 주인 에이블 화이트라는 사내가 농장에서 일하는 쿨리²³³들을 감시 감독할 사람을 찾고 있었소. 그는 내가 소속되었던 부대 대령의 친구였고 그때 대령이 나에게 각별한 관심을 가져주었던 터라, 농장주에게 나를 그 일의 적임자로 적극 추천해주었지요. 감시하는 동안 말을 타고 다니기 때문에 나무다리도 장애가 되지 않았고, 남아 있는 허벅지²³⁴만으로도 안장에 충분히 달라붙어 있을 수 있었습니다. 내 임무는 말을 타고 농장을 돌아다니면서 일꾼들을 감시하고 게으름 피우는 놈들을 상부에 보고하는 것이었는데, 급여도 꽤 좋았고 숙소도 편했습니다. 여생을 여기 농장에서 보내는 것도 나쁘지 않겠다고 생각할 만큼 좋았지요. 에이블 화이트는 아주 친절한 남자였는데 이따금 내 숙소에 들러 함께 파이프 담배도 피웠습니다. 이곳과 달리 타지에서는 백인과 함께 있는 것만으로도 마음이 따뜻해지곤 합니다.

하지만 내 운은 그리 오래가지 못하더군요. 어느 날 갑자기 거대한 폭동²³⁵이 일어난 거요. 한 달 전까지만 해도 인도는 모든 면에서 영국의 서리나 켄트 지역처럼 조용하고 평화로운 나라였습니다. 그런데 느닷없이 20만 명의 시커먼 악마들이 몰려나와 나라를 쑥대밭으로 만들었죠. 그 폭동에 대해서는 여러분들이 나보다 더 자세히 알고 있겠지요. 나는 책이란 걸 읽지 않으니 말입니다. 내가 아는 건 내 눈으로 직접 본 것뿐입니다. 우리 농장은 무트라²³⁶라는 곳에 있었습니다. 서북 지방 국경선 부근이죠.²³⁷ 무트라의 하늘은 밤마다 불타오르는 방갈로 때문에 시뻘겋게 물들어 있었고, 유럽인들은 날마다 처자식을 데리고 우리 농장을 지나 군대가 주둔해 있는 아그라로 도망쳤

233. 'coolie.' 날품팔이, 막노동꾼이라는 뜻. 이 단어는 타밀어 'kuli'에서 유래했다.

234. 영국판 본문에는 "무릎"이라고 되어 있지만, 이 본문이 "무릎 바로 위까지" 잘렸다고 한 스몰의 진술과 일치하는 것 같다.

235. 1857년에서 1858년에 걸친 인도 폭동으로서 '세포이 항쟁'으로도 알려져 있다('세포이'는 원주민 군인을 일컫는 단어다). 이 폭동은 영국의 서구화 정책에 대해 커져가던 인도인들의 분개로부터 촉발된 충격적이며 그리고 결과적으로 실패한 반란이었다. 폭동은 1857년 초에 불붙었다. 벵골 군대의 세포이들이 새로운 엔필드 라이플을 지급받았다. 그 탄약통은 한쪽 끝은 입으로 물어야만 장전할 수 있는데 탄약통에 소기름과 돼지기름을 발라났다는 소문이 돌았다. 상황이 그렇다면 힌두교도와 이슬람교도로 구성된 군대에는 중대한 종교적 모욕을 가하는 것일 수 있었다. 그러자 많은 사람이 정부가 자신들을 그리스도교인으로 개종시키려 한다고 의심하기 시작했다.
이 사건은 댈하우지 총독의 지휘하에 있던 영국 정부에 대해 터져버린 불만 중 가장 마지막에 일어난 사건일 뿐이었다. 영국 정부는 부대원들의 봉급을 삭감했고, 인도의 토지 소유주들로부터 재산을 탈취했으며 당시 복무 중이던 브라만들과 라지푸트들 대신에 '더 값싼' 하층계급의 군인들을 모집함으로써 카스트 제도를 뒤엎어놓겠다고 발언했기 때문이다. 통치하는 동인도회사가 탄약통을 좀 더 상서로운 물질로 기름칠하라는 명령을 내렸을 때는 유화책을 쓰기엔 이미 너무 늦어버린 상태였다. 1857년 5월 9일에 메루트의 세포이들 85명은 라이플 사용을 거부했다가 10년 형을 선고받고, 군복이 벗겨지고 수갑이 채워진 채 감옥으로 행군했다. 이튿날 다른 3개 부대에 속한 세포이들은 수감된 군인들을 석방하기 위해 이 감옥으로 돌진했다. 이어지는 난투 속에 영국인 남자와 여자 그리고 어린이

들이 50명 정도 살해당했다.

반란자들은 델리를 향해 진격했다. 사이먼 샤마는 그의 권위 있는 저서 『브리튼의 역사』 제3권에서 이 폭동 직전의 순간이 어땠는지 묘사하고 있다. 토착민 38 보병대 대위의 아내인 해리엇 티틀러는 "뭔가 아주 잘못되었다는 것을 알 수 있었다. 하인들은 미친 듯이 이리저리 날뛰고, 큰길에서 총소리가 울려 퍼졌다. ……이게 대체 무슨 일일까?" 그녀의 프랑스인 하녀인 마리는 "부인, 혁명이 일어났습니다"라고 대답했다. 많은 유럽인 여성들과 어린이들이 동정심 많은 세포이들의 도움을 받아 델리에서 탈출할 수 있었다. 하지만 다른 사람들은 그렇게 운이 좋지 못했다. 훨씬 더 많은 수의 장교들과 그들의 가족이 무차별적으로 학살당했다.

끔찍한 잔학 행위가 양측 모두에 의해 자행되었다. '나나 사히브'라는 한 지역 통치자는 칸푸르에서 자신의 임대 수입을 탈취당한 데 대한 복수를 하기 위해서였는지, 유럽 여성들과 어린이들에게 갠지스 강을 따라가는 안전한 길을 약속하고는 그들이 배에 오르자 대부분 총으로 쏘아 살해했고, 40척의 배 중 여러 척을 불태웠다. 200명의 생존자들은 칸푸르의 장교 거주지로 되돌려 보내졌지만 역시 그곳에서 살해되었다. 영국인들은 자신들이 '깜둥이'라고 부르는 원주민들에 대한 보복 욕구가 점점 더 커져서 광란 상태에 이르렀다. A. N. 윌슨이 기록한 대로 "처음부터 영국은 잔혹한 짓에 대해 두 배로 잔혹하게, 테러에는 테러로, 피에는 피로 대응할 작정이었다." 윌슨은 다음과 같은 사건이 보도됐다고 설명한다. 즉 이슬람교도들은 살해당하기 전에 돼지기름이 발라졌다. 인도인들을 대포 주둥이에 묶어놓고 포도탄을 쏘아 산산조각이 나게 했다. 여성들과 어린이들은 겁탈당한 뒤 산 채로 불태워졌다. 한 세포이는 총검에 꽂힌 채 불 위에서 구워졌다. 수백 명의 인도인들이 한꺼번에 대포에 맞아 처형되었다.

마침내 러크나우에 대한 장기적인 포위 공격 끝에 영국 군대는 이 도시를 탈환할 수 있었고, 결국 교전은 막을 내렸다. 1858년 7월 8일에 평화가 선언되었다. 이 항쟁의 즉각적인 결과로서 동인도회사가 해산되었고, 효과적으로 인도를 통치하려면 인도인들의 자문을 얻어야 할 필요가 있다는 깨달음이 생겨났다. 이후 90년 동안 인도는 영국의 직접 통치 아래 놓이게 됐고, 이 시기를 '라지 the Raj'라고 부른다.

이 항쟁 이후 30년도 채 지나지 않아서 『브리태니커 백과사전』(제9판)(1875-1889)은 이 항쟁의 동기에 대해 다음과 같이 골똘히 돌이켜보고 있다. "인도 전역의 원주민들이 흥분한 가운데 군인들로 하여금 터무니없는 이야기들을 믿게 만들었고, 그들은 공포심 때문에 경솔하게 행동하게 된 것으로 보인다. 거듭되는 합병과 교육의 전파, 증기기관과 전신선의 출현 등, 이 모든 것이 인도의 문명을 영국의 문화로 대체하려는 일관된 결단을 폭로하고 있었다. 특히 벵골 세포이들은 자신들이 다른 사람들보다 조국의 미래를 더 멀리 내다볼 수 있다고 생각했다. 그들은 혁명으로 모든 것을 얻을 수 있었으며 잃을 것은 없었다."

236. 아그라에서 40-48킬로미터 위쪽에 있는 이곳은 인도 서북 지방 무트라 지구의 행정 본부이며, 힌두교의 성지이자 크리슈나 신의 탄생지다.

237. 여덟 곳 중 한 곳인 이 지방은 1853년에 벵골로부터 분리되었는데, 그 전까지는 이곳이 벵골의 서북부를 형성하고 있었다. 이 지방은 1876년에 '아우드'로 알려진 지역과 합병했다. 아우드는 1856년에 영국령으로 합병되었는데 이 사건으로 인해 세포이 항쟁이 발생했다. 『영어-인도어 사전』(1885)에 따르면, "아우드와 통합된 이 지방은 100만 제곱마일이 넘는 지역을 포함하고 있으며 인구는 4,400만 명에 이르러 거의 독일 인구와 맞먹었다."

습니다. 그런 면에서 에이블은 고집이 센 친구였는데 그는 이
번 일이 과장되어 알려졌다면서, 폭동이 갑자기 일어난 것처럼
갑자기 가라앉을 거라고 믿었지요. 나라 전체가 불바다가 되었
는데도 태평하게 베란다에 앉아서 위스키 음료[238]를 마시고 엽
궐련을 피웠으니, 나와 도슨은 에이블 때문에 꼼짝없이 그곳에
머물러야 했어요. 도슨에게는 농장 경영과 장부 정리를 함께
맡고 있던 아내까지 있었습니다. 어느 화창한 날, 결국 일이 터
지고 말았지요. 멀리 떨어진 농장에 갔다가 저녁이 다 되어서
야 집으로 돌아가고 있었는데, 저는 가파른 수로[239] 바닥에서
무언가 이상한 것을 발견했습니다. 무엇인지 살피려고 말에서
내리는 순간, 심장이 얼어붙는 것 같았지요. 그것은 도슨 부인
의 시체였어요. 온몸이 갈기갈기 찢겨 자칼과 들개에게 반쯤
먹힌 상태였습니다. 길을 좀 더 올라가보니, 도슨이 총알 없는
리볼버를 손에 꽉 쥔 채 바닥에 엎드려 죽어 있었고 그 앞에 세
포이[240] 네 명이 쓰러져 있었습니다. 나는 말을 세우고 어디로
가야 할지 망설였어요. 그런데 그 순간 에이블 화이트의 방갈
로에서 시커먼 연기가 피어오르는 게 보였습니다. 화염은 지붕
을 뚫고 하늘 높이 치솟았고, 내가 그곳으로 가더라도 목숨만
위태로워질 뿐 아무 도움도 못 되는 상황이었지요. 더구나 불
길이 치솟는 집 주위에 붉은 코트를 걸친 수백 명의 시커먼 악
마들이 춤을 추고 환호하는 모습이 보였어요. 그때 악마들 중
몇 놈이 나를 발견하고는 내 쪽으로 총을 쏘았습니다. 총은 내
머리 바로 옆을 스치고 지나갔지요. 나는 재빨리 말머리를 돌
려 달렸습니다. 논밭을 지나 쉬지 않고 내달린 끝에, 늦은 밤이
되어서야 아그라의 성에 도착할 수 있었습니다.

　하지만 그곳도 안전한 지역은 아니었어요. 폭도들이 나라
전체를 벌 떼처럼 들쑤셔놨으니 당연하지요. 영국인들은 몇 명
만 모이면 총을 들고 나가 폭동에 저항했지만 그렇지 않은 곳

238. 'whisky pegs.' 위스키나 브랜디에 소다를 넣
은 것. 크리스토퍼 몰리는 이 이름의 기원은 "한 잔
마실 때마다 당신 관에 못 하나a peg를 박는 것이다
(수명을 단축시키는 것이다)"라는 재담이라고 설명
한다.

239. 강으로 내려가는 협곡.

240. 당시 영국의 통제 아래 있었던 원주민 인도
군인들. 폴 빔은 「홈즈 이야기 속의 인도적 요소들
: 보석과 호랑이들」에서 도슨의 죽음에 대해 이야
기하는 이 구절이 "두려움에 사로잡힌 모든 영국인
들의 좋은 축도"라고 묘사한다. "남자는 압도적인
수의 비인간적 야수들로부터 자신의 가족을 지키
려다가 멀리 떨어진 곳에 죽어 있고, 이 이야기에
드러나듯이, 남자의 노력은 헛되어서 그의 아내는
잔인하게 살해된 뒤 짐승들의 밥이 되고 마는 것이
다."

241. 크라이턴 셀라스는 "제3 벵골 보병 연대는 반란 시기에 군건하고 충실하게 영국 편을 들어주었던 유명한 연대다"라고 기록한다.

242. 시크교는 교조 나나크Guru Nanak가 15세기 후반이나 16세기 초반에 펀자브에서 세운 일신교다. 힌두교와 이슬람교의 요소들을 지니긴 했지만 인도의 이 두 가지 주요 종교들과는 매우 다르다. 시크교는 카스트 제도에 반대하고 업과 환생을 믿는다. 시크교의 문화는 특별히 전쟁 중에 희생의 고결함이라는 개념에 충실해야 한다는 이념을 일찍부터 받아들였다. 시크교의 열 번째이자 마지막 지도자인 고빈드 싱(1666년생)은 모든 사람을 '시크교도'('제자들'이라는 뜻)라고 부르지 않고 '싱스'('사자들'이라는 뜻)라고 부르면서 군인으로 만들었기 때문이다. 란지트 싱(1780-1839)은 자신의 추종자들을 하나로 뭉쳐서 왕국을 세웠으나 1845년부터 1849년에 걸친 영국과 시크교도 간의 전쟁 기간 중에 중대한 기반을 상실했고, 그 결과 펀자브 지방이 인도의 영국령으로 합병되고 말았다. 역사상 가장 상징적이고 자주 언급되는 시크교 전투는 1897년 9월 12일에 사라가리에서 일어났다. 벵골 보병대의 제36 시크교 연대는 파슈튠족인 '아프리디'의 공격을 받고 1만-1만 2,000명이 사망했다. 중요한 시크교 요새를 지키기 위해 싸웠던 이 전투는 가치 있는 일을 위해 목숨을 걸고 싸우는 집단적인 용기와 의지력에 대한 절대적인 상징이 되었다.

243. 1857년 7월 5일에 아그라의 서쪽 교외 지역인 샤간지에서 전투가 벌어졌다.

"나는 논밭을 지나 쉬지 않고 내달렸습니다."
리하르트 구트슈미트 그림, 『네 사람의 서명』, 슈투트가르트, 로베르트 루츠 출판사(1902)

에서는 도망칠 수밖에 없었습니다. 수백만 명 대 수백 명의 싸움이었으니까요. 그런데 이보다 더 끔찍한 것은, 우리가 대항했던 폭도의 보병, 기병, 포병 모두 우리 영국군이 직접 훈련시킨 현지인 부대라는 사실이었습니다. 그래서 녀석들은 우리 무기를 들고, 우리 나팔을 불고 우리를 위협했어요. 아그라에는 폭도에 대항하는 벵골 제3 연대 보병[241]과 시크교도[242] 약간, 그리고 기병대 2개 중대와 포병대 1개 중대가 있었는데 상인들이나 직원들이 모여서 의용대를 조직했고, 나도 나무다리를 끌고 자원입대했습니다. 우리는 7월 초에 샤간지[243]로 나가 폭도들과 맞서 싸웠지요. 잠깐 동안 우리 쪽이 우세한 듯했으나 화약이 떨어지는 바람에 아그라 시까지 퇴각해야 했습니다.

사방에서 나쁜 소식만 들렸습니다. 놀랄 일도 아니었지요. 지도를 보면 확인할 수 있겠지만 그때 우리는 폭동의 중심부에 있었습니다. 동쪽으로 160킬로미터 떨어진 러크나우, 남쪽으로 160킬로미터 떨어진 칸푸르 지역은 상황이 더 심각했고 어디를 가도 고문과 살인, 반인륜적인 행위들이 난무했습니다. 아그라 시는 광신도들과 온갖 악마 숭배자들로 가득한 곳이었지요.[244] 좁고 구불구불한 미로 같은 길 때문에 부대원 몇 명은 길을 잃기도 했습니다. 그래서 부대 대장이 우리를 이끌고 강을 건너 아그라의 옛 성으로 들어갔는데, 혹시 여러분이 아그라의 옛 성에 관한 이야기를 조금이라도 알고 있는지 모르겠군요. 아무튼 그곳은 아주 특이한 장소입니다. 내가 가본 곳 중 가장 특이하다고 말할 수 있습니다. 무엇보다 그 규모가 정말 엄청납니다. 수천 평은 족히 될 거요. 성 내부에 수많은 방과 현대식 건물이 있었는데 우리 주둔부대와 여성들, 아이들, 물건 등이 다 들어갈 만큼 컸습니다. 하지만 구식 건물은 현대식 건물보다 훨씬 더 컸어요. 구식 건물에는 전갈과 지네들이 가득했고, 텅 빈 큰 홀과 꼬불꼬불한 통로와 사방으로 뻗은 긴

244. 하틀리 R. 네이선은 「네 사람의 서명─악마 숭배자들과 시크교 기병들, 그리고 그 밖의 다른 자들의 혼성곡」에서 빅토리아 시대 중반 인도의 종교 축제들에 대해 설명하면서 여기서 말하는 "악마 숭배자들"이란 "교육받지 못한 보병이었던 스몰 자신이 지켜본 지역 종교행사들을 그렇게 오해한 것 같다"고 결론을 내린다.

1857년경 칸푸르 앞에서 해블록 장군의 지휘 아래 이루어진
스코틀랜드 고지대인들의 돌격.

아그라 요새의 지도.

복도 때문에 길을 잃기 십상이었지요. 어느 누구도 그곳으로 들어가려 하지 않았고, 간혹 사람들이 무리 지어 횃불을 들고 안을 조사하러 갈 때는 있지만 혼자서는 절대 들어가지 않았습니다.

오래된 성 앞으로 흐르는 강물이 아그라 성을 보호해주었지만, 성의 측면과 후면에는 문이 많이 나 있어서 잘 감시해야 했습니다. 주둔병들이 숙소로 사용하고 있는 현대식 건물뿐만 아니라, 구식 건물에도 경비병을 세워야 했는데 각 문마다 강력한 수비대를 주둔시키기에는 병력이 턱없이 부족한 상황이었지요. 결국 우리는 성 한가운데에 중앙경비대를 두고 각 문을 백인 한 사람과 원주민 두세 사람이 지키도록 했습니다. 밤마다 나는 남서쪽의 고립된 구역에 있는 작은 문을 책임졌지요.

시크교도 병사 두 명이 내 지휘하에 함께했고, 무슨 일이 생길 경우 내가 머스켓 소총을 쏘도록 지시받았습니다. 그러면 중앙 경비대에서 그 소리를 듣고 바로 지원 병력을 보내겠다고 했지만, 중앙경비대는 200걸음은 족히 넘는 곳에 있었고 중앙에서 내 구역까지 오려면 미로 같은 통로와 복도를 지나야 했기 때문에, 실제로 공격을 받는다 해도 지원 병력이 제때 도착해서 우리에게 도움을 줄 수 있을지는 의심스러웠지요.

그래도 나는 신병이었고 한쪽 다리까지 저는데, 지휘권이 주어진 것을 매우 자랑스럽게 생각했어요. 이틀 밤 동안 나는 펀자브[245] 출신 부하들과 보초를 섰어요. 그들은 키가 크고 무섭게 생긴 친구들이었는데 이름은 마호메트 싱, 압둘라 칸이었습니다. 두 사람은 칠리안 왈라[246]에서 영국군에 대항해 싸운 전력이 있는 늙은 전투원이었어요. 영어도 상당히 유창했지만 내 앞에서 영어로 말하는 법은 좀처럼 없었고, 보초를 서는 동안 밤새 붙어서 시크어로 떠드는 것을 좋아했습니다. 나는 문밖에 서서 굽이쳐 흐르는 넓은 강물을 바라보거나, 커다란 성 위로 반짝이는 별빛을 보았지요. 끝없이 이어지는 북소리, 아편과 대마 음료[247]에 취한 폭도들의 환호성 때문에 우리는 밤새 강 건너의 위험한 적들을 떠올리며 치를 떨었고, 당직 근무를 서는 장교는 두 시간마다 성문을 돌아다니며 이상이 없는지 확인했습니다.

야간 근무를 선 지 사흘째 되던 날이었습니다. 비바람이 휘몰아치고 칠흑같이 어두운 밤이었는데 그런 날씨에 몇 시간 동안 야간 근무를 서는 것은 대단히 지루한 일이었지요. 나는 부하들과 대화라도 하려고 여러 차례 시도했지만 큰 성과는 없었고, 새벽 2시가 되어서야 순찰을 돌던 장교가 와서 잠깐 지루한 시간을 달래주고 갔습니다. 부하들과 대화하는 것을 포기한 나는 주머니에서 파이프 담배를 꺼내고 성냥불을 붙이기 위해

245. 윌리엄 베어링굴드는 스몰이 "펀자브 출신"과 "시크교도"를 서로 바꾸어 쓸 수 있는 단어들로 생각하고 있는 게 분명하고, 왓슨도 이를 용납하고 있다고 지적한다. 물론 이 두 단어들은 서로 바꾸어 쓸 수 없다.

246. 1849년 1월 13일 칠리안 왈라 마을에서 벌어졌던 전투에서 영국인들은 시크교도에게 전술적으로 중대한 승리를 거두었다. 이는 영국과 시크교도가 벌인 전투 중 끝에서 두 번째 전투였다.

247. 'bhang.' 『영어-인도어 사전』에 의하면 마리화나로 더 잘 알려진 대마 잎으로 만드는 음료다.

248. 포구 장전식 라이플.

잠깐 머스켓 소총을 내려놓았어요. 그런데 바로 그 순간, 두 명의 부하가 나를 향해 달려들었습니다. 한 녀석이 재빠르게 화승총[248]을 낚아채더니 내 머리에 총부리를 겨누었어요. 다른 녀석은 커다란 칼을 내 목에 대고 한 발짝이라도 움직이면 목구멍을 찔러버리겠다며 이를 악물고 위협했습니다.

처음에는 녀석들이 폭도와 결탁했고, 이제 공격이 시작된 것이라고 생각했지요. 만약 이 문이 세포이의 손에 넘어가면 아그라의 성이 함락되는 것은 시간문제였어요. 폭도들은 여자

"바로 그 순간, 두 명의 부하가 나를 향해 달려들었습니다."
J. 왓슨 데이비스 그림, 『셜록 홈즈 이야기』, 뉴욕, A. L. 버트 출판사(1906)

화승총.

들과 아이들에게 칸푸르에서 저지른 악행을 똑같이 저지를 것
이 틀림없다고 생각했습니다. 여러분들은 내가 일을 꾸며낸다
고 여길지도 모르겠군요. 아무튼 그때 나는 목에 닿은 차가운
칼날을 느꼈지만 용기를 내 고함을 지르려고 했습니다. 죽더라
도 중앙경비대에 긴급 신호는 보낼 수 있을 테니까요. 그런데
두 녀석은 내가 어떻게 하려는지 눈치를 채고는 그 순간 내 귓
가에 대고 속삭이더군요. '소란 피우지 마. 아그라 성은 아주
안전하다. 폭도는 없다.' 그의 목소리에는 진실성이 담겨 있었

"바로 그 순간, 두 명의 부하가 나를 향해 달려들었습니다."
리하르트 구트슈미트 그림, 『네 사람의 서명』, 슈투트가르트, 로베르트 루츠 출판사(1902)

고 갈색 눈은 소리를 지르면 나를 죽일 거라고 위협하는 것 같
았지요. 그래서 나는 그들이 내게 원하는 것이 무엇인지 말할
때까지 조용히 기다렸습니다.

'잘 들으십시오, 사히브.' 두 녀석 중, 키가 더 크고 우락부락
하게 생긴 놈이 말했습니다. 압둘라 칸이었지요. '지금부터 우
리와 함께하거나 아니면 영원히 침묵하거나 둘 중 하나를 택해
야 합니다. 우리와 뜻을 함께하겠다면 진심으로 십자가에 대고
맹세하십시오. 그렇지 않으면 오늘 밤 당신의 몸을 배수로에
던져 폭동에 가담하고 있는 형제들에게 넘길 것입니다. 중도는
없습니다. 죽느냐 사느냐, 그뿐입니다. 순찰 장교가 돌아오기
전에 일을 끝내야 합니다. 시간이 계속 흐르고 있으니 3분 동
안 생각할 기회를 주겠습니다.'

'내가 어떻게 결정을 내릴 수 있다는 말인가? 원하는 게 뭔
지 말해주지도 않았어. 하지만 분명히 말하는데, 만일 성을 위
협하는 행동이라면 나는 절대 협조하지 않겠네. 내 목에 칼이
들어온다 해도 말이네.'

'성을 위협하는 행동은 절대 아닙니다.' 그가 말했지요. '우
리는 사히브 같은 영국 사람들이 인도에서 찾으려는 물건을 줄
것입니다. 당신은 부자가 될 수 있습니다. 오늘 밤 우리와 함께
한다면, 이 칼에 대고 당신에게 보물을 공평하게 나눠주겠다고
맹세하겠습니다. 시크교도들은 절대 맹세를 어기지 않습니다.
보물의 4분의 1을 주겠습니다. 그 이상 공평할 수는 없지요.'

'보물이라니?' 내가 되물었지요. '물론 나는 부자가 되고 싶
다. 그런데 무슨 보물을 어떻게 찾는단 말인가?'

'먼저, 맹세하십시오. 아버지의 뼈에, 어머니의 명예에, 그
리고 십자가에 대고 지금부터 우리를 배반하는 행동이나 말은
절대 하지 않겠다고 맹세하십시오.'

'맹세하겠다.' 내가 대답했습니다. '성이 위험에 처하지 않

는다는 조건하에.'

'좋습니다, 동료와 나는 보물의 4분의 1을 당신에게 줄 것을 맹세합니다. 보물은 우리 네 사람이 공평하게 나눠 가질 것입니다.'

'하지만 이곳에는 세 사람밖에 없잖은가.'

'아닙니다. 도스트 아크바르[249]라는 친구에게도 나누어줘야 합니다. 그를 기다리는 동안 사정을 말해주겠습니다. 마호메트 싱, 자네는 문 앞에 서 있다가 그들이 오면 알려주게. 사히브, 사실은 이렇습니다. 내가 당신에게 사실을 말하는 이유는 퍼링기[250]들도 맹세는 가볍게 여기지 않는다는 것을 알기 때문이지요. 만일 당신이 거짓말을 잘하는 힌두교도였다면, 그 거짓 사원에 있는 모든 신을 걸고 맹세했더라도 칼로 찔러 죽인 다음 시체를 강물에 던졌을 것입니다. 하지만 우리 시크교도들은 영국 사람들을 잘 알고, 영국 사람들도 시크교도들을 잘 압니다. 지금부터 내가 하는 말에 귀를 기울여주십시오.

북부 지방에 영토는 작지만 많은 재산을 가진 군주가 살았습니다. 아버지로부터 거액의 유산을 상속받았고, 또 구두쇠 성격 탓에 한 푼도 쓰지 않고 제힘으로 모은 황금까지 축적해 더 많은 부를 쌓았습니다. 그러던 중 이번 사건이 발생하자 그는 사자와 호랑이의 손을 모두 잡았지요. 말하자면, 세포이 폭도들과도 손을 잡고 회사[251]와도 손을 잡은 겁니다. 군주는 얼마 후 백인들의 세상이 끝날 거라고 예상했습니다. 여기저기서 백인의 죽음과 전복에 관한 소식만 들렸거든요. 하지만 그는 신중한 남자여서 섣불리 행동하는 대신 계획을 세웠습니다. 일이 어떻게 되든 재산의 절반은 지키려고 했던 거지요. 금은보화들은 궁전 내의 금고에 담아서 자신이 보관했고, 아주 값나가는 보석류와 최상품 진주들은 철제 상자에 담아두었습니다. 그러고는 신임하는 하인을 불러 상인 복장으로 위장하게 한 후

249. 몇몇 논평가들은 "싱" 외에는 이들의 이름 가운데 시크교도 이름은 없다고 한다. 앤드루 보이드 박사는 다음과 같이 말한다. "인도 군대에서 여러 해 동안 복무한 교육받지 못한 남자라면 그렇게 기록했을 수도 있다. 그가 잘 알아들을 수 없는 다른 사람의 이야기를 설명 없이 받아 적고 있었다면." 따라서 그는 왓슨의 인도 군대에 대한 기록은 속임수이고, 왓슨에게는 어둡고 부패한 과거와 범죄 경력이 있다고 결론을 내린다. D. 마틴 데이킨은 좀 더 관대한 설명을 전개한다. 즉 인도인들이 사실은 이슬람교도들이었고 스몰이 그들의 전투 능력이나 영국적 정서로부터 시크교도들일 거라고 부정확하게 추정했을 것이라고. 아니면 그들은 시크교도였는데 그들의 이름을 제대로 알지 못하는 스몰이 이름을 뒤죽박죽으로 섞었거나 만들어냈을지도 모른다고 한다. T. F. 포스 중위는 왓슨 박사를 변호하기 위해 왓슨이 군의부에서 시크교도들과 중요한 접촉을 가진 적이 없었기 때문에 스몰의 실수와 오류를 알아차리지 못했다고 지적한다. 오티스 헌도 이와 비슷하게 너그러운 마음으로 왓슨이 무의식적으로 진짜 이름 대신 아프가니스탄 이름을 썼다고 주장한다. 적어도 압둘라 칸과 마호메트 싱은 분명히 그렇다고 한다.

250. 어떤 유럽인에게나 적용되는 단어.

251. 영국은 인도를 정복하면서 동인도회사(존 컴퍼니로 잘 알려진)를 통해 아편 재배와 판매를 적극적으로 했다. 동인도회사는 인도 상거래에 대한 정부 관리 독점 회사다. 아편이 영국 경제에 매우 중요해져서 중국이 수입을 중단시키려 애쓰자(중국은 1799년에 이미 마약을 금지시켰다), 영국은 1839년에서 1842년 사이 그리고 1856년에서 1860년 사이에 벌어진 두 차례의 '아편 전쟁'에서 승리를 주장하게 되었다(1839-1842년 전쟁으로 인해 홍콩이 영국에 이양되었다). 그 결과 영국이 인도에서 수입해 중국에 판매하는 아편은 해마다 증가해서 1850년

에 52,925피쿨(133⅓파운드)이었던 것이 1880년에는 96,839피쿨에 달했다. 이 회사는 세포이 항쟁을 견뎌내지 못했고, 그 이후에는 영국 정부가 인도를 직접 통치했다.

252. A. 카슨 심프슨은 이 포르투갈 금화는 페드로 2세(1683-1706)의 통치 기간에 포르투갈에서 처음으로 발행되었으나 1732년에 주조가 중단되었다고 보고한다. 그는 조너선 스몰이 그 어떤 포르투갈 금화도 본 적이 없을 거라는 결론을 내린다. 하지만 심프슨은 브라질이 1830년대 초까지 이 금화를 주조했기 때문에 스몰이 인도에서 익숙하게 접했던 것은 분명히 이 금화였을 거라고 논평한다.

그 상자를 아그라 성에 가져다 놓으라고 시켰습니다. 나라가 평화를 되찾을 때까지 그곳에 숨겨둘 작정이었지요. 그렇게 해서 폭도들이 승리하면 그에게는 금은보화가 남게 되고, 회사 쪽이 이긴다면 값비싼 보석들이 남게 되는 거지요. 그렇게 재산을 나눠 보관하고는 세포이 편에 완전히 가담했습니다. 그쪽 지역에서는 세포이의 힘이 막강했기 때문이지요.

지금 상인으로 위장한 하인이 아흐메트라는 이름으로 아그라 시에 들어와 성안으로 들어올 기회를 엿보고 있습니다. 그는 아그라로 오는 길에 내 의형제 도스트 아크바르와 동행하면서 자신의 비밀을 털어놓았습니다. 그리고 오늘 밤 도스트 아크바르가 그를 데리고 성 뒷문으로 오기로 했습니다. 곧 그들이 도착해 마호메트 싱과 나를 찾을 겁니다. 이 문을 선택한 데는 특별한 이유가 있지요. 여기는 외진 곳이고 그가 오는 것을 아무도 보지 못합니다. 잘 들으십시오. 우리는 아흐메트라는 상인을 죽이고 군주의 보물을 네 사람이 나눠 가질 생각입니다. 괜찮지요, 사히브?'

여러분, 우스터셔에서는 인간의 목숨이 위대하고 성스러운 것처럼 보였지만 인도에서는 달랐습니다. 불길이 치솟고, 사방에 피비린내가 진동하고 가는 곳마다 시체가 즐비했어요. 아흐메트가 살든 죽든 내게는 더 이상 아무 의미 없는 문제가 된 거요. 또 보물 때문에 내 마음은 심하게 달아오른 상태였습니다. 내가 그 보물을 가지고 고향에 돌아간다면 가족들이 나를 어떻게 대할지 상상해보았지요. 아무 짝에도 쓸모없던 녀석이 주머니 가득 포르투갈 금화[252]를 넣고 나타날 때 가족들의 태도를 말입니다. 나는 바로 마음을 정했지만 압둘라 칸은 내가 주저하고 있다고 생각했는지 더욱 강하게 밀어붙이더군요.

'잘 생각해보십시오, 사히브. 상인이 수비대에게 잡힌다면 교수형에 처해지거나 총살을 당한 후 보물은 정부에 뺏길 것입니다. 그렇게 되면 아무에게도 득이 되지 않습니다. 지금 우리가 수비대를 대신해 그를 잡는 것이니, 그 나머지 일도 당연히 우리 몫이 아니겠습니까? 우리가 보물을 보관한다면 회사 금고에 있을 때만큼 안전할 것입니다. 또 그 보물이면 우리 네 사람 모두 대단한 부자로 만들어줄 테고, 여기는 외진 곳이니 어느 누구도 이 사실을 알 수 없습니다. 상황이 모두 우리를 위해 돌아가고 있지요. 자, 이제 대답하십시오. 사히브, 우리와 뜻을 함께할 것인지, 아니면 우리가 당신을 적으로 생각해야 하는지.'

'너희와 함께 행동하겠다. 진심이다.'

'좋습니다.' 그는 나에게 화승총을 돌려주며 말했어요. '우리는 당신을 믿습니다. 우리처럼 당신도 약속을 굳게 지킬 것입니다. 이제 우리는 이곳에서 내 의형제와 상인을 기다리기만 하면 됩니다.'

'자네의 의형제도 이 계획을 알고 있나?' 내가 물었지요.

'그가 계획한 겁니다. 그가 일을 꾸민 거지요. 자, 이제 문으로 가서 마호메트 싱과 함께 보초를 서도록 합시다.'

우기가 시작될 무렵이라 줄기차게 비가 쏟아졌고, 어두운 먹구름이 하늘을 뒤덮고 있어서 한 치 앞도 보기 힘든 상황이었지요. 문 앞에 깊은 해자가 있었지만 군데군데 물이 마른 곳이 있어서 쉽게 건널 수 있었습니다. 문 앞에서 펀자브 출신 두 부하와 함께 죽음을 향해 다가오는 사람을 기다리고 있다고 생각하니 기분이 좀 이상했습니다.

문득, 해자 반대편에서 불빛이 반짝이는 게 보였습니다. 불빛은 돌 무더기 사이로 사라졌다가 다시 나타나더니 우리가 있는 쪽으로 천천히 이동했습니다.

'저기 왔어!' 내가 소리쳤습니다.

'사히브, 늘 하던 대로 암호를 확인하세요.' 압둘라가 내 귀

253. 20개의 주로 이루어진 인도의 거대한 지방.

에 대고 말했습니다. '저자가 우리를 경계하도록 만들면 안 됩니다. 그다음은 우리가 알아서 처리하겠습니다. 사히브는 여기 남아서 지키십시오. 그들이 정말 그 상인과 내 의형제가 맞는지 얼굴을 확인할 수 있도록 램프를 켜주십시오.'

불빛은 깜박거리며 멈추었다 움직이다를 계속 반복하며 이동했고, 마침내 해자 건너편에 두 개의 시커먼 그림자가 보였습니다. 그들은 경사진 둑을 미끄러져 내려왔고, 진흙탕을 지나 문 아래쪽 둑을 반쯤 기어 올라왔습니다. 나는 암호를 확인했지요.

'거기 누군가?' 내가 차분한 목소리로 말했습니다.

'친구들입니다.' 둑 아래서 그들의 목소리가 들리더군요. 나는 소리가 나는 쪽으로 램프를 내밀어 그들을 향해 밝은 빛을 비추었지요. 덩치 큰 시크교도가 먼저 올라왔습니다. 시커먼 턱수염이 거의 허리까지 닿을 정도로 길고 키는 장대같이 큰 사내였는데, 서커스에서나 볼 수 있는 장신이었습니다. 그를 뒤따라 작고 뚱뚱한 사내가 노란색 큰 터번을 머리에 두르고 보자기로 싼 물건 꾸러미를 손에 쥔 채 나타났습니다. 그는 마치 학질에 걸린 사람처럼 손을 꼬며 대단히 불안한 심리를 드러냈습니다. 또 두 눈을 반짝이면서 연신 고개를 좌우로 돌렸는데, 흡사 쥐 새끼가 쥐구멍에서 나와 모험을 시작할 때의 모습 같았습니다. 그를 죽인다고 생각하니 온몸에 소름이 돋았지만, 나는 보물을 생각했고 내 마음은 다시 부싯돌만큼이나 단단해졌습니다. 그런데 그는 내가 백인이라는 사실을 확인하고는 약간의 환호성을 지르며 나에게 달려오는 겁니다.

'사히브, 저를 보호해주십시오.' 그가 숨찬 목소리로 말했습니다. '불쌍한 상인 아흐메트를 지켜주십시오. 저는 아그라 성에서 피난처를 찾기 위해 라지푸타나²⁵³를 넘어 여기까지 왔습니다. 저는 회사와 손을 잡았다는 이유로 가진 것을 빼앗기고 학대당하고 몰매까지 맞았습니다. 그런데 오늘 밤은 정말 운이 좋은가 봅니다. 이렇게 저와 저의 얼마 남지 않은 재산을 가지고 아그라의 피난처에 안전하게 도착했으니 말입니다.'

'그 보자기에는 무엇이 들어 있는가?' 내가 물었습니다.

'철제 상자입니다.' 그가 대답했습니다. '여기에는 집안 대대로 전해지는 물건 몇 개가 들어 있습니다. 다른 사람들에게는 아무 쓸모도 없는 것들이지요. 하지만 저에게는 대단히 귀중한 물건입니다. 젊은 사히브, 저는 거지가 아닙니다. 만일 저에게 은신처를 제공해주신다면 이곳 지휘관은 물론 사히브께도 충분히 보상해드리겠습니다.'

나는 더 이상 그와 대화를 나눌 자신이 없어지더군요. 잔뜩 겁에 질린 통통한 그의 얼굴을 볼수록 냉정하게 그를 죽일 수 없을 것 같았기 때문이었습니다. 나는 차라리 빨리 일 처리를 끝내야겠다고 생각했지요.

'중앙경비대로 끌고 가라.' 내가 말했습니다. 그리고 부하 두 명이 그의 양팔을 붙들고 어두운 복도로 들어갔고, 기골이 장대한 사내가 그 뒤를 따랐습니다. 나는 상인의 뒷모습을 보면서 생각했습니다. '이처럼 완벽하게 죽음에 둘러싸인 사람이 세상에 또 있을까.' 나는 램프를 들고 그들이 돌아올 때까지 문 앞에서 기다렸습니다.

외진 복도를 따라 걸어가는 무거운 발자국 소리가 들렸습니다. 그런데 갑자기 발자국 소리가 멈추더니 쿵 하는 울림과 함께 옥신각신하는 소리가 들렸습니다. 잠시 후, 오싹하게도 누군가 헐떡이며 급히 도망치는 소리가 들렸어요. 나는 그들이 떠난 긴 복도를 향해 램프를 비추었습니다. 뚱뚱한 상인이 피범벅이 된 얼굴로 쏜살같이 달려 나왔고, 시커먼 턱수염을 기른 키 큰 시크교도가 번쩍이는 칼을 손에 쥐고 호랑이처럼 사나운 소리를 지르며 상인을 바짝 뒤쫓았습니다. 상인은 섬광처

"만일 저에게 은신처를 제공해주신다면
이곳 지휘관은 물론 사히브께도 충분히 보상해드리겠습니다."
허버트 덴먼 그림, 《리핀코츠 매거진》(1890)

럼 빠른 속도로 내달렸고 시크교도와의 간격은 점차 넓어졌습
니다. 만일 나를 지나 밖으로 나간다면 그가 목숨을 건질 수 있
겠다고 생각했지요. 그가 불쌍해졌지만 다시 한 번 보물을 떠
올리면서 더욱 독하게 마음을 다잡았습니다.

그리고 상인이 내 앞을 지나갈 때 화승총으로 다리 사이를
쏘았지요. 그는 총에 맞은 토끼처럼 땅 위를 두 번 굴렀습니다.

비틀거리며 몸을 일으키려 할 때 시크교도가 그를 덮쳐 옆구리를 칼로 푹푹 찔렀지요. 상인 아흐메트는 신음 한 번 내지 못하고 넘어진 곳에서 그대로 즉사했습니다. 나는 그가 총에 맞아 쓰러질 때 목을 다쳤을 거라고 혼자 생각했습니다. 여러분, 나는 한번 한 약속은 반드시 지키는 사람입니다. 처음에 약속한 대로 지금 그날 있었던 일을 하나도 빠짐없이 모두 이야기하고 있습니다. 그게 나한테 유리한지 불리한지 따지지 않고 말입니다."

그는 말을 중단하고 수갑을 찬 손을 뻗어 홈즈가 따라준 위스키를 마셨다. 지금 고백하는데 그때 나는 스몰에게서 극도의 공포를 느꼈다. 그가 이 잔인한 사건에 가담했다는 사실보다

"시커먼 턱수염을 기른 키 큰 시크교도가 번쩍이는 칼을 손에 쥐고
호랑이처럼 사나운 소리를 지르며 상인을 바짝 뒤쫓았습니다."
리하르트 구트슈미트 그림, 『네 사람의 서명』, 슈투트가르트, 로베르트 루츠 출판사(1902)

시크교도가 그를 덮쳤다.
F. H. 타운센드 그림, 『네 사람의 서명』, 런던, 조지 뉴스 출판사(1903)

더 충격적이었던 것은, 그가 거리낌 없이 태연하게 사건을 진술했다는 점이었다. 그에게 어떤 처벌이 내려진다 해도 나는 일말의 동정심도 느끼지 않을 것이다. 셜록 홈즈와 애설니 존스는 두 손을 무릎 위에 올려놓은 자세로 앉아서 스몰의 이야기에 푹 빠져 있었지만 나와 마찬가지로 얼굴에 혐오감을 드러내고 있었다. 스몰은 우리의 표정을 읽었는지, 아까보다 더 반항적인 태도로 말을 이었다.

"내 행동이 극악무도했다는 것은 나도 알고 있습니다. 그런데, 궁금하군요. 만일 누군가 내 입장에 처했다면, 목숨을 내놓고 일을 했는데 보물을 나눠 갖자는 제의를 거절할 수 있는 사람이 과연 몇 명이나 되겠습니까? 더구나 그 상인이 성에 발을 들인 순간 그와 나, 둘 중 한 사람은 죽을 운명이었습니다. 물론 그가 도망쳐 살아남았다면 우리의 모든 계획이 만천하에 드러났겠지요. 나는 군법회의에 회부되어 총살당했을 거요. 그때는 그런 사건을 매우 엄중히 다뤘으니까요."

"이야기를 계속해보시오." 홈즈가 짧게 말했다.

"좋습니다. 나는 압둘라, 아크바르와 함께 그의 시체를 처리했습니다. 키가 그렇게 작은데도 뚱뚱한 몸 때문에 상당히 무거웠지요. 마호메트 싱은 문 앞에서 보초를 서고 있었고, 우리는 시체를 들고 시크교도들이 미리 준비해놓은 장소로 가져갔습니다. 내 담당 구역에서 조금 떨어진 곳이었습니다. 구불구불한 통로를 지나자 커다랗고 텅 빈 홀이 나왔는데 벽돌이 거의 다 부서졌고 무덤처럼 바닥이 움푹 파인 곳이 있었습니다. 우리는 상인 아흐메트를 그 안에 내려놓고 조각난 벽돌 더미를 그 위에 덮었지요. 일을 끝내고 다시 보물이 있는 곳으로 돌아갔습니다. 보물은 그가 처음 공격을 당한 장소에 떨어져 있었습니다. 그 보물 상자는 지금 여기 탁자 위에 있는 것과 같은 상자입니다. 무늬가 새겨진 손잡이에 열쇠가 비단 끈으로 묶여 있어서 우리는 열쇠로 상자를 열고 램프 불빛을 비추었습니다. 퍼쇼어에 살던 어린 시절, 책에서 보았던 진기하고 훌륭한 보석들이 그 안에 다 들어 있었습니다. 보석은 쳐다보기 힘들 정도로 눈부시게 반짝였고, 우리는 화려한 보석의 향연을 마음껏 즐겼지요. 그런 후 보석을 모두 꺼내 목록을 작성했습니다. 1등급 보석[254] 다이아몬드가 143개, 그중 '위대한 무굴'[255]이라는 이름의 다이아몬드도 있었는데 그것은 세계에서 두 번째로 큰 보석으로 유명합니다. 그리고 최고급 에메랄드 97개, 크기가 다양한 루비 170개, 홍수정 40개, 사파이어 210개, 마노 61개 그리고 녹주석과 줄마노, 묘안석, 터키옥이 셀 수 없이 많았고, 또 지금은 익숙하지만 그 당시 이름을 몰

254. "1등급 보석gem of the first Water"이란 표현은 다이아몬드가 최상의 색상을 지녔고 투명성에 있어서 탁월하다는 의미로, 유명한 17세기 상인인 장 바티스트 타베르니에가 자신의 책 『인도 여행』(1676)에서 썼던 신조어다.

255. 1701년에 한 인도인 노예가 발견한 "위대한 무굴"은 이제는 분실된 보석으로 무게는 783-787캐럿이 나가고 거칠며 겨우 289컷 정도였다. 일을 맡은 보석 세공사가 작업을 망치는 바람에 보수를 받기는커녕 보석 소유자인 샤 자한 황제에게 벌금을 물어야 했다는 이야기가 전해진다.(96번 주석 참조) 그러나 니컬러스 유테친은 여기서 언급된 보석은 세포이 항쟁 당시에 브런즈윅 공작이 소유했던 아그라 다이아몬드라고 생각한다(1860년 카탈로그에 실린 공작의 보석 수집품을 보면 그가 1844년 11월 22일에 구입했다는 것을 알 수 있다. 아마도 런던의 다이아몬드 판매상인 조지 블로그로부터 산 것 같다). "그 보석에 무슨 일이 벌어졌는지는 명백하다." 니컬러스 유테친은 이렇게 쓴다. "시종이 다른 보석들과 함께 그것을 훔쳐 이 인도 군주에게 팔아치웠던 것이다. 그래서 군주는 자신의 수집품에 그것을 포함시키고 '아그라 보물'이라는 이름을 붙였다." 유테친은 모스턴과 숄토가 이 공작에게 다시 팔았는데 공작은 체면을 지키기 위해서 이 거래를 비밀로 간직했다고 주장한다.

256. 스몰이 이 보물과 함께한 시간은 고작 며칠에 불과했다. 따라서 그가 "지금은 익숙"해졌다는 것은 그것들을 다루어서가 아니라 마음속으로 그렸기 때문이다. 자신이 아주 오래전에 철제 상자 안에서 잠깐 보았던 보석의 사진들을 연구했으리라 짐작된다.

랐던 여러 가지 보석도 많이 들어 있었습니다.[256] 마지막으로, 최상품 진주가 300개 있었는데 그중 열두 개는 금관 장식으로 사용됐습니다. 그런데 그 금관은 누가 꺼내 갔습니다. 내가 상자를 다시 발견했을 때 상자 안에 금관은 없었습니다.

우리는 보물의 목록을 모두 작성한 후 보물을 다시 상자 안에 넣고, 마호메트 싱이 기다리고 있는 성문으로 향했습니다. 그리고 비밀을 지키겠다는 맹세를 한 번 더 엄숙하게 했습니다. 보물을 안전한 장소에 숨겨두었다가 나라가 평화를 되찾으면 그때 공평하게 나눠 갖기로 했지요. 만일 이렇게 진귀한 보석을 가지고 있다가 들키기라도 한다면 괜한 의심만 살 게 뻔

"비밀을 지키겠다는 맹세를 한 번 더 엄숙하게 했습니다."
해럴드 C. 언쇼 그림, 『네 사람의 서명』, 런던과 에든버러, T. 넬슨 앤드 선스 출판사(연대 미상)

했고, 성안에서 보물을 몰래 가지고 있을 사적인 공간을 찾기도 쉽지 않았으니까요. 성 밖도 상황은 마찬가지였지요. 그래서 우리는 시체를 묻었던 작은 홀로 다시 향했습니다. 그리고 홀에서 가장 상태가 좋은 벽을 찾아 구멍을 뚫고 그 안에 보물 상자를 숨긴 후 헷갈리지 않도록 작은 표시를 해두었지요. 다음 날, 나는 우리 네 사람을 위한 지도를 네 장 그렸습니다. 그리고 지도 아래에 네 사람의 서명을 적었습니다. 반드시 네 사람이 보물을 공평하게 나눠 갖도록, 항상 네 사람 모두를 위해 행동하기로 맹세했기 때문이었죠. 나는 맹세코 한 번도 그 약속을 어긴 적이 없습니다.

세포이 항쟁이 어떻게 끝났는지는 여러분도 잘 알고 있을 겁니다. 윌슨[257]이 델리를 점령하고, 콜린 경[258]이 러크나우를 수복한 후 폭동의 배후 세력이 한순간에 무너졌지요. 또 새로운 영국군이 투입되고, 나나 사히브는 몰래 국경을 넘어 달아나버렸습니다. 그레이트헤드[259] 대령이 이끄는 유격대가 아그라 성에 들어와 판디스[260]를 모두 성 밖으로 몰아냈지요. 인도에 평화가 찾아드는 것처럼 보였고, 우리 네 사람은 보물을 나눠서 안전하게 이곳을 떠날 날이 머지않았다는 희망에 부풀어 올랐습니다. 하지만 얼마 후 희망은 파도처럼 부서졌습니다. 우리가 아흐메트의 살해범으로 체포된 겁니다.

경위는 이렇습니다. 군주가 보물 상자를 아흐메트에게 건넨 것은 당연히 아흐메트가 믿을 만한 하인이었기 때문이지요. 하지만 그들은 의심이 많은 민족이었습니다. 군주는 아흐메트보다 더 신임하는 하인 한 놈을 불러서 아흐메트의 뒤를 밟게 했습니다. 하인은 명령받은 대로 한 순간도 아흐메트에게서 눈을 떼지 않고 항상 그림자처럼 아흐메트를 따라다니고 감시했습니다. 그날 밤도 하인은 아흐메트의 뒤를 밟고 있었고, 성문을 통과해 들어가는 것도 보았습니다. 그는 아흐메트가 성안에서

257. 아치데일 윌슨(1803-1874)이 군을 지휘하여 델리를 탈환했다.

258. 콜린 캠벨(1792-1863)은 훗날 '클라이드 경'이 된 인물로, 1854년 크림 반도에서 성공적으로 복무한 뒤 인도에서 군대를 지휘하라는 제안을 받았을 때 그가 취한 첫 번째 조치는 러크나우의 포위를 무너뜨리는 것이었다.

259. 에드워드 해리스 그레이트헤드(1812-1881)를 뜻하는 것 같다. 그는 아그라를 수복한 종대를 지휘했다.

260. 1857년 3월 19일에 캘커타 인근 바락푸르에서 행군 도중 제34 벵골 연대의 만갈 판데Mangal Pande는 자신의 연대 동료들에게 소총의 탄약통을 채우지 말도록 강요했다. 이 소총의 탄약통은 한쪽 끝을 입으로 물어야 장전할 수 있는데 소기름과 돼지기름을 발랐다는 이야기를 들었기 때문이었다(235번 주석 참조). 그는 계속해서 부관과 사령관에 맞서다가 자신의 가슴에 스스로 총을 쏘았다. 그는 자살 시도에서 살아났지만 반항 행위에 대한 결과로 영국인들에 의해 교수형을 당했다. 이 사건이 세포이 항쟁의 예보였다. 그 이후부터 영국 통치에 대항해서 싸우는 인도인들은 '판디스Pandies'로 불렸다.

261. "이동 수비대"는 해리 럼스덴 중위가 1846년에 세운 정예의 인도 연대였다. 이 수비대는 전기 및 기계 기술자들과 파슈튠족으로 다양하게 구성되었다고 전해진다. 다른 연대들보다 높은 봉급을 지급해서 더 뛰어난 자질의 지원자들을 끌어들였고, 그 결과 엘리트 집단으로서의 명성을 빠르게 세우게 됐다. 그들은 군복도 다른 연대들과 달랐다. 럼스덴은 영국 군대의 전통적인 무거운 붉은 양모보다 좀 더 실용적인 의상을 선보이고자 진흙 물에 면을 담갔다고 한다. 이런 절차를 통해 힌디어로 '카키(흙 색깔이라는 뜻)'로 알려진 섬유가 만들어졌다. 이 이야기에 대한 다른 변형에 따르면 이런 섬유는 원래 존재했지만 럼스덴이 그것을 수비대에 공급한 공로가 있다고 한다. "수비대Guides"가 제대로 대문자로 표기되어 있다. 『네 사람의 서명』 다른 판본들에서는 그렇지 못하다.

262. 하지만 그다지 대대적이지 않았던 것 같다. 시신이 "조각난 벽돌 더미"로 덮인 채 누워 있던 바로 그 방에 보물이 숨겨져 있었는데도 찾지 못했기 때문이다.

263. 인도 반도의 남쪽 지역이다.

264. 블레어 또는 포트 블레어는 안다만 군도의 수도로서 대부분 벵골 정부와 알렉산더 키드 선장의 지도 아래 활동했던 아치볼드 블레어 중위의 노력을 통해 1789년 9월에 정착되었다. 측량 기사이자 발명가였던 블레어는 1788년에 안다만 군도로 첫 여행을 갔다. 처음에는 이 항구의 이름에 그의 이름이 붙지 않았고, 블레어 자신은 이 정착지를 영국-인도 해군의 총사령관이었던 윌리엄스 콘월리스의 이름을 따서 '포트 콘월리스'로 불렀다. 블레어가 1795년에 영국으로 돌아간 후에 이 정착지는 그가 선택한 장소를 장악하기에 앞서 최소 한 번 정도 위치를 바꾸었다. 물론 안다만 죄수 유형지가 이곳에 세워진 것은 블레어가 사망한 1815년으로

피난처를 찾았다고 생각했겠지요. 다음 날 아침, 그는 허가를 받고 성안으로 들어갔지만 아흐메트의 흔적을 찾을 수 없었습니다. 이 일을 이상하게 여긴 하인은 이동 수비대[261] 병장을 찾아가 자초지종을 털어놓았고, 병장은 부대 사령관에게 사건을 전달했습니다. 대대적인 수색 작전이 빠르게 진행되었고,[262] 며칠 후 시체가 발견되었습니다. 결국 네 사람 모두 살인죄로 체포되어 재판을 받았습니다. 우리 중 세 사람이 그날 밤 성문을 지키고 있었고, 한 사람은 살해된 자와 동행했다는 사실이 밝혀졌지요. 하지만 보물에 관한 이야기는 한 마디도 나오지 않았습니다. 군주가 폐위되어 인도 밖으로 추방되었기 때문에 보물에 관해 말할 사람이 없었던 겁니다. 하지만 우리가 살인을 저지른 것과 네 사람 모두 살인에 가담했다는 사실만큼은 분명했지요. 처음에 세 명의 시크교도들은 종신형을, 나는 사형을 선고받았지만 나중에 내 형량도 다른 동지들과 똑같이 종신형으로 감경됐습니다.

그 후에도 우리는 몰래 보물 이야기를 하곤 했는데, 생각해 보면 아주 묘한 상황에 처하게 된 거지요. 다리에 족쇄를 차고 두 번 다시 바깥 구경을 할 수 없게 됐지만, 일이 잘 풀렸다면 보물을 가지고 궁전 같은 집에서 호화롭게 살 수 있었을 테니까 말입니다. 밖에는 엄청난 보물이 우리를 기다리고 있는데 여기서 별것도 아닌 하급 관리들의 발길질과 구타를 당해야 하고, 먹을 거라곤 쌀뿐이고 마실 거라곤 물뿐인 이 상황이 얼마나 답답했겠습니까. 나는 거의 반쯤 정신이 나갈 지경이었지만 포기하지 않고 때를 기다렸습니다.

그리고 마침내 그때가 왔습니다. 나는 아그라에서 마드라스[263]로, 그리고 거기서 다시 안다만 제도에 있는 블레어 섬[264]으로 이송되었습니다. 그곳에는 백인 죄수들이 거의 없었기 때문에 관리자들의 말만 잘 들으면 특별한 대우를 받을 수 있다

는 사실을 나는 알고 있었습니다. 결국 그런 대우를 받게 되었지요. 그들은 나에게 해리엇 산 기슭[265]의 호프 마을에 혼자 지낼 수 있는 막사를 배정해주었습니다. 하지만 그곳은 덥고 끔찍한 마을이었어요. 작은 개척지 너머에는 야생 식인종들이 들끓었고, 녀석들은 언제라도 마을 주민들을 향해 독침을 쏠 준비를 하고 있었습니다.[266] 또 채굴, 도랑 파기, 마 재배 등 열두 가지도 넘는 일을 해야 했기 때문에 하루 종일 몹시 바빴습니다. 우리 네 사람은 저녁이 되어야 함께 모여 이야기할 시간을 가졌습니다. 나는 그곳 외과 의사에게서 약 조제법을 배웠고, 수박 겉핥기로 어느 정도의 의료 지식도 익혔지요. 그러면서 매 순간 도망칠 기회를 엿보았습니다. 하지만 안다만 제도는 육지에서 수백 킬로미터 넘게 떨어져 있었고, 바다에는 바람도 거의 불지 않아서 탈출은 불가능했습니다.

소머턴 외과 의사는 노는 것을 좋아하는 활동적인 청년이었습니다. 저녁이면 또래의 다른 장교들과 함께 자신의 숙소에 모여 카드 게임을 하곤 했지요. 나는 의사의 방 옆에 위치한 수술실에서 약을 조제했는데, 수술실과 방 사이에 작은 창이 하나 있어서 이따금 지루할 때면 수술실의 불을 끄고 창문 앞에 서서 카드 게임을 구경하기도 했습니다. 나도 카드 게임을 좋아했지만 다른 사람들의 게임을 보는 것만으로도 충분히 즐거웠지요. 방에는 인도인 부대를 지휘하는 숄토 소령, 모스턴 대위, 브롬리 브라운 중사[267] 그리고 솜씨 좋고 음흉하게, 안전한 게임만 하는 교도관 두세 명도 함께했습니다. 그들은 항상 단출하게 모여서 카드 판을 벌였습니다.

그런데 카드 판을 여러 번 지켜보던 나는 한 가지 이상한 점을 발견했습니다. 장교들은 늘 돈을 잃고, 교도관들은 늘 돈을 따는 겁니다. 그렇다고 교도관들이 수상한 행동을 하는 것도 아니었는데 결과는 같았습니다. 알고 보니 교도관들은 안다만

부터 40년 이상 지난 훨씬 뒤였다.

265. 높이가 365미터로 남부 안다만에서 가장 높은 지점이다.

266. 『브리태니커 백과사전』(제9판)에 의하면 "안다만 원주민들은 낯선 이들에게 매우 적대적이었다. 어떤 접근도 불신과 폭력 그리고 화살 세례로 격퇴했다." 이상할 것 없는 일이다. 1859년에 도착한 영국인들은 많은 안다만인들을 총과 대포를 사용해서 죽였을 뿐만 아니라 기관지염과 매독, 홍역 그리고 천연두를 옮겨 와서 죽게 만들었다. 1859년 이전까지 3,000-3,500명이었던 인구가 1895년에는 거의 400명으로 줄었다.

267. 아마 그가 숄토 소령에게 스몰의 탈출에 대한 편지를 썼을 것이다(145번 주석 참조).

268. 재산에 큰 타격을 입었다는 뜻이다.

제도에 들어온 후로 줄곧 카드 게임만 해왔기 때문에 상대의 게임 습관을 훤히 꿰뚫고 있었던 반면, 장교들은 단지 시간을 때우기 위해 의사의 방에 모였기 때문에 게임에 이기는 데 크게 집중하지 않고 아무 카드나 내려놓았던 겁니다. 장교들은 밤마다 계속해서 돈을 잃었고, 가난해진 장교들은 카드 게임에 점점 더 빠져들었습니다. 숄토 소령은 그들 중 가장 많은 돈을 잃었습니다. 처음에는 지폐와 금화를 판돈으로 걸었으나 나중에는 거액의 약속어음을 쓰기 시작했습니다. 가끔 돈을 좀 따기도 했지만 그렇게 생긴 자신감 때문에 더 큰 액수의 돈을 잃게 되었지요. 그는 온종일 침울한 표정으로 마을을 돌아다녔고, 건강을 해칠 정도로 술독에 빠져 지내더군요.

여느 때보다 훨씬 더 많은 돈을 잃은 날 저녁, 숄토 소령은 모스턴 대위와 함께 술에 취해 비틀거리며 자신들의 막사로 돌아가고 있었습니다. 그 둘은 형제처럼 항상 붙어 지냈습니다. 숄토 소령은 모스턴 대위에게 자신의 불운을 한탄했습니다.

'이제 다 끝장이야, 모스턴.' 내 막사 앞을 지나던 숄토가 말했습니다. '재산을 모두 잃었단 말이네. 곧 사표를 써야 할 걸세.'

'말도 안 되는 소리!' 대위는 숄토의 어깨를 툭툭 치며 위로했습니다. '나도 지금 곤경에 처해 있네,[268] 하지만…….' 내가 들은 이야기는 여기까지지만 그것만으로도 계획을 결심하는 데 충분했습니다.

며칠 후, 숄토 소령이 바닷가를 거닐고 있을 때 나는 그 기회를 놓치지 않았습니다.

'소령님, 제게 조언을 좀 해주십시오.' 내가 그에게 다가가 말했습니다.

'스몰, 무슨 일인가?' 소령은 입에 물고 있던 궐련을 빼고 대답했습니다.

'여쭙고 싶은 게 있습니다. 숨겨진 보물이 있는데 그걸 어떻게 처리하면 좋을까요. 누구한테 부탁해야 할지 모르겠습니다. 무려 50만 파운드나 되는 보물인데 말입니다. 보물이 숨겨진 장소는 알고 있습니다만, 아시다시피 저는 이곳에 묶인 몸이라 보물을 찾으러 떠날 수 없습니다. 그래서 생각했는데, 아무래도 보물을 정부에 넘기는 것이 가장 좋은 방법 같습니다. 그러면 나라에서 제 형량을 좀 줄여줄 수도 있으니 말입니다. 어떻게 생각하십니까?'

'뭐, 자네 지금 50만 파운드라고 했나?' 소령은 대단히 놀란 눈치였습니다. 행여 내가 거짓말을 하는 것은 아닌지 확인하려고 내 눈을 뚫어지게 쳐다보더군요.

'네, 소령님! 보석과 진주가 가득합니다. 아무나 가져가도 되는 물건입니다. 보석의 진짜 주인은 현재 외국으로 추방당해 보석에 대한 권리를 주장할 수 없는 상황입니다. 그래서 이제 보석을 찾는 자가 주인인 겁니다.'

'그렇다면 저, 정부에, 보석은 정부에……' 그는 더듬거리며 말했고, 주저하는 기색이 역력했지요. 나는 내심 숄토가 내 계략에 걸려들었다고 생각했습니다.

'그러니까, 소령님 생각은 제가 총독에게 이 사실을 알려야 한다는 거죠?' 나는 조용히 말했습니다.

'글쎄, 그러니까 내 말은, 절대 성급하게 행동해서는 안 된다는 거야. 서두르면 반드시 후회할 일이 생기는 법. 자, 우선 그 보물에 관해 모두 이야기해보게. 있는 그대로 말이야.'

나는 보물에 얽힌 이야기를 모두 털어놓았습니다. 물론 숄토가 보물이 있는 곳을 알지 못하도록 약간의 거짓말을 보태긴 했지요. 이야기를 다 끝냈을 때 그는 꼼짝도 하지 않고 깊은 생각에 빠졌습니다. 입술이 파르르 떨리는 것으로 보아 자신의 양심과 투쟁을 하고 있는 것 같았습니다.

'스몰, 이건 아주 중대한 사안일세.' 그가 마침내 입을 열었습니다. '누구에게도 이 비밀을 발설해서는 안 돼. 며칠 안에 내가 자네를 다시 부르겠네.'

그리고 이틀 후, 한밤중에 숄토와 그의 친구 모스턴 대위가 램프를 들고 내 막사로 찾아왔습니다.

'모스턴 대위에게 자네 입으로 직접 이야기해봐.' 그가 말했습니다. 나는 숄토에게 했던 이야기를 그대로 들려주었습니다.

'꽤 그럴듯하지 않나?' 숄토가 말했습니다. '스몰의 이야기를 믿고 계획을 세워도 되겠나?'

모스턴 대위는 고개를 끄덕였습니다.

'이보게, 스몰.' 숄토가 말했습니다. '여기 있는 이 친구와 나는 그 보물에 대해 많은 이야기를 나누었네. 그리고 결론을 내렸어. 어쨌든 그 보물은 정부와는 아무런 상관이 없어. 누가 뭐

" '모스턴 대위에게 자네 입으로 직접 이야기해봐.' 그가 말했습니다."
리하르트 구트슈미트 그림, 『네 사람의 서명』, 슈투트가르트, 로베르트 루츠 출판사(1902)

라 해도 자네 개인의 일이지. 물론 보물을 어떻게 처리할 것인지를 결정하는 것도 당연히 자네 몫이네. 그렇다면 문제는, 보물을 건네는 대가로 자네가 요구하는 것이 뭐냐는 걸세. 만일 자네의 요구 조건이 타당하다면 우리가 직접 보물을 찾아서 확인해볼 생각이야.' 그는 최대한 침착하게 무심한 표정으로 말하려 했지만 눈빛은 흥분과 탐욕으로 빛나고 있었습니다.

'아, 조건 말입니까.' 나도 흥분되었지만 숄토처럼 냉정하게 말하려 애썼지요. '지금 제 상황에 처한 사람이라면 누구나 똑같은 요구 조건을 내놓을 겁니다. 음, 제가 자유의 몸이 될 수 있도록 장교님들께서 도와주십시오. 저의 동지 세 명과 함께 말입니다. 그렇게 해주신다면, 동업자로 생각하고 보물의 5분의 1을 두 분 몫으로 드리겠습니다.'

'흠!' 숄토는 미간을 찌푸렸습니다. '5분의 1이라니! 별로 솔깃한 제안은 아니군.'

'한 사람당 5만 파운드씩 돌아갈 겁니다.'

'좋다, 그런데 우리가 너희들을 어떻게 풀어줄 수 있단 말인가? 자네도 이곳 상황을 잘 알겠지만 탈출은 불가능해.'

'결코 그렇지 않습니다.' 내가 대답했습니다. '하나부터 열까지 모두 대책을 세워두었습니다. 다만 탈출하는 데 유일한 걸림돌은 바다를 건너기 위한 배 한 척과 긴 항해에 필요한 충분한 양의 식량을 구할 수 없다는 것입니다. 캘커타나 마드라스에 가면 쓸모 있는 작은 범선이나 요트가 많이 있습니다. 그 중 하나를 가져다주십시오. 밤에 몰래 배를 타고 나가서 인도 해안가 아무 데나 우리를 내려주시면 됩니다. 여기까지가 제 요구 조건의 전부입니다.'

'한 사람만 탈출시킨다면 가능할 것도 같군.' 그가 말했습니다.

'모두가 아니면 안 됩니다. 우리 넷은 항상 행동을 함께하기

로 맹세했습니다.'

'모스턴, 스몰은 약속을 반드시 지키는 친구인 것 같군. 자신의 동지들을 배신하지 않는 걸 보면 알 수 있지. 이제 스몰을 믿어보세.'

'뭔가 찝찝한 거래지만 자네 말대로 보상금을 두둑이 챙길 수 있으니 한번 해보기로 하지.'

'스몰, 좋아. 자네의 요구 조건을 받아들이도록 하겠네.' 숄토가 말했습니다. '그 전에 먼저, 자네의 이야기가 사실인지 확인을 해야 하니 숨겨진 상자가 어디 있는지 말해주게. 내가 며칠간 휴가를 내고 이번 달 물자 수송선을 타고 인도에 다녀오겠네.'

'너무 서두르지 마십시오.' 숄토가 잔뜩 달아올라 있어서 나는 좀 더 냉정하게 말했습니다. '다른 동지들의 허락을 구해야 합니다. 아까 말했듯이 모두가 동의해야 가능합니다.'

'웃기는 소리!' 그는 별안간 흥분해서 소리쳤지요. '그따위 검둥이 세 놈과 우리 계약이 무슨 상관이 있단 말인가?'

'검든 퍼렇든, 그들은 저의 동지입니다. 우리는 함께 행동합니다!' 나는 단호하게 말했습니다.

그래서 우리는 마호메트 싱, 압둘라 칸, 도스트 아크바르가 모두 모인 자리에서 그 문제를 다시 논의했고, 오랜 토론을 거친 끝에 마침내 결론을 맺었습니다. 결론은 이렇습니다. 내가 두 장교 모두에게 보물이 숨겨진 벽의 위치를 표시하여 아그라성의 지도를 그려준다. 그리고 숄토 소령은 보물의 진위 여부를 파악하기 위해 인도로 향한다. 보물 상자를 찾으면 확인만 하고 가져오지는 않는다. 숄토는 충분한 식량을 실은 범선 한 척을 루틀란드 섬 한쪽에 숨겨놓고, 우리 네 사람이 이곳을 탈출하여 범선에 올라타는 것을 확인한 후 부대로 복귀한다. 우리가 아그라로 향하는 동안 모스턴 대위도 휴가를 내서 아그라로 떠난다. 아그라에서 우리는 모스턴 대위에게 숄토 소령의 몫이 포함된 보물을 나눠준다.

우리는 이 모든 합의 사항을 무슨 일이 있어도 반드시 지키기로 약속했습니다. 나는 종이와 잉크를 가지고 밤샘 작업을 한 끝에, 다음 날 아침 지도 두 장을 완성할 수 있었습니다. 지도에는 압둘라, 아크바르, 마호메트 그리고 나, 이렇게 네 사람의 이름을 적어 넣었습니다.

내 이야기가 너무 길어서 지루할 것 같군요. 더구나 존스 형사님께서는 나를 조금이라도 빨리 교도소[269]에 넘기고 싶어서 안달이 나 있을 테니 말입니다. 이후 이야기는 최대한 짧게 줄여보도록 하겠습니다. 악당 숄토는 인도로 떠났지만 돌아오지 않았습니다. 얼마 후 모스턴 대위가 우리를 찾아와서 우편선 승객 명단에 올라 있는 숄토의 이름을 보여주었지요. 숄토의 삼촌[270]이 그에게 재산을 남기고 죽자, 그는 군대를 제대하고 영국으로 떠난 것입니다. 우리와의 약속을 지키지 않고 말이죠. 모스턴 대위는 곧장 아그라 성으로 떠났지만 우리가 예상한 대로 보물은 사라지고 없었습니다. 비열한 악당이 보물을 모두 훔쳐 달아난 겁니다.

숄토는 우리가 비밀을 털어놓는 대가로 제시한 조건을 단 하나도 지키지 않고 가버렸습니다. 그날 이후 나는 오로지 복수만을 위해, 밤낮으로 복수의 칼날을 갈았습니다. 내 마음은 복수심에 불타올랐고 복수의 화염이 나를 집어삼켰습니다. 법이든 교수대든 더 이상 중요치 않았지요. 오로지 이곳을 탈출해서 숄토의 행방을 추적해 내 손으로 직접 놈의 숨통을 끊어놓는 것이 유일한 삶의 목표였습니다. 심지어 아그라의 보물을 찾는 것보다 숄토를 죽이는 일이 더 중요했던 겁니다.

나는 지금까지 많은 일들을 계획했고, 실행에 옮기지 못한 것은 하나도 없었습니다. 하지만 기회가 올 때를 기다리는 동

269. 'chokey.' 경찰서를 의미하는 힌디어 'chauki'에서 유래한 단어다 — 옮긴이.

270. "삼촌"은 보물을 위한 편리한 은폐 공작으로 들린다. 찰스 A. 마이어는 숄토가 동료 장교 세바스찬 모런의 도움으로 보물의 일부를 저당 잡혔을 것이라고 추측한다. 마이어는 스몰이 숄토의 말에 대해 확증하는 것도, 또 그가 보물 중에 오직 열두 개의 진주가 달린 금관만 사라졌다고 믿는 것도 무시해버린다. 비록 스몰이 이 보물에 대한 실제 자세한 목록을 볼 기회는 없었지만(그가 내용물에 대해 파악하고 있는 듯이 보이긴 하지만) 그가 주의를 기울였더라면 매우 중요한 부분이 사라져버렸다는 것을 예상할 수 있었을 것이다("무려 50만 파운드나 되는 보물"이라고 한 것을 보면).

271. 아프가니스탄 사람을 뜻하는 힌디어. 파슈툰족에 대한 가장 유용한 식민지적 설명들은 마운트 스튜어트 엘핀스톤(1779-1859)과 로버트 워버턴의 저작들에서 발견된다.

안 거의 미칠 지경이었습니다. 말했듯이 그곳에서 의사를 도와 약을 조제하는 일을 했었는데 어느 날 소머턴 의사가 열병이 나서 누워 있었습니다. 그때 죄수들이 숲에서 발견했다며 키 작은 안다만 섬 원주민 한 명을 데리고 왔지요. 원주민은 자신이 죽을병에 걸린 것을 알고 스스로 죽기 위해 외진 곳을 찾아 숲에 나왔던 겁니다. 그는 어린 독사처럼 위험한 자였지만 나는 성의껏 보살폈고, 몇 달 후 그는 건강을 회복해 걸을 수도 있게 되었습니다. 그때부터 그 난쟁이 원주민은 나를 좋아하기 시작했고, 자신이 살던 곳으로 되돌아가지 않았습니다. 항상 내 막사 주위를 어슬렁거리며 배회했습니다. 나는 그에게서 원주민 언어를 조금 배웠고, 그래서 그 난쟁이는 나를 더 따르게 된 겁니다.

그의 이름은 통가라고 했습니다. 통가는 노를 잘 저었고 크고 넓은 통나무배도 한 척 가지고 있었습니다. 그가 나에게 헌신적이고 나를 위해 무엇이든 할 것이라는 사실을 알았을 때 드디어 탈출 기회가 찾아왔다는 것을 깨달았습니다. 나는 통가와 탈출을 논의했습니다. 저녁에 교도관이 지키지 않는 낡은 선착장으로 녀석이 통나무배를 가지고 와서 나를 태우기로 했습니다. 나는 통가에게 미리 물 몇 바가지와 참마, 코코넛, 고구마 등 먹을거리를 배에 많이 실어놓으라고 일러두었습니다.

난쟁이 통가는 믿음직하고 성실한 원주민이었습니다. 통가보다 더 충실한 친구는 어디에도 없을 겁니다. 약속한 날 저녁, 그는 선착장에 배를 가지고 나왔습니다. 그런데 웬일인지 그날 교도관 한 사람이 그곳을 지키고 있었습니다. 야비한 파탄[271]이라 불리는 자였는데, 툭하면 나를 괴롭히고 공격해서 나는 꼭 한 번 그에게 복수할 기회를 엿보고 있었습니다. 그리고 지금 바로 그 기회가 주어진 것입니다. 마치 내가 이 섬을 떠나기 전에 그에게 진 빚을 갚을 수 있도록 운명이 그를 데려다 놓은

것 같았습니다. 그는 카빈총을 어깨에 메고 나를 등진 채 강기
슭에 서 있었습니다. 나는 교도관의 머리를 부숴버리겠다는 생
각으로 주위를 둘러보며 큰 돌을 찾았지만, 그만한 돌은 보이
지 않았습니다.

그때 묘안이 떠올랐습니다. 나는 이미 쓸 만한 무기를 갖고
있었던 거지요. 어둠 속에 주저앉아 나무다리를 묶고 있던 끈
을 풀었습니다. 그리고 한쪽 다리로 세 걸음 정도 껑충껑충 뛰

"세 걸음 정도 껑충껑충 뛰어간 뒤 의족으로 교도관의 두개골을 내리쳤습니다."
F. H. 타운센드 그림, 『네 사람의 서명』, 런던, 조지 뉴스 출판사 (1903)

어간 뒤 의족으로 교도관의 두개골을 세게 내리쳤습니다. 너무
힘껏 가격해서 의족에 금이 갔는데 그날의 흔적이 아직도 이렇
게 남아 있습니다. 그때 나는 균형을 잡지 못해서 그와 함께 넘
어졌지만, 잠시 뒤 몸을 일으켰을 때 그는 아주 고요한 상태로
누워 있었습니다.

나는 통나무배에 올라탔고, 한 시간가량 항해하자 우리는
안다만에서 벗어나 멀리 떨어진 바다로 빠져나올 수 있었습니
다. 통가는 자신의 소지품을 싹 다 챙겨 왔더군요. 무기도 가져
왔고 모시는 신, 대나무 창, 코코넛 돗자리도 가져왔습니다. 나
는 긴 대나무 창과 코코넛 돗자리를 가지고 돛을 만들었습니
다. 열흘 동안 우리는 망망대해에서 운명에 몸을 맡긴 채 항해

"세 걸음 정도 껑충껑충 뛰어간 뒤 의족으로 교도관의 두개골을 내리쳤습니다."
H. B. 에디 그림, 《샌프란시스코 콜》(1907. 10. 17.)

를 계속했습니다. 그리고 열하루째 되던 날, 다행히 말레이 순례자들을 실은 상선에 구조되었습니다. 상선은 싱가포르에서 출발해 지다[272]로 향하고 있었습니다. 그들은 이상한 집단이었지만 통가와 나는 금세 그 분위기에 적응했습니다. 그들은 우리가 혼자 있도록 내버려두었고, 우리에 관해 어떤 질문도 하지 않았습니다. 그것이 그들의 장점이었습니다.

짧게 이야기하겠습니다. 키 작은 친구와 내가 겪은 모험담을 모두 들려주려면 동이 틀 때까지 이야기해도 모자랄 텐데, 그러면 선생들도 별로 달가워하지 않을 것 같아서 말입니다. 우리는 런던으로 갈 기회가 몇 번 있었지만 그럴 때마다 일이 생기는 바람에 런던행이 좌절됐습니다. 그래서 세계 곳곳을 돌아다녀야 했지요. 하지만 한 순간도 내 목적을 잊어버린 적은 없었습니다. 숄토의 꿈을 꾸기도 했는데 꿈속에서 그를 수백 번도 더 죽였습니다.

그렇게 기다린 끝에 3-4년 전 드디어 영국에 도착했습니다. 숄토가 어디 사는지 찾는 데는 그리 많은 시간이 걸리지 않았지요. 나는 그자가 보물을 다 팔아치웠는지, 아니면 아직도 가지고 있는지 확인하기 위해 여기저기 알아보았습니다. 그리고 나를 도와줄 수 있는 친구들을 몇 명 사귀었지요.[273] 하지만 그들의 이름은 말하지 않겠습니다. 다른 사람들한테까지 피해를 입히고 싶지는 않으니까요. 어쨌든 나는 그가 아직도 보석을 가지고 있다는 사실을 알아냈습니다. 그래서 갖은 방법을 동원해 그에게 복수를 하려고 노력했지만 그는 아주 교활한 놈이었어요. 어디를 가더라도 항상 전직 권투 선수들 두 명의 경호를 받았고, 하인 키트무트가와 두 아들이 그의 곁을 지키고 있었습니다.

그러던 어느 날, 그가 죽어가고 있다는 소식을 듣고 서둘러 숄토의 집에 침입했습니다. 그에게 복수할 기회가 영영 사라질

272. 장차 사우디아라비아 왕국이 될 곳에 있는 마을이다(사우디아라비아 왕국은 1932년에 통합된 몇 개의 지역으로 구성되어 있다). 홍해의 동부 해안에 위치한 지다는 주로 메카 순례자들의 주요 상륙장으로 중요한 곳이었다.

273. "이상한 낯선 사람들이 고속 증기선을 고용한 것이 아니다." 로버트 R. 패트릭은 「모리아티가 거기 있었다」에 이렇게 썼다. "그들은 사전에 약속했기 때문에 증기선을 하루나 이틀 대기하고 있었던 것이다. 스몰은 자신의 이야기에서 스미스에게 제공하기로 한 '더 많은 돈'에 대해 전혀 증명하지 못했고 여기에는 좀 더 가시적인 증거가 결여돼 있다." 패트릭은 스몰이 계획하고 자금을 준비하고 잠복 장소를 마련하는 일을 모리아티 교수가 모두 무료로 도와주었던 것이 분명하다고 결론을 내린다.

지 모른다고 생각하니 미칠 것만 같더군요. 나는 창문을 통해 방 안을 엿보았습니다. 숄토가 침대에 누워 있었고 양옆에 두 아들이 앉아 있더군요. 당장 들어가서 녀석을 내 손으로 죽이고 싶은 걸 꾹 참았습니다. 그리고 바로 그 순간, 숄토는 고개를 떨어뜨리며 죽었습니다. 그날 밤 나는 보물에 관한 작은 단서라도 찾기 위해 숄토의 방에 잠입했습니다. 하지만 아무것도 찾을 수 없었습니다.

답답한 마음을 안고 방을 떠나려는데 문득 죽은 숄토에게 어떤 식으로든 나와 동지들의 원한을 표시해놓고 가야겠다는 생각이 들었습니다. 만일 시크교도 동지들이 이 일을 알게 된다면 그들도 크게 기뻐할 겁니다. 나는 지도에 쓴 것처럼 네 사람의 이름을 종이 위에 갈겨 적은 후 숄토의 가슴에 핀으로 꽂아두었습니다. 숄토에게 속아 보물을 강탈당한 사람들의 분노를 보여주는 증표도 없이 그를 곱게 무덤에 보내주기 싫었습니다.

우리는 장터 따위를 전전하면서 통가를 검은 식인종이라고 구경시키며 밥벌이를 했습니다. 통가는 사람들 앞에서 날고기를 먹고 원주민의 출전의 춤을 보여주었습니다. 하루 일이 끝나면 모자 안에 잔돈이 한가득 채워져 있었지요. 먹고살기 급급한 와중에도 항상 폰디체리 저택의 소식을 접하고 있었지만, 숄토의 아들이 온 집 안을 샅샅이 살피며 보물을 찾는 것 말고는 몇 년 동안 저택에 별다른 일은 없었습니다. 길고 긴 기다림 끝에 마침내 우리는 보물을 찾았다는 소식을 들었습니다. 보물은 바솔로뮤 숄토의 화학 실험실 천장에 있었던 겁니다.

나는 곧장 저택으로 가서 보물이 숨겨진 곳을 확인했습니다. 그런데 그의 방은 너무 높은 곳에 있었습니다. 의족을 한 다리로 어떻게 올라가야 할지 막막했는데, 저택에 살고 있는 친구를 통해 지붕에 들창이 있다는 사실과 숄토의 저녁 식사 시간을 알아냈습니다. 통가가 돕는다면 이번 일을 쉽게 해결할

수 있겠다는 생각에, 나는 통가의 허리에 긴 밧줄을 묶어서 저
택으로 데리고 갔습니다. 그는 고양이처럼 벽을 타고 지붕까지
순식간에 올라갔지요. 그런데 예상치 못하게 바솔로뮤 숄토가
아직 방 안에 있었던 겁니다.

통가는 독침을 사용해 숄토를 죽였습니다. 내가 밧줄을 타
고 방 안에 들어왔을 때, 통가는 자신이 칭찬받을 만한 일을 했

"나도 조심해서 내려갔습니다."
F. H. 타운센드 그림, 『네 사람의 서명』, 런던, 조지 뉴스 출판사 (1903)

274. 'screw loose.' 『은어 사전』에 따르면 "친구들 사이가 서로 냉정하고 멀어지면 그들 사이에 '이상한 낌새screw loose'가 있다고 말한다. 어떤 사람의 신용이나 명예에 문제가 생겼을 때도 이 표현을 쓴다." 요즘은 어떤 사람의 기분을 표현하는 말로 더 많이 사용된다.

275. 존 린센마이어는 「'네 사람의 서명'에 대해 깊이 생각하기」에서 스몰의 진술에는 설명되지 않은 수수께끼들로 인해 납득할 수 없는 부분이 있다고 하면서 그야말로 인상적인 진술이라고 결론을 내린다. 첫째, 봄베이 군대의 두 장교들(숄토와 모스턴은 봄베이 34 보병 연대 소속이었다)이 왜 벵골 주재에 속하는 안다만 군도에서 경비 임무에 배치되었는가?(46번 주석 참조) 둘째, 린센마이어는 공모자들의 이름이 뒤죽박죽인 점을 지적한다.(249번 주석 참조) 셋째, 만약 숄토의 생애가 스몰이 묘사한 것과 같다면 왜 숄토는 자신의 저택을 "폰디체리 저택"이라고 이름 붙였을까? 폰디체리는 인도의 동부 연안에 있는 프랑스인 소수민족 거주지를 뜻하는 말이기 때문이다. 넷째, 평균적인 안다만인들과 통가에 대한 묘사가 안다만인들의 진정한 특징과 왜 그렇게 다른가? 마지막으로, 스몰이 말한 보초들 중 한 명인 "파탄"을 왜 그렇게 "거칠고 규율이 안 잡혀 있고 믿을 수 없을 만큼 폭력적인 이슬람교 촌뜨기"로 묘사하는가? 요컨대, 린센마이어는 홈즈가 "스몰에게 속아 넘어갔다"는 결론을 내린다.

다고 생각했는지, 공작새처럼 고개를 꼿꼿이 세우고 잔뜩 거만한 표정을 짓고 있었습니다. 내가 녀석에게 피에 굶주린 악마 같은 놈이라고 욕하며 밧줄로 마구 때리자 통가는 매우 놀란 눈치였습니다. 보물 상자를 내린 후 나도 조심해서 내려갔습니다. 물론 방을 떠나기 전, 탁자 위에 네 사람의 서명을 적은 메모를 남겨 보물을 가질 정당한 권리가 있는 사람에게 마침내 보물이 돌아갔다는 사실을 밝혔지요. 내가 내려간 후 통가는 밧줄을 끌어당겼습니다. 그리고 창문을 다시 닫고 자신이 왔던 길로 집을 빠져나갔습니다.

또 무슨 이야기를 더 해야 할지 모르겠군요. 음, 나는 뱃사람들 사이에서 스미스의 오로라호에 대한 소문을 들었는데 오로라호는 대단히 빠른 속도를 자랑했습니다. 그래서 오로라호를 타면 이곳을 쉽게 탈출할 수 있겠다고 생각하고 스미스 씨를 찾아가 배를 빌렸던 겁니다. 그리고 우리를 항구까지 안전하게 데려다 주면 스미스 씨에게 더 많은 돈을 주기로 약속했지요. 물론 그도 우리의 행동에서 좀 이상한 낌새[274]를 알아차렸겠지만 비밀에 대해서는 전혀 알지 못했습니다. 지금까지의 내 말은 모두 사실입니다. 내가 이렇게 솔직히 털어놓는 것은 여러분을 즐겁게 해주기 위해서가 아닙니다. 다만 아무것도 숨기지 않는 것이 내가 선택할 수 있는 최선의 자기방어라고 생각했기 때문이지요. 또 세상 사람들에게 숄토 소령 때문에 내가 얼마나 오랫동안 고생을 했는지 알리고 싶고, 숄토 아들의 죽음과 무관하다는 사실도 밝히고 싶었습니다."

"아주 인상적인 진술이었습니다." 셜록 홈즈가 말했다.[275] "대단히 흥미로운 이야기에 잘 어울리는 결말이군요. 후반부 이야기 중에서는 당신이 직접 밧줄을 가지고 저택에 들어갔다는 것만 빼면 모두 알고 있는 내용이었습니다. 아무튼, 통가가 잃어버린 독침 주머니가 그가 소지하고 있는 독침의 전부이기를 바

랐는데 오로라호 추격 때 용케도 우리를 향해 하나를 쏘았더군
요."

"그가 가진 유일한 침통을 잃어버린 게 맞습니다. 하나는 대
롱에 남아 있던 겁니다."

"아, 그런가요? 거기까지는 생각을 못했군요."

"이번 사건에 대해 더 궁금한 점은 없습니까?" 스몰이 편안
한 목소리로 물었다.

"이제 없군요. 고맙습니다." 홈즈가 대답했다.

"홈즈 선생." 애설니 존스가 말했다. "당신이 범죄 수사 전
문가라는 사실은 우리 모두 알고 있지만 경찰로서 지켜야 할
의무가 있습니다. 더구나 나는 홈즈 씨와 친구분의 요구 사항

"두 분 모두 도와주셔서 대단히 감사합니다. 제가 큰 빚을 졌군요."
리하르트 구트슈미트 그림, 『네 사람의 서명』, 슈투트가르트, 로베르트 루츠 출판사(1902)

276. T. S. 블레이크니는 스몰에게서 다른 결점을 보충할 만한 장점을 몇 가지 발견한다. 첫째, 그는 홈즈에게 자신의 패배를 정정당당하게 인정했다. 둘째, 그가 아흐메트를 살해한 사연에는 정상을 참작할 만한 여건이 있었다. "스몰이 처했던 곤경의 핵심은 자신의 목숨을 내놓느냐 아흐메트의 목숨을 내놓느냐였다(그리고 아흐메트는 반역자의 밀사였다). 영국인들이 수적으로 훨씬 열세였던 전쟁 상황과 특히 반란 중에 성립됐던 상황을 고려했을 때 모든 사람의 생명은 소중한 것인데 스몰이 자신의 생명보다 아흐메트의 생명을 더 소중하게 여겼다면, 그는 요새의 안전에 대한 반역자이자 혐학자였을 것이다." 블레이크니는 그가 개심한 범법자이자 훗날 오랜 지인을 살해하는 존 터너(「보스콤밸리 사건」)와 전혀 다를 바가 없다고 여긴다. 데이비드 갤러스타인도 「나는 개인적인 판단을 할 권리가 있다」에서 유사한 견해를 표명한다. 그는 스몰의 '죄'와 비교해서 크로커 선장(「애비 농장 저택」)과 제퍼슨 호프(『주홍색 연구』) 같은 사람들은 "결백하다"고 여긴다. 갤러스타인은 홈즈의 '개인적인' 판단의 건전성에 의문을 표한다.

277. 메리 모스턴과 왓슨의 결혼은 이 작품에 기록된 사건의 날짜(1888년 여름 정도. 부록 참조)와 「다섯 개의 오렌지 씨앗」에 기록된 사건의 날짜를 조화시키려는 사람들에게는 악몽 같은 일이다. 「다섯 개의 오렌지 씨앗」에서는 왓슨이 1887년 9월로 명확하게 날짜를 표현하면서 "아내는 친정어머니에게 가 있"다고 말하기 때문이다. 만약 「다섯 개의 오렌지 씨앗」이 『네 사람의 서명』보다 앞서 발생한 것이라면 여기서 언급된 "아내"는 메리 모스턴일 수 없다. 더욱 혼란을 가중시키는 일은, 《스트랜드 매거진》판을 따르는 미국판 「다섯 개의 오렌지 씨앗」은 "친정어머니"라는 단어를 사용하는 반면에, 「다섯 개의 오렌지 씨앗」 영국 초판은 "친정어머니" 대신 "이모"라는 단어를 사용한다는 점이다. 이 영국 초판은 에드거 W. 스미스에 의해 1950년

을 들어주기 위해 크게 무리했습니다. 이제 저 이야기꾼을 경찰서로 데려가서 철창에 잘 가둬두어야 마음이 놓일 것 같군요. 마차가 아직 밖에 서 있고 아래층에 경위 두 명이 기다리고 있습니다. 두 분 모두 도와주셔서 대단히 감사합니다. 제가 큰 빚을 졌군요. 물론 두 분 모두 법정에 출석해야 할 겁니다. 그럼 이만."

"안녕히 계십시오." 스몰이 홈즈와 나를 보며 인사했다.

"스몰, 먼저 나가라." 두 사람이 방을 나설 때 존스 형사가 경계하는 눈초리로 말했다. "네가 안다만 제도에서 어떻게 교도관에게 그런 짓을 할 수 있었는지 모르겠지만, 어쨌든 나는 네 의족에 뒤통수를 맞지 않도록 각별히 신경 쓸 것이다."[276]

그들이 나간 후, 우리는 조용히 시가를 피웠다.

"자, 이제 우리의 드라마도 막을 내렸군." 내가 말했다. "그리고 아쉽게도 이 하숙집에서 자네의 수사 방법을 배울 기회도 이걸로 마지막인 것 같아. 모스턴 양이 내 청혼을 받아주었거든."[277]

그는 몹시 침울한 표정으로 탄식했다.

"나도 자네만큼 아쉽군." 그는 잠시 말을 잇지 못했다. "아무래도 축하한다는 말은 못하겠어."[278]

나는 조금 속이 상했다.

"내 선택에 무슨 불만이라도 있어?" 내가 물었다.

"아니야, 전혀 없어. 내가 보기에도 모스턴 양은 대단히 매력적인 아가씨야. 그리고 이번 수사에 그녀의 도움이 컸다고 할 수 있지. 분명히 특별한 재능을 가진 여성이야. 아버지가 남긴 그 많은 서류 중 아그라의 지도를 보관하고 있었던 것만 보더라도 타고난 감각이 있다고 말할 수 있지. 하지만 사랑은 감정적인 것이거든. 그것은 내가 최우선으로 여기는 냉철한 이성과는 정반대지. 정확하고 냉철한 판단을 내리기 위해서라도 나

에 '『셜록 홈즈의 모험』 한정판 클럽을 위한 결정판'으로 채택되어 널리 판매되었다.

왓슨의 "아내"라는 발언에 기초해서 어떤 연대학자들은 「다섯 개의 오렌지 씨앗」의 날짜를 1887년 9월로 매기기를 거부하고, 이 사건이 『네 사람의 서명』보다 뒤에 일어난 것으로 연대를 매긴다. 그러나 이것은 근거가 불확실하다. 메리 모스턴(제2장 참조)의 말에 의하면 그녀의 어머니는 1878년 이전에 사망했고 영국에는 생존해 있는 친척이 전혀 없기 때문이다.("저의 아버지는 인도 주둔 연대에서 장교로 계셨습니다. 아버지는 제가 아주 어렸을 때 저를 영국으로 보내셨지요. 어머니는 일찍 돌아가셨고 영국에 살고 있는 일가친척은 한 사람도 없어요.") 이언 매퀸은 이렇게 말한다. "솔직히 얘기해서 우리는 이 고아 여인의 어머니를 믿지 않듯이 메리 왓슨의 이모가 존재한다는 사실도 믿지 않는다. 두 사람 모두 코난 도일이 상상력으로 꾸며낸 인물들이고, 그가 출판을 위해 왓슨의 기록을 편집하는 과정에서 원고에 잘못 삽입한 것이다." 매퀸은 코난 도일이 왓슨의 노트를 오해해서 그가 1887년 9월에 결혼했다고 추정하고는, 그가 집에서 떠나 있는 이유에 대한 그럴듯한 설명으로 메리의 친정어머니 집 방문을 만들어낸 것이라고 주장한다. 메리 모스턴과 세실 포리스터 부인의 관계가 실제로는 이모와 조카 사이라는 기발한 주장도 제기돼 왔다. 필립 웰러는 「친척에 대한 의문」에서 이 "친정어머니"는 메리 모스턴의 의붓어머니라고 주장한다. 하지만 이런 주장은 그다지 설득력이 없다. 본 편집자는 「다섯 개의 오렌지 씨앗」에서 언급되는 "이모/아내"는 메리 모스턴보다 앞서 결혼했던 다른 아내에 해당하는 것이 분명하다고 믿는다. 이 전 부인은 1888년 이전에 사망했고, 왓슨은 현재의 아내에 대한 자상한 배려에서 전 부인에 대한 언급을 거의 하지 않는

것이다.

278. J. N. 윌리엄슨은 홈즈의 발언에 대해 기발한 이유를 제시한다. 즉 홈즈는 왓슨이 "아이린 애들러와 만났다 헤어졌다 하는 관계를 가져온 것을 알기 때문이다. 따라서 고드프리 노턴의 사망 후 존과 메리는 이혼하고 존과 아이린이 결혼하게 되었다." 그러나 에브 커티스 호프는 좀 더 합리적인 주장을 한다. "홈즈는 왓슨을 축하해줄 수 없다. 왜냐하면 (1)그는 메리라는 잠재적 동료를 잃었고 (2)충실한 동료인 왓슨을 잃었으며 (3)자신의 친구가 겪을 비극적인 사별을 내다봤기 때문이다." 호프는 이 마지막 이유에 대해 홈즈가 메리 모스턴의 치명적인 질병과 관련해 일찌감치 했던 발언에 근거한다고 결론을 내린다. 호프는 왓슨의 시야는 메리에 대한 로맨틱한 감정으로 흐려졌기 때문에 여기서는 진술되지 않지만 '고상지두(손가락 끝이 곤봉 모양으로 변하며 손톱이 숟가락처럼 굽는다)' 같은 증상이었을 거라고 주장한다.

「빈집」에서 왓슨은 홈즈가 자신의 "가족 상"을 위로하고 있었다고 말한다. 많은 학자들이 이 말을 두고 메리 모스턴의 죽음에 대한 언급이라는 전통적인 견해를 받아들인다. 다른 학자들은 왓슨이 정전에서 자신의 아내에 대해 거의 논하지 않는 점으로 보아 그의 결혼은 성공적이지 못했고, 그의 "상"은 아내의 죽음에 대한 슬픔을 말하는 것이 아니라는 견해를 취한다. 윈게이트 베트는 「왓슨의 두 번째 결혼」에서, 여기서 "상"이란 별거나 정신착란으로 인한 박탈감을 뜻하는 것이라는 가정을 전개한다. C. 앨런 브래들리와 윌리엄 A. S. 사전트는 왓슨이 죽은 사람의 이름조차 밝히지 않는 점을 지적한다. "연대기에 의할 때, 죽은 사람은 왓슨의 어머니나 아버지 또는 그의 형제일 수도 있다."

279. 에스터 롱펠로는 「베이커 스트리트의 모계母系」에서 사람은 결혼을 해보아야 결혼의 효과를 알 수 있다고 주장하면서 홈즈가 결혼했던 게 분명하다고 결론을 내린다. 하지만 만일 그랬다면 "나는 '다시는' 결혼하지 않을 거야"라고 말했을 것이다. 그러나 브래드 키포버는 『셜록과 숙녀들』에서 홈즈의 불필요한 설명에 대해 더 많은 의미를 부여한다. "이 탐정은 진지해지고 있고 스스로 인정하는 것보다 더 감정적이 되어가고 있다. 그는 점점 더 모든 것에 대해 실망한다." 홈즈와 왓슨은 둘 다 메리 모스턴을 사랑했지만 "단지 왓슨이 선수를 쳤을 뿐이다."

"정확하고 냉철한 판단을 내리기 위해서라도 나는 절대 결혼은 하지 않을 생각이야."
프레더릭 도어 스틸 그림, 《콜리어스 매거진》(1903)

눈이 날카로운 독자라면 이 그림은 스틸이 《콜리어스 매거진》에 실린 「노우드의 건축업자」를 위해 뽑은 표지라는 사실을 즉시 알아차릴 것이다. 그는 이것을 약간만 변형해서 뉴욕 한정판 클럽에서 발행한 『셜록 홈즈의 모험』 제1권(1950)에 새로 설명을 붙여 다시 사용했다.

는 절대 결혼은 하지 않을 생각이야."[279]

"나는 감정의 시련 속에서도 냉철한 판단을 유지할 수 있다고 믿어. 자네 몹시 피곤해 보이는군."

"그래, 반작용이 벌써 시작되었어. 앞으로 일주일 동안은 넝마처럼 축 늘어져 있게 될 거야."

"정말 이상하군." 내가 말했다. "자네의 그 폭발적인 에너지가 어떻게 게으름이라는 기질로 순식간에 대체될 수 있는지 참 신기해."

"맞아." 그가 대답했다. "나는 지독한 게으름뱅이 기질과 원기 왕성한 탐정 기질을 모두 갖추었어. 이따금 괴테의 옛말을 생각하곤 해. '선인과 악인 둘 다 만들기에 충분한 재료가 있었건만, 어찌 자연은 그대 하나만을 만들었단 말인가.'[280] 아차, 이번 노우드 사건에서 숄토 집안 내에 스몰의 범행을 도운 자들이 있어. 틀림없이 랄 라오 집사일 거야. 그래서 존스 형사는 사실상 마지막 물고기 한 마리를 낚아 올린 데 대한 공로만큼은 혼자 독차지할 수 있게 됐지."

"불공평하군, 이번 사건은 자네가 모두 해결한 것이나 다름없는데 말이야. 나는 이번 사건에서 아내를 얻었고, 존스는 명예를 되찾았어. 그런데 자네에게 남은 것은 뭐지?"

"나에게 남은 것?" 셜록 홈즈가 말했다. "걱정 말게. 나한테는 코카인이 있으니 말이야." 홈즈는 코카인이 담긴 병을 향해 길고 하얀 손가락을 내밀었다.[281]

280. 모리스 로젠블룸은 이 구절이 괴테와 실러가 1796년에 저술한 시집 『크세니엔』에서 인용한 것이라고 한다.
C. 앨런 브래들리와 윌리엄 A. S. 사전트는 신선한 해석을 내놓는다. 홈즈는 자기 자신에 대해 얘기하고 있는 것이 아니라 사실은 "두 사람의 왓슨이 없는 것을 한탄하고 있는 것이다. 한 명은 모스턴 양과 결혼하고 다른 한 명은 자신과 함께 베이커 스트리트에 남아 있었으면 좋으련만."

281. 브래들리와 사전트는 비록 왓슨의 발표가 홈즈를 한 방 먹이긴 했지만, 홈즈가 약에 손을 뻗는 것은 충격을 받은 사람의 반응이라기보다는 '반항의 몸짓'이라고 한다. 즉 친구가 코카인을 끊도록 애써왔지만 이제 자신의 개인적인 관심사가 다른 곳으로 옮겨 가버린 왓슨 박사에게 반항하는 몸짓인 것이다.

『네 사람의 서명』 연대표

『네』 사람의 서명』 연대표는 가장 골치 아픈 연대표 중 하나다. 작품 안에 풍부한 내부 증거들이 있기 때문이기도 하고, 다른 정전 속 사건들의 연대를 확정하는 중추적인 역할을 맡고 있기 때문이기도 하다. 다음의 표는 주요 연대기 학자들의 결론을 요약한 것이다. 물론 참조할 만한 가치가 있는 다른 작품들도 많다.

출처	사건의 시초로 제시된 날짜
정전	1888년 7월 7일이나 9월
H. W. 벨, 『셜록 홈즈와 왓슨 박사 : 그들의 모험 연대기』	1887년 9월 7일 수요일
T. S. 블레이크니, 「셜록 홈즈 : 사실인가 허구인가」	1888년 7월
제이 핀리 크라이스트, 『베이커 스트리트의 셜록 홈즈 비정규 연보』	1888년 9월 25일 화요일
개빈 브렌드, 『친애하는 홈즈』	1887년 7월
윌리엄 S. 베어링굴드, 「셜록 홈즈와 왓슨 박사의 새로운 연대기」	1888년 9월 7일 금요일
윌리엄 S. 베어링굴드, 『연대순으로 된 홈즈』. 베어링굴드는 『베이커 스트리트의 셜록 홈즈 : 세계 최초의 자문탐정의 생애』와 『주석 달린 셜록 홈즈』에서도 동일한 연대를 사용한다.	1888년 9월 18일 화요일
어니스트 블룸필드 자이슬러, 『베이커 스트리트 연대기 : 존. H. 왓슨 박사의 신성한 글쓰기에 관한 논평』	1888년 4월 16일 월요일
헨리 T. 폴섬, 『베이커 스트리트에서 보낸 세월들 : 셜록 홈즈 연대기』	1888년 7월 17일 화요일
헨리 T. 폴섬, 『베이커 스트리트에서 보낸 세월들 : 셜록 홈즈 연대기』 개정판	1888년 7월 17일 화요일
D. 마틴 데이킨, 『셜록 홈즈 논평』	1888년 9월 27일 목요일
케리 커밍스, 『생체리듬에 따른 홈즈 : 연대순의 관점』	1888년 9월 27일 목요일
로저 버터스, 『1인칭 단수 : 세계 최초의 자문탐정인 셜록 홈즈와 그의 친구이자 동료인 존 H. 왓슨 박사의 생애와 작품에 대한 리뷰』	1887년 7월
C. 앨런 브래들리와 윌리엄 A. S. 사전트, 『베이커 스트리트의 홈즈 부인 : 셜록에 관한 진실』	1888년 9월 18일 화요일
존 홀, 『"나는 그 날짜를 아주 잘 기억한다" : 아서 코난 도일의 셜록 홈즈 이야기들 연대표』	1888년 7월 7일이나 9월
준 톰슨, 『홈즈와 왓슨』	1888년 7월 7일이나 9월

주석 달린 시리즈

주석 달린
셜록 홈즈 5

원작 아서 코난 도일
주석 레슬리 S. 클링거
옮긴이 승영조·인트랜스 번역원
펴낸이 김영정

초판 1쇄 펴낸날 2013년 3월 22일
초판 5쇄 펴낸날 2019년 4월 12일

펴낸곳 (주)현대문학
등록번호 제1-452호
주소 06532 서울시 서초구 신반포로 321(잠원동, 미래엔)
전화 02-2017-0280
팩스 02-516-5433
홈페이지 www.hdmh.co.kr

ISBN 978-89-7275-653-8 04840
     978-89-7275-648-4 04840 (세트)

* 책값은 뒤표지에 있습니다.